КНИГА-ЗАГАДКА КНИГА-БЕСТСЕЛЛЕР

ЧАРЛЬЗ ПАЛЛИСЕР

Квинканкс:

Наследие Джона Хаффама

ТОМ II

«ДОМИНО»
Санкт-Петербург

ЭКСМО
Москва
2006

УДК 82(1-87)
ББК 84 (4Вел)
П 14

Charles Palliser

The Quincunx: The Inheritance of John Huffam

Copyright © 1989 by Charles Palliser

Составитель серии *Александр Жикаренцев*

Оформление серии *Сергея Шикина*

Паллисер Ч.
П 14 Квинканкс. Т. 2. / Чарльз Паллисер [пер. с англ. Л. Бриловой, М. Куренной, С. Сухарева]. — М.: Эксмо; СПб.: Домино, 2006. — 704 с. — (Книга-загадка, книга-бестселлер).

ISBN 5-699-15994-0 (т.2)
ISBN 5-699-15995-9

Впервые на русском — самый парадоксальный из современных английских бестселлеров, масштабная постмодернистская стилизация под викторианский роман, великолепный дебют звезды «нового шотландского возрождения» Чарльза Паллисера, уже известного отечественному читателю романом «Непогребённый».
С раннего детства Джон Хаффам вынужден ломать голову, что за неведомая зловещая сила преследует его с матерью, угрожая самой их жизни. Ответ скрывается в документе, спровоцировавшем алчность, ненависть, убийство и безумие, в документе, определившем судьбы нескольких поколений пяти семейств и задавшем течение жизни Джона. Течение, повинующееся таинственному символу пяти — квинканксу.

УДК 82(1-87)
ББК 84(4Вел)

ISBN 5-699-15994-0 (т.2)
ISBN 5-699-15995-9

© Л. Брилова, перевод с английского, 2006
© М. Куренная, перевод с английского, 2006
© С. Сухарев, перевод с английского, 2006
© ООО «ИД «Домино», 2006
© Оформление. ООО «ИД «Домино», 2006

КНИГА III
БРАЧНАЯ НОЧЬ

Глава 61

ЗАПИСЬ ПЕРВАЯ

18 декабря 1819

Дорогой сыночек Джонни!

Ты не понимаешь, конечно, не понимаешь. Да и как тебе понять? Ты плохо вел себя, но ты сам не знал, что говоришь. Тебе невдомек, что означает приход мистера Барбеллиона. Это означает, что нас нашел наш Враг. И ты привел его прямиком к нам! Но ты не виноват, тебе еще не по уму это понять. По-настоящему я не сержусь. Вот пойду сейчас наверх и помирюсь с тобой.

Ты спал, я последила, не притворяешься ли ты, но ты на самом деле спал.

Мне хочется, чтобы ты все понял, и я решила записать рассказ о том, как жила до твоего рождения. Ты прочтешь его уже взрослым, когда он будет тебе по уму. Если нужно будет раскрыть все полностью, то кое-что в моем рассказе тебе будет трудно читать, а мне трудно записывать. Я отдам тебе эту книжечку в твой двадцать первый день рождения и позволю прочитать. А может, устрою так, чтобы ты нашел ее после моей смерти.

ЧАРЛЬЗ ПАЛЛИСЕР

19 декабря

Как странно, едва я затеяла рассказать тебе о прошлом, как узнала о смерти Дяди Мартина! А ведь с ним связано очень многое из того, что я буду описывать.

Я родилась в доме моего Отца на Чаринг-Кросс и до замужества жила там с ним вдвоем, потому что матушка скончалась, когда я была еще ребенком. Точный адрес я не скажу, так как мне не хочется, чтобы ты туда являлся. Это был большой старый дом, наша семья жила там очень много лет. Прежде, наверное, это было роскошное здание, с верхнего этажа открывался вид на Королевские сады Нортумберленд-Хауса, но в мои времена этот район уже не принадлежал к фишенебельным.

Место это было вовсе не хорошее. В трактирах вокруг квартировали солдаты, их сальные косички и грубые манеры всегда меня пугали. Часто они затевали драки. В дни приемов у Короля парк охраняли часовые, нас с няней туда не пускали, и приходилось поворачивать домой, потому что кроме парка пойти было некуда, да и там, конечно, гулять можно было только при дневном свете (впрочем, совсем безопасно там не бывало никогда). Когда мы ходили вдоль стены Прайви-Гарденз, мне всегда велели не глазеть по сторонам. И еще поблизости была таверна «Кубок».

Дом был чудной, мрачный — думаю, он такой и до сих пор, если еще стоит. Батюшка рассказывал, что он был выстроен на месте средневекового монастыря, Сент-Мэри Раунсивал, и показывал старинную резьбу на задних фасадах домов в соседнем дворе (по его словам, это были монастырские строения). Дом располагался поодаль от улицы, в тихом дворе, перед фасадом имелся собственный мощеный дворик и пристройка-вистибюль с парадной дверью. Когда дом только построили, нынешний задний фасад был передним, но в промежутке между ним и улицей уже давно возвели другие дома, так что главный вход переместили и дополнили вистибюлем. От задней двери можно добраться до улицы прямой дорожкой между соседними домами; это важно, а почему — я постараюсь объяснить как-нибудь позднее. Дом был высокий, построенный беспорядочно, с множеством низких и темных комнат, в панелях из темного дерева, с величественной лестницей в большом центральном холле, куда выходили двери всех комнат. На стене в боковом холле висела, крест-накрест с алебардой, сабля с кривым лезвием, и мистер Эскрит обыкновенно пугал меня упоминанием, что в давние времена она послужила орудием убийства.

Мой Папа редко с кем-либо виделся, он весь ушел в одно-единственное занятие. Родни у нас почти не было: Папа, а еще раньше его Отец с большинством из родственников поссорились. Мои владения составляли две небольшие комнаты на третьем этаже в задней части дома, по соседству с комнатами гувернантки; там я проводила большую часть времени, либо с гувернанткой, либо, чаще, сама с собой: гувернантки надолго не задерживались, отчего, боюсь, я толком так ничему и не научилась. Папа днями просиживал в своей библиотеке за юридическими книгами и составлением судебных бумаг, либо консультировался в адвокатских конторах. Его заботило лишь одно, как вернуть себе Права на усадьбу Хафем, которые, по его мнению, были отняты у него обманом.

Больше в доме никто не жил, кроме мистера Эскрита. Когда я была девочкой, он достиг уже глубокой старости, ведь его служба нашей Семье началась во времена моего Прадедушки; мистер Эскрит поступил к нему совсем в юном возрасте кем-то вроде доверенного Секретаря, а теперь, как професиональный юрист, помогал моему Папе в делах с законом. Это был добрейший старый джентльмен, хотя временами на него, по никому непонятной причине, нападала мелланхолия [*здесь было вычеркнуто: особенно в тех случаях, когда он*]... он не отказывался со мною играть, и в раннем детстве у меня не было лучшего, чем он, приятеля.

ЧАРЛЬЗ ПАЛЛИСЕР

Кроме мистера Эскрита был еще только мистер Фортисквинс (Дядя Мартин, как я его звала), тоже с незапамятных времен связанный с нашей Семьей: его Отец служил управляющим Имением у моего Прадеда, когда тот владел Хафемом. Он был одних лет с моим Папой, и воспитывались они, можно сказать, как Братья. Видишь ли, Папа еще младенцем потерял Отца, моего Дедушку, а в три или четыре года — и мать. У Дяди Мартина мама тоже умерла совсем рано. (Помнишь, та леди, которая когда-то жила в нашем коттедже?) И вот отец Дяди Мартина взял моего Папу к себе, жить с ним и его сыном в Хафеме. (Отец сэра Персевала Момпессона, сэр Хьюго, купив у моего Дедушки Имение, оставил мистера Фортисквинса в должности управляющего.) Мистер Фортисквинс обитал в Старом Холле (по крайней мере, в части здания, другое крыло использовалось для какой-то другой цели). Как видишь, Папа рос бедным сиротой в Имении, которое совсем недавно принадлежало его Семье; представляю, до чего ему было обидно, когда новые владельцы задирали перед ним нос, а то и вовсе его не замечали. Сказав «бедный», я должна пояснить, что в наследство ему досталась только ежегодная рента с Поместья, это было одно из условий, на каких оно было продано его Отцом. (Увы, его бедный Отец был отчаянный мот, он расточил большую часть наследства еще до того, как вступил во владение им, так что к тому дню, когда умер его собственный Отец, на имении висело много долгов и пришлось продать его на невыгодных условиях.)

Папа с Дядей Мартином вместе учились в Кембриджском универсетете (оставшихся денег на это как раз хватило), и когда они вернулись в Лондон, мистер Эскрит пригласил их жить в старом доме. Я должна объяснить, что этот дом был ему (то есть мистеру Эскриту) завещан за его заслуги моим Прадедом и он уже долгие годы жил там один-одинешенек. (Когда-то он был женат, но жена его давно уже умерла. Папа мне рассказывал, что вроде бы был у них и ребенок, который вырос и стал взрослым, но от него мистеру Эскриту достались одни неприятности и потому, насколько я знаю, никто в доме никогда о нем не заикался.) И вот эти двое молодых людей стали жить в доме мистера Эскрита и изучать право. Мистер Эскрит к ним очень привязался, Папа тоже его любил, но Дядя Мартин как будто нет, и мистера Эскрита это сильно огорчало. Так продолжалось несколько лет, пока Дядя Мартин не женился и не зажил своим домом. (Его жена умерла, когда я была еще совсем маленькой, и детей ему не оставила.)

Теперь я должна объяснить, почему мой Папа считал, что имеет Право на Поместье Хафем. Дело в том, что, когда он впервые приехал в Лондон (совсем мальчишкой — ему было шестнадцать), он отправился навестить мистера Эскрита и услышал от него Тайну: ему, мол, доставерно известно, что мой прадедушка, Джеффри Хаффам, незадолго до смерти добавил к своему Завещанию Кодацил, но кто-то его спрятал. Однако мистер Эскрит не сомневался, что Кодацил этот где-то есть и его можно найти. Суть его состояла в том, что он ограничивал Дедушкины права как наследника, то есть продажа Поместья сэру Хьюго становилась недействительной, поскольку существовало условие наследования, не отмененное и не приостановленное. Мистер Эскрит предложил Папе накапливать ежегодные выплаты, которые будут ему поступать, пока ему не хватит денег выкупить Кодацил. Папа загорелся и занялся Процессом в Канцлерском суде. (Мне следовало объяснить, что Дедушкино Завещание уже было оспорено.) Дядя Мартин, который, как я сказала, всегда не долюбливал мистера Эскрита, обвинил его в том, что тот внушает Папе ложные надежды получить обратно Имение Хафем и подбивает тратить на эту затею все свое время и деньги. Но оказалось, что мистер Эскрит был прав, а Дядя Мартин ошибался: в день, когда мне исполнилось семнадцать, произошло событие, которое все переменило.

ЧАРЛЬЗ ПАЛЛИСЕР

ЗАПИСЬ ВТОРАЯ

12 апреля

Погоди, увидишь, какая умная была твоя Мама. Имея прибыль с тысячи Фунтов, мы заживем совсем по-другому. Три сотни нас бы и близко не спасли. И неправильно было говорить о ней такие вещи. Она нам предана. Джонни, тебе еще будет стыдно за свои слова. Я ей сказала, что не смогу платить ей столько, сколько она просила (мистер Сансью очень строго мне это отсоветывал), а она все же от нас не ушла.

Вернусь к прежнему своему рассказу: в один прекрасный день мой Папа позвал меня в Библиотеку. Там был еще и мистер Эскрит, и оба они были сильно взволнованы. Папа сказал мне, что, по словам мистера Эскрита, Кодацил найден! Тут как раз пришел Дядя Мартин, и Папа попросил мистера Эскрита повторить всю Историю. Вот как она мне вспоминается: как я уже, наверное, упоминала, сорок лет назад мистер Эскрит служил доверенным агентом у моего прадедушки, Джеффри Хаффама. Старого джентльмена очень тревожило, как бы его сын (мой дед), наделавший долгов, не продал после его смерти Имение, и он, чтобы этому помешать, добавил к своему Завещанию Кодацил, в котором Имение было объявлено заповедным. (Мой дедушка, Джеймс, был тогда неженат, по этой причине, а также и по другим старый джентльмен написал такие условия, что, если мой дедушка умрет, не оставив наследника, тогда Поместье наследует Сайлас Клоудир, в ту пору единственный внук старого джентльмена.) Как бы то ни было, через год или два, когда старый джентльмен умер, кто-то тайком забрал Кодацил. Много лет мистер Эскрит искал документ, так как (говорил он) догадывался о его судьбе. Наконец он нашел тогдашнего владельца и тот согласился продать Кодацил за 4000 фунтов.

Когда он кончил рассказ, Дядя Мартин попросил его ненадолго выйти. Папа возражал, твердил, что у него нет секретов от старого джентльмена, но мистер Эскрит очень обиделся и пожелал непременно выполнить просьбу Дяди Мартина. Когда он ушел, Дядя Мартин спросил Папу, верит ли он в эту Историю. Отец фыркнул и ответил, что верит. Они обсудили, где взять деньги, и Папа сказал, что заложит ежегодный доход с имения. Дядя Мартин был против, потому что это поставит под удар мое будущее, а еще, добавил он, найти кридитора будет нелегко, ведь по денежному рынку ползут слухи, что у Момпессонов расстроены Дела. Недавно он побывал у сэра Персеваля и леди Момпессон с ежегодным визитом вежливости (у него осталась эта привычка, поскольку между Семьями в свое время существовала связь), и они ни словом об этом не обмолвились, но всем и каждому известно, что доходов от арендаторов поступает все меньше, ведь Момпессоны ничего не вкладывают в землю. Он сказал: *Печально думать, что усовершенствования, которым мой Отец посвятил всю жизнь, пошли прахом. Но суть дела такова, что тебе не следует рисковать своим доходом ради глупой овантюры, а нужно затянуть пояс и откладывать деньги на случай, если поступления прекратятся.*

Папа ответил: *Такое Благоразумие, Мартин, не в моей натуре, ты забыл, видно, мой семейный девиз: «Tutor rosa corum spines», то есть, цветок безопасности покоится среди грозных шипов. А потому вот что я думаю: мой двоюродный братец Сайлас Клоудир тоже выиграет, если Кодацил найдется, а у него денег куры не клюют. Предложу-ка я ему купить Кодацил вдвоем.* Он сел за стол и начал писать.

Тут, Джонни, я должна кое-что объяснить. Мистер Сайлас Клоудир, хотя он много старше Папы, приходился ему двоюродным братом, ведь Джеффри Хаффам — отец его матери. (Ее звали София Хаффам, и Замужество ее не обошлось без переживаний, потому что Клоудиры для Хаффамов слишком низкородная семья.) Оттого он был вовлечен по наследству в Процесс в Канцлерском суде, где был одной из Сторон, из-за этого у них с Папой много лет назад произошла ссора, и с тех пор они не поддерживали родственные отношения. У мистера Клоудира было два сына, Питер и Дэниел. У Дяди Мартина, который не доверял мистеру Клоудиру и опасался его, от такой новости глаза на лоб полезли. Но было у него и еще одно соображение, и он сказал: *Это верно, что и у тебя, и у Клоудира есть причины желать, чтобы Кодацил был представлен в Суд. Однако, мало того что он мошенник, ваши интересы полностью противоположны, ведь, если Эскрит не ошибается, Клоудир и его наследники получат Поместье Хафем только при том условии, если он переживет тебя и Мэри.* Папа на это рассмеялся, поцеловал меня и произнес: *Вот именно. Но этого ждать не приходится. Мэри на сорок лет его младше.* Но Дядю Мартина это не убедило, он попросил папу образумиться, а когда увидел, что папа стоит на своем, предложил сам ссудить ему деньги на определенных условиях. И здесь я должна... Нет, не стану вдаваться в это сейчас, хотя вскорости постараюсь все же дать объяснения.

Мистера Эскрита позвали обратно. Он едва не плакал, и у меня тоже на глазах выступили слезы. Он сказал: *Мистер Джон, я поступил на службу к вашей Семье почти что с пеленок, пять десятков лет назад. И вот меня выгоняют из комнаты, чтобы обсудить, что у меня на уме и можно ли мне доверять! Никому не под силу такое стерпеть.* Папа встал и обнял его: *Простите меня, дорогой старый дружище. Никто в вас не сомневается. Мы с дочерью доверяем вам абсолютно.* Но когда папа рассказал, что собирается попросить у мистера Сайласа Клоудира денег в долг, чтобы купить Кодацил, мистер Эскрит пришел в ужас и стал убеждать, что Папа и мистер Клоудир — злейшие враги; тут он заодно с Дядей Мартином умоляет Папу не иметь со старым джентльменом никаких дел. Папа, однако, упрямо стоял на своем. Жребий был брошен, мистеру Клоудиру и его сыновьям было послано приглашение зайти к Папе как-нибудь утром.

Через несколько дней они явились. Услышав их стук, мистер Эскрит тут же удалился к себе. Мистер Клоудир оказался ссохшимся старичком на согнутых ногах. Выглядел он гораздо старше, чем я думала, и его хитрое личико не внушало симпатии. Одет он был тщательно и аккуратно, по старой моде. Старшему его сыну, Дэниелу, высокому и полному мужчине с круглым пухлым лицом, я дала бы не меньше сорока. В своей неприметной одежде он очень походил на респиктабельного адвоката, кем и был на самом деле — адвокатом, я имею в виду. Когда он стоял рядом со своим младшим братом, можно было подумать, что это отец и сын. Впрочем, Питер нисколько не походил ни на одного из своих родственников. Роста он был среднего, стройный, лицо бледное и печальное, с большими карими глазами. Улыбка (правда, улыбался он редко) полностью преброжала его лицо, прогоняя всякие следы печали. Одет он был элегантно, как подобает модному молодому джентльмену.

Служанка принесла вино и печенье, и Папа с кузеном заключили мир. Старому мистеру Клоудиру явно нетерпелось узнать, зачем его пригласили. Чуть погодя Папа встал и произнес: *Что ж, старый дружище. Мы перейдем к делу, а молодежь пусть знакомится друг с другом.* Странно было это слышать, потому что по годам он недалеко ушел от молодого мистера Клоудира, а по виду и манерам казался младше его. Взяв старого мистера Клоудира под локоть, он увел его из комнаты. Теперь, Джонни, я должна все объяснить. Прежде, чем продолжить, я должна все объяснить про твоего отца. Но подожду, сперва мне нужно собраться с духом.

ЗАПИСЬ ТРЕТЬЯ
Рождество, 1822

Эта бедная женщина. Сколько ей пришлось вынести. Что то она застанет, когда вернется домой? Пока я ее слушала, в голове крутились мысли о прошлом и о Лондоне. В ее Истории есть вещи, которые тесно смыкаются с моей собственной жизнью. Ты стал о ней расспрашивать, и я решила, что должна все тебе рассказать на этих страницах, хоть я не прикасалась к ним уже два года.

Тут я должна сделать Признание. Я знаю, ты прочтешь эти записи достаточно взрослым, чтобы все понять. Я пообещала рассказать тебе о твоем отце и сейчас выполню обещание. Прежде всего я должна вернуться к тому, что произошло, когда Дядя Мартин попытался отговорить Папу от каких-либо дел с мистером Клоудиром. Тебе нужно знать, что...

[Тут отсутствовало несколько страниц, которые матушка вырвала и заставила меня сжечь.]

...Это случилось, как ты узнаешь, в ночь перед тем, как мы прибыли в Хартфордскую Гостинницу.

Ну вот, наконец это сказано!

Теперь я должна вернуться к тому времени, когда я впервые познакомилась с Клоудирами. Пока Папа беседовал в Библиотеке со старым джентльменом, я пыталась вести разговор с его сыновьями. Это оказалось очень трудной задачей, потому что молодой мистер Клоудир ни на минуту не закрывал рот, а его Брат скоро совсем замолк, а мне гораздо больше хотелось послушать его, чем старшего Брата. Молодой мистер Клоудир говорил только о себе, о своих занятиях адвокатурой, о своем домашнем хозяйстве, словно меня интересовала только его персона. Когда он упомянул свою маленькую дочурку, я с облегчением ухватилась за эту тему и стала о ней расспрашивать. Я понятия не имела даже о том, что он был женат, и было очень неловко (не знаю как ему, а мне уж точно), когда ему пришлось объяснять, что его супруга умерла при родах. Папа не удосужился ничего рассказать мне про наших гостей.

Наконец к нам присоединились Отец и старый мистер Клоудир. Старый джентльмен дрожал от волнения, и вскоре гости раскланялись, предварительно взяв с нас обещание почтить их ответным визитом. Когда они ушли, Отец обнял меня и сказал: *Он согласился! Он так же заинтересован*

КВИНКАНКС

Кодацилом, как я. Он не успел ничего добавить, потому что нужно было переодеваться к обеду. Но когда пришел Дядя Мартин, Папа поведал, как мистер Клоудир согласился дать ему в долг денег. Мартин спросил об условиях и о том, выставлял ли старый джентльмен какие-нибудь требования, и Папа наконец признался: *Он настаивал на каком-нибудь залоге. И я согласился выплачивать пожизненно двадцать процентов в год и передать ему полис.* Мартин был очень недоволен, он сказал, что это против моих интересов; если Папа умрет, не успев выплатить Заем, то основная сумма долга повиснет на его Имении. Папа сказал: *Ерунда! К тому времени, как я умру, Имение вернется ко мне и Долг будет выплачен.* А Мартин ему: *Ни на что нельзя полагаться, Джон. А если ты умрешь раньше, чем ожидаешь?* (Как часто я вспоминала эти слова!) Я просила их сменить тему, но Мартин не унимался: *Я тебе таких условий не ставил. Признайся честно, Джон, были и другие условия, о которых ты промолчал?* Он говорил с горечью. Папа ничего не ответил. Тогда Мартин добавил: *Не сомневаюсь, вам обоим приятно будет узнать, что я в конце концов решил жениться.* Мой Отец вскричал: *Ну и дурак! Я уже говорил тебе на днях: глупо обзаводиться женой в твоем возрасте, когда человек столько лет прожил холостяком.* Мартин был обижен, но когда он сказал, что его невеста — Джемайма, наша кузина, Папа, который ее всегда не долюбливал, добавил масла в огонь: *Девчонка охотится за твоими деньгами. Ты ведь знаешь, у нее за душой ни гроша, если она не выскочит замуж, придется всю жизнь провести в гувернантках.* Я боялась, как бы Папа не рассказал Мартину, как она однажды пыталась его на себе женить (чему я не верила), но он разгадал ее игру, однако мне оставалось только молчать. Мартин произнес: *Все ясно, ты не веришь, что молодая женщина может полюбить старика вроде меня. Что ты ставишь под сомнение мой здравый смысл, я еще могу простить, но ты оскорбляешь мою нареченную супругу, а уж это выходит из всяких рамок. Возьми свои слова обратно, иначе я под этой*

крышей не останусь. Папа отказался, и Мартин ушел. Я вздохнула с облегчением, хотя, конечно, не могла не пожалеть о том, что Папа, похоже, потерял своего самого старого друга.

ЗАПИСЬ ЧЕТВЕРТАЯ

6 апреля 1823

Может, я была не права, что скрывала от тебя, но я хотела как лучше. Нехорошо было с твоей стороны говорить грубости. В конце концов, мистер Сансью уверял, что мы удачно вкладываем деньги, и ты тоже этому верил. Мне просто не повезло, только и всего.

В последующие недели Клоудиры были у нас частыми гостями. Первые три или четыре раза Питер являлся вместе с Отцом и Братом, старшие закрывались в Библиотеке, а мы трое беседовали в Гостиной. Чем ближе я знакомилась с Питером, тем больше он мне нравился, а вот мое мнение о Дэниеле не менялось к лучшему. Постепенно я начала подозревать, что Питер чем-то встревожен и немного боится своего Брата. Однажды Дэниел пошел вместе со своим Отцом в Библиотеку обсуждать юридические дела по поводу Займа, и мы с Питером остались наедине. Тут Питер стал откровеннее, рассказал о своем детстве и о матери, которая умерла, когда он был маленьким. Он очень ее любил, тосковал после ее смерти и не прижился в школе, куда его послал Отец. Потом он заговорил о Делах, которыми занимались его Отец и Брат, и произнес: *Бывает, что, повинуясь людским законам, человек преступает законы божеские.* Тут в комнату вошел его Брат и смерил его сердитым взглядом: *О чем это ты толкуешь? Не докучай молодой леди скучными предметами.* Я заверила, что мне очень интересно, и Дэниелу это как будто не понравилось. Вскоре они ушли.

На следующий день мистер Клоудир и его старший сын явились без Питера. Почему его нет, они не объяснили, и,

КВИНКАНКС

когда старший мистер Клоудир удалился беседовать с Папой о Делах, младший остался со мной. Я спросила, как поживает его брат, и он ответил: *К сожалению, мисс Хаффам, ему сегодня не здоровится. Это с ним бывает.* Я сказала, что огорчена его неважным здоровьем. Он странно на меня взглянул и произнес: *Давайте поговорим о более веселых придметах.* (Помню, как, произнося это, он положил руки на колени и начал сплетать и расплетать пальцы. Ладони у него были широкие и красные, а пальцы напоминали сырые сосиски.) Он стал рассказывать о своей маленькой дочке. Любовь к ребенку была единственной чертой, которая мне в нем нравилась. Вскоре он повел речь о том, что хочет жениться во второй раз, я пыталась перевести разговор на менее личные темы, но его было не сбить. Услышав, что он нашел, по его мнению, подходящую женщину, я перепугалась. Притворяясь, что не понимаю намеков, я оттягивала объяснение, пока мне на выручку не явились наши Отцы.

Старый джентльмен вошел, потирая руки, смерил меня многозначительным взглядом и заметил: *Надеюсь, мы не помешали.* Мистер Дэниел Клоудир глупо ухмыльнулся; Папа, к моему огорчению, улыбался, словно участник веселой затеи. Молодой мистер Клоудир проговорил: *Ну, Отец, если на то пошло, мы с мисс Хаффам очень хорошо ладили, пока вас не было.* Старый джентльмен сказал моему Отцу: *Молодежь она и есть молодежь, да, Хаффам?* Вскоре они удалились, и я вздохнула свободней, но тут ко мне обратился Папа: *Радостно видеть, дорогое дитя, что вы с мистером Дэниелом Клоудиром так хорошо понимаете друг друга.* Не сдержавшись, я высказала, как он мне противен. Папа отозвался: *Ты меня очень удивила. И к тому же, позволь признаться, разочаровала. Ибо учла ли ты, дорогое дитя, преимущества Союза с этим Семейством?* Я не могла произнести ни слова, и он продолжил: *В этом случае твои и мои интересы в Процессе совпадут с интересами Клоудиров, Кодацил поможет мне вернуть Титул собственности на Имение Хафем, ты, как моя наследница, получишь его в свой черед, а твой брак с сыном старого Клоудира будет означать, что дети от вашего союза будут одновременно и моими, и его наследниками.*

Едва понимая, что говорю, я спросила, которого из сыновей он имеет в виду. Он ответил: *По мне так все равно, однако мистер Клоудир, как я понял, думал о Дэниеле. Меня вполне устроит любой твой выбор, если тебе не по вкусу старший, бери, на здоровье, младшего.* От всего этого голова у меня пошла кругом. Чуть погодя Папа спросил: *Ну как, сказать старому Клоудиру, что ты согласна?* Я вскрикнула в испуге, и он сердито бросил: *Выходит, ты отказываешься?* Тут я снова замотала головой, и Папа потребовал объяснить, чего же, бога ради, я хочу. Слова застряли у меня в горле, а он торопил: *Ну же, я должен что-то ответить Клоудиру, он ждет как на иголках.* Внезапно он вскрикнул: *Придумал! Скажу, ты не возражаешь против одного из них?* Я кивнула, он поцеловал меня и назвал своей родной девочкой. Он отправил это известие мистеру Клоудиру и через несколько дней рассказал, что Документ с условиями Займа подписан.

Через несколько дней все было подготовлено для выкупа Кодацила. Мистер Клоудир со старшим сыном явились в дом утром и встретились с мистером Эскритом, который очень нервничал. Удивительно было видеть его таким испуганным, забывшим о джентльменских манерах! Мистер Клоудир отсчитал Папе деньги — 4000 фунтов в банкнотах! — он подписал Документ (мистер Эскрит расписался как свидетель) и отдал. Потом Папа дал деньги мистеру Эскриту, и тот вышел из комнаты.

Медленно-премедленно старинные стоячие часы натикали час. Отец шагал взад-вперед по комнате, потирая себе нос, старый джентльмен сидел и покусывал ручку трости, его сын со скрещенными на груди руками глядел в окно. Наконец мистер Эскрит вернулся и протянул Папе небольшой сверток. Тот принял его трясущимися руками и отнес на письменный стол, под лампу. Вскрыл и стал рассматривать

КВИНКАНКС

вынутый оттуда лист пергаминта, мистер Клоудир с сыном напряженно следили. Лицо у Отца пылало, глаза лихорадочно блестели, я перевела взгляд на мистера Клоудира — он волновался не меньше, в черных глазах сверкали искры, на скулах играли желваки. Его сын так стиснул свои лапищи, что розовая кожа побелела. Наконец Папа произнес: *Документ подлинный, ни сколько в этом не сомневаюсь. Взгляните, Клоудир, вы ведь юрист.* Молодой мистер Клоудир пересек комнату и только что не выхватил у него пергаминт. После долгого изучения он согласился с моим Отцом. Старый мистер Клоудир выкрикнул: *Читай же, бога ради!* Молодой мистер Клоудир прочел документ вслух, и они начали его обсуждать. Мистер Клоудир сказал: *Я ждал четыре десятка лет, чтобы этот документ был представлен в Суд. Больше ждать не могу, я старик. Надеюсь, завтра же вы пустите его в ход.* Папа бережно свернул документ в трубку и положил в заранее приготовленный серебряный футляр (ты много раз его видел). Повесил на цепочку для часов и сунул в кармашек. Потом сказал с улыбкой: *Завтра Суббота. Я это сделаю в Понедельник. И, пока он не поступит в Суд, я буду держать его при себе. А теперь, джентльмены, окажите нам с дочерью честь с нами отобедать.* К моему неудовольствию, они согласились. Папа по случаю радостного события выпил немало вина, Клоудиры оставались трезвыми и настороженными. Когда убрали со стола, я удалилась в гостиную наверху, но через несколько минут туда вошел молодой мистер Клоудир. Пока я готовила чай, он завел речь о Кодациле, о том, как он объединил интересы двух семей. Прежде чем я успела что-нибудь вставить, он без околичностей сделал мне предложение. Я ответила решительным отказом. Он зло процедил, что в таком случае наши Отцы друг друга не поняли, так как у его Отца создалось впечатление, что ответ будет положительный. Тут вошли Папа и мистер Клоудир. Я заметила, что Папа выпил больше, чем было у него в обычае. Выслушав рассказ сына, мистер Клоудир спросил моего Отца: *Что это значит,*

Хаффам? Я попросила разрешения уйти, но Папа сказал: *Мне это тоже чертовски непонятно. Я повторил Клоудиру твои собственные слова. С какой стати ты передумала?* Я молчала. Старый мистер Клоудир сказал: *Все верно, юная мисс. По словам вашего Отца, вы согласились стать супругой любого из моих сыновей.*

Я выдавила из себя, что сказала другое: я не возражаю принять предложение одного из его сыновей. Старый джентльмен вскричал: *В чем же разница?* У меня не поворачивался язык ответить, но тут вмешался мистер Дэниел Клоудир: *Ага, теперь я понял. «Один из сыновей», а не «любой из сыновей», вот условие юной леди, и честь ее предпочтения, очевидно, досталась не мне.* Папа крикнул: *Похоже, так оно и есть! Молодой Питер — вот кто у нее на уме. Отлично, свадьба не отменяется.* — *Свадьбы не будет!* — прервал его старый мистер Клоудир.— *Да какая разница, одного она возьмет или другого?* — Мистер Клоудир крикнул: *Мой наследник Дэниел, а не Питер. Питер...* Он замолк и переглянулся со своим сыном, и тот закончил за него: *Мы пытались сохранить это от вас в тайне, мисс Хаффам, но мой Брат всегда был со странностями. Короче говоря, он ненормальный.* Я закричала, что это гнусная ложь, и старый джентльмен фыркнул: *Ах, так вы все знаете лучше всех? Тогда вам, конечно, известно, что около месяца назад нам пришлось поместить его в надежную комнату, где за ним день и ночь следит слуга, чтобы он себя не поранил. Что до вас, Хаффам, вы пообещали, что ваша дочь вступит в брак с моим наследником, а теперь, как я вижу, не собираетесь сдержать обещание.* Папа сказал: *Моя совесть чиста.* — *Вы обманули меня, Хаффам. Без ваших заверений косательно этого вопроса я не ссудил бы вам деньги.* Выходит, Мартин был прав, когда подозревал, что Отец согласился еще на одно условие, то есть мой брак! Папа вскипел: *«Обманул»? Да как смеете вы, Клоудир, обвинять в этом Хаффама?* Схватив мою руку, он до боли ее сжал. *Это все*

КВИНКАНКС

ты виновата. *Из-за твоего дамского жиманства я теперь в дурацком положении. Не желаю, чтобы меня обвиняли в нечестности, слышишь? Выбрось из головы Питера и соглашайся на Дэниела.* Я ударилась в слезы, и Папа меня отпустил. Воспользовавшись этим, я выбежала из комнаты. По ту сторону двери я повернула затвор, в темноте пересекла комнату и заперла также и следующую дверь. Теперь я была в безопасности! Все еще всхлипывая, я привалилась спиной к двери. Сердце у меня разрывалось при мысли о том, чему подвергается Питер. И тут я вздрогнула, услышав поблизости чье-то дыхание. Чей-то голос проговорил из темноты: *Мисс Мэри, это вы?* Это был мистер Эскрит. Мои глаза уже привыкли к темноте, и я разглядела его на обычном месте, у пустого камина. Он сказал: *Меня не хватились за обеденным столом, так ведь?* И правда. Никто не подумал послать за ним. *Вашему Отцу я больше не нужен, мисс Мэри. Кодацил теперь у него, а обо мне он и думать забыл, хотя, если бы не я, не видать бы ему Кодацила как своих ушей.* Он рассмеялся, и я подумала, а не приложился ли он тоже к спиртному. Потом он добавил: *Он что же, забыл, Клоудиры меньше всего заинтересованы в том, чтобы у вас был наследник, ведь ваш законный ребенок встал бы между старым Клоудиром и наследственным имением?* Я поспешно вышла и поднялась к себе.

ЗАПИСЬ ПЯТАЯ

5 июля

Я напишу им и расскажу, что случилось. Не сомневаюсь, когда они узнают всю историю, они нам помогут. В конце концов, они наши родственники. И заинтересованы в том, чтобы с тобой и со мной ничего не случилось. Но тебе я не говорю, ты не должен об этом знать. Я пойду и повидаюсь с ними тайком от тебя.

Услышав новости о Питере, я всю ночь не спала. Верно, мне случалось видеть его очень унылым, молчаливым, но словам его жестокого брата я все равно не верила. Назавтра и в следующий день я все больше сидела у себя в комнате и с Папой встречалась только за обедом — он был сердит и со мной не разговаривал. Мистер Эскрит брал еду на подносе к себе, я последовала бы его примеру, если бы Отец мне разрешил. На второй день за обедом он сказал: *После того как ты в тот вечер так бесцеремонно нас покинула, мистер Клоудир и его сын рассказали мне кое-что о юном Питере — тебе, думаю, не помешает это узнать. Родня давно уже заметила его болезненную наклонность к мелланхолии. Однако в последние годы, а особенно в последние месяцы, у него появились необычные симптомы, свидетельство того, что психическое заболевание приняло выраженную форму, и потому пришлось ограничить его свободу. Они опасаются не только за его собственное благополучие, но и за жизнь других людей. Он начал выдвигать самые необычные обвинения против Отца и Брата. Если он вдруг попытается с кем-нибудь из нас связаться (впрочем, по их мнению, это мало вероятно), мы должны быть настороже. По их словам, его состояние ухудшилось в последнее время из-за... из-за чего-то, что произошло в этом доме.* Я спросила, что он имеет в виду, и Отец ответил: *Боюсь, дорогая, что предмет его одержимости — ты. Он твердит, что любит тебя и хочет видеть.* Откашлявшись, он смущенно добавил: *По правде, дорогая, они говорили, что он отзывался о тебе с крайне развязной фаммильярностью.* Меня это очень взволновало, но не в том смысле, о каком думал Отец. Далее он повел речь о том, что, по их со старым мистером Клоудиром общему мнению, в деле о брачном союзе между мной и его старшим сыном лучше всего будет елико возможно поторопиться, так как Питер поймет, что я для него недоступна, только когда я стану женой его Брата. Тут, однако, случилось нечто необычное.

КВИНКАНКС

Вошла служанка с письмом, которое, по ее словам, принес к дверям какой-то швейцар. Папа удивился: *Э, да тут печать Момпессонов.* Я узнала герб, четыре краба по углам квадрата, один в центре и девиз: *Chancerata Periat Rosa*. Папа сломал печать и принялся за чтение. Увидев, как он покраснел, я спросила, нет ли там плохих новостей. Сначала он меня не понял, а потом сказал: *Плохие новости? Наоборот. В жизни не получал таких хороших. Лучше не бывает.* На новые вопросы он отвечать отказался, ушел в Библиотеку и не выходил оттуда, пока я не удалилась к себе. На следующее утро, спустившись к завтраку, я застала его уже там, в превосходном настроении, разве что по лицу было видно, что он, наверное, всю ночь не спал. Идти в суд он не готовился, и я спросила почему. Он ответил, что его планы поменялись, он не пойдет с утра к адвокату, чтобы представить Кодацил в Суд, — спешить нет нужды. Меня удивило, как он говорит о документе, за которым так долго охотился и ради которого глубоко погряз в долгах. Потом он назвал меня *Молли*, что случалось только в минуты самой большой нежности. *Если не хочешь замуж за мистера Дэниела Клоудира, можешь не выходить. Тебе светит лучшая партия, чем какой-то Клоудир.* Я не осмелилась сказать, что лучшая партия, чем Клоудир, мне не нужна, если только выбор оставят за мной. Вечером зашел старый Клоудир, узнать, как идут дела в Суде. Папа рассказал мне потом, как он бесился, когда услышал, что дела не сдвинулись. А кроме того, что Папа больше не намерен выдать свою дочь за его старшего сына.

Глава 62

Мелторп. 23 июля

Ох, Джонни, мне так страшно! Тот же самый человек! Уверена, это был он. Длинный — великанище! — и черная прядь. И бледное лицо. Не иначе. Значит, я была права, они нас нашли. Мистер Барбеллион работает на них, чего я и опасалась. Мы погибли. Нужно бежать. Что с нами будет, не представляю. Особенно теперь, когда не сбылись мои надежды и сэр Персевал отказал в помощи. Они так дурно с нами обошлись. Пригрозить, что расскажут тебе о твоем отце! Какая жестокость!

Но ты пока не поймешь. Прошло три недели, мистер Клоудир все больше злился на Папу. Он являлся чуть ли не каждый день, под конец Папа распорядился его не пускать, и он ушел прочь в ярости. Как-то утром, когда я сидела за работой в передней гостиной, вошла служанка и сообщила, что меня желает видеть мистер Питер Клоудир. Сначала я решила, что она спутала имя, но она стояла на своем. В самом деле, в гостиную вошел Питер, в таком виде, что я до полусмерти испугалась. Бледный как полотно, небритый, щеки ввалились, глаза огромные, неестественно блестят. Одежда грязная, в беспорядке. Я предложила ему стул напротив. Сначала он только хватал ртом воздух, потом выдавил из себя: *Мисс Хаффам, я должен извиниться за свой вид. Объяснять нет времени, мне нужно бежать.* Я вскрикнула, и он добавил: *Меня держали взаперти в доме Отца. Но я подкупил слугу, чтобы он меня выпустил. Отец хочет, чтобы меня объявили душевно-больным.* Голова у меня шла кругом. Когда его Отец уверял, что Питер сумасшедший, я ни минуты не сомневалась в его нормальности, но то, как он выглядел теперь... Он продолжал: *Но хватит об этом, нет времени. Я пришел предупредить вас и вашего Отца — против вас готовится заговор. Они говорили мне, что вы должны выйти за моего Брата. Предупреждаю: если вы это сделаете, они с моим Отцом намерены вас убить.* Я отвернулась, чтобы скрыть выступившие в глазах слезы. Выходит, его Отец сказал правду! Питер сумасшедший. Он встал и произнес: *А теперь мне пора, пока меня не схватили. Похоже, я видел на улице Агента моего Отца и он следовал за мной до вашего дома.* Я спросила, куда он направляется и на чью помощь рассчитывает. Он ответил:

КВИНКАНКС

Лондон большой город, в нем можно спрятаться даже от моей Семьи с ее присными. Мне очень хотелось предложить, чтобы он остался, но как я могла? Увидев и услышав Питера, мой Папа непременно вернул бы его семье. Не исключено, что так даже было бы для него лучше. По пути к двери он остановился: *Чуть не забыл! Еще кое-что... Не говорите никому из моей семьи название прихода, где венчались родители вашего Отца.* Постаравшись не выдать свое удивление и испуг, я торжественно заверила, что последую его совету, и мы обменялись рукопожатием. Я просила его приходить, если нужна будет помощь, он поблагодарил и вышел. Я смотрела ему вслед. Когда Питер скрылся, из подворотни напротив вышел очень высокий мужчина и последовал за ним. *Джонни, этого самого человека ты сегодня описал! Это тот, кто пытался тебя похитить!* Точно он!

Думая о Питере, я не знала, чего хотеть. Быть может, размышляла я, чем ему скитаться одиноким безумцем по большому городу, пусть бы он лучше попал в руки Агентов его Семьи. Я вернулась в гостиную. После долгих размышлений я решила не говорить Папе о том, что здесь был Питер.

Глава 63

Лондон. 22 сентября

Столько всего произошло со времени последней записи. Ты, наверное, прав насчет Джемаймы. Она меня терпеть не может. Как она язвила меня, заведя разговор о твоем отце. Знаю, я с ней плохо поступила. Но гадко было с ее стороны упоминать о той ночи, о *прискорбных обстоятельствах* Питера и так далее. Я бы не пошла к ней, но понадеялась, что ей что-нибудь известно, ведь раз я вернулась в Лондон, то мне захотелось узнать, но ей, похоже, ничего не известно. (Наверное, обратиться некуда, кроме как к одному человеку. Не хочется об этом и думать, но, наверное, пойти придется.) Написала о тех временах, и они словно бы ожили перед глазами. Папа думал, что она стакнулась со старым мистером Клоудиром, но я не могу в это поверить. Как было досадно, что нельзя все тебе объяснить, но ты был слишком мал и не понял бы — то есть, я хочу сказать, ты слишком мал и не поймешь. Когда это попадет тебе в руки, ты будешь уже достаточно большим. Надеюсь, ты не станешь слишком строго судить твою бедную Маму. Теперь ты понимаешь, почему она нас не любит. Ты как в воду смотрел! Так больно было возвращаться в Лондон. В карете я видела, как ты радуешься, а на меня нахлынуло прошлое со всеми бедами. Для тебя все было таким новым, а для меня таким мучительным. Оказаться на Пиккадилли, у отеля «Голден-Кросс», совсем рядом с папиным старым домом. Я знала, что ты ничего не знаешь. Я решила, что нам надо уехать, еще тогда, когда тебя пытались похитить и похититель оказался тем давним Агентом мистера Клоудира и его сына. Но в августе, после вторичного прихода мистера Барбеллиона, стало ясно, что уезжать надо немедленно. Нам нужно было заново от них спрятаться. Уж не знаю, как они нас нашли, но грабитель, который много лет назад вломился к нам в дом, точно был от них. Лондон очень для нас опасен. И в то же время нет лучше места, чтобы спрятаться.

Теперь я должна вернуться к тому вечеру, когда приходил Питер. После обеда мы с Отцом пили чай в передней гостиной, и тут служанка доложила, что у дверей ждет старый мистер Клоудир. Папа велел сказать, что он дома, я тоже решила остаться, вдруг услышу новости о Питере. Он вошел и сел с нами пить чай, мило болтая о погоде, о том, как шел по столице и видел столько перемен по сровнению с временами своего детства; через Сохо и Сент-Джеймс, мол, проложена большая новая улица, сооружен мост Стрэнд-Бридж. И как он, совсем еще юношей, вместе со своим Отцом побывал в этом доме в гостях у моего Дедушки (ему он приходился дядей). Потом он пустился в воспоминания о моем деде, которого Папа не помнил, так как в день его смерти был еще младенцем. Внезапно мистер Клоудир сказал

КВИНКАНКС

Папе: *Как вам, наверное, говорили, бракосочетание ваших Отца и матери породило немало неприятностей, поскольку они бежали и обвенчались тайно. Было ли установлено, где это произошло?* Тот самый вопрос, по поводу которого меня предостерегал Питер! Выходит, я была не права насчет него! Я потихоньку этому порадовалась, но внезапно вспомнила его слова, что, если его Отцу станет известен ответ, мы окажемся в опасности. Папа говорил: *Это странная история, но до меня, конечно, дошли только отголоски. Вы, нисомненно, знаете, что мой дедушка решительно возражал против этого союза.* Что я могла сделать? Можно было бы притвориться, что мне стало дурно. Старый джентльмен, по-моему, заметил мои страдания; ловя на себе его взгляд, я боялась выдать, что Питер меня предостерег. А Папа продолжал: *Семейство моей матушки, Амфревиллы, были мелкие землевладельцы, дела у них шли совсем плохо, и Дедушка считал, что они недостойны его сына.* Папа излагал историю, я слушала в мучительном волнении. Но под конец он все же сказал, что не знает ответа на вопрос мистера Клоудира. Взгляд старого джентльмена выразил крайнюю досаду, а также недоверие.

Когда он ушел, я рассказала Папе о приходе Питера и о его совете держать язык за зубами. Папа нахмурился: *Значит, положение еще хуже, чем я опасался. Старый Клоудир задумал оспорить наши права на наследство Хаффамов, так что, как только Кодацил будет принят Судом, Поместье немедленно перейдет в его руки. Видишь ли, брак моих родителей всегда оставался окутан тайной, поэтому те, кто желал бы отнять у нас наследство, заявляли, будто он не имел места. Старый Клоудир хочет не просто найти эту запись, ему нужно уничтожить все документы, имеющие отношение к их браку. Как я понимаю, он пересмотрел все приходские метричиские книги в Лондоне и вокруг Хафема, но ничего не нашел, и, поскольку свидетелей, должно быть, давно нет в живых, доказать таким образом ничего не возможно.* Убедившись, что слова Питера не были словами сумасшедшего, я рассказала Папе о том, что Клоудиры собирались меня убить. Это он тоже выслушал очень серьезно и поведал о слухах (переданных ему Мартином), что старый мистер Клоудир отравил свою первую жену, чтобы вступить в брак с богатой вдовой, которая потом тоже умерла. Он сказал: *Не то чтобы я этому верил, но такие слухи говорят о том, какого люди о нем мнения. Твоя смерть в его интересах, поскольку, вспомни, мы с тобой должны умереть, не оставив наследников, пока жив старый Клоудир.* (Как раз то же самое говорил мне мистер Эскрит!) *Поэтому я думаю, что, представив в Суд Кодацил, я подвергну наши жизни серьезной опасности со стороны Клоудиров. Вот я и не намерен это делать. Пусть остается, где есть.* Папа коснулся футляра на часовой цепочке. *Кроме того, может, он мне и не понадобится. Помнишь, около месяца назад мне пришло письмо с печатью Момпессонов? Кое-кто из их домочадцев обещал добыть документ, в свете которого значение Кодацила сведется к нулю.* Я стала его расспрашивать, но он замолчал.

Прошла неделя, поздним вечером я сидела в передней гостиной и читала. Внезапно от окна донесся легкий стук, словно ветки на ветру бились о стекло. Но только за окном ничего не росло. Я взяла свечу и подошла к окну, чтобы откинуть занавеску. Из темноты на меня глянуло дикими глазами чье-то бледное лицо. Я глухо вскрикнула и готова была позвонить в колокольчик, но тут узнала Питера. Несмотря на его безумный вид, я без колебаний пошла отпереть дверь, ведь все его прежние слова оказались правдой. Я вышла в холл, как можно тише отперла дверь вистибюля, ключ от которой (могу сказать) всегда оставался в замочной скважине, потом повернула громадный ключ в замке уличной двери и отодвинула тяжелые засовы. Он вошел и наскоро объяснил, что в последний раз его выслеживал тот высокий человек, которого заметила и я — тот самый, Джонни, которого ты видел в Мелторпе! Этот человек его поймал и отвел в дом Брата, где его заперли. Питер сказал: *Чтобы я не сбе-*

жал снова, к двери приставили слугу. *Потом послали за знакомым отца, который содержит частный дом для ума лишенных, и научили его выхлопотать поручение Канцлерской Комисии по делам ума лишенных, чтобы она меня освидетельствовала и, если я буду найден безумным, лишила всех Прав и отдала во власть моей Семьи. Сегодня эта Комисия меня осмотрела. Подозреваю, что они подкуплены и вынесут вирдикт против меня, поэтому решил не дожидаться его, а бежать.* Питер заранее подготовил путь бегства через окно и сумел выбраться на свободу. Он продолжил: *Но, может, я в самом деле сумасшедший. Я начал сомневаться в себе. А как вы думаете, мисс Хаффам?* Речь его, конечно, была очень торопливой и взволнованной, однако мне было совершенно ясно, что он не безумец, и я его в этом уверила. Я сказала, что его приход за помощью в дом моего Отца очень меня радует; он вначале настаивал, что явился только попрощаться, перед тем как покинет Англию, но я уговорила его подождать, пока я позову Папу. Он благодарен Питеру, сказала я, за его предостережение, и оба мы понимаем: его в тот раз схватили как раз потому, что он пришел нас предупредить. Я позвонила в колокольчик и распорядилась, чтобы позвали Отца. К моему восторгу, при виде Питера он расплылся в улыбке и обнял его. *Дорогой мой мальчик, как же я вам благодарен. Вы поступили честно и великодушно, предупредив нас о планах вашего Отца.* Папа настоял на том, чтобы Питер поселился у нас на правах гостя. Потом позвал мистера Эскрита, чтобы спросить его юридического совета. Они пришли к заключению, что Питеру в нашем доме ничто не грозит, даже если Комисия решит не в его пользу. Папа собрал слуг и попросил их молчать.

В ближайшие дни Питер никуда не выходил, и правильно делал, так как мы заметили, что у дома днем и ночью маячат посторонние, в том числе уже знакомый мне долговязый субьект. Папа по уши ушел в какие-то таинственные дела с мистером Эскритом; я догадывалась, что они связаны с письмом, на котором стоял герб Момпессонов. По этой причине мы с Питером много времени проводили вместе и вскоре убедились, что наши чувства друг к другу остались прежними. Жестоким ударом для нас стал выпуск судебного приказа о признании Питера ума лишенным. Питером со временем овладела мелланхолия: он не видел выхода из своего положения и стыдился того, что живет из милости у посторонних, по существу, людей, хотя и родственников. Он заявил, что в данных обстоятельствах — признанный сумасшедшим, без гроша за душой и без возможности найти себе занятие — не имеет права питать ко мне нежные чувства. Но под конец он преодолел свои моральные сомнения и попросил моей руки, и я, конечно, ответила согласием. Вопрос заключался в том, как эту новость примет Папа. Вообрази же себе нашу радость, когда мы услышали, что он в восторге и все получилось так, как он и надеялся. Я заплакала от счастья и кинулась в его объятия. Я знаю, Папа любил Питера и считал, что тот хорошо поступил по отношению к нам. Так что, видишь, Джонни, они с моим отцом друг друга очень любили и уважали. Никогда в этом не сомневалась.

К нашему удивлению, папа сказал: *Свадьба должна состояться как можно скорее. О предварительном оглашении, Питер, нечего и думать, а то тебя найдет твой отец. Имея судебный приказ против тебя, он может предотвратить ваш брак, но если церемония состоится, ему до тебя уже не добраться. Помимо прочих соображений, он захочет помешать бракосочетанию хотя бы потому, что ваши дети закроют ему путь к наследству.* Он призвал мистера Эскрита, и тот объяснил, что все, в чем мы нуждаемся, это специальная лецензия от Докторз-Коммонз с указанием церкви. Папа сказал: *Все будет в порядке.* Мы с Питером заулыбались. *Свадьба пройдет в тесном кругу. Я, как отец невесты, конечно, буду присутствовать. Шафером будет мистер Эскрит, свидетелей найдем в церкви. Даже наша прислуга не будет знать. Вот что! Скажем им просто,* чтобы приготовили в этот день званый обед, а по какому случаю праздник, объявим, когда вернемся из церкви. Тут Папа меня удивил: *Я приглашу на обед Мартина с его невестой. А какое событие мы празднуем, они узнают на месте.* Он держался очень загадочно, и я не знала, что думать о его намерении возобновить старую дружбу. Пригласить на мою свадьбу Мартина с молодой женой! На следующей неделе я несколько раз заставала Отца беседующим с мистером Эскритом и Питером, и при моем появлении все трое с виноватым видом замолкали. Я беспокоилась, так как знала из опыта, что в делах, связанных с Процессом, Отцу может запросто изменить благоразумие. Все шло, как было задумано, приглашение было послано, Мартин его принял. В условиях строжайшей тайны явился художник-минниатюрист, чтобы сделать наши портреты для медальона, который я тебе показывала.

Наступил день, который должен был стать счастливейшим в моей жизни,— 5 мая. Погода стояла прекрасная, церемония прошла замечательно. Пополудни мы вернулись в отцовский дом на свадебный завтрак. Папа объявил слугам новость, они очень обрадовались, особенно когда услышали, что, подав обед, на остаток вечера могут быть свободны. Тут Папа сказал, что намерен передать Питеру одну важную вещь, чтобы он хранил ее для меня. Речь шла о Кодациле, который он поместил в серебряную шкатулку для писем — ту самую, что у нас когда-то украли. По его требованию я пообещала свято беречь документ и использовать его в интересах моих наследников. Туда же он вложил письмо, в котором, как он сказал, объяснялись юридические вопросы. Вечером прибыли Мартин и миссис Фортисквинс и услышали новость о свадьбе. Я не осмеливалась поднять глаза, но говорили они то, что полагается в таких случаях; потом, правда, я поймала на себе странный взгляд Джемаймы. В целом обстоятельства были не совсем ловкие, но за обед мы сели в довольно хорошем настроении. Тем не менее, даже в этот день разговор, как всегда, свернул к Процессу — Мартин завел речь о Момпессонах: *Позавчера я побывал на Брук-стрит и застал там полнейший ковардак. Почему, я тебе расскажу, если сам правильно понял. Но кстати, Джон, я принес тебе...* Папа довольно резко его оборвал, и меня поразило, что он вообще способен остановить начавшийся разговор о Процессе. *Ладно, дружище. В такой день давай не говорить о Делах.* Мартин явно удивился, но промолчал, хотя в ходе дальнейшей беседы я заметила, что его жена не сводит глаз с него и Папы. Когда подошло время дисерта, Отец позвал горничных и кухарку и дал им четыре бутылки вина, две шампанского и две мадеры, чтобы они выпили за невесту и жениха. Он сказал, что на весь вечер их отпускает. Они пришли в восторг и поспешили исполнить его распоряжение. Мы пили вино, закусывали орехами и фруктами, и тут между Отцом и Питером вспыхнула ссора. Произошло это так внезапно, что причины я не поняла. Меня поразило то, что ни он, ни Папа ни разу на меня не взглянули.

Повод невольно подал мистер Эскрит. А началось все с вопроса Мартина к Питеру: *Чем вы подумываете заняться в будущем, мистер Клоудир?* Тот ответил: *Единственное, в чем я разбираюсь, это книги. Так что надеюсь сделаться независимым книгопродавцем.* Мистер Эскрит заметил, что для этого требуются деньги, и Питер сказал: *Да, и мистер Хаффам великодушно обещал дать мне Заем.* Мистер Эскрит, удивленно подняв брови, обратился к Папе: *Но ведь требуемая сумма, мистер Джон, превышает ваши нынешние возможности?* Папа ответил, обращаясь к Питеру: *Твой уважаемый родитель предоставил мне Заем на таких грабительских условиях, что я остался гол как сокол. Тем не менее сотню или две я выделить смогу.* Питер нахмурился, но тут вмешался мистер Эскрит: *Это щедро, мистер Джон, очень щедро.* Думаю, если бы не это замечание, Питер бы смолчал, но, к несчастью, разговор продолжился: *Может, это и щедро, однако боюсь, мистер Хаффам, что пара сотен, и даже вдвое большая сумма, не обеспечит мне того*

КВИНКАНКС

объема торговли, который требуется, чтобы содержать вашу дочь так, как вы, вероятно, того желаете. Папа крикнул: *В самом деле? И сколько, по-твоему, я могу от себя оторвать? Сколько, ты думаешь, у меня осталось денег, после того как твоя семейка обобрала меня до нитки? Желаешь от меня денег, так добейся, чтобы твой папаша-вымогатель не драл с меня семь шкур за Заем.* Питер отозвался очень спокойным голосом: *Должен попросить вас, сэр, не говорить в подобном тоне о моем отце. Он плохо поступил со мной, но вам, как я понимаю, не сделал никакого зла.* Стукнув кулаком по столу, Папа проревел: *Что? Ты, сидя за моим столом, берешь под защиту этого чертова мерзавца, Сайласа Клоудира?* Мартин и мистер Эскрит запротестовали, но на губах миссис Фортисквинс мелькнула слабая улыбка, словно она втайне радовалась происходящему. Питер сказал: *Вам не следовало одалживать у него деньги.* Папа, грозный как туча, поднялся на ноги: *Вот вам мораль торговца! Пользуясь затруднительным положением клиента, вытребовать грабительские условия, а потом поздравлять себя с тем, что хитро обстряпал дельце. И вот вам, мой собственный зять, сидя за моим столом, защищает эту мораль. И одновременно просит дать ему денег, чтобы и он, в свою очередь, мог залезать в карманы других порядочных людей. Что ж, молодой человек, могу вам сказать одно: если вы в самом деле ждете, что я снабжу вас капиталом, то ваши Отец и Брат правы, объявляя вас сумасшедшим.* Он замолк, глядя на Питера. Через мгновение Питер тоже встал. Он по-прежнему не глядел в мою сторону и держался очень странно. Казалось, ему стыдно за то, что он собирается произнести. *Слово не воробей, прошу вас думать о том, что говорите.* — *Думать о том, что говорю? Я уже не подумал о том, что делаю! Выдать дочь за торговца, чьи предки сплошь акулы-ростовщики, за... за... короче, за одного из Клоудиров — не думаю, что в английском языке найдется другое слово, способное вместить все мое презрение.* Тут я, поднявшись на ноги, вскричала: *Отец, что ты говоришь?* Он даже не взглянул в мою сторону. И тут заговорил Питер: *Сэр, если вы не возьмёте сказанное обратно, мы с женой не сможем дольше оставаться под вашей крышей.— Не возьму обратно ни звука.— Тогда мы должны удалиться. Идем, Мэри, вставай и собирайся.—* Даже и теперь он на меня не взглянул. Я плакала, просила Отца отказаться от своих слов, умоляла Питера не уводить меня из дома. Мартин и мистер Эскрит меня поддержали, но Папу и Питера было не уговорить. Питер спросил вполголоса, есть ли у меня деньги, потому что у него нет ни гроша. Я сказала, что у меня есть тридцать фунтов, и он попросил мистера Эскрита заказать наемную карету. Я пошла наверх за деньгами, побросала в сундучок кое-какую одежду. Прежде мне не приходилось ночевать вне дома, и я понятия не имела, что брать с собой. Надев дорожное платье, я спустилась. Когда прибыл извозчик, я рыдая попрощалась с Папой и гостями, и мы сели в карету. Карета отъехала от дверей отцовского дома — так началась моя замужняя жизнь. Питер распорядился везти нас в «Голову сарацина» на Сноу-Хилл. Сидя с ним рядом, я думала о том, бывало ли когда-нибудь, чтобы первая брачная ночь началась со столь неблагоприятных предзнаменований. Питер казался мне совершенно незнакомым человеком. В гостиннице он снял комнату, где я ждала, пока он с кучером сгружал наши сундуки. Вскоре он вернулся и сказал, что должен пойти и заказать нам места в ночной карете в направлении Питерборо (по пути к Сполдингу), которая должна отправиться через час с небольшим. Я удивилась и спросила, зачем нам в Сполдинг. Разве у нас есть там друзья? И зачем пускаться в дорогу на ночь глядя? Он ответил: *Пожалуйста, не спрашивай.* Из сумки он извлек малинновый редингот, которого я никогда прежде не видела. Снял зеленый редингот, в котором приехал, и быстро вышел. Я ждала, его не было. Наконец он вернулся. Отсутствовал он, я уверена, не больше сорока минут. Ну сорок пять. Входя в комнату, он улыбался. (Могу поклясться.) Когда он подошел, я заметила у него на руках кровь. Я в испуге отшатнулась. Он посмотрел на свои руки: *Да, я порезался. Но не волнуйся, это все лишь царапина.* Он смыл кровь над умывальником и повернулся ко мне — я заметила, что у него порван рукав. Когда я ему на это указала, он улыбнулся: *Придет время, я все тебе расскажу. Это очень длинная история.* Вскоре мы сели в карету и пустились в путь по темным улицам. Питер сидел молча, но когда мы проехали Излингтон, внезапно рассмеялся. Это было страшнее всего, а чего я боялась, ты, уж конечно, понимаешь сам. Но при других пассажирах я не могла заговорить о том, что меня волновало, и мы и дальше ехали молча.

Тем не менее в три часа пополуночи, когда мы добрались до ближайшей к Лондону станции, гостинницы «Золотой дракон» в Хартфорде, Питер сказал с прежней веселой улыбкой: *Здесь мы остановимся. Ты слишком измучена, чтобы ехать дальше, да и нужды нет.* Сжав мою руку, он добавил: *Как только мы останемся одни, я объясню все, что сегодня произошло.* Мы вышли из кареты, он снял комнату и что-то заказал на ужин. Когда принесли еду и мы сели за стол, он начал: *Дорогая моя девочка, как же ты, наверное, испугана. Представляю себе, о чем ты думаешь — что вышла, в конце концов, за сумасшедшего. И Отец твой тоже недалеко от него ушел. Но позволь, я все объясню и успокою тебя. То, что ты видела сегодня, было представлением.* Я спросила, что он этим хочет сказать, и он объяснил: *Это была игра, спиктакль, розыгрыш. Мы с твоим Отцом ссорились не по настоящему. Все это было подготовлено заранее.* Джонни, я не знала, что подумать. Он сказал: *Заметила, как плохо я сыграл свою роль? А вот твой Отец так вошел в образ, что я думал, не злится ли он на самом деле. Его бы сам Кембл не переиграл. Я не осмеливался даже взглянуть в твою сторону, чтобы не сбиться.* Я была поражена, сомнения начали отступать. Питер уверил меня, что все Папины обидные грубости были придуманы заранее. Я спросила, зачем они с Папой устроили это спиктакль, и он ответил, что они не верили в мою способность кого-либо обмануть. Целью было ввести в заблуждение мистера и миссис Фортисквинс, внушить им, что между Папой и нами порваны отношения. Это был единственный способ обезопасить нас и наших будущих детей. Он сказал: *Какие там ссоры из-за денег, вот, смотри, твой Отец дал мне двести фунтов.* Он вынул толстую связку банкнот, и тут я ему поверила. Час был уже совсем поздний, а вернее ранний, мы оба очень устали. Все как будто успокоилось, но позднее Питер вернулся к тому же разговору. Из кармана малинового редингота он вынул сверток в бурой бумаге и сказал: *Вот предмет, который все объяснит. Это за ним я ездил обратно в дом твоего Отца, пока ты оставалась в «Голове сарацина».* Питер возвращался в дом Отца? Меня это удивило, голова у меня опять пошла кругом.

Я спросила, что это, но Питер сказал, что вскроет сверток после завтрака и все мне объяснит. Я просила вскрыть сверток немедленно. Я настаивала, время уже было к рассвету. Мы поспорили, но потом Питер все же сломал печать, вынул замшевую обертку и начал извлекать какой-то предмет. *Ага, вот!* Тут он с криком уронил предмет на пол. Это была толстая связка банкнот, заляпанная чем-то темным и липким. Руки у Питера были красные, глаза смотрели с ужасом. *Что такое? Как это сюда попало?* Он подобрал упаковку и, держа ее на вытянутых руках, осторожно заглянул внутрь. *Его тут нет!* Я умоляла сказать, о чем это он, но Питер не говорил. Он твердил, что ему надо немедленно вернуться в дом к Отцу, а я должна оставаться в гостиннице. Я стала возражать, а он сказал: *Тебе здесь ничто не грозит, потому что никто не знает где ты. Если ты вернешься со мною вместе, все наше бегство потеряет смысл.* Он позвонил официанту и распорядился немедля заказать почтовую карету в Лондон. Потом он открыл серебряную шкатулку для писем и показал мне письмо, а под ним Кодацил (вот откуда взялись пятна крови на письме), и дал мне его со словами: *Помни, если Кодацил попадет в руки моего Отца, тебе и твоему Отцу будет грозить опасность.* Он оставил мне большую часть из 200 фунтов, полученных, как он сказал, от моего Папы, но отделил банкноты, запятнанные... *Откуда бы они ни происходили, они мне не принадлежат, и я должен их вернуть.* Потом он вымыл руки, обнял меня и вышел. Вскоре я услышала стук колес и выглянула из окна гостиной. Из двора под арку направилась почтовая карета, выехала на улицу и, к моему облегчению (*я боялась сама не знала чего*), повернула назад по лондонской дороге.

Глава 64

Кондьюит-стрит, 37, 24 сентября

То, что она сказала, очень меня расстроило и навело на ужасные мысли. Нужно было пойти повидать его. Жутко было снова увидеть это место. Подробней не скажу, а то как бы ты его не нашел. Дом стоял где и прежде, ничуть не изменившийся, разве что еще больше обветшал. Я позвонила в колокольчик и подождала ответа, позвонила еще раз, другой, третий — и только тут поняла, что звонок не работает. Я стала стучать. Наконец кто-то подошел к двери, чуть ее приоткрыл и выглянул. Я назвала себя, наступило долгое молчание. Но вот дверь отворилась — Джонни, это был он! В точности такой же, как в последний раз. Я спросила, один он живет или не один. Он ответил: *Кто станет со мной жить? Раз в день приходит одна старушка делать уборку, если не напьется.* Я спросила, можно ли войти, он сперва не двинулся, но потом распахнул дверь шире. В холле было холодно и темно, и так грязно, словно там годами не убирали. Он последовал за мной со словами: *Почему ты пришла теперь, когда столько лет не приходила и не писала?* Казалось, он вот-вот заплачет. Я не могла выдавить из себя ни слова. Вспомнилось, как часто он брал меня на колени, когда я была маленькой. Но тут я заглянула в заднюю приемную: сабля и алебарда висели крест-накрест на прежнем месте. Он перехватил мой взгляд и пояснил: *Мне нравится, чтобы все вещи находились там, где им положено.*

Он пригласил: *Пойдем в сервизную. Там разведен огонь.* В ту самую комнату, подумай, Джонни! Я отказалась. Он повел меня в переднюю гостиную. Окна там были закрыты ставнями, рваные, траченые молью занавески задернуты. Мы сели, он предложил мне вина, я кивнула, но, когда он налил, не смогла отпить ни капли. Он сказал: *Все эти годы я гадал, что с тобой сталось, не знал даже, жива ты или нет. Фортисквинс ничего мне не говорил. Ничего. Он всегда плохо ко мне относился. Уж не знаю почему. Может, из-за каких-то наговоров. Или ревновал, потому что твой отец был ко мне привязан. Это была его месть, настроить тебя против меня, лишить меня твоего доброго отношения. Что он тебе наговорил? Какие басни вложил в голову?* Я пыталась сказать, что ничего, но он продолжил: *Не иначе как ты теперь плохо обо мне думаешь. А ведь, вспомни, вся моя трудовая жизнь прошла на службе вашему Семейству. Почти семь десятков лет. И внезапно, когда твой Отец, которого я любил, как сына, когда он... обнаружить, что тебя отодвинул в сторону... О, мисс Мэри, это было нехорошо.* Меня так давно никто не звал «мисс Мэри», и, услышав это, я заплакала. Он взял меня за руку и ласковым-приласковым голосом попросил поведать все, что со мною было. Я рассказала кое-что, и он встрепенулся: *Ты родила ребенка? Наследника Хаффамов? Мне это нужно знать.* Мне вспомнилось, как Мартин настаивал на том, чтобы сохранять твое рождение в тайне. Я спросила, зачем это ему, и он снова рассердился, сказал, что я ему не доверяю. Крикнул: *Я всю жизнь посвятил вашему Семейству. Всем пожертвовал, чуть ли не душой.* Мне его слова показались странными. Я вставила, что знаю, сколь многим мое Семейство ему обязано, но он сказал, что нет, не знаю. *И ни одна живая душа не знает. Известно ли тебе, что я заботился о* твоем прадеде Джеффри Хаффаме, когда он лежал на смертном одре? Служил по мере сил твоему бедному, несчастному деду? И ты спрашиваешь, почему мне не безразлично, что делается с вашим родом, продлится ли он? Я обещала, что он узнает то, чем интересуется, если расскажет, что произошло в ночь, когда мы в последний раз виделись. Он сказал: *Так вот, что тебя сюда привело. Ты не раскаялась в своем не внимании, а чего-то от меня хочешь.* Я не могла это отрицать. *Я ответил на вопросы при дознании и перед Большим Жюри. Фортисквинс наверняка тебе говорил. Что я могу сейчас к этому добавить?* Я повторила слова Питера о розыгрыше. Было ли это правдой? Он долго молчал. *Я отвечу, если ты скажешь, родился ли у тебя ребенок?* Я призналась, что родился. Это было очень странно. Он отвел взгляд и скрючился — то ли от горя, то ли от радости, не знаю. Когда он снова посмотрел на меня, его глаза были полны слез. *Значит, у заповедных владений по-прежнему есть наследники. Но ты сказала только, что родила ребенка. Скажи, он жив сейчас? Это мальчик или девочка?* Я сказала, что дам ответ только в обмен на обещанные сведения. И он сказал: *Ссора была розыгрышем.*

Тогда я попросила рассказать: какова была цель розыгрыша? Почему он не упомянул об этом на дознании? И следует ли из этого, что Питер невиновен? Он отказался отвечать, пока не узнает, жив ли мой ребенок. Я сказала, пусть сначала ответит. Рассердившись, он встал и шагнул ко мне, и я так испугалась, Джонни. Он такой большой и чудной на вид. И от него потянуло бренди. *Зачем ты пришла на самом деле? Ты ведь за все эти годы ни разу обо мне не вспомнила? А теперь являешься с этими обвинениями.* Я вскочила со стула и пошла к дверям. Заверила, что хотела ему написать, но мистер Фортисквинс мне не позволил. Он сказал: *Он тебя настроил против меня.* Я пересекла холл и открыла дверь вистибюля. Он последовал за мною со словами: *Мартин думал, что я обманывал твоего отца. Ты, наверное, с ним согласна. Но если ты полагаешь, что у меня есть деньги, то ты ошибаешься. У меня ничего нет. Ничего, кроме этого никудышнего дома. Мне непосчастливилось. Чертовски непосчастливилось.* Я выбралась на улицу и поспешила прочь. Не знаю, действительно ли он собирался на меня наброситься, но в одном я уверена: Джонни, тебе туда нельзя. Ни в коем случае! Думаю, он опасен, свихнулся за годы одиночества. Но, по крайней мере, я узнала одно: Питер говорил правду насчет ссоры. Больше мне ничего не известно, однако, во всяком случае, он не лгал.

Теперь я должна вернуться назад и досказать остальное. После отъезда Питера день тянулся безконечно. Вокруг слышались шумы, кто-то прибывал, кто-то отбывал. Хлопали двери, в коридоре звучали шаги, но у моей двери никто не останавливался. Есть мне не хотелось. Поздним вечером в дверь постучалась горничная со свечами и грелкой и была удивлена, застав меня одну, в темноте. Как ты понимаешь, в ту ночь я почти не смыкала глаз. Утро для меня началось рано, серое и пасмурное. Миновал еще один томительный день. Сидя у окна, я следила за всеми и всем, что приближалось к гостиннице; стоило под арку въехать карете, как я начинала ловить шаги Питера, но их не было. Незадолго до полуночи, когда я уже собиралась ложиться, в дверь постучали и вошел Мартин. Он смерил меня долгим непонятным взглядом, а потом сказал, что произошло.

Я упала без памяти, Мартин позвал служанку, которая стояла под дверью Она уложила меня в постель, послали за хирургом, чтобы он прописал мне снотворное. После двух-трех часов беспокойного сна я пробудилась, и Мартин рассказал остальное. Вчера, когда в дом вернулся Питер, его обыскали и нашли банкноты, запятнанные кровью. Было установлено, что это те самые банкноты, которые были выданы Папе. Питера арестовали и обвинили в убийстве. Мартин заверил, что, по его апсолютному убеждению, совершена ужасная ошибка. (О Джонни, что я могла сказать? Я ведь знала, что Питер возвращался в дом и обратно явился с кровью на руках.) На допросе Питер сначала отказался отвечать. Наконец Мартину удалось поговорить с ним наедине, и Питер сообщил, где я нахожусь, и попросил отправиться ко мне. Мартин промедлил только, чтобы дать показания, и сразу поехал сюда. Он изложил суть дела. Питеру он посоветовал молчать, на что тот имел полное право. Свидетели — он сам, его жена и мистер Эскрит ухитрились не упомянуть ссору, вызвавшую отъезд Питера. Слуги, к счастью, все время находились внизу и ничего не слышали. После того как мы с Питером уехали, миссис Фортисквинс удалилась наверх, чтобы приготовить чай, а трое джентльменов остались в столовой. Мартин передал Папе пакет, который был ему доверен, и Папа вышел с мистером Эскритом, чтобы поместить пакет в сейф в сервизной. Мартин сказал: *Прошла минута-другая, мне, после давешних неприятностей, не хотелось сидеть за вином в одиночку, и я собрался подняться к своей жене, но тут вернулся Эскрит и предупредил, что они с твоим отцом еще немного задержатся и что твой Отец просит меня подождать, так как собирается обсудить со мной с глазу на глаз события этого вечера. Эскрит забыл закрыть за собой дверь, и вскоре я заметил, как мимо прошел, со стороны холла, посторонний. Я уверен, что это был не Питер: сложение то же, но редингот другой, ярко-красный. Я предположил, что это слуга, который без моего ведома оставался в доме. Через несколько мгновений та же фигура прошла обратно. Я задумался, кто это может быть, поскольку мне показалось странным, что я не знаю нового слуги. Кроме того, если это был слуга, почему он как будто не спустился в комнаты для слуг. Через минуту или две послышались крики. Я вбежал в Библиотеку — там было пусто. В сервизной меня ждало страшное зрелище. Твой Отец лежал ничком. Он был пронзен насквозь старой саблей, которая висит на стене задней приемной — рукоятка все еще торчала у него из спины. Эскрит лежал рядом, и вначале я принял его тоже за мертвого, потому что голова его была в крови. Сейф был открыт и опустошен. О чем я промолчал на следствии: Эск-*

рит вскоре очнулся и сказал, будто это сделал Питер. Я возразил, что он, видно, ошибся, ведь Питера в доме уже не было, но старый джентльмен настаивал на том, что Питер вернулся. Когда слуги услышали об убийстве, началась паника от страха, что убийца еще в доме. Я обыскал дом с верху до низу и никого не нашел. Задняя дверь была закрыта, ключи от нее имелись только у кухарки и у мистера Эскрита. Я пошел в переднюю часть дома: дверь вистибюля была взломана, уличная дверь стояла отпертая и распахнутая. Убийца, наверное, вошел через нее. Каким-то образом он отпер замок, а потом пробил дыру в стекле и деревянной раме двери вистибюля. Я предположил, что, когда я видел его из столовой, он собирался выйти через заднюю дверь, но, поскольку она была закрыта, вернулся и покинул дом тем же путем, каким вошел. Все это мне пришло в голову позднее. А тогда я окликнул кого-то из прохожих и попросил вызвать караул, который вскоре прибыл. Но прежде я вернулся к Эскриту и сказал, что в доме никого не обнаружилось и что он, вероятно, ошибался, когда говорил, будто видел Питера. Он согласился и уверил, что не будет упоминать об этом в разговоре с властями. Так что явившемуся констеблю он сказал, что не видел, кто напал на него. Однако слуги пересказали констеблю его прежнее утверждение, и ему был задан об этом вопрос. Он ответил, что, обвиняя Питера, он сам не знал что говорит. Эскрит настаивал на том, что его ударили сзади и нападавшего он не видел. К несчастью, коронер, обращаясь к жюри, предположил, что он лжет, дабы не поставить Питера под удар. Отыскали официанта на постоялом дворе, он подтвердил, что видел, как вы с Питером приехали и заказали места в ночной карете. Согласно его свидетельству, он проводил тебя в отдельную комнату; как уехал Питер, он не видел, но утверждать, что тот не уезжал, тоже не может. В результате дознания жюри согласилось с коронером и вынесло вирдикт о том, что Питер совершил преднамеренное убийство. Его взяли под стражу. Теперь он должен был предстать перед Большим Жюри. Если бы они сочли доказательства достаточными и утвердили проект обвинительного акта, его дело поступило бы в суд. И вот еще что: когда его спросили, где находишься ты, он отказался ответить. Представь, какие страшные подозрения при этом возникли. Но впоследствие я переговорил с ним, он рассказал, где тебя найти, и настаивал на том, чтобы ты держалась подальше от Лондона. Больше всего он боялся, как бы Отец с Братом, чтобы вернуть себе власть над ним, не начали угрожать, что причинят тебе вред. Мартин все время повторял, что это ужасная ошибка и Питер не виноват. Но он не знал того, что знала я. Он указал, что единственной уликой против Питера были банкноты, но Папа вполне мог отдать их ему без ведома мистера Эскрита. И, если убрать мотив ограбления, других мотивов для убийства не остается, ведь о ссоре никто не упоминал. Не было также и свидетелей, которые бы подтвердили, что Питер возвращался в дом. Мартин был уверен, что тот, кого он видел в коридоре, был не Питер. Кроме этого, была еще всего одна улика: убийца как-то исхитрился не сломать переднюю дверь, а открыть ее, и это указывало на кого-то, кто имел возможность сделать копию ключа. Но такая возможность была не только у Питера, но у всех других домочадцев. Напротив, факт, что дверь вистибюля была взломана, говорил в пользу Питера, потому что он мог бы сделать себе копию и этого ключа. Возникало предположение, что убийца был посторонний, который вскрыл замок отмычкой, а может, дверь почему-то была не заперта и он воспользовался случаем. Мартин спросил, смогу ли я свидетельствовать в пользу Питера — сказать, например, что он все время оставался со мной в гостинице. Что я могла сделать? Я промолчала, он удивленно поднял брови и сказал, что в таком случае мне следует не мешаться в дело и оставаться на месте, пока он не вернется и не сообщит результаты слушания в Большом Жюри.

Как дальше тянулось время, не хочу вспоминать; прошла, наверное, неделя. Наконец Мартин вернулся. Он рассказал, что вмешались Отец и Брат Питера и старый мистер Клоудир воспользовался своей властью как опекуна душевнобольного, чтобы назначить Питеру адвоката, и назначил некого иного, как мистера Дэниела Клоудира! Этот джентльмен тут же запретил всем — в том числе и Мартину — общаться с Питером. Мартин сказал, что и он сам, и все остальные свидетели повторили Большому Жюри показания, данные прежде, только мистер Эскрит, под давлением Дэниела Клоудира, был вынужден признать, что мы с Питером уехали из-за того, что они с Папой жестоко повздорили. Мистер Дэниел Клоудир упорно добивался этого признания, так как строил защиту на том, что Питер душевнобольной, и делал упор на его странном поведении в тот вечер, однако Мартин был очень зол и повторял, что, если бы не всплыла на поверхность ссора, у Питера были бы неплохие шансы. Теперь же все обернулось против него. Сам заключеный не имел, конечно, права давать показания, но Судья задал ему несколько вопросов. Питер не переставал повторять, что не желает, чтобы его интересы представлял Брат, что Отец, назначив его, злоупотребил своими полнамочиями, что Отец и Брат хотят его смерти на виселице, так как ему известно об их противозаконных поступках. Это произвело очень неблагоприятное впечатление на Жюри. И когда Судья предложил ему объяснить, почему он поссорился с Тестем, Питер рассказал изряда вон выходящую Историю: это, мол, была не настоящая ссора, а розыгрыш, который они задумали совместно с мистером Эскритом. По его словам, никаких разногласий из-за денег не было и Папа сам дал ему часть банкнот, которые были при нем найдены, а потом, незнамо откуда, в его карман попали другие, запятнанные кровью, и он возвратился в Лондон — узнать, что произошло, и вернуть деньги. Мистер Эскрит на повторном допросе заявил, что ничего не знал о предполагаемом денежном подарке Питеру, хотя, как Папин доверенный Агент, имел

КВИНКАНКС

сведения обо всех его финансовых опирациях. По поводу Истории, что ссора была разыграна по предварительному сговору, он, мол, только желал бы, чтобы это было правдой. Тут мистер Дэниел Клоудир ввернул, что Комисия по Невменяемости недавно признала Питера душевнобольным, что члены Комисии здесь присутствуют и готовы это подтвердить и что мистер Сайлас Клоудир и его домашние слуги также могут засвидетельствовать нездоровое поведение заключеного в последние месяцы. Тогда Судья предложил Жюри вынести вирдикт, что Питер не может предстать перед Судом ввиду своей невменяемости, и они так и сделали. Судья распорядился, чтобы Питер был передан на попечение его Отца, который взялся поместить его под надзор содержателя некоего заведения под названием Убежище. Судья предписал, чтобы (как выразился Мартин) обвинительный акт против него не был отозван, а хранился в протоколе. Это значило, как объяснил Мартин, что Питер на всю жизнь останется в сумасшедшем доме. Если сочтут, что к нему вернулось душевное здоровье, его привлекут к суду за убийство.

Из-за всех этих бед я неспособна была думать о своем будущем, но Мартин настоял, чтобы я не возвращалась в Лондон, а наоборот, спряталась; он боялся, что до меня доберется старый мистер Клоудир, желающий получить Кодацил. Если, напомнил Мартин, Кодацил попадет в Суд, Клоудирам будет выгодна моя смерть, ибо, как единственная наследница Хаффамов, я буду стоять между старым мистером Клоудиром и Имением. Мартину все еще принадлежал старый дом его Отца в Мелторпе, который стоял пустой, и он предложил мне жить там бесплатно. Разумно ли будет прятаться так близко к Хафему, спросила я, и он ответил, что да, ведь никому не придет в голову меня там разыскивать. (Он добавил в шутку, что о том же говорит и девиз моей Семьи: искать безопасность в самом сердце опасности.) Это было так любезно с его стороны, что я с благодарностью согласилась и он сопроводил меня туда и предоставил дом в мое распоряжение. По дороге я выбрала себе имя *миссис Мел-*

ламфи, мы придумали, что я недавно овдовела и Мартин — Отец моего покойного мужа. Слава богу, я уже рассказала тебе обо всем этом и повторяться нет нужды. Потом он нанял для меня слуг, миссис Белфлауэр и Биссетт, привел в порядок дом и возвратился в Лондон улаживать мои дела. Разумеется, все это бросало тень на мою рипутацию, отчего верхушка деревенского общества не пожелала со мной знаться. В особенности через несколько месяцев, когда сделалось заметно мое положение.

Мартин стал душеприказчиком Отца, так как после ссоры тот не позаботился изменить завещание. Наследницей, конечно, была я, только наследовать было почти нечего, кроме Ежегодной Ренты с Хафема, поскольку даже дом принадлежал мистеру Эскриту. Чтобы расплатиться с отцовскими кридиторами, самому крупному из которых, старому мистеру Клоудиру, Папа задолжал четыре тысячи фунтов, Мартину пришлось продать мебель и посуду. (Он ухитрился спасти немного столового серебра, фарфора и часть книг.) Когда дела были улажены, у меня осталось только несколько сот фунтов и Ежегодная Рента. Однако, поскольку я была замужней женщиной, вся моя личная Собственность принадлежала моему супругу, он же был объявлен недееспособным и его права перешли к его опекуну, которым являлся, конечно же, старый мистер Клоудир. Мартин поэтому опасался, что старый мистер Клоудир от имени своего сына заявит притензии на получение Ежегодной Ренты, и так оно и случилось. В результате Момпессоны отказались платить как мне, так и ему, и старый мистер Клоудир затеял тяжбу в суде лорд-канцлера, сделав ее частью прежнего многолетнего Процесса (суд лорд-канцлера, если ты однажды туда обратился, принимает к рассмотрению любые дополнительные иски), и Мартин высказал опасение, как бы Процесс не растянулся еще на долгие годы. (Кстати, он упомянул также, что приблизительно в это же время мистер Дэниел Клоудир прилюдно поругался со своим Отцом и отрекся от него — обращение Отца с Питером, сказал он, заставляет его стыдиться и нигодовать. По словам Мартина, он отказался от участия в Делах старого джентльмена; дошло даже до того, что, вступая приблизительно в то же время во второй брак, он принял фамилию своей новой жены (об этом было объявление в «Газетт»).

Первые несколько месяцев я жила на деньги, данные Питером; немного помогал и Мартин. Затем, однако, выяснилось, что у меня будет ребенок. Именно тогда (как я уже объясняла) Мартин поместил для меня две тысячи фунтов в Консоли, и на это мы и жили, пока я не стала жертвой мошенничества. Но он предупредил, что, из-за Джемаймы этим да бесплатным жильем его помощь мне и ограничится. Кроме того, он не исключал возможности, что старый мистер Клоудир, узнав о твоем существовании, потребует, чтобы его назначили твоим опекуном (ведь любой рожденный мною ребенок помешает ему унаследовать Имение Хафем). Поэтому необходимо было хранить в тайне и где я живу и что у меня родился сын. О твоем существовании было известно только в Мелторпе, где меня знали просто как миссис Мелламфи. Конечно, Мартин старался хранить секрет от своей жены, но когда он не смог вести дела без посторонней помощи, она обо всем дозналась. Из-за жены он не навещал меня после твоего рождения. Я непрестанно думала о загадке Папиного убийства, и в конце первого года в Мелторпе (в декабре, перед твоим рождением) получила ужасное о нем напоминание: ночью кто-то взломал два дома на Ратклиффской дороге и убил обитавшие там семьи. Мне хотелось думать, что Папу убил не Питер, а кто-то посторонний, и я гадала, не был ли это тот же самый злодей. Однако власти заподозрили кого-то и схватили, но до суда дело не дошло, потому что этот человек повесился, и загадка осталась загадкой. Время шло, и я о чем только не передумала. Я подозревала всех, всех без исключения. Питера, мистера Эскрита и даже… О Джонни, мысль, что Отец моего ребенка убил моего Папу, была невыносима! Чего только я себе не воображала. Мне даже приходило в голову, что это я — хотя и не сознательно — послужила причиной того, что Папа был убит, а муж оказался в тюрьме. Он был не виноват, его довела до этого страсть ко мне.

Со временем я все больше беднела; Мартин обещал позаботиться о том, чтобы мы с тобой не впали в нищету, но меня тревожило, что с нами будет после его смерти (у него было плохое здоровье), ведь, по его словам, он не осмелился включить меня в свое завещание. И вот, когда тебе было два годика, я сделала большую глупость, с которой начались все наши беды. Мне пришло в голову добыть денег с помощью Кодацила. Я спросила Мартина, будет ли прок, если я, как в свое время намеревался Папа, представлю Кодацил в Суд; он ответил, что преимуществ это мне не даст, а, напротив, подвергнет большой опасности со стороны Клоудиров. По его мнению, самым разумным шагом было бы продать Кодацил Момпессонам, зная заведомо, что они (дабы удержать у себя Имение) уничтожат его и таким образом старому мистеру Клоудиру станет незачем на нас покушаться. Помня обещание, данное Папе за несколько часов до его... я отказалась. Я чувствовала, что этот документ стоил Папе жизни, и то, что он добыл его для меня и моего потомства, он считал своим главным и единственным достижением. Сбыть документ с рук, чтобы его уничтожили, значило бы совершить ужасное предательство. Тут я начала гадать, почему Мартину так хочется, чтобы Кодацил попал к Момпессонам; мне даже подумалось, что их интересы ему ближе, чем мои. Если слова Питера о розыгрыше были правдой, значит, они с Папой почему-то не доверяли Мартину. (Теперь, когда я уверена, что Питер говорил правду, мне еще больше, чем прежде, хочется знать, справедливы ли были мои подозрения.)

Поэтому я решилась действовать потихоньку от него и послала сэру Персевалу копию Кодацила, чтобы обосновать свое требование Ежегодной Ренты, — таким образом я исполнила бы обещание, данное Папе, и получила бы Ренту. Я не учла, что, поскольку Кодацил ставит под сомнения его пра-

КВИНКАНКС

ва на Хафем, сэр Персевал решит, что я его шонтажирую; потому-то он так и разозлился, когда мы с тобой к нему ходили. Если бы я не провалила всю затею, он, наверное, помог бы нам, ведь мы с ним родственники. С тех пор пошли всякие неприятности. Поскольку нужно было скрывать от сэра Персевала свое место жительства, я наняла адвоката, мистера Сансью; выбрала я его наугад, по газетному сообщению о каком-то судебном процессе. Я написала ему под прикрытием Мартина, которого попросила просто отправить мое письмо. В письме содержалась просьба пересылать для меня письма, и мистер Сансью согласился. Потом я собственноручно скопировала Кодацил и через мистера Сансью отправила его сэру Персевалу. Мартин ничего об этом не знал, мистер Сансью и Момпессоны не могли установить, где я живу. И все же, как тебе известно, и он, и они меня обнаружили, вот только не знаю как. Иногда я даже задумывалась, не Мартин ли сказал сэру Персевалу?

Глава 65

Парламент-стрит, Бетнал-Грин. 29 марта
Как она могла так поступить? В ответ на все мое добро? Вот так меня предать? Чтобы мы убегали, как преступники. Оставив все: одежду, вещи. Я точно ничем ее не обидела. Позволяла взваливать на Сьюки большую часть работы. Думала, она хорошо к нам относится. Почему люди так... И еще эта гадкая миссис Маллатрат.

Столько всего произошло со времени последней записи! Если бы я знала, как худо нам придется, не поехала бы, наверное, в Лондон. Но до чего же мне не повезло, сразу наткнуться на эту мерзкую-примерзкую женщину, которая нас ограбила. С этого и начались наши беды, ведь пропали мои вышивки, а они бы помогли нам продержаться.

Мы пробыли здесь неделю. Это ужасно. Комнатушка такая тесная и темная. Этот район не узнать. Я постаралась скрыть от Джонни, как удручена. Прежде сады, зелень, а теперь, куда ни взглянешь, грязные домишки. Но она добрая женщина, пусть даже простая и грубоватая. Джонни неправ. Он становится такой упрямый. Она хорошо к нам относится. А вот муж ее мне не нравится.

10 апреля

Как же любезно с его стороны — купить Джонни новую одежду. Наверное, Джонни ему нравится. И все же добряком его не назовешь. Она рассказывала, он бьет ее. Мы совсем сдружились, хотя она заставляет меня работать до седьмого пота.

29 апреля

Гадкая, гадкая женщина. Как же она меня унизила. Надо отсюда уходить.

Орчард-стрит. 15 июня

Думаю, нам с ней будет хорошо. Она, видно, добрая и честная. Но, наверное, зря мы ушли от тех людей, по крайней мере там мы были сыты. Джонни становится такой задиристый. Точь в точь Папа. Я теперь часто о нем вспоминаю. Наверное, потому что наш старый дом так близко. Видел бы он меня теперь. Когда он прошлой ночью меня разбудил, я не решилась рассказать о кошмаре, который мне снился. Мне привиделся Папа весь в крови, его лицо, его славное милое лицо, когда он... узнал ли он Он удивленно поднял глаза словно знал человека, который Со словами, это, мол, я виновата. Все из-за меня.

24 июля

Нет времени писать. Думаю, на Хелен и Пичментов работать труднее, чем на ту женщину. Сказала Джонни, зря мы оттуда ушли. Всего два грана.

30 августа

Вот бы иметь красивое платье. До чего же не хочеться явиться пугалом перед всеми этими людьми.

КВИНКАНКС

Первое сентября
Это просто ужас. Ужас. Мне было так стыдно. Зря мы остались. И под конец, джентльмен — да какой же джентльмен — а я-то считала, что он куда лучше мистера Пентекоста... Но он проводил меня обратно, потому что Хелен осталась и

16 октября. Полночь
У меня сердце рвалось, когда пришлось его отдать. Джонни меня заставил, до чего же он жестокий. Но я его выкуплю. Сколько пробудилось воспоминаний. Эти ужасные ломбарды! Что говорил мне Питер. И что случилось потом. Не могу заснуть, все об этом думаю.

2 часа
Рассказала все Хелен. О смерти Папы. О моем замужестве не похожем на замужество. О том, кто Отец Джонни. Все. Она дала мне снотворное.

18 октября
Такие чудесные сны.

5 ноября
Она говорит, нужно вести учет.
2.

8 ноября
3.

9 ноября
3.

10 ноября
5.
7.
6.
9.
10.

Декабрь
11.
10.
12.
11.
14.
14.
13.
11.
15.
14.
14.

Январь
17.
12.
14.
15.
18.
18.
19.
17.
19.
20.
24.

19 мая

Ох, как было плохо. Думала, не выживу, но с помощью Хелен продержалась. Больше в рот не возьму гадкое зелье.

22 июня

До чего же грустная История! Как ей непосчастливилось! Почти так же, как мне. Леди Момпессон, похоже, злая женщина. Такая мстительная! Я, наверное, была неправа, что на них надеялась.

16 июля
Они нашли нас! Этот человек! Этот ужасный великан! Который следил той ночью за Питером и который в Мелторпе пытался украсть Джонни. Нам нельзя здесь оставаться. Но как они узнали где

Голден-Сквер, 27. 19 июля
Она приняла нас так радушно, что я растрогалась. Зря я слушала Джонни, когда он меня уговаривал ей не верить. Вовсе она меня не ненавидит. Я думала, она в детстве меня терпеть не могла, за то что у меня было столько всего, а у нее ничего не было. Но в конце концов, я ее тогда жалела. Отдавала свои старые платья, когда ей не во что было принарядится. И если она меня не взлюбила и хотела отомстить, значит, все же... Думаю, я ее чем-то обидела. Но как Хелен могла предать. И вспоминать не хочется.

20 июля
Какой забавный маленький человечек этот мистер Степлайт, но очень любезный. Джентльмен с головы до пят. Похоже, Джемайме он очень не по душе.

Грейт-Эрл-стрит. 22 июля
Когда же это кончится. Я уж было поверила, что наконец мы в безопасности. Как жаль, что я не... Не выношу это место и этих ужасных людей. Но как же к нему попал наш вексель! Джонни не должен знать, что вексель попал к нашему Врагу, так как теперь, когда мы в его власти...

23 июля
У меня ужасное предчувствие насчет Джонни, что я его больше не увижу. Когда он уехал с мистером Степлайтом, я плакала не переставая. Но, по крайней мере, теперь ему ничто не угрожает.

26 июля

Человек от мистера Степлайта все еще не принес обещанные деньги. Миссис Фортисквинс вчера ко мне не приходила, но я жду ее сегодня.

28 июля

Мистер Степлайт не пришел, хотя должен был уже вернуться в Лондон. Знать бы, как там Джонни. Сегодня приходила миссис Фортисквинс. Сказала, давать мне деньги — это бросать их на ветер, потому что я их все равно потрачу. Почему она так.

Та девушка обещала, что принесет мне. Того, что есть, хватит ненадолго. Потому что пройти через это еще раз мне не под силу.

1.

13 августа

Осталось несколько шиллингов, этот ужасный человек рассказал, что со мной будет, если через два дня я не заплачу долг: меня поведут на суд к магистрату. Я должна отправиться к ним за помощью. Он согласился за десять шиллингов проводить меня к ним. Мои последние монеты. Мы отправляемся завтра.

1.

Я пропала. Меня принял дворецкий, мистер Ассиндер, выслушал и пошел переговорить с сэром Персевалом. Вернувшись, он передал слова сэра Персевала: ему, мол, нечего мне сообщить и он не желает, чтобы его больше беспокоили по этому поводу. Джонни теперь в безопасности, а что случится со мной, им все равно!

2.

Коммон-Сайд. 18 августа

В первый раз могу писать, с тех пор как меня сюда привели. Это было так унизительно. Хуже мне уже не будет. По крайней мере Джонни в безопасности.

2.

20 августа
Он по-прежнему здесь! Я всегда его не долюбливала. Думала, он хуже, чем его друг. Не хочу иметь с ним ничего общего, хотя письмо его, как будто, дружелюбное и любезное.

Мастерз-Сайд. 30 августа
Я думала, женщина, которая ухаживала за мной во время болезни, делала это по доброте сердечной, а оказывается, он ей платил! Она сама мне в этом призналась (хотя обещала ему молчать), и я послала ему записку. Ее муж — его сокамерник, так это здесь называется. Это благодаря ему меня перевели. Он навестит меня, когда мне станет лучше.

2 сентября
Он так много мне объяснил! Не могу писать, пока все не обдумаю.

3 сентября
Он был очень болен, и его жизнь до сих пор в опасности. Он такой добрый. Я была к нему не справедлива. Он обмозговал все, что я рассказала. Говорит, миссис Фортисквинс, вероятно, меня предала, хотя он не будет гадать, почему — он вообще гадать не любит. Она допустила, чтобы меня отправили в такое место. Возможно, это она сообщила моему Врагу где я. (Все же не понимаю, почему меня предала Хелен. И почему сэр Персевал мне не помог.) Но он говорит, рассуждать стоит только о том, что знаешь на верняка. Он никогда не гадает, что движет другими людьми, учитывает только их очевидные интересы. Что до того, как к мистеру Клоудиру попал мой вексель — он говорит, наверное, вексель ему продал мистер Сансью. Но как получилось, что эти двое объединили силы против меня?

4 сентября
Он говорит, что хотел бы меня отсюда вызволить, но не может, потому что сам не имеет ни гроша и по уши сидит в долгах. Пытается собрать денег, чтобы взять Предписание.

В долги он залез потому, что один раз поступил против своих неколебимых принципов: гарантировал вексель своего друга, который плохо вел дела и ему грозило растерять своих клиентов. (Клиентуру он все равно потерял, и оба они оказались здесь.)

6 сентября
Он опять тяжело захворал, говорят, не выживет.

8 сентября
Такая печальная новость о мистере Пентекосте. Я снова без друзей. Знаю только одного человека, к кому могу обратиться за помощью. Вот только вспомню ли ее адрес?

Ист-Хардинг-стрит, 12. 10 сентября
Слава богу, что меня осинило к ней обратиться! Она была сама любезность, теперь я в безопасности и у меня все есть. Она явилась, как только получила мое письмо, и все уладила: внесла за меня залог, чтобы я получила на руки Предписание и могла жить за пределами тюрьмы. Власти хорошо ее знают, она и другим женщинам так же помогала, ее дом включен в Предписания. Не знаю, как смогу ее отблагодарить. Когда я ей об этом сказала, она ответила, пока выбросьте это из головы и набирайтесь сил. До чего же она хорошая.

13 сентября
Рассказала ей, как Хелен обманула мое доверие, она пришла в ужас и поклялась, если еще раз с ней встретится, порвать все отношения. Она представила меня другим леди, которые у нее живут. Успела только переброситься с ними несколькими словами; очень приятные дамы, как мне показалось. Одна из них рассказала, что у них бывает очень большое общество. Давненько мне не доводилось бывать в хорошем обществе. Она пообещала купить мне новое платье, чтобы и я могла участвовать в приеме. Она очень великодушна,

говорит, мы в этом мире должны друг другу помогать. У меня теперь все есть: горничная в услужении, собственная спальня, вещи, как раз такие, какие мне нравятся.

14 сентября
Она заказала для меня портнихе красивое шелковое платье. Не знаю, как ее отблагодарю и будет ли случай надеть такую вещь, но она говорит, не нужно об этом беспокоится.

15 сентября
Она говорит, что теперь мне пора принимать гостей. Не отказываться же, раз она столько для меня сделала, не понимаю только, почему ее друзья жаждут моего общества. Тем не менее я согласилась. Миссис Первиенс сказала, я смогу надеть мое новое платье. Итак, завтра я впервые побываю в обществе.

16 сентября
Слава богу, он в безопасности! Это все, что меня теперь заботит. Что случится со мной, неважно.

17 сентября
Нужно бы уйти, но одеться не во что — только в то, что она дала — а это, она говорит, принадлежит ей — денег ни гроша и куда мне идти? Все думаю о тех созданиях у стены Прайви-Гарденз!

18 сентября
Она говорит, я дурочка и не понимаю, как устроен Мир; никто никому просто так ничего не делает, нужно быть слабоумной, чтобы в это поверить. Хватит водить ее за нос, она этого больше не потерпит.

23 сентября
За мной следят на улице. Если я попытаюсь сбежать, меня обвинят в краже одежды.

24 сентября
Одна из женщин обещала, что достанет мне это.

25 сентября
Слава богу! Нашелся хоть один добрый человек. Теперь мне уже не так важно, что со мною будет.
1.

4 октября
Сегодня я встретила Хелен! Здесь, в этом самом доме! Когда я ее уприкнула, она залилась краской. Значит, миссис Первиенс лгала мне. Она все время держала Хелен в другом своем доме. Так меня обманывать! Я должна отсюда бежать. Я поступила неправильно. Глупо.
3.

7 октября
Я снова болела. Она разговаривала со мной очень грубо. Не знаю, зачем я продолжаю эти записи, он ведь их не увидит. Я их уничтожу. Он не должен больше меня видеть. Не должен знать Правду обо мне.
5.

9 октября
5.

13 октября
6.

28 октября
7.
9.
6.
9.
10.

КНИГА IV

ВУАЛЬ

Глава 66

Строить догадки — занятие глупое. Как определить, чем на самом деле другой человек руководствуется?

Об этом сроду не допытаешься, а потому куда разумней и вернее вообще не вдаваться в предположения. Мистер Валльями действовал так, а не иначе — вот и все, что можно заключить в данном случае. Неизвестно, был он взволнован или рассержен услышанным — или же им двигали своекорыстие и мстительность, разожженные словами мистера Сансью.

Начать, впрочем, я должен с мистера Сансью. Вот он идет по морозным улицам, дуя на руки в перчатках, явно не замечая вокруг себя предпраздничной суеты. Поглощенный иными заботами, он пробирается к замызганной конторе у старой пристани.

Оказавшись в приемной, он обнаруживает там только мистера Валльями и мальчика-посыльного.

— Добрый день, мистер Сансью,— приветствует его мистер Валльями.— Мистер Клоудир на бирже. Он ждет вас к этому часу и скоро должен вернуться.

Мистер Сансью берет секретаря-управляющего под руку и уводит его в недра конторы, оставив мальчика сидеть у двери.

— Плохи дела, мистер Валльями, — роняет он вполголоса.

— В жизни такого не видывал, — качает головой секретарь. — Даже в девяносто седьмом, когда был не старше этого мальца. Да и зима выдалась лютая. Именно тогда Английский банк приостановил платежи в первый — и будем надеяться — в последний раз.

Содрогнувшись, мистер Сансью продолжает:

— Сообщают, что в провинции закрылось еще три отделения. Скажу начистоту, я и сам крупно погорел, боюсь худшего.

— Искренне вам сочувствую, мистер Сансью. Как жаль всех этих бедных вдов и сирот, которые остались ни с чем. Несчастные семейства, лишившиеся своего главы — сохрани их Господь! — Мистер Валльями отирает глаза. — Невесело им придется на Святках. Но что до меня самого, то, сказать по правде, в моем положении хуже никому не придется.

Мистер Сансью, с сомнением взглянув на мистера Валльями, встряхивает головой, а потом осведомляется:

— Вы в этом уверены?

— Как нельзя более. Но, слава Всевышнему, терять мне нечего. — Он прыскает от смеха. — У мистера Клоудира есть мой вексель на триста фунтов. Но я давно сижу без гроша, по уши в долгах — и мне от этого ни холодно, ни жарко.

— Но старик потерпит урон. И солидный. Говорят, будто Квинтар и Мимприсс вот-вот лопнут. И уж он наверняка взыщет с вас сполна.

На миг сдвинув брови, секретарь вновь расплывается в улыбке:

— Да что вы, сэр, мои триста фунтов погоды не сделают. К тому же он знает, что я неплатежеспособен. Его устраивает, чтобы долг висел у меня над головой.

— Но вы меня не поняли, дражайший мой друг. Обращаю ваше внимание на тот факт, что вы, по сути, представляете собой «Пимлико-энд-Вестминстер-Лэнд-Компани».

КВИНКАНКС

Вам следует уяснить, что сейчас и речи нет о продаже фригольда ни на один из этих домов.

Мистер Валльями удивлен:

— Совершенно верно, сэр, но, как я уже сказал, мне от этого ни холодно, ни жарко.

— Ошибаетесь, дружище. Ей-богу, я рад был застать вас одного. Меня давно уже мучает совесть, что я не поделился об этом с вами раньше. Ваш работодатель спекулировал с акциями компании, и, учитывая нынешнюю панику, вам нетрудно заключить о значительных его убытках. Остается только объявить о банкротстве компании — другого выхода нет. А как только это произойдет, кредиторы отправят вас в Маршалси.

— Невероятно! Он бы ни за что так не поступил! — Помолчав, мистер Валльями восклицает: — Впрочем, вероятно. Старый мошенник. И это после того, как я столько лет был ему предан!

— Благодарение небу, совесть моя теперь чиста, — произносит законник. — А вы готовы сделать мне одолженьице?

— Да-да, — рассеянно бормочет его собеседник.

— Мистер Валльями! — окликает его законник с чарующей улыбкой.

— К вашим услугам, сэр. — Клерк стряхивает с себя задумчивость. — Разумеется. Все, что вам угодно. Поистине, мистер Сансью, вы меня спасли, так я думаю.

— Премного обязан, — откликается юрист. — А что бы вы сказали мне в ответ, если я назову имя «Фортисквинс»?

Взгляд мистера Валльями выражает смятение.

— Угу, — роняет юрист. — Выходит, оно вам известно, ведь так?

— Нет, то есть да. — Клерк беспокойно озирается по сторонам. — Сейчас не время беседовать, мистер Сансью. Умоляю, давайте встретимся позже.

В эту минуту мальчик бежит к парадной двери, и мистер Сансью торопливо шепчет:

— Приходите ко мне в контору на следующей неделе, в четверг вечером.

— 61 —

Между тем появляется пожилой джентльмен, закутанный в кашне, которое мальчик принимается разматывать, описывая круги, будто убогий плясун возле майского дерева. Худое лицо хозяина обращено к юристу:

— Я только что с валютного рынка. С Амфлеттом и Клетором покончено, с Базалгеттом тоже и с Хорнбаклом и Дитмасом в придачу.

Валльями в ужасе трясет головой, не сводя глаз со своего нанимателя.

Даже не взглянув в его сторону, пожилой джентльмен жестом манит юриста за собой внутрь конторы.

— Скверно, очень скверно,— произносит мистер Сансью, когда дверь за ними затворяется.— Лучшие фирмы потерпели крах. Я слышал, что даже Квинтар и Мимприсс могут столкнуться с трудностями.

— Ни в коем случае! — пылко заявляет пожилой джентльмен.

— Вы в этом уверены?

— Я получил подтверждения из надежнейшего источника.

— Правда? Неужто? — мямлит юрист.— Дело в том, что мне предлагали их акции со скидкой в пятьдесят процентов.

— Берите! — восклицает пожилой джентльмен.— Берите, сколько сможете, а остальные купите мне!

— Я покупаю не от своего имени, а для других лиц. Увы, мистер Клоудир, наличности у меня нет. Наши совместные спекуляции выжали меня досуха. И, боюсь, лишили «Пимлико-энд-Вестминстер» возможности отвечать по своим обязательствам.

— Компания пойдет под внешнее управление,— шепотом сообщает пожилой джентльмен, мотнув головой в сторону приемной.

— И он?..— глянув на дверь, переспрашивает мистер Сансью вполголоса.

Пожилой джентльмен, слегка улыбнувшись, проводит пальцем по тощему горлу.

— В качестве компенсации за это,— откликается мистер Сансью,— я припас великолепную новость касательно другого нашего предприятия. Чего бы вам больше всего желалось от меня услышать?

Мистер Клоудир, впившись глазами в собеседника, молча, одними губами, выговаривает какое-то слово.

— Именно,— усмехается юрист.— Мой посредник уведомил меня, что дело обстоит в точности так.

— Превосходно! — Пожилой джентльмен, хлопнув в ладоши, возбужденно вскакивает со стула. Подступив к юристу, он настойчиво требует: — А вы можете предъявить мне доказательство? Доказательство, годное для суда?

— Еще нет, хотя и пытаюсь. Думаю, скоро получу основания вас порадовать. Однако, мистер Клоудир, мы с вами не оговаривали условий соглашения с учетом этой трудности, и вам оно обойдется дороже. А пока я готов взять то, что вы мне задолжали.

— Половину сейчас и половину по предъявлении доказательства,— настаивает мистер Клоудир.

Юрист неохотно кивает, сейф вновь отпирается, и из рук в руки перекочевывает пачка банкнот.

— Теперь о мальчике,— пожилой джентльмен прерывает паузу.

— Тут все идет как надо, мистер Клоудир. Вторая моя новость: он снова в надежных руках.

Мистер Клоудир радостно обхватывает свои плечи, потом, призадумавшись, замечает:

— Выслушайте меня внимательно. Я хочу, чтобы мои инструкции были исполнены как нельзя точнее.

Поскольку вам, как и мне, разумеется, отлично известно, о каких мерах оба джентльмена договорились, я здесь их покину.

Тем временем в приемной мистер Валльями приказывает рассыльному:

— Чарли, сбегай-ка за бутылочкой лучшего голландского джина.

— Но, мистер Валльями, ближе чем у церкви Святого Павла мне ее не достать.

— Неважно. Делай, что сказано.

Когда мальчик уходит, мистер Валльями прислушивается к невнятным голосам внутри конторы. Затем отщипывает кусочек свечного воска, нагревает над огнем и разминает пальцами до мягкости. Вытаскивает из парадной двери большой ключ и ловко всовывает воск в скважину.

Глава 67

Дочитав записи матушки до конца, я уронил голову на руки и, терзаемый мукой, принялся раскачиваться из стороны в сторону. Во мне боролись вихри чувств, которые я сам не мог бы назвать. Теперь наконец мне стала известна мрачная тайна, которую мать берегла от меня: мой дедушка был зверски убит — и кем? Почти наверняка...— нет, я не в силах был это представить. Как, должно быть, страдала моя мать всякую минуту, пока бодрствовала, стараясь отогнать от себя эту мысль. Дико вспомнить, что я верил, будто хорошо ее знаю, однако и понятия ни о чем таком не имел. И насколько же мало я во всем смыслил! Только теперь я знал наверняка (а раньше только догадывался), кто в действительности мой отец. Выходит, мое настоящее имя и вправду Клоудир. И все же задавался вопросом: так ли это? По праву ли оно мне принадлежит? Оно более мое, чем то, какое я носил столько лет? Или имя, выбранное мной вместе с матерью? С этим именем, несомненно, меня крестили, и все же мне не хотелось, чтобы оно было моим. В конце концов, чем больше я узнавал, тем яснее осознавал, сколь многое еще от меня сокрыто. Что было на страницах, матерью уничтоженных? Что она желала от меня утаить? Имело это какое-то отношение к моему отцу? И он все еще жив? А поскольку мистер Эскрит настаивал на истинности своего совершенно невероятного заявления, означало ли это, что мой отец был душевно здоров? Если да, разве он не становился ввиду этого еще более виновным? Мои мысли описывали один и тот же чудовищный круг: если отец находился в здравом уме — значит, на нем лежит страшная вина; если же что-то и может его оправдать, то только сумасшествие. Безумец или злодей, злодей или безумец — другого выхода не виделось. Как мне примириться с тем, что у меня такой отец? Я повторял слова матушки: «Мне непереносима мысль, что отец моего ребенка — убийца моего отца!» Эта мысль была непереносимой и для меня. Но, быть может, здесь замешан кто-то другой? Разве кое-где обмолвки матушки не указывали на Мартина Фортисквинса? (Но — видит Бог! — у меня были причины не желать верить и этому.)

Но почему старый джентльмен отказался открыть больше? Избавил мать от каких-то разоблачений, куда чудовищней? Смогу ли я пробраться в дом дедушки и поговорить с ним сам? И, быть может, узнаю от него нечто такое, что обелит моего отца? Хотя улики против отца были убедительными, существовали люди, которые имели веские причины желать дедушке смерти. Мистер Клоудир и его старший сын так отчаянно домогались, чтобы кодицилл был представлен в суд, что ради этого вряд ли погнушались бы убийством. А Момпессоны, если уж на то пошло, по самым серьезным основаниям стремились этот замысел предотвратить: я не мог выкинуть из головы, что Сансью (он же Степлайт) прибыл в дом миссис Фортисквинс в их карете. Выходит, они тоже так или иначе были связаны с ним, сколь невероятным бы это ни выглядело?

Время близилось к полуночи, над безлюдьем недостроенных домов царила тишина, так не похожая на привычный мне гвалт грачиных гнездовий. С головой уйдя в записную книжку, я не заметил, как стало холодно, и теперь поспешил натянуть на себя покрывало.

Я задумался о несчастливой, загубленной жизни матушки. Она была слишком доверчива, чуралась уловок и совершенно не умела строить планы, полагаясь всецело на удачу. Любовь к ближним сделала ее ранимой. Она превратилась в жертву, безвольно влекомую по жизни, утратившей смысл, к такому же бессмысленному концу. Я такой ошибки не допущу. Не буду никому доверять — только себе. На свете не осталось тех, кого бы я любил, и это давало мне свободу и неуязвимость. Знаю, везения нет — есть только счастливые шансы. Теперь я поставлю перед собой цель — какую, правда, именно, я в растерянности не мог бы пока назвать. Теперь я испытывал не только жалость или ужас. Меня захлестнул гнев. Гнев на миссис Первиенс, на Сансью, на миссис Фортисквинс. Мне хотелось — мне необходимо было заставить их страдать. В особенности последнюю. Я не мог понять, почему она себя так повела. Что за мыслимая причина побудила ее преследовать мою мать вплоть до самого конца? Какой зуб она против нее имела? Мать, кажется, упоминала о какой-то обиде, но я толком так ничего и не уяснил. Были также Момпессоны со своим доверенным лицом — Ассиндером: теперь мне стало ясно, о чем она толковала в свой смертный час. Она знала, несмотря на мои утешения, что никакой помощи от них ожидать нельзя. Сэру Персевалу ничего не стоило бы помочь той, кому его семейство причинило великое зло и кто вправе был притязать не только на кровное родство, но и на справедливость. В то же время я не в силах был понять, почему он пренебрег помощью, исходя хотя бы из соображений благоразумия, ради собственной же пользы: насколько он, как владелец имения Хафем, был заинтересован в том, чтобы не пресеклась линия наследников неотчуждаемого имущества.

Все сводилось к оспариваемому праву собственности. Многие несообразности в рассказе матушки проистекали отсюда. Почему мой дедушка внезапно решил не предъявлять кодицилл в суд, хотя положил столько долгих трудов на его розыски и погряз по уши в долгах перед человеком, которому не доверял, лишь бы его приобрести? Загадок оставалось множество. Если мой отец душевно здоров и на нем лежит вина, то почему же он признался матери, что возвращался в дом, оставив ее на постоялом дворе? Что там произошло, когда он появился вновь? Действительно ли он был удивлен при виде окровавленных банкнот, распечатав пакет в гостинице в Хартфорде? Тут я вдруг вспомнил письмо дедушки и содрогнулся, поскольку знал теперь, что́ за пятно имелось на нем, которое так занимало меня ребенком, и когда я по-детски воображал, будто это кровь. Теперь, по размышлении, я пришел к выводу, что, вероятно, слишком поторопился отложить это письмо, когда попытался прочесть его спустя несколько дней после смерти матушки.

Мне вспомнилось, что в письме говорилось о некоем «завещании», упоминание о котором я посчитал плодом фантазии Джона Хаффама, помешанного на имении Хафем. И все же такой документ, не исключено, существовал. Только этим можно было объяснить кое-какие странности его поведения. И, наверное, именно потому он так внезапно и непонятным образом потерял интерес к кодициллу. Документ, которым он завладел или надеялся завладеть, делал кодицилл излишним! При таком раскладе документ не мог быть не чем иным, как только позднейшим завещанием самого Джеффри! Если так, то оно, по-видимому, отменяло первоначальное волеизъявление! Я вспомнил, что говорили мне мистер Пентекост и мистер Силверлайт: закона об исковой давности применительно к завещаниям не существует. И потому условия такого завещания будут иметь абсолютную силу закона! (Или, скорее, силу Справедливости.) Что это были за условия? Я поспешно ринулся в полутьме к тайнику, где спрятал письмо, и вытащил его оттуда. Из письма что-то выпало. Это была карта — вернее, ее части, — захваченная мной из Мелторпа и доверенная позднее матушке. Меня вдруг осенила мысль: а не найду ли я на ней дом моего деда?

Я придвинул свечу поближе и разгладил помятые листы. Дом, как мне было известно, находился на Чаринг-Кросс, фасадом был обращен на Нортумберленд-Гарденз и стоял в глубине двора, куда вел узкий проход. По карте делалось ясно, что дом мог располагаться либо на Нортумберленд-Корт к востоку от особняка, либо в одном из дворов к западу: Тринити-Плейс, безымянном или же в Крейгз-Корт. Безымянный казался более вероятным.

Затем я обратился к письму дедушки. Развернул его и взялся было читать, но заслышал с недостроенной улицы шорох гравия под колесами повозки. Я торопливо сунул письмо и карту обратно в тетрадку и, выскочив из-под одеяла на резкий холод, запихал ее в карман своей куртки, лежавшей на полу. Потом потушил свечу и отодвинул кусок доски, прикрывавшей окно, чтобы выглянуть наружу. Барни с компанией высаживался из пары наемных экипажей, возчиков которых они каким-то образом уговорили двинуться в эти края ночью.

Заслышав, как открывается входная дверь, я шмыгнул на верхнюю лестничную площадку: шумная толпа со смехом и возгласами громче, чем обычно, ввалилась в дом и направилась в гостиную.

Я прокрался вниз по лестнице в комнатку над гостиной, откуда, из-за отсутствия потолочного покрытия, мог слышать все так, словно находился там сам, хотя видеть удавалось немногое.

— А ты, Барни, молодцом,— донесся голос Салли.— В непонятках, как это ты изловчился. Выдал, будто в театре.

Раздались одобрительные смешки.

— А ведь повезло нам, верно? — заметил Барни, усаживаясь на диван так, что мне стала видна его макушка.— Утерли мы им нос на славу!

— Скоро они назад? — спросила Мег.

— Джек сказал, часа через два,— отозвался Барни.

— А Сэм мне сказал, он думает, подольше,— возразила Салли.

— Ну, так разве мы им не обрадуемся? Вот и все,— воскликнула Мег.

Все дружно ее поддержали.

— Давай, бога ради,— заговорил Билл,— расскажи Бобу и мне, как что было.

— Мальчишка тихо себя вел? — задал вопрос Барни.

— Даже не шелохнулся,— подтвердил Боб.

— Он нам и не нужен был вовсе,— пояснил Барни.— Джоуи взялся и сделал, что требовалось.

Я подался вперед — разглядеть, кого он имел в виду, но мне это не удалось.

— Но сперва,— продолжил Барни,— надо мне кое-что сделать, пока не забыл.

Я перегнулся еще дальше в надежде увидеть, что́ именно он собирается делать, однако риск свалиться между балками вниз был слишком велик. Когда разговор возобновился, я с ужасом сообразил, что Барни вышел из комнаты. Я со всей осторожностью поспешил обратно на лестничную площадку: Барни тяжело поднимался по ступеням с нижнего этажа — на мое счастье, медленно и с трудом, спотыкаясь в полутьме, так как был слегка навеселе. Я опрометью взбежал на следующий пролет и сумел раньше его ворваться к себе в комнату незамеченным. Поспешно забрался в постель, натянул на себя одеяло и закрыл глаза. Минуты не прошло, как грузные шаги со скрипевшей лестницы переместились в комнату, приблизились и затихли рядом со мной.

В закрытые веки ударил луч фонаря. Барни шагнул вплотную к постели и, похоже, наклонился надо мной: я ощутил запах джина и табака и слышал его тяжелое дыхание. Притворяясь спящим, я гадал, не зажмурился ли слишком сильно и не покажется ли ему подозрительным, если меня не разбудит свет фонаря,— или же он в таком подпитии, что не понимает, какой производит шум.

Я уже собирался открыть глаза, когда Барни отодвинулся от меня и с грохотом начал шарить по комнате. Поначалу я опасался на него глянуть — а вдруг он за мной следит, но потом осторожно разлепил веки, однако самую чуточку, лишь бы он не заметил, что в глазах у меня отражается свет фонаря. Барни стоял прямо передо мной — правда, наклонив голову и пристально изучая мою одежду, подобранную им с пола.

Теперь я смотрел на него в упор: низкий лоб, глаза навыкате, крупный нос и выступавшая вперед челюсть — словно с лица его сорвали покров, чтобы я впервые смог как следует его разглядеть. Я словно унесся в прошлое — и вновь стал ребенком, который, как и сейчас, притворялся спящим, однако лежал в своей кроватке в доме матушки и, внезапно очнувшись от кошмара, увидел, что творится нечто необычное: лицо, на которое я сейчас смотрел, было лицом того самого взломщика, глядевшего на меня из окна в Мелторпе!

Зажмурившись, я замер в постели, но сердце мое колотилось так громко, что я не сомневался: Барни услышит его стук. Охваченный ужасом, я не в силах был поверить, что это странное сходство — всего лишь простое совпадение, а вообразил, будто стоявший рядом со мной человек — орудие неумолимой и сложной машинерии, призванной меня уничтожить, от которой спасения мне нет и которая несет мне гибель, как принесла она гибель моему дедушке и моим родителям.

Но тут наконец Барни вышел из комнаты: удостоверившись, что он спустился вниз, я высек огонь и зажег свечу, при свете которой мне необходимо было ободриться и попытаться разгадать смысл сделанного удивительного открытия. Внезапно меня осенило: Барни с самого начала знал о том, что мы с ним знакомы. Причина, по которой он загадочным образом передумал, впускать ли меня в дом, заключалась в моей обмолвке насчет Мелторпа: это сразу его насторожило. Но почему он со мной возится? *Да не потому ли, что действует заодно с Сансью и Клоудирами?* Только так — и не иначе! Мне вспомнился юрист, упомянутый им в качестве источника подложных векселей, — наверняка это был Сансью! Но каким образом могла возникнуть эта связь между мной и Барни? Поскольку я ничего не знал о личности взломщика и не знал, выбрал он дом матушки случайно или же явился агентом одного из наших врагов, продвинуться с выяснением по этой линии я был не в состоянии. Но почему вышло так, что я вновь столкнулся с Барни? Я мысленно проследил свои шаги: сюда меня направил Палвертафт; к нему я был отослан стариком Сэмюелом, которого, в свою очередь, нашел в поисках Дигвидов.

Дигвиды! Вот, наверное, и ответ: именно они были связующим звеном между Барни и домом моей матушки. При этом открытии словно бы вытянулись свернутые в клубок нити: я мгновенно разглядел связи, меня опутавшие. Быть может, миссис Дигвид с сыном явились к нам в дом не случайно, как они утверждали, и это как-то соотносилось со взломом, имевшим место несколькими годами раньше? Я припомнил, как той ночью, когда они у нас гостили, застал Джоуи рывшимся в секретере матушки. Это тот самый Джоуи, которого только что называл Барни? Впрочем, все это выглядело слишком уж изощренным хитросплетением. Если строго следовать логике, ни малейшей уверенности о связи между Барни и миссис Дигвид у меня не было. А если такая связь существовала, не приходился ли он ей супругом? Впрочем, вспоминая о ее доброте и чистосердечии, я никак не мог заставить себя поверить, что она связана брачными узами с преступником. Слишком ужасно было представить, что миссис Дигвид обманом проникла в дом матушки, злоупотребив ее великодушием и доверчивостью. Однако иного вывода сделать было нельзя, разве что посчитать вторичное появление в моей жизни взломщика чистой случайностью. Но и на этом невозможно было подвести черту: даже если налицо здесь имелась исключительно игра случая, все-таки парадоксальным образом просматривался и некий умысел. Голова у меня шла кругом, и невзначай мне вдруг вспомнилось, как Барни хвастался, будто убил джентльмена. Из его слов следовало, что произошло это примерно за год до моего рождения. Если он и в самом деле столь таинственно связан со мной и моим семейством, а также действовал по наущению Клоудиров, не могло ли убийство, на которое он намекал, быть убийством... Нет-нет, безумием было заходить в догадках так далеко! И тем не менее все обстоятельства складывались воедино.

Теперь мне стало ясно: моя жизнь подчинялась замыслу, но чужому! Кто же держал в руках тайные нити, кто плёл скрытую интригу и почему? Но, по крайней мере, разгадав общий узор паутины, я в неё не попался. Отныне я больше не буду игрушкой в руках судьбы. Сделаю жизнь осмысленной — и целью моей будет найти Справедливость. Отвоевать Справедливость для матушки, моего отца, дедушки и самого себя у тех, кто причинил нам зло. У миссис Фортисквинс с её двуличной улыбкой. У бессердечных и высокомерных Момпессонов. А главное — у Сайласа Клоудира: вот уж он-то наверняка дёргал за все ниточки.

Так или иначе, я твёрдо знал: нужно бежать — и немедленно. Вскочив, я бесшумно оделся, надев на себя не нарядный костюм, который Салли купила мне в Вест-Энде, но старые обноски, приобретённые ею на Шепердз-Маркет, где я расстался со своими лохмотьями: мне не хотелось ничего похищать у Барни — и я очень сожалел, что пришлось взять верхний сюртук и башмаки.

Одетый, с башмаками в руках, я, прежде чем задуть свечу, окинул взглядом комнату: брать с собой было больше нечего. Коснувшись кармана курточки, я вдруг с ужасом обнаружил, что он пуст. Обшарил пол, но ничего не оставалось, как признать: все вещи — записная книжка матушки, сделанная мной копия кодицилла, карта и письмо дедушки — исчезли. Так вот чем занимался Барни в ту минуту, когда я, открыв глаза, узнал его! Посчитав утрату записной книжки новым посягательством на матушку и на мою к ней привязанность, я, терзаясь мукой, дал волю негодованию. Раздумывать о том, что значит для меня потеря других документов, не приходилось: на душе было тяжело, но горевать времени не было. Я задул свечу и шагнул за порог.

Опасливо спустившись с верхней площадки лестницы, я призадумался, удастся ли мне выскользнуть наружу незаметно: ведь уличная дверь — даже если она и не охраняется — единственный выход из дома, а это значит, что мне придётся пройти через коридор в гостиную. Смутно надеясь дождаться, пока все улягутся спать, я вернулся на свою позицию в каморке над гостиной и стал вслушиваться.

Повесть о вечерних подвигах я, очевидно, пропустил.

— Вот это годится! — сквозь нестройные выкрики и смех прорезался голос Уилла.

— Разрази меня гром,— подхватил Боб.— И потешился же я, глядя на их раздутые физии, когда они Джека выследили!

Послышалось хлопанье пробок, все одобрительно зашумели. Время шло. Мне надо было оставаться настороже: вдруг кому-то вздумается подняться по лестнице, боялся я также нечаянно задремать и свалиться вниз.

Началась игра в карты, запиликала скрипка, фигуры закружились в танце. Текли томительные часы, занятые выпивкой, азартными играми, ссорами и даже потасовками, и я сделался свидетелем примеров крайней развращенности, против которой все еще не мог себя закалить.

Внезапно меня вывел из полудремоты голос Мег:

— Эй, а который теперь час?

— Без малого четыре с четвертью,— отозвался Боб.

— Ну, и где же тогда Сэм с Джеком? — продолжала Мег.

— Вот-вот! — воскликнул Барни.— Пора им уже быть здесь.

— Что-то с ними неладно! — заявила Салли.

В эту минуту в дверь постучали — и, подавшись вперед, я увидел, как Боб вышел из комнаты, а потом донесся его голос:

— Кто там?

Ответа я не разобрал, но Боб крикнул:

— Это Джек!

Пока он возился с замком, волнение в гостиной росло. В общем гуле слышались вопросы: «Что стряслось?» и «Где Сэм?»

Гомон перекрыла реплика Барни:

— Спокойно. Я Джека и ждал. Не Сэма.

— То есть как это? — выкрикнул Уилл.

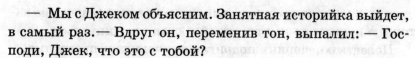

— Мы с Джеком объясним. Занятная историйка выйдет, в самый раз.— Вдруг он, переменив тон, выпалил: — Господи, Джек, что это с тобой?

Все затихло, а потом Салли пронзительно взвизгнула, и Джек расслабленным голосом произнес:

— Нечего пугаться, милашка. Не помираю я.
— Да ты же весь в крови! — причитала Салли.
— Поколотили меня чуток.
— Что случилось, Джек? — беспокойно требовал Барни.
— Где Сэм? — добивалась Мег.
— А где денежки? — не отставал Боб.
— Сэм не придет, а добычи я лишился. Палвертафт меня ободрал.

Поднялся гвалт, не смолкавший до тех пор, пока голос Барни, схожий с ревом разъяренного быка, не заставил компанию притихнуть, и тогда удалось разобрать утомленное бормотание Джека:

— Расскажи им, Барни, что мы знали, а я пока отдышусь.

Мне стало видно, как он примостился на кушетку с помощью Салли, которая уселась рядом с ним. Выронив что-то из руки на пол, она принялась отирать кровь с лица своего ухажера.

— Вот что,— начал Барни.— Нам с Джеком было это известно, но от всех вас это пришлось таить. Сэм всегда только и делал, что наушничал Палвертафту.

Это сообщение вызвало шумный ропот. Мне вспомнилось, как в тот раз, когда Сэм и Салли направились со мной в Вест-Энд, Сэм исчезал.

— И что же? — взревел Боб.— А как насчет Нэн?
— Она ни при чем. Мы только притворились, будто поверили, что это она.
— То есть вы с Джеком врали? — поинтересовался Уилл.
— Ну да, и Сэм тоже, разве что он знал — это не она, а он сам, только ему невдомек было, что и мы это знаем.

КВИНКАНКС

— Ничего не пойму! — выкрикнула Салли. Остальные тоже выразили свое замешательство.

— Хорошо,— проговорил Барни,— помните, как в тот раз мальчишка принес известие от Кошачьего Корма? И мы узнали, что кто-то нас продал?

Все при этих словах загалдели, а я стал приглядываться к предмету, вырoненному Салли, все больше проникаясь уверенностью, что это записная книжка матушки.

— И вот, как раз после того случая,— продолжал Барни,— Джек вынюхал, что Сэм и есть доносчик, больше некому. Расскажи-ка им, Джек.

— Ну, Сэл меня на него и навела. Сказала, будто видела, как Сэм калякал с лысым дурнем на деревяшке.

Теперь мне стал ясен подслушанный мной разговор между Барни и Джеком, когда Джек делился с Барни важным сообщением от Салли, значение которого она сама не понимала.

Я взглянул на Салли: меня поразило, что при этих словах она вздрогнула и удивленно воззрилась на Джека.

— Пег! — раздались восклицания. Разумелся, конечно же, человек, известный мне под именем Блускин, повешение которого мы наблюдали.

— Точно,— заметил Барни.— Вот я тебя и спросил — верно, Сэл, а ты ответила — верно.

Салли, не сводя с него глаз, медленно кивнула.

— И тогда мне стало ясно, как и Джеку, кто есть кто.

— Чтобы наверняка знать,— вставил Джек,— я за ним посматривал, а однажды увидел, как он идет к Олд-Минту, в ночлежку, где живет Палвертафт. Ну, я воротился, сказал Барни и...

— И мы с Джеком,— перебил его Барни,— порешили, как избавиться от Сэма — и так, чтобы Палвертафт не додумкал, что мы его раскусили. Иначе он бы нам точно помешал с аферой. И договорились шепнуть Сэму, будто думаем, что наушничает Нэн.

Итак, если бы мне удалось подслушать концовку разговора между Джеком и Барни, я бы узнал, что они уславливаются внушить Сэму, будто они верят в шпионство Нэн. И Салли, по-видимому, способствовала этому обвинению единственно из своей неприязни к девушке. Однако я-то, разумеется, знал, что на самом деле не Сэм, а Джек был тайным сообщником Палвертафта.

— Так, выходит, Нэн не виновата? — сердито спросил Уилл.

— Точно, — подтвердил Барни. — И мы с Джеком после того притворялись перед Сэмом, будто думаем, что избавились от палвертафтовского доносчика. А чтобы сбить Палвертафта с толку, договорились перенести аферу на неделю. Но сделали это только с тем, чтобы Сэм решил — мы верим, что отвели Палвертафту глаза, и знали, конечно, что он найдет способ его об этом известить.

— И когда Сэм улучил время? — спросила Мег.

— Скажи ей, Сэл, — распорядился Барни.

Салли молчала.

— Сэл сказала мне, — вмешался Джек, — что Сэм улизнул в тот самый день, когда она отправилась вместе с ним и с мальчишкой покупать тряпки. Так, Сэл?

Салли, побледнев, кивнула.

— И потому, — продолжал Барни, — мы знали, что Палвертафт попытается отнять у нас деньги, как только мы их раздобудем. А раз Сэму страшно хотелось отнести их с Джеком в хибару на Трол-стрит, мы сообразили, что Палвертафт либо устроит там для них засаду, либо уже прячется где-то поблизости.

— Верно, — поддакнул Боб. — Именно так я на месте Палвертафта и поступил бы. Пускай Сэм и Джек принесут денежки туда, куда мне хочется, а уж там я на них и насяду с парочкой дружков.

— Вот-вот, Боб, — согласился Барни. Помолчав, он добавил: — И потому мы с Джеком условились отобрать добычу у Сэма заранее.

— Что же случилось, Джек? — спросил Уилл.

— Едва мы с Сэмом вышли из игорного дома и оказались в узком проулке, что ведет от Бедфорд-Корта к Бедфорд-Бери, он вытащил нож и попробовал меня пырнуть. Но я был начеку, достал из кармана пистолет и его утихомирил.

Все ошеломленно молчали.

Вдруг Салли душераздирающе вскрикнула, и от ужаса волосы у меня на голове зашевелились. Конечно же, она была к Сэму неравнодушна.

— Послушай, Сэл, — сердито проговорил Барни, — нечего этак злиться. Я тебе втолковал, почему нам пришлось это сделать.

Салли закрыла лицо руками — и, когда Джек подсел на кушетке поближе к ней, отодвинулась.

— Слушай, Сэл, медлить было нельзя. Зазевайся я — и он бы меня прикончил.

Чьи-то голоса Джека поддержали. Салли уговаривали «не злиться очень уж»; разнеслись шепотки с намеком на то, что, раз она так себя ведет, выходит, Джек не зря ее ревновал к Сэму. Салли, однако, оставалась безутешной и не скрывала слез.

— А что все-таки с деньжонками, Джек? — спросил Барни.

— Замешкался я, — скорбно отозвался Джек. — Из-за угла сразу же выскочили Палвертафт с дружком. Пушку перезарядить было некогда — они тут же на меня насели. Шваркнули по башке и сумку выхватили — едва я успел тягу дать.

К рассказу Джека отнеслись сочувственно: вид его неоспоримо свидетельствовал, что ему здорово досталось.

Настроение сборища сделалось теперь самым мрачным: они продолжали пить, но, осознав, что, несмотря на все их старания, их провели за нос, и теперь им оставалось только глушить вином чувство горького разочарования. Всплыли обиды, которые раньше подавлялись в интересах общего дела: поминутно завязывались яростные перебранки, кончавшиеся порой нешуточной дракой. О происходившем внизу я мог судить в основном только по грохоту и выкрикам, но однажды смог увидеть, как Салли, вскочив с кушетки, увернулась от Джека, который пытался ее обнять.

Я и прежде задавался вопросом, на какие черные дела эти люди способны, но теперь все мои худшие ожидания были далеко превзойдены. Хладнокровное убийство из простой корысти, убийство приятеля и компаньона, пусть даже неверного, — злодеяние самое низкое. Но Джек поступил еще более гнусно. Надо было бежать отсюда, даже рискуя жизнью.

Спустя несколько часов шум внизу поутих, и я понял, что бывших моих попутчиков сморил пьяный сон. Этого-то я и ждал: уличную дверь никто не сторожил, и мне предстояло выскользнуть из гостиной в прихожую незамеченным под покровом темноты — поздний декабрьский рассвет еще не наступил.

Я прокрался вниз по ступеням — без свечи это было делом нелегким — и, затаив дыхание, шагнул в гостиную. В темноте от бесчувственных тел, раскиданных вповалку где придется, что мне уже доводилось наблюдать, доносились храп и хмельное бормотание.

Со всеми предосторожностями я принялся снимать запоры и цепочки, преграждавшие выход. Я справился чуть ли не с половиной, как вдруг из-за моей неловкости (орудовать на ощупь было непросто) тяжелая цепь с висячим замком брякнулась о голый пол с таким грохотом, что, казалось, он разнесся эхом по всему дому. Я замер на месте. Поспешно снять все болты и задвижки и мгновенно выскочить наружу мне бы не удалось.

Не в силах шевельнуться, я ждал решения судьбы. Однако к немалому моему изумлению, из гостиной, чтобы меня сцапать, никто не явился. Я заключил, что поднятый мной шум вовсе не был столь страшен, как мне показалось, но тут до моих ушей донеслось слабое шуршание: похоже, где-то возилась крыса. Я на какое-то время перестал дышать: шорох не повторился, и я счел безопасным вновь приняться за работу, одолел последние засовы и протиснулся за дверь.

Мгновение — и меня охватил стылый ночной воздух. Я прикрыл за собой дверь в надежде, что мой побег останется незамеченным возможно дольше, и припустил вперед по ухабистой дороге, поминутно оглядываясь. На углу этой призрачной улицы я оглянулся в последний раз — и мне почудилось, будто дверь распахнута, а на крыльце стоит невысокая фигура. В сумраке трудно было удостовериться, не тень ли это, и я поспешил завернуть за угол.

Оказавшись на порядочном расстоянии, я остановился, чтобы надеть башмаки. Подняв глаза, я увидел перед собой деревянную дощечку с надписью: «Данный участок земли арендуется для застройки. Обращаться к мистеру Холдиманду, "Вест-Лондон-Билдинг-Компани"». Это была та самая компания, что обманула Дигвидов; она же, я не сомневался, была замешана в спекуляциях, разоривших матушку! Возможно, дом, который я только что покинул, входил в число тех, куда она вкладывала капитал! Совпадений все больше! Впрочем, размышлять над ними было некогда, и я прибавил шагу.

Глава 68

Идя на северо-восток, я скоро миновал пустые улицы этой полузастроенной местности, пересек Воксхолл-Бридж-роуд, почти пробежал по Рочестер-роу и с облегчением нырнул в знакомые тесные переулки вокруг Пай-стрит и Орчард-стрит в Вестминстере. Поначалу я то и дело оглядывался: раза два мне померещилась фигура в тени, которая тут же застывала на месте, но теперь — даже в столь ранний час — улицы становились все многолюдней, и оборачиваться было бесполезно.

Проходя через Сент-Джеймс-Парк, представлявший собой в те времена топкое пространство с разрушенным китайским мостиком через голландский канал, я поминутно вертел головой, но мог разглядеть только смутные тени женщин — жалких существ с такими болезненными лицами, что заниматься своим ремеслом они могли только в полумраке неосвещенных парков.

Куда мне направиться — я не придумал, но интуитивно понимал, что безопаснее всего раствориться в столичной толпе. Оставив по левую руку от себя заброшенную громаду дворца Карлтон-Хаус, уже пять лет дожидавшуюся сноса, и обойдя кругом площадку, где у старых Королевских конюшен напротив Нортумберленд-Хаус строилась новая обширная площадь, я упорно держал путь навстречу оранжево-розовому рассвету, встававшему впереди над Сити — красивому, но и внушавшему беспокойство как предвестие похолодания.

Хотя я и радовался тому, что вырвался из дома с опасными обитателями, я сознавал, что положение мое отчаянное. Я чувствовал голод, в кармане не нашлось бы и пенни, от обмена одежды на более дешевую вряд ли удалось бы что-либо выручить, а без верхнего сюртука и башмаков в декабрьскую стужу никак не обойтись. Приют для бездомных на Плейхаус-Ярд, принимавший на ночлег только когда начинало подмораживать, вероятно, был сейчас открыт, но требовалось раздобыть входной билет.

Непонятно как, но, когда взошло бледное солнце, я очутился на промозглой и шумной небольшой площади возле тюрьмы Флит, куда сопровождал матушку месяц с лишком тому назад. Дата помнилась мне хорошо — зловещее 13 ноября, но какой день был сегодня, я в точности сказать не мог. Глядя на уродливый продолговатый холм, под которым лежала матушка, я гадал, скоро ли окажусь там рядом с нею. Однако от этих раздумий меня вскоре отвлекли мысли о предстоящих мне задачах. И к полудню с трудом я заставил себя покинуть это место.

Весь день я бесцельно блуждал по морозным улицам, дрожа от холода и прихрамывая: ноги были мучительно стерты башмаками неподходящего мне размера. Я не в силах был заставить себя просить милостыню, но стал пристально вглядываться в прохожих, чьи лица казались мне добрыми. Никто из них, впрочем, не остановился, чтобы предложить мне денег: мне сделалось ясно, что в окружении назойливых и опытных нищих в расчете на благотворительность нужно обратиться с прямой просьбой о ней, а вот к этому я никак не мог себя принудить.

Я перебрал в памяти людей, к кому можно было бы обратиться за помощью: миссис Фортисквинс и Момпессонов явно следовало исключить. Они мне не помогут, да я скорее бы умер, нежели о чем-то стал их просить. Мисс Квиллиам, от воли которой мало что теперь зависело, была в Париже. Раскусив Барни, я понимал, что встреча с миссис Дигвид не сулит мне ничего хорошего, даже если бы я ее отыскал. Оставался только Генри Беллринджер, но мне было известно, как он сам бедствовал, и идти к нему мне тоже не хотелось. Итак, больше некого было назвать, но решился бы я направиться к мистеру Эскриту? Помня о том, как он принял матушку, мог ли я нарушить ее прямой запрет? Так или иначе, где находится нужный дом, я не знал.

Ночью я пытался устроиться спать в дверных нишах и на ступенях домов на Друри-лейн, но меня всюду с руганью изгоняли тумаками. Наутро, доведенный до отчаяния, опасливо оглядываясь по сторонам, не видно ли поблизости полицейского или сторожа, я начал с протянутой рукой просить милостыню у прохожих. И уже минуту-другую спустя ко мне по тротуару направился воробьиным приском калека, ноги которого болтались между костылей. В нескольких шагах от меня он оперся на один костыль и, прежде чем я угадал его намерение, нацелился другим мне в лоб. Я увернулся и получил болезненный удар по плечу.

— Эй ты, я этот участок купил,— выкрикнул он.— И плачу взнос за то, чтобы тут работать. Пошел вон!

Пробуя побираться, я уже сталкивался с подобным обращением и вполне уяснил, что все приличные улицы распределены между полицейскими и сторожами и сдаются ими в поднаем.

— Ступай-ка в Гардинг,— бросил мне пешеход, заметив, как меня толкнула плотная женщина в лохмотьях.— Мальчикам вроде тебя там самое место.— Видя мое недоумение, он добавил: — Коммон-Гардинг.

Я последовал совету прохожего и добрался туда в сумерках. Дневная торговля закончилась: народ с рынка прибирал за собой и понемногу разбредался, на перевернутых корзинах сидели две-три старухи и лущили горох. Всюду валялись следы ведшейся торговли — солома, стружки, сломанные ящики и прочий мусор; оборвыши шныряли в поисках гнилых овощей и фруктов. Когда я к ним присоседился, они велели мне проваливать, но один из них — немного младше меня, с изувеченной, бессильно висевшей рукой — за меня заступился.

Меня перестали замечать, и мне удалось подобрать пару яблок и помидор, на вид довольно съедобных. Вдруг мои партнеры замерли, а потом кинулись врассыпную.

Мальчишка, выказавший мне дружелюбие, крикнул:

— Драпай отсюда! Смотритель идет!

Завидев, как за рядом прилавков показалась внушительная фигура смотрителя рынка — в треуголке, с золотыми эполетами и с жезлом в руках,— я вместе со всеми пустился наутек.

Забежав в соседний проход, я потерял их из виду, но тут из-под пустого прилавка высунулась голова, и чей-то голос прошипел:

— Давай сюда.

Я нырнул под прилавок и зарылся в солому. Мой спаситель был тем самым мальчишкой с изувеченной рукой: пока мы лежали в укрытии, дожидаясь ухода смотрителя рынка, он сообщил мне, что зовут его Льюк.

— Давно ночуешь на улице? — спросил он.

— Несколько дней. А ты?

КВИНКАНКС

— Давно — уж и не упомню, сколько. С той поры, как удрал от хозяина. На три месяца, правда, меня засадили и два раза к тому же хорошенько выпороли — за то, что стянул две булочки и восемь печенюшек из кондитерской на Бишопсгейт. Это когда я жил на кирпичном заводе возле Хэкни. А еще раньше снимал немеблированные комнаты под арками моста Ватерлоо, но там не очень-то уютно.

— А где твои родители? — поинтересовался я, как только мы осторожно выбрались наружу и снова принялись разыскивать еду.

— Да я о них ничего и не знаю. Помню только, что служил помощником трубочиста в Ламбете. Все бы ничего, хотя дымоходы бывают жуть какие узкие, да вот хозяин умер — и меня с клиентами забрал к себе его сын. А он пьянчуга — и ни шиша в нашем ремесле не смыслит. Обращался со мной хуже некуда. По ночам я свечки грыз. Как-то стал меня бить — и руку мне сломал, вправить мне ее не вправили, и теперь толку от нее нет. Я терпел-терпел — и дал от него деру.

Я в ответ рассказал ему немного о себе, не умолчав о том, что за душой у меня ни пенни.

— Спорим, за это кое-что я бы выручил.— Льюк указал на кольцо, подаренное мне Генриеттой.

Усомнившись в этом, я предупредил Льюка, что цена кольцу пенс-другой, и без особых сожалений отдал кольцо в обмен на ломоть хлеба. Льюк исчез, и — не надеясь его больше увидеть — я снова занялся поисками еды, в чем преуспел мало. К полуночи, когда многие из возчиков и торговцев, явившихся из деревень, устроились спать под своими тележками — иные укрывшись одеялами и сюртуками, я стал раздумывать, где бы провести ночь, и тут кто-то дернул меня за рукав: это оказался Льюк, ухмылявшийся во весь рот.

— Ага, нашелся! — Он протянул мне два мясных пирожка и пару свиных колбасок.

— Так ты продал кольцо? — спросил я, беря пирожок.— Кому?

Льюк кивнул и куснул пирожок в знак того, что разговор на время откладывается. Когда мы поели (оставив колбаски на завтрак), Льюк предложил найти бесхозную тележку для ночевки.

— А нам не будет холодно?

— Мне не бывает холодно. Я обертываюсь «Тайзером». Другие газеты годятся меньше. — Льюк окинул взглядом раскиданные по земле газеты и подобрал одну: — Я распознаю «Тайзер» по кошке и лошади.

Я озадаченно всмотрелся в первую страницу и обнаружил наверху изображение льва и единорога. Примеру Льюка я последовал, но даже «Морнинг адвертайзер» не спас меня от бессонной ночи. Мысли терзали меня злее холода. Если мне предстоит такая жизнь, то лучше вовсе не жить. И все же я должен жить ради восстановления справедливости и наказания врагов. Генри Беллринджер — такой же бедняк, как я, — оставался моей последней надеждой. Сейчас, на краю голодной смерти, я наверняка вправе просить его о помощи?

Едва над темным куполом собора Святого Павла занялся туманно-бледный рассвет, я одолел сомнения, попрощался с Льюком и, на ходу поедая завтрак, направил стопы к жилью Генри.

На углу Чансери-лейн и Керситор-стрит я завидел знакомую фигуру. «Джастис!» — окликнул я, и старик повернул в мою сторону слепое лицо, словно животное, нюхом ищущее себе дорогу.

Он не изменился, разве что через плечо у него была перекинута кожаная сумка и отсутствовал поводырь.

Когда я подошел к нему, старик улыбнулся:

— Узнал вас по голосу, мастер Джон. Великое благо дает слепота тем, кто долго лишен зрения, — вроде меня.

Вспомнив слова, подслушанные от людей Барни, я спросил:

— А вы всегда были слепы, или же вас ослепили ребенком — чтобы сделать нищим?

— Это так говорят? Нет, на самом деле я потерял зрение в тюрьме — от лихорадки, темноты и плохой еды. Надзиратели дали мне прозвище «Блайнд Джастис» — дескать, я слеп как правосудие.

— Правосудие не *слепо*,— порывисто возразил я, расстроенный его признанием.— У правосудия завязаны глаза — показать, что оно беспристрастно.

— Да? — с мягкой улыбкой переспросил старик.

Неожиданно мне вспомнилось, как мистер Пентекост рассказывал мне, что старый нищий пожертвовал зрением за свои принципы: согласовать оба эти объяснения казалось мне делом затруднительным.

— А как вы теперь поживаете? Где Вулф?

— Ради него и побираюсь.— Джастис показал на сумку.— Каждый день обхожу людей, которые и меня, и его знают, и они нет-нет да и наскребут крох для старой псины. Вулф умеет будить в душах лучшие чувства.— Он замолк и, как ни дико это звучит, пристально меня оглядел — я готов был в этом поклясться.— Вам, видать, любопытно, за что меня посадили. Что ж, раз вы в дружбе с мистером Пентекостом, я тебе расскажу. В молодости — а это, считай, лет тридцать с гаком тому назад, войны с Францией тогда только-только начинались — я, в числе других молодых парней, по большей части ремесленников и подмастерий вроде меня, состоял в обществе радикалов. Что мы делали? Да всего лишь собирались вместе и толковали о том, как поднять восстание по примеру французов. Но среди нас затесался правительственный шпион — джентльмен, который тоже выставлял себя радикалом. По правде говоря, еще радикальнее радикалов. Может, он им и был, да вот испугался того, что наделал. Откуда знать, почему человек поступает именно так? Ему подчас и самому невдомек. Как бы там ни было, по доносу нас схватили, а Тайный совет вынес нам приговор за государственную измену. Все, что доносчик сказал на суде, было сплошной ложью, но ему поверили. Двоих из нас повесили, а остальных отдали в матросы — то есть сослали на каторгу. Меня отправили в Халкс в Грейвзэнде на семь лет, но отпустили через три года из-за потери зрения. Но чуднее всего, юноша, вот что: сдается мне, слышал я голос этого предателя совсем недавно. Как раз когда встретил вас на улице с мистером Пентекостом.

Я онемел. Теперь слова мистера Пентекоста о принципах старика сделались мне понятны.

— Мистер Пентекост, я слышал, умер,— пролепетал я.

Старик, вздохнув, покачал головой:

— Добрее человека я не знавал.

— Где вы сейчас квартируете?

— Сказать по правде, постоянно — нигде. Плачу кое-когда двухпенсовик за ночевку, а чаще под открытым небом располагаюсь. Ну, а вы-то обеспечены, устроены? И вы, и матушка ваша?

— Да,— подтвердил я и, во избежание дальнейших расспросов, поспешил добавить: — Вот, возьмите это для Вулфа. Тут половина свиной колбаски.

Джастис, помявшись, тихо проговорил:

— Не могу вам врать, мастер Джон, хотя бы ради мистера Пентекоста. Нет больше старины Вулфа.

Я, все еще протягивая ему колбаску, не сразу собрался с ответом:

— Все равно возьмите.

Джастис взял колбасу, мы распрощались — и я двинулся в сторону Барнардз-Инн. На этот раз быстро прошмыгнуть мимо сторожки мне не удалось, из нее выскочил привратник и ухватил меня за воротник:

— Куда это ты, малец, наладился?

— Мистер Генри Беллринджер — мой друг. Я собираюсь его навестить.

— Ах, вон оно что! Мистер Генри Беллринджер — твой друг, и ты не прочь его навестить,— передразнил меня привратник, изрядно встряхнув.— А ты, приятель, сперва докажи мне, хочет ли он тебя видеть. А может, ваша милость соизволит послать визитную карточку?

КВИНКАНКС

— Не передадите ли вы ему, что...
— Ты что, воображаешь, я стану от тебя послания передавать? Умишком слабоват?
— Но кто же передаст?
— Я тут один. Но сегодня четверг, так? Попозже к нему прачка заявится. Вот она и передаст, если захочет.

Мне пришлось занять пост на холоде, а привратник время от времени поглядывал на меня через оконце сторожки, сидя у камелька с газетой в руках.

Часа через два прибыла жутковатая старуха с громадной бельевой корзиной на голове. Из-под грязного чепца у нее выбивались рыжеватые космы, а зубами они сжимала коротенькую трубку.

— Вот кто тебе нужен,— проговорил привратник, выглянув из оконца.
— Вы не сообщите обо мне мистеру Беллринджеру?
— А что мне от этого перепадет? — недоброжелательно покосилась на меня прачка.
— У меня ничего нет. Но я уверен, мистер Беллринджер будет вам благодарен.
— Он-то? — фыркнула прачка.— Кроме благодарности, я вряд ли чего от него дождусь. Ладно, и что надо сказать?
— Передайте, пожалуйста, мистеру Беллринджеру, что его хочет видеть друг Стивена — Джон.

Прачка слегка кивнула и вошла в дом.

Я ждал и ждал: время тянулось, становилось все холоднее. Я расхаживал взад-вперед по тротуару напротив сторожки, обхватывая себя руками, чтобы согреться.

Наконец старуха-прачка показалась в дверях.
— Что, ты все еще ждешь?
— Что он сказал?

Прачка, оглядев меня, объявила:
— Его нет. Взял и уехал.
— Давно?

Прачка и привратник, ухмылявшийся из оконца, переглянулись.

— Откуда мне знать? Вроде бы несколько недель прошло, — кинула она мне через плечо, удаляясь с корзиной на голове.

Привратник приоткрыл оконце:

— Ну, что я говорил? Зря потратишь время, если снова придёшь.

Я поплёлся вдоль улицы, сам не зная куда. Близился вечер, летел снег. О том, чтобы коротать ещё одну ночь голодным, без крова, и помыслить было страшно, но в сознании у меня, хотя и спутанном, чётко вырисовался один план. Судьба, преградив мне все другие пути, силой толкала меня открыто пренебречь недвусмысленным предписанием матушки: всё вынуждало меня отправиться в старый дедушкин дом и положиться на милость мистера Эскрита. В конце концов, я не давал ей слова, что не поступлю так. Вопрос сводился к тому, как этот дом найти.

Собрав остаток сил, я зашагал на запад, к Чаринг-Кросс. Несмотря на стужу, вечер выдался погожий: закатное солнце у меня перед глазами окрашивало яркую голубизну неба бледноватым пурпуром; оно прорывалось сквозь тонкую сеть облаков, тёмных в центре и светлевших лишь по краям. Окружающие здания были поэтому подёрнуты прозрачно-сероватой туманной дымкой, и я различал только их контуры.

Я оказался на Нортумберленд-Корт — узкой улочке с небольшими домиками, втиснутой между садовыми участками Нортумберленд-стрит с одной стороны и стеной громадного особняка с другой. Размеры домиков мало соответствовали матушкиным описаниям дедовского дома. Помня по карте, что по одну руку здесь должны находиться дворики, я миновал внушительное здание времён короля Якова и проник в узкий проход между двумя высокими старинными домами. На Тринити-Плейс, куда я попал, помещались убогие сооружения, состоявшие из отдельных жилищ. Пройдя дальше, я увидел перед собой дворик, окружённый задами домов на Тринити-Плейс и Чаринг-Кросс, однако фасадом ко мне был обращен большой дом, стоявший здесь, казалось, задолго до того, как были построены остальные. Перед домом была загородка, а пространство позади занимала живодерня: судя по доносившимся запахам, дом использовали для топки сала. Хотя в остальном увиденное отвечало моим ожиданиям, вестибюля дом не имел. Вокруг никого не было видно: только у выступа дома стоял какой-то человек в лоснящейся шляпе и лениво покуривал трубку с длинным чубуком.

Удрученный, я пошел навстречу ему, а потом завернул за угол дома. И вдруг заметил перед собой на задней стене большого дома в соседнем дворе два вырезанных из камня уродливых лица, явно пострадавших от времени. Мне вспомнились слова матери о каменных изваяниях в Митра-Корт: она спутала их с изображениями близ отцовского дома. Да, она имела в виду именно это место! Я повернул направо — и передо мной вырос второй большой дом, заслоненный первым. *У него был вестибюль!*

Вконец обессиленный, я едва сдерживал слезы при виде здания, в котором, по моим понятиям, произошло столько событий. Дом — высокий, вытянутый в длину — обветшал; от двора его отделяло проржавевшее ограждение; окна где были закрыты ставнями, где стояли с выбитыми стеклами; водосточные желоба покосились, у подножия стены лежали рухнувшие черепицы.

Я подошел к входной двери, выдававшейся вперед благодаря вестибюлю, забитые окошечки которого покрывал слой сажи. Краска на двери пожухла и облупилась, так что виднелись голые доски. В огромную замочную скважину я мог бы свободно засунуть все свои пальцы, а выше находилось отверстие, также обрамленное металлической пластиной, которое я принял за глазок. На медной табличке имелась надпись, стертая почти до неразличимости — «№ 17»: мне она ничего не говорила. Тяжелый железный молоток был в форме знакомой мне четырехлепестковой розы. Сомнений не оставалось: именно этот дом я и искал!

Я поднял молоток и опустил его на дощечку. Гул от удара разнесся, казалось, по всему двору. Я подождал, но ничего не произошло. Ударил снова — с тем же результатом. С возрастающим отчаянием я продолжал колотить в дверь, вспомнив, как матушка подолгу не выпускала молотка из рук.

Наконец я услышал — или это мне почудилось — слабый шорох. Глазок как будто бы приоткрылся, но, заглянув в него, я ничего не увидел.

Тогда я шагнул вплотную к двери и заговорил, не выбирая слов, которые вырвались у меня сами собой:

— Меня зовут Джон Клоудир. Я — сын Мэри. Моя матушка умерла. За душой у меня нет ни пенса. Прошу вас, помогите мне.

Последовало молчание, затем покрышка глазка очень медленно вернулась, как мне показалось, на прежнее место. Я ожидал, что дверь откроется, но она оставалась неподвижной.

Не знаю, как долго я простоял в ожидании — думаю, очень долго,— прежде чем уяснил, что дверь и не собираются открывать. Впадая в полубредовое состояние, я не вполне отчетливо воспринимал происходящее.

Помню, что бурно негодовал на такое пренебрежение к себе — иного слова у меня и не находилось. Нарушив последнюю волю матушки, я был готов столкнуться с подозрительностью, обидой, оскорблениями, открытием новых ужасных тайн, с опасностью для жизни, наконец, но полного равнодушия я никак не ожидал. У меня было чувство, что мистер Эскрит — а это он, как я полагал, стоял за дверью, просто не имел права не пускать меня в дом, которым наше семейство владело столь долго.

Помню, что молотил по двери, пока не изранил кулак. Наверное, и кричал — хотя понятия не имею, что именно, а потом, прижавшись всей тяжестью к двери, плакал до тех пор, пока не обессилел, не соскользнул на верхнюю ступеньку крыльца и не прижался к двери затылком.

Повалил густой снег: снежинки усеивали мне волосы, падали на курточку. Воображение у меня разыгралось: я усматривал поразительно уместное совпадение в том, что должен дожидаться смертного часа у двери дома, куда Господь явился навлечь на дедушку столь суровую кару, и набросил тем самым Свою тень на жизни отца, матушки, а следственно, и мою. Линия Хаффамов, решил я, прекратится здесь. Замысел получит завершение.

Глава 69

Мне уже не узнать, сколько минут или часов просидел я, скорчившись, среди кружившего белого марева, бесчувственный к холоду, забыв об изнеможении, с единственным желанием уснуть, чтобы больше не просыпаться, но постепенно я начал ощущать, что за мной наблюдают. Передо мной стоял мальчишка примерно моих лет, глядевший на меня с любопытством и как будто с участием.

— Ты, похоже, совсем выдохся,— проговорил он.

У меня не нашлось сил даже кивнуть в ответ.

— Есть хочешь?

Он шагнул ближе и вынул из кармана булочку за пенни. Я не шевельнулся, и он поднес ее мне к самому носу, чтобы я почуял дразнящий запах свежеиспеченного хлеба. Я безотчетно протянул к булочке руку и жадно запихал ее себе в рот — сухой и воспаленный настолько, что жевать и глотать было непросто.

— Ну и ну,— прокомментировал мальчишка,— здорово же ты проголодался! И, поди, не впервой уже тут ночуешь?

Я молча кивнул: говорить было слишком трудно.

— А сегодня где собираешься устроиться?

Я неопределенно мотнул головой.

— Деньжат у меня нет,— продолжал мальчишка,— но я знаю, куда можно пойти. Там тепло, постели настоящие и харч найдется.

При этих словах мне стал представляться сон наяву, подобный описанным в арабских сказках. В смутном, почти одурманенном состоянии мне казалось, что нужно только оставаться на месте, а все эти чудеса явятся сами собой. Незачем пускаться куда-то на поиски, как это мне предлагают. Все это — сплошной обман. Я умнее и лучше знаю жизнь, чем этот мальчишка. Пусть он садится рядом — будем ждать вместе.

— Монеты он и не спросит,— настаивал мальчишка.— Делает это из милости.

Я покачал головой.

— Верно тебе говорю,— не отступался мальчишка.— Он друг беднякам. Я сейчас к нему. Пошли вместе — сам увидишь.

У меня сил не было пальцем пошевелить.

— Пошли,— повторил мальчишка и встряхнул меня за плечо. А мне сделалось уютно и хорошо: муки голода унялись, и даже зябнуть я вроде бы перестал.

— Идем! — непреклонно заявил мальчишка и принялся дергать меня за руку.

Его явно сердило мое упрямое нежелание позаботиться о собственном благополучии. Он заставил меня подняться на ноги: и в самом деле, легче было ему уступить, нежели сопротивляться, легче стоять, нежели снова упасть в снег. Крепко вцепившись мне в руку, мальчишка потащил меня на улицу. Я волокся за ним, недоумевая, чем его заинтересовал, и, возмущаясь, что он меня растолкал, когда мне стало так спокойно и хорошо.

Ступая не в ногу, мы очутились в мире, внезапно притихшем: выпавший снег приглушал шаги редких прохожих и даже стук копыт и громыханье немногих повозок. Казалось, во всей вселенной нет больше ничего, кроме моих шагов и тихого падения снежинок.

Чуточку погодя мальчишка отпустил мою руку, и теперь я брел рядом, но он поминутно оглядывался, желая убедиться, что я не отстал. Улиц, по которым мы шли, я не узнавал: не без удивления догадывался только, что направляемся мы от реки в северную часть столицы.

Мальчишка меня обогнал и остановился, поджидая меня.

— Нам еще топать и топать,— сказал он.— Осилишь?

Я кое-как кивнул.

— Тебе бы подзаправиться надо. Жаль, у меня в кармане пусто — что было, тебе отдал. Слушай, заглянем по пути к кому-нибудь.

Я отрицательно замотал головой: случись нам угодить к нелюбезному хозяину — и сторож отправит нас в каталажку.

— Брось трепыхаться,— успокоил меня мальчишка, заметив мою встревоженность,— в беду мы не попадем. Я всегда выбираю подходящий дом. И ни разу не промахнулся.

Пререкаться я был не в силах — и мы двинулись дальше мимо домов, к которым мой спутник внимательно присматривался и все отвергал. Теперь мы забрели в новоотстроенный район южнее и западнее Излингтона с его изысканными улицами и площадями. Во многих окнах горели высокие белые свечи, обвитые зеленью. Двери были украшены ветвями лавра и остролиста, не раз мы видели, как из повозок разгружали корзины с провизией.

Пока я волочился за моим новым другом, все окружающее — снег, стужа, голод, усталость, упрямый мальчишка, заманивающий ласковой встречей в незнакомом доме,— смутно напоминало мне о чем-то похожем, что либо происходило со мной в далеком прошлом, либо я слышал об этом или же прочитал в книге. Однако я был в таком состоянии, что не мог отличить действительность от вымысла и путал сон с воспоминаниями. Потом мне подумалось, что я, должно быть, припоминаю рассказ Сьюки о «привидении»: этот мальчишка был моим другим «я» и явился, чтобы повести меня на смерть. Но эта мысль не внушала мне ни тревоги, ни ужаса.

Наконец мальчишка замедлил шаг у дома на богатой улице, который, на мой взгляд, ничем среди других не выделялся. Поравнявшись с ним, я увидел, что он смотрит через оградку на окна комнаты в нижнем этаже, едва над нами возвышавшимся. Шторы, невзирая на поздний час, не были задернуты, комнату заливал яркий свет, и вся отчетливо представшая моим глазам картина напоминала сцену, хотя подобное сходство и не могло тогда прийти мне в голову, поскольку до того бывать в театре мне не доводилось. Сходство усиливалось еще и тем, что чувства мои были расстроены и я воспринимал все с особой остротой. Передо мной за обеденным столом сидело веселое любящее семейство; добродушные родители, нарядно одетые, сидя напротив друг друга, нежно любовались молодежью — очевидно, своими детьми: юная девушка и мальчик, двумя-тремя годами меня младше, обменивались улыбками.

Стол был беспорядочно уставлен разными вкусностями. Середку занимали остатки жареного гуся, а на буфете в глубине комнаты дожидались своей очереди фруктовые пирожные, сладкий крем, желе, апельсины, каштаны и фрукты из оранжерей. В эту самую минуту отворилась дверь, и миловидная пожилая женщина в опрятном белом платье внесла пылающий сливовый пудинг, который торжественно подняла над столом. Следом за ней появилась молоденькая служанка с дымящейся чашей пунша на серебряном подносе. Все присутствующие радостно заулыбались и от восторга захлопали в ладоши. Меня заворожил плясавший над пудингом язычок таинственно-голубого пламени. И тут я заметил висевшие под потолком веточки остролиста и омелы. Ну да, конечно же, сегодня — Рождество! На меня нахлынули воспоминания о прошлых рождественских Сочельниках, и не то под их действием, не то под влиянием голода голова у меня закружилась так, что пришлось ухватиться за оградку.

Когда пудинг со всеми церемониями водрузили во главе стола, отец семейства встал, направился к противоположному его концу и поцеловал супругу. Затем оба родителя

КВИНКАНКС

расцеловались с детьми, их примеру последовали и брат с сестрой, после чего отец вернулся на свое место и принялся разрезать пудинг.

Мы с моим спутником, стоя в морозной тьме, обменялись долгим взглядом. Потом мальчишка взошел на крыльцо и, к моему удивлению, вместо того чтобы позвонить в колокольчик, потянул рукоятку около входной двери. Голова у меня кружилась все больше, но с улицы я все же увидел через окно, как члены семейства удивленно переглянулись, словно недоумевая, кто из друзей мог бы нагрянуть к ним в этот праздничный час. Видеть, что происходит в комнате, мне становилось все трудней: по краям ярко освещенного окна появились темные тени.

Повернув голову, я увидел, что дверь открывает служанка постарше, и услышал, как она говорит с мальчишкой, но слова их мне было никак не разобрать. Я заметил, что оба бросают взгляды в мою сторону. Что дальше — не помню: свет в окне внезапно для меня померк, и гигантская черная волна накрыла меня с головой.

Прошло, должно быть, какое-то время: могу сказать только, что, очнувшись, оказался лежащим на снегу, а надо мной склоняются встревоженные незнакомые лица. Впрочем, незнакомыми лица были не все: я узнал семейство, за которым наблюдал через окно,— отца и мать, дочь и сына, а также служанок. Хозяйка дома и ее дочь набросили на плечи шали, а все прочие были в той же одежде, что и дома: их засыпал густой снег. Где-то за их спинами маячил и мой спутник, который меня сюда привел.

— Несчастный малыш, он, кажется, умирает от голода,— с состраданием проговорила мать.

— Да,— подхватила девушка.— Бедняжка, он совсем замерз. Поглядите-ка, как он плохо одет.

— Нужно как-то ему помочь,— сказала мать.— О, да ведь он немногим старше нашего Николаса. Что бы такое для него сделать?

— Внесем его в дом,— вмешался отец.— Нельзя оставлять его тут на погибель. Особенно в такой день, как сегодня.

Я старался держаться, но от слабости глаза мои невольно сомкнулись. Меня осторожно подняли и понесли к крыльцу. Открыв глаза, я увидел, что несут меня отец и старшая служанка. У входной двери я оглянулся и увидел, что мальчишка, меня сопровождавший, стоит у подножия крыльца и как-то странно на меня посматривает. Не то с тоской, не то с завистью: ведь меня заберут туда, где тепло и сытно, а он останется брошенным на холоде? Но нет, выражение его лица было другим.

— Благодарю вас,— проговорил я.— Благодарю.— Потом взглянул на хозяина дома: — Пожалуйста, пожалейте и этого мальчика. Он привел меня сюда. У него тоже ничего нет.

— Не тревожьтесь,— ответил мне отец семейства.— Он будет вознагражден.

— Спасибо, что привел меня сюда,— обратился я к своему проводнику.

Тот не сводил с меня глаз, но вид его казался мне загадочным.

— Я загляну попозже тебя навестить. Если, конечно, смогу,— быстро проговорил он.

Не успел я ответить, как меня внесли в дом, затем через холл в ту самую комнату, которую я видел через окно, и уложили на софу. Меня вновь охватила слабость; помню только, что вокруг меня хлопотало множество заботливых рук, а взволнованные лица выражали участливость. Мне дали отхлебнуть глоток подогретого вина, укрыли пледами, на мой лоб легла прохладная рука, а к губам приблизили чашку — по-видимому, с бульоном, горячим и крепким. Но я не в силах был его даже попробовать: столь внезапная перемена обстановки, обилие тепла и света, гул разговоров — все это необычайно на меня подействовало. Я снова лишился чувств: на этот раз словно провалился в бездонный колодец.

Глава 70

Далее долго длился смутный и странный период, когда грезы наяву невозможно было отличить от снов, а и те, и другие — от того, что со мной происходило в действительности. То я глубокой ночью ехал в карете; то метался по палубе корабля, застигнутого штормом; то пробирался по снегу с кем-то, кто сначала оказывался моей матушкой, а потом не моей, но все же чьей-то; то вновь обнаруживал себя в зловонной комнате, где матушка умерла; и всюду меня преследовал страх чего-то ужасного, что либо случилось, либо должно случиться, либо совершается сию минуту. Порой я сознавал себя лежащим в постели в небольшой комнате с камином, однако временами огонь столбом выплескивался на меня через решетку и превращался в бушующий пожар, и мне приходилось бежать по дымным улицам пылающего города, спасаясь от длинных языков пламени.

Когда бы я ни пробуждался, надо мной постоянно, казалось, были склонены внимательные лица; чьи-то руки легонько гладили меня по щеке или поправляли постель. Многие лица я узнавал. Не раз мне улыбалось лицо матери, но его тут же искажала страдальческая гримаса. Иной раз из темноты — будто в театре, где яркими вспышками загораются огни рампы, — выплывали лица миссис Фортисквинс, мистера Барбеллиона, мисс Квиллиам или сэра Персеваля и многих других, превращались одно в другое и вновь исчезали.

Часто мне являлось семейство, радушно принявшее меня под свой кров, но это явление неизменно сопровождалось одной странностью — их лица, глядевшие на меня, принимали образы животных: нос отца выпячивался и утолщался, ноздри сплющивались и делались плоскими отверстиями свиного рыла. Глаза девушки суживались в тонкие щели, затененные густыми черными бровями, а бледность лица напоминала холодную белизну мрамора.

Неоднократно наносил визиты доктор. О его профессии я догадывался по его взгляду, едва только он брал меня за запястье. Бездушно-жесткое лицо доктора внушало мне страх, а в особенности испугала улыбка, едва тронувшая его губы, когда он оглянулся на меня во время разговора с супругами.

То и дело мне представлялось, что в комнате толпятся другие люди. Из трущобы явилась Лиззи с подносом и оборотилась затем старшей служанкой. Над моей постелью склонился мистер Квигг, но я тут же опознал в нем хозяина дома. Однажды я проникся уверенностью, будто вместе с ним и его дочерью в комнату вошел мистер Степлайт (то есть, как я знал, мистер Сансью): все трое, глядя на меня, закивали головами и с улыбкой переглянулись. В другой раз вокруг моей постели закружился целый хоровод: леди Момпессон вальсировала с мистером Биглхоулом, бейлифом, Барни вел миссис Первиенс в кадрили, а мистер Избистер наяривал на скрипке. Не всех в толпе танцующих я мог распознать, шум делался все оглушительней, пока кровать, как мне почудилось, не оторвалась от пола и не поплыла на середину комнаты, и больше я ничего уже не помнил.

Самым реальным из воображавшихся мной персонажей, как я решил впоследствии, был отвратительный старикашка в обществе юной дамы, который ухмылялся и похлопывал себя по бокам. Взмахивая руками и ковыляя тощими кривыми ногами в тесных панталонах под раздутым брюшком, он жутким образом напоминал мне громадного пятнистого паука — в особенности тем, что разгуливал по комнате с видом злобного торжества.

Но однажды утром, проснувшись, я почувствовал, что выздоровел. Лежал я на благоухающих лавандой простынях, в уютной комнатке; над головой у меня висел мешочек с камфарой, а в камельке весело потрескивал огонь, там же на совке подогревался уксус. Именно эта комната представлялась мне в моих жутких бредовых видениях. На стуле у камелька сидела молодая девушка и читала книгу.

Чуть погодя она обернулась и, увидев, что мой взгляд больше не затуманен лихорадкой, воскликнула:

— Слава богу, вы пришли в себя!

Девушка показалась мне очень красивой: у нее было бледное лицо, голубые глаза, а блестящие черные волосы колечками спадали на отворот утреннего муслинового платья.

— Да,— отозвался я.— Думаю, я теперь поправился.

— Мы так за вас волновались,— проговорила девушка, пересаживаясь со стула на край моей постели.

— Вы так добры. Но скажите, почему вы так заботливо отнеслись ко мне — я ведь вам совсем незнаком?

— Нужны ли причины для того, чтобы проявить благотворительность? — с улыбкой спросила девушка. Заметив, что я собираюсь заговорить, она сказала: — Тише-тише, берегите силы. Отложим все расспросы на потом. Скажите мне только, как вас зовут.

— Джон,— сказал я, а потом добавил: — Или Джонни.

— И это все? — улыбнулась девушка.

Я еще недостаточно окреп, чтобы поразмыслить над тем, что именно намерен рассказать этим добрым людям о себе и о своей истории: назвать то или иное имя значило бы сделать выбор — готов я их обманывать или нет.

— Может быть, пока достаточно? Я устал.

— Конечно достаточно.

— А как вас зовут?

— Эмма.

— Красивое имя,— пробормотал я, чувствуя, как мой язык вдруг отяжелел.— А ваша фамилия? — кое-как выговорил я.

— Мой отец — мистер Портьюс.

— Мисс Эмма Портьюс?

— Пожалуйста, зовите меня просто Эмма.

— Эмма,— невнятно повторил я.

— Поспите сейчас, Джонни,— мягко сказала Эмма, но ее слова оказались лишними: сознание меня покинуло.

В последующие дни, стоило мне проснуться, Эмма всегда оказывалась у моей постели; она же кормила меня с ложечки — сначала хлебом, размоченным в молоке с медом, и это постепенно восстанавливало мои силы. Временами ее заменяла мать, но в комнате у меня они дежурили неотлучно: просыпаясь ночью, я знал, что увижу, как кто-то из них, сидя у камелька, читает или вышивает при его ярких отблесках. Меня очень трогало то, что все заботы обо мне они взяли на себя, а не препоручили служанкам. Старшая, Эллен, подавала еду и уносила посуду, и, кроме нее, никто из прочих домочадцев не показывался.

Когда я окреп настолько, что мог подолгу бодрствовать и поддерживать беседу, меня стали навещать и прочие члены семейства. Отец Эммы держался степенно и немногословно: глядя на меня небольшими глазками, он нервно играл пальцами рук, словно подыскивая темы для разговора, однако, несмотря на некоторую его чопорность, я чувствовал, как он старается выразить мне свое расположение и доброжелательность. (Позже Эмма рассказала мне, что он был очень озабочен какими-то трудностями в делах.) Его супруга проявляла ко мне горячее участие и отличалась словоохотливостью, что, признаться, немного меня утомляло. Их сын Николас относился ко мне дружески, но разница в возрасте — он был несколькими годами младше — мешала нам сблизиться, и мое общество быстро ему надоело. Особенно по душе мне пришлась Эмма: именно она заглядывала ко мне чаще и оставалась дольше всех.

Дня через два после нашего первого разговора Эмма, подавая мне стакан горячего лимонада с ячменным отваром, заметила:

— Я все еще не знаю вашей фамилии, Джонни.

У меня было достаточно времени обдумать, как ответить на этот вопрос. Мне претила мысль, что придется обманывать людей, которые отнеслись с такой участливостью к совершенному незнакомцу, и я внушал себе, будто нет разницы, как они будут меня называть, поскольку им ничего обо мне не известно. Я доказывал сам себе, что назвать любое имя не означало солгать, поскольку при данных обстоятельствах это не было бы прямой неправдой. Фамилию я выбрал себе сам, и почему бы не назваться сейчас иначе? И все же, несмотря на все мои выкладки, я не мог избавиться от чувства, что отвечу за доброту неблагодарностью.

И, однако, я понимал, что назваться Клоудиром для меня небезопасно: от матушки я слышал, что это имя в коммерческих кругах Лондона не просто хорошо известно, но пользуется дурной славой. Признание родства с Клоудирами вынуждало меня просить этих добрых людей хранить тайну моей личности, а для объяснения того, насколько это необходимо, мне пришлось бы рассказать почти всю свою историю. Именно этого мне и не хотелось — отчасти из-за нежелания ворошить прошлое, отчасти из-за неуверенности, как воспримут мой рассказ слушатели.

На сей раз Эмма не сводила с меня испытующего взгляда.

— У меня в жизни было столько разных фамилий, что я даже не знаю, какая из них настоящая.

— Как таинственно, — откликнулась Эмма. — И что это за имена?

Я замялся:

— Согласны с одним из них — Кавандер?

Я раз-другой воспользовался этим именем, которое запомнилось мне со времени моего бегства с фермы Квигга.

— Вы хотите сказать, — серьезно спросила Эмма, — что это не имя вашего отца? — Заметив, что я невольно нахмурился, и, как я уловил, неверно истолковав причину этого, она поспешила переспросить: — То есть при крещении вам дали другое имя?

Я кивнул.

— Вы мне не доверяете?

— Умоляю вас, не думайте так, — вскричал я в отчаянии. — Вы были так добры ко мне — ко мне, кто не вправе притязать на такое великодушие. Просто если я назвал бы вам свое настоящее имя, мне пришлось бы пуститься в пространные объяснения.

— Так почему бы нет? Вы боитесь, что мне наскучите? Вот уж глупости. — Эмма улыбнулась. — Я охотно выслушаю вашу историю, какой бы длинной она ни оказалась.

— Вы очень добры. — К глазам моим подступили слезы. — Но дело не только в этом.

— А, понимаю, — сочувственно произнесла Эмма. — Какая же я бестолочь и эгоистка! Вам будет тяжело рассказывать. — Она мягко добавила: — Вас предали те, кому вы доверяли, не так ли?

— Да. Отчего вы так сказали?

— Мне кажется, я вам по душе, однако вижу, что вы не уверены, можно ли мне доверять.

— Да, вы мне по душе! — воскликнул я. — И я вам доверяю. Я доверил бы вам свою жизнь. Вы и ваши родители приняли меня в дом и заботились обо мне, хотя я вам никто.

Эмма с улыбкой пожала мне руку:

— Я рада, что пришлась вам по душе. Но позвольте мне вас переубедить, раз уж вы так недоверчивы. На днях вы меня спросили, есть ли причина, по которой мои родители взяли вас в дом. Я вам сейчас отвечу. — Эмма помолчала, и на лицо ее набежала тень: — После моего рождения и до рождения Николаса у моих родителей был еще один ребенок. Мальчик. Они назвали его Дейвид. У него было слабое здоровье и... — Голос Эммы пресекся. — Теперь он был бы примерно того же возраста; я знаю, что они часто о нем вспоминают. Думаю, ради него они поступили так тем вечером.

На прекрасных глазах Эммы заблестели слезы, однако она, пересилив себя, улыбнулась:

— Что, разве это не доказательство себялюбия? Достаточное, чтобы удовлетворить ваш скепсис и мизантропию?

Я порывисто накрыл ее руку своей и проговорил:

— Я плохо отплатил вам за вашу щедрость и великодушие. Я открою вам свое настоящее имя, хотя оно мне ненавистно и мне мучительно его произносить. Это имя — Клоудир.

Мне показалось, будто Эмма вздрогнула.

— Вам оно знакомо?

— Да, я как будто его слышала. Но не более того.

— Пожалуйста, не называйте его никому, кроме ваших родителей. Я объясню, почему прошу об этом, когда окрепну.

— Обещаю. Но не скажете ли мне, если только это не причинит вам боли, где ваши друзья? Родители, прежде всего?

— Отец... не знаю. А моя мать умерла.

— Ох, Джонни! Я очень сочувствую. Это случилось не так давно?

— Да, совсем недавно.

— То есть сколько-то недель назад?

— Почти что так. В ноябре, двенадцатого.

— Это очень печально. Боюсь, я вас расстроила. Но скажите, если можно, где это произошло?

— Здесь. В Лондоне.

— Я хотела спросить, в каком приходе? Где ваша мать похоронена?

Вопрос был задан самым участливым тоном, но мысленно с необычайной четкостью мне представились темная комнатка в душном дворе и промозглое зловонное кладбище.

Вместо ответа я заплакал.

— Ничего-ничего.— Эмма погладила мне руку.— Я спросила по глупости. У нас будет много времени для разговоров, когда вы окрепнете.

Я сжал ее руку в своей. Слезы меня утомили — и, не выпуская ее руки, я уснул.

Недели две спустя сил у меня заметно прибавилось, и доктор Алабастер, часто меня навещавший, объявил, что скоро мне можно будет встать с постели. Члены семейства бывали у меня по-прежнему, а Эмма проводила в моей комнате бо́льшую часть дня: читала мне вслух, беседовала со мной или шила, пока я дремал. Через несколько дней после нашего последнего разговора я сказал Эмме, что могу теперь поведать историю своей жизни, и, хотя мне легче было бы довериться ей одной, нет оснований что-либо утаивать от ее родителей; и мы условились, что она подробно передаст им мой рассказ.

Итак, за неделю с небольшим Эмма узнала от меня почти все (я опустил только кое-какие подробности из жизни матушки): она оказалась замечательной слушательницей, очень чуткой. Я описал свои ранние годы, проведенные с матушкой в Мелторпе, и начало наших финансовых невзгод, возникших, как я пояснил, из-за чрезмерного доверия матушки к своему юристу — мистеру Сансью, который затеял интригу с целью ввести ее в обман.

Я упомянул о кодицилле, унаследованном матушкой от ее отца, и обрисовал его значение для семейства Момпессонов. Описал попытки матушки и мистера Фортисквинса получить от них долг в виде ежегодной ренты с их имения; а мой рассказ о том, какой прием сэр Персевал с супругой оказали матушке, когда мы очутились у них в доме, вызвал у Эммы взрыв возмущения.

Описав наше бегство в Лондон и холодное равнодушие миссис Фортисквинс, а также предательство Биссетт, которая выдала наш тайный адрес бейлифам, я все же не стал вдаваться в подробности нашей жизни с мистером и миссис Избистер и постарался всячески затушевать характер его ночной деятельности. Далее я рассказал о наших попытках зарабатывать себе на хлеб вместе с мисс Квиллиам; наше постепенное полное обнищание; попытку продать кодицилл Момпессонам; недоразумение, связанное с мисс Квиллиам и мистером Барбеллионом; уловку миссис Фортисквинс, хитростью подстрекнувшей нас передать кодицилл в руки мнимого мистера Степлайта, благодаря которому документом завладели наши враги. Эмма крайне огорчилась, услышав, что нашим врагом было семейство моего отца — Клоудиры, и в особенности ее расстроили мои указания на причины, по которым они желали мне смерти: если теперь, как надо полагать, кодицилл предъявлен в суд, то, если я умру раньше мистера Сайласа Клоудира, он немедленно станет владельцем имения Хафем. Для пущей ясности я коротко изложил то, что вычитал в записях матушки: получение кодицилла дедушкой в комплоте с мистером Клоудиром; события, приведшие к браку моих родителей, и убийство дедушки, а также взятие под стражу моего отца как душевнобольного преступника.

Эмма, глубоко взволнованная моими откровениями, призналась, что вполне понимает теперь мое нежелание назвать свое подлинное имя. С нараставшим сочувствием слушала она мое повествование о школе, куда меня направил мистер Степлайт, хотя я смягчил в рассказе все связанные с ней ужасы и обошел молчанием историю Стивена Малифанта и обстоятельства, приведшие к его смерти. Ни словом не обмолвился я и о ситуации, в какой застал матушку по возвращении в Лондон: я сказал только, что нашел ее больной и в крайней бедности после того, как с ней жестоко обошлись миссис Фортисквинс и мистер Сансью и она была заключена в тюрьму Флит. Я был тронут вниманием, с каким Эмма следила за моим рассказом: когда я упомянул, что сэр Персевал отказал матушке в помощи, она выразила не меньшее, чем я сам, недоумение этим, поскольку, как представлялось, в интересах Момпессонов было поддерживать жизнь моей матушки — наследницы Хаффамов. О смерти матушки я едва нашел в себе силы рассказать совсем коротко, и мои чувства, которые я не сумел скрыть, глубоко затронули мою собеседницу.

— Где это произошло? — спросила Эмма.

Я назвал этот гнусный дворик.

— И чтобы ее похоронить, вам нужно было обратиться в приход?

— Да,— ответил я, стараясь не ворошить воспоминаний.

— И какое имя внесли в запись? — Я молча смотрел на Эмму, но она, глядя мне прямо в глаза, сказала: — Я спрашиваю об этом потому, что отец очень озабочен, как обеспечить вам безопасность, и попрошу его поговорить об этом с вами.

Чувствуя себя пристыженным, я проговорил:

— Вы обращаетесь со мной лучше, чем я того заслуживаю. Отвечу: имя, которое я назвал приходскому клерку, — Мелламфи.

Я продолжил рассказ, описав, как попал в «остов» и жил с Барни и его бандой, пока постепенно не уяснил, что они не остановятся ни перед чем — вплоть до убийства. Эмма, охваченная ужасом, была также не менее моего озадачена моим открытием — что Барни был тем самым взломщиком в Мелторпе много лет тому назад.

В заключение я описал свой побег из «остова», путешествие к дому дедушки, отказ старого мистера Эскрита впустить меня в дом и встречу с мальчишкой, который и привел меня к дому Эммы.

Должен уточнить, что мой рассказ не был столь же связным, каким выглядит здесь: порой те или иные обстоятельства требовали разъяснений, которые побуждали меня нарушать строгую хронологическую последовательность. Помимо смерти и похорон матушки, Эмму более всего интересовало ее описание той ночи, когда был убит мой дед. Мы не единожды перебрали все подробности, и Эмма разделила мои подозрения относительно того, что мотивом для убийства могло стать завещание, упомянутое дедушкой.

— Какая жалость, что у вас нет теперь его письма! — проговорила Эмма, и меня глубоко растрогало ее горячее участие в моих бедах.

По окончании моего рассказа Эмма сказала:

— Отец желал бы поговорить завтра о вашем будущем. Вы достаточно хорошо себя чувствуете?

Я ответил утвердительно и, оставшись один, поразмыслил о том, насколько более легким сделалось для меня бремя ответственности после того, как во мне принял участие сочувственный слушатель.

КВИНКАНКС

На следующий день Эмма вошла ко мне в комнату вместе с отцом. Пока он придвигал стулья для себя и для дочери поближе к моей постели и торжественно усаживался, у меня мелькнула мысль, что он — единственный из членов семейства, к кому я не в силах питать безоговорочного расположения. Говорил мистер Портьюс холодно и напыщенно, а сидевшая рядом Эмма улыбалась мне, словно желая выказать сердечную теплоту, которую ее отец питал ко мне, не умея выразить ее внешне.

— Моя дочь, — начал он, сложив вместе коротенькие толстые пальцы, — передала мне все, о чем вы ей рассказали, и я взялся поразмыслить, какие меры следует предпринять, дабы наилучшим образом оградить вас от лиц, могущих причинить вам вред. Для меня очевидно, что многое зависит от исхода различных тяжб, которые рассматриваются в канцлерском суде. Хотя, — добавил он с усмешкой, — будучи скромным адвокатом, я не имею доступа к тайнам суда лорд-канцлера. Посему я взял на себя смелость обратиться за консультацией к юристу-солиситору, мистеру Гилдерсливу, моему приятелю, которому я вполне доверяю, и изложил ему все ваши обстоятельства — разумеется, строго конфиденциально.

— Вы очень добры, мистер Портьюс.

— Вовсе нет, вовсе нет, — возразил мистер Портьюс, явно смущенный моей благодарностью. — Мистер Гилдерслив полагает, что вам как сироте (по крайней мере, в юридическом смысле) наилучшим способом защиты от махинаций других сторон явилось бы прямое обращение в канцлерский суд с просьбой об опекунстве.

Обратиться в канцлерский суд! При одной мысли о возможности проникнуть в самое средоточие тайн, которые окутывали всю мою жизнь, меня охватило сильнейшее волнение.

— Что я должен сделать?

— Процедура, насколько мне известно, довольно простая. Вы попросту подтверждаете свою личность показанием под присягой — в данном случае устным, которое необ-

ЧАРЛЬЗ ПАЛЛИСЕР

ходимо подкрепить показаниями свидетелей. Из числа тех, кого легко разыскать.

— Но не кажется ли вам, мистер Портьюс, что мое положение наиболее безопасно, если мои враги считают меня умершим, а именно в это они и поверят, если я просто-напросто исчезну?

— Совершенно неважно, что кажется *мне*,— сдержанно отозвался мистер Портьюс.— Мистер Гилдерслив полагает, что ситуация выглядит именно так, как я имел честь ее обрисовать.

— Но каким образом они смогут отыскать меня теперь? Никто не знает, что я здесь.

— Вы в этом уверены? Дочь сообщила мне, что предводитель банды, попавшейся вам в недостроенном здании в Нарядных Домиках,— тот самый человек, который много лет тому назад вломился к вам в дом. Можете вы гарантировать, что это всего лишь совпадение? А если нет, то не небезосновательна ли мысль, что этот человек является агентом ваших противников? В таком случае нельзя быть уверенным, что он снова вас не отыщет.

Мне пришлось признать справедливость этого довода и согласиться, что самый надежный для меня выход — это предстать перед судом лорд-канцлера. Однако мысленно мне тут же представилось неодолимое препятствие:

— Но ведь это очень дорого обойдется?

— Я оплачу гонорар мистера Гилдерслива,— заявил мистер Портьюс.— Вам незачем об этом тревожиться.

При этих словах глаза мои наполнились слезами. Мистер Портьюс, смешавшись, слегка отставил стул и кашлянул в платок.

— Вы очень добры,— промямлил я.— Вы для меня как родная семья.

Словно от избытка чувств, мистер Портьюс вынул из кармана соверен и торжественно вручил его мне.

— Теперь мы и есть ваша родная семья, Джонни.— Эмма придвинулась ближе и сжала мне руку. Оборотившись к мистеру Портьюсу, она спросила: — Отец, можно мне теперь ему сказать? — Мистер Портьюс кивнул, и она продолжила: — Если вы дадите согласие, мистер Гилдерслив обратится к судье с просьбой учредить для вас опекунство, передав попечение о вас моим родителям. Они усыновят вас, Джонни, и вы станете моим истинным братом. И тогда вам ничто не будет грозить.

— Согласен ли я! — вырвалось у меня восклицание.

Эмма меня поцеловала, а мистер Портьюс взял меня за руку и неловко ее потряс с несколько недовольным выражением на лице, словно смущенный чувствами, какие испытывал.

Мне сказали, что мистер Гилдерслив придет завтра для того, чтобы растолковать, что от меня требуется. Оставшись один, я лежал, не в силах заснуть от волнения и странных переживаний, связанных с внезапным обретением семьи. Я уже сильно привязался к Эмме и не сомневался, что мы с Николасом станем друзьями, а миссис Портьюс казалась мне исполненной материнской доброты. И все же на сердце у меня было не совсем спокойно. Наверное, решил я, это оттого, что мистер Портьюс держался, несмотря на всю свою щедрость, холодно, и мне нелегко было согласиться с его будущей властью надо мной в загадочной роли «отца».

На следующее утро мне разрешили встать с постели и встретить мистера Гилдерслива, сидя в кресле у огня. Он явился около десяти в сопровождении Эммы и мистера Портьюса: высокий, худощавый человек с острыми чертами лица. Он был близорук и часто прибегал к помощи лорнета, который висел на черной ленточке. Вскидывая его, он долго всматривался в меня через стекло и бормотал: «Замечательно! Замечательно!» Если бы он не был солиситором канцлерского суда, я бы счел его тупицей.

— Итак, вы — наследник Хаффамов.— Он вытянул руку.— Я, как и все представители юридического сообщества, слежу за этим процессом не первый год.

Мои посетители расположились вокруг меня, и мистер Гилдерслив начал:

— Председательствовать будет председатель Апелляционного суда. Прежде всего ему будет необходимо убедиться, что вы — действительно тот, кем себя именуете, с каковой целью — подкрепить ваши показания, данные под присягой,— мы и вызвали на заседание свидетельницу, безукоризненно респектабельную.

— Сэр, могу я узнать, кто это?

Мистер Гилдерслив сверился с бумагами:

— Миссис Фортисквинс, вдова достопочтенного юриста.

— И вы уже вызвали ее в суд? — изумленно спросил я.

— Да, несколько дней тому назад.

Я взглянул на Эмму, и та пояснила:

— Видишь ли, Джонни, отец так стремился поскорее дать делу ход, что принялся действовать сразу же, стоило ему уяснить из моего пересказа твоей истории, какие именно меры необходимы.

Я молчал, и мистер Гилдерслив продолжил:

— Далее, вы должны позаботиться о том, чтобы ни словом не упомянуть перед председательствующим об опасности, якобы вам угрожающей с чьей бы то ни было стороны.

— Но ведь это же основная причина для учреждения надо мной опеки, разве не так?

Мистер Гилдерслив обменялся взглядами с присутствующими.

— Да, насколько мне известно,— согласился он.— Однако закон не руководствуется теми же критериями важности, что и мы. Мы не можем голословно обвинять противную сторону без неопровержимых доказательств. Иначе мы просто-напросто запутаем дело, что для нас вовсе нежелательно, правда?

Несколько озадаченный, я кивнул в знак согласия.

— Очень хорошо,— продолжал мистер Гилдерслив.— После того как мы установим факт кончины вашей матери — пустая формальность, уверяю вас, поскольку вы подтвердите его под присягой, а действительность оного подкрепят свидетели, мы заявим...

— Простите, пожалуйста, мистер Гилдерслив,— перебил я. Юрист ошеломленно уставился на меня, недоумевая, как это я осмелился прервать ход его изложения.— Мне неясно, зачем нужно поднимать этот вопрос. Я определенно предпочел бы этого не делать.

— Вы предпочли бы этого не делать,— монотонно повторил мистер Гилдерслив.— Мастер Клоудир, мне представляется, что вы недопонимаете: мы имеем дело с законом. Вашим склонностям и антипатиям в суде не место. Ваш юридический статус сироты необходимо подтвердить. Вам это ясно?

— Да,— кротко согласился я, заметив на лице Эммы ободряющее выражение.

— Теперь, с вашего позволения,— вновь заговорил мистер Гилдерслив,— я продолжу. Как только это будет установлено, мы обратимся к суду с просьбой о помещении вас под опеку и предоставлении прав опекунства мистеру Портьюсу. Особенно важно показать председательствующему, насколько вы счастливы находиться здесь, в этом доме. Вы счастливы находиться здесь, не так ли?

— Да-да, конечно. Давно уже я не был так счастлив.

— Великолепно. Затем советую вам назвать мистера и миссис Портьюс своими дядюшкой и тетушкой с целью продемонстрировать суду, что вы считаете себя членом семейства. Вам это понятно?

— Да, вполне. Я так и поступлю.

— Тогда это, собственно, и все, что я собирался сегодня вам сообщить, молодой человек. Вскоре увидимся на судебном заседании.

Мы пожали друг другу руки и, к моему облегчению, мистер Гилдерслив удалился вместе с мистером Портьюсом.

— Итак, Джонни,— воскликнула Эмма, захлопав в ладоши,— через несколько дней вы станете моим братом!

Я улыбнулся ей в ответ, но, оставшись один, не в силах был подавить дурное предчувствие, стеснившее мне сердце. События развивались стремительно, и логика их развития ускользала от моего понимания.

Довольно скоро настал день, на который назначили мой выход. Эмму, с чем я радостно согласился, определили моей единственной спутницей, и потому сопровождать нас поручили слуге: он мог бы меня нести, если мне понадобится помощь. Меня закутали в теплую одежду — и при содействии Фрэнка, которого я до того не видел, усадили вместе с Эммой в нанятый экипаж.

Мы проезжали по улицам, где мне от шума и многолюдства сделалось после моего долгого заточения неуютно, мимо районов, названия которых навевали мучительные воспоминания: Холборн, Чаринг-Кросс, потом Вестминстер. Экипаж остановился перед грязноватой дверцей на Сент-Маргарет-стрит, и через этот невзрачный ход мы попали в здание, прилегающее к Вестминстерскому дворцу. Следуя указаниям мистера Гилдерслива, Эмма назвала свое имя привратнику, который повел нас через мрачные внутренние дворики и темные коридоры, мокрые стены которых покрывала зеленая слизь. Вокруг стоял грохот: как раз в эту пору на месте сносимых старинных галерей, где с давних времен располагались суд общих тяжб и суды казначейства, строилось великолепное новое здание сэра Джона Соуна.

В продуваемом сквозняками вестибюле нас встретил мистер Гилдерслив, без тени смущения на лице облаченный в самый экстравагантный костюм, какой здравый рассудком человек надел бы вне маскарада. Черная мантия с золотыми и пурпурными полосами волновалась на нем складками, неудобнейшие на свете рукава свисали почти до пола, белый галстук свободно ниспадал на грудь. Голову венчал напудренный парик, бриджи доставали до колен, на ногах красовались туфли с громадными золотыми пряжками.

Мы ждали, пока мистер Гилдерслив заговорщически совещался с джентльменами, одетыми сходным образом: участники совещания то и дело покачивали головами, многозначительно щурились и едва заметно кивали. Вскоре появилась некая особа в еще более нелепом наряде с подобием золотой скалки в руках и повела нас далее через путаницу плохо освещенных коридоров, словно бы намереваясь окончательно нас запутать. Наконец мы с Эммой очутились в небольшой затхлой приемной — и, пока пребывали там в ожидании, мистер Гилдерслив прошествовал в соседнюю, как мне показалось, залу.

Примерно через полчаса другой распорядитель предложил нам пройти в ту же самую дверь. К моему изумлению, перед нами открылось обширное пространство, наподобие гигантского сарая с консольными балками высоко над головой: в сумрачном свете зимнего дня я едва мог разглядеть дальний его конец. Эмма прошептала мне, что это и есть Вестминстер-Холл, и по спине у меня пробежал озноб при мысли, что справедливость будет вершиться надо мной в этих достойных почитания стенах, где перед судьями стоял собственной персоной Карл Первый.

В ближайшем от нас углу, обращенные к возвышению, находились ряды скамей и кресел. Посреди возвышения, на черном деревянном стуле с крайне неудобной по виду спинкой, сидел, как я догадался, председатель суда, а владелец золотой скалки, поместившись за небольшим столиком перед судьей, положил скалку на этот столик. Поверить, будто председатель суда напялил на себя этот костюм, полностью отдавая себе отчет в своих действиях, было настолько трудно, что никто из окружающих, как казалось, не обращает его внимания на это обстоятельство только благодаря заключенному между ними из соображений вежливости тайному сговору. Главными приметами были просторная алая мантия, расшитая золотыми нитями, и колоссальный парик, скрывавший шею и плечи: слишком резко повернув голову, судья рисковал совершенно спрятать лицо от зрителей. Его торжественно-суровый вид, несомненно, объяснялся трудностями, связанными с необходимостью сохранять все эти предметы на должном месте, и я был поражен тем, что он еще способен был уделять толику внимания представленным ему юридическим вопросам.

Нас с Эммой направили в передний ряд тяжелых старинных сидений напротив председателя. Вокруг нас какие-то люди в причудливых одеяниях перешептывались, рылись в бумагах, изучали пухлые тома, делали записи, входили и выходили, и среди них я заметил знакомую фигуру — мистера Барбеллиона. Встретившись со мной взглядом, он слегка мне кивнул, и я постарался в точности скопировать его жест.

Собравшись с духом, я начал оглядываться по сторонам: древние стены были обшиты панелями, под резной каминной полкой за мощной решеткой тлели угли, а в противоположном углу на той же стороне необъятного зала проходило, как я понял, еще одно, похожее на наше, заседание суда. (Действительно, это был Суд королевской скамьи.) Горели свечи, слышался гул голосов, в полумраке сновали человеческие фигуры. Больше всего это напоминало большую классную комнату, где одновременно проводились уроки для разных классов.

Мистер Гилдерслив представил меня председателю суда, уже достигшему почтенных лет, и тот сполна удовлетворил себя долгожданным лицезрением наследника Хаффамов.

— Известно ли вам,— задал он мне вопрос,— что процесс начался, когда мой отец был еще очень молод? Он, в сущности, был немногим старше вас. Сколько вам лет?

Я ответил, и судья записал мой возраст, заметив извиняющимся тоном:

— Вам следует называть меня «милорд». Мне очень жаль видеть вас не в лучшем здравии,— добавил он.— Ваше самочувствие позволит вам принять участие в данном разбирательстве?

— Да, милорд. Я был нездоров, но теперь поправился.

Председатель обменялся значительным взглядом с мистером Гилдерсливом, который вежливо изобразил на лице *moue**, словно извиняясь за мои слова.

— А сейчас,— объявил председатель,— вы будете приведены к присяге. Вам понятно, что это означает?

Я ответил утвердительно, и необходимые формальности были выполнены.

Затем мистер Гилдерслив, развевая полы своего одеяния, поднялся с места и обратился ко мне так, будто мы видели друг друга впервые:

— Готовы ли вы сообщить суду, кем вы, по вашему мнению, являетесь; где, по вашему мнению, родились, и кем, по вашему мнению, были ваши родители?

— Сэр, я — Джон Клоудир,— начал я. Далее я назвал дату своего рождения и место — Мелторп, и продолжил: — Там меня воспитывала мать, и мы жили под именем Мелламфи, которое я считал настоящим, однако позднее матушка призналась мне, что оно вымышленное. Ее отцом, как она говорила, был мистер Джон Хаффам, проживавший на Чаринг-Кросс, в Лондоне.

— А под каким именем ваш отец занесен в приходские списки?

— Питер Клоудир, сэр.

— Все сказанное, милорд,— произнес мистер Гилдерслив,— может быть подтверждено документально, а также показаниями свидетеля, который находится здесь.

— Кто этот свидетель? — спросил председатель.

— Миссис Мартин Фортисквинс, милорд. Эта леди близко знакома с присягающим лицом и его покойной матерью и была представлена присягающему лицу его матерью около трех лет тому назад.

Председатель кивнул и обратил взор на мистера Барбеллиона, который сказал:

— Милорд, сторона, которую я имею честь представлять, безоговорочно признает, что присягающее лицо в самом деле

---

* Недовольная гримаса *(фр.)*.

является мастером Джоном Клоудиром, ранее известным под именем мастера Джона Мелламфи. Собственно говоря, мы собрали достаточно доказательств для подтверждения этого, и я признателен моему ученому собрату за действия, предпринятые им, по всей очевидности, не столько в интересах своих клиентов, сколько моих.

Тут мистер Барбеллион и мистер Гилдерслив обменялись короткими кивками, походившими скорее на язвительные немые выпады. Заявление мистера Барбеллиона подкрепило мою уверенность в том, что Момпессонам я нужен живым, однако его намек на невыгодность для меня установления моей личности меня озадачил. Значит ли это, что я в опасности? Эта фраза заставляла ломать голову.

— Из чего явствует, мистер Гилдерслив, — проговорил председатель, — что необходимость как в документах, так и в свидетельских показаниях отпадает.

— Весьма рад, милорд, — бесстрастно отозвался мистер Гилдерслив. Отложив свои записи в сторону, словно указывая, что с прежней темой покончено, он продолжал: — Теперь я попрошу присягающее лицо обрисовать обстоятельства кончины его матери.

Это было для меня ударом — и я с трудом, путаясь и заикаясь, сумел перечислить одни только голые факты, пока Эмма ободряюще пожимала мне руку.

— Вы зарегистрировали кончину матери у приходского клерка? — спросил мистер Гилдерслив. — Под каким именем?

Я ответил, недоумевая, почему этот вопрос мне задают вторично.

— Милорд, — обратился мистер Гилдерслив к председателю, — я прошу суд принять это свидетельское показание касательно кончины миссис Питер Клоудир, дочери мистера Джона Хаффама.

— Вы удовлетворены? — спросил председатель у мистера Барбеллиона.

— В данном случае нет, сэр: слишком многое с этим вопросом сопряжено.

— Очень хорошо,— заключил мистер Гилдерслив.— Позовите первого свидетеля, мистера Лимпенни.

К моему изумлению, в зал ввели приходского клерка, который выглядел куда наряднее, нежели тогда, за завтраком, в дезабилье. Я недоуменно повернулся к Эмме, но она смотрела в сторону.

Отвечая на вопросы мистера Гилдерслива, клерк подтвердил мои слова и после перекрестного допроса, учиненного мистером Барбеллионом, был отпущен. Затем пригласили второго свидетеля: им оказалась миссис Лиллистоун — та самая женщина, которая обряжала матушку перед погребением. Процедура допроса повторилась: заново переживать утрату — теперь на глазах посторонних — было для меня так невыносимо тяжело, что я закрыл лицо руками.

По удалении миссис Лиллистоун мистер Барбеллион заявил:

— Милорд, наша сторона принимает свидетельское показание относительно кончины владелицы неотчуждаемой собственности Хаффамов и последующего ее перехода присягающему лицу, мастеру Джону Клоудиру.

— Очень хорошо,— записав что-то, отозвался председатель.— В таком случае в истории собственности Хаффамов открывается новая глава. Позвольте выразить надежду, что она окажется более счастливой, нежели все предыдущие.

С места поднялся мистер Гилдерслив, подобрал полы мантии и, возвысив голос, медленно и нараспев, будто пастор, произносящий проповедь, провозгласил:

— Милорд, я ходатайствую о том, чтобы над несовершеннолетним присягающим лицом, умственное и телесное здоровье которого подорвано болезнью, была учреждена опека и он был передан на заботливое попечение супружеской паре: эти супруги преданно ухаживали за ним, когда он очутился под их кровом недужным и неимущим; этих супругов он любит и почитает как ближайших родственников и привычно называет их тетушкой и дядюшкой.

Меня глубоко возмутила ссылка на мою болезнь, якобы подорвавшую мое умственное здоровье, и я был приведен в недоумение тем, что законникам позволяется оскорблять клиентов, за содействие которым они получают плату.

Как только мистер Гилдерслив вновь уселся, председатель суда объявил:

— Это представляется как нельзя более уместным. Мистер Портьюс — в высшей степени уважаемый джентльмен, и, насколько мне известно, является доверенным сотрудником уважаемого банковского дома Квинтард и Мимприсс.

Однако при этих словах вскочил мистер Барбеллион:

— Милорд, наша сторона отвергает это ходатайство самым решительным образом.

Рука Эммы сильнее сжала мою руку.

— Не могу сказать, что ваш протест, мистер Барбеллион, для меня неожиданность, — проговорил председатель. — Тем не менее будьте добры оповестить нас, какими именно причинами вы руководствуетесь, выдвигая ваше возражение.

В эту минуту я заметил, что мистер Гилдерслив, повернувшись, подал знак приставу, который незамедлительно удалился. И прежде чем мистер Барбеллион, поднявшийся с места, успел заговорить, мистер Гилдерслив его опередил:

— Милорд, прошу извинения у вас и у моего ученого собрата за то, что его перебиваю, но я вынужден ходатайствовать перед судом о позволении мастеру Клоудиру покинуть зал.

— Я не вижу, мистер Гилдерслив, никакой в этом необходимости, — отвечал председатель. — Продолжайте, мистер Барбеллион.

Мистер Гилдерслив, опустившись на сиденье, сердито взглянул на Эмму. Едва мистер Барбеллион открыл рот, как пристав вернулся вместе с Фрэнком.

— Милорд, — начал мистер Барбеллион, — при менее чрезвычайных обстоятельствах ни сторона, которую я представляю, ни я сам никоим образом не желали бы лишить юношу опеки семейства, с которым он связан узами родства и привязанности.

В этот момент Фрэнк и пристав приблизились к нам, но Эмма жестом велела им отойти. Озадаченный словами мистера Барбеллиона, я пытался уловить смысл дальнейшей его речи, но тут мистер Гилдерслив опять встал с места и мистер Барбеллион запнулся, ошеломленно на него глядя, а затем повернулся к председателю с поднятыми в изумлении бровями, словно до глубины души потрясенный беспредельно наглым выпадом коллеги.

— Прошу прощения, милорд, — смело заговорил мистер Гилдерслив, — но еще до того, как последовали дальнейшие директивы, я уже имел честь доложить вашей милости, что присягающее лицо перенесло тяжкую болезнь и его умственные способности полностью не восстановились. В высшей степени желательно освободить его от необходимости присутствовать в зале суда.

Так вот что он втолковывает председателю! В целом происходящее мне не нравилось. И какие-то слова, только что услышанные, застряли в памяти. Почему это я связан с Портьюсами «узами родства»?

— Просьба представляется вполне обоснованной, — заключил председатель. — У вас есть возражения, мистер Барбеллион?

— Напротив, милорд. Что касается представляемой мною стороны, то прочное здоровье оставшегося наследника имеет решающее значение для наших интересов, а посему и вопрос об учреждении над ним опекунства обладает чрезвычайной важностью.

— Очень хорошо, мистер Гилдерслив. Мастер Клоудир может удалиться. Но прежде чем он покинет зал, мне хотелось бы услышать, каковы его собственные пожелания. — Он устремил взгляд на меня: — Скажите мне, мастер Клоудир, согласны ли вы с учреждением, в соответствии с законом, опеки над вами со стороны семейства, которое в настоящее время взяло на себя заботы о вас?

Я молчал: мне требовалось время для того, чтобы обдумать только что услышанное.

— Итак, юноша,— после короткой паузы продолжил председатель,— охотно ли вы примете попечение над вами и отцовскую власть, вплоть до вашего совершеннолетия, со стороны вашего дяди?

— Он мне не дядя! — выкрикнул я.— И я этого не хочу!

— Джонни! — прошипела Эмма мне в ухо.— Что такое ты говоришь?

— Милорд,— подал реплику мистер Гилдерслив, хмуро взглянув на меня и одновременно выражая приподнятой бровью солидарность с судьей.

— Что именно вы имеете против? — поинтересовался у меня председатель.

— Они замыслили недоброе! — выкрикнул я.— Не знаю почему, но я им не доверяю.

Эмма обратила ко мне лицо, которое мне никогда не забыть: холодное, суровое, пылающее гневом.

— Вы достаточно ясно изложили свое мнение, мистер Гилдерслив,— с важным кивком объявил председатель.— Это весьма прискорбно. Юноша может удалиться.

Мистер Гилдерслив движением подбородка подал знак Фрэнку и приставу: те, схватив меня, заломили мне руки за спину. В ответ я начал сопротивляться и громко вопить, но Фрэнк зажал мне рот ладонью, поднял меня, перекинул через плечо и быстро понес к выходу, а пристав устремился вслед, придерживая меня за ноги.

До моего слуха донеслись обрывки речи мистера Барбеллиона:

— ...крайне необычные обстоятельства... близкое кровное родство... вероятный конфликт интересов...

Стоявший у выхода посыльный растворил перед нами дверь. Меня стали выносить, однако Фрэнк, шедший впереди, приостановился, чтобы пропустить входившего. Пристав не мог видеть происходящего и, полагая, что задержка вызвана моим противодействием, сильно толкнул вперед меня и Фрэнка: в результате произошла некрасивая *mêlée* — и наше продвижение застопорилось. Получилось так, что с новоприбывшим молодым человеком, из-за которого и случилось это замешательство, я оказался лицом к лицу — и сразу его узнал: это был Генри Беллринджер!

Он застыл в изумлении, а я, не имея возможности говорить, задергался изо всех сил в надежде, что он тоже меня узнает, хотя целиком моего лица видеть было нельзя.

— Что за дьявольщина тут творится? — воскликнул Генри.

— Скорее. В чем проволочка? — донесся до меня голос Эммы.

Генри взглянул на нее, и она поспешила опустить вуаль.

— Вот так так,— протянул Генри,— подумать только, встретить вас тут, мисс...

— Поторопись, Фрэнк! — оборвала его Эмма.

Повинуясь приказанию, слуга решительно ступил к двери, так что Генри пришлось посторониться и прижаться к косяку, чтобы освободить проход.

Пока мы протискивались наружу, я услышал напоследок голос мистера Барбеллиона:

— ...навлекает на эту особу — а, в сущности, и на других членов семейства — оскорбительные подозрения в случае прискорбного происшествия, которое, как все мы должны надеяться, не будет иметь места, однако вероятность такового сегодня получила подтверждение.

Больше я ничего не услышал: мгновение спустя мы оказались в вестибюле, и посыльный захлопнул за нами дверь.

Пристав провел нас обратно по уже знакомым коридорам, и меня запихнули в наемный экипаж, нас поджидавший, где на протяжении обратного пути меня крепко держал Фрэнк. Он больше не зажимал мне рот, но сказать мне было нечего, а Эмма, с лица которой исчезло выражение, мелькнувшее передо мной на миг в суде, тоже молчала и лишь изредка со вздохом укоризненно приговаривала:

— Джон, Джон — это после всего, что мы для тебя сделали!

Мне было над чем подумать, когда я делал попытки разобраться в событиях этого дня. Почему мистер Гилдерслив из кожи лез, чтобы выставить меня тяжелобольным и намекнуть на мою умственную неполноценность? Почему судья подхватил высказывания мистера Гилдерслива и стал именовать мистера Портьюса моим дядей? Что означали странные слова мистера Барбеллиона, мной услышанные? Неужели я совершил страшную ошибку, открыто отвергнув великодушное предложение семейства Эммы, и тем самым повинен в преступной неблагодарности?

По прибытии домой Эмма велела Фрэнку отнести меня в мою комнату и уложить в постель. Он так и сделал: снял с меня одежду, оставив меня в ночной сорочке (я успел, однако, утаить в кулаке соверен, полученный от мистера Портьюса). Уходя, он запер за собой дверь. Я поспешил, пока никто на нее не покусился, спрятать монету за подшитым краем сорочки.

Остаток дня я провел лежа в постели, без конца проворачивая в голове речи и поступки, свидетелями которых стал утром. Как мне хотелось вникнуть в юридические процедуры канцлерского суда — с тем чтобы хоть как-то разобраться в том, что там на самом деле происходило. Мне вспомнился Генри. Узнал он меня или нет? Интересно, что он делал в суде — быть может, он изучает право? Если так, то он сумел бы объяснить некоторые загадки: почему Портьюсы так были заинтересованы предъявить меня суду? И почему такая важность придавалась обстоятельствам кончины моей матушки?

Мало-помалу в душу ко мне закралось некое подозрение: оно объясняло столь многое, что, оглядывая мысленно сцену в суде и пробуя истолковать ее в свете этой гипотезы, я без труда находил место каждой детали, словно удачно складывал головоломку. Эта гипотеза выглядела такой невероятной, такой крамольной, что меня пугало само ее возникновение. Как только мне могло нечто подобное взбрести на ум! Наверное, я еще не настолько здоров, как мне бы того хотелось.

КНИГА V
ДРУГ БЕДНЯКОВ

Глава 71

Вновь сцена действия — парадная гостиная дома 27 на Голден-Сквер. Миссис Фортисквинс принимает посетителя, которому сердито выговаривает:

— Что бы мне раньше об этом узнать! Последствия могут быть хуже некуда.

— Вам следовало мне доверять. Расскажите мне все с самого начала.

— Доверять вам! Чего ради я, мистер Сансью, должна вам доверять, если ваш совет обернулся для меня так скверно? Я потеряла все вложенные деньги — до последнего пенни.

— И я тоже! А кто не потерял? Перед Рождеством даже Английский банк едва-едва не закрылся!

— Все это расчудесно, однако не вы, а я разорена благодаря тем самым акциям Квинтарда и Мимприсса, которые вы мне навязали!

— Только потому, дражайшая мадам, что мне самому не на что было их купить: у меня в карманах уже было пусто! Иначе бы я увяз точно так же. Меня убедили в их надежности лица, которым я полностью доверяю. Признаться честно, я теперь понимаю, что меня обманули, но что поделаешь. С вами, миссис Фортисквинс, я был совершенно откровенен, чего нельзя сказать о вас. Вы многое от меня утаили. А двуличия я не терплю.

Залившись краской от возмущения, вдова надменно бросает:

— Будьте добры объясниться.

— Недавно мне стало известно, что мальчика выследили на пути в Барнардз-Инн, — заявляет юрист. — Не изображайте невинность, миссис Фортисквинс. Я знаю, что Генри Беллринджер проживает именно там!

— Выследили? Кто же за ним следил?

— Хм-хм, коль скоро у вас есть от меня секреты, позвольте мне держать при себе мои. Итак, что вы от меня скрываете?

— Ровно ничего. Это простое совпадение, вот и все. Довольно необычное, однако несущественное.

— Видите ли, мадам, — настаивает мистер Сансью, — в простые совпадения я не верю. Есть тайные нити, которые связывают вас с мальчиком, стариком Клоудиром и Беллринджером: до конца они мне непонятны, хотя я осведомлен более, нежели вы предполагаете. — Миссис Фортисквинс принимает высокомерный вид, но юрист словно не замечает этого: — Да-да. Видите ли, когда вы предупредили, чтобы в разговоре с этим очаровательным старым джентльменом я о нашем с вами знакомстве не упоминал, меня это насторожило: наверняка, решил я, между вами существует какая-то связь. Я предположил, что это жалкое создание, Валльями, сможет этот вопрос прояснить. Я сумел оказать ему услугу, а взамен он постарался предоставить мне искомые сведения. Я только что с ним виделся, и он был чрезвычайно разговорчив. Чрезвычайно — даже более чем.

Леди не сводит с юриста глаз, полных холодной ярости.

— Не сомневаюсь, вы не прочь узнать, что именно он мне сообщил. — Не дождавшись ответа, юрист продолжает: — Прежде всего Валльями уведомил меня, что его хозяин поручил ему за мной следить. Следовательно, он знает о нашей с вами связи — и знает уже не первый день.

Миссис Фортисквинс, издав легкий вскрик, прикрывает рот рукой.

— Я опасался, что это известие повергнет вас в смятение,— спокойно говорит юрист.— Валльями, должен признаться, раскрыл мне и причину этого. Мне известна вся история, миссис Фортисквинс. Всякие сомнения относительно мотивов, которыми вы руководствуетесь, теперь для меня развеяны.

Миссис Фортисквинс вперяет в юриста столь свирепый взгляд, что тот вынужден наконец потупиться.

— Вам нужно было рассказать об этом раньше. Вам следовало мне доверять. И даже сейчас — для нас еще не поздно прийти к новому взаимопониманию.

Молодая вдова окидывает юриста изучающим взором.

Глава 72

Вечером, в обычный для моего ужина час, замок неожиданно щелкнул — и в дверях показалась Эмма с подносом. Ее приход меня удивил: с тех пор, как силы мои восстановились, еду мне всегда приносила Эллен. Эмма, улыбнувшись мне прежней улыбкой, поставила поднос на столик и села рядом на стул.

— Джон,— заговорила она, когда я принялся за крепкий бараний бульон,— мои родители очень обижены, но я их убедила, что твои слова вызваны болезнью, от которой ты еще не совсем оправился.— Она ждала от меня ответа, но я промолчал.— И, пока ты спал, приходил мистер Гилдерслив сообщить, что после нашего ухода суд постановил поручить опекунство над тобой моему отцу. И теперь ты в самом деле — мой брат. Разве это не чудесно?

Я, не глядя на Эмму, кивнул и отложил ложку: аппетита у меня почти не было.

Эмма, заметив это, принялась меня уговаривать:

— Тебе нужно непременно поесть еще хоть немного.

Я отодвинул чашку в сторону.

— Да ты и половины не съел! — воскликнула Эмма, подвинув поднос ко мне.— Ты должен питаться, чтобы поправиться и окрепнуть.

— Я больше не могу.

Эмма села ко мне на край постели и взяла чашку.

— Давай я тебя покормлю с ложечки, как в самый первый раз, когда ты у нас оказался. Помнишь, какой ты был тогда беспомощный?

При воспоминании о ее прошлой доброте я почувствовал вину и, не в силах оттолкнуть протянутую мне с улыбкой ложку, заставил себя проглотить ее содержимое. Но горло стиснул спазм — и я отрицательно помотал головой.

— Ну, хорошо,— сказала Эмма, вставая и забирая поднос. На мгновение мне почудилось, будто на лице у нее мелькнуло то самое выражение, которое я видел в жуткий момент в зале суда. Но тут она улыбнулась и вновь стала сама собой: — Пойду приготовлю тебе бокал сиропа с камфарой, чтобы ты лучше спал.

— Спасибо,— отозвался я.— Это очень приятно.

Немного погодя она вернулась, но я опять ее разочаровал, сумев отпить всего два-три глотка. Когда я пообещал выпить сироп попозже, Эмма оставила бокал на столике у моей постели, ласково поцеловала меня в лоб, задула свечу и вышла из комнаты. Меня поразило, что замок в двери снова щелкнул.

Несмотря на слабость, к еде я все же испытывал отвращение — и, когда все затихло, выбрался из постели с намерением куда-нибудь выплеснуть сироп: обижать Эмму и дальше мне не хотелось. Окно было заперто, поэтому я направился в угол, где ковер не покрывал половиц, окунул пальцы в бокал и принялся разбрызгивать сироп. Случилась странная вещь: жидкость показалась мне алой и немного липкой. Тем не менее непонятным образом я сознавал, что это вовсе не кровь: я не то спал наяву, не то бодрствовал во сне. Пробираясь обратно к постели, я начал твердо верить, что комната — хотя она выглядела в точности такой, как всегда, — на самом деле была той самой, где умерла матушка. А одеяло, которое я натянул на себя, было тем ворохом тряпья, под каким я лежал несколько месяцев тому назад ужасными ночами в Митра-Корт.

Закрыв глаза, я вдруг увидел, что смотрю через окно на громадную темную массу, протянувшуюся вплоть до горизонта и усеянную крохотными ярко-желтыми точками. Передо мной на фоне бледно-красного неба четко прорисовывались остроконечные шпили: значит, я находился почти на одном с ними уровне, на высоте в сотни футов. Внезапно, вопреки всякой логике, в окне появился некий смутный образ, и я, с нарастающим чувством ужаса, постепенно различил, что это — чье-то бледное лицо, отдаленное, похожее на мраморное, с пустыми бесцветными глазами, на меня взиравшими. Как только охвативший меня ужас сделался непереносимым, картина переменилась: теперь я вихрем проносился сквозь видения потрясающей красоты, которые чередовались с самыми кошмарными сценами; из пучин страха меня возносило к мучительно-сладостным воспоминаниям об утратах, оставивших в памяти лишь смутный след.

Далее я оказался в карете, которая катила, покачиваясь, по улицам огромного города навстречу восходившему над горизонтом огненному солнечному диску. Выглянув из окошка кареты, я увидел густые черные клубы, которые крутились и завихрялись вокруг зданий, столь чудовищно высоких, что их верхушки терялись в дымной пелене: в городе бушевал сильнейший пожар. Напротив меня в карете сидела женщина, до странности мне знакомая, хотя черты ее лица скрывала опущенная вуаль. Пока я в нее вглядывался, вуаль становилась все темнее и темнее, пока вся голова не превратилась в смутную тень. Но тут внутрь кареты, которая заворачивала за угол, скользнул солнечный луч, высветивший голову с другой точки, и перед моим взором проступили очертания черепа. Не желая узнавать, чье это было лицо, я истошно завопил и продолжал вопить, пробуждаясь — как мне чудилось — в доме мистера Портьюса, однако спальня представлялась мне теперь иной, незнакомой, потому что стены принялись вращаться, огонь выплеснулся из камина, а меня самого швырнуло в водоворот чудовищных видений.

Глава 73

Как долго сменялись передо мной эти фантастические сцены — не знаю: кажется, они преследовали меня всю ночь напролет. Очнувшись наутро — изнуренный, словно совсем не смыкал глаз, с пересохшим ртом и больной головой, — я, лежа в постели, задавался вопросом, не теряю ли рассудок; я силился припомнить, доводилось ли мне слышать, что подобные сны — признак подступающего безумия, но в то же время я не в силах был избавиться от смутной тяги к пережитому ночью.

Хотя час был ранний и в доме еще никто не вставал, за дверью вдруг послышался шорох — и, сам толком не зная почему, я прикрыл глаза, притворившись спящим. Дверь медленно распахнулась, выглянула голова Эммы. К ужасу моему, на ее лице было именно то выражение, что и вчера, в зале суда, когда я отверг притязания ее отца на опекунство: холодное, жестокое, глаза прищурены. Подойдя к моей постели, она взяла пустой бокал и столь же бесстрастно осведомилась:

— Ты не спишь?

Захваченный врасплох, из опасения, что Эмма через неплотно сомкнутые веки увидит мои глаза, я ответил:

— Нет.

Мне это померещилось, или же она вздрогнула при звуке моего голоса?

— Как ты себя чувствуешь? — сухо спросила Эмма.

— Не слишком хорошо.

— А чего еще ожидать, — вдруг вырвалось у нее, — если ты не желаешь есть, глупый мальчишка!

В этот миг, когда я глядел на Эмму и слышал тон, каким были произнесены эти слова, на поверхность моего сознания всплыло что-то давно смутно мне знакомое и слилось с тем сном, который я видел ночью: молодая женщина в карете, лицо под вуалью, сердитая фраза... *Эмма — вот кто пытался похитить меня много лет назад!*

Теперь мне стало ясно все. Все, что озадачивало меня во время вчерашнего судебного заседания — слова мистера Барбеллиона об «узах родства и привязанности», упоминание судьей мистера Портьюса как моего дяди,— все теперь встало на свои места: *Мистер и миссис Портьюс — это мои дядюшка и тетушка! Дэниел Клоудир и его вторая жена!*

Меня охватил такой ужас, что скрыть его было невозможно: я увидел, что Эмма сразу поняла, какое чудовищное открытие я сделал. Не сводя с меня глаз, она улыбнулась — вернее, попыталась улыбнуться, но у нее мало что из этого вышло:

— Теперь, Джонни, ты догадался об истинной причине, почему мы так ласково с тобой обходились?

Я кивнул.

— Назови ее.

— Ваш отец — Дэниел Клоудир, старший брат моего отца.

— Да,— подтвердила она.— Мы и вправду твоя семья. Отец при повторном браке взял фамилию своей нынешней жены. Как видишь, я немного лучше приемной сестры: я — твоя настоящая кузина!

Эмма наклонилась и поцеловала меня, но голова у меня шла кругом. Значит, она — Эмма Клоудир! Именно так Генри Беллринджер собирался к ней обратиться! (Хотя я и представить себе не мог, откуда он ее знает.)

— Тебе, должно быть, непонятно, почему мы это от тебя скрывали,— продолжала Эмма.— Я все тебе объясню — и ты поймешь. Но здесь должны присутствовать мои родители. Я их позову. Как они рады будут узнать, что теперь мы можем открыть тебе правду.

По-прежнему улыбаясь, Эмма вышла из комнаты. Немного погодя она вернулась, ведя с собой родителей, и с порога воскликнула:

— Какой умница Джонни, что сам обо всем догадался!

— Отлично, дружище,— проговорил мой дядя, шагнув вперед и протягивая мне большую розовую руку. Я коснулся ее, внутренне содрогнувшись при воспоминании о том, что писала мне о дяде матушка.— Сообразительности тебе не занимать.

Супруга дядюшки обняла меня и расцеловала, а я задался вопросом, знает ли она о том, что известно двум другим.

— Удивление на нем так и написано! — воскликнула миссис Портьюс.

— Тебе, вероятно, любопытно, почему я переменил фамилию,— сказал дядюшка, бросив взгляд на Эмму.— Меня слишком взволновало то, как мой отец обращался с братом.

— То есть с моим отцом? — спросил я.

Дядюшка опять посмотрел на Эмму.

— Видишь ли, Джонни,— вмешалась Эмма, беря пожилую леди за руку,— моя мама на самом деле мне не мама, а просто вторая жена отца.

Значит, трогательную историю об умершем брате она выдумала!

— Тебе, конечно, интересно, почему мы это от тебя скрывали,— проговорил дядюшка.

Я кивнул.

Дядюшка вновь повернулся к Эмме:

— Мы собирались в самом скором времени обо всем тебе рассказать, но условились подождать, пока ты окрепнешь. Возможно, мы поступили неверно, однако опасались последствий: ты был еще очень слаб.

— Вы были правы, вы были правы,— пробормотал я.

— Ты ведь понимаешь, чего мы опасались, так? — спросила Эмма.

Я снова кивнул. Больше всего мне хотелось остаться одному, чтобы хорошенько надо всем подумать.

— Мы предположили, что твоя бедная матушка настроила тебя против нас,— пояснила Эмма.— И доказательство тому — твой рассказ о злых, несправедливых словах, которые она написала о моем дорогом папе.

Еще одна новость: Эмма слушала меня часами, возмущаясь тем, что я рассказывал о поведении ее отца, и тут же в соседней комнате передавала ему все мои слова!

— Твою матушку прискорбным образом ввели в заблуждение,— заметил дядя.— Мы разъясним тебе всю подноготную, как только ты окончательно выздоровеешь.

— Тебе, должно быть, непонятно, каким образом могло выйти,— проговорила Эмма,— что ты с нами воссоединился. Как могло случиться, что из всех лондонских домов ты в поисках милости выбрал именно этот, а он оказался домом твоего давно потерянного неведомого дядюшки!

Я выразил на лице недоумение.

— Это воля Провидения,— вскричала тетушка.— Хвала Господу!

— Да, Джонни,— подхватила Эмма.— Хоть это и кажется необычным, но к нашим дверям тебя привела простая случайность. Такое ожидаешь только в романах, да и то, если знаешь, что автор ленится придумать что-нибудь получше.

Случайность? Нет, этому я не мог поверить. Если некий Автор и выстраивает мою жизнь, то я не в силах был подумать о нем так плохо.

— Я очень скоро обо всем догадалась. Помнишь, как я вздрогнула, когда ты назвал свое имя «Клоудир»? — спросила Эмма.

Я кивнул: мне вспомнилось, как я сказал, что это имя для меня — самое ненавистное.

— Я тогда поняла, кто ты есть, потому что отец часто говорит о жене своего бедного брата и ее ребенке. О своих подозрениях я не смела заикнуться — боялась, как ты будешь потрясен, когда обнаружишь, что находишься в доме «врагов».— Я вспыхнул, а Эмма продолжала: — У меня не было оснований не верить мнению твоей матери. Но мы тебе все объясним: ты поймешь, где правда, и избавишься от страхов и недоверия. Помни, Джонни: у нас впереди уйма времени.

— Нам пора уходить, Джонни устал,— вставила тетушка.
— Да, мне хотелось бы уснуть,— сказал я.
— Конечно, конечно,— заторопилась Эмма.— Поспи, а попозже я принесу тебе овсянки.

Я остался один за запертой дверью, терзаемый страхами и сомнениями. Можно ли было верить тому, что семейство скрывало свое родство со мной из желания меня уберечь? Неужели матушка заблуждалась, когда писала мне о дядюшке? Необходимо было принять решение: если она права, то мне грозит страшная опасность; предположим, кодицилл представлен в канцлерский суд, и если ему дан ход, тогда единственным препятствием для унаследования Клоудирами (или все-таки Портьюсами?) имения Хафем является существование непресекшейся линии Хаффамов. Этим, несомненно, и объяснялось все то, что происходило в моем присутствии на заседании суда: факт кончины моей матушки был засвидетельствован с тем, чтобы утвердить мой статус наследника собственности Хаффама! И дабы удостоверить мою личность, упоминалось, что в приходских списках Мелторпа моим отцом был записан «Питер Клоудир».

Таким образом, только моя жизнь мешала Сайласу Клоудиру немедленно вступить во владение поместьем! Более того, поскольку ему следовало меня пережить (а возраст его, надо думать, уже весьма преклонный), то его наследники — Эмма и мой дядюшка — должны с величайшим нетерпением ожидать подобного поворота событий. Неудивительно, что мистер Гилдерслив делал такой упор на состоянии моего здоровья! А мистер Барбеллион возражал против учреждения надо мной опеки в лице моего дядюшки!

Какая удача, подумалось мне, что во сне мне было послано предостережение. Я вдруг понял, почему меня посетили видения: что-то было подмешано мне в пищу! Сердце у меня заколотилось, когда я вспомнил, как однажды мисс Квиллиам рассказывала о лаудануме: в малых дозах он вызывает глубокий сон, с увеличением дозы провоцирует необузданное буйство фантазии, а в больших дозах служит ядом, следы которого нельзя обнаружить. Не подмешала ли Эмма опиум в мой ужин и снотворный напиток? И я остался в живых только потому, что едва его пригубил? Или же я схожу с ума, заподозрив нечто подобное?

Не успел я дойти до этой мысли, как в дверь тихонько постучали. Ключ в замке повернулся почти бесшумно — и вошла Эмма, улыбаясь с прежней непринужденностью; в руках она держала тарелку овсянки.

— Ты спал?

Я кивнул.

— Теперь тебе нужно поесть,— сказала она, протягивая мне тарелку.

Я машинально мотнул головой: в этом доме я твердо решил ничего не брать в рот. То, что за этим могло последовать, обдумывать было некогда, но пока из дальнейшего мне было ясно только это одно.

Эмма, бросив на меня колючий взгляд, со словами: «Хорошо, я оставлю это для тебя здесь», поставила тарелку на столик возле кровати.

— Бедняжка Джонни,— обронила она.— Какой ужас оказаться вдруг в таком злобном семействе!

Ее насмешливая реплика прозвучала так естественно, что я невольно улыбнулся. Как бы мне хотелось верить, что я могу положиться на Эмму и что все мои фантазии — следствия неизжитой болезни!

— Поспи еще, а когда проснешься, постарайся это съесть,— заботливо проговорила Эмма.— Я ухожу.

Снова оставшись один, я постарался сосредоточиться на другой загадке: каким образом я сюда попал? Предложенное объяснение меня не устраивало: перебирая мысленно запутанный клубок событий, в которые был вовлечен, я вспомнил, что сюда меня привел мальчишка, встретившийся мне возле старого дома на Чаринг-Кросс. На меня нахлынул целый поток недавних переживаний: вот я устало бреду по заснеженным улицам. Откуда я это знаю? Мне представилась другая картина: в теплой кухне сидит тучная веселая женщина. Да это же кухня дома в Мелторпе! *А эта женщина — миссис Дигвид! Мальчишка, который меня сюда привел,— это ее сын Джоуи!*

Пытаясь разгадать одно необычайное совпадение, я тут же наталкивался на новое. И дальше окончательно попадал в тупик, не в состоянии уяснить, как и почему Джоуи Дигвид связан с моим дядюшкой. Точно таким же необъяснимым выглядело и другое совпадение: Барни и есть тот самый взломщик. Но — задался я вопросом — нет ли связи и между этими двумя совпадениями: мне вспомнилось, как я заключил, что визит миссис Дигвид в дом матушки не случайно состоялся после кражи со взломом. Распутать все нити мне было не под силу, однако события, несомненно, выстраивались в определенный ряд: это указывало на то, что против меня действовал некий тайный заговор. То, что со мной происходит,— не следствие слепого случая, а продуманного плана. Теперь я знал, что в этот дом меня привело не простое стечение обстоятельств, и Эмма с ее отцом лгали мне именно по этой причине.

Ход логического рассуждения, позволившего мне сделать этот вывод, меня взбодрил. Я не помешан: мне и в самом деле расставлена хитроумнейшая ловушка. В чем бы ни заключалась подлинная суть дела, я понимал одно: от этих людей нужно спасаться бегством — и как можно быстрее.

Я выбрался из постели и подбежал к окну: оно было заграждено засовом, который я не мог снять. К тому же комната моя находилась на втором этаже, и спуститься на землю было никак нельзя: даже если бы мне это удалось, я оказался бы во дворике, напоминавшем колодец, и выбираться оттуда пришлось бы только через дом.

Бежать нужно было не откладывая: я порешил не брать в рот ни крошки. Нельзя было и допустить, чтобы родичи

КВИНКАНКС

заподозрили мою боязнь быть отравленным; поэтому я приподнял край ковра у кровати и спрятал там большую часть овсянки, притоптав ковер для сокрытия неровностей. Потом снова залез в постель — и хотя в продолжение вечера дверь не один раз отворялась и кто-то ко мне входил, я притворялся спящим, не смея даже чуть-чуть разомкнуть веки.

Прислушиваясь к затихавшим в доме шагам и голосам, я перебирал в уме свои возможности. Одежду у меня забрали вчера по возвращении из суда, после болезни я все еще чувствовал слабость; других денег, кроме соверена, у меня не было. Мог ли я холодной январской ночью надеяться убежать далеко босиком, в ночной сорочке? Да и куда мне было бежать: ведь я не знал никого, к кому можно было бы обратиться за помощью? Однако выбора у меня не оставалось: здесь меня ждала неминуемая смерть.

Я решил не шевелиться часов до четырех утра, когда все в доме погрузится в глубокий сон, а рассвет будет близок: уличный холод грозил мне гибелью. Борясь с дремотой, я прислушивался к бою часов на лестничной площадке: полночь, час ночи, два часа.

Глава 74

Наконец часы пробили четыре. Я свернул одеяла с тем, чтобы в них закутаться: стать вором я не боялся. К моему удивлению, дверь на этот раз не заперли, и я облегченно перевел дыхание. Я осторожно прокрался на лестничную площадку, погруженную в полную темноту, и очень медленно, со всеми предосторожностями, стал спускаться вниз по ступеням. Здесь темноту немного рассеивал только свет газовой горелки за калильной сеткой; зная, что слуги спят на верхнем этаже дома, а семейство — на втором и третьем, я чувствовал себя в относительной безопасности. Черный ход вел прямо на задний двор, и мне ничего не оставалось, как только бежать через парадную дверь. Я потихоньку снял один засов, потом другой: еще немного — и я, казалось мне, буду на свободе.

Но тут внезапно краем глаза я увидел, как сбоку, совсем близко от меня, отворилась другая дверь, и в проеме показалась чья-то фигура.

— Так вот твоя благодарность? — проговорил дядюшка.— Тебя настроили против нас? — Он протянул руку и прибавил газ в горелке у нас над головами. От вспыхнувшего огня по лицу его заплясали тени.— Какая удача, что я заработался допоздна и услышал шорох.

— Неправда! — вскричал я, мгновенно осознав всю свою наивность.— Вы меня подстерегали. У вас в комнате было темно — иначе я бы заметил отсвет в щели под дверью. И вот почему вы не заперли меня на ключ!

Понимая, что усилия мои напрасны, я все же потянул парадную дверь на себя, однако она не подалась.

— Ключ у меня в кармане,— коротко бросил дядюшка.

В отчаянии я забарабанил по двери кулаками, крича:

— На помощь! Выпустите меня! Караул!

Дядюшка с бранью схватил меня. Поднятый мною шум перебудил весь дом. На лестнице послышались голоса, внесли свет, и я, лягая дядюшку по ногам, пронзительно завопил. Единственное, на что я надеялся, это вызвать сочувствие у кого-нибудь из слуг. Глянув вверх, я увидел на лестнице Эмму и тетушку, стоявших там в ночных одеяниях. За ними показалась Эллен — подумать только, когда-то в ее лице мне чудилась доброжелательность! — и молодая служанка, которую раньше я видел лишь мельком. Слуга Фрэнк явился с нижнего этажа полностью одетым и, с первого взгляда оценив ситуацию, бросился дядюшке на помощь.

— В чулан его! — скомандовал дядюшка Фрэнку, и оба они поволокли меня в глубь дома.

— Мерзкий негодник! — воскликнула Эмма.— После всего, что мы для тебя сделали!

— Не вини его, дорогая,— проговорил дядюшка.— Разве ты не видишь, что он за свои поступки не отвечает?

КВИНКАНКС

— Нет, это неправда. Я не сумасшедший,— кричал я, обращаясь к служанке, взиравшей на меня в ужасе.— Они хотят меня убить! Они подсыпают мне отраву! Умоляю вас — обратитесь к правосудию, расскажите там обо всем.

Меня без промедления впихнули в каморку возле дальнего коридора. При свете свечи, с которой кто-то стоял у двери, я успел только разглядеть, что внутри нет ни мебели, ни ковра, ни камина, зато железная решетка загораживает единственное окошко, смотревшее, очевидно, на задний двор. Дверь тут же захлопнулась, и я остался один, в холоде и мраке.

Итак, пытаясь бежать, я угодил в ловушку. Холод пронизывал меня до костей: сопротивляясь, я растерял одеяла, а постельные принадлежности отсутствовали, и мне предстояло провести всю ночь в одной рубашке с возможной опасностью для жизни. Я улегся на голые доски, стараясь сжаться в комочек и даже не помышляя о сне. Они стремятся меня убить. Но я не поддамся.

Когда едва-едва забрезжил рассвет, дверь отворилась и вошла Эмма в сопровождении Фрэнка, с едой и питьем. Не сводя с меня взгляда, в котором страх и отвращение странным образом мешались с жалостью, она поставила тарелки на пол.

— Я ничего не возьму в рот, пока вы сами не попробуете,— заявил я.— И пить буду только воду.

— Я надеюсь, что тебе станет лучше,— сказала Эмма,— и ты поймешь, насколько нелепы и несправедливы твои подозрения.

— Мне очень холодно,— добавил я.

— Отец говорит, что боится дать тебе одеяла и разжечь огонь.

С этими словами она вышла, а Фрэнк запер за ней дверь.

Часа через два — следить за временем сделалось трудно — Эмма вернулась вместе с отцом. При виде нетронутых еды и питья дядюшка заявил:

— Ты собрался себя уморить. И все из-за того, что тебя сбила с толку эта глупая и злобная тварь — твоя мать.

— Не смейте так говорить о моей матери! — закричал я.

— Думаю, тебе нужно узнать правду, — сурово проговорил дядюшка. — Именно на твоей матери лежит вина за все беды, которые постигли моего несчастного брата Питера. Она всячески стремилась заполучить власть над этим невинным слабоумным созданием.

— Замолчите! — воскликнул я. — Я не желаю слушать ваши выдумки!

Я попытался заткнуть уши, однако слова дядюшки продолжали проникать в мой слух:

— Она и ко мне примерялась, но со мной было не совладать. Поэтому закабалила вместо меня Питера — небу известно, каким легким это было делом при его-то невинности — и взяла над ним полную власть. Зачем ей это было нужно? Я частенько недоумевал: полагаю, она со своим папашей зарилась на долю богатства моего отца.

— Молчите!

— Мы рассказываем тебе это ради твоего же блага, Джон, — вмешалась Эмма. — Правда колет глаза, но ты должен ее знать.

Глядя на бледное лицо Эммы, которое все еще казалось мне красивым, я видел в нем одну лишь ненависть и не мог решить, верит ли она тому, что говорит. Если да, то что могло быть ужасней?

— Твоя мать и ее отец, — безжалостно продолжал дядюшка, — надеялись использовать моего брата в собственных целях, но перемудрили. Они свели его с ума, пытаясь настроить против родной семьи. Вот почему он ополчился против твоего дедушки и убил его.

— Я не верю, что он помешанный! — выкрикнул я. — Это злостная ложь. Мистер Эскрит сказал матушке, что отец говорил правду: ссора между ними на самом деле была розыгрышем.

— Сказал матушке, — с издевкой повторил дядюшка. — Предупреждаю: ты ни на грош не должен верить речам этой женщины. Мне известно одно: именно она толкнула Питера на убийство. Одному Богу известно, с какой целью. Впрочем, удивить она меня не может ничем.— Сощурившись, он окинул меня изучающим взглядом: — И вот что еще тебе следует знать. Не уверен, понятно ли тебе, что Фортисквинс...— Он умолк и, посмотрев на дочь, заключил: — Но подождем с этим.

— Нет,— возразила Эмма, и на лице ее мелькнуло торжество.— Расскажи ему обо всем.

И вот теперь я услышал нечто такое о матушке — а вернее, о моем отце,— чему не мог поверить и, однако, не мог выбросить из головы.

Не дослушав, я кинулся на дядюшку с кулаками, и он меня грубо отшвырнул. Лежа на полу, я заливался слезами гнева и отчаяния, а Эмма с отцом удалились со смехом.

Могло ли хоть что-то из этого быть правдой? При одной мысли о подобном земля уходила у меня из-под ног. Моя мать — обманщица? Лгунья? Или еще того хуже? Под маской внушающего доверие простодушия она скрывала глубоко порочную двуличную натуру? Верно, что она таила от меня сумму капитала, вложенного в роковую спекуляцию. Тайком от меня купила тот кусок вышивки. И позднее становилась все более замкнутой и подозрительной, хотя и, конечно же, под влиянием обстоятельств. Что касается намеков мистера Портьюса на... Я не в силах был заставить себя даже думать об этом.

Спустя какое-то время — когда именно, определить я не мог — Фрэнк внезапно отпер дверь и кинул мне груду одеял, в которые я после его ухода завернулся. Мысли мои начинали путаться, и я переставал понимать, где нахожусь и что со мной происходит. Знал только, что попал в ловушку; и тут мне пришло в голову поднять шум — достаточный для того, чтобы привлечь внимание прохожих. Пока я, вцепившись в железные прутья, выкрикивал что-то через грязные оконные стекла, за которыми ничего не было видно, дверь вновь отворилась, и вошел отец Эммы. Его сопровождали доктор Алабастер и два незнакомых джентльмена, а следом Фрэнк внес поднос с какими-то блюдами.

— Умоляю, вызволите меня,— воскликнул я.— Они хотят меня убить.

Я вдруг заметил, что язык плохо меня слушается и что мне трудно на чем-то сосредоточить взгляд: лица вошедших расплывались передо мной бледными лунами, и я едва-едва различал их черты.

— Почему вы так говорите? — мягко спросил один из незнакомцев.

— Они хотят уморить меня голодом и холодом.

— Но разве ты не укрыт одеялами, Джон? — продолжал незнакомец. Он указал на поднос, который Фрэнк поставил на пол передо мной: — А это что, разве не еда?

Я попытался объяснить, что одеяла мне дали совсем недавно, но слова не выговаривались.

— Еда отравлена,— пробормотал я.— Я до нее не дотронусь.

— Ну-ну, без глупостей. Возьми хоть кусочек,— произнес мой так называемый дядюшка тоном, какого я от него еще не слыхивал.

— Не возьму, пока вы сами не попробуете.

Мистер Портьюс переглянулся со своими спутниками, те важно кивнули.

— Что ж, Джонни, отлично,— весело улыбнулся он.— Если это тебя успокоит, я докажу, что тебе ничего не грозит.

Он попробовал еду с ложечки, потом наполнил стакан и выпил.

— Ну да, конечно же, яду теперь здесь нет,— вскричал я.

Придвинув к себе тарелку, я стал жадно, будто голодный пес, поглощать съестное под внимательными взглядами незнакомцев.

— Итак, мастер Клоудир,— обратился ко мне доктор Алабастер.

— Не называйте меня так! — воскликнул я.

— Почему же нет? Разве это не ваше имя?

— Нет, мне оно ненавистно!

— Очень хорошо, Джон,— невозмутимо продолжал доктор Алабастер.— Присутствующие здесь джентльмены на-

мерены задать тебе несколько вопросов. Ты готов на них ответить?

Я кивнул.

— Скажите нам, пожалуйста,— заговорил второй незнакомец,— кто вот этот джентльмен (он указал на отца Эммы) и как вы оказались в его доме?

— Говорят, будто он мой дядя, но я не уверен в этом. Как я сюда попал, тоже не знаю. Против меня составлен заговор. И уже давно — с того времени, как в наш дом вломились ночью, а я тогда был ребенком. Взломщик живет сейчас в недостроенном здании в Нарядных Домиках. Думаю, именно он меня сюда и доставил.

Я умолк: два незнакомца переглянулись, но их лиц я не мог различить — они представлялись мне смутными пятнами.

— У меня очень простой вопрос,— произнес первый незнакомец.— Скажите, пожалуйста, сколько получится, если к шести шиллингам и трем пенсам прибавить один шиллинг и восемь пенсов, а затем вычесть четыре шиллинга, девять пенсов и три фартинга?

Голова у меня разламывалась, на ногах я едва держался и потому озадаченно протянул:

— Не знаю, сэр. Но я в своем уме. Знаю многое другое. Знаю, что вот это — стул,— я указал на него,— а вот это — человек,— я указал на Фрэнка.

— Он может отличить одно от другого, и только,— покачав головой, проговорил первый незнакомец.

— Полагаю, мы видели достаточно,— вмешался второй.— Ордер будет простой формальностью.

— Другого вывода я и не ожидал,— заметил доктор Алабастер.

— Надеюсь, мистер Портьюс,— продолжал второй незнакомец,— что вы не обойдетесь сурово с вашей служанкой. Она поступила так, как считала нужным.

— Не извольте беспокоиться,— ответил мистер Портьюс.— Думаю, я известен своим великодушием.

— Весьма кстати,— произнес первый незнакомец,— что вы оборудовали эту комнату, руководствуясь соображениями безопасности: решетка на окне, отсутствие очага гарантируют, что бедный мальчик не сбежит и не причинит себе вреда.

— Это вызвано крайне прискорбным обстоятельством,— ответил отец Эммы.— Именно здесь нам пришлось держать под замком моего бедного брата, отца этого мальчика. Сын унаследовал отцовский недуг.

— Нет,— закричал я.— Это было не так! Вы лжете! Или лгали раньше.

Незнакомцы, переглянувшись, покачали головами — и все вышли, оставив меня за запертой дверью. Так, значит, отсюда Питер Клоудир бежал в дом к моему дедушке!

Остаток дня и наступившая ночь вспоминаются мне прерывистой чередой состояний, которые нельзя было назвать ни сном, ни бодрствованием: сознание от меня то уходило, то возвращалось. К еде я больше не притрагивался, чувствовал нарастающую слабость и лихорадку.

Помню, что потом во тьме забытья в глаза мне вдруг ударил свет: меня схватили, завязали рот зловонной тряпкой и, чуть не вывернув руки из суставов, стиснули их так, что я не мог ими шевельнуть.

Меня подняли, пронесли через весь дом и впихнули в карету, где, совершенно беспомощный, я очутился между двумя сильными мужчинами. Карета двинулась с места, я забился в тисках и попытался крикнуть, но мне мешала повязка.

Тут меня ударили по голове, и послышался голос доктора Алабастера:

— Умолкни, Клоудир, не то хуже будет.

Я затих. Когда карета въехала на широкую, ярко освещенную улицу — по-видимому, Нью-роуд, я различил лицо доктора Алабастера, который с каменным выражением глядел в окошечко. Повернувшись к другому моему провожатому, сидевшему по другую сторону от меня, я с ужасом его узнал: это был тот самый верзила, прыгнувший в карету во время давней попытки Эммы меня похитить; позже он принимал участие в нападении на меня и матушку, когда мы возвращались из ломбарда!

Глава 75

Мне подумалось, что я и в самом деле душевно болен. Доказательство тому — постоянные поиски связей и совпадений. От этой мысли всякая воля к сопротивлению меня покинула, и я заключил, что даже хорошо, если меня везут туда, куда везут. Это выглядело неотвратимой неизбежностью: к такой именно участи вела меня вся моя жизнь, и я испытывал облегчение, что я наконец у цели.

Человек, которого я узнал, гнусно хихикнул:

— Тут, похоже, прямой продолжатель семейной традиции — так ведь, сэр?

— Да,— ответил доктор Алабастер.— Самый что ни на есть законный наследник.

Оба рассмеялись, и больше ни слова не было сказано, пока карета после долгого путешествия не въехала через ворота на усыпанную гравием дорожку. Ночное небо уже начинало понемногу светлеть, и на его фоне я мельком увидел очертания большого дома. Выглядел он странно: мне припомнился виденный однажды пес с бельмами на глазах, поскольку окна верхних этажей были густо забелены.

Карета остановилась, и меня вытолкнули на гравий, потом подхватили и со связанными за спиной руками потащили через вестибюль в дом.

Доктор Алабастер без дальнейших церемоний удалился, а к его помощнику присоединился крупный уродливый человек, который уставился на меня с насмешливой улыбкой, будто давний знакомец. Вглядевшись в его скошенные глазки и брови, постоянно воздетые словно в знак презрения ко всему окружающему, квадратное плоское лицо, в точности походившее на красный кирпич, я вдруг понял, что и в самом деле его встречал: он помогал верзиле в том самом нападении! Судя по связке ключей, свисавшей у него с пояса, он исполнял здесь должность тюремного надзирателя.

Меня ухватили за плечо и, пихая в спину, повели по тёмному, мощенному камнем коридору, из которого мы попали в просторную комнату. Это была мужская больничная палата, и в этот ранний час пациенты просыпались и одевались. На лицах вокруг меня были запечатлены все разновидности вырождения, идиотизма и маниакальности: носившие печать унижения и страданий, одни выказывали ожесточённость, другие — сломленность, иные горели жаждой справедливости, многие выражали только тупое безразличие. На некоторых пациентах, как и на мне, была надета смирительная рубашка. Я поискал лицо, которое светилось бы чуткостью и пониманием, но не обнаружил ни одного, и только в самом дальнем углу поймал на себе взгляд седовласого старика, сидевшего на низкой постели: он рассматривал меня с интересом и сочувствием.

Покинув эту комнату, мы прошли через еще один коридор, спустились по стёртым ступеням в какой-то подвал и остановились перед железной дверью. Надсмотрщик выбрал из связки громадный ключ. Тяжёлая, снабжённая множеством засовов дверь со скрипом распахнулась, и меня втолкнули внутрь.

Поначалу в полной темноте, ощущая под ногами толстый слой соломы, я не мог ничего различить, кроме небольшой решётки высоко под потолком, через которую проникал слабый свет. Дверь за мной незамедлительно заперли, однако оба мои провожатые с минуту понаблюдали за мной сквозь узкий сетчатый проём в верхней части двери.

— Не подходи близко,— предупредил надсмотрщик.— Цепь не очень длинная.

— Трогательная сцена,— заметил помощник доктора Алабастера.— Будто последний акт в пьесе.

Оба удалились со смехом, перебрасываясь шутками. В наступившей тишине я услышал, как в противоположном углу камеры слегка зашуршала солома. Я напряг слух — и, как мне показалось, уловил чье-то размеренное дыхание. Меня охватил страх. Неизвестно, находилось ли там животное, а если да — то какой породы: с руками, до сих пор связанными за спиной, я был совершенно беспомощен.

Когда мои глаза приноровились к темноте, я различил у дальней стены неясную фигуру, сидевшую на полу на корточках. Теперь я увидел, что она походила на человеческую. Звяканье металла позволило определить, что это существо приковано к стене за шею цепью.

Чуточку ободренный, я сделал шаг вперед, и существо, повернувшись ко мне с вываленным из раскрытого рта языком, вжалось в стену. Густые всклокоченные волосы, перепутанные с бородой, почти скрывали лицо, дико вытаращенные глаза озирали меня в растерянности. И это лицо — к полному моему ужасу — я узнал, узнал, несмотря на запущенный вид и свирепую гримасу: оно совпадало с образом, который запечатлелся в моем внутреннем зрении с детства. Да, добрые карие глаза и тонкие черты, на которые я взирал подолгу и столь часто, словно пытался отыскать в них смысл собственной жизни, принадлежали тому самому лицу, которое гримасничало передо мной во мраке: этот жалкий безумец, скорчившийся на грязной соломе, был точным подобием того, кто был изображен на миниатюре в медальоне матушки.

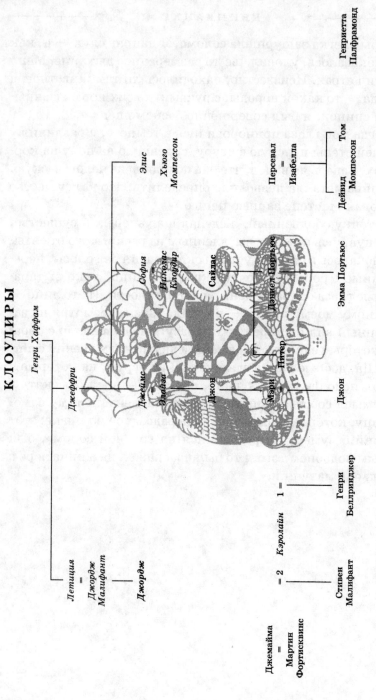

Персонажи, непосредственно не участвующие в событиях романа, обозначены *курсивом*. Те, кто мог бы владеть именем, если бы вступил в силу утаенный кодицилл Джеффри Хаффама, обозначены **жирным шрифтом**.

ЧАСТЬ ЧЕТВЕРТАЯ
ПАЛФРАМОНДЫ

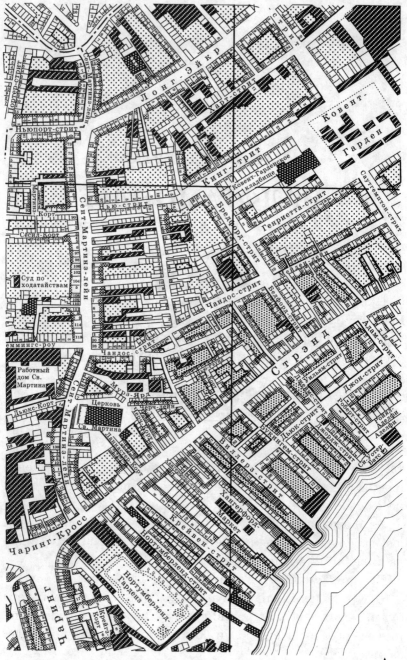

Чаринг-Кросс и Ковент-Гарден (масштаб 1:3600) N ↑

КНИГА I
ЛУЧШИЕ НАМЕРЕНИЯ

Глава 76

Приглашаю вас посетить в воображении салон дома на Брук-стрит и представить себе, как все это могло обстоять.

Старший баронет полулежит на оттоманке в гостиной и распекает своего наследника; его супруга глядит на них, сидя на софе у окна.

— Возмутительно! Совершенно возмутительно! Мало чем уступил этому негоднику.

— Ваш отец подразумевает, что ваше поведение лишь немногим менее предосудительно, чем поведение вашего брата, — хладнокровно поясняет леди Момпессон. — И менее извинительно, поскольку я и ваш отец не считаем, что он несет ответственность за свои действия.

— Я отрекаюсь от него, — восклицает баронет. — Отрекаюсь всецело. — Он увольняется из полка с позором. Никогда в жизни никто из Момпессонов...

Баронет умолкает, но за него продолжает жена:

— С ним необходимо что-то делать. В любом случае это будет стоить денег. Вы, по-видимому, не имеете представления о серьезности ситуации. Мы все больше и больше залезаем в долги.

— На грани банкротства! Проклятые жиды!

— Акцепты вашего отца никто не берет,— разъясняет леди Момпессон,— поскольку теперь, когда кодицилл предъявлен в суд, наш кредит подорван, и нам грозит потеря имения.

— К тому же чертовски плохие новости от Ассиндера.

— Ах, Ассиндер,— начинает было Дейвид, но мать бросает на него предостерегающий взгляд.

Однако уже поздно.

— Не желаю больше об этом слышать! — кричит старший баронет.— Он племянник человека, который прослужил мне и моему отцу сорок лет! И чертовски преуспел благодаря мне!

— Ему великолепно удалось снизить налог в пользу бедных,— примирительным тоном замечает леди Момпессон,— поскольку он избавился от многих приписанных к приходу бедняков. И огораживание общинных земель тоже прошло успешно.

— Возможно, и так, отец, но Барбеллион...

— Я знаю, о чем Барбеллион думает,— гремит сэр Персевал.— И твоя мать тоже знает.— Он кидает на нее взгляд.— Но это чепуха. Я бы жизнь ему доверил.

Задохнувшись, он хватает воздух ртом.

Помолчав, леди Момпессон спокойно произносит:

— Не касаясь этого вопроса, следует признать тот факт, что он отстранил главных нанимателей и во многих случаях их плата просрочена.— Не дожидаясь протестов мужа, она обращается к сыну: — Вот почему дела вашего отца в таком плачевном состоянии.

— А ты делаешь их еще хуже! — восклицает баронет.— Растрачиваешь свое время и мои деньги в гнусных игорных заведениях. Вроде того, которое на днях ограбили. И поделом владельцам! К чертям дурацкие забавы! Мне страшно подумать, сколько ты там промотал. Ответь честно, сколько у тебя долгов?

Мистер Момпессон смотрит на мать, та поджимает губы.

— Чуть больше двух тысяч фунтов.

Услышав эту сумму, баронет немного смягчается:

— Что ж, плохо, но не через меру. У тебя единственный выход — жениться.

— Именно об этом я и думал, сэр.

— Очень хорошо. Но тебе известно, кого я имею на примете.

— Отец, когда мы в прошлый раз об этом беседовали, я сказал: мне нужна невеста с наличностью. И думаю, я такую нашел.

— Я говорил тебе и раньше, что первейшее условие — сохранить имение.

— Но не в том случае, отец, если мы не сможем его содержать. Так ли важно, что мы потеряем землю, если мы такой ценой удержимся на плаву?

— Черт побери! — вопит баронет.— Ты лишен фамильной чести? Момпессоны владели этой землей сотни лет.

— Успокойся, отец. Ты ведешь речь о гордости, но правду-то знаешь. Мы приобрели имение весьма сомнительными средствами. Твой дед подчинил себе это жалкое существо, Джеймса Хаффама, и пособил ему обманным путем лишить наследства собственного сына.

Баронет багровеет от гнева — и, пока его супруга сердитыми жестами велит сыну покинуть комнату, возможно, и для нас наступает удобный момент расстаться с этой домашней сценкой.

Глава 77

Долгими часами, проведенными в темной камере, я не сводил глаз с несчастного создания напротив меня, пытаясь уяснить, что же все-таки происходит. Так это то самое Убежище, о котором упоминала матушка в своем повествовании?

Я думал о том, как протекали годы (моя жизнь насчитывала их меньше) для здешнего затворника. Не сразу мне пришло в голову, что я заперт лицом к лицу с убийцей моего дедушки: все питавшиеся мною надежды на его невиновность развеял дикий вид этого существа, скорченного у стены; теперь если он и мог представлять опасность, то только для себя самого.

В первые часы мой сокамерник потрясал цепями, словно рвался к бегству, однако прочные оковы едва позволяли ему двигаться. Потом он принялся стонать и тереться головой о запястья — воздеть руки выше ему мешали оковы, и меня посетила жуткая мысль: а не плачет ли он. Мне хотелось с ним заговорить, но мешало то, что я не знал, как к нему обратиться.

Помедлив, я задал простой вопрос:

— Вы меня понимаете?

При этих словах мой сокамерник еще сильнее вжался в стену, взирая на меня в ужасе и пытаясь заслонить лицо. И еще долго он не мог успокоиться.

Ночь тянулась и тянулась. Откуда-то из глубин дома доносились разные звуки, слышалось что-то вроде тонкого непрерывного плача, который можно было принять за отдаленные завывания ветра, если бы я не знал, что погода стоит тихая.

Так мало света проникало в камеру, что нельзя было понять, занялось ли утро, но в очень ранний, как мне показалось, час к дверной решетке приблизился доктор Алабастер в сопровождении надзирателя, который доставил меня сюда накануне вечером.

Мой бедный сокамерник, заслышав голос доктора, съежился и еще теснее прижался к стене.

— Доброе утро, мастер Клоудир.

Я шагнул к решетке и вгляделся в нездоровые черты доктора Алабастера:

— Не называйте меня так!

— Полагаю, вы провели приятную ночь,— продолжал он,— воссоединившись, после столь долгой разлуки, с вашим достопочтенным родителем. — Он поднес фонарь вплотную к решетке и осветил мне лицо: — Вид у вас, однако, утомленный. Боюсь, вам не давало уснуть его красноречие. Вам, надо думать, было о чем поговорить. Он поведал вам о вашем выдающемся дедушке — который, полагаю, скончался до того, как вы имели удовольствие завязать с ним знакомство, а также о том, как глубоко ваш родитель был привязан к этому джентльмену и какое практическое выражение нашла эта привязанность?

Доктор знаком велел надзирателю отпереть дверь и, едва она приоткрылась, сделал вид, будто намерен обрушиться на закованного в цепи пленника, который отшатнулся в ужасе. Не раздумывая, я кинулся на нашего мучителя, боднув его в живот головой, поскольку руки у меня были связаны. Его спутник, однако, мигом оттащил меня в сторону и ударил по лицу с такой силой, что я, оглушенный, растянулся на полу, лишь кое-где немного прикрытом соломой.

— Поосторожней, Рукьярд, не оставляй на теле следов! — воскликнул доктор, брезгливо отряхивая одежду и бросив на меня взгляд, исполненный глубокой ненависти. — Меня предупреждали, что он буен. Придется применить успокоительное или отправить в карцер.

Рукьярд, раздумывая, усмехнулся.

— Посади его в нижний подвал, — распорядился доктор Алабастер и, повернувшись ко мне, с едкой улыбкой добавил: — А теперь должным образом попрощайтесь с отцом, как и положено почтительному любящему сыну.

Я не пошевельнулся, и Рукьярд с такой силой толкнул меня вперед, что узник вновь со страхом вжался в стену.

— Что за трогательная картина! — съязвил доктор Алабастер.

Он двинулся по коридору, но, оглянувшись, бросил мне:

— Покажите себя достойным сыном своего отца, мастер Клоудир, и постарайтесь не обмануть возлагаемые на вас семейные надежды.

Рукьярд грубо захохотал, и к нему присоединился тот самый верзила, который, как я сообразил, поджидал в коридоре. Они толкнули меня в сторону, противоположную той, куда удалился доктор.

Пройдя по коридору, мы поднялись по каменным ступеням — пока я взбирался, надзиратель пинал меня и ставил мне подножки, — а потом миновали другой коридор, опять спустились вниз по лестнице и очутились, по-видимому, в подвальной части здания. Здесь верзила отпер очередную дверь с решетчатой сеткой, и Рукьярд втолкнул меня внутрь с такой силой, что я опять распластался на полу. Приподнявшись, я огляделся вокруг: эта камера показалась мне во всем похожей на первую, разве что никто в ней не обитал; пол покрывала солома, высоко под потолком виднелось крошечное зарешеченное окошечко. Предметы обстановки отсутствовали: только в углу лежал узкий соломенный матрас, а возле кувшина с водой стояла деревянная плошка с остатками холодной каши.

Рукьярд освободил меня от смирительной рубашки и с грохотом захлопнул за собой дверь. Взглянув на еду и питье, я из опасения быть отравленным решил, несмотря на голод и жажду, ни к чему не прикасаться, какие бы последствия мне ни грозили.

Единственную свою надежду я возлагал на побег — и с этой мыслью исследовал темницу. До окошечка было никак не дотянуться, да и не протиснуться через железные прутья. Судя по слабому свету, проникавшему снаружи, я находился, как видно, ниже уровня земли, на безлюдной стороне дома. Через небольшую сетчатую решетку, которая увенчивала окованную железом дверь, я мог рассмотреть отрезки коридора по обе стороны от себя при слабом мерцании отдаленной газовой горелки. Уцепившись за опоры решетки, я подтянулся повыше — и смог тогда увидеть нижнюю часть окна в противоположной от меня стене. За окном виднелся край пустыря, лужайка с пожухлой травой, на которой валялась сломанная тачка, а чуть подальше — запущенный кустарник и обширный пруд, окаймленный топким болотом. Никаких путей к бегству эта картина мне не сулила.

Потянулись долгие часы: в подвале было точно так же холодно, а я по-прежнему оставался в одной ночной сорочке. (Соверен, запрятанный мной в кромке сорочки, впрочем, никуда не девался.) К полудню меня обуяли такие муки голода и жажды, что я едва не поддался внезапному искушению наброситься на застывший комок каши и мутную воду. Но это было бы равносильно отказу как от стремления призвать Клоудиров к ответу за все ими содеянное надо мной и моим семейством, так и от попытки распутать обступившие меня тайны.

Лежа на матрасе, я начал задремывать, как вдруг встрепенулся от шороха и вовремя успел заметить некий предмет, просунутый сквозь решетку: он упал на солому. Я ринулся к двери, но ограниченный угол зрения позволил мне лишь мельком увидеть фигуру, почти бесшумно удалявшуюся от меня по коридору.

Подобрав находку, я обнаружил, что это половина хлебного батона, завернутая в кусок муслина, насквозь промокшего. Вот еда и питье, в которых я так отчаянно нуждался! Однако тут же меня охватили подозрения. Возможно, это уловка — с целью приманить меня отравой, раз уж я отказался от предложенного угощения. Но, подумал я, что я теряю, опасаясь риска, если так и так погибать?

Я постарался растянуть пиршество, медленно пережевывая пропитанный влагой хлеб, потом закинул голову и выжал тряпку себе в рот. Ни один напиток — до того и позже — не казался мне таким сладостным, как эта вода, отдающая прелой грязной материей.

День, вероятно, клонился к вечеру: спустя час-другой стало темнеть — вернее, сумрак сгустился еще больше, и я, отыскав себе уголок посуше, попытался настроиться на сон.

Глава 78

Сквозь беспокойную дрему мне чудилось, будто кто-то меня зовет. Голос был мне незнаком — и, поскольку он звал: «Джон Клоудир, Джон Клоудир!», а признавать это имя своим я отказывался, я оставлял зов без внимания. Однако голос продолжал меня звать все более и более настойчиво, так что я наконец очнулся и лежал в стылой полутьме с бьющимся сердцем, не имея понятия, где нахожусь. Затем я осознал, что кто-то наяву называет меня ненавистным мне именем, повторяя его громким упорным шепотом, и в это мгновение мне сразу вспомнилось, где я и что со мной происходит.

Неизвестный обращался ко мне через дверь. Я поднялся с матраса и, осторожно к ней подкравшись, при тусклом свете из коридора различил сквозь решетку очертания чьего-то лица. Стоявший за дверью человек просунул мне в руки сверток: это снова оказался ломоть хлеба — упакованный, как и прежде.

— Вы — Джон Клоудир, верно? — спросил тихий голос. Ошеломленный, я ответил не сразу, и мой посетитель — судя по голосу, бывший уже в годах, повторил вопрос: — Вы приходитесь сыном Питеру Клоудиру?

— Да, я Джон Клоудир,— неуверенно и с неохотой признался я.— Но вы кто такой?

— Мое имя вам ничего не скажет. Меня зовут Фрэнсис Ноллот.

Посетитель отступил на шаг назад, и слабый отсвет газовой горелки из конца коридора упал ему на лицо. Это был невысокий, лысый человек старше шестидесяти с кроткой внешностью квакера, смотревший на меня с участием, и я его узнал: именно в нем, единственном покуда, кто встретился мне под этим кровом — в мужской спальной палате, через которую мы проходили, я распознал признаки ума и сострадания.

— Благодарю вас,— проговорил я, кусая хлеб.

Гость снова шагнул ближе и прошептал в прорези решетки:

— Они хотят вас отравить. Не берите ничего из их рук.

— Откуда вам это известно?

— Я назначен здесь смотрителем, и мне доверяют. — Заметив мое смятение, он поспешил добавить: — Да, я здешний обитатель, но в здравом рассудке — как и вы.

— Это не так, — возразил я. — Мне кажется, я схожу с ума.

— Именно этого они и добиваются. Мне это известно, потому что меня не замечают, а я по долгу службы бываю здесь всюду во всякое время и многое слышу.

— Вы могли бы бежать?

— Бежать? Зачем? Вне этих стен у меня ничего нет. Мне придется просить подаяние на улицах.

— Как так? Вы давно здесь?

— Дольше всех остальных. Дольше даже самого доктора Алабастера, которому я достался от его предшественника. — С оттенком гордости он уточнил: — Я здесь уже свыше двадцати пяти лет.

— Неужели такое возможно?

— О, это довольно обычная история. Сейчас нет времени ее рассказывать, хотя мы пока и в безопасности: ночной сторож все еще в кухне. Мы услышим его шаги, и я успею уйти. Что до того, как я сюда попал, то достаточно сказать одно: мне не посчастливилось оказаться законным наследником большого имения.

— Это может быть несчастьем?

— Да, в случае моего отсутствия право наследования переходило к моему брату и моей сестре, они не погнушались изыскать к этому средства и отстранить меня от дела. Нашелся и медик, за взятку готовый на лжесвидетельство. Как видите, мой случай весьма походит на ваш, на случай вашего отца и еще многих других. Однако времени у нас в обрез. Слушайте меня внимательно. Как я уже сказал, мне удалось подслушать разговор о вас — и узнал, что жизнь ваша под угрозой. Сколь долго смогу — буду приносить вам еду. Но нам нужно постараться вас отсюда вызволить.

— Но с какой стати вам подвергать себя опасности?

Я гадал про себя, не подослан ли этот человек доктором Алабастером с целью втереться ко мне в доверие, и хотя внешность его заставляла в этом усомниться, я не решался на кого-либо полагаться.

— Неужели у меня должна быть для этого причина? Но если вы в таковой нуждаетесь, отнесите ее на счет моей любви к вашему отцу.— Мистер Ноллот многозначительно добавил: — Я слышал, что вы с ним виделись.

Я хотел это подтвердить, но слова застряли у меня в глотке.

— Прошу прощения,— продолжал мистер Ноллот.— Но уверяю вас, что он не всегда был таким, как сейчас.

— То есть?

— По прибытии сюда он полностью владел всеми своими способностями.

— Он был в здравом уме? — чуть не выкрикнул я.

— Совершенно,— кивнул мистер Ноллот.

У меня от сердца отлегло, когда я это услышал. Однако тут же до меня дошло значение сказанного: если он не был сумасшедшим, убивая дедушку, то, следовательно, совершил убийство. Однако если мистер Эскрит не кривил душой, уверяя матушку, что ее супруг не страдал психическим расстройством, были ли столь же правдивыми его слова о ссоре как розыгрыше? И если так, то, выходит, Питер Клоудир в самом деле невиновен?

— Да, он был в здравом уме,— медленно проговорил мистер Ноллот.— Но душевный недуг его мучил.

Он умолк, и я поспешил вставить:

— Говорите смелее. Я знаю — знаю уже не первый месяц, что моего дедушку убил...— Голос мой пресекся.

— Ваш отец? — вскричал мистер Ноллот.— Вы так думаете? Позвольте же мне снять это бремя хотя бы с ваших плеч. Ваш отец нимало не замешан в этом чудовищном злодеянии.

КВИНКАНКС

Я никак не отозвался на эту фразу, поскольку в голове у меня мелькнула новая мысль: быть может, этот пожилой джентльмен и не *agent provocateur**, подосланный доктором Алабастером, а просто-напросто безумец, преисполненный лучших намерений?

Впрочем, следующие слова мистера Ноллота несколько развеяли мои подозрения:

— Чувствую по вашему молчанию, что вы мне не верите. Да и с какой стати? Вот если бы у меня достало времени, чтобы все вам объяснить. Я уже сказал, что вашего отца вовсе не следовало сюда водворять. И этого не случилось бы — не заяви его отец и брат о невменяемости подозреваемого с целью обелить его перед большим жюри, дабы присяжные не постановили предать его суду. Но, разумеется, это была уловка, юридический трюк.

— Да,— согласился я,— но этим предполагалось спасти отца от... от последствий признания его виновным.

— Нет,— возразил мистер Ноллот с невеселой усмешкой.— Намерение состояло не в том, чтобы спасти его от виселицы, но в том, чтобы передать его под опеку отца, а затем заботам доктора Алабастера — участь, вероятно, похуже казни. Ручаюсь, что, дойди дело до суда, вашего отца никогда не признали бы виновным. Улики против него были крайне ничтожными, и судья соответственным образом наставил бы присяжных. Верьте мне: я это говорю как юрист.

— Вы — юрист?

— Да, поверенный в суде. Полагаю, вас удивляет, что знание законов не помогло мне самому избежать здешних стен. Дело в том, что законы и процедуры, касающиеся умопомешательства — в особенности применительно к канцлерскому суду,— начисто лишены логики, несправедливы и с легкостью могут быть перетолкованы в недобросовестных целях. Подобно вашему отцу, я имел несчастье подпасть под

---

* Провокатор *(фр.).*

канцлерский суд в качестве помешанного — горше судьбы и не представить, поверьте мне.

— Но откуда вам так хорошо известна история моего отца?

— По прибытии сюда он рассказал мне все — причем столь убедительно, что я ни на секунду не усомнился в его правдивости.

— Однако если тогда он находился в здравом уме... — Тут я запнулся.

— Как это согласуется с несчастным существом, которое вы видели вчера вечером? — мягко продолжил пожилой джентльмен.— Ответ более чем прост. Алабастер с прислужниками поставили задачу свести его с ума: это Хинксман — тот самый, высоченный,— Рукьярд и прочие, хотя Стиллингфлита я исключаю — в нем, по-моему, какие-то крупицы человечности еще сохранились.

— Что? — переспросил я.— Как здорового человека можно лишить ума?

— Как? Не спрашивайте. Поверьте мне на слово: сводить с ума умственно полноценных для блюстителей психиатрических заведений не менее прибыльно, нежели пользовать действительно больных. С ума сводить удается куда чаще — и гораздо легче, так что я то и дело спрашиваю себя: быть может, мы все безумны, а здравомыслие есть не что иное, как всеобщая договоренность о правилах безумного поведения. В голове вашего юного отца ясный рассудок и помрачение ума мешаются самым причудливым образом.

Юного? Я был потрясен. Ему должно быть не меньше тридцати пяти-тридцати шести лет!

— Но даже у него,— продолжал мистер Ноллот,— бывают периоды относительного просветления.— Дрогнувшим голосом он добавил: — Лучше бы их не было.

— Почему вы так говорите?

Помолчав, мистер Ноллот пояснил:

— Тогда он вспоминает о супруге, вашей матери. Вас не слишком опечалит, если вы мне расскажете, жива она и что с ней случилось?

На эту кроткую просьбу я не мог не отозваться — и в немногих словах рассказал историю матушки.

Мистер Ноллот вздохнул:

— Очень вам сочувствую, очень. Надеюсь, Питер никогда об этом не узнает. И даже о вашем существовании — уж простите мне такие слова: знаю, он радовался тому, что его короткий брак остался бездетным, и его отпрыскам не угрожают беды и позор. Боюсь только, что доктор Алабастер и Хинксман выложат ему все и о вас, и о вашей матушке, едва разум его прояснится. Ваше присутствие поможет им осуществить сразу несколько целей, — с горечью заключил мистер Ноллот.

— Каких целей? Что они против меня замышляют?

Мистер Ноллот ответил не сразу:

— Вы понимаете, насколько выгодна родственникам вашего отца ваша смерть?

— Конечно понимаю! — воскликнул я. — Именно благодаря кодициллу, приложенному к завещанию моего прапрадеда, которое мистер Эскрит...

К моему удивлению, мистер Ноллот меня перебил:

— Мне известно в подробностях, каким образом ваш дед приобрел его через посредство мистера Эскрита. Но скажите мне, что с ним сталось после того, как ваш отец вверил его на сохранение вашей матушке в гостинице в Хартфорде.

— Думаю, что кодицилл лишь совсем недавно перешел в руки семейства Клоудиров. — Я растолковал, каким обманным путем матушку удалось вынудить передать его мистеру Сансью (под маской Степлайта); я сказал, что не сомневаюсь в его пособничестве Клоудирам на пару с миссис Фортисквинс.

— Так, теперь мне понятно то, что я случайно подслушал. Они, должно быть, представили кодицилл в канцлерский суд, поскольку председатель Апелляционного суда менее чем через неделю намерен назначить над вами судебную опеку.

— Так, выходит, я не ошибся! — вскричал я, вспоминая свои догадки о важности моего появления в зале суда.

Мистер Ноллот попросил пояснений, и я вкратце изложил историю матушки и свою собственную вплоть до ее кончины, затем описал, каким образом попал в западню у дома Дэниела Портьюса и его жены; как меня обманом заставили поверить, будто я повстречал их по чистой случайности; как меня препроводили в зал суда, где многое из услышанного и увиденного повергло меня в замешательство; как Эмма лживо заверяла меня, что я волей закона определен под опекунство их семейства; как мне удалось установить их действительные имена; как я пытался бежать, но был пойман и привезен сюда.

— Тогда вам должно быть понятно, — задал мне вопрос мистер Ноллот, — что по вашей кончине ваш дедушка, Сайлас Клоудир, незамедлительно унаследует имение Хафем? — Я кивнул, и он продолжил: — Вот почему Питера всегда так заботила безопасность вашей матушки. План Клоудиров близок к осуществлению: из того, что мне удалось подслушать, ясно, что они поручили доктору Алабастеру либо с вами разделаться, либо гарантировать подлинность вашего умопомешательства до того, как председатель суда подпишет судебное распоряжение, а иначе Момпессоны предложат ему передать вас на попечение другого доктора. Посему на разрешение вопроса остается всего неделя.

— Но неужели у судьи не зародятся подозрения, если я... — возразил я, не сумев докончить фразы.

— Не зародятся, — задумчиво проговорил мистер Ноллот. — Взгляните на дело его глазами. Он видел вас в зале суда больным и растерянным. Позднее два мировых судьи обследовали вас, что и требовалось, и подписали заключение о вашем содержании под замком, факт вашего безумия они готовы засвидетельствовать. Ибо как вы себя вели? Бросали собственному семейству нелепые обвинения, отказывались от еды, утверждая, будто вас собираются отравить!

— И что же, по вашему мнению, меня ждет?

— Комиссия по случаям умопомешательства, назначенная канцлерским судом, вероятно, вас освидетельствует и, надо думать, признает душевнобольным, о чем, полагаю, доктор Алабастер непременно позаботится, и если прошение Момпессонов будет отклонено, вам придется оставаться здесь неопределенно долго. Впрочем, не думаю, что при таком обороте событий вам позволят слишком долго задержаться на этом свете.

Оба мы какое-то время помолчали, потом мистер Ноллот произнес:

— Вам во что бы то ни стало нужно отсюда бежать — и как можно скорее. Но вот как?

Я собирался с ответом, но мистер Ноллот прошептал:

— Тише!

Поначалу я ничего не услышал, а потом различил донесшийся издали слабый звук, похожий на лязг металлической двери.

— Яллоп начал обход,— пояснил мистер Ноллот.— Мне нельзя задерживаться. Постараюсь прийти снова завтра вечером.

— Прошу вас, подождите одну минутку,— настойчиво попросил я.

— Да-да, я подумаю над планом вашего побега,— торопливо отозвался мистер Ноллот.

— Я не об этом. Скажите мне, почему вы верите в невиновность Питера Клоудира?

— Этот вопрос для вас важнее бегства?

— Да! Я не верю, что для меня найдется способ отсюда вырваться, но я должен знать правду, прежде чем...

Голос мой прервался.

— Я понимаю,— проговорил мистер Ноллот.— Постараюсь прийти к вам еще раз.

Не добавив больше ни слова, он отодвинулся от решетки — и, хотя я приник ней лицом вплотную, пытаясь проводить его взглядом, он уже исчез в дальнем конце коридора. Я чувствовал себя обессиленным, однако волнение и встревоженность прогнали сон.

Новый день был похож на предыдущий: Рукьярд принес еду и воду, до которых я не дотронулся, отдав предпочтение хлебу, который мистер Ноллот просунул мне через решетку.

Поздно вечером он, к моей радости, опять появился у двери с хлебом и водой для меня.

— Я пытался придумать, как устроить ваш побег,— начал он,— но пока без толку.

— Мистер Ноллот, умоляю вас: расскажите мне все, что вы знаете о смерти моего дедушки.

— Если вы этого желаете... Но сначала опишите, что вам известно о происходившем в ночь убийства?

Я передал то, о чем прочитал в матушкином дневнике, и добавил, что хотя читал его только один раз, но он прочно запечатлелся в моей памяти.

— Тогда я не мешкая внесу для вас в дело полную ясность. Вы припоминаете, что за подарок ваш дедушка получил в тот вечер от мистера Фортисквинса?

Я кивнул.

— Вы имеете представление о том, что это был за подарок, или, вернее, что именно ваш дедушка ожидал получить?

— Не знаю,— неуверенно ответил я, но с возрастающим волнением поведал о своей догадке: причина, по которой дедушка потерял интерес к кодициллу, заключалась в том, что он надеялся получить в свои руки документ, гораздо более действенный.

— Вы совершенно правы,— подтвердил мистер Ноллот.— В тот вечер ваш дедушка ожидал обрести документ огромной важности. Ни больше ни меньше, как завещание Джеффри Хаффама, вашего прапрадеда, которое имело более позднюю дату, нежели официально утвержденное судом.

Моя догадка оказалась верной!

— И если, как следует предположить, оно было не подделкой, — продолжал мистер Ноллот, — то, поскольку завещание не теряет силы независимо от срока, в продолжение которого оно находилось вне досягаемости, по утверждении его судом оно заменило бы как первоначальное завещание, так и кодицилл, вокруг которого было поднято столько шума.

— И каковы тогда были бы последствия? — нетерпеливо спросил я.

— Весьма и весьма далеко идущие для очень многих людей. Завещание лишало наследства вашего прадеда Джеймса в пользу несовершеннолетнего внука Хаффама.

— Моего дедушки! — воскликнул я.

— Именно. Джон, которому тогда было всего несколько месяцев, по праву становился владельцем собственности своего деда. И потому продажа Джеймсом имения Хафем бесспорно становилась незаконной в силу обратного действия, поскольку Джеймс не мог распоряжаться не принадлежавшим ему имением. Короче говоря, если бы это завещание было официально подтверждено в суде, то ваш дедушка немедленно становился полноправным владельцем имения.

— Он был так близок к своей заветной цели! — пробормотал я. — Момпессонов бы выселили, а планы Клоудиров были бы разрушены. — В голове у меня завертелось множество мыслей, однако на первый план выступила следующая: — И где же находилось завещание все эти годы?

— Очевидно, у Момпессонов, поскольку кто-то из их семейства написал вашему дедушке и взял на себя труд передать это завещание в его руки.

— Письмо с гербом Момпессонов! — вскричал я. — Матушка о нем упомянула! — В самом деле, стало ясно, почему тотчас по получении этого письма дедушка утратил всякий интерес к возможному предъявлению кодицилла в суд и отказался от планов выдать матушку замуж за Дэниела Клоудира. — Но почему же кто-то из тех, кто пользовался у Момпессонов доверием, пожелал их предать? Кто этот наш сторонник, имевший доступ к их тайнам? И с какой стати завещание так долго хранилось под спудом, хотя оно представляло столь серьезную угрозу для их интересов?

— Поломать голову над этими вопросами, мой юный друг, у нас с вашим отцом досуга было предостаточно, но проку из этого не вышло.

— Простите, что я вас прервал. Пожалуйста, продолжайте. И что же произошло в тот роковой вечер?

— Не будем спешить. Необходимо вернуться приблизительно на неделю назад, когда ваши родители известили вашего дедушку о своем желании заключить брак. Ваша матушка говорила вам, что ваш дедушка назначил дату свадьбы неделей позже, а пригласить на церемонию предполагал своего старого друга — Мартина Фортисквинса, с которым прежде рассорился, и его новую супругу?

— Да, матушка была сильно этим озадачена.

— Вот здесь и скрыта разгадка. Ваш дедушка конфиденциально переговорил с вашим отцом и мистером Эскритом — и сообщил им о полученном обещании, хотя и не назвал доверенного лица Момпессонов. Он пояснил, что этот неведомый помощник предложил использовать мистера Фортисквинса в качестве ни о чем не подозревающего агента для переправки документа из дома Момпессонов в его руки. Замысел состоял в том, чтобы утром в день бракосочетания изъять завещание из тайника сэра Персевала и через неведомого пособника передать его мистеру Фортисквинсу, которому внушили бы, что это подарок для вашего дедушки, предназначенный для немедленного вручения. Мистер Фортисквинс, и понятия не имевший о значимости посылки, вечером того же дня доставил бы ее по назначению. Таким образом, приглашение на свадебный пир было необходимым предлогом для того, чтобы мистер Фортисквинс явился в дом к вашему дедушке.

— Но почему матушку не поставили об этом в известность?

— Позвольте мне пересказать всю эту историю в том виде, в каком я слышал ее от вашего отца, и тогда, надеюсь, все станет ясно. Ваш дедушка, несомненно, понимал, что, как только сэр Персевал обнаружит пропажу завещания, его охватит боязнь — не попало ли оно каким-то образом в руки того единственного человека, который от этого выигрывал: вашего дедушки. И более того: отец Питера впервые узнал бы о существовании подобной бумаги — этот секрет тщательно оберегался.

— Но как он узнал бы об этом? И почему это должно было его заботить?

— Среди доверенных лиц Момпессонов у отца Питера был, по крайней мере, один осведомитель. Ваш дедушка также полагал, что новая нареченная мистера Фортисквинса получала от него плату за донесения.

Мы с мистером Ноллотом поразмыслили над мотивами ее действий, а также о недоверии к ней со стороны моего дедушки, однако к определенному выводу не пришли. После прочтения записной книжки матушки я часто задавался недоуменным вопросом, в силу каких причин миссис Фортисквинс питала к ней столь острую неприязнь.

— Очевидно, что отец Питера проявлял пристальный интерес к делам вашего дедушки,— продолжал мистер Ноллот.— И, разумеется, утрата завещания сделала бы кодицилл для него бесполезным и отняла даже малейший шанс унаследовать имение. Ему, подобно Момпессонам, сделалось бы ясно, что в первую голову тут выигрывает ваш дедушка, и он заподозрил бы, в чьих руках оно оказалось. Он уже с раздражением и недоверием относился к тому, что ваш дедушка медлит с предъявлением кодицилла в суд. И, несомненно, заключил бы одно: ваш дедушка, всецело поглощенный тяжбой, избегает воспользоваться кодициллом только потому, что располагает более весомыми претензиями на наследство.

— Но почему же мой дедушка не поспешил предъявить кодицилл в суд ради того, чтобы развеять его подозрения?

— Тотчас после этого жизнь вашей матушки и его собственная оказались бы на волоске. Как ваша сейчас.

— Но разве опасность не угрожала им с того момента, как Момпессоны и Клоудиры узнали, что завещанием владеет дедушка? Наверняка ни Клоудиры, ни даже Момпессоны ни перед чем бы не остановились, лишь бы это завещание уничтожить или же вновь его заполучить?

— Совершенно верно. И если бы Клоудиры расправились с вашими дедушкой и матушкой и взяли под опеку вашего отца, с их точки зрения это было бы лучшим выходом. Поэтому главной заботой вашего дедушки стало обеспечение безопасности ваших родителей и сбережение документа, который ему доставили. Именно этот вопрос они — ваш дедушка, ваш отец и мистер Эскрит — и обсуждали втроем в тот вечер, когда ваши родители выразили согласие на брак. Именно тогда они заключили сговор, которому суждено было возыметь столь роковые и непредвиденные последствия.

— Сговор? — вскричал я. — Против кого?

— Против вашей матери, прежде всего. Ваш отец и ваш дедушка были твердо намерены утаить от вашей матушки возможно больше, дабы ее не волновать.

— Но они не подумали о том, какие страдания это ей причинит!

— Но им и в голову тогда не могло прийти, что их план так чудовищно провалится. И, кроме того, принять в нем участие со всей необходимостью означало сыграть роль, на которую вашу матушку они не считали способной. Для понимания происшедшего вы должны представить себе, как выглядела для них ситуация в тот вечер. Перед ними стояли вот какие цели: вашу матушку следовало держать в полном неведении — по крайней мере до тех пор, пока опасность не минует; вашего отца нужно было тайно переместить туда, где его не могли бы найти его отец и доктор Алабастер, который, вспомните, был вооружен предписанием комиссии по делам умалишенных, позволявшим им немедленно взять его под опеку, едва только он покинет дом вашего дедушки;

Момпессонов и Клоудиров необходимо было обманом уверить в том, что ваши родители не получили от вашего дедушки ни завещания, ни кодицилла; и, наконец, если внушить это им не удастся, оба документа — кодицилл и завещание — следовало переправить в такое место, где они находились бы вне досягаемости и Момпессонов, и Клоудиров, а также их многочисленных агентов и осведомителей.

— Каким образом они надеялись справиться со всеми этими задачами?

— Видите ли, мистер Эскрит разработал весьма изобретательный способ. Он подал идею о том, чтобы ваши отец и дедушка изобразили сцену мнимой ссоры в присутствии мистера и миссис Фортисквинс и вашей матушки, а в итоге ваши родители должны были поспешно покинуть дом.

— Тот самый розыгрыш, о котором отец говорил в гостинице в Хартфорде! — воскликнул я.

— Да, розыгрыш. Именно так. Видите, почему вашу матушку нельзя было предупредить? Она не сумела бы обмануть проницательную миссис Фортисквинс. Ваш дедушка великолепно справился с задачей, мистер Эскрит тоже держался вполне естественно, однако ваш отец часто сетовал, что провалил роль.

— Да, матушка записала, что, по ее мнению, он вел себя странно, но дедушка и мистер Эскрит ловко ввели ее в заблуждение.

— Вынужденный обман вашей матушки имел плачевный результат — ввиду того, что затея внезапно приняла такой ужасный оборот. Однако все делалось из лучших намерений. Полагаю, цель розыгрыша вам ясна? Необходимо было убедить мистера и миссис Фортисквинс в том, что между Питером и его новообретенным тестем произошел бесповоротный разрыв. Решающее значение имело то, чтобы мистер Фортисквинс, докладывая о встрече — без всякого злого умысла,— упомянул бы, что вручил подарок только после того, как Питер покинул дом. Тогда сэр Персевал пришел бы к выводу, что похищенное у него завещание через невольное посредничество мистера Фортисквинса попало в руки вашего дедушки. Мистер Фортисквинс слыл человеком, не способным даже на малейшее притворство. Его утверждение, что молодожены покинули дом немедленно после разыгравшейся сцены и отбыли неизвестно куда, предотвратило бы всякие попытки поиска, да их Момпессоны и не имели бы повода предпринимать, зная, что завещание находится у вашего дедушки.

— А миссис Фортисквинс сообщила бы то же самое Клоудирам?

— Именно так. Они также отвергли бы мысль о том, что ваш дедушка препоручил завещание — и заодно кодицилл — своему зятю, отказались бы от попыток учредить над ним опеку по причине умопомешательства и вместо того направили бы все свои усилия на вашего дедушку, дабы заполучить кодицилл — для предъявления его в суд и завещание — с целью его уничтожить.

— И, по вашим подозрениям, то, что с ним случилось...

— Я должен вас сейчас оставить,— прервал меня мистер Ноллот.— Яллоп еще не начинал свой обход и вот-вот явится.

— Побудьте еще немного, умоляю вас!

— Только минуту. Не дольше. Вернемся к моему рассказу. Затеянная мистером Эскритом хитрость имела еще одно важное достоинство: при худшем исходе — если бы даже врагов вашего семейства не удалось убедить в разрыве отношений между вашим отцом и вашим дедушкой — ваши родители с двумя документами на руках оказались бы в безопасности за пределами Лондона, и о их местонахождении знали бы только ваш дедушка и мистер Эскрит. Поэтому за неделю до бракосочетания ваших родителей втайне были сделаны все необходимые приготовления. Ваш дедушка вручил вашему отцу кодицилл и письмо, в котором изложил всю важность перехваченного завещания. Он написал это письмо, зная о том, как вы верно предположили, что жизни его угрожает смертельная опасность. Весьма настоятельной была и необходимость проследить, чтобы по прибытии мистера и миссис Фортисквинс последняя видела бы собственными глазами, что ее супруг передал привезенный пакет вашему дедушке только после того, как ваши родители покинут дом. В ту минуту она вряд ли обратила бы особое внимание на это обстоятельство, однако позднее, когда утрата завещания Момпессонами сделалась бы очевидной, оценила бы всю его важность. Было условлено, что ваш дедушка откажется принять подарок до того, как ваши родители покинут дом после ссоры. Предметом мнимого раздора избрали деньги — как наиболее правдоподобный в глазах Момпессонов и Клоудиров предлог для распри между тестем и зятем в день бракосочетания последнего. Только после отбытия ваших родителей ваш дедушка попросил бы у мистера Фортисквинса пакет. Он украдкой передал бы его мистеру Эскриту, а затем ваш отец...

— Тайком вернулся бы в дом, чтобы забрать пакет! — торжествующе воскликнул я.

— Именно так,— подтвердил мистер Ноллот.— Мистер Эскрит должен был оставить черный ход незапертым, а поскольку слуги, празднуя событие у себя на кухне, помешать не могли, то вашего отца никто бы не увидел.

— Однако мистер Фортисквинс его заметил,— сказал я.— Хотя в тот момент и не узнал.

— Да, многое пошло наперекосяк.

— Прошу вас, расскажите, что же произошло! — Я едва не задыхался от волнения.

— Нет, мне больше нельзя задерживаться. Светает. Меня обнаружат, и тогда я лишусь возможности вам помогать.

— Неважно. Я должен знать о случившемся.

— Завтра, если мне удастся,— прошептал мистер Ноллот и бесшумно удалился.

Я улегся на жесткую соломенную подстилку, понимая, что долгие часы проведу без сна: услышанное от мистера Ноллота породило во мне целую вереницу мыслей, для уяснения которых требовалось время. Итак, мой дедушка обладал неоспоримым правом собственности на имение. Тогда, выходит, я — наследник? Моя заветная мечта может сбыться! Впрочем, об этом нельзя помышлять: все зависит от завещания, если оно вообще когда-либо существовало. Могу ли я быть в этом уверенным? Если оно действительно существовало, то что с ним сталось? По-видимому, оно уничтожено. Как странно, что я понимаю гораздо больше, чем моя бедная матушка, и лучше нее разбираюсь в событиях того рокового вечера, а особенно в благих целях разыгранного спектакля. Исходя из услышанного, могу ли я утверждать, что ее страхи перед тем, что ее муж убил ее отца, вполне беспочвенны? С одной стороны, стремление завладеть перехваченным завещанием казалось вполне достаточным мотивом для убийства, однако непонятно было, что Питер Клоудир от этого должен был выиграть.

Чуть позднее по коридору прошел ночной смотритель и, минуя мою дверь, на секунду поднес фонарь к решетчатой сетке.

Глава 79

Наступивший день — насколько он отличался для меня от ночи в полутьме подземного каземата — во всем походил на предыдущий. Утром Хинксман принес еду, к которой я не притронулся. Примерно час спустя мистер Ноллот ухитрился просунуть мне через решетку большой ломоть хлеба, на сей раз в сопровождении глиняного кувшинчика с водой, который я поспешил спрятать под соломой. Этого было довольно, чтобы продержаться еще какое-то время, но силы мои заметно убывали.

Мистер Ноллот не сдержал своего обещания прийти вечером. Это огорчило меня больше, чем то, что на следующий день он не принес мне ни еды, ни питья, но к пище, поданной Хинксманом, я, несмотря на голод, не прикоснулся.

Я не переставал винить мистера Ноллота за то, что он меня бросил, хотя разумом и понимал нелепость своих претензий. Или же все-таки они не были столь нелепыми? Долгими бессонными часами — сутками напролет — передо мной неотступно вставал вопрос: могу ли я ему доверять? Недоверие связывалось с догадками о существовании сложного заговора, против меня направленного, в котором он также был замешан, однако подобные подозрения представлялись мне признаками начинающегося безумия. Тем не менее злой умысел против меня, похоже, существовал в действительности: из прошлого передо мной вставали фигуры Барни и Джоуи Дигвида, вовлеченные в некий тайный враждебный союз; иначе, если только не слепой случайностью, их вторичное появление в моей жизни было не объяснить. Но простым совпадением это быть не могло: разве не Джоуи привел меня в семейство Клоудиров (или «Портьюсов»), которое самым недвусмысленным образом искало меня обмануть?

Итак, заговор против моей жизни и душевного здоровья был налицо, но если родичи, носящие ту же фамилию, что и я сам, готовят мне гибель, то как я могу доверять незнакомцу? Должна же найтись хотя бы крошечная точка опоры — или же мне суждено сомневаться во всем и вся, а уж это-то наверняка скорейший путь к безумию? Участливый взгляд мистера Ноллота, когда Хинксман и Рукьярд волокли меня через ночную палату; его слова, свидетельствующие о привязанности к Питеру Клоудиру, представлялись мне выражением неподдельного сочувствия — и безумием было бы этому сочувствию *не* доверять. В конце концов, постановил я про себя, в моем нынешнем положении терять мне нечего.

На второй день после последнего визита мистера Ноллота — по моим догадкам, ближе к вечеру — дверь внезапно отперли, и в мое узилище вошли Хинксман, а вслед за ним Рукьярд.

Рукьярд со странной усмешкой проговорил:

— Твой папаша о тебе поминутно справляется. А у нас так заведено, чтобы доктору доставлять подопечным всяческие удовольствия, вот он и велел мне тебя к папаше отвести.

Когда по темным коридорам меня вновь привели к той камере, где я провел свою первую ночь в этом доме, оказалось, что жалкого существа там больше нет, а вид самого помещения преобразился: на полу разбросана свежая солома, а по обеим сторонам столика поставлены друг против друга два стула. На одном из них сидел незнакомец, устремивший на меня пристальный взгляд. Ему не исполнилось и сорока, он был чисто выбрит и опрятно одет: на нем был синий сюртук с широким белым галстуком, белый жилет и темные панталоны. Хинксман толкнул меня к стулу, стоявшему напротив, и заставил сесть, с силой надавив на плечо. Незнакомец смотрел на меня в упор — и я наконец его узнал.

Вместо неверного отблеска безумия в глазах его отражалась глубокая меланхолия. Сейчас — без спутанной бороды и всклокоченной копны волос — он выглядел моложе; отсутствие смирительной рубашки позволяло видеть его худобу и хрупкость сложения. На шее за краем галстука темнела незажившая рана. И все же теперь, несмотря ни на что, внешность человека, с которым меня связывали столь странные отношения, казалась мне более пугающей, нежели при нашей первой принудительной встрече.

Рукьярд и Хинксман молча наблюдали за нами, пока мы смотрели в лицо друг другу. У меня мелькнула мысль — не протянуть ли руку для пожатия, но такой жест был бы, наверное, слишком формальным.

— Мне только что сказали, что у моей жены был ребенок,— медленно произнес узник.— Говорят, это вы. Но я не могу этому верить. Это правда?

Узник говорил с запинками, словно речь была ему непривычна, но его негромкий голос звучал мягко. У меня словно язык отнялся, я не в силах был даже кивнуть.

— Однако я вижу, что ты в самом деле — дитя Мэри. Ты походишь на ее от...— Голос его пресекся, и он умолк.

— Ну же, мальчик точно твой сын и наследник, Питер,— вмешался Хинксман.— Сразу видать, унаследовал папашины мозги.

— А коли не так, в школе доктора Алабастера ему делать было бы нечего,— добавил Рукьярд.

— Да. Эти джентльмены правы. Я безумен, я это знаю. Но скажи, как твоя дорогая матушка? — порывисто спросил он меня.

Вместо ответа я только помотал головой.

— Я разбил ей сердце. Тебе известно, что я сделал?

Я затряс головой, пытаясь его остановить.

— Я убил ее отца,— произнес узник почти что шепотом.— Твоего дедушку.

— Нет-нет, это неправда.

— Правда. Хотя я и не могу припомнить, как и почему это произошло, но это, знаешь ли, оттого, что я не в себе.

— Да что, взял топор,— пояснил Хинксман,— и разрубил старикашку на три ровнехоньких куска. Хорошенький способ оказать почтение папаше своей хозяйки. Особливо в первую брачную ночь.

— Не топор, мистер Хинксман. Саблю.

— Еще чище, Питер,— вставил Рукьярд,— сам увидишь, если вдумаешься. Да и вдумался бы, кабы мозги у тебя не протухли.

— Что-то я помню отчетливо. А что-то — совсем нет. После того как мы с твоей матерью покинули дом, я тайком вернулся обратно. Это я помню очень хорошо.

— Да,— заметил я.— Вернулись по договоренности с мистером Эскритом.

Питер нахмурился:

— Не так. Тебя ввели в заблуждение. Никто об этом не знал. Во всяком случае, я в это не верю. Помню, как прошел мимо двери столовой — она была распахнута, и я отвернулся, чтобы никто меня не узнал. Тебе, должно быть, ясно, что худого я не замышлял, разве нет? Я направился в библиотеку и там нашел мистера Эскрита. Помню это как нельзя лучше. Потом, похоже, я напал на него — и на мистера Хаффама. С саблей. Это было в сервизной. Иногда я как будто бы все это ясно припоминаю, но кое-что кажется сном. Видимо, я украл какие-то деньги. Но мне точно помнится, что уйти из дома я не мог: черный ход был заперт. И помню, что поранил руку, когда разбил стекло в парадной двери. Выходит, я и убийца. Но мистер Эскрит, слава богу, выжил.

Мое доверие к словам мистера Ноллота растаяло: сейчас я не сомневался, что кроткие карие глаза передо мной — глаза убийцы моего дедушки.

— Ты очень напоминаешь своего дедушку,— произнес Питер.— Те же глаза. Такой же рот, как у твоей милой матери. Как тебя звать?

— Джон,— с трудом выдавил я. Поскольку никакой реакции со стороны собеседника не последовало, я добавил: — Джон Клоудир.

— Мне знакомо это имя,— содрогнувшись, отозвался узник.— Это мое имя. Или было моим. Когда-то я им гордился. Я любил отца, восхищался им, как обычно сыновья восхищаются отцами. Хотя и видел, как несчастлива с ним моя мать — нежное создание, но в его глазах никчемное. Я долго ничего не знал о бизнесе, которым занимались мой отец с моим братом; я был робким, мечтательным школьником и мечтал об одном — остаться наедине с книгами. Мне хотелось стать книгопродавцем. Но когда пришло время кончать школу, выяснилось, что мне предназначено вступить в семейное предприятие и нести на себе деловые обязанности сполна. И только тогда я узнал, в чем заключалось это предприятие.— Питер умолк и тяжело вздохнул.— Короче говоря, они участвовали в каждом гнусном, лицемерном обмане, который затевается в Лондоне против бедных, наивных, беззащитных: незаконно содержали ломбарды, где взимали завышенную процентную ставку, а сами эти заведения служили прикрытием для сбора наворованного. Одалживали деньги подающим надежды юношам из высоких слоев общества, а потом шантажировали их или их друзей с целью вымогательства. Им принадлежала худшая недвижимость столицы: зловонные трущобы для совершенно обнищавших, из которых они выжимали последние соки; притоны, где гнездились все разновидности мыслимых и немыслимых пороков — это тоже приносило им дивиденды.

— Ну-ну,— заметил Рукьярд.— Нечего клепать на почтенного пожилого джентльмена — таких в Лондоне поискать.

— Вообрази, что означало для меня подобное открытие,— продолжал Питер, явно не услышав этой реплики.— Отец и брат, которых я боготворил, оказались всего лишь подлыми шантажистами и мошенниками! Когда я наотрез отказался принимать во всем этом какое-либо участие, они попытались всяческими способами заставить меня уступить — пустили в ход подкуп, угрозы и, наконец, насилие. Стоит ли удивляться, в кого они меня превратили? После кончины матери друзей у меня не осталось. Я проникся убеждением, что все как один вооружились против меня; что все люди на свете либо бессильны — и потому становятся жертвами, либо хищники — и ведут себя соответственно, как мой брат и мой отец. Твоя мать и ее отец были первыми достойными людьми из тех, кого я встречал. Полюбив твою мать, я нашел в себе мужество сопротивляться.— Питер замолчал и вперил в меня взгляд, словно только что очнулся от сна.— Но я совсем не о том говорю. Я хотел спросить о твоей матушке.— Его голос дрогнул.— Я не знаю, чему верить. Те, кто вокруг меня, чего только не порасскажут.

— Тысячу раз тебе втолковывать,— захохотал Хинксман.— Стала шлюхой и перед смертью сбрендила.

Глядя в его глумливую физиономию, я не мог понять, сказал он это наобум или же нет.

— Она жива и здорова, не так ли?

— Да,— промямлил я.— Она жива и здорова.

Мой голос лишь чуточку дрогнул, но слезы набухли на веках и покатились вниз по щекам.

Печальное, смиренное лицо приблизилось к моему:

— Ты, как и все остальные, говоришь мне неправду. Ведь она умерла, верно?

Язык мне не повиновался, и я молча кивнул.

— Этого я и боялся. Мне хочется только знать, что умерла она не в горе и нужде, как утверждают мистер Хинксман и прочие.

Я попытался подыскать слова, чтобы разубедить его в этом, но он, прочитав историю матушки в моем взгляде, закрыл лицо руками.

Я привстал и потянулся к нему, но плечо мне стиснула грубая рука и голос Хинксмана прохрипел:

— Хоть оно и славно, но целый день слушать, как вы о былом рассусоливаете, мне ни к чему.

Он стащил меня со стула и толкнул к двери, но я успел обернуться и пробормотать:

— Мы с вами еще поговорим.

Питер словно меня и не услышал, а я тотчас оказался в коридоре, и Рукьярд захлопнул за нами дверь.

На обратном пути Хинксман повстречал надзирателя, которого я раньше не видел, и крикнул ему:

— Эй, Стиллингфлит! Отведи этого дурня обратно в двенадцатый номер. Мне надо собраться для ночной кареты в Гейнсборо. Едем вечером на север по делам одного из клиентов доктора.

Отпихнув меня, он удалился. Вспомнив, что именно об этом надзирателе мистер Ноллот отзывался как о сохранившем кроху человечности, я обратился к нему:

— Мистер Стиллингфлит, если я предложу вам соверен, вы поможете мне выбраться отсюда? Готовы на это пойти?

— Нет,— без колебаний ответил он.— Обмануть моего хозяина?

Согласия я не ожидал, но такой ответ, как ни странно, меня ободрил: так или иначе, а он был честным. Ведь он мог легко меня провести за нос — взять деньги и ничего не сделать. Что ж, помочь себе я был не в силах, однако, вспомнив страшную незажившую рану под галстуком, сказал:

— Вы знаете Питера Клоудира?

— Да, знаю беднягу. А что с ним?

— Что скажете, если я предложу вам деньги для посильной ему помощи?

— Скажу, что сперва хотел бы на денежки взглянуть.

Я решил ему довериться: мы на минутку остановились, я из шва ночной сорочки извлек подаренный мне Дэниелом Портьюсом соверен и вручил его моему стражу со словами:

— Проследите, чтобы цепь не слишком давила ему на шею.

— Постараюсь, — буркнул он, принимая монету.

Оставшись один у себя в каморке, я рухнул на солому и расплакался. Все последующие часы я не мог изгнать из памяти тонкое, искаженное страданием лицо; не мог скрыть от себя, что невольно навлек на этого человека еще большую муку.

Более того: теперь уже не приходилось сомневаться, что Питер и в самом деле совершил чудовищное преступление. Мистер Ноллот вряд ли мне лгал: он и сам был введен в заблуждение. Я верил теперь, что жизнь, по крайней мере, не готовит для меня новых ужасов: смерть казалась мне неотвратимой и желанной.

Глава 80

Невзирая на такую решимость, весь вечер я тревожно прислушивался к малейшим шорохам в надежде, что мистер Ноллот скоро появится. Если не поделиться опасениями с сочувственным слушателем, думал я, мне и вправду грозит сумасшествие. В темноте тянулись долгие ночные часы: по коридору проходили только надзиратели, которых я узнавал по грузной поступи. Но вот наконец — наверное, уже после полуночи — из коридора послышались легкие шаги: я кинулся к решетке — за ней стоял мистер Ноллот. Он повинился в том, что не мог прийти раньше, и передал мне немного снеди и питья: я принял их с радостью, однако куда дороже была возможность рассказать о недавней встрече, поделиться своим беспокойством. Прежде всего я описал то, чем кончился наш разговор.

— Не допускайте и мысли, будто я вас укоряю,— выслушав меня, ласково проговорил добрый старик.— Но последствия меня пугают.

— Если бы мне удалось скрыть свои чувства! — простонал я.

— Не упрекайте себя. Вы поступили так, как и следовало ожидать.

Когда я передал рассказ Питера Клоудира об убийстве моего дедушки, мистер Ноллот вздохнул:

— Он сейчас в этом убежден, но поверьте, это неправда. Нимало не похоже на правду. А вот то, что он рассказал мне в самый первый вечер, самоочевидная истина.

Я упросил его продолжить повествование с того момента, на котором нас прервали в прошлый раз, и заставил себя играть роль адвоката дьявола, поскольку желал удостовериться, что услышанное мной признание — ложное.

— Из записей вашей матушки вам известно, что разыграть сцену притворной ссоры удалось точно по плану: ваши родители покинули дом и направились к каретному двору на Сноу-Хилл. Там ваш отец переменил верхнюю одежду — чтобы его было труднее опознать — и вернулся в дом.

— Теперь он отрицает, что следовал предварительной договоренности.

— Знаю,— согласился мистер Ноллот.— Но если бы мистер Эскрит не оставил черный ход незапертым, каким образом он проник бы в дом?

— Он этого не пояснил,— с готовностью подхватил я.

— Питер направился в библиотеку, где никого не оказалось. Минуту спустя из сервизной вышел мистер Эскрит и сообщил, что ваш дедушка беседует с мистером и миссис Фортисквинс, но что он получил от него пакет, доставленный мистером Фортисквинсом. Ваш отец взял пакет и собрался уходить. Как это согласуется с тем, что вы от него услышали?

— Питер сказал, что столкнулся с моим дедушкой и мистером Эскритом в сервизной, набросился на них — и скрылся, полагая их мертвыми.

— Это невозможно. К примеру, сабля, послужившая орудием убийства, висела на стене в коридоре между сервизной и парадной дверью — иными словами, в противоположной части дома. Нет, истина заключается в том, что Питер попросту взял пакет у мистера Эскрита и направился к черному ходу, не повстречавшись с вашим дедушкой.

— Мистер Фортисквинс видел, как он шел мимо столовой, но из-за другой верхней одежды его не узнал.

— И это может означать только то, что мистер Фортисквинс дольше продолжал верить в его невиновность. Но, оказавшись у двери черного хода, Питер обнаружил, что она заперта и ключа нет.

— Это странно.

— Да, весьма. Как видите, его первоначальный рассказ озадачивает гораздо более и потому более правдоподобен, нежели та простая версия, в которую он уверовал. Он предположил, что кто-то из слуг поднялся тем временем из кухни наверх и по возвращении с заднего двора запер дверь за собой. Решив, что придется воспользоваться парадной дверью, Питер направился в холл.

— А мистер Фортисквинс вновь увидел его из столовой и начал гадать, кто бы это мог быть.

— В самом деле? Вот видите, как эта версия согласуется с показаниями других лиц! Теперь во всей этой истории наступает самый загадочный момент. Ваш отец увидел, что застекленная дверь между холлом и вестибюлем также заперта, а ключ отсутствует. И это совершенно противоречило, как он меня уверял, заведенному в доме правилу, согласно которому ключ всегда оставался в замке, а дверь запиралась только на ночь для пущей надежности. Он уже собирался разбить стекло в двери, ведущей в вестибюль, но вдруг заметил через него, что ключа от парадной двери также нет на месте.

— Непонятно!

— Подождите. Далее произошло нечто еще более удивительное. Большой ключ от парадной двери лежал у самых его ног.

— Что за диковина! И как он это объяснил?

— Ни одно объяснение не подходило. Но теперь, во всяком случае, путь оказывался открытым. Питер со всеми предосторожностями разбил стекло в двери, ведущей в вестибюль, однако поранил руку и порвал рукав.

— Вот откуда взялась кровь, так испугавшая матушку! — радостно воскликнул я.

— Именно так. Однако ваш отец не мог объяснить, почему кровь оказалась и внутри пакета, который они с вашей матушкой вскрыли рано утром в гостинице в Хартфорде. И почему там не нашлось завещания. Это по-прежнему загадка.

— Да, матушка говорила, что там лежали только выпачканные в крови банкноты, хотя отец явно искал чего-то иного. — Помолчав, я не сразу задал мистеру Ноллоту вопрос: — Есть ли ответ на вопрос, кто же все-таки убийца моего дедушки?

— Мы с вашим отцом пришли к выводу, что ответ ясен. Мистер Ноллот умолк, настороженно вслушиваясь в отдаленные шорохи. Оба мы, затаив дыхание, подождали, пока вокруг вновь не воцарилась полная тишина.

— В доме, похоже, какой-то беспорядок. Возможно, у одного из несчастных приступ буйства. Мне нельзя здесь задерживаться. — После паузы мистер Ноллот медленно произнес: — Что касается убийства мистера Джона Хаффама, то, боюсь, ваш отец в известной степени несет за это ответственность.

— Как? — вскричал я. — После всего того, что вы мне рассказали?

— Не в том смысле, какого вы опасаетесь. Покидая дом, Питер не мог запереть за собой парадную дверь — из-за отсутствия в ней пружинного стопора. Кто-то заметил, как он уходит, немедля проник в дом, по дороге снял со стены саблю и вошел в сервизную. Увидев обоих джентльменов, стоявших у сейфа, он нанес мистеру Эскриту удар сзади, умертвил вашего дедушку, обшарил сейф, а затем покинул дом тем же путем, каким пришел. Все это, очевидно, произошло почти сразу же после разговора мистера Эскрита с вашим отцом, и потому неудивительно, что он, ошеломленный случившимся, едва придя в себя, обвинил его в совершенном преступлении.

— Да,— проговорил я,— это более чем вероятно. И все же многие вопросы остаются без ответа. Думаю, что целью убийцы было завладеть завещанием, и он не мог вторгнуться в дом по чистой случайности.

— Но, дорогой юный друг, я вовсе не хотел сказать, будто ваш отец хоть на миг предполагал, что убийство совершил некий гипотетический взломщик. Напротив, он заподозрил...

Мистер Ноллот оборвал фразу: из левого конца коридора к нам быстро приближались вооруженные фонарями люди, которых мы, увлеченные разговором, не успели вовремя заметить.

Мистер Ноллот опрометью ринулся в противоположную сторону — направо, однако оттуда, к моему неописуемому ужасу, послышался голос Рукьярда:

— Ага, вот тут какие фокусы! Я уже давно чую что-то неладное. Так вот кто харчи сюда таскает!

Рукьярд подкрался к нам незаметно, пока наше внимание отвлекли люди, обогнувшие угол и шедшие теперь ему навстречу. Свет фонарей упал на лицо Рукьярда, который, давая им дорогу, плотно прислонился вместе с мистером Ноллотом к решетке моего закутка. Стиллингфлит — вместе с другим человеком, мне неизвестным,— вдвоем несли какую-то тяжелую ношу, моему взгляду недоступную из-за двери.

Когда они проходили мимо, Рукьярд, мотнув головой в мою сторону, заметил:

— Его мальчонка.

Незнакомец глянул на меня с любопытством:

— Похоже, и он туда метит.

Рукьярд коротко хохотнул и толчками погнал мистера Ноллота в другую сторону. Мистер Ноллот на ходу обратил ко мне страдальческое лицо, выражавшее чувство более сильное, нежели досаду на то, что его застигли врасплох. Коридор опустел и снова погрузился в непроглядную тьму; я же остался наедине — не представляя себе способа выжить, терзаться догадками о том, какая кара ждет моего друга, мучительно размышлять над словами, которыми перекинулись Рукьярд и незнакомец.

Что мистер Ноллот намеревался мне сказать? Питер Клоудир заподозрил в совершении убийства соглядатая, подосланного его отцом вести наблюдение за домом? Вполне логично: Сайласу Клоудиру хотелось и захватить сына, и вернуть себе кодицилл — а также и завещание, если ему стало известно, что оно находится в этом доме. Мне опять вспомнился Барни! Он намекал, что покончил с каким-то джентльменом именно в те дни. Не исключено, что его связь с Клоудирами давняя. Не он ли — убийца моего дедушки?

Откуда-то из отдаленных закоулков дома еще час-другой доносился необычный шум: слышались беготня, выкрики, звяканье ворот; потом водворилось прежнее ночное безмолвие, и мне удалось забыться беспокойным сном.

КНИГА II
ИЗБАВЛЕНИЕ

Глава 81

Позвольте вернуть вас в унылый закоулок на берегу реки меж полуразрушенных причалов, заброшенных товарных складов и провалившихся лестниц — короче говоря, в тот уголок, каковой модное красноречивое перо моего коллеги способно описать несравненно живее, нежели мое.

Что за отрадная — если не совершенно очаровательная картина! Мальчик-посыльный сидит, закинув ноги на решетку очага, и жарит на огне насаженные на длинную металлическую вилку каштаны, а мистер Валльями дремлет у себя за столом, опустив голову на разложенные перед ним бумаги.

Входную дверь осторожно приотворяют, в щель протискивается их работодатель и на цыпочках крадется по комнате. Подобравшись к ничего не подозревающему мальчику, он вдруг награждает его увесистой оплеухой.

Потревоженный внезапным воплем, мистер Валльями в замешательстве озирается по сторонам.

— Черт вас побери, Валльями, опять вы дрыхнете! — кричит хозяин. — Спите на работе — а я вам за это плати?

Клерк, протирая глаза, невнятно бурчит:

— Надо же такому случиться, сэр! Снились мне жабы, очнулся — а это вы, оказывается. Одно расстройство.

— Какой такой бес, Валльями, в вас вселился? — негодует пожилой джентльмен. — Засыпаете на ходу уже не первый день! — Нагнувшись к клерку, он принюхивается: — А вроде бы в последнее время не так уж и пьянствуете.

— Ей-богу, я начеку, как и всегда, мистер Клоудир, вот увидите, — возражает клерк и вполголоса добавляет: — Если не больше.

— А? Что? — сердито переспрашивает пожилой джентльмен. — Чего это вы там бормочете себе под нос?

Вместо ответа клерк, слегка усмехнувшись, принимается чинить перо.

— Начеку! — язвительно фыркает пожилой джентльмен. — То-то были вы начеку, когда удержали Эшбернера от повышения квартирной платы в Хаттон-Гарден.

— Чересчур она велика, сэр.

— Чересчур велика? Что за чушь? Это моя собственность, не так ли? И я не волен ее сдавать внаем по собственному усмотрению? Не хотят платить — пускай убираются на все четыре стороны. Честно, разве нет? Я хочу одного — справедливости. — Задохнувшись от гнева, пожилой джентльмен понижает голос и, глянув искоса на посыльного, спрашивает: — Получили? Он прислал письмо?

— Кого вы имеете в виду, сэр?

Пожилой джентльмен, нахмурившись, негромко уточняет:

— Э-э... моего сына.

— Да вы что, не знаете разве, что он вам не пишет? — восклицает клерк.

Его наниматель, багровея, намеревается было возразить, но в эту минуту в контору входит курьер с письмом.

При виде курьера пожилой джентльмен кидает на клерка насмешливый взгляд, выхватывает письмо и, пока мистер Валльями производит расчет с курьером, всматривается в адрес.

— Это от него! — восклицает он и торжествующе обращается к клерку: — Вот видите! Он обо мне помнит. — Жестом пожилой джентльмен отзывает клерка во внутреннее помещение и там, вскрыв конверт, пробегает письмо глазами. Лицо его проясняется: — Мальчик в надежных руках! Все в порядке!

Как ни странно, но лицо мистера Валльями при виде ликующего хозяина не выражает ни малейшего энтузиазма.

Глава 82

Проснулся я рано и долго лежал, почти не замечая слабых рассветных лучей, медленно сочившихся через зарешеченное оконце. Попозже другой надзиратель по имени Скиллитер — коренастый, сварливый на вид — принес мне еду. Хотя я и решил продержаться еще несколько часов, но знал, что к вечеру уступлю голоду — и будь что будет.

Размышляя о выпавшей мне участи — навлекать несчастье на тех, кто старался мне помочь (сначала Сьюки, потом мисс Квиллиам, а теперь вот мистер Ноллот), я услышал отдаленный шум. Что это — не у меня ли в ушах? Гадал я тщетно, и вскоре все затихло. Коридор оставался пустым и безмолвным до полудня, когда в нем послышались чьи-то торопливые шаги. Мимо моей двери проходили Скиллитер и Рукьярд; я напряг слух и различил их слова:

— Нахлобучки, выходит, доктор робел попусту? — спросил Рукьярд.

— Ну да, коронер к нам не шибко и придирался. Нацелился, поди, на подарочек к Рождеству.

— Так-то оно так, да только вот дознание нам ни к чему,— бросил Рукьярд на ходу, и оба удалились.

Из их разговора я мало что понял. Голод мучил меня так жестоко, что впору было выкинуть из головы все прочие соображения. Снова и снова я внушал себе: доказательств, что меня пытаются отравить, у меня нет, и несомненным было одно — меня ждет голодная смерть. Я сам помогал моим врагам со мной расправиться!

С приближением вечера я уже чуть было не принялся за овсянку, но в коридоре послышались шаги, Скиллитер отпер дверь — и на пороге вырос доктор Алабастер.

Взглянув на еду, к которой я все же не притронулся, он проговорил:

— Продолжаешь упрямиться? Ну-ну, давай.

С нехорошей улыбкой он кивнул Скиллитеру: тот сгреб меня в охапку и вытолкнул за дверь. В сопровождении доктора Алабастера мы направились по коридору в главную часть здания, одолели несколько лестниц и быстро прошли через дневную палату. Там находилось довольно много обитателей: одни писали письма, играли в карты или читали, другие, сидя в одиночестве, тупо глядели перед собой. Какой-то старик так яростно растирал ладонью лицо, что оно горело огнем. На некоторых были надеты смирительные рубашки, а некий джентльмен, прикованный к стене цепью, читал газету с таким невозмутимым видом, словно сидел у себя в клубе.

Когда меня выталкивали за дверь, я заметил мистера Ноллота, скорчившегося в углу. Он поднял голову: в его красных распухших глазах стояли слезы. Хуже того: его обращенный ко мне взгляд выражал такую неизбывную печаль, что сердце мое сжалось от дурного предчувствия.

Повернув голову назад, я старался едва-едва переставлять ноги с тем, чтобы подольше его видеть, но Скиллитер с бранью пихнул меня в спину, и я вынужден был отвести взгляд от моего благородного отважного друга, которого видел тогда в последний раз.

Из перехода, где тянуло сильным сквозняком, мы попали в холодную сырую пристройку (бывшую когда-то, возможно, маслобойней) и приблизились к запертой двери. Пока Скиллитер выбирал из своей связки нужный ключ, я дрожал от стужи, стоя на потрескавшемся каменном полу в ночной сорочке, которой меня наделили Портьюсы, и пытался подавить горькое воспоминание о моем героическом защитнике, сломленном горем,— и это меня удручало и обескураживало.

Скиллитер, ругнувшись, пробурчал:

— Пальцы застыли вусмерть — ключа не ухватить.

Доктор Алабастер сухо усмехнулся:

— Спешить некуда, Скиллитер. Он не удерет.

Скиллитер подобострастно захихикал в знак восхищения этой шуткой; когда же наконец он справился с замком, доктор Алабастер язвительно проронил:

— Нам подумалось, ты не прочь еще разок повидать дорогого папочку.

К моей растерянности при мысли о новом свидании с вызывающим жалость существом примешивалось удивление: почему наша встреча должна происходить именно в таком месте? Дверь распахнулась, меня втолкнули внутрь, но недоумение мое только возросло: в небольшой, хорошо освещенной комнате, как мне сразу же стало ясно, находился только один обитатель. В дальнем углу, спиной к нам, стояла высокая женщина, одетая прачкой. Она склонялась над подобием стола, расположенного на уровне ее пояса, и при нашем появлении выпрямилась и повернулась к нам.

— Благодарю, добрая женщина,— произнес доктор Алабастер.— Можете отойти.

— Миссис Силверлиф, доктор, если вам угодно,— отозвалась женщина.

Она посторонилась — и я смог увидеть то, что лежало на столе, и, еще не видя лица, догадался, кто это. Я замер как вкопанный, не желая больше смотреть, однако Скиллитер, ухватив меня за плечо, толкнул вперед — и я оказался прямо над ужасным предметом; и стоило мне только взглянуть на знакомые черты — они теперь еще разительней сходствовали с юношеским обликом, запечатленным у меня в памяти,— как в глаза мне бросилась рана на горле, с рваными краями. Ее промыли и зашили неровными стежками, но от этого уродливый алый след на белой коже выглядел еще противоестественней.

Из другого угла комнаты до меня донесся голос Скиллитера:

— Видать, не очень-то они спешат отдать последний долг.

В это мгновение глаза мои заволокло чернотой, ноги подкосились. Я рухнул бы на пол, но меня поддержала чья-то сильная рука, и мне помогли добраться до стула, стоявшего у стены. Черная мгла перед глазами понемногу рассеялась, и я увидел склоненное надо мной женское лицо, выражавшее необычайную озабоченность и сочувствие.

— Отдать последний долг, Скиллитер? — послышался глумливый отклик доктора. — Этакому-то батюшке?

— Что? — воскликнула миссис Силверлиф. — Вы хотите сказать, что мальчик приходится этому несчастному сыном? Да такое просто в голове не укладывается.

Она что-то пробормотала про себя, но слов я не разобрал.

— Вы что-то желаете сказать, добрая женщина? — поинтересовался доктор Алабастер.

— Не следовало так сразу его ошарашивать.

— Давайте-ка заканчивайте работу, за которую вам заплачено, и ступайте своей дорогой.

Миссис Силверлиф, фыркнув, вернулась к столу. В руке она держала льняную салфетку, на столе были таз с водой и свернутый отрез хлопчатобумажной ткани, форма и назначение которого мне вспомнились в связи с миссис Лиллистоун.

— С сожалением вынужден вас известить, — обратился ко мне доктор Алабастер, — что ваш достопочтенный родитель прошлой ночью покончил с собой. Полагаю, на этот шаг его подвигла скорбь, вызванная вашим сообщением о смерти вашей матери.

— Во-во, ей-богу, не стоило ему давать об этом знать, — ядовито ввернул Скиллитер.

— Боюсь, что и в самом деле вина за смерть вашего отца лежит на вас, — продолжал доктор Алабастер. — Похоже, это семейная традиция. Как бы там ни было, утром коронер освидетельствовал тело и вынес вердикт о самоубийстве.

— В жизни не видывала этакой жестокости, чтобы так с мальчиком обходились,— не удержалась миссис Силверлиф.

Я, однако, не находил в себе сил негодовать на все эти издевки: меня целиком поглотили мысли об одинокой, растраченной даром жизни, оборванной столь преждевременно.

— Не хватит ли с вас? — вмешался Скиллитер.

— Надо же,— не унималась миссис Силверлиф.— Так ребенка огорошить! Сроду такого не видывала!

Я взглянул на широкое красное лицо миссис Силверлиф: оно почему-то показалось мне знакомым.

— Экое бессердечие,— не могла успокоиться миссис Силверлиф, словно подхваченная против воли волной негодования.— Все равно что запереть его тут на ночь наедине с беднягой.

— А что ж, не прислушаться ли к доброму совету? — со злобным удовольствием подхватил доктор Алабастер.— Почтенная леди подсказывает нам то, что нам с тобой, Скиллитер, совершенно не пришло в голову. Подумай-ка, не пристало ли по справедливости предоставить юному джентльмену возможность бодрствовать всю ночь возле тела родного отца?

Скиллитер льстиво захихикал, но миссис Силверлиф, очевидно, не слышала этого предложения: она была занята разворачиванием савана.

— Запри мальчишку здесь на ночь,— велел доктор Алабастер своему помощнику.— В конце концов, он так мало общался с отцом, что просто жаль будет, если ему не придется провести с ним эти недолгие последние часы. Смотри только, не забудь предупредить Яллопа, когда будешь уходить.

Скиллитер кивнул, и доктор Алабастер ступил за порог, одарив меня на прощание лучезарной улыбкой.

— Вы мне не поможете, мистер Скиллитер? — попросила миссис Силверлиф, явно пропустившая этот разговор мимо ушей.

Я отвел глаза, а они вдвоем закутали тело в саван, который миссис Силверлиф стянула наверху тугим узлом.

В эту минуту дверь внезапно распахнули пинком: Рукьярд и незнакомец, которого я видел накануне в его обществе, шатаясь от тяжести и отдуваясь, с бранью внесли в помещение гроб и водрузили его на стол рядом с телом.

— Мальчонка останется здесь на ночь, Яллоп,— оповестил Скиллитер незнакомца.— Распоряжение доктора.

Все трое загоготали, а потом новоприбывшие, чуточку передохнув, взялись за дело и с помощью Скиллитера приподняли тело и поместили его в гроб. Миссис Силверлиф меж тем, готовясь уходить, собирала и увязывала свои пожитки.

Рукьярд, вооружившись молотком, взялся за крышку гроба и обратился к компаньонам за помощью.

— А до гробовщиков нельзя подождать? — глянув в их сторону, спросила миссис Силверлиф.— Они обыкновенно предпочитают сами справляться.

— Да вы-то много ли знаете? — огрызнулся Рукьярд.

— Знаю много чего! — живо парировала миссис Силверлиф.— Не одного покойного джентльмена обряжала, вот только выглядели они получше этого.

Рукьярд побагровел от ярости, но Яллоп со смехом его урезонил:

— Права она, права. Пускай сами справляются.

— Нет, так не положено,— уперся Рукьярд.

Разгорелся спор.

Миссис Силверлиф потянулась за лежавшей около меня губкой и, приблизив ко мне лицо, шепнула:

— Спрячьтесь в гробу.

Пораженный ее словами, я подумал, что ослышался. В изумлении я не сводил с нее глаз, однако она продолжала сборы с совершенно отсутствующим видом.

Тем временем спорщики пришли к решению оставить гроб незаколоченным и, ядовито пожелав мне приятно провести ночь, удалились — за исключением ночного сторожа.

Миссис Силверлиф, складывая вещи, как бы мимоходом поинтересовалась у Яллопа, который с явным нетерпением дожидался ее ухода:

— А кто занимается похоронами?
— Вам-то какое дело? «Уинтерфлад и Кронк».
— Вот как? А я было подумала — «Дигвид и сын».

Мне показалось: комната покачнулась, будто палуба корабля, застигнутого штормом, и я покрепче вцепился в стул. Глазам представилось давнее Рождество: да, эта женщина мне знакома!

— Сроду не слыхивал,— пренебрежительно буркнул Яллоп. Он подобрал одеяло, на котором лежало тело, и перекинул его через руку.

— Когда они явятся? — спросила миссис Силверлиф.
— Затемно с утра. Мертвецов у нас выносят по ночам. Днем как-то не глянется.

— Ночь будет холодная, мальчик до рассвета тут закоченеет. Оставьте ему хотя бы одеяло.

— Насчет одеяла я ничего не слышал,— усомнился Яллоп.

Миссис Дигвид повернулась ко мне и, пристально глядя мне в глаза, внятно произнесла:

— Одеяло вам лучше оставить, мистер Яллоп, не то служащие «Уинтерфлада и Кронка» не разберутся утром, кого из них двоих им забирать.

Я сразу понял, о чем речь,— и с облегчением подхватил одеяло, которое Яллоп неохотно сунул мне в руки. Напоследок еще раз окинув меня многозначительным взглядом, миссис Дигвид ступила за порог.

— А свечку ему оставить? — вслух спросил сам себя Яллоп, беря фонарь и ткнув пальцем на огарок возле гроба.— Но паршивей ли ему придется, коли тьма кругом хоть глаз выколи? — поразмыслил он.— Нет, паршивей будет, если тени начнут скакать по стенам, а он станет дрожать, что свечка вот-вот догорит.

Не тронув огарок, Яллоп вышел и запер за собой дверь.

Я как нельзя лучше понял, что должен делать, хотя внутреннее чувство восставало против этого, да и тошнота подступала к самому горлу. Вероятно, мне повезло, что времени у меня было в обрез: действовать требовалось немедля, пока не догорел огарок; к тому же я не сомневался, что, если упущу этот шанс — меня ждет гибель. В страшной спешке я принялся за попытки перевалить тело через край гроба. Бился я долго, однако без малейшего успеха: лихорадочные усилия только вконец меня изнуряли. Я заставил себя передохнуть и унять бешено колотившееся сердце, а потом решил трезво обдумать план действий. Ясно, что мне, ослабленному голодом, ничего не добиться даже после долгих трудов: браться за дело надо как-то иначе.

Мне вдруг вспомнилась жуткая песенка, которую распевали в компании Избистера: она связалась у меня с теми мерзостями, что они проделывали той ночью в Саутуорке. Я осознал, что должен — преодолев ужас — сесть верхом на ноги трупа и, обняв его за плечи, потянуть на себя с тем, чтобы заставить его приподняться в гробу.

Это у меня стало получаться, хотя и крайне медленно: приходилось постоянно напрягать слух — не идет ли сюда ночной сторож. Наконец мне удалось перевалить тело на стол и придвинуть его к самому краю. Желая плавно опустить его на пол — просто обрушить его вниз я не мог, я поместился под ним и стянул тело на себя, для чего встал на колени, которые тотчас подогнулись подо мной от налегшей мне на спину тяжести. Когда тело оказалось на полу, я сумел развязать узел и кое-как стянул с него саван.

Теперь следовало расположить тело в дальнем углу комнаты в позе спящего, накрыв его одеялом, которое миссис Дигвид, в чем я не сомневался, предназначала именно для этой цели. Тут оплывший огарок погас, но я и в темноте смог взобраться обратно на стол, натянуть на себя саван и улечься в гроб, спрятав незавязанный узел под головой. Оказалось, что через дешевую ткань, хотя и не без труда, но вполне можно дышать.

Глава 83

О многом, о многом не хотелось мне думать в эти ночные часы, тянувшиеся бесконечно долго. Я постарался сосредоточиться на удивительной случайности, сведшей меня с миссис Дигвид. Как могло выйти, что она вновь появилась в моей жизни — и не где-нибудь, а именно в этом месте? Что это — результат бессмысленных совпадений или же тщательно подобранные звенья одной цепи? И то, и другое казалось невероятным. Как бы там ни было, в моей жизни она и ее семейство сыграли странную роль — если считать, конечно, что Барни и Салли принадлежат к ее родственникам. И еще Джоуи. Вспомнив о нем, я тут же подумал, что слепо доверяюсь его матери, тогда как именно ее сын заманил меня в эту самую ловушку.

Несмотря на холод, меня бросило в пот. Неужели я добровольно иду на какую-то чудовищную смерть? Если так, то никогда еще жертва столь усердно не готовила гибель сама себе. Но коли худшие мои страхи обоснованы, что я могу предпринять? Если упустить этот шанс, то меня неминуемо ожидает медленная смерть. Выходит, что я доверился миссис Дигвид только потому, что у меня нет выбора? Нет, не так. Миссис Дигвид отнеслась ко мне с неподдельным участием, и невыносимо было думать о том, что она играет роль с целью обречь меня на жестокую расправу. Однако сумела же Эмма обмануть мое доверие! И даже если я прав, полагаясь на миссис Дигвид, что мне даст попытка спрятаться? Ведь гробовщики наверняка меня обнаружат!

Ночной холод все чувствительней пробирал меня под тонким саваном до костей, и меня начали посещать странные мысли: если стужа меня все-таки одолеет, то я, по крайней мере, должным образом облачен и нахожусь в самом для того подходящем месте, а умирать в конце концов вовсе не так уж страшно. Я задался вопросом, кого опечалит мой уход из этого мира. Пожалуй, единственный, кто погорюет,— это мистер Ноллот: вспомнив о нем, я подумал, что сокрушался он не о себе, а скорбел о ближнем — возможно, обо мне. Расстроится, вероятно, и мисс Квиллиам, если услышит о моей смерти, да и Генри Беллринджер тоже. А что Генриетта? Если случайно до нее дойдет эта весть, огорчится она или нет? Единственное, о чем я старался не думать,— это о безмолвном присутствии того, чье место я кощунственно узурпировал.

Наконец послышался лязг ключа в замке: судя по шагам, в комнату вошло несколько человек. Я постарался, насколько возможно, затаить дыхание. Сквозь тонкую ткань можно было даже различить слабое мерцание фонарей.

Затем — в пугающем соседстве — раздался сердитый голос Яллопа:

— Будь я проклят, если возьму в толк, какого черта вы заявились в эдакую рань. До рассвета добрых три часа.

Незнакомый голос ответил:

— Такие были мне распоряжения от мистера Уинтерфлада.

— Никаких распоряжений от него быть не могло,— возразил Яллоп.— Он уже лет двадцать в могиле лежит.

— Ну, может, от второго: я в деле недавно — и почем мне знать, как кого кличут.

— Да Кронк сроду никого спозаранку не присылал. И уж вовсе непорядок — снаряжать этакого недомерка. В жизни ни о чем похожем не слыхивал. Ты, прошу прощения, ростом вроде бы не вышел. И, поди, запросишь у меня помощи — тащить этот ящик?

— Ну да, хозяин дал мне для этого целый шиллинг.

— А, вон как! — Яллоп явно смягчился.— Что ж, ящик на месте. А где этот проклятый малец? Мне велели его сторожить, чтобы не смылся. Ага, да он в углу дрыхнет себе. Колода колодой.

К величайшему моему ужасу, он двинулся в сторону угла, раздраженно ворча:

— Ничего себе, больно скорбит он о папочке! Придется дать ему повод поубиваться.

Второй голос торопливо произнес:

— Пожалуйста, пособите мне с крышкой, мистер Яллоп!

— А не многого ли хочешь за один шиллинг? — недовольно отозвался Яллоп, однако шаги его стали приближаться ко мне.

После короткой паузы, когда слышалось только пыхтение, крышку опустили на гроб так резко, что я едва удержался от вскрика.

— Держите этот гвоздь попрямее, мистер Яллоп, — сказал незнакомый голос.

— А ваш мальчонка? — запротестовал Яллоп.

— Ему до стола не дотянуться.

От грохота молотка я чуть не оглох. Слушая, как гвозди один за другим заколачиваются в крышку гроба, я с замиранием сердца гадал, смогу ли дышать в этом замкнутом пространстве, и старался отогнать от себя мысли о жуткой перспективе.

— Разрази меня гром, — прохрипел Яллоп, — если мальчонка не дрыхнет, будто сурок, а ведь такая колотьба и мертвяков из могил подымет. Ну-ка погляжу, каково ему придется от моего пинка?

Едва ли не с облегчением я покорился неизбежному.

Однако тотчас же я почувствовал, что меня опрокидывают, и незнакомый голос завопил:

— Скорее сюда, мистер Яллоп, помогите! Мне за один конец не удержать.

— Какого дьявола ты полез раньше? — вознегодовал Яллоп. — Надо было меня обождать.

С руганью и кряхтением гроб подняли повыше, а затем слегка опустили — должно быть, на плечи двоих носильщиков. Несколько нетвердых шагов — и, как я догадался, наша процессия оказалась в коридоре.

Вдруг Яллоп свирепо приказал:

— А ну, опусти на пол, слышишь?

Меня охватил ужас: неужели обман раскрыт? Теперь, когда мне отчаянно хотелось, чтобы план удался?

— Надо снова запереть дверь — а то этот растреклятый малец удерет.

Дверь с гулом захлопнулась, ключ проскрежетал в замке.

И в эту минуту — совсем близко от меня — послышался шепот, чьи-то губы прижались, похоже, прямо к крышке гроба:

— Потерпите еще капельку, мастер Джонни!

Голос я узнал: это был тот самый мальчишка, который довел меня до дома в Излингтоне!

Гроб снова подняли на воздух и скоро, судя по всему, мы начали спускаться вниз по лестнице. Наконец тяжелую ношу с глухим стуком брякнули о землю, и я услышал лязг замысловатых запоров и засовов на входной двери. Под подошвами зашуршал гравий, а потом гроб втолкнули, как я понял, на задок телеги.

— Возьмите ваш шиллинг,— проговорил прерывистый от усталости голос.

— Вот так так, ну и ну! — тоже отдуваясь, воскликнул Яллоп.— Да это совсем не та повозка! Уинтерфлад и Кронк завсегда другую присылают.

Незнакомец прищелкнул языком:

— Порох, пошел!

Голова у меня начинала кружиться — и, хотя слово показалось мне знакомым, я никак не мог вспомнить, где его слышал.

— Что это за имечко? — закричал Яллоп.

— И такое сойдет! — откликнулся мальчишка, и повозка тронулась с места.

— Почему вы не Уинтерфлад и Кронк? — надрывался Яллоп.— Кто таков к черту этот Избистер?

Избистер! Ну, конечно! Его лошадь, его повозка! Итак, я все же угодил в зловещий капкан! Я пытался кричать и колотить в стенки гроба; задыхаясь, глотал остатки горячего воздуха, но с губ моих не слетало ни звука. Напряжение оказалось чрезмерным: в ушах зашумел нарастающий прилив; воды, казалось, сомкнулись у меня над головой, унося с собой сознание.

Не знаю, как долго мы находились в пути, прежде чем повозка остановилась. Над крышкой гроба загромыхали инструменты, ее — к несказанному моему облегчению — сняли, и сквозь ткань в мои ноздри проник поток свежего прохладного воздуха. Чья-то рука помогла мне сесть и сорвала с моей головы зловещую пелену.

Мои глаза, приноровившиеся к темноте, ослепил яркий свет. Я не сразу сообразил, что кто-то, сидя в повозке, держал фонарь перед собой, не давая мне себя разглядеть.

— Прикрой свет, Джоуи, и поберегись Яллопа! — произнес незнакомый голос.

Фонарь притушили, и взору моему предстало безобразно изуродованное лицо, чудовищней которого мне еще не приходилось видеть. Сплошь изрытое оспой и покрытое глубокими шрамами, оно было безжалостно смято и сплющено; нос выступал распухшим комком, рот искривлен так, что немногие из уцелевших зубов торчали наружу, а в довершение жуткого зрелища вместо одного глаза насмешливо зияла пустая кровавая впадина. У этой страхолюдной фигуры имелась, как я успел заметить, только одна рука: из второго рукава высовывался уродливый крючок. Я отшатнулся в испуге, не понимая, в чьи руки попал. Неужели я и в самом деле умер — и все, что вокруг меня происходит, лежит за гранью смерти?

Мой ужас, по-видимому, не ускользнул от внимания незнакомца, потому что он неожиданно мягким тоном произнес:

— Не тревожьтесь, молодой хозяин. На букет роз я не похож — но что ж поделаешь?

— Пришли в себя, мастер Джонни? — спросил мальчишка.

Я кивнул и огляделся вокруг, приложив ладонь ко лбу козырьком, чтобы защититься от бьющего в глаза света.

— Притуши фонарь,— сказал мой избавитель.— Караульным незачем нас видеть. Коли заметят нас, сразу заподозрят, что дело нечисто — верно, Джоуи? Одна повозка с лошадью чего стоят.

Глазок прикрыли, и свет от фонаря внезапно сузился до тонкого лучика. Теперь я мог убедиться, что мальчишка с фонарем в руке — именно тот, кто подошел ко мне возле дома дедушки.

— Джоуи Дигвид! — воскликнул я.

Он бросил на меня сконфуженный взгляд и проскользнул на сиденье возчика, ухватив поводья.

— Он самый,— подтвердил старший.— А я его отец, Джордж.

Пока я пытался докопаться до значения этих родственных связей, мистер Дигвид помог мне выбраться из гроба и освободиться наконец от савана. Затем, к моему удивлению — хотя я уже ничему не удивлялся,— ловко скатал ткань, сунул сверток обратно в домовину и заново прибил крышку парой гвоздей.

Я тем временем озирался по сторонам: повозка катилась по краю широкой немощеной дороги, вокруг было пусто и темно. Дома тонули во мраке: лишь изредка кое-где в окне мерцала свеча в доме тех, кто привык вставать спозаранку.

— Мы и на полсотню ярдов не отъехали,— заметил мистер Дигвид.— Яллоп поднял в доме переполох, ударив в колокол, когда смекнул, будто нас раскусил. Они вот-вот нас догонят.

— Так почему же мы медлим? — вскричал я.

Мистер Дигвид рассмеялся:

— Запрячь лошадь об эту пору — дело непростое. А если явятся на своих двоих, за нами им не угнаться.— Он кивнул на гроб, который, несмотря на свое увечье, ухитрился приподнять.— Но эту штуку я им оставлю. В жизни чужого не брал — и не собираюсь.

— Они тут! — закричал Джоуи.

КВИНКАНКС

Я оглянулся и увидел приближавшиеся к нам огни.
Мистер Дигвид невозмутимо слез с повозки и бережно опустил гроб на землю.

— Дай-ка мне вон тот фонарь, — велел он Джоуи, который сначала передал его мне. Меня изумило, что фонарь мистер Дигвид поставил на крышку гроба. — Порядок, Джоуи! — крикнул он и вскочил на повозку, а Джоуи дернул за поводья. — Фонарь им укажет, где что, — пояснил он, — и капельку их подзадержит.

Порох — конь, как я отлично помнил, себе на уме — даже не шелохнулся. Я снова поглядел назад и увидел, что нас и преследователей разделяла всего какая-то сотня ярдов. В темноте, кроме Яллопа, вырисовывались еще две фигуры в ночных сорочках — наверняка это были Рукьярд и Скиллитер.

Мистер Дигвид перебрался мимо меня на переднее сиденье и отнял у сына поводья, тряхнул ими, цокнул языком — но ни малейшего результата это не возымело. Наши преследователи, уже наступавшие нам на пятки, видя нашу участь, принялись издавать торжествующие вопли. Заметив это, Порох испуганно навострил уши и немедля пустился рысью вперед. Я сидел, прижавшись спиной к своим спутникам, и описывал им происходящее. Рукьярд и Скиллитер продолжали погоню, а более корпулентный Яллоп задержался у гроба. К счастью, оба наши преследователя быстро выдохлись, начали неуклонно отставать и вскоре отказались от своего намерения.

Мистер Дигвид, обернувшись, расплылся в ехидной улыбке:

— Хотел бы я глянуть сейчас на физиономию Яллопа. Поломают же они голову над своей находкой — ох, поломают!

Лицо Джоуи впервые прояснилось, и он перевел взгляд с отца на меня.

— Догадываюсь, что́, по ихнему разумению, мы везем, — продолжал мистер Дигвид. — Но если стража нас остановит, они того самого не найдут. Попозже-то Яллоп с приятелями сообразят, что к чему, когда увидят — вас и след простыл, а...— Он вдруг осекся и строго добавил: — Прошу простить, молодой господин, я к вам со всем почтением.

Я стиснул его руку и попытался найти слова благодарности. Мое лицо было, наверное, красноречивее слов, потому что мой спаситель тряхнул головой и сказал:

— Это все моя старушка затеяла, я тут, сэр, и ни при чем.

— Не знаю даже, с чего и начать,— вымолвил я с усилием.

— А ничего и не надо говорить, сэр. Это, по-моему, завсегда лучше.

— Но почему вы...

— Это пускай лучше вам она сама объяснит, сэр.

— Вот, возьмите это — она велела вам передать.— Джоуи взял лежавший с ним рядом просторный верхний сюртук и сунул его мне в руки — поношенный, но вполне годный.

Я с благодарностью в него закутался: ночь выдалась на редкость холодной. Одеваясь, я наткнулся на что-то, свисавшее с бока повозки: это была та самая хорошо мне знакомая просмоленная дерюга, которую совсем недавно трогал Яллоп.

— Но, мистер Дигвид,— начал я,— объясните мне, пожалуйста, каким образом эта повозка, принадлежащая человеку по имени Избистер с Парламент-стрит, Бетнал-Грин — человеку, род занятий которого, как мне известно...— Я умолк.

— Ах, вот как, вы его знаете? — удивленно воззрился на меня мистер Дигвид.— Странно, странно. Но жена вам все растолкует как надо. Я, если и возьмусь, только еще больше все запутаю, а у вас голова пойдет кругом.

Повозка с дребезжанием катила по темной дороге. По контрасту с окружающим мраком впереди начали проступать слабо мерцавшие огоньки: там, к югу от нас, простиралась столица. Тьма постепенно рассеивалась, затянутое серыми тучами небо неохотно светлело, но более радостного утра я еще никогда не встречал.

Мне доставляли удовольствие самые заурядные и ничем не примечательные виды. Огней в домах, мимо которых мы проезжали, зажигалось все больше, и я представлял себе, как их обитатели поднимаются с постели, умываются, одеваются, готовят завтрак и собираются либо на работу, либо в школу, либо к помойкам — искать еду.

В этот час дорогу заполнял транспорт, устремлявшийся к рынкам: нас то и дело обгоняли громыхавшие тележки и фургоны, которые направлялись в Ковент-Гарден или Спиталфилдз; все они были тяжело нагружены сельской провизией, а тянули их крупные ломовые лошади в шорах, с дребезжавшими колокольцами: эти упряжки вызывали у меня в памяти давнее бегство от Квиггов и повозку, сослужившую мне добрую службу. Рыночные торговки двигались в том же направлении по обочине, удерживая на головах громадные корзины с яйцами, домашней птицей и зеленью: их широкие размеренные шаги деревенских жительниц разительно отличались от торопливой, нервной походки горожанок.

Скотину погоняли к Смитфилду в сопровождении собак гуртовщики с длинными кнутами: однажды дорогу нам преградили коровы, которые разбрелись по проезжей части, словно затеяли бунт против своей судьбы, и мне припомнились неуклюжие животные, сгрудившиеся как-то на фермерской дорожке за нашей садовой калиткой в ту пору, когда я был еще ребенком.

Однажды позади нас возникла почтовая карета, и ее сторож подал нам сигнал освободить дорогу, с переливами протрубив в пронзительный рожок. И я в глупом порыве — будучи, наверное, не в себе от истощения и перевозбужденности — вскочил с места в нашей колыхавшейся с боку на бок колымаге и, пока мистер Дигвид и Джоуи удерживали меня за ноги, махал руками и выкрикивал приветствия. Карета величаво пронеслась мимо, но я успел разглядеть усталые лица пассажиров, сидевших снаружи: одни спали, уронив головы на плечи соседей, другие смотрели на меня с хмурым безразличием, а я громко расхохотался оттого, что кто-то способен сохранять угрюмость на заре нового дня.

Все вокруг вызывало у меня интерес и восторг. И почему это вдруг обнаружилось, что по щекам у меня текут слезы — и лицо приходится прикрывать рукавом? Сначала мне подумалось, что слезы льются от радости — свобода свалилась на меня так неожиданно, но на самом деле это сказывалось горе утраты, которую я толком еще не успел осознать, и еще горше плакал я оттого, что не осознавал, насколько она велика.

Хоть я и пытался бодриться, мистер Дигвид заметил, что щеки у меня мокрые, и, растерянно приговаривая: «Ах ты, господи! Ах ты, господи!», вдруг стукнул себя по лбу:

— Да о чем только я думаю?

Порывшись у себя в сюртуке, он извлек из просторного кармана фляжку с горячим кофе и сверток с сэндвичами и стал настойчиво мне их предлагать. При виде этих припасов я ощутил зверский голод и с жадностью набросился на еду.

Пока я уписывал сэндвичи, повозка катила вперед и вперед, а мистер Дигвид, поминутно оглядываясь с козел, подбадривал меня кивками: мол, ешьте сколько захочется, мне не надо ни крошки. Подкрепившись, я вновь воспрял духом и принялся размышлять, куда мы едем и что меня там ожидает. Смущало меня только одно — суровое выражение на лице Джоуи Дигвида: оборачиваясь, чтобы взять сэндвич или сделать глоток из фляжки, он взглядывал на меня в упор с явной и нескрываемой враждебностью.

Миновав Брик-лейн, мы свернули вправо — на Флауэр-энд-Дин-стрит. Чуть дальше, на углу, мистер Дигвид остановился — вблизи чернел остов сгоревшего здания. Он сошел с козел и повел лошадь по узкому проходу в небольшой дворик, образованный пятью-шестью низкими, убогими сооружениями, похожими (несмотря на то, что они были из двух этажей) на домики, которые строятся на задах больших домов.

КВИНКАНКС

Одна из дверей при нашем приближении распахнулась, и навстречу нам, широко улыбаясь, поспешила миссис Дигвид.

Я спустился с повозки.

— Как мне вас благодарить? — Пылко ухватив миссис Дигвид за руку, я начал с силой ее трясти.

Миссис Дигвид, вглядевшись в меня, вдруг крепко меня обняла и прижала к груди.

— Да благословит вас Бог! — воскликнула она, но тут же, спохватившись, попросила прощения за фамильярность. Потом схватила снова и начала душить в объятиях. Она шмыгала носом, бормотала что-то невнятное (я сумел разобрать только «Ваша бедная матушка, благослови ее Бог!»), а на глазах у нее блестели слезы. Она вытащила откуда-то из складок платья неимоверных размеров красный носовой платок, промокнула им глаза и так яростно принялась тереть им нос, словно он в чем-то перед ней провинился.

— Моя матушка... — произнес я, но миссис Дигвид меня прервала:

— Я знаю. Не надо ничего говорить.

Мистер Дигвид, благодушно на нас взиравший, произнес:

— Мне, хозяйка, надо вернуть лошадь и повозку. Обещался управиться до половины восьмого, а сейчас, поди, уже восьмой час идет.

— Хорошо, Джордж, — ответила миссис Дигвид, и голос ее слегка дрогнул.

Пока мистер Дигвид и Джоуи разворачивали повозку и собирались в обратный путь, миссис Дигвид повела меня в дом.

Жилище их состояло из двух комнат: одна была на нижнем этаже, который возвышался над землей лишь на пару футов, другая — на верхнем. Переступив порог, я сразу оказался в помещении, служившем, несмотря на тесноту, кухней, гостиной и спальней. При скудости обстановки здесь царили чистота и порядок: от обиталищ бедняков, какие мне довелось видеть, дом Дигвидов отличался в значительно лучшую сторону. Наверх вела деревянная лестница, за дверью в противоположной от входа стене, во дворике, имелась небольшая прачечная.

Миссис Дигвид усадила меня за столик возле очага и, отступив на шаг, чтобы лучше меня разглядеть, весело сказала:

— Я так и знала, что они справятся.

— Но почему вы это сделали? И каким образом, миссис Дигвид, вам удалось меня найти?

— Потом-потом,— улыбнулась она, словно бы довольная какой-то тайной.— Это долгая история, и Джоуи тоже должен быть под боком, чтобы вставить словечко. Я вижу, вы измотались дальше некуда, возьмемся за главное.

Миссис Дигвид принялась разогревать на огне уже готовый бульон, и я, несмотря на сэндвичи, вновь почувствовал голод. Глотая бульон и жуя толстые ломти хлеба, я не переставал засыпать ее вопросами, однако вместо ответов она только улыбалась и качала головой.

Когда я насытился, миссис Дигвид постелила мне постель на скамье в углу.

Внезапно меня охватила усталость, я улегся, а миссис Дигвид укрыла меня одеялами. Мне вдруг пришло в голову, что я сейчас нахожусь в Спиталфилдзе — той части Лондона, которая каким-то таинственным образом связана с прошлым моей матушки, хотя в ее записях об этом говорилось очень туманно. Я быстро заснул и обрел покой, какого не знал с того дня — не более недели тому назад, когда меня заставили предстать перед канцлерским судом.

Заслышав сквозь сон говор, я открыл глаза: мистер и миссис Дигвиды, вместе с Джоуи, сидели у столика перед очагом в дальнем конце каморки и о чем-то негромко совещались. Мое волнение, связанное с побегом, улеглось и уступило место все возрастающей подозрительности. Минуты две-три я через полусомкнутые веки наблюдал за моими спасителями, прикидывая, стоит ли до конца верить тому, что они вызволили меня из беды, руководствуясь исключительно желанием помочь ближнему, или же благодаря тому, что состоят в головоломном заговоре, против меня направленном. Убедившись, что слов мне не разобрать, я невольно решил: голос они приглушают только для того, чтобы их не подслушали. Что ж, придется выждать и, пока силы мои не восстановятся, попытаться выяснить их действительные побуждения. А пока надо будет придерживать язык, не болтать лишнего и следить — вдруг они проговорятся. В этот миг миссис Дигвид взглянула в мою сторону с таким выражением доброты и озабоченности на лице, что я вмиг позабыл о своей маленькой хитрости и широко открыл глаза.

Миссис Дигвид улыбнулась:

— Давайте-ка идите с нами завтракать. Мы вас заждались.

Обрядившись в одежонку, позаимствованную у Джоуи, я подсел к столику и с аппетитом накинулся на хлеб с селедкой. Жуя, я все-таки не совладал с любопытством и сказал:

— Многого я все же никак не могу понять.

— Все по порядку,— отозвалась миссис Дигвид.— Об этом Джоуи должен порассказать. Так или иначе, а сперва не кто-то, а он вас разыскал.

— Как же вышло,— обратился я к Джоуи,— что ты встретился со мной у того дома на Чаринг-Кросс?

— Ну да, я следил за вами от притона Барни.

— Я так и знал, что кто-то идет за мной по пятам! Значит, упомянув Джоуи, Барни говорил о тебе? — (Говорил о мальчишке, который требовался в ту ночь для какого-то тайного дела. Расскажет ли Джоуи для какого?) — Но зачем? — спросил я вслух.

— Когда я тем вечером туда, к Нарядным Домикам, заявился,— пояснил Джоуи,— Барни велел мне глаз с вас не спускать — на тот случай, если вы вздумаете улизнуть. Вреда, дескать, от этого никакого не будет. Ну, я ничего такого от вас в ту ночь и не ожидал, уснул, а так вышло, что спустя пару часов проснулся — заслышал, как засов лязгнул, когда вы наружу выскочили.

— И все эти два-три дня ходил за мной по пятам?
— Да,— смущенно подтвердил Джоуи.

Так-так, Барни платили за то, чтобы он за мной следил: именно это я и подозревал. Платил, возможно, Сансью — по наущению Клоудиров. После ответа Джоуи возник вопрос о том, что происходило раньше.

— Но каким образом,— спросил я,— мы с тобой оба могли оказаться вместе в обществе Барни?

Наступило молчание, на меня никто не смотрел.

— Случайно,— выдавил из себя Джоуи.

Конечно же он лгал — как, наверное, и его родители. Известно ли им, что не кто иной, как Барни, проник ночью ко мне с матушкой в дом в Мелторпе? Бесспорно, известно. Но понимают ли они, что я это обнаружил и потому уверен: подобное совпадение слишком разительно — а, следовательно, связь между ними и Барни более чем очевидна. Я почти не сомневался, что Барни приходится Джоуи дядюшкой — и, значит, братом кому-то из его родителей. А Салли, разумеется, их дочка. Что ж, надо дать им шанс признаться.

— Каким образом ты связан с Барни? — спросил я, поочередно взглянув всем троим в лицо.

Никто не поднял глаз, а потом родители посмотрели на сына.

— Да так,— проронил Джоуи.— Спутался с ним, и все тут.

Все пристально уставились на свои деревянные тарелки, подготовленные для пудинга.

Выходит, я прав. Кто-то — хотя я и помыслить не мог, кто именно — заплатил им, надо полагать, за то, чтобы меня вызволить и вкрасться ко мне в доверие. Но с какой стати, если Барни в сговоре с Сансью заманил меня в капкан к моим врагам — семейству Портьюсов, вкупе с их пособником Алабастером,— с какой стати Джоуи вместе с его родителями меня освобождать? Неужели мое спасение — простой розыгрыш? Наверняка тут приложили руку Момпессоны! Если нет, то в чьих интересах они действовали, спасая меня от Портьюсов?

— Как вы оказались в таком месте, мастер Джонни? — спросила после паузы миссис Дигвид.

Я подробно описал, как два года тому назад мы с матушкой отправились на Кокс-Сквер на поиски миссис Дигвид, как старик по имени Сэмюел сообщил нам адреса Избистера и Палвертафта и как, хотя мы пошли тогда к первому, я вспомнил адрес Палвертафта и, оказавшись недавно у него, был им послан к Барни.

— Ну, тогда этим все и объясняется! — воскликнула миссис Дигвид. — Старик Сэмюел все перепутал. У него мозги всегда были набекрень. Мой Джордж сроду воровством не занимался.

— Тогда откуда вы знаете Избистера? — спросил я.

— Мы когда-то были соседями, — вставил мистер Дигвид. — И время от времени я нанимаю у него — верней, заимствую — лошадь с повозкой.

Я задумался. В самом деле, Сэмюел мог перепутать Джорджа с Барни, и в этом случае вероятно, он с Дигвидами никак не связан — во всяком случае этого имени он не упоминал, — и совпадение заключалось только в том, что Барни и Дигвиды были друзьями или соседями Сэмюела. Выходит, я попал к Барни из-за ошибки старика. Однако, поскольку мне было известно, что Барни проник в матушкин дом до того, как туда явились Джоуи со своей матерью, подобное объяснение представлялось мне недостаточным. Более того, поведение Дигвидов внушало подозрения: они словно чувствовали за собой какую-то вину.

У меня оставался еще один вопрос, который помог бы определить, лжет Джоуи или нет:

— Почему ты привел меня именно к тому самому дому в Излингтоне?

— Ни к какому тому самому,— буркнул Джоуи, упорно отводя глаза.— Дом я наугад выбрал.

Это, конечно же, было ложью: мне стало ясно, что вся эта история — сплошная выдумка или, в крайнем случае, изобилует массой важнейших пропусков. Но мне подумалось о другом:

— Джоуи, в тот вечер, как раз перед тем, как я сбежал, Барни кое-что у меня украл. Ты не знаешь, что с этими вещами сталось? Они мне очень дороги, хотя ни для кого ни малейшей ценности не имеют.

— Это вы про записную книжку и еще какие-то бумажки, которые он отдал... отдал одной из девчонок?

— Да, ее имя Салли. А разве ты не знаешь, как ее зовут? Джоуи покраснел и опустил глаза. Его родители выглядели не лучше.

— Угу, точно. Салли. Она мне потом сказала, что у нее их сразу же стащили.

Порвалось последнее звено, которое связывало меня с матушкой.

— Но я еще не сказал, что сделал после,— продолжал Джоуи.— Мне стало стыдно. Помните, мастер Джонни, что я сказал, когда привел вас под крышу, а вы меня так славно поблагодарили?

— Ты спросил, можно ли прийти меня навестить.

— Да, мне хотелось знать, не причинят ли вам какого вреда. А все из-за тех слов, которые вы тогда сказали. Помните, вы сказали им: «Пожалуйста, пожалейте и этого мальчика»? И вот после я все простить себе не мог, что натворил. Барни дал мне пять шиллингов, и от этого мне сделалось еще тошней. Разве правильно ставить подножку тому, у кого монет не больше, чем у меня? То есть забрать у того, кто не знает, куда их девать, и такой лопух, что не умеет их уберечь,— это, по-моему, другое дело.

Последнюю фразу он с вызовом адресовал родителям, которые обменялись многозначительными взглядами.

— Я вернулся к Барни, но ему после случившегося той ночью туго пришлось, и мы кочевали с места на место как загнанные крысы. Я начал мозгами раскидывать и посчитал — может, он и не такой уж лихой, как мне чудилось. Я-то раньше всю дорогу думал, будто он рисковый парень — отчаянная голова, мастак деньги швырять и на закон поплевывает с высокой горки. Ну, короче говоря, решил я с Барни порвать и как-то ночью взял да и сделал ноги — и вот вернулся сюда.

— Слава Тебе, Господи! — произнесла миссис Дигвид.

— И рассказал папаше с мамашей обо всем, что наделал.

— И вот тогда мы дали слово вам помочь,— подхватила миссис Дигвид,— чтобы загладить проступок Джоуи и в память о доброте вашей милой матушки в то Рождество.

— Но если ты выбрал дом, куда меня повел, наугад,— не отставал я от Джоуи,— то почему позднее решил, что я в опасности?

Джоуи залился краской, все трое старались в мою сторону не смотреть. Наконец Джоуи вымолвил:

— А вот когда я сказал Барни о том, что сделал, он был очень доволен. И я сообразил, что вы в опасности.

Жалкая увертка. Я, однако, притворился, что поверил ей, и просил Джоуи рассказывать дальше.

— И вот мы — то есть я и папаша — начали следить за этим домом и днем, и ночью. И неделю-другую спустя услышали на задах дома ваши крики и стук, а слуги нам объяснили, что там держат беднягу — помешанного мальчонку и что никому не велено обращать на него внимание, какой бы шум он ни поднимал. Мы здорово обеспокоились, но как вас оттуда вызволить — не могли придумать. И вот однажды ночью — три-четыре дня тому назад — я сторожил на улице и увидел: подъехала карета, в дом вошли люди, потом вышли обратно, крепко вас удерживая, и втолкнули в карету. Я бежал за ней всю дорогу до Клэптона. Потом вернулся сюда и рассказал мамаше и папаше, куда вас забрали.

— А мы догадались, что это за место,— вмешалась миссис Дигвид,— и нам захотелось вас оттуда вызволить как можно быстрее. Я тогда пару дней провела в ближайшем кабачке, надеясь подружиться со слугами, которые туда забегали промочить горло.

— Моя супружница ловко умеет заводить знакомства,— вставил мистер Дигвид.

— У меня появилась мысль наняться прачкой: все последние годы я на жизнь стиркой зарабатываю. Но мне сказали, ничего не получится — белье они на сторону отправляют. А потом,— миссис Дигвид понизила голос, и лицо ее сделалось серьезным,— два дня назад одна из служанок, с которой я сошлась поближе, пришла и говорит: мол, в доме мертвец и не могу ли я обрядить? Я, конечно, сказала, что могу, и это чистая правда: мне это дело не раз приходилось делать.— Голос ее задрожал, и она немного помолчала.— Девушка отправилась с кем-то переговорить, потом вернулась и сообщила мне, что все устроилось. Но только в тот же день сначала должен был провести дознание коронер. А происходило это в комнате наверху той же самой распивочной. Я туда поднялась и просидела за стенкой. Конечно, я не знала, что это ваш бедный батюшка, но тут же смекнула — вот и способ пробраться в дом.

— Как он умер? — спросил я.

— Он в ту ночь ухитрился высвободиться,— медленно проговорила миссис Дигвид,— разбил бутылку и...— Она запнулась.— Одному из надзирателей велено было сказать, что он не закрепил цепь так, как следовало. Коронер заключил, что надзирателям впредь необходимо обращаться с подопечными построже. Он даже высказал предположение, что надзирателя подкупили.

Роковой соверен! Та самая монета, которую мне вручил Дэниел! А я из лучших побуждений передал ее Стиллингфлиту — в надежде, что она поможет облегчить участь несчастного страдальца. Что ж, так оно и вышло.

Помолчав, миссис Дигвид продолжила:

— А вчера вечером, когда вы вошли, я вас сразу узнала и поняла, что усопший — это ваш отец. Сообразила, как вас пытаются запугать, чтобы с ума свести. И постаралась внушить доктору мысль оставить вас возле гроба на всю ночь.

Мистер Дигвид расхохотался и, кивнув мне, словно желая указать на изобретательность своей супруги, перехватил нить повествования:

— Приходит она ко мне второпях — а уже к полуночи близко! — и велит немедля найти лошадь с повозкой и скакать туда вместе с Джоуи до рассвета. Втолковала мне, что и как делать: я должен был назваться ночному сторожу посланцем от «Уинтерфлада и Кронка». Мы с Джоуи тотчас наладились к Джерри Избистеру, а ему — по счастью — лошадь в ту ночь не требовалась. Но его здорово разобрало любопытство: должно быть, ломал голову, не занялся ли я тоже трупоовозным ремеслом.

— А ты, собственно, им и занялся, — вставила миссис Дигвид.

— Ну да, сдается мне, что так, — задумчиво проговорил мистер Дигвид, а потом заключил: — Остальное, мастер Джонни, вы знаете.

— Вы спасли мне жизнь, — воскликнул я.

Какими бы мотивами Дигвиды ни руководствовались, отрицать это было невозможно.

Но к чему сводились эти мотивы? Вероятно, к деньгам. По обстановке жилища и скудости завтрака нетрудно было судить об их крайней бедности: значит, кто-то оплатил им наем повозки Избистера.

— Ну, раз уж до этого дошло, мастер Джонни, я не думаю, что вы теперь в полной безопасности, — заявила миссис Дигвид. — Эти люди из дома умалишенных, они ведь по-прежнему хотят вас поймать, разве не так? Джорджа они видели, а много ли в Лондоне похожих на него?

Меня посетила та же мысль, однако больше всего я был поражен искренностью, с какой миссис Дигвид выразила заботу обо мне.

— И к тому же они видели надпись на повозке,— заметил Джоуи.

— Джерри скажет, что ее забрали без его разрешения,— возразил мистер Дигвид.

Дигвиды были правы. Опасность для меня отнюдь не миновала. Хотя до вечера было еще далеко, я уже почувствовал, что валюсь с ног; видя это, миссис Дигвид предложила мне осушить стаканчик горячего поссета с ромом и улечься спать. Поудобнее устраиваясь на лежанке, я услышал, что мистер Дигвид и Джоуи намерены отправиться на какую-то работу. Мне показалось, что час для этого слишком поздний, однако долго раздумывать над этим не пришлось: очень скоро я погрузился в глубокий сон.

Глава 84

Хотя задремал я почти сразу, но спал плохо и пробудился очень рано, разбитый и в лихорадке. Слабость помешала мне подняться на ноги; увидев, как я бледен, миссис Дигвид — в доме была она одна и готовилась идти на работу — настояла на том, чтобы я не вставал с постели. Невзирая на мои протесты, она послала соседку к хозяевам, у которой нанялась прачкой, с извинениями, а сама осталась за мной ухаживать. Надо полагать, ей стало ясно — а возиться с больными ей пришлось немало,— что мне очень плохо; последнее, что мне помнится отчетливо, ее суетливые хлопоты, возня с горячим питьем и припарками.

Дальше помню одно: меня томит нестерпимый жар и тут же бросает в ледяной холод, меня преследуют горячечные видения и мучает дикая жажда. Стоило мне очнуться, поблизости неизменно оказывалась добрая миссис Дигвид, которая умело и терпеливо меня нянчила. Сам я, наверное, не вполне отдавал себе в этом отчет, но в предшествующие недели, полные всяческих лишений, силы мои иссякли, и теперь, когда опасность миновала, мой организм надломился. (Как я узнал позднее, ко мне приглашали врача из ближайшей лондонской больницы, который прописал лекарства, по цене Дигвидам явно недоступные, отчего мое убеждение в том, что они получают деньги со стороны, только укрепилось.) Поначалу я лежал в нижней комнате, где было теплее, но на третий день, когда лихорадка уменьшилась и кризис миновал, мистер Дигвид отнес меня наверх и уложил на соломенный матрас — и теперь я спал на полу по соседству с Джоуи. В последние недели я бо́льшую часть дня спал, и силы ко мне понемногу возвращались.

Когда же мне стало лучше, на день меня спускали вниз, и я часами просиживал в кресле у кухонного очага. Стоило мне начать обращать внимание на происходившее вокруг, как меня поразил шум в окрестных домах: там день и ночь напролет лаяли собаки, раздавались пьяные возгласы, слышались яростные споры. Такое соседство показалось мне куда хуже, чем Орчард-стрит; позднее я узнал, что и в самом деле эта часть Лондона считалась чуть ли не самой скверной — шутники именовали ее Кухней Джека Кетча. Флауэр-энд-Дин-стрит пользовалась особенно дурной славой; большие старые дома на ней, приходившие в полное запустение, служили притонами для воров — или кого почище. Поскольку домик Дигвидов находился на Диез-Корт и ютился на задах садовых участков этих больших домов, уличная жизнь отстояла от него довольно далеко. Скоро я заметил, что Дигвиды намеренно сторонились соседей, хотя, конечно же, знакомые миссис Дигвид кумушки забегали к ней то за чашкой сахара, то просто немного посидеть, а к Джоуи заглядывали мальчишки. (Визитеры взирали на меня с любопытством, но кто я такой — никому не сообщалось.) Кроме того, мистер Дигвид ежедневно отправлялся в паб — нередко в сопровождении супруги, и, боюсь сознаться в излишней наблюдательности, но оба частенько возвращались домой навеселе.

Больше всего бросалось в глаза долгое отсутствие мистера Дигвида и Джоуи, причем в часы разные и неподходящие. То они снаряжались в путь по утрам, то после обеда или вечером, а иногда Джоуи будил меня, поднимаясь среди ночи. Раза два-три я наблюдал через окошечко, смотревшее во двор, как оба уходили из дома — в высоко натянутых шерстяных чулках, смазанных сапогах до колен, голубых куртках, длинных непромокаемых накидках, которые не походили на свободно сидевшие робы, какие носят матросы, и плотно облегали тело; на головах у них были кожаные зюйдвестки. На ремнях, перекинутых через плечо, они несли мешок, а также большое сито и какое-то орудие с длинной ручкой вроде мотыги или скребка. У каждого имелись короткий нож, палка, грабли за поясом и закрытый фонарь — даже если они уходили и возвращались в дневное время.

Понять их расписание было трудно: дольше шести часов они никогда не отсутствовали и никогда не отлучались в сырую погоду (а походы свои они обычно совершали по субботам и воскресеньям), возвращались неизменно выдохнувшимися, перепачканными с головы до ног. Теперь я припомнил, что по прибытии в наш дом в Мелторпе миссис Дигвид упомянула, что ее муж «работает со стоками» — и мы с матушкой предположили, что речь идет о сборе мусора у реки. Этим можно было заниматься только во время отлива, но оставалось не совсем понятным, для чего требовалось подобное снаряжение.

В скромном жилище поддерживалась неукоснительная чистота — главным образом усердными стараниями миссис Дигвид (муж и сын почти ей не помогали), и потому я не сразу уяснил, какое зловоние сопровождало их при возвращении с работы. Когда я окреп настолько, что мог проводить бо́льшую часть дня внизу, то подметил следующее: в какой бы час суток мистер Дигвид и Джоуи ни возвращались, они всегда вступали в дом с черного хода, а однажды я увидел, как предварительно они, сняв с себя непромокаемые накидки и сапоги на заднем дворике, тщательно моют руки и лицо под общим баком с водой. Их одежду и скарб — прежде чем внести все это в дом — чистила чаще всего миссис Дигвид, и я уже потом сообразил, какой омерзительный вид они имели, но вот отчего и почему? Совершив омовение, мистер Дигвид и Джоуи, едва волочившие ноги от усталости, садились слегка перекусить, а потом валились на постель и подолгу отсыпались.

Объясняться они избегали, вместо ответа на мои робкие вопросы смущенно отмалчивались, оттого подозрения мои только росли — тем более что не раз они возвращались пораненными, в особенности Джоуи. Как правило, это бывали легкие царапины или синяки, но примерно каждые полмесяца кого-то из них — обычно Джоуи — рана выводила из строя дня на два. (Не это ли явилось причиной уродства мистера Дигвида?) Была и другая странность: покупались газеты, которые Джоуи — мистер Дигвид читать не умел — сосредоточенно изучал. Не помню, чтобы Салли и Джек питали подобную склонность.

Как бы то ни было, денег семейство добывало совсем немного: всюду виднелись следы бедности. Одежду Дигвиды носили латаную и потрепанную, чай заваривали по два-три раза и кипятили с молоком, ели в основном селедку и хлеб грубого помола для бедняков, изредка на столе появлялись рубленая печенка и кровяной пудинг. Однако плату за жилье вносили еженедельно, как только являлся сборщик, в угле и свечах недостатка не испытывали. Я не сомневался, что им платило некое лицо, во мне заинтересованное, и только потому они тратились на мое содержание, не видя в будущем ни малейшего шанса получить от меня вознаграждение.

Миссис Дигвид, кроме того, трудилась прачкой, что вынуждало ее подниматься спозаранку и отправляться пешком в какое-то заведение, а путь туда занимал целый час. Положение семьи было, впрочем, крайне ненадежным: сбережений они не имели, как не имели и ценностей, которые в случае болезни или каких-то непредвиденных обстоятельств можно было бы заложить.

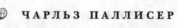

Однажды в начале апреля — к тому времени я пробыл у Дигвидов уже почти два месяца — я проснулся на рассвете и, заслышав голоса, прокрался вниз по лестнице. Мистер Дигвид и Джоуи сидели за столиком у очага в дальнем конце комнаты, а хозяйка дома спала на скамье. Они подсчитывали монеты, складывая их в столбики: мне почудился тусклый отблеск не только серебра, но, кажется, даже и золота. Минуту-другую я не мог оторваться от этого зрелища, однако, из опасения быть замеченным, шмыгнул обратно к себе в постель. Что они замышляли? Те ли это деньги, которые заплачены кем-то за опеку надо мной? Я твердо решил на следующий же день задать несколько прямых вопросов.

Вечером, когда мы все собрались за ужином, я сказал:

— Я благодарен вам за вашу доброту, но теперь я вполне здоров и должен вас покинуть.

Джоуи, кажется, обрадовался, а его родители встревожились, чего я и ожидал в том случае, если им платили за мое содержание.

— Но вы же еще не окрепли! — воскликнула миссис Дигвид. — И куда же вы направитесь?

— Я не могу больше вводить вас в расходы, — возразил я.

Как я и предчувствовал, мои слова их смутили.

— Погодите, наберитесь сил! — настаивала миссис Дигвид.

— Что ж, быть может, капельку и подзадержусь, раз уж вы такие щедрые, — едко заметил я.

— Мы всего лишь возвращаем долг, — слегка покраснев, заговорила миссис Дигвид. — Вам и вашей матушке за проявленную к нам доброту в тот рождественский вечер.

— Да-да, — подхватил я. — Я давно собирался спросить, как там вышло, что вы с Джоуи оказались тогда в Мелторпе?

Мне хотелось вызвать их на откровенность: я был уверен, что в их рассказе найдется немало пробелов и несообразностей.

Все трое переглянулись между собой в замешательстве. Мистер Дигвид начал:

— Это было давно, тогда я не мог найти работу по профессии и поэтому нанялся в компанию «Газ, свет и кокс» на их новую фабрику на Хорсферри-роуд.

— Вы об этом тогда упоминали, миссис Дигвид, я помню! — вскричал я и обратился к ее супругу: — А вы там пострадали от взрыва.

Супруги удивленно посмотрели друг на друга.

— Нет, это было не так, — возразил мистер Дигвид.

Он как будто не склонен был рассказывать дальше, однако, подстегнутый своими подозрениями, я упросил его продолжать.

— В те поры на нашем участке пытались проложить свои трубы другие компании. Они ломали наши, а мы — их, если выдавался случай — особенно когда оказывалось, что они уложили трубы накануне. — Мистер Дигвид хмыкнул, но сразу же принял серьезный вид: — Бывали дела похуже. Наши мастера узнали, что те приманивают рабочих джином, и пошли на пьяных с дубинками и кирками. Кое-кого в этих войнах за газ и прикончили. Но я в стороне держался. Вот только как-то раз на меня напали парни из «Эквитэбл» и швырнули меня в котел для разогрева гудрона, да еще глаз выбили и повредили руку.

— Джорджа отвезли в хирургическое отделение больницы Святого Георгия и там отняли руку, — содрогнувшись, вставила миссис Дигвид. — И глаз тоже не удалось спасти.

— И вот, когда меня отпустили, пришлось супружнице меня выхаживать. И уж точно, на работу возвращаться вот с этим и думать было нечего. — Мистер Дигвид указал на крючок.

— Но вы получили какую-то компенсацию? За ущерб? — спросил я, чувствуя себя пристыженным.

— Получил, — подтвердила миссис Дигвид. — Надо отдать им должное: вручили Джорджу за увечье сотню фунтов.

— Это же целая куча! — воскликнул я.

— Да, но очень скоро мы все эти деньги потеряли, — торопливо проговорила миссис Дигвид.

— Потеряли? Как? — снова насторожился я.
Все трое потупились, потом мистер Дигвид пояснил:
— Случилось это из-за одного... ну, словом, из-за одного человека, которого я знал. Сам он ввязался в строительные спекуляции с Нарядными Домиками и предложил мне составить ему пару. Я решил — дело хорошее, и подсоединился к нему с одним из домов. Другие его знакомцы тоже так поступили. А кое-где мы подписали субконтракт на штукатурные и столярные работы. Словом, проработал я чуть ли не год, а жили мы на полученную выплату, да еще Мэгги занималась стиркой.

Я не сомневался, что речь ведется о Барни. Но почему мистер Дигвид не скажет об этом прямо? Причина может быть только одна: он норовит скрыть от меня эту преступную связь.

— А каким образом ваш приятель оказался втянутым в это дело? — спросил я.

Скажут ли мне правду? Очевидную правду: посредником Барни был Сансью.

— В точности не знаю,— отозвался мистер Дигвид.— Думаю, через кого-то, кому он помогал. Какой-то джентльмен. Так или не так, а за работу, которую мы с ним сделали, нам не заплатили ни пенса.

— За работу, которую ты сделал! — возмущенно перебила его супруга.— Он не особенно-то утруждался!

— Ну что ж,— невесело согласился мистер Дигвид.— Затея провалилась, а нам с хозяйкой пришлось совсем туго: выплату потратили, вещи заложили, да еще и в долги влезли.

— Да,— подтвердила миссис Дигвид.— Плохие были времена. Хуже некуда, если начистоту.

— И тогда вы двинулись на север? — подсказал я.

— Верно,— кивнула миссис Дигвид.— Тот самый... ну, приятель Джорджа обмолвился насчет работы — есть, дескать, поблизости от вашей деревни. И вот мы отправились втроем — мы с Джорджем и Джоуи. Оставили... оставили...

Она умолкла, и ее супруг продолжил:

— Мы оставили здесь других наших детей.

Других детей! Неужто теперь они промолчат про Салли, о которой, как я вспомнил, миссис Дигвид упоминала в доме матушки; именно ее, Салли, я видел в окружении Барни.

— Но на новом месте,— возобновила рассказ миссис Дигвид,— никакой работы ни для меня, ни для Джоуи не нашлось, и потому мы перебрались в Стонитон. Там до меня дошла весть о болезни детей — и мы с Джоуи спешно пустились назад. В ту пору и очутились у вашей матушки.

— Случайно? — обронил я.

Миссис Дигвид взглянула на меня с таким неподдельным изумлением, что я невольно поежился при мысли, что оно притворно:

— Конечно. Я о вас до того ничего не знала. А когда вернулась сюда...

Голос у нее задрожал, и она замолчала.

Мистер Дигвид, бережно коснувшись руки супруги, закончил:

— Когда вернулась — надеяться было не на что. Они умерли спустя неделю.

То есть, по их словам, Джоуи — единственный оставшийся у них ребенок. Салли они упорно обходят молчанием! Сомнений в этом у меня не было. Опять-таки из нежелания допустить, что она была в компании Барни. Что еще они скрывают? Надо дать им шанс признать свою связь с Барни.

Не спуская с супругов глаз, я небрежно спросил:

— А вам известно, что вы с Джоуи были в доме у матушки не единственными посетителями из Лондона? Что незадолго до этого у нас побывал взломщик?

Мои вопросы поразили их будто громом: все трое, забыв о еде, уставились в пол.

— Да, и я видел взломщика,— добавил я.

Никто из них не шевельнулся и не проронил ни слова.

— Вы не хотите, чтобы я описал, как он выглядел?

Ответом мне было молчание. Наконец миссис Дигвид нерешительно произнесла:

— И что же, как он выглядел, мастер Джонни?

Я описал внешность Барни так подробно, как только мог. Реакции ни малейшей не последовало. Я был уверен: они знают, что взломщиком был Барни. Но почему они это утаивают? Возможно, не представляли себе, что я узнал Барни и обнаружил его связь с ними.

Мистер Дигвид и Джоуи в ту ночь спать не ложились, а занялись подготовкой очередной таинственной отлучки — и покинули дом часа через два после полуночи. Я слышал, как они уходили, поскольку улегся в постель пораньше: мне было о чем поразмыслить, и я долго не мог сомкнуть глаз, прикидывая, что же мне делать. Если Дигвиды состоят в платном услужении у Момпессонов, тогда я наверняка в безопасности, хотя их связь с Барни очень меня тревожила, а еще больше — их упорное нежелание в этом сознаться. Придется оставаться на месте и ждать, как проявит себя неведомая рука, управляющая моей судьбой.

Глава 85

Наутро я заспался, а проснувшись, увидел, что мистер Дигвид и Джоуи еще не вернулись. Против обыкновения они уже сильно запаздывали, и миссис Дигвид начинала волноваться. Я разделял ее беспокойство, хотя толком и не понимал, о чем, собственно, мне тревожиться, и к десяти часам оба мы готовы были впасть в панику.

Внезапно входная дверь распахнулась, и в проеме сначала показался крючок мистера Дигвида, а потом, когда он сам кое-как втиснулся боком, мы с ужасом осознали, что столь странная повадка вызвана тем, что другой рукой он поддерживал сына, который едва стоял на ногах. Джоуи был бледен, трясся, а по его сапогу текла кровь. Едва я успел это отметить, как в ноздри мне ударило жуткое зловоние, наполнившее всю крохотную комнатку.

КВИНКАНКС

Джоуи — не без моей помощи — препроводили в кресло. Миссис Дигвид осторожно сняла с него сапоги и чулки: под завернутой штаниной, чуть выше правого колена, обнаружилась глубокая рана.

Мистер Дигвид, сбросив с себя на заднем дворе непромокаемую накидку, поспешил в больницу, а я бросился помогать его супруге — снять с Джоуи грязную одежду, промыть рану и перенести его наверх.

Явившийся студент-медик наложил на рану компресс и перевязал ее, пустил пациенту кровь, одобрил принятые нами меры и, уже внизу, пряча в карман свой гонорар, заявил:

— Если рана не загноится, то все обойдется. Иначе — пошлите за мной снова. Пусть несколько деньков отлежится, и недельку-другую подержите его дома.

После ухода медика миссис Дигвид принялась готовить для сына, которого боль заметно донимала, снотворный отвар, а мистер Дигвид занялся на заднем дворе чисткой накидок.

Я вышел ему помочь. Он был еще менее обычного настроен на разговор, и какое-то время мы работали молча.

— Мистер Дигвид,— прервал я паузу,— в ближайшие две недели вам понадобится помощь, не так ли? Прошу вас, возьмите меня вместо Джоуи.

Он энергично затряс головой:

— Нет-нет, ни за что!

— Но почему же? — настаивал я.

— Эта работа не всякому годится.

— Но,— возразил я наугад,— без помощника вам с ней наверняка трудно справиться?

— Трудно? — воззрившись на меня, воскликнул мистер Дигвид.— Да в одиночку с ней никак не справиться!

— И как же вы думаете обходиться?

Он с мрачным видом покачал головой. Мы долго мыли сапоги под насосом, потом он вдруг произнес:

— Поглядим, что старуха скажет. Отложим до завтра.

Ночью Джоуи спал хорошо, и на следующее утро никаких признаков воспаления на ране не обнаружилось. Его родители приободрились, и за завтраком я объявил:

— Миссис Дигвид, пока Джоуи не поправится, я тоже хочу работать со стоками!

— Вот так так,— охнула миссис Дигвид.— Выходит, вы давно знаете, чем они занимаются?

Я пояснил, что мне припомнились слова, сказанные ею в Мелторпе.

— Тогда вы должны знать, какая там грязь и как там опасно. Нет-нет, сыну джентльмена это совсем не к лицу, мастер Джонни.

Их пугает опасность, прикинул я, потому как им платят за мою целость и сохранность. Я решил не отступаться; миссис Дигвид долго упорствовала, но потом, видя мою непреклонность, нехотя дала согласие.

— Ладно,— одобрительно заключил мистер Дигвид.— Росточком вы невелики, так что в самый раз.— (Я был и вправду не выше Джоуи, но это замечание меня озадачило.) — К полуночи будет отлив, вечером отправимся.

Весь день я провел как на иголках и с трудом дождался назначенного часа. Мистер Дигвид помог мне натянуть сапоги Джоуи и облачиться в непромокаемую накидку, а также научил, как пользоваться фонарем и обращаться с задвижками.

Когда мы двинулись в путь, уже почти стемнело. К моему удивлению, направились мы не в сторону реки, а к Бишопсгейт. В этом районе было множество мелких мастерских — в основном швейных. Заглядывая на ходу в окна, я видел портных, сидевших на полу по-турецки и работавших при свете свечи. Неудивительно, что многие из них теряют зрение, подумал я и вспомнил, как в детстве воображал себе слепого крота, который кроил жилетку для мистера Пимлотта.

Мы свернули на Дорсет-стрит, немного прошли дальше и остановились. Я растерянно огляделся, но в почти полной темноте, окружавшей нас в этом неосвещенном уголке, увидел только тихую боковую улочку, единственной достопримечательностью которой был старый кирпичный кулверт самого обычного для тех времен вида, когда даже в фешенебельных районах столицы на каждом шагу встречались сточные трубы и дренажные канавы.

Пока мистер Дигвид зажигал фонари, я перегнулся через низкий крошащийся парапет: на выложенном кирпичом дне кулверта сочилась вода. Чуть дальше виднелся сводчатый проход, загражденный железной решеткой.

Мистер Дигвид велел мне быть наготове, чтобы последовать за ним и точно выполнять все его указания. Он осмотрелся по сторонам и, убедившись, что улочка пуста, вдруг перепрыгнул через парапет, уцепился своим крючком за верхнее из железных колец, вбитых в кирпичную кладку, перебрался с их помощью ниже и плюхнулся сапогами в протекавшую по дну воду. Ошеломленный, я проделал вслед за ним то же самое, и, разбрызгивая воду, мы двинулись к сводчатому проходу.

При свете фонарей выяснилось, что железная решетка, казавшаяся сверху неодолимым препятствием, на самом деле насквозь проржавела и преградой служить никак не могла. Мой спутник потянул ее на себя и протиснулся в щель, я без малейшего труда последовал за ним. Внутри туннеля в ноздри мне шибануло таким зловонием, что я начал хватать воздух ртом.

Голова у меня закружилась, в ушах зашумело, ноги подкосились — и я был уверен, что вот-вот потеряю сознание, но понемногу пришел в себя, страх и дурноту удалось преодолеть, и я почувствовал, что могу двигаться. С фонарем в руке мистер Дигвид проворно шагал впереди меня по руслу нечистого потока, то и дело оглядываясь, чтобы узнать, не отстал ли я.

Остановившись, он дал мне себя нагнать и взглянул на меня вопросительно. Я с вымученной улыбкой закивал в ответ, а он крикнул мне в самое ухо:

— Сток удачный. Но надо прибавить шагу, а то запашок больно того...

Я кивнул, и мы зашагали дальше. Внезапно мистер Дигвид свернул в боковой, более низкий туннель. Из-за тесноты нам пришлось согнуться, что затруднило продвижение, к тому же уровень воды под ногами поднялся; скорость потока возросла и усилившийся шум сделал разговор невозможным.

Через несколько ярдов туннель раздвоился, и мистер Дигвид избрал одно ответвление с такой уверенностью, словно прогуливался в окрестностях собственного дома. Наш путь ощутимо шел под уклон; ноги разъезжались по мягкому илу, и ничего не стоило поскользнуться. Вдобавок вонь сделалась почти непереносимой.

Мы продолжали идти — как долго, не могу сказать: судить о пройденном расстоянии и четко отмерять время было делом немыслимым, поскольку каждый миг нес с собой новые ощущения и новые страхи. И впрямь: здесь, в непроглядной тьме, слыша непрерывный шум воды, который мешался с гулом крови в ушах, я переставал понимать, где я — это я, а где я — совсем не я. Притрагиваясь рукой к шершавым стенам, я не всегда различал, что́ это — мои застывшие пальцы или холодный камень. Помимо воли мне представлялся давивший на нас сверху чудовищный груз земли и города с множеством зданий и мощеных улиц; это внушало мне такой безоглядный ужас, что я не в силах был думать ни о чем другом.

Мне многое теперь сделалось ясно, однако я все еще недоумевал относительно цели нашего похода, пока мистер Дигвид вдруг не остановился, чтобы подождать, когда я подойду ближе. Затем он наклонился — вернее, скрючился в три погибели, поскольку мы и без того горбились дальше некуда,— и, опустив фонарь, указал мне на то, что следовало рассмотреть пристальней.

Я тоже наклонился и заметил небольшой предмет, который торчал из раскрошенного между двумя камнями известкового раствора. Он блеснул в свете луча, и я увидел, что это монета. Мой спутник поднял ее и показал мне: это оказался шиллинг, который он сунул в кожаную сумку, висевшую у него на плече.

Итак, деньги лежали здесь под ногами у каждого, кто только не поленился бы их поискать! Я не мог взять в толк, какие причины, кроме омерзительной вони, этому препятствовали.

Мы миновали ряд туннелей самого разного вида и устройства; очевидно, это было вызвано тем, что сооружались они во времена, далеко друг от друга отстоявшие. Иные туннели относились к Средним векам, хотя большая часть строилась в период реконструкции города после Большого Пожара; расширение пригородов превратило его в современную столицу, и потому их возраст насчитывал сто—сто пятьдесят лет. Сооружались они разными методами, под разными углами, различными были и почвенные условия — и потому они мало сходствовали между собой.

Я шел вслед за своим спутником, и нам — хотя мы оба были невысокого роста, а я еще попросту не успел вырасти — приходилось пригибаться; от этого шея и ноги отчаянно ныли. Мистер Дигвид внимательно смотрел себе под ноги — и раза два наклонялся за монетой.

Многие из туннелей по форме напоминали внутренность яйца, с закругленным полом и потолком; наиболее просторные, построенные в Средние века, были шире и ровнее и имели посередине глубокую канаву, по краям которой вела узкая дорожка. Здесь шум воды почти что оглушал, хотя в других местах она струилась еле слышно, а кое-где дно покрывал только ил, вязкий или засохший.

— И это так легко достается? — спросил я своего наставника, когда мы шли по безводному туннелю, где могли слышать друг друга.

— Господь с вами! — воскликнул мистер Дигвид.— Всего-то нашел пока вот шиллинг и несколько медяков.

— Но мы же совсем недолго ищем.

— А сколько, по-вашему?

— Не знаю. Часы вы взяли с собой?

Мистер Дигвид рассмеялся:

— Часам здесь долго не выдержать.

— Полчаса мы пробыли? — предположил я.

Мистер Дигвид помотал головой:

— Часа два, пожалуй. Нет, много мы тут не наберем. Надо спуститься туда, где ил наслаивается — туда все вода и уносит. Но пробыть там мы сможем примерно час, не больше.

Я хотел попросить, чтобы он мне это разъяснил, как вдруг заметил темную тень, проворно шмыгнувшую под ногами, подальше от света фонаря. Потом другую. И еще одну. С ужасом я догадался, что это такое может быть, но меня смущала их величина.

Видя мой испуг, мистер Дигвид сказал:

— Да, это крысы.

— Такие огромные?

— Бурые крысы. Домашние — они другие.

— А они опасны? — воскликнул я.

Мистер Дигвид рассмеялся:

— Лучше остерегаться. Укус у них ядовитый. Но на человека они обычно не бросаются. Если только он не порезался. Чуют запах крови на расстоянии.

Я с трудом сглотнул комок в горле, стараясь побороть панику, вызванную мыслью об острых как ножи ядовитых зубах. Но если Джоуи сумел совладать со страхом, то я должен выказать не меньшую храбрость.

Мы продолжали идти вперед, и теперь я отчетливо ощущал, что мы постоянно движемся под уклон. Я установил, что наиболее глубокие туннели были, как правило, и самыми древними, в них хуже всего пахло, и там всюду подстерегали предательские ловушки: кирпичная кладка узких дорожек по бокам во многих местах сделалась от времени податливой и легко крошилась под подошвами, так что поверхность пола была изрыта глубокими выбоинами, где ничего не стоило споткнуться. А потерять равновесие здесь, где поток был глубокий и быстрый, было равносильно неминуемой ужасной гибели.

Мало-помалу я начал ощущать другой запах, отличавшийся от едкого серного зловония, к которому уже кое-как принюхался, и скоро понял, что этот запах исходит от реки — давний тяжелый запах, напомнивший мне стоячие пруды, которые меня так завораживали в детстве. Теперь различные проходы раздались в ширину, наподобие речных потоков близ устья, и вода текла посередине, оставляя по краям завалы ила и грязи. Свет фонаря уже не отражался от влажных стен, а растворялся в открывшемся впереди непроницаемом мраке.

— Здесь можно задержаться, только пока отлив,— объяснил мистер Дигвид.— И не дольше.

Так вот почему для работы выбирались именно эти часы!

— Волной заливает низко расположенные туннели,— продолжал мистер Дигвид.— Бывает, и не ждешь. Многие здесь угодили в ловушку — и все потому, что за временем не следили. С отливом тоже может не поздоровиться.

Мы взялись за работу, и вскоре я понял, почему в одиночку тут было не справиться: в отличие от участков, расположенных выше, здесь, в обширных зловонных топях, где канализационная система соприкасалась с Темзой, орудовать приходилось иначе. Если на достаточно покатой поверхности все отбросы смывались непрерывным течением и монеты застревали в щелях и трещинах, то здесь, напротив, постоянное действие отлива нагромождало слои процеженного грязного ила. И тут — на осыпающемся кирпичном поддоне, покрытом скользкой мерзостью, где кувырнуться было легче легкого,— мы и должны были трудиться в полной темноте, со всей возможной поспешностью.

Мистер Дигвид показал, в чем состоят мои обязанности: нужно было держать фонарь, пока он разгребал ровно отглаженные наслоения вязких отбросов, похожие на песчаную отмель в час отлива. Теперь он орудовал граблями, процеживая грязь через сито и временами выуживая из нее монету. Иногда он принимался тыкать в тот или другой холмик, а я должен был направлять фонарь согласно его указаниям. Подцепив какой-нибудь предмет — обломок ржавого металла, жестяную табакерку, ложку, — он отбрасывал его в сторону. Меня поразила зоркость, с какой мистер Дигвид замечал монеты и прочие штуки, моему зрению недоступные; со стороны это казалось делом простым, но он, надо полагать, обладал особой сноровкой, которой я был лишен начисто, хотя у меня было два глаза, а не один.

Работа была тяжкой и малоприятной. Вода вилась водоворотами вокруг наших ног, а когда мы переходили через русло на другую сторону, достигала колен; часто мимо нас проплывали дохлые кошки, собаки, крысы и всякая прочая гадость. Было очень сыро и зябко, скрюченная поза доставляла большие неудобства и даже боль. А помимо всего этого, невероятно досаждала жуткая вонь.

Отдавая мистеру Дигвиду безусловное первенство в отыскании монет и других находок, похороненных в тине, я был очень доволен собой, когда заметил торчавший немного поодаль металлический предмет, который явно ускользнул от его внимания. Я указал на него, мистер Дигвид кивнул и улыбнулся, как бы давая понять, что видел его и сам, однако на мое предложение его подобрать отрицательно мотнул головой со словами:

— Ил слишком глубокий.

Я выразил недоумение, поскольку это место по виду ничем не отличалось от других, и сделал шаг вперед, но мистер Дигвид удержал меня своим крючком.

— Тут совсем не то, что раньше, — сказал он и, наклонившись, ткнул в тину граблями, которые, к моему удивлению, погрузились на несколько футов. Мистер Дигвид улыбнулся: — Кирпичная кладка тут осела. Гляньте, непрочная, как имбирный пряник. А еще под ней пустоты. Туда просачивается ил, и потому кажется, будто она крепкая.

Я со страхом подумал, с какой легкостью мог угодить в ловушку.

— М-да,— веско заключил мистер Дигвид.— Тут всякий раз приходится в оба глядеть.

Далее он пояснил, что даже в наиболее глубоких проходах земля трескается и оседает, и потому вся сеть канализационных стоков медленно всасывается топкой глинистой почвой Лондона. И даже здесь, где, по моим представлениям, опускаться было ниже некуда, земля уходила у нас из-под ног.

Скоро, помимо холода и крайней усталости, меня начал мучить голод. Я понятия не имел, как долго мы тут пробыли — несколько часов или целую ночь, но припасов мы с собой не взяли, и я догадывался почему: от одной мысли о еде к горлу подступала тошнота.

Мистер Дигвид, очевидно, догадался о том, что у меня на уме, и сказал:

— До прилива еще далеко, но я вижу, вы притомились, и потому сейчас пойдем наружу.

Я был рад это услышать, и мы повернули обратно, пробираясь к туннелям, расположенным выше. Но внезапно, не успели мы вступить в какой-то новый проход, пламя в наших фонарях сникло и задрожало, словно от нехватки воздуха.

Мистер Дигвид, шедший впереди, оборотился и спокойно заметил:

— Газ. Придется возвращаться.

Я глядел на него в отчаянии: мне тотчас же вспомнилось все, что я слышал и читал об угольных шахтах.

— Взорвемся?

— Нет, это просто удушливый газ. Но если кто его не почует — может задохнуться.

Меня охватила слепая паника. Погибнуть в этой тьме! Умереть от удушья! И тело твое захлестнут эти гнусные воды!

— Газ иногда настигает врасплох. Вдохнешь его — и тебе конец.

— А как этого избежать?

— Быть начеку, и все тут.

Мы продолжали свой путь по главному туннелю, где уже были раньше, но вскоре пламя в наших фонарях вновь стало опадать и сникло почти совсем.

Мистер Дигвид остановился:

— Придется вернуться. Следите, чтобы фонарь не погас, а то зажечь его будет непросто.

На обратном пути мне живо представилось, насколько ужасно было бы оказаться здесь без света. Я бы ни за что не смог выбраться отсюда на свет божий, а сумел бы найти выход из этого лабиринта человек опытный, вроде моего спутника? По спине у меня пробежала дрожь, когда я представил себе, как на ощупь пробираюсь по скользкому краю канавы, наполненной водой.

Пламя в наших фонарях не однажды готово было вот-вот угаснуть, когда мы, к немалому моему удивлению, вновь направились на самый нижний уровень, но попали туда, избежав дальнейшей опасности. Теперь мы двигались вдоль широкого рва, понемногу уводившего вниз, и я начал тревожиться, не углубляемся ли мы все дальше в систему стоков. Однако по мере увеличения числа прилегавших туннелей скважина нашего делалась все обширнее, пока не достигла высоты двойного человеческого роста. Еще немного — и непроницаемая тьма впереди едва заметно посветлела, а потом превратилась наконец в круг слабого света.

Мы оказались возле устья одного из главных стоков, где канализационные воды вливались в реку. В те времена многие решетки, поставленные с целью оградить туннели от посторонних, настолько проржавели, что ни малейшего препятствия собой не представляли. Из-за отсутствия существующих ныне затворов мы без труда спустились по кирпичной кладке на илистую береговую полосу, к которой подступал прилив, а потом выбрались наружу в конце Нортумберленд-стрит — в близком, что не могло не показаться мне странным, соседстве от дома моего дедушки.

Странно было очутиться на поверхности земли — в совершенно другой части столицы — и увидеть залитый бледным светом край неба. Когда мы дошагали до дома и совершили положенный ритуал — избавились от своего облачения и отмылись под насосом во дворе, — я едва мог пошевелить языком от усталости и потому не задал ни одного из множества вопросов, вертевшихся у меня в голове.

Миссис Дигвид встретила меня с тревожной улыбкой:

— Ну и как?

Вместо ответа я сумел только кивнуть и выдавить на губах некое подобие улыбки.

— Молодцом, — отметил мистер Дигвид.

Гордый этим посвящением в профессионалы, я поднялся наверх и улегся рядом со спящим Джоуи. Через мгновение меня сморил глубокий сон.

Наутро, за поздним завтраком, мне удалось разговорить мистера Дигвида, и он, с небывалой для него словоохотливостью, поведал мне о своем занятии.

— Многим невдомек, — с подъемом рассуждал он, — что основные стоки тянутся на добрые две сотни миль и выпусков в реку тоже почти две сотни. И есть еще пятнадцать сотен миль туннелей окружных и частных, куда можно забраться. Хотя в иных — два фута высотой — и повернуться негде.

— А как быть с запахом? — спросил я.

— Его почти и не чуешь. Кое-кто даже считает его полезным; говорят, будто тошеры по сто лет живут. Есть, конечно, и малоприятное, вроде кровяных стоков под Ньюмаркетом или Смитфилдом. Это, правда, получше, чем сахарные заводы — сахар спускают туда паром. — Он поморщился. — И еще надо остерегаться мыльных фабрик. И всяко подальше держаться от свинцовых заводов.

Узнал я и о других опасностях: могло обрушиться перекрытие (именно от этого и пострадал Джоуи); бывало, что проваливался пол (если один туннель сооружался под другим); из-за сильного ливня неожиданно поднимался уровень воды.

— А тут еще и прилив,— добавил мистер Дигвид.— Всегда может застать врасплох. В двадцати футах от берега все заливает.

Я твердо решил не отступать. И на следующий день — вернее, на следующую ночь — мы с мистером Дигвидом отправились в поход снова. Так продолжалось все три недели, пока Джоуи выздоравливал, а я неизменно сопровождал его отца в подземных экспедициях.

С приобретением опыта я все больше начинал удивляться тому, что мог считать это занятие легким способом заработка. И на второй неделе впервые получил прямые доказательства риска, с ним связанного. В одном из боковых наклонных туннелей где-то под Блэкфрайерз под большим наносом ила угадывалась какая-то масса.

Мистер Дигвид нахмурился:

— Это, похоже, павший, как у нас говаривали в армии.

Когда мы подошли ближе, он с помощью грабелек подвинул эту массу к нам, и мы смогли убедиться собственными глазами, что это был труп человека.

— Бедняга,— проговорил мистер Дигвид.— Надо взглянуть, узнаю ли я его в лицо. Если оно сохранилось.

Он кое-как перевернул тело и наклонил фонарь к обескровленному лицу.

— Нет. Он не из наших.

— Мы оставим его здесь? — спросил я.

— Придется. Больно долго тащить его наверх. Мы поступаем так только с членами Общества. Кое-кто и добычу у него заберет, и даже шмотье снимет, но я не таковский.

— А что с ним станется?

— Из этого туннеля есть ход в другой — без решетки возле устья, так что течение унесет его в реку. Вернее, то, что крысы от него оставят.

От этих слов меня замутило, но мистер Дигвид, ничего не заметив, продолжал:

— А там, скорее всего, труп попадется тому, кто по реке рыщет. Все стоящее ему достанется, потому и не надо покойника трогать, зачем же отбивать чужой хлеб.

— Как, по-вашему, он сюда попал?

— Должно быть, пустился на поиски без проводника. Или сам провалился, или его зашвырнули в кулверт. Всякое бывает.

Мне вспомнилась угроза Избистера швырнуть меня во Флит-Дитч, и я спросил:

— Часто вам такое встречается?

— Когда как. Взрослые — реже, обычно младенцы.

На обратном пути мы подошли к месту, где у нас над головами через каждые несколько ярдов виднелись смутные огни. Мне почудился стук лошадиных копыт и грохот карет, однако я приписал это шуму бегущей воды, но потом понял, что за этими решетками на самом деле улица, по которой движется транспорт и идут пешеходы. Удивительно было находиться здесь, всего на несколько футов ниже привычного мира, в темноте и зловонии полного опасностей подземного царства.

В этот миг послышался странный шум — глухие ритмические удары.

— Гроза! — воскликнул мистер Дигвид. — Хорошо, что мы неглубоко.

Мы поспешно выбрались наружу, и тогда он пояснил мне, что при угрозе ливня чистильщики канализации, нанимаемые приходским советом, оповещают своих собратьев, которые могут находиться под землей, звяканьем металлических крышек канализационных люков.

Мистер Дигвид сообщил мне, что тошеры и чистильщики канализации настроены к нам враждебно: они считают нас захватчиками, посягающими на их владения с целью воспользоваться чужими трудами, хотя тех мест, где мы работали, они как раз избегали, полагая их слишком опасными. Он предупредил меня, что при случайной встрече внизу на нас могут напасть. Однако среди тошеров верх брал дух братства, и наиболее опытные из них ревниво оберегали доступ в свое Общество.

Я убедился в этом спустя несколько дней, когда, продвигаясь по длинному туннелю, мы увидели далеко впереди приближавшиеся к нам огни. Мистер Дигвид успокоил меня, что это подземные старатели — такие же, как и мы. Остановившись, мы обменялись приветствиями.

— Под Феттер-лейн, в конце Флит-стрит, плохой газ, — доложил один из встречных.

— А как перекрытие под Чансери-лейн? — поинтересовался мистер Дигвид.

— Без понятия. Я туда уже которую неделю не заглядываю. После случая с Джемом обхожу стороной.

Мы двинулись дальше.

За эти недели я уяснил себе секрет подземного старательства: надо охватывать возможно бо́льшую площадь в самых многообещающих верхних туннелях; проникать в нижние сразу после отлива, когда это становилось безопасным, задерживаться там, насколько позволит осторожность. Основы данного искусства сводились к пониманию того, когда без риска можно проникнуть в различные ответвления канализационной системы; как долго оставаться там, не пренебрегая осмотрительностью; какие участки избирать как наиболее выгодные, с учетом многих факторов — часа отлива, недавней погоды, времени года. В отыскании лучших мест присутствовал и элемент соперничества, хотя, как я уже сказал, среди старателей торжествовал дух сотрудничества и взаимопомощи. Чужакам, однако, никакого содействия не оказывалось, а ввиду того, что это ремесло, сопряженное с бесчисленными опасностями, требовало немалой искушенности, профессия передавалась от отца к сыну иногда из поколения в поколение. Мистер Дигвид объяснил, что начаткам мастерства его обучил некий старик по имени Барт, которому он за много лет до того оказал какую-то услугу. От него он перенял главные навыки: как нужным образом с первого раза оценить характер почвы, как ориентироваться в хитросплетении туннелей и тотчас «прочитывать» происходящие там перемены, от чего зависел не только успех предприятия, но и сама жизнь; я на собственном опыте мог удостовериться, что система столь же непредсказуема и коварна, как морская стихия.

Гордясь своими познаниями, мистер Дигвид все же нередко сетовал — в особенности по возвращении из паба, что нынешнее его занятие недостойно талантов ремесленника, которыми он некогда славился.

Когда спустя три недели стало ясно, что Джоуи почти совсем поправился, я задался вопросом, сочтет ли мистер Дигвид нужным по-прежнему брать меня с собой в подземные экспедиции. Мысль до конца жизни заниматься этой работой меня отвращала, но другого способа добывать себе кусок хлеба я не видел: образование я получил самое скудное, а без капитала и в отсутствие влиятельных друзей нечего было и надеяться получить профессию, приличествующую джентльмену. Однако, подумалось мне, те неизвестные мне лица, оплатившие Дигвидам мое спасение и мое содержание, рано или поздно — на беду или на счастье — наверняка объявятся, а до тех пор мне следует воспользоваться этим занятием как временной мерой. Оно имело и свои привлекательные стороны: конечно, я питал отвращение к грязи и запустению клоаки, но меня странным образом увлекала работа под землей, подлаживание своего времени к таинственным набегам приливов, ночные труды и дневной сон, знакомство с убежищами самых несчастных и обездоленных. В потаенных подземельях я чувствовал себя в полной безопасности, не страшась врагов, а кроме того, сам зарабатывал себе на жизнь; однако мною двигало и еще одно соображение, о котором тогда я имел лишь смутное понятие.

Однажды вечером в середине мая Джоуи объявил, что намерен завтра же отправиться в поход, и, невзирая на протесты миссис Дигвид, его отец дал на это согласие.

— Это означает, что я уже не нужен? — спросил я.

— А разве вы не против? — возразил мистер Дигвид.

Я слегка заколебался с ответом, и Джоуи это подметил.

— По мне, так это вам не больно подходит! — съязвил он.

— Придержи язык,— прикрикнула на него миссис Дигвид.

— Пусть не навсегда, но пока что меня это устраивает,— ответил я.

Мистер Дигвид одобрительно кивнул:

— Втроем куда надежнее.

— Все же,— осторожно вставила миссис Дигвид,— не очень-то правильно таким, как вы, зарабатывать на жизнь этим способом.

Джоуи взглянул на меня с усмешкой, в которой мне почудилась издевка.

— Как мы решим с деньгами? — спросил я.

Мистер Дигвид посмотрел на жену:

— Вот как мы подсчитали. Разделим наш заработок на пять частей. Вам с Джоуи причитается по одной, а я забираю остаток. С вас — восемь шиллингов за жилье и питание, вместе со стиркой.

Условия показались мне подозрительно щедрыми. По сути, это было признанием того, что деньги поступают им из другого источника. В лице Джоуи я уловил недовольство тем, что его уравняли со мной.

Так и постановили. Отныне моя жизнь потекла по этому странному руслу. И как бы часто я ни спускался под землю, испытанное в первый раз чувство ужаса до конца никогда меня не покидало. Это выглядело тем удивительней, что, невзирая на все опасности, данный образ жизни представлялся мне наименее рискованным. Я, по крайней мере, перестал быть игрушкой в руках слепой судьбы или несведущей жертвой тайного заговора; достигнув низшей точки человеческого существования, я тем не менее обнаружил, что способен выжить — и не посредством унизительного выпрашивания милостыни на городских улицах, но благодаря делу, которое требовало храбрости, умения и выносливости. Там, внизу, прихоти случая имели надо мной мало власти, и я не обольщался обманчивой свободой (так, как я ее понимал), поскольку не сомневался, что моей жизнью кто-то манипулирует — хотя и не знал в точности, кто именно. Пребывание в клоаке, конечно, задевало чувства, однако там я

КВИНКАНКС

сталкивался с простыми физическими угрозами, мою гордость и независимость нимало не задевавшими; кроме ранения, болезни или смерти, других страхов они мне не внушали. Главное, чего я боялся — и вместе с тем страстно желал,— это обнаружения скрытой руки, направившей Дигвидов в мою сторону.

Мистер Дигвид так ловко управлялся со своими орудиями — с моей помощью и с помощью более опытного Джоуи,— что нам удавалось прочесать обширные пространства, имея довольно приличный улов. Мой доход после выплаты восьми шиллингов обычно составлял два-три шиллинга в неделю. Я пытался скопить сумму, занятую у Сьюки, однако мне это никак не удавалось, и я, не желая послать ей меньше требуемого, прекратил ей писать.

Со временем я начал понимать, почему мистер Дигвид столь часто посещает близлежащий паб.

— Необходимо себя прочистить,— говаривал он.— Работенка там очень уж высушивает нутро.

Я-то считал, что, наоборот, слишком увлажняет, но вполне сочувствовал его потребности после тьмы и тесноты подземелий оказаться в ярко освещенном и шумном «Борове и свистке». Миссис Дигвид тоже находила свои занятия стиркой «иссушающими», а потому и она нуждалась в частых посещениях паба; остаток денег они тратили на пиво и джин; именно по этой причине, мне казалось, им и приходилось трудиться в поте лица. Они всегда зазывали меня с собой, но я поначалу уклонялся.

Когда же уступил, то выяснил, что мистера Дигвида к этим частым визитам побуждали еще и профессиональные интересы: кабачок «Боров и свисток» на Петтикоут-лейн служил для членов Общества подземных старателей местом собраний. Здесь они обменивались сведениями относительно рабочих условий и здесь же учредили кассу взаимопомощи, куда делали взносы на случай несчастного происшествия или внезапной болезни.

Джоуи частенько отправлялся в паб вместе с родителями, однако бо́льшую часть времени проводил с ватагой мальчишек в поисках утиля или железного лома, который они сдавали старьевщикам. Он нередко попадал в ту или иную переделку, и родители не на шутку тревожились, что его затянут в какую-нибудь преступную компанию. Свои деньги он тратил в основном на одежду понаряднее и на табак, поскольку обзавелся с недавних пор трубкой. Повадки его изменились мало: со мной он держался по-прежнему холодно и даже враждебно, хотя под землей мы слаженно работали рука об руку. Как-то раз он позвал меня «потешиться с ребятами», но я отказался, полагая необходимым выдерживать между нами дистанцию.

Было легче всего уступить подобным искушениям и мало-помалу втянуться в тот образ жизни, какой вели эти добросердечные, радушные люди: они пользовались моментом и мало задумывались о будущем. Моя судьба, однако, должна была разительно отличаться от их судьбы ввиду моего происхождения. Я часто вспоминал о том, что если слова мистера Ноллота о завещании Джеффри Хаффама справедливы, то в таком случае по всем законам морали мне принадлежит огромное богатство и я, роющийся в отбросах в поисках медяков, по справедливости должен обладать одним из крупнейших в Англии состояний. Мысль преисполняла меня восторгом, однако с непонятным удовольствием я всячески ее опровергал, убеждая себя, что наличие подобного завещания ничем не доказано и, если оно не будет найдено, никаких шансов на восстановление своих прав у меня нет; как ни странно, но все эти препятствия делали мои воздушные замки более осязаемыми. Впрочем, в мечтах я заносился слишком высоко, а когда начинал сознавать полнейшую невероятность того, что завещание обнаружится (если оно еще существует или существовало вообще), меня охватывала безнадежность, и все мои красочные фантазии таяли без следа.

Кроме того, малейшая попытка заявить о себе повлекла бы за собой новые угрозы со стороны Клоудиров; я, испытывая соблазн последовать девизу хаффамовских пращуров искать спасение в противостоянии опасностям, находил все более привлекательными безвестность и обособленность, обретенные мною ныне.

Моя мечта, убеждал я себя, не сводилась к эгоистической жажде обогащения: я не забыл ничего из содеянного Клоудирами и Момпессонами над их противниками, и меня обуревало стремление воздать им по заслугам. Восстановление справедливости обуздает их гордыню и заставит если не раскаяться, то горько пожалеть о зле, причиненном мне и моим близким.

Мрачная отрада, с которой я созерцал похищенное Момпессонами богатство, порой побуждала меня отправляться по вечерам на Брук-стрит и расхаживать взад-вперед возле их дома. Что же, выходит, я тайно наблюдаю за теми, кто тайно меня обеспечивает? Ответа у меня не находилось. Несколько раз я видел, как сэр Персевал и леди Момпессон прибывали и отбывали в карете, а однажды заметил юную девушку, которая могла быть Генриеттой.

Лицезрение узурпаторов заставило меня вновь взяться за книги. Если мне суждено вернуть имение, я должен многое знать о Законах и Праве Справедливости. И потому, хотя по возвращении из подземных экспедиций ноги у меня подкашивались, бо́льшую часть досуга я проводил за чтением. Меня радовало, что хозяева, как правило, отсутствовали, и домик предоставлялся в мое полное распоряжение: уединенность была моей потребностью. (Жизнь бедняков, как я узнал, целиком протекала на людях, и Дигвиды не понимали моего желания оставаться наедине с собой.) И часто-часто, сидя в одиночестве у огня с раскрытой книгой на коленях, я думал о матушке и вспоминал наши счастливые времена, проведенные в деревне.

На Мейден-лейн в Ковент-Гардене располагалась лавка букиниста, с владельцем которой я подружился: он был человеком интересным и думающим. Он позволил мне за скромную плату и вносимый за каждую книгу залог брать что угодно из его запасов. Я читал преимущественно труды по юстиции, а также разрозненные тома «Спектейтора», «Татлера», «Рамблера» — и, кроме того, английских классиков: Шекспира, Мильтона, Гоббса, «Расселаса», «Векфилдского священника» и «Историю Древней Греции и Рима» Голдсмита, но для развлечения и романы наподобие «Замка Отранто», «Монаха» и «Перегрина Пикля». Однако основным моим занятием стало изучение законодательства: я чувствовал, что приобретаю знания, которые помогут мне подтвердить свои права и позволят пользоваться ими в полной мере.

Стараясь быть с Дигвидами возможно меньше, я, однако же, постоянно подстерегал какой-нибудь знак, который дал бы мне ключ к разгадке, кто же все-таки руководит ими по отношению ко мне. Узнать ничего не удавалось. Их молчание, впрочем, говорило само за себя; меня, в частности, очень удивляло, что ни о Салли, ни о других детях не упоминалось ни словом.

Когда череда месяцев превратилась в год, мои надежды на обретение наследства стали казаться мне еще более абсурдными. Вероятнее всего, завещания никогда не существовало: свидетельства были косвенными и скудными; мистер Ноллот, по-видимому, недопонял или исказил слова Питера Клоудира, либо Питер точно так же обошелся с тем, что ему якобы сообщил мой дедушка. Итак, пошел второй год моего пребывания у Дигвидов, и мои книги по юстиции начали покрываться пылью в каморке наверху, которую я по-прежнему делил с Джоуи. Я все так же жаждал справедливости и временами предавался мечтаниям о немыслимом богатстве, однако теперь судебный иск представлялся мне обманчивым блуждающим огоньком, способным обречь мой разум на гибельные иллюзии, как это произошло с моим дедушкой.

Я старался внушить себе, что лучше принять неизбежное и смириться со своим настоящим и беспросветным будущим, нежели обольщаться пустыми бреднями. Но нестерпимо было думать, что вся моя жизнь пройдет вот таким образом и что, оказавшись на самом дне, я никогда с него не поднимусь. И в самом деле — многого ли я стою? Говорил же мистер Пентекост, что ценность человека определяется суммой, которую за него дают на рынке, а моя цена была близка к нулю. Чувство угнетенности во мне все нарастало, на душе становилось все тревожней, поскольку дальнейшее не сулило ни малейшего облегчения. Гнев и ненависть жгли мне душу, домик Дигвидов стал казаться тюрьмой. Теперь я почти всякий вечер наведывался с моими хозяевами в «Боров и свисток», в ярком свете, среди гомона отдыхая душой от мрака и безлюдья подземелий. Постепенно я приучился находить в выпивке отраду и утешение от тягот и со стыдом должен признаться, что не единожды возвращался со своими спутниками домой нетвердыми шагами. Не знаю, чего мне больше хотелось — вытравить память о прошлом или же истребить всякие мысли о будущем. Так или иначе, я искал забвения — своего рода смерти, которая была бы противоположностью моей тогдашней жизни.

КНИГА III
ДЕДУШКИ

Глава 86

Как-то вечером в середине мая, почти через два года после моего вызволения из логова доктора Алабастера усилиями Дигвидов, я сидел внизу за чтением книги. Лица, которые, как я полагал, платили Дигвидам за попечение обо мне, до сих пор вестей о себе не подавали, вследствие чего мои гадания о них начали казаться мне самому более чем сомнительными. В тот вечер дома я оставался один: Джоуи где-то слонялся, а его родители, конечно же, проводили время в пабе, куда на этот раз я отказался их сопровождать.

Дверь неожиданно отворилась — и послышался голос Джоуи, приглашавшего кого-то войти в комнату; ему отвечал женский голос. Джоуи появился на пороге с таинственным видом.

Вслед за ним показалась юная леди — именно так, во всяком случае, я ее воспринял. На ней изящно сидело очень красивое алое шелковое платье, шляпку украшало павлинье перо. Она была высокого роста, миловидна, ее голубые глаза смотрели уверенно, нос был чуточку вздернут, золотистые волосы лежали локонами, а щеки были слегка подрумянены. Она держала в руках элегантный зонтик — и выглядела до странности чужеродной в нашей убогой комнатке, которую наполнил аромат экзотических духов.

К моему удивлению, девушка посмотрела на меня как на давнего знакомого.

— Господи,— воскликнула она,— как же ты вырос!

Джоуи с любопытством изучал мое лицо.

Теперь меня осенило:

— Да это же Салли!

— Я все гадала, узнаешь ли ты меня. Я бы тебя на улице сроду не узнала.

Я поглядел на Джоуи:

— Ведь это твоя сестра, правда?

Он удивленно кивнул.

— А какие отношения связывают вас с Барни?

Салли собралась было ответить, но Джоуи ее перебил:

— Пускай старики разбираются, коли захотят. Но им не след знать, что Салли сюда заходила.

— Они считают, что я для Джоуи плохая компания,— деланно хихикнула Салли.

— Они сейчас в таверне,— сказал я.

— Джоуи это знал. Я хотела с тобой поговорить.

— Со мной?

— Той ночью, когда ты, помнишь, из притона сбежал, Барни был нужен мальчик, а ты с нами не захотел? Я пошла и нашла Джоуи.

— Помню. А для чего ты был им нужен? — обратился я к Джоуи.— Что у них было задумано?

— Точно не знаю,— ответил Джоуи.— Они что-то затевали, а я только краешком глаза видел — я должен был снаружи карету сторожить. Им нужно было пустить всем пыль в глаза. Но Салли-то известно все.

— Ну что ж, я расскажу,— начала она.— Теперь это никому не повредит, а ты увидишь, что я с тобой без всяких уверток. Вот как все было. Барни и девчонки — Нэн, Мэгги и кто-то еще — месяцами до того разгуливали по Вест-Энду и распускали слухи, будто они богатые откупщики, а мы их подружки. Знакомились с джентльменами, у кого кошельки потуже. И отправлялись с ними в пекло.

— В пекло? — удивился я.

— Господи, да ты совсем глупый! В игорный клуб. Есть один на Генриетта-стрит. Очень почтенный. Конечно, содержать такие дома, знаешь ли, противозаконно; ты это хорошенько запомни, а то не поймешь, о чем я толкую. У дверей сторожат люди, которые просто так тебя не впустят — а вдруг ты какой-нибудь переодетый сыщик. Они еще к тому же тебя обыщут, нет ли оружия.

— Сэл, давай побыстрее,— поторопил ее Джоуи.

— Так вот, Барни с дружками водился с теми малыми, которые держали эти заведения. Они на них, собственно, и работали — заманивали всяких олухов, болтая, будто деньги лопатой гребут и всякое такое. И Барни нанял Сэма сторожить у ворот. А те малые — хозяева заведения — этого, конечно, не знали. Болваны, о которых я говорю, проиграли такую прорву, что хозяева стали доверять Барни и всем нам как своим. В тот вечер мы шепнули простакам, чтобы те захватили с собой наличных побольше — Барни, дескать, подкупил крупье им подыграть. Конечно, это была сплошь выдумка. Ну, как обычно, у входа в тот вечер всех и обшарили. Но Сэм впустил Джека — тот выдал себя за игрока, а сам держал за пазухой пару пистолетов. И вдруг оба вытаскивают пистолеты в зале. Барни и мы заодно с ним прикинулись, будто перепугались, как и все остальные, и принялись их уговаривать, чтобы они выложили все денежки, какие у них с собой. Смотреть на Барни, как он играл свою роль,— вот уж была потеха! Умора и только. Сэм с Джеком забрали всю наличность с побрякушками, да и дали деру.

Салли и Джоуи при этом воспоминании расплылись в улыбке. Но я вспомнил, какой расстроенной выглядела тогда Салли, услышав рассказ Джека о том, как он застрелил Сэма.

— И все это время Сэм замышлял обвести всех вас вокруг пальца и прострелить Джеку голову.

Салли вздрогнула:

— Откуда ты знаешь?

КВИНКАНКС

— Смотрел вниз через потолок, когда Джек вернулся. И сказал неправду, ведь так? — осторожно добавил я.

Салли вспыхнула.

— О чем это ты? — неуверенным голосом спросила она.

Джоуи смущенно смотрел на нас обоих.

— А то, что на самом-то деле вас обманул Джек.

Салли, закусив губу, молчала.

— Вот видишь,— сказал я,— кое-что насчет Джека мне уже известно. И насчет Кошачьего Корма тоже.

Салли изумленно воскликнула:

— Он тебе сказал?

— Выходит, ты об этом знаешь.

— Ничего я не знаю! — вскричала Салли.

— Тогда я тебе расскажу. Дело давнее, но я, кажется, разгадал загадку.

Я напомнил Салли о том, что слышал из уст Барни в ночь после налета, когда он объявил Сэма лазутчиком Палвертафта и пояснил, что они с Джеком прикидывались, будто подозревают Нэн, в расчете усыпить бдительность Сэма, опасавшегося разоблачения. Барни, как я дал понять, говорил чистую правду — за единственным исключением, однако самым существенным.

— Видишь ли, в то лето в семнадцатом году, когда Барни пришлось дать деру из Лондона на север, виноват был не Сэм. А Джек, ведь так?

— Не знаю,— нервно ответила Салли.

— А когда Барни, позднее тем же летом, вернулся в Лондон, кто-то навел на него полицию и его забрали. Это снова был Джек, верно?

— Откуда ты знаешь?

— Тогда Джек и Блускин, которого ты знала под именем Пег, действовали с Палвертафтом, тайком от Барни, против Избистера,— безжалостно продолжал я, пока Салли глядела на меня, раскрыв рот.— Ровно четыре года тому назад Блускин заманил его в ловушку на кладбище в Саутуорке, и Джем был убит. Я знаю, что Джек был в этом замешан.

— Как ты можешь такое говорить? — воскликнула Салли.
— Потому что я был там и видел его, — спокойно ответил я.

Салли ойкнула и побледнела.

— Блускин присоединился к Палвертафту, — продолжал я, — после чего рынок оказался под их контролем и они могли назначать собственную цену за... за то, что они продавали. Думаю, что Джек имел свою долю. Держу пари, что он сыграл немалую роль в сплотке против Блускина, когда Палвертафт на него донес и погубил.

Джоуи был совершенно потрясен моими словами.

— Скажи ему, что это неправда, Сэл! — вскричал он. — Джек не такой подлец.

— А хуже всего то, — заключил я, — что он убил Сэма, чтобы свалить на него вину.

Салли перепугалась:

— Джек и Барни все еще работают вместе, теперь на Трол-стрит, и если Барни узнает о том, что ты сейчас сказал, он с ним расправится. Мне кой-когда этого хочется. Только Джек его опередит. Он мне как-то сказал, когда был навеселе, иначе бы не проболтался, что сам затеял эту аферу с Палвертафтом. И после этого я заметила, что он как-то косо на меня поглядывает. Все чаще и чаще, и мне это не понравилось. Вот почему я его бросила. И не хочу к нему возвращаться. Я с самого начала знала, что про Сэма он лжет: он взял с меня обещание, что я скажу Барни, будто видела, как Сэм толкует с лысым малым на деревянной ноге. И даже не думала тогда, что из этого выйдет какой-то вред. А Джек повернул дело так, чтобы Барни поверил, будто Сэм запродал нас Блускину и Палвертафту. Я это поняла только той ночью, когда Джек вернулся и сказал, что прикончил Сэма.

— Я тебе верю, — сказал я. — Я следил за тобой через потолок и видел, как ты была расстроена.

Салли взглянула на меня с любопытством, потом, кашлянув, сказала:

— Да, ты мне напомнил: я кое-что тебе принесла.

— Мне? — удивленно переспросил я. О чем я мог ей напомнить, рассказывая о той ночи?

За дверью послышались шаги.

— Говорил я тебе, поторапливайся,— укоризненно шепнул Джоуи.

Салли ничуть не встревожилась; оставалось только гадать, в самом ли деле она опасалась, что родители ее застанут.

Войдя, они при виде неожиданной гостьи застыли на пороге от изумления. Все четыре члена семьи молча смотрели друг на друга.

Наконец мистер Дигвид выступил вперед и, козырьком приставив руку к глазам, произнес:

— Видите ли, мисс, мы не...

— Па, да это же я, Салли.

Мистер Дигвид остолбенел, потом сделал шаг, второй.

— Джордж! — выкрикнула миссис Дигвид, и он остановился.

Супруги молча переглянулись, и миссис Дигвид, подавшись к дочери, торопливо спросила:

— Ты бросила это? Нет? Мне разок хватит взглянуть. И учуять смрад. Фу! От тебя несет, как от бродячей кошки.

— Как я могу это бросить? — раздраженно перебила ее Салли.— Что я буду делать?

— Я подыскала бы тебе работу — честную, приличную работу.

— Какую?

— Работала бы прачкой, вместе со мной.

Салли скривила лицо:

— Это что же, с зарей на ногах и с утра до ночи горбатиться, портить себе руки, точно служанка или поломойка? Да ни в жизнь!

— Тогда уходи, Салли,— отрезала ее мать.— Уходи и не возвращайся. Никогда больше.

— Зачем ты так говоришь, ма? Неужели ты не можешь меня простить?

— Простить? — вспылила миссис Дигвид, потом добавила спокойнее: — Ты дважды впутывала Джоуи туда, куда не следует.

— А что мне было делать? — крикнула Салли. — Вы голодали, а денег от меня не хотели брать. Вам лучше было бы, если б он умер?

— Нет, конечно же нет, — взволнованно заговорила миссис Дигвид. — О Салли, мне этого не понять. Знаю только, что вести себя так, как ты, — стыд и позор. — Ее голос дрогнул, но она продолжала: — Зачем ты явилась? И как нас нашла?

— Я ее привел, — вмешался Джоуи. — Мы время от времени виделись.

— Это нехорошо с твоей стороны, — укоризненно посмотрела на него миссис Дигвид и, вдруг встрепенувшись, воскликнула: — Значит, Барни известно, где мы живем!

Так я был прав! Миссис Дигвид знала о Барни все! Не зря, выходит, я ее подозревал!

— Тише, старушка, тише, — пробормотал мистер Дигвид, покосившись в мою сторону.

Но его супруга прямо обратилась ко мне:

— Нет, пришло время выложить вам всю правду, мастер Джонни. Надо было, наверное, раньше это сделать, но мы думали как лучше. Барни — это ведь брат Джорджа.

— Здорово сожалею, но это именно так, — вставил мистер Дигвид. — Отъявленный он прохвост, и всегда был таким, еще мальчонкой.

— Куда уж хуже, — подхватила миссис Дигвид. — Он — не кто-нибудь — проник в дом к вашей матушке.

Вот оно — признание! Оба супруга выглядели такими подавленными своей виной, что я вконец растерялся. Неужели мои подозрения были напрасными?

— Не волнуйтесь, Барни нас не найдет, — сказал Джоуи. — При встречах с Салли я всякий раз зорко следил, чтобы никто сюда за мной не увязался.

— А теперь сам ее сюда привел,— заметила миссис Дигвид.

— Я Барни ничего не скажу,— возразила Салли.
— Но он мог пойти за тобой!
— С какой стати? — усмехнулась Салли.

Миссис Дигвид невольно перевела взгляд на меня.

— Ах да,— спохватилась Салли.— Я знаю, что Барни хочет разыскать мастера Джонни. И даже знаю зачем.

Мы четверо переглянулись в замешательстве.

— Я, кстати, для этого и пришла,— продолжала Салли.— Принесла ему кое-что. Глянь, ма, чем я ради тебя рисковала: я-то знаю, ты хотела, чтобы он обратно это получил.

Салли порылась в своем нарядном ридикюле и, к моей радости, извлекла оттуда записную книжку матушки, которую я прямо-таки выхватил у нее из рук и с нетерпением раскрыл. Какое счастье, все оказалось на месте: и снятая мной копия кодицилла, и письмо (если так его называть), написанное моим дедушкой; я как раз собирался его прочесть перед тем, как Барни меня обокрал. Даже листы карты, которую я давным-давно давал матушке, никуда не делись. Письмо дедушки, думал я, теперь приобрело для меня гораздо большую ценность — после того, что я услышал от мистера Ноллота.

— Барни велел мне, чтобы я все это ему прочитала,— пояснила Салли,— той самой ночью, когда он у тебя это забрал. Отдавать ему книжку обратно мне не хотелось, и я сказала, будто ее у меня стянули. Он меня за это поколотил.— Рассмеявшись, Салли посмотрела на мать: — А знать, что там что, ему надо было для того, чтобы хорошую цену заломить. И я догадалась, кому он собирается эти бумаги продать. Тому самому судейскому крючку, с которым он задолго до того связался, когда я прочла ему вслух самое первое письмо, что он украл. И я все это принесла тебе — знай, Барни больше мне не указ. А с тобой я хочу помириться. Барни я бросила.

Итак, я не ошибся! Именно Сансью был соединительным звеном между Дигвидами, с одной стороны, и мной и матушкой — с другой. А связь с Сансью велась через Барни.

— Ты могла бы принести эти бумаги и два года назад,— проговорила миссис Дигвид.— Тогда мастеру Джонни не пришлось бы столько муки вытерпеть.— Она пристально вгляделась в лицо дочери.— Что же все-таки случилось? Что еще ты от нас скрываешь?

— Ничего! Я сказала всю правду.

— Ты рассорилась со своим любовником, ведь так?

Салли вспыхнула.

— Я хочу вернуться к вам. Вот и все.

— Почему?

Она кинула взгляд на меня и Джоуи.

— Я больна,— проговорила она еле слышно.

Миссис Дигвид пристально посмотрела на дочь.

— Нет, Салли, я не стану тебе помогать,— грустно сказала она.— Если только ты дашь обещание больше не знаться с Барни и честно трудиться...

— Не проси, ма. Этого не будет.

— Что тебя ждет? Ты ведь знаешь, что случается с девушками вроде тебя, едва они делаются постарше.

— А, до старости мне еще далеко. Когда случится, тогда и подумаю — если доживу. До тех пор деньжонок мне за глаза хватит.— Салли вытащила из ридикюля кошелек, полный золотых монет, и позвенела ими.— От меня может и польза какая выйти: скажу, коли Барни против мастера Джонни чего замыслит.— Она протянула кошелек родителям: — Вот, возьмите сколько-то.

Не успел я спросить у Салли, что она имела в виду относительно меня, как миссис Дигвид взорвалась:

— Да как ты смеешь! Убирайся вон из нашего дома, пока отец тебя за дверь не выставил.

Мистер Дигвид промямлил что-то невнятное — не то в подтверждение, не то в опровержение угрозы супруги, однако, услышав такие слова, Салли залилась краской, вскочила со стула и топнула ногой.

— Отлично, я уйду. И, может, никогда с вами больше не увижусь. Но вы еще пожалеете, если Барни доберется до вашего драгоценного мастера Джонни. Что ж, Барни верно про вас сказал! Вы — парочка простофиль! Чему удивляться, что он натянул вам нос с этой строительной аферой?

— О чем ты? — изумилась миссис Дигвид.

Салли расхохоталась:

— Тот самый крючкотвор поручил ему подобрать олухов царя небесного.

— То есть Барни с самого начала знал, что это сплошной обман?

— Еще бы! — презрительно фыркнула Салли.— Этот застройщик был в сговоре с законником и землевладельцами, вот они и возвели несколько коробок для приманки дурачков вроде вас, чтобы провернуть дельце. Загодя наметили, что взвинтят цены и доведут до распродажи куда ниже вложенной вами в работу стоимости. А вдобавок этот юрист и еще кое-что замышляет. Собиралась вам сказать, но раз так, то не буду.

Салли в гневе бросилась вон из комнаты, с треском захлопнув за собой дверь.

Воцарилось молчание. Мистер Дигвид, покачав головой, тяжело вздохнул:

— Мой родной брат. Никак не могу поверить.

Мне многое стало ясно. Дигвиды пали жертвой того же мошенничества, которое сгубило и матушку. И там, и тут главной движущей силой выступал Сансью, а за ним стоял, надо полагать, Сайлас Клоудир. Меня все больше и больше занимал вопрос (особенно теперь, когда Дигвиды так передо мной разоткровенничались): справедлива ли моя догадка о том, что они получают выплаты от агента Момпессонов?

Миссис Дигвид сказала:

— Тебе не следовало с ней встречаться, Джоуи.

— Но ведь она моя сестра, разве нет? За что вы на нее так нападаете? Па, уж ты-то точно позволил бы ей изредка нас навещать, так?

Вид у мистера Дигвида был крайне несчастный.

— Э-э,— выдавил он из себя наконец,— если твоя мама говорит «нет», то я тоже так думаю.

— Да не думаешь ты так! — воскликнул Джоуи.— Почему бы вам ее не простить?

— Простить! — возмутилась миссис Дигвид.— Неужели ты забыл, что она сделала? Как она оставила Полли и малыша на Кокс-Сквер в горячке, а сама улизнула к Барни и?..

Слезы помешали ей докончить фразу. Салли пренебрегла братом и сестрой в то время, как остальные члены семьи находились на севере! Обрекла их, по сути дела, на смерть! Вот почему они обходили ту пору своей жизни молчанием. Я устыдился при воспоминании о мотивах, которые им приписывал. Только сейчас, когда они неосторожно дали мне увидеть всю глубину семейного конфликта, я осознал, насколько несправедливо о них судил.

— Еще вот что,— заговорила миссис Дигвид.— Теперь мастеру Джонни опасно у нас оставаться, коли Барни о нем прознает. Пусть даже за Салли никто не следил, я ей не доверяю: она может ему проговориться просто из-за злости на нас.

— Нет, она этого не сделает,— возразил Джоуи.

— Ой ли? — мрачно отозвалась миссис Дигвид.— Уж всяко я лучше тебя знаю свою дочурку, сынок. Нам придется поскорее отсюда убираться. А значит, я должна буду приискивать для стирки новых заказчиков, а твоему отцу надо будет порвать с Обществом. Видишь, Джоуи, как недешево ты нам обошелся?

— Это ваша вина, а не моя,— запротестовал Джоуи.— Надо было вам с ней помириться.

Он направился к двери.

— Куда ты? — спохватилась миссис Дигвид.— Неужто за ней? Ты же не вернешься к Барни?

Джоуи, не ответив ни словом, выбежал за порог.

Мне — свидетелю всего происходящего — становилось все более и более не по себе при мысли, насколько глубоко я оскорбил своими подозрениями этих добрых людей. Я вспомнил, как считал, что они на мне наживаются, и потому выторговывал себе львиную долю добытых мной под землей трофеев, и мне захотелось провалиться сквозь землю. А теперь, похоже, именно я навлек на это семейство беду.

— Вы не должны никуда переезжать из-за одного меня,— заявил я.— Оставайтесь на месте, а я уйду.

— Нет, мастер Джон,— сказала миссис Дигвид.— Это не только из-за вас одного. Я совсем не хочу, чтобы Джоуи встречался с Салли, а может, опять и с Барни. Нам нужно переселиться в другую часть города, подальше отсюда.

— Из слов Салли мне стали понятнее ваши взаимоотношения,— начал я.— И все же я не в силах уразуметь, чего ради вы пошли на все, чтобы меня спасти?

— Ну, во-первых,— миссис Дигвид нервно скосила взгляд на мужа,— нам было стыдно за то, что Барни причинил зло вам и вашей матушке.

— То есть ночью проник в наш дом?

Миссис Дигвид кивнула:

— И это еще не все. Мы очень благодарны вашей матушке за то, что она нас в тот раз выручила — дала мне и Джоуи деньги на оплату кареты обратно в Лондон.

О, как я заблуждался на их счет! Дигвиды не только не получали за то, что меня оберегали, никакого вознаграждения; они к тому же потратили на меня уйму собственных денег — покупали лекарства, еду, одежду, теряли попусту рабочие часы! Конечно же, они сполна, с лихвой рассчитались за доброту матушки. И все-таки я до сих пор не мог уяснить, каким образом сначала Барни, а потом миссис Дигвид очутились в нашем доме в Мелторпе.

— Расскажите мне, пожалуйста, о том времени, когда Барни вломился к нам в дом,— попросил я.— Я знаю, что как раз в ту пору ему пришлось покинуть Лондон, но почему он направился не куда-нибудь, а именно в наши края?

— Вышло так,— приступил к объяснению мистер Дигвид.— Наш батюшка — его и мой — родом из ваших краев. Вы, поди, заметили, что выговор у меня не совсем лондонский. Мальчиком он попал в Лондон из деревушки поблизости от Мелторпа.

— Понятно. У вас там до сих пор есть родственники?

— Есть кое-кто, но по большей части дальние, и я с ними больше не знаюсь. У отца сызмальства душа лежала к тому, чтобы плотничать, и он мечтал попасть в столицу. Его отец работал поденщиком, и выбиться в плотники сыну было непросто, но его дядюшка Фиверфью славился как каменщик, и его очень ценили в семействе, у которого он был в услужении в большом доме неподалеку. И вот он нашел там для отца место: тот сперва трудился под началом плотника в имении, и так преуспел в мастерстве, что ему поручили внутреннюю отделку — мебель и прочие столярные работы. Управляющий имением подметил, что работник он надежный, и дал ему возможность совершенствоваться в ремесле. И вот затем отец оказался в Лондоне, когда там собрались все домочадцы его работодателя — за городом они проводили только часть года. Спустя несколько лет он из услужения семейству ушел и с помощью того джентльмена, о котором я упомянул, стал подмастерьем, а со временем стал работать профессионально и сам по себе. По первости он угодил агенту, который нашел ему работу в доме на Мэйфер, и потому завязал связи в Вест-Энде. Но старик больно уж стал увлекаться выпивкой — он завсегда был любитель промочить глотку. Когда мы с Барни подросли, он многие свои связи уже подрастерял, однако порой то семейство о нем вспоминало. Пришлось перебиваться случайными заказами, и Барни это быстренько надоело. Работы по горло, а деньжат кот наплакал.

— И тогда он принялся дома грабить? — подсказал я.

— Похоже, что так. И всякое другое. Но я не сразу это сообразил.

— Выходит, у него были родственники в Мелторпе, которых он мог навещать?

— Он делал там кое-какую работу для семейства, с которым отец поначалу был связан.

— И по пути от них, направляясь в Лондон, — вмешалась миссис Дигвид, — он и вломился в дом вашей матушки. Выбрал он его по чистой случайности, — так он объяснил Джоуи — потому как обозлился, что его сердито отчитали, когда он денег просил.

— Это все моя няня, — сказал я. — Но, боюсь, и без меня тут не обошлось.

— Украл он всего лишь серебряную шкатулку для писем, — продолжала миссис Дигвид. — Внутри лежало письмо, которое, как он решил, ему пригодится. Сам он неграмотный, и никому, кроме родни, не доверял (впрочем, что он нам доверяет, тоже не скажу), и вынужден был ждать, пока спустя долгое время Салли не оказалась в его компании. Какие-то строчки, что она ему прочитала, привели его к юристу по имени Сансью: он, как стало ясно из письма, страшно домогался узнать, где живет ваша матушка.

— Понятно! — вскричал я. — Вот почему он нас разыскал. Мне раньше это и в голову не приходило.

Еще один кусочек мозаики дополнил цельную картину.

— Это и навлекло на вас все неприятности? — обеспокоенно спросила миссис Дигвид.

— Боюсь, что так, — ответил я. — Мистер Сансью таким образом нащупал путь к нашим врагам и по их подсказке обманом отнял у матушки все состояние.

Путаница наконец рассеивалась, однако многое еще продолжало меня озадачивать.

— Но если Барни попал в дом матушки случайно, вы с Джоуи наверняка оказались у нас позже не просто так?

— Я уже говорила вам, когда Джордж впервые вас к нам привез, — миссис Дигвид смотрела мне прямо в глаза, не отводя взгляда,— что в ваш дом я попала без всякого умысла, и это чистая правда. Пусть Джоуи тебе об этом расскажет.

Я покраснел, чувствуя в ее словах скрытый упрек. Миссис Дигвид я не мог не верить, хотя и продолжал недоумевать: неужели подобная случайность не была подстроена? И вдруг меня осенило:

— Все вышло не только из-за ошибки старого Сэмюела, который направил меня к Барни!

— Да, вы искали кого-нибудь из Дигвидов, вот он о нем и вспомнил,— согласилась миссис Дигвид.— Но мы вам не солгали — мы и вправду были знакомы с Избистером. Умолчали мы о том, что слышали, как Барни связался с ним и Палвертафтом. Они и Джоуи втянули в это занятие.

Миссис Дигвид содрогнулась.

Так вот почему Джоуи так много знал о кладбищах, когда мы спорили с ним в Мелторпе!

— Мы были чересчур доверчивы, мастер Джонни,— сказал мистер Дигвид.— Думали, они заняты обычным извозом. И не сразу смекнули, что к чему.

Теперь я твердо верил: Дигвиды делали мне только добро, однако меня все еще смущало то, что миссис Дигвид и Джоуи очутились в доме у матушки. А кроме того, каким образом вышло, что Джоуи привел меня к дому Дэниела Портьюса? И как быть с моими подозрениями насчет Барни — причастен ли он к убийству дедушки?

Видя, что супруги с головой ушли в разговор о детях, я со свечой поднялся наверх, устроился поудобнее на своей соломенной постели в углу и взялся изучать письмо. Печатка с изображением розы с четырьмя лепестками была мне хорошо знакома, и я знал теперь, откуда взялись эти темные пятна. Но на этот раз я подметил в надписи несообразность, ранее ускользавшую от моего внимания: «Адресат сего мой возлюбленный сын, а также тот, кто мне наследует. Джон Хаффам». Письмо могло быть адресовано не только

Питеру Клоудиру как зятю моего дедушки и наследнику, или моей матери как наследнице по закону, но также и любому, кто стал бы его законным наследником, каким являлся теперь я. Сознавая, что в определенном смысле это письмо адресовано и мне, я развернул лист и снова начал перечитывать слова дедушки:

«Чаринг-Кросс,
5 мая 1811.

Обоснование права на имение Хафем

Титул, основанный на абсолютном праве собственности, принадлежащий Джеффри Хаффаму. Согласно утверждениям, был передан Джеймсом третьему лицу и принадлежит ныне сэру П. Момпессону. Предмет иска в канцлерском суде.

Кодицилл к завещанию Джеффри от 1768-го, противоправно утаенный неизвестной стороной после его смерти. Недавно возвращенный благодаря честности и стараниям мистера Джеф. Эскрита. Учреждает заповедное имущество в пользу моего отца и наследников обоего пола. Законность продажи имения Х.? П. М. не лишен владения, однако располагает лишь правом, подчиненным резолютивному условию, в то время как абсолютное право — мое и наследников?»

На этом месте я в прошлый раз прервал чтение. Теперь же продолжал:

«Совсем недавно оповещен безукоризненно надежным источником: Джеффри Х. составил второе, до сих пор неизвестное завещание, также злонамеренно сокрытое после его кончины. Лишил Джеймса права наследования в собственную пользу. Таким образом, продажа имения недействительна, титул собственности передаче не подлежит. При обнаружении завещания и восстановлении прав, мне и моим наследникам принадлежит безусловное право собственности. Осведомитель подтверждает: завещание утаивалось на протяжении тридцати лет сэром А., а ныне — сэром П. Виды на его возвращение.

Джон Хаффам.

Представить в канцлерский суд. Наследнику принять имя Хаффам».

Заключительные фразы — «Представить в канцлерский суд. Наследнику принять имя Хаффам» — очевидно, были приписаны другой рукой. Именно здесь лежал ключ к загадке, которую, поломав голову, мне, кажется, удалось разрешить. Эта приписка, безусловно, представляла собой что-то вроде *aide-mémoire** — краткий вывод из разговора между дедушкой и его новоиспеченным зятем относительно прав собственности на имение. Говорили они, надо думать, после того, как решились на розыгрыш и на побег молодоженов из дома. Дедушка изложил Питеру Клоудиру все юридические последствия, сопряженные с кодициллом, а также с похищенным завещанием. (Он знал о грозившей ему опасности и предполагал, что его могут убить.) Дедушка пояснил, какие действия следует предпринять, и потому, по моим догадкам, последние две фразы добавил к письму Питер Клоудир, которому поручалось, в случае невозможности этого для дедушки, вчинить судебный иск и принять — либо самому, либо будущему сыну — родовое имя семейства своей супруги. Теперь мне стал понятен и другой смысл надписи на послании: письмо в определенном смысле адресовалось и сыну Мэри и Питера Клоудиров, который должен был носить имя «Хаффам». Важным было и то, что *aide-mémoire* служил еще одним доказательством наличия завещания, о котором твердил мне мистер Ноллот: оно должно было быть передано дедушке Мартином Фортисквинсом в день заклю-

---

* Памятная записка *(фр.)*.

чения брачного союза, а позднее тем же вечером тайно вынесено из дома Питером Клоудиром. Не оставалось, по крайней мере, сомнений в том, что дедушка твердо верил в его существование. Но если он не заблуждался на этот счет, то возникал вопрос: а что сталось с этим документом? Почему его не оказалось в пакете, который новобрачные вскрыли в номере гостиницы в Хартфорде?

Лежа на соломенном тюфяке в темной убогой каморке, я окончательно уяснил, что если завещание существует и будет найдено, то я обладаю неопровержимым правом на имение Хафем. Я вспомнил о своем желании, которое загадал на Рождество много лет тому назад, когда услышал от миссис Белфлауэр историю о том, как от семейства Хаффамов земля перешла в руки Момпессонов. Неужели ему суждено сбыться?

Стемнело, но я этого не заметил. Хозяева, собираясь в таверну, окликнули меня и пригласили с собой, но я отказался. Я услышал, как дверь за ними захлопнулась.

Итак, ключевой вопрос: существовало ли завещание? Если да, то кто украл его со смертного одра моего прапрадедушки? Тот же ли злоумышленник незаконно присвоил себе кодицилл? Где оба эти документа сохранялись под спудом все эти долгие годы? Кто этот «безукоризненно надежный источник», оповестивший дедушку, и что произошло с завещанием в роковую ночь его гибели? Быть может, этот его союзник не сумел добыть завещание и вручить его мистеру Фортисквинсу? Или же раздобыл, однако передать его не удалось? Единственный на свете человек, способный ответить на эти вопросы, конечно же, мистер Эскрит; необходимо, решил я, пойти и сделать еще одну попытку с ним поговорить.

Я слышал, как старшие Дигвиды вернулись из «Борова и свистка»; было уже очень поздно, но Джоуи так и не объявился. Я призадумался, стоит ли выкладывать им все о моем положении. Ради меня они рисковали столь многим, что питать к ним недоверие казалось мне низостью. Но вправе ли я в благодарность за их великодушие возлагать на них тяжкое бремя своих забот? В старших Дигвидах я ничуть не сомневался, но полагаться на Джоуи мне никак не хотелось, поскольку он мог стакнуться с Барни. В конце концов, я вывел, что нельзя докучать им моими хлопотами — особенно сейчас, когда они обеспокоены отсутствием сына.

Ближе к рассвету я принял твердое решение: в знак моего неколебимого намерения преуспеть в предприятии, начатом дедушкой, отныне — где только это представится уместным — я буду именоваться «Джон Хаффам». (Выбранное мной имя было, по сути, моим настоящим.) И я поклялся себе, что больше никогда в жизни не назовусь именем, мне глубоко ненавистным.

Итак, на следующее утро после завтрака я объяснился с Дигвидами: мол, вследствие новых сведений, которые я извлек из бумаг, доставленных мне Салли, я намерен отправиться в дом дедушки; о цели моего визита я умолчал. Мне возразили, что теперь, когда Барни может меня выследить, мне грозит опасность, если я покину дом без провожатого, и настояли на том, чтобы мистер Дигвид пошел со мной.

Я дал согласие, и, вернувшись наверх после утренней работы, мы вымылись, пообедали и около полудня пустились в путь.

Солнечным, но прохладным днем в середине мая я вновь оказался в сумрачном, зловонном дворике. Я попросил моего спутника ждать где-нибудь поблизости, однако не показываться на глаза старику, чтобы его не встревожить. Припомнив, как в прошлый раз отбил себе кулаки, я снова постучал в дверь. Теперь я рассудил: нет ничего удивительного в том, что мистер Эскрит отказался ее отворить, поскольку назвался я именем, которое он ненавидел и которого страшился пуще всего на свете, — Клоудир.

Сегодня же, когда мне опять показалось, что заслонка дверного глазка медленно отодвинулась, я произнес:

— Я — Джон Хаффам. Откройте, пожалуйста.

Я услышал, как медленно снимаются тяжелые засовы, громадный ключ глухо лязгнул в заржавленном замке, и дверь отворилась. Передо мной, устремив на меня взгляд, стоял высокий ссутуленный старик. Дряблые щеки на длинном лице свисали складками к выпиравшей нижней челюсти. У него был красноватый нос картошкой, из-под набрякших век смотрели тусклые слезящиеся глаза. Он, похоже, несколько дней не брился, кое-где на лице сквозь седую щетину проступали пятна. Одет мистер Эскрит был в изношенный костюм прошлого века, местами порванный: латаные темно-коричневые бриджи с чулками до колен и выцветший зеленый кафтан старомодного покроя, расшитый камзол, пожелтевший от времени, и туфли с пряжками. От него разило спиртным.

Мистер Эскрит постоял с минуту, часто моргая, словно только что пробудился от глубокого сна, и, к моему изумлению, произнес:

— Я ждал вас, мастер Джон.

Посторонившись, он жестом пригласил меня войти. Я шагнул из солнечного света в сумрачный вестибюль и через стеклянную дверь вошел в холл, где и огляделся. Здесь стоял густой влажный запах разрушения, которым словно бы непрерывно веяло с потолка, многие из квадратных черных и белых мраморных плит на полу потрескались, и между ними проросли сорняки. Наверх вела широкая лестница, слева от нее, на стене, висели скрещенные алебарда и кривая сабля. Меня пронизала дрожь.

Мистер Эскрит наблюдал за мной с выражением, которое я не мог разгадать. Я взглянул на него, чувствуя, что этот реликт прошлого хранит в себе разгадки многих наших фамильных тайн; какой же способ, думал я, найти, чтобы побудить его раскрыть их? Сначала мне показалось, что он находится в последней стадии старческого слабоумия, но теперь, когда он вполне стряхнул с себя полудремоту, его проницательный взгляд, обращённый на меня, выражал живейшее внимание. Однако со здравомыслием он был явно не в ладах. Каким это образом он мог меня ожидать? Неужели узнал и вспомнил мою первую попытку сюда проникнуть? Но это же заведомо невозможно!

— Пройдите за мной,— предложил мистер Эскрит и, повернувшись, провел меня через холл, мимо лестницы, в небольшую темную боковую комнатку.

Усевшись в старинное глубокое кресло с подлокотниками, он указал мне на такое же, стоявшее напротив.

— Прошу вас, садитесь. Считайте этот дом своим собственным, ибо некогда он принадлежал вашему дедушке, хотя ныне им, согласно его завещанию, владею я.

Эти слова вызвали у меня растерянность: я вспомнил матушкину запись о том, что мистер Эскрит унаследовал дом от ее прадеда.

— Здесь был его кабинет,— продолжал мистер Эскрит.— Упокой его душу, Господи! Я преданно служил ему многие годы и был с ним, когда он умер.

Меня поразило хладнокровие, с каким он упомянул об убийстве моего дедушки.

— Это произошло в этой самой комнате,— добавил мистер Эскрит.

Ощутив, как по спине у меня пробежал холодок, я спросил:

— Вы не расскажете мне подробнее, мистер Эскрит? О смерти моего дедушки...— Тут я запнулся, но докончил фразу: — И о моих родителях.

— О смерти ваших родителей мне известно немногое,— ответил он, неверно истолковав мой вопрос.

Я был удивлен, что мистер Эскрит наслышан об этих событиях. Ведь когда матушка приходила в этот дом, он дал ей понять, что долгие годы ничего о ней не знал — и кто же сообщил ему о ее смерти? А откуда он узнал о судьбе Питера Клоудира?

— По правде говоря, вашу матушку я знал мало, — продолжал он. — Вашего отца я знал гораздо лучше.

Сказанное мистером Эскритом было полной противоположностью тому, что было известно об этой истории мне. Не тронулся ли он умом? По-видимому, нет; мои слова как будто задели ненароком какую-то скрытую в нем пружину: из его уст полилась живая связная речь; он припоминал детали, называл имена и даты без малейшего усилия. Слушая мистера Эскрита, я, однако же, убеждался, что при всей ясности и отчетливости, свойственным его рассказу о давным-давно минувших событиях, он путался в их отношениях с настоящим — или, вернее сказать, в собственных отношениях с прошлым.

Глава 87

Я мало знал вашу матушку. Гораздо лучше знал вашего отца: впервые я оказался в этом доме почти что мальчиком, поступив на службу к старому мистеру Джеффри Хаффаму — собственно, тогда я находился приблизительно в том же возрасте, что и вы сейчас, прошу вашего прощения, мастер Джон, не сочтите за непочтительность.

Не думаю, что вам будет интересно, если я начну пространно рассказывать о себе, а посему не стану обременять вас историей моей жизни; скажу только, что родился в бедной семье, чему всегда верил. Став постарше, я узнал, что я — приемный ребенок, но так и не смог выпытать у моих названных родителей имена настоящих. Вам, мастер Джон, выпало счастье происходить из старинного рода, по праву наделенного фамильной гордостью, так что вы и представить себе не можете, каково понятия не иметь, кто ваш отец и тем более ваша мать. Но даже и в вашем случае доказать собственную законнорожденность не так-то просто, и я это вам опишу.

Меня забрали из школы в пятнадцать лет и определили учиться на адвоката в конторе мистера Патерностера, ведавшего обширными юридическими делами мистера Хаффама. В ту пору, о которой я говорю, старому джентльмену понадобился помощник, наподобие секретаря или писца: разбираться с корреспонденцией и заниматься юридическими вопросами, поскольку он постоянно обращался в суд. И вот мистер Хаффам обратился к мистеру Патерностеру с просьбой найти подающего надежды юношу; тот привел меня сюда, и старому джентльмену — мне он показался очень старым, тогда ему было за шестьдесят, а теперь для меня это вовсе не возраст — я, видимо, понравился. Помню это до сего дня, хотя было это очень-очень давно. Протекция мистера Патерностера сулила мне успешную адвокатскую карьеру: не имея собственного состояния, без нужных связей, я потратил бы на достижение успеха долгие годы, но он был ко мне очень расположен, и я не без оснований полагал, что могу надеяться с его стороны на всяческое содействие. Тем не менее мистер Патерностер настойчиво склонял меня принять предложение мистера Хаффама, и я рассудил, что оно даст мне благоприятный шанс продвинуться в избранной профессии.

Выяснилось, однако, что в выборе я ошибся. Правда, в первые несколько лет, которые я провел здесь, все шло хорошо. Тогда Хаффамы, разумеется, еще оставались богатым, влиятельным семейством; мне приходилось вести для мистера Джеффри одновременно множество дел, что начинающего юриста не могло не увлекать. В чем заключались мои обязанности? Поначалу — довольно скромные: я помогал в управлении имением. Главным управляющим был тогда, конечно, мистер Фортисквинс: он распоряжался собственностью в деревне и собирал арендную плату, а мистер Патерностер служил городским агентом. Мистеру Хаффаму нужно было одно: чтобы кто-то писал за него письма, снимал с бумаг копии и решал текущие деловые вопросы — в этом доме постоянно толпился народ. Как грустно видеть его теперь пустым и обветшавшим!

Поскольку здоровье мистера Джеффри не позволяло ему часто посещать Хафем, мне приходилось то и дело отправляться туда с разными поручениями и встречаться с управляющим и арендаторами. Большой новый дом, конечно, еще не был достроен, и строительные работы прекратились несколько лет назад, когда мистер Джеффри начал испытывать тяжелые денежные затруднения. Я слышал, мастер Джон, что новые владельцы продолжали строительство, однако не знаю, последовали ли они проекту, которому так страстно был предан ваш дедушка: он твердо решил возвести самый большой и лучший дом в графстве, намереваясь придать ему форму сплющенной латинской буквы «Н», во славу родового имени; центральное здание изображало собой перемычку, а оба крыла должны были располагаться по бокам. (Он питал пристрастие к этой фигуре, и первое, что сделал по прибытии в имение в бытность еще юношей, это высадил перед Старым Холлом квинканкс из деревьев — четыре дерева по углам квадрата, одно в середине, и перед каждым установил статую.) Увы, довершить постройку дома при его жизни не удалось, однако главное здание стояло там уже несколько лет, и в нем жило семейство во время своих приездов. В последний раз, когда я видел имение, деревня близ Старого Холла еще не была снесена, а парк не был благоустроен — как, по-видимому, это сделано сейчас. Думаю, все выглядит очень красиво, хотя я и не надеюсь когда-либо там побывать.

Там я встретил впервые вашего отца: он часто приезжал в деревню на охоту. Тогда он учился в университете и приезжал с друзьями. Мы были с ним одногодки, но он, занятый лошадьми и собаками, в окружении изысканных друзей, внимания на меня почти не обращал. Но как странно поворачиваются события! Теперь он лежит в могиле — долго — да уже добрых пятнадцать лет. А богатство и земли, которые он ожидал унаследовать,— что со всем этим сталось? И здесь вы, его сын,— почти такой же бедняк, каким был и я, когда впервые явился в этот дом, примерно в том же возрасте. Теперь этот дом — мой, а у вас нет почти ничего. Невольно поверишь, что все предопределено заранее.

Во время моих приездов я, конечно, не оставался в главном доме — ведь был всего лишь наемным служащим, а не членом семьи, и потому сначала остановился у мистера Фортисквинса, который проживал тогда с женой в части Старого Холла. Женат он был на юной красивой женщине, много его моложе. Как она ненавидела это угрюмое, мрачное жилище! Но вы ведь его помните — вы сами там жили до недавнего времени, разве не так? Теперь, наверное, оно в еще большем запустении: я говорю о давнем прошлом, а Старый Холл опустел за двадцать лет до того, когда ваш дедушка с женой и дочерьми перебрался в главную часть нового здания.

Мистер и миссис Фортисквинс занимали только часть Старого Холла: второе крыло было заперто. И кого-то там содержали под замком. Кого-то, чье присутствие должно было оставаться тайной, но я увиделся с ним без стороннего ведома. По этой причине — а также по ряду других — мистер Фортисквинс и отказал мне в крове. Что ж, такое случается: тогда я выглядел довольно привлекательным юношей: это, вероятно, вам сейчас трудно вообразить.

Дела таким образом понемногу шли, и все эти годы мы с вашим дедушкой отлично между собой ладили. Характер у него был нелегкий, со многими причудами — он, бывало, впадал в ярость и терял власть над собой, поэтому приходилось ему потакать. Жалованье он платил мне мизерное, питался я скудно; нет, щедростью он вовсе не отличался. Но часто говаривал, что за усердную работу и честную службу он меня вознаградит. Я не упускал случая напомнить вашему дедушке, какими возможностями пренебрег, приняв его приглашение, и питал надежду сменить стареющего мистера Фортисквинса в должности управляющего имением.

Я верил обещаниям мистера Хаффама: мне казалось, что я пришелся ему по душе. В деньгах я очень тогда нуждался,

КВИНКАНКС

поскольку был помолвлен, а о женитьбе и семейном устройстве с моим жалованьем нечего было и думать. Иногда ваш дедушка ронял, что предпочел бы вместо родного иметь сыном меня. О нет, не сочтите мои слова за дерзость, но вам следует знать, что с вашим отцом они не ладили.

Говоря начистоту, мастер Джон, ваш отец был для моего хозяина тяжким испытанием. По окончании университета он поселился в этом доме, и вскоре их отношения стали мне ясными. Мистер Джеффри сделался прижимистым, а мастер Джеймс вел себя так, как и его родитель в годы юности. Мастер Джеймс входил в питейный клуб «Вигвам», и его разгульные сотоварищи называли себя могавками. Он просадил прорву денег, играя в кости в заведении Алмака на Пэлл-Мэлл, где самая низкая ставка была пятьдесят фунтов. Пятьдесят фунтов! (Я в жизни не ставил больше двадцати пяти!) Сущее безумие! Отец с сыном часто ссорились и возненавидели друг друга. Ссоры происходили из-за денег: мастер Джеймс бунтовал против того, что денег ему выдавали в обрез. Начал занимать в расчете на будущее наследство. Хуже всего было то, что он задолжал кучке мерзавцев, опасаться которых ваше семейство имело давние основания. Это были Клоудиры и старый негодяй Николас — да помилует его Бог, хотя какому богу он мог поклоняться, мне сказать трудно. Выскочка, пройдоха, денежный мешок, по которому тюрьма плачет,— каких только презрительных кличек мистер Джеффри ему не давал! А он был и того хуже.

Достигнув совершеннолетия, ваш отец начал подписывать обязательства уплатить кредитору долг по получении наследства в пользу старика Клоудира, и ваш дедушка начал страшиться того, что произойдет после его смерти: он знал, что Клоудир давно зарится на имение Хафем и именно поэтому вцепился в мастера Джеймса. Опасения его были небеспочвенными: Клоудира он знал давно и видел, что повторяется его собственная история — сын безрассудно погрязает в долгах перед стариком. Вам, конечно, просто так

ЧАРЛЬЗ ПАЛЛИСЕР

многого не понять, но я постараюсь вам объяснить, если вы еще согласны меня терпеть.

Так вот, спустя год после совершеннолетия вашего отца вашего дедушку настолько тревожило создавшееся положение, что он решил составить новое завещание. (По правде говоря, мистер Джеффри не прочь был менять свою волю и делывал это не однажды.) Я хорошо помню этот последний случай, мастер Джон, и опишу его подробно, поскольку ему суждено было возыметь важные для вас последствия. Однако должен предварительно сказать несколько слов о связях вашего семейства с Момпессонами и пояснить, кто такие Клоудиры — кем были прежде и кем стали (один из них и посейчас продолжает нас донимать) — и каким образом они оказались вовлечены в отношения с вашим дедушкой. Для этого мне придется вернуться далеко вспять и раскрыть вам глаза на многое, что, вероятно, вам неизвестно: сомневаюсь, что мистер Фортисквинс делился с вами подобными сведениями, но я полагаю справедливым, чтобы вы составили себе полное о них понятие, и на это у меня имеется особая причина, как станет ясно из моего рассказа.

Глава 88

Хаффамы — или Хафемы, как первоначально писалось это имя, — происходят из древнего и славного рода. Поместье Хафем было даровано основателю рода самим Вильгельмом Завоевателем, и в последующие века Хаффамы порой брали себе в супруги представительниц королевской семьи. В ваших жилах течет кровь Плантагенетов, мастер Джон. Хаффамы мирно владели имением на протяжении нескольких столетий, постепенно расширяя и улучшая его. Старый Холл был выстроен в правление Генриха IV; Хаффамам удалось умело избежать последствий междоусобных войн Алой и Белой Розы, причинивших громадный ущерб всей стране. После роспуска парламента Хаффамы приобрели новые значительные земельные наделы, принадлежавшие ранее старинному картезианскому монастырю, сделавшись одним из богатейших семейств в графстве. Хаффамы оставались приверженцами церкви (ходили слухи, будто они тайные паписты) и потому спустя столетие, во время гражданской войны, в которой они поддерживали короля, лишились части владений, когда с поражением роялистов многие поместья были конфискованы. Земли Хаффамов перешли к мелкопоместному семейству, которое многие годы проживало по соседству; им хватило ума в нужный момент встать на сторону Кромвеля — я имею в виду Момпессонов. В отношении древности рода они притязали на равенство с Хаффамами, настаивая на том, что именно они дали имя близлежащей деревушке Момпессон Сент-Люси. Ваши предки всегда смотрели на них свысока как на выскочек и утверждали, что Момпессоны — их бывшие йомены-арендаторы и что не они дали имя деревушке, а совсем наоборот.

Далее Хаффамы, вознамерившись отвоевать утраченное, завязали дружбу со сторонниками парламента и яростно выступили против папистов. Что ж, кто кинет в них камень? Мы немало наслышаны о семействах, которые приспосабливали свою веру к интересам противоборствующих партий ради собственного благополучия. Да-да, и отрекались не только от папизма, а от куда большего. И тем не менее Хаффамы неверно оценили современный им политический настрой, тогда как дальновидные Момпессоны сумели заранее предугадать Реставрацию. Итак, при столь счастливом обороте событий Хаффамы остались ни с чем, зато Момпессоны удержали все ими приобретенное и к началу правления доброй старой королевы сделались подлинными представителями благородного сословия, хотя никак не могли равняться с нами в богатстве, поскольку мы продолжали числиться среди крупнейших землевладельцев во всей Англии. Ваш дедушка унаследовал прекрасную собственность, не отягощенную никакими доказательствами, поскольку был единственным сыном, хотя у него и были две сестры — Летиция и Луиза. В молодые лета ваш дедушка, боюсь, отличался разгульной необузданностью — почти такой же, что и ваш отец; с компанией столичных франтов он принимал участие во всех шумных попойках, нередко имевших самые плачевные последствия. Он играл в азартные игры, кутил и тратил время и деньги по примеру тогдашних состоятельных юных джентльменов — впрочем, такое, наверное, происходило во все времена. Он брал в долг — и огромные суммы, которые требовались то на новую карету, то на лошадей, то на... Словом, на все то, в чем нуждается в Лондоне молодой джентльмен. Он уже начал занимать деньги с расчетом на наследство еще до достижения совершеннолетия, хотя представляемые им гарантии по суду не имели ни малейшей силы в случае его отказа оплатить выданные векселя. Войдя в права наследства после кончины своего отца, мистер Джеффри предпочел выполнить все свои денежные обязательства (вопреки совету мистера Патерностера отказаться от уплаты долгов), ради чего ему пришлось занять громадные суммы под залог унаследованных им земель.

Теперь главным его кредитором стал Николас Клоудир — торговец, ростовщик, авантюрист, затевавший всякие дурные дела. Ваш дедушка считал его подобием гриба, который вдруг вырос в укромном месте, и звал его не иначе как Старым Ником — как кличут самого дьявола, и говорил, что это для него самое подходящее имя. Клоудир уже располагал солидным состоянием, и основной его целью было вступить в союз с достойным уважения старинным семейством, с тем чтобы деньгами проложить себе дорогу в общество землевладельцев. Он вцепился в вашего дедушку мертвой хваткой, и спустя несколько лет имение оказалось заложенным почти полностью; мистер Джеффри уже с трудом выплачивал проценты, что давало Клоудиру шанс лишить его права выкупа собственности. Однако в самый последний момент ваш дедушка сумел спасти имение. В нем всегда говорила фамильная гордость, и ему была непереносима мысль, что наши наследственные земли попадут в когти ничтожного вексельного маклера. Поэтому мистер Джеффри запер дом в столице и обосновался в Хафеме, взяв управление имением всецело в свои руки. Благодаря этому ему удалось поправить свои дела и еще через несколько лет избавиться от Клоудира, который впал в ярость, полагая себя обманутым как раз перед тем, когда добыча, казалось, уже была в его руках.

Что ж, какое-то время все шло хорошо и так бы оно и продолжалось, если бы вашего дедушку не охватила строительная лихорадка, которой тогда было заражено все мелкопоместное дворянство. Вместо того чтобы, руководствуясь благоразумием, погасить долговые обязательства, держателем которых по-прежнему оставался Клоудир, мистер Джеффри продлил срок их выплаты с целью высвободить средства на покупку известкового раствора и кирпичей. Старый Холл показался ему жилищем, недостойным джентльмена, и он твердо вознамерился возвести поблизости прекрасный новый дом. Странно, что подобные заботы ничуть его не волновали здесь, в Лондоне, и он преспокойно жил в этом самом доме, хотя наш квартал перестал быть *стильным* с тех пор, как построили новые улицы за Сент-Джеймсом вплоть до Тайберна. (Наши окрестности пришли в плачевное состояние. Знать за последние пять-шесть десятков лет отсюда поразъехалась, почему и стоимость этого дома теперь куда ниже, чем в те дни, когда ваш дедушка пообещал его мне. Вы, должно быть, заметили публичный дом рядом с номером шестнадцать, у которого стоят в ряд кареты и портшезы? А солдатских грошовых шлюх у стены Прайви-Гарденз? Вот почему ваш дедушка сделал фасадом дома его заднюю часть и построил там вестибюль.) Конечно же, отказавшись от прежних привычек, он наведывался в город только по делам, связанным с возведением и благоустройством своего нового дома. Именно будучи в Лондоне, он и завел знакомство с мистером Дейвидом Момпессоном, старшим сыном в этом семействе, который был его ровесником. Момпессона обуревало стремление утвердиться в светском обществе и, пользуясь привилегиями земляка, он довольно близко сошелся с мистером Джеффри. Решившись связать себя родственными узами с вашим семейством и зная о финансовых затруднениях вашего дедушки, он начал оказывать знаки внимания его младшей сестре, Луизе, и через какое-то время отважился просить у мистера Джеффри ее руки.

Однако ваш дедушка, помня о том, какими путями Момпессоны добыли себе богатство, и почитая их нищими выскочками, пришел в крайнее негодование от этой дерзости и отказал соискателю в самых оскорбительных выражениях. Мистер Момпессон воспринял отказ весьма болезненно и, как я скажу позже, вознамерился отомстить за нанесенное ему оскорбление. Имея целью умножить благосостояние семьи, он подыскал себе невесту с таким приданым, на какое позволяло рассчитывать его положение, — дочь бристольского купца. Затем он вступил в партнерство со своим тестем и вскоре после рождения сына Хьюго отплыл в Вест-Индию, где и жительствовал лет десять. Жена родила ему и дочь Анну — спустя несколько месяцев после его отъезда.

Ваш дедушка также, растрачивая все больше и больше денег на свою строительную манию, начал присматривать себе богатую невесту и также обручился с наследницей изрядного состояния. Боюсь, деньги — единственное, что его интересовало; любви между супругами не было, и это привело к беде. Вскоре у мистера Джеффри родилась дочь, которую он назвал Элис.

Затем мистер Дейвид Момпессон вернулся в Англию, сколотив торговлей в Вест-Индии солидный капитал; там он сделался владельцем сахарных плантаций, кораблей и многого другого, что мне трудно перечислить. Он приобрел новый дом на Брук-стрит, где его семья обитает и по сей день. Далее он стал членом парламента и купил себе баронетство (ваш дедушка частенько повторял, что король мог, конечно, сделать его баронетом, зато сам сатана не превратит его в джентльмена). Он обзавелся также гербом, на котором красовался квинканкс Хаффамов, заявив, что издревле это была эмблема Момпессонов — хотя ваш дедушка бурно негодовал по поводу такой наглости. Однако он не приобрел себе усадьбы, поскольку положил себе целью тем или иным способом заполучить себе имение Хафем; он полагал, что окрестные деревушки, называемые «Момпессон», подтверждали его притязания на древность рода, и желал также покарать мистера Джеффри за отвергнутое сватовство. Но из-за плохого здоровья, надломленного тропическим климатом, он прожил недолго — умер вскоре после своего возвращения в Англию. Его сын, нынешний сэр Хьюго, унаследовал не только отцовские плантации в Вест-Индии, но и алчное стремление завладеть имением вашего дедушки.

Он усматривал для себя хорошие шансы на это: наследника у мистера Джеффри тогда еще не было, так как ваш отец родился спустя несколько лет после появления на свет его второй дочери — мисс Софии. Зная об острой нужде вашего дедушки в деньгах, сэр Хьюго рассчитал, что богатство и титул помогут ему, в отличие от отца, преуспеть в заключении супружеского союза со старшей дочерью мистера Джеффри — мисс Элис, почти достигшей брачного возраста.

Итак, сэр Хьюго постарался возобновить знакомство с вашим дедушкой, которое оба семейства окончательно не прекращали. Однако сделанное им предложение мистер Джеффри решительно отклонил, ссылаясь на слишком юные годы мисс Элис, и сэр Хьюго заподозрил, что от него попросту хотят отделаться как от выскочки — в точности так же, как когда-то от его отца. Тем не менее, не мытьем так катаньем, мистер Джеффри был вынужден дать согласие на замужество дочери. Условия брачного контракта были для сэра Хьюго чрезвычайно благоприятны — ввиду обязательств вашего дедушки передать имение рожденному в этом браке старшему сыну в том случае, если сам он умрет, не произведя на свет наследника мужского пола. (Его супруге было тогда уже довольно много лет, и способной к деторождению ее не считали.)

Свадьба, по общему мнению, была грандиозной. Сэр Хьюго, любивший пышность и блеск, затопил дом на Брук-стрит морем огней и украсил множеством геральдических эмблем. Но сколь недолго продлилось перемирие, заключенное между двумя семействами! Беда пришла. Когда первым и единственным ребенком сэра Хьюго и его супруги оказалась девочка, окрещенная Лидией, написать завещание в пользу младенца дедушка отказался, мотивируя свое решение тем, что обещал облагодетельствовать только старшего сына. Возможно, из Лидии и получилось, как признавали все, престранное существо именно из-за родительской неприязни к ней; будь она мальчиком, все обстояло бы совершенно иначе.

А далее произошло следующее: в конце концов, выяснилось, что ваша бабушка ожидает ребенка. Когда родился ваш отец, трещина в отношениях между вашим дедушкой и Момпессонами начала превращаться в пропасть. Вам, должно быть, известно, что ваша бабушка скончалась при родах, младенец родился хилым и болезненным, позднего ребенка с хрупким здоровьем всячески баловали; старшая сестра, мисс София, души в нем не чаяла — и, вероятно, в силу этих причин ваш отец вырос капризным и испорченным.

Все эти годы ваш дедушка неустанно продолжал строительство в Хафеме — вместо вложения денег в усовершенствование поместья, и в результате все глубже и глубже увязал в долгах перед Клоудиром. (Строительство отнимало большие средства, поскольку пришлось снести деревушку, расположенную невдалеке от Старого Холла с тем, чтобы разбить парк.) Наконец, приблизительно через десять лет после рождения вашего отца и лет за шесть до того, как я поступил на службу к мистеру Джеффри, Клоудир вновь изготовился лишить его права выкупа заложенной собственности. Ваш дедушка, однако, предложил сделку, по услови-

КВИНКАНКС

ям которой его младшая дочь мисс София, прелестная юная девушка восемнадцати лет, должна была выйти замуж за старика Клоудира. В ответ на согласие Клоудира продлить срок закладных бумаг мистер Джеффри скрепил подписью брачный контракт, по которому старший сын, рожденный в этом браке, становился наследником Хафема — вторым по очередности после вашего отца. Клоудир рассчитывал, что ваш отец, в то время худосочный десятилетний мальчик, не доживет до вступления в права наследства. Ваш дедушка связал себя договоренностью составить такое завещание, надеясь, разумеется, на то, что его сын успеет произвести на свет собственного наследника и тогда указанный пункт окажется недействительным.

Спустя год у Клоудира и мисс Софии родился сын — тот самый молодой мистер Сайлас, о котором, несомненно, вы кое-что слышали, но, готов биться об заклад, ни единого доброго слова. Когда же мистер Джеффри не пошевелил и пальцем, чтобы составить, как обязывался, новое завещание, старик Клоудир приступил к нему с прежними угрозами. Ваш дедушка противился мысли о любом новом завещании, поскольку желал исключить всякий риск, сопряженный с наделением молодого мистера Сайласа последующим имущественным правом до тех пор, пока ваш отец не женится и не обзаведется потомством. Но ввиду того, что ваш отец, даже по достижении совершеннолетия не выказывал ни малейшей к подобной перспективе склонности, мистер Джеффри решил в конце концов составить новое завещание, где, однако, о мастере Сайласе не упоминалось бы вовсе.

Глава 89

Вот так обстояли дела к тому времени, о котором я сейчас рассказываю, и было это без малого двадцать лет назад. Поверенный мистера Джеффри, мистер Патерностер, составил завещание при моем участии, и я был счастлив услышать из уст вашего дедушки обещание передать мне в дар этот дом в знак его благодарности и расположения ко мне. (Он также повысил мне жалованье — и все это, вместе взятое, означало, что я могу наконец жениться.) Помимо этого пункта, новое завещание попросту подтверждало условия предыдущего, которое делало вашего отца прямым наследником мистера Джеффри, хотя он весьма опасался, что новый владелец имения тотчас пустит его на торги. О своем внуке Сайласе ваш дедушка не обмолвился в завещании ни словом, вопреки выраженному в договоре намерению.

Клоудир настойчиво требовал, чтобы ваш дедушка показал ему завещание, желая убедиться, что все договорные обязательства соблюдены, и после того, как мистер Джеффри отказался это сделать, обратился в суд, где почти все его притязания были удовлетворены: суд предписал вашему дедушке открыть завещание, и когда обнаружилось, что оговоренные условия не выполнены, было постановлено добавить к завещанию кодицилл, в котором мистер Сайлас назывался наследником с последующим правом наследования, что должно было быть засвидетельствовано самим мистером Клоудиром.

Ваш дедушка и мы с мистером Патерностером подолгу обсуждали, какие меры следует предпринять, дабы предотвратить продажу имения вашим отцом в том случае, если он его унаследует, и каким образом свести до нуля шансы Сайласа Клоудира стать претендентом на наследство. Мистер Патерностер нашел способ осуществить обе цели: кодицилл должен закрепить имение за вашим отцом как неотчуждаемую собственность (поскольку сам он наследников не имел, ему бы ничего не стоило отменить этот порядок наследования); в кодицилле мастер Сайлас должен был именоваться наследником с последующим правом наследования, если линия основных наследников прервется. Это означало, что он сможет унаследовать имение только в том случае, если переживет всех потомков вашего отца. Если же ко времени всех потомков вашего отца молодого мастера Сайласа в живых не будет, то заповедное имущество перейдет к единственному представителю его семейства, с которым мистер Джеффри не находился в ссоре, — к его старшей сестре мисс Летиции, вышедшей замуж за некоего джентльмена по имени Малифант. В довершение всего, дабы вашему дедушке было бы совсем нечего опасаться, мистер Патерностер указал, что он в любую минуту по своему желанию может отменить кодицилл или же составить новое завещание, хотя таковое Клоудиры, вероятно, оспорят в канцлерском суде, как и случилось на самом деле. Кодицилл был составлен с учетом всех этих условий и засвидетельствован самим Клоудиром.

Ваш дедушка, естественно, горел желанием возможно скорее женить сына с целью продолжения рода, однако когда мастер Джеймс вскоре известил отца о том, что нашел себе невесту, мистер Джеффри резко воспротивился его выбору. Семейство, из которого она происходила, казалось ему недостаточно богатым и знатным. Были у него и другие причины противиться этому союзу. Во-первых, внутри семейства царил полный разлад ввиду того, что дочь сэра Хьюго и леди Момпессон — та самая странная юная особа, о которой я уже упомянул, — влюбилась в брата избранницы, Джона Амфревила. Ее родители возражали против такого брака, и ваш дедушка в этом вопросе их мнение полностью разделял. Однако его племянник — Джордж Малифант — встал на защиту молодой пары, вследствие чего мистер Джеффри порвал с ним отношения и вознамерился лишить его последующего имущественного права. Сестра вашего дедушки, Луиза Палфрамонд, напротив, поддержала мистера Джеффри, благодаря чему вернула себе его благоволение. В итоге брачный союз между названной девицей и младшим Амфревилом не состоялся именно из-за противодействия вашего дедушки.

Вашему отцу, впрочем, удалось пренебречь волей мистера Джеффри: он и ваша матушка решились на побег с целью обвенчаться тайно. Поскольку это намерение необходимо было держать в тайне, он добился особого разрешения и подготовил брачную церемонию в таком месте, о котором ваш дедушка никак не мог узнать и уж тем более ее предотвратить. В результате этот союз всегда окутывала некая загадочность. Мне горько говорить вам об этом, мастер Джон, но вы должны знать, что ненавистные Клоудиры подвергли этот брак сомнению — а именно, заявили о том, будто он вовсе не имел места и вы, следовательно, являетесь незаконнорожденным отпрыском. Поскольку родителей ваших нет в живых, а о свидетелях церемонии ничего не известно, и в обследованных приходских списках о ней также не найдено ни единой записи, то аргументы у них, боюсь, достаточно сильные. Таким образом, воспротивившись этому браку, мистер Джеффри навлек на себя то, чего более всего опасался, — его потомки лишились наследства.

Глава 90

Ранней весной следующего года ваш дедушка тяжело заболел; осознав, что умирает, он страшился одного: мол, ваш отец отменит ограничения в праве выбора наследника и продаст собственность Николасу Клоудиру или, о чем еще тягостнее было думать, сэру Хьюго. Он тщетно умолял мистера Патерностера изыскать средства для предотвращения подобной развязки. Затем внезапно все переменилось — и причиной тому стали вы, мастер Джон. Тотчас по получении известия о вашем появлении на свет мистер Патерностер усмотрел способ расстроить планы вашего отца и провести за нос как Клоудира, так и Момпессонов. Я, однако же, в то время ни о чем таком не подозревал, поскольку находился в Хафеме, и потому все то, что я собираюсь вам сейчас изложить, сделалось мне известно гораздо позже.

Следуя замыслу мистера Патерностера, мистер Джеффри составил новое завещание, в котором ваш отец исключался из числа наследников, а собственность закреплялась за вами как неотчуждаемая. Да, мастер Джон, вы по праву справедливости являетесь наследником заповедного имения и в данную минуту должны были бы им владеть. Но наберитесь терпения: я расскажу вам о том, что произошло. (Надо упомянуть также, что ваш дедушка взял на себя риск обойти полным молчанием мастера Сайласа и тем самым открыто бросил вызов Клоудирам, которые, несомненно, стали бы это оспаривать. Из-за ссоры со своим племянником Джорджем мистеру Джеффри захотелось его наказать, а племянницу Амелию, с которой он помирился, наоборот, вознаградить. Таким образом, заповедное имущество, вместо того чтобы перейти к нему и к его наследникам в случае отсутствия у вас потомства, переходило теперь к его племяннице Амелии и ее отпрыскам.)

А сейчас я скажу вам нечто ужасное. Тотчас после составления завещания ваш дедушка скончался, и о существовании такового не ведала ни единая душа, помимо мистера Патерностера и еще одного свидетеля из числа наших клерков. Мистер Патерностер изъял и утаил последнее завещание — более того, он изъял также из первоначального завещания и кодицилл. (Его мотивы я поясню чуть позже.) Итак, он представил первоначальное завещание и объявил, что ваш дедушка аннулировал кодицилл незадолго до смерти, а его клерк это удостоверил, поскольку мистер Патерностер хорошо ему заплатил за умалчивание и нужные показания. В итоге раннее завещание было направлено в суд для подтверждения. Разумеется, Николас Клоудир опротестовал его в консисторском суде, заявив, что кодицилл противоправно сокрыт, однако никакими свидетельствами он не располагал, и потому дело уже через несколько месяцев было прекращено.

Итак, имение унаследовал ваш отец. Клоудир, разъяренный обманом, потребовал лишить наследника права выкупа заложенной собственности. Он обратился в канцлерский суд в попытке доказать, что кодицилл противоправно сокрыт и что, поскольку брак ваших родителей недействителен, законным наследником является его сын Сайлас. Он предложил также отозвать иск, если ваш отец продаст имение, однако ваш отец его перехитрил: передать родовые земли в руки ничтожного городского приказчика он желал ничуть не больше своего отца. И вот, менее чем через год после кончины отца, он передал поместье своему шурину, сэру Хьюго Момпессону, который, имея теперь сына — нынешнего сэра Огастеса,— страстно этого домогался. Поскольку сэр Хьюго не в состоянии был выплатить за покупку всю сумму, было условлено, что определенный доход с имения будет поступать вашему отцу и его наследникам ежегодно в виде пожизненной ренты.

Вскоре ваш отец скончался, а равно и старик Клоудир, однако процесс в канцлерском суде продолжался — его перенял теперь мистер Сайлас. Выслушайте, мастер Джон, важнейшие сведения, которые я намерен вам сообщить. Перед самой смертью, несколько лет тому назад, мистер Патерностер признался мне в своем поступке и пояснил, чем он был вызван. По его словам, он отправился к вашему отцу и сказал ему, что в соответствии с новым завещанием он лишается наследства. Ваш отец подкупил мистера Патерностера, с тем чтобы он утаил кодицилл, приложенный к предыдущему завещанию, а ему тогда не пришлось бы тратиться на отмену ограничений, наложенных на имущество, перед продажей имения.

Но мистер Патерностер признался мне на смертном одре, что он не уничтожил оба этих документа, в чем уверил вашего отца. Он хранил их у себя не один год, а потом известил Момпессонов о наличии другого завещания, которое все еще существует. Разумеется, такая новость повергла их в ужас, поскольку ваш отец задним числом лишался наследства и тем самым продажа имения делалась незаконной. Момпессоны купили документ у мистера Патерностера за громадные деньги. Боюсь, мастер Джон, что они это завещание уничтожили; ныне нет никаких доказательств, что оно когда-либо существовало.

Кодицилл, впрочем, внушает больше надежд. Мистер Патерностер, конечно же, не отважился предложить его Клоудирам, но он разыскал наследника мистера Джорджа Малифанта — к которому, если помните, переходило заповедное имущество за отсутствием потомства у вашего отца в случае смерти молодого мистера Сайласа — и предложил кодицилл этому джентльмену, некоему мистеру Ричарду Малифанту. Тем не менее мистер Малифант не захотел его приобрести. Мистер Патерностер сообщил мне, что позднее продал его другому члену этого семейства, однако отказался назвать, кто это.

Одним словом, если вы сумеете добыть кодицилл и представить его в суд, вас могут провозгласить владельцем имения Хафем, поскольку благодаря его обратному действию будет создано право, подчиненное резолютивному условию взамен безусловного права, которое Момпессоны, как им представлялось, приобрели, и суд может прийти к выводу, что продажа имения недействительна.

Осмелюсь заметить, что все это потребует огромных денег, мастер Джон. Вы должны теперь начать по возможности откладывать средства из своей ренты и постараться усвоить законодательные уложения относительно недвижимости, что позволит вам вести процесс с наибольшим успехом. Почему бы вам здесь не поселиться? (Я возьму с вас небольшую плату за стол и жилье.) И приведите с собой этого юношу, Мартина — сына несчастной Элизабет Фортисквинс. Я передам вам свои познания касательно общего права и права справедливости. Так что вы должны... вы должны... Что там за шум, мастер Джон? Послушайте, что за... Мастер Джон? О господи! Кто вы?

КНИГА IV

ДРУГ В СТАНЕ ВРАГА

Глава 91

Поздний вечер. Мистер Клоудир и мистер Сансью находятся в конторе одни — или вернее, почти одни, ибо мистер Валльями все еще работает в приемной, где хорошо слышны громкие раздраженные голоса.

— Эти векселя Квинтарда и Мимприсса, которые вы посоветовали мне купить для моего клиента — они гроша ломаного не стоили! — кричит мистер Сансью.

— Я не знал, что у банка плохи дела! — возмущенно восклицает старый джентльмен. — Я сам погорел на этих векселях. И мой осведомитель тоже.

— Ваш осведомитель, — презрительно фыркает адвокат. Он как будто хочет добавить еще что-то, но потом продолжает: — Бьюсь об заклад, именно ваш осведомитель нас и облапошил! Видите, к чему привели ваши махинации с векселями! Все, что заработала «Пимлико-энд-Вестминстер-Лэнд» на этой спекуляции, — все до последнего пенни потеряно! И сама компания вот-вот обанкротится, а кто-то сядет в тюрьму!

— Да вам-то чего беспокоиться? — выкрикивает старый джентльмен. Потом, дернув головой в сторону двери и знаком призвав гостя к молчанию, он продолжает хриплым шепотом: — Не вас же привлекут к ответу.

— Но и не вас,— резко парирует адвокат.— Интересно, не дурачили ли вы меня с самого начала. Бьюсь об заклад, вы продавали компании свои собственные липовые векселя и заставляли меня возмещать ваши убытки!

— Ложь! — вопит старый джентльмен.— Коли на то пошло, это *вы* поступили нечестно со *мной*. Именно вы устроили побег молодого Хаффама!

— О чем вы говорите? — восклицает мистер Сансью с неподдельным — или хорошо разыгранным — изумлением.— Зачем мне это надо?

— Не шутите со мной. Или вы меня за дурака держите? Я знаю, это ваших рук дело. И голову даю на отсечение, вы знаете, где он сейчас.

— Глупости. Какие у меня могли быть причины поступить так?

Старый джентльмен принимает очень хитрый вид.

— Не думайте, что мне неизвестно, какую игру вы ведете, Сансью,— говорит он.— Я знаю, как вы пытались разыграть свой козырь против меня. Но у вас ничего не получится. Со мной вам не справиться. Мне известны все ваши карты. Видите ли, я...

Старый джентльмен осекается и начинает судорожно ловить ртом воздух. Потом падает на пол и стонет:

— Расстегните мне воротник. Помогите.

Гость стоит и смотрит сверху вниз на хозяина, который задыхается и хватается за грудь.

Тихим, сдавленным голосом старый джентльмен с трудом выговаривает:

— Позовите Валльями, ради бога!

Мистер Сансью не двигается с места.

Через несколько минут старый джентльмен затихает и перестает шевелиться. Адвокат мгновенно подходит к сейфу и пытается поднять крышку. Сейф заперт. Он бросается к столу и принимается выдвигать ящики и рыться в бумагах.

Однако в следующий момент старый джентльмен внезапно вскакивает на ноги.

— Не так быстро, мой дорогой друг.

Он ухмыляется оторопевшему от ужаса мистеру Сансью и насмешливо спрашивает:

— Вы уж решили, вам повезло, да?

Он медленно надвигается на него, и мистер Сансью пятится в приемную, где выкрикивает: «Ваш хозяин рехнулся!» — а потом поворачивается и выскакивает на улицу.

Мистер Валльями в изумлении поднимает глаза на своего хозяина, который стоит в дверях кабинета с ликующим видом, чрезвычайно собой довольный.

Глава 92

Старик столь резко прервал свое повествование по той причине, что в парадную дверь громко забарабанили. Стук был странный, необычный такой: три быстрых удара, пауза, потом один удар, пауза, и снова три удара и один, тем же манером. Мистер Эскрит вздрогнул, словно внезапно пробудившись от сна, и теперь смотрел на меня так, будто видел впервые.

— Боже мой! Кто вы такой? Вы не мастер Джон! Кто вы такой, черт побери?

— Как я сказал вам, мистер Эскрит, я Джон Хаффам.

Я пребывал в полном смятении чувств, пытаясь понять значение всего услышанного.

— Ничего подобного. Джон Хаффам умер.— Он встал.— Кто бы вы ни были, вам нужно уйти. *Он* не должен застать вас здесь.

— О ком вы говорите? — спросил я.— И откуда вы знаете, кто пришел?

Мистер Эскрит казался испуганным.

— Так стучит только он. Скорее, у него есть свой ключ.

Он схватил меня за руку и почти вытолкал из комнаты. Когда мы проходили через холл, он предостерегающе прижал палец к губам, и, крадясь на цыпочках по растрескавшимся плитам пола, мы услышали скрип отворяемой парадной двери. Теперь от вестибюля нас загораживала лестница и, остановившись за ней, мы услышали, как хлопнула входная дверь: нежданный гость вошел в дом. Потом открылась и закрылась дверь вестибюля, и мы услышали шаги вновь прибывшего человека, который прошел совсем рядом с нами, направляясь в боковой холл. Мы двинулись по длинному коридору и благополучно достигли задней двери. Мистер Эскрит чуть не взашей вытолкал меня за порог и запер за мной дверь.

Я пробрался по темному узкому проулку на оживленный Чаринг-Кросс, немного прошел по улице и вернулся по проходу общего пользования в первый двор тупика. Там я застал мистера Дигвида, поджидавшего меня на таком месте, откуда он видел всех проходящих мимо, сам оставаясь скрытым от глаз людей в доме. К моему удивлению, рядом с ним стоял Джоуи, запыхавшийся, точно после быстрого бега. Я обрадовался при виде него, хотя потому лишь, что знал, как волнуются его родители.

— Вы знаете человека, вошедшего в дом минуту назад? — спросил я.

Они оба помотали головой.

— Как он выглядел?

— Довольно молодой,— ответил Джоуи.— Одет на благородный манер, но, судя по всему, не при деньгах. Больше ничего сказать не могу.

— Я дождусь, когда он выйдет, и взгляну на него.

— Никак нельзя,— возразил Джоуи.— *Он* только что наведывался к нам.

— Кто?

— Барни. Должно быть, Салли сообщила ему, где мы.

— Вам опасно оставаться там, мастер Джон,— вставил отец Джоуи.— Вам нужно сматываться.

Я признал его правоту, хотя мне не хотелось упускать случай взглянуть на гостя мистера Эскрита.

— Но куда? — спросил я.

Мистер Дигвид и Джоуи переглянулись.

— К Мег, — сказал Джоуи.

— Как раз о ней я и подумал.

Я посмотрел на Джоуи. Говорил ли он правду или пытался заманить меня в очередную ловушку? Откуда он узнал о возвращении Барни? Разве нельзя предположить, что он вернулся к нему с Салли и они составили другой заговор против меня?

— Я отведу его туда, па, — сказал Джоуи. — Если один из людей Барни следовал за мной досюда, я избавлюсь от хвоста скорее, чем ты.

Мистер Дигвид кивнул.

— Значит, ты вернулся домой, Джоуи? — спросил я.

Он покраснел, но его отец, явно разрывавшийся между радостью от возвращения сына и тревогой за меня, сказал:

— Да, слава богу. Говорит, он и не думал возвращаться к Барни, просто бродяжничал и ночевал на улице.

Джоуи держался со мной не так враждебно, как прежде. Казалось, он действительно рад случаю оказать мне услугу, и с этой мыслью я решил довериться ему.

Итак, мы расстались с мистером Дигвидом и под водительством Джоуи во всю прыть помчались через город, лавируя между пешеходами на запруженных толпами тротуарах, ныряя в переулки и перебегая оживленные улицы столь неожиданно, что лошади испуганно вскидывали головы, а возницы сердито кричали и норовили перетянуть нас кнутом. Кружа и петляя, мы неуклонно продвигались на восток вдоль реки.

Мы миновали Тауэр и двинулись через район, где все здания либо уже были снесены, либо находились в процессе сноса. Это был приход Святой Катарины, где средневековый колледж и госпиталь вместе с тысячей с лишним домов пустили на слом (а обитателей оных выселили) с целью расчистки участка под строительство нового дока. Рваный камень и земля, взятые здесь, отправлялись на баржах вверх по реке для засыпки Гроувенор-бейсон в Пимлико — это я видел, когда проходил через квартал Ладные Домики в поисках Барни.

Затем мы вдруг оказались в районе, где по улицам расхаживали мужчины с обветренными лицами и в куртках из грубого сукна, бесстыдные женщины щеголяли кричащими нарядами и в каждом доме, куда ни кинь взгляд, размещались лавки судовых снабженцев, галетчиков, канатчиков — одним словом, производителей и поставщиков всякого товара, имеющего отношение к судам. Над нашими головами кричали чайки, и Лондон внезапно превратился в морской порт.

Наконец мы достигли захудалого бедного квартала близ реки и здесь, в грязном узком переулке под названием Брухаус-лейн, Джоуи остановился и постучал в низкую дверь, глубоко утопленную в стене. (На самом деле мы находились в Уоппинге, совсем рядом с Пристанью Смертников, где в былое время пиратов и мятежников предавали казни через утопление в приливной воде.) Мы оба с трудом переводили дыхание, и за неимением времени и возможности выговорить хоть слово на бегу я еще не успел задать ни одного вопроса.

Жилище Мег оказалось опрятным и приличным домом с меблированными комнатами — крайне редкий случай в той части Лондона, где полно притонов и чуть ли не в каждом недобросовестные вербовщики подстерегают сошедших на берег матросов. Сама Мег была благожелательной честной женщиной примерно одних лет с миссис Дигвид. Хотя они состояли в близком знакомстве уже давно, Барни, как заверил меня Джоуи, понятия не имел об их дружбе. Мег провела нас с Джоуи в маленькую, но чистенькую комнату, а затем удалилась. Я ожидал, что Джоуи сейчас распрощается со мной, и уже собирался попросить его передать от меня благодарность родителям, когда он дал мне понять, что хочет сказать что-то. Мне не терпелось остаться в одиночестве, чтобы хорошенько поразмыслить над вновь открывшимися обстоятельствами.

С минуту он мялся, не зная, с чего начать, но наконец выпалил:

— Это все я. Ма ничего не знает.

— О чем ты говоришь?

— Перед самым нашим отъездом на север Барни велел Салли привести меня к нему, и он дал мне четыре шиллинга и посулил еще, коли я сделаю, что он скажет. Он наказал проникнуть в один дом в Мелторпе и в точности описал, как дом выглядит и где находится. Я был горд, что он доверяет мне. Вот почему на обратном пути я затащил маманю в Мелторп и привел прямиком к вашей матушке.

— Ясно. И что он просил тебя сделать?

— Стянуть ключ от входной двери, коли получится. Но главное, приметить места, где лежат всякие разные бумажки — ну, документы — и разведать, где хранятся ценности.— Потом он вскричал: — Но я ничего такого не сделал!

— Потому что я тебя застукал!

— Нет! — с негодованием воскликнул он.— Я и не собирался делать ничего подобного после того, как ваша матушка так сердечно приветила нас. Я решил просто хорошенько осмотреться по сторонам, чтобы отчитаться перед Барни, но не говорить ничего, что помогло бы обчистить вас.

Неужели Джоуи наконец говорит правду? Возможно, его родители знали об этом, но хотели, чтобы он сам признался мне. И он признался в такой момент, когда получил моральное преимущество надо мной, поскольку спас меня от своего дяди. Я почти не сомневался, что теперь знаю причину его враждебного отношения ко мне: мы ни к кому не испытываем столь сильную неприязнь, как к человеку, которому причинили зло.

— Я тебе верю,— сказал я.

— Это еще не все,— сказал Джоуи.— В тот раз, когда я незаметно шел за вами от недостроенного дома, дело на том не кончилось. Когда вы завалились спать в Коммон-Гардинге той ночью, я переговорил с малым, которому вы отдали кольцо.

— Льюк! — воскликнул я.

— Верно. Я наказал ему не спускать с вас глаз и следовать за вами по пятам, коли вы куда пойдете, а потом воротиться ко мне и доложить, где вы. Я отдал парню последний четырехпенсовик и посулил еще шестипенсовик. Потом я отправился к Барни и обнаружил, что он собирается смываться оттуда. Барни сказал, что получил распоряжения насчет вас от человека, который ему платит.

— А кто это?

— Без понятия. Но он велел подружиться с вами и как бы случайно затащить в тот дом близ Излингтона. Он даже нарисовал карту, чтобы я нашел место. И я нашел, как вам известно.

Я промолчал, но Джоуи неожиданно выпалил:

— Я же не знал, чего они затевают, верно?

Я рассеянно кивнул. Выслушав Джоуи, я утвердился в предположении, что Сансью являлся посредником между Барни и Клоудирами.

— Ну, я оставил Барни и вернулся в Коммон-Гардинг, — продолжал он, — и Льюк отвел меня к дому вашего деда.

Почти все вопросы касательно роли мистера и миссис Дигвид, по-прежнему смущавшие мой ум, теперь разъяснились, и мои опасения насчет них рассеялись. И хотя Джоуи причинил вред нам с матерью, по малолетству он не мог нести ответственность за содеянное, и самый факт, что он так долго злился на меня, свидетельствовал о том, насколько виноватым он себя чувствовал. Но все же у меня не было твердой уверенности, что он снова не переметнется на сторону своего дяди, а посему я не мог доверять ему полностью.

Когда Джоуи уходил, Мег пригласила меня на кухню перекусить, и таким образом мне удалось хорошенько поразмыслить обо всем, что сообщил мне мистер Эскрит (и сообщил, как оказалось, по ошибке), лишь позже вечером, по возвращении в комнату. Благодаря тому, что старик перепутал настоящее время с давно минувшим и принял меня за другого, я получил возможность заглянуть прямо в прошлое и теперь, думалось мне, располагал сведениями, неизвестными никому на свете, помимо нас двоих. Теперь я знал, что похищенное завещание Джеффри Хаффама действительно существовало и что именно адвокат Патерностер незаконно завладел документом и продал его Момпессонам. Я знал также, что Момпессоны не уничтожили завещание (вопреки предположению мистера Эскрита), но оставили у себя, ибо незадолго до убийства моего деда последний получил таинственное обещание от одного из их домочадцев, что оно будет возвращено ему через посредство Мартина Фортисквинса. Я не понимал, зачем Момпессонам хранить завещание, если оно лишает их права наследования. (Может статься, они просто недоглядели и к настоящему времени уже уничтожили его?) И меня чрезвычайно занимал вопрос касательно личности и мотивов человека, взявшегося выкрасть у них документ.

Я улегся в постель и попытался заснуть. Среди ночи под окнами раздался шум, и, выглянув на улицу, я увидел у передней двери троих Дигвидов с ручной тележкой, нагруженной пожитками. Когда я спустился вниз, Мег уже встала и впустила вновь прибывших. Мы прошли в кухню, и они объяснили, что решили бежать из дома под покровом ночи — причем тайком, на случай, если Барни или кто-нибудь из его шайки следит за домом. Они собирались найти жилье в этом районе, чтобы я снова мог жить с ними. Я премного удивился такому решению и утвердился в своих предположениях относительно их истинных мотивов.

Утром Дигвидам удалось нанять маленький коттеджик неподалеку, на Пиэртри-элли близ Синнамен-стрит, и мы все перебрались туда. Будучи здесь людьми пришлыми, они не имели кредита в бакалейной лавке, не могли открыть долговой счет в пивной и не водили знакомства с местным ростовщиком. Тронутый таким свидетельством преданности и чувствуя себя виноватым перед ними в том, что судил о них неверно, я почел себя обязанным рассказать добрым людям хотя бы малую часть своей истории. Но поскольку я по-прежнему сомневался, что могу безоговорочно доверять их сыну, я положил выждать момент, когда Джоуи не будет дома.

Так вышло, что во время следующей отлучки сына миссис Дигвид, словно догадываясь о моем нежелании откровенничать при нем, сама поинтересовалась:

— Ваш дед сообщил вам что-нибудь полезное, мастер Джон?

Я вздрогнул. *Мой дед?* Что ей известно? Откуда она знает? Потом до меня дошло, что мы неправильно поняли друг друга, ибо миссис Дигвид ввело в заблуждение мое упоминание о дедовом доме.

— Вы имеете в виду мистера Эскрита? — спросил я. — Старого джентльмена, проживающего в доме на Чаринг-Кросс?

Она кивнула и таким образом, по счастью, избавила меня от необходимости отрицать свое родство с мистером Эскритом. В конце концов, дом принадлежал моему деду. Я объяснил, что старый джентльмен, мной посещенный, был доверенным слугой отца моей матери, и принялся выборочно излагать сведения, почерпнутые у него.

Однако, едва я упомянул о Момпессонах, мистер Дигвид перебил меня:

— Мампси! Да ведь на ихнюю семейку работал мой папаша до того, как перебрался из деревни в Лондон. Как уже я говорил вам.

— Странное совпадение, — заметил я. Мистер Дигвид недоуменно вскинул брови. — Я имею в виду, это в высшей степени маловероятно.

— Ну не знаю, — ответил он. — В конце концов, они в тех краях слыли за важных господ, а потому — коли учесть, откуда мой старик родом,— неудивительно, что он пошел к ним в услужение.

— А откуда он родом?

— Да из деревни Стоук близ Хафема, которую снесли тому лет пятьдесят. Так что семейству моего отца пришлось податься в другие места.

— Знаю. Они отстроили деревню заново и назвали Момпессон-Стоук.

— Ага, но теперь там разрешалось селиться только фригольдерам, чтобы не в тягость приходу.

Поистине странно, что между мной и Дигвидами обнаружилась еще одна связь. Не слишком ли рано я отмел в сторону все свои подозрения насчет них? Но если они что-то скрывали от меня, то вряд ли признались бы в этом.

Мистер Дигвид продолжал:

— Мои родичи — Дигвиды и Фиверфью — с незапамятных времен работали у Момпессонов каменщиками и механиками.

Потом мне пришла в голову одна мысль, и, стараясь скрыть подозрительную нотку в голосе, я небрежно спросил:

— Так значит, Барни тоже связан с ними?

— Был одно время, но вот уж много лет не имеет с Мампси никаких дел,— ответил его брат.— Он повздорил с управляющим из-за платы за какую-то свою работу и с тех пор затаил злобу против них.

О злопамятстве Барни я имел представление. С облегчением увидев, что все становится на свои места, я сказал:

— Помнится, вы говорили мне, что вы с братом продолжали работать на семейство, которому служил ваш отец. Так значит, вот почему Барни находился там в то время, когда забрался в наш дом?

— Ну да, верно,— подтвердил мистер Дигвид.— Помните, вскорости после того Мампси перебрались в свой большой дом в Хафеме? Так вот, Барни тогда отправился вперед, чтобы помочь все там подготовить к приезду хозяев. Потому-то он и проезжал через Мелторп в тот день.

Значит, дело вовсе не в случайном стечении обстоятельств! Теперь я понял, что неверно истолковал существующую между нами связь и сделал глубоко ошибочные выводы: именно из изначальной связи Дигвидов с моими родными краями проистекали все прочие, странные на первый взгляд совпадения! Следовательно, я совершенно несправедливо подозревал мистера и миссис Дигвид в причастности к некоему грандиозному заговору! (На самом деле теперь я вспомнил, что, когда миссис Дигвид и Джоуи явились к нам в Мелторпе, она упоминала о связи своего мужа с Момпессон-Парк. Удивительно, что я забыл об этом.)

Теперь я проникся к ним достаточным доверием, чтобы рассказать больше. И вот я коротко поведал, что последнее завещание моего предка, вкупе с дополнительным распоряжением к предыдущему завещанию, было давным-давно похищено, каковое обстоятельство послужило причиной всех несчастий, постигших мою семью: мой дед был убит, моя мать доведена до погибели, а сам я подвергаюсь преследованиям, о которых они знают. Теперь, когда кодицилл оказался в руках Клоудиров и предъявлен в канцлерском суде, моей жизни угрожает серьезная опасность, поскольку после моей смерти во владение хафемским поместьем вступает Сайлас Клоудир. От мистера Эскрита я узнал, что Момпессоны выкупили похищенное завещание у вора, и предположил, что мой дед был убит при попытке вернуть документ — причем убит таким образом, чтобы подозрение пало на его новоиспеченного зятя.

Они только головами покачали, выслушав мою историю, а потом мистер Дигвид спросил:

— Неужто у вас нет никакой возможности обезопасить себя?

— Мне ничего не грозило бы только в том случае, если бы похищенное завещание по-прежнему существовало и могло быть предъявлено суду, поскольку оно отменяет кодицилл, а тогда никому нет выгоды в моей смерти. Но оно наверняка давным-давно уничтожено.

— Вы уверены? — спросила миссис Дигвид. — А вам не кажется, что, если Мампси берегли документ сорок лет и если снова заполучили его после убийства бедного джентльмена, они не стали бы его уничтожать?

— Да. — Сердце у меня забилось от высказанного предположения, подкрепляющего мои надежды, ибо раньше я гнал прочь самую мысль о такой возможности. — Но если у них есть причины беречь завещание (во что мне не верится, ибо в таком случае они сильно рискуют), тогда оно, вероятно, хранится в банковском сейфе или в каком-нибудь надежном тайнике.

— Тайник! — воскликнула миссис Дигвид и порывисто повернулась ко мне, вспыхнув от волнения. — В каком году произошло смертоубийство вашего дедушки?

— За год до моего рождения, в мае.

— А вы родились за полгода до Джоуи, так ведь? — Она повернулась к мужу. — Значит, в мае года Большой Кометы. Помнишь комету? Огроменная такая, с блюдо для сыра. — Он кивнул, и она продолжала: — В то время я нянчилась с Полли, а ты тогда же выполнил кое-какую работенку для Мампси!

Мистер Дигвид смотрел на нее пустыми глазами.

— Управляющий Мампси прислал к нам парня, — продолжала она, — с просьбой взяться за одну работу по механической части.

— Мистер Ассиндер? — спросил я.

— Нет, предыдущий, — сказала миссис Дигвид, а потом снова повернулась к мужу. — Ты еще удивлялся, почему они не поручили дело кому-нибудь из своих постоянных работников, поскольку ты уже много лет не работал на них.

— Да, — промолвил он, — теперь припоминаю.

— Так неужто непонятно, что ты выполнил заказ Мампси ровно в то время, когда они, видать, снова прибрали к рукам документ мастера Джона?! — вскричала миссис Дигвид.

— Понятно, — сказал я.

— Джордж, расскажи мастеру Джону, чего они от тебя хотели.

— Ну... — Мистер Дигвид на мгновение задумался. — У них там камин в одной из огромных комнат. Большая гостиная, так она называется. Из превосходнейшего мрамора и сложен добротно. Они приказали каменщику вынуть из кладки одну плитку, прямо под каминной полкой, и выдолбить там полость с заглублением вниз. Я же должен был смастерить такой деревянный ящичек, который бы вставал туда и выдвигался вверх и вперед на блоках, когда плитка опускается.

— Тайник! — воскликнул я.

— Верно, — сказала миссис Дигвид. — Вот почему они не хотели поручать дело никому из своих постоянных работников.

Я не мог говорить, всецело поглощенный мыслью, что, если все действительно так и если мне удастся раздобыть завещание, я мгновенно стану владельцем поместья. Сколь полное восстановление справедливости в возмещение всех несчастий, причиненных моей семье и Момпессонами, и Клоудирами! И сэр Персевал своими действиями по отношению к местным жителям доказал, что совершенно недостоин владеть хафемскими землями. Я не просто имею право — я обязан — владеть поместьем! Но разве есть у меня надежда вернуть завещание? Не желая, чтобы Дигвиды догадались о моих мыслях, я под каким-то предлогом покинул дом и быстрым шагом ходил по окрестным улицам, покуда немного не успокоился.

Даже при наличии необходимых средств мне не удастся востребовать завещание через суд, ибо Момпессоны простонапросто заявят, что такого документа не существует. Представлялось очевидным, что единственный способ заполучить завещание — это вскрыть тайник. Но разве такое возможно?

На следующий день мистер Дигвид, Джоуи и я вернулись к работе, и теперь, когда мы жили в другом районе города, нам приходилось проникать в канализацию через другой вход, а следовательно, преодолевать значительные расстояния в поисках наиболее плодоносных туннелей, что отнимало у нас много времени и снижало наши заработки.

Однажды вечером, когда Джоуи в очередной раз отлучился из дома, я снова завел речь о тайнике.

— А Барни помогал вам делать его? — спросил я мистера Дигвида, памятуя о своих прежних подозрениях насчет причастности Барни к истории моей семьи.

— Нет,— удивленно ответил он.— Брата тогда не было в городе.

— А где он был, вы знаете?

Мистер Дигвид помотал головой.

— Аккурат об ту пору он пропал на несколько месяцев.

Это служило очередным — хотя и не неоспоримым — доказательством возможной причастности Барни к убийству моего деда.

Мгновение спустя я сказал:

— Боюсь, единственный способ вернуть завещание — это взять его из тайника.

Последовало молчание.

— То бишь, выкрасть? — уточнила миссис Дигвид.

— Это не кража,— возразил я.— Оно было украдено с самого начала и по закону должно находиться в руках судей. Как все завещания.

— Тогда пусть судьи и возвращают его,— сказала миссис Дигвид.

— У них нет ни желания, ни возможности. Чтобы справедливость восторжествовала, я должен взять это дело на себя.

Мои слова вызвали бурный протест.

— Вас могут повесить, коли поймают! — воскликнула миссис Дигвид.— По крайней мере, отправят на каторгу.

— Моя жизнь и так в опасности,— сказал я.— Неужели я должен скрываться от Барни ближайшие годы, покуда Сайлас Клоудир не умрет?

Они явно смешались, и я понял, что упоминание о роли Барни в моей жизни достигло цели.

— Я буду в безопасности, только когда представлю завещание в суде. Поэтому я прошу вас, мистер Дигвид, лишь об одном: расскажите мне, как открывается тайник.

Миссис Дигвид чуть заметно кивнула, и он начал:

— Ну, тут есть одна загвоздка. Видите ли, там оставили место для замка, но замок изготавливал слесарь.

— Вы знаете, кто именно?

— Нет.

— Но вероятно, замок несложно открыть отмычкой или взломать,— предположил я.

— Ну да,— неуверенно согласился мистер Дигвид.— Может, оно и так.

— Теперь, когда я знаю про тайник, мне остается лишь придумать, как проникнуть в дом,— сказал я.

Дигвиды содрогнулись при таких моих словах, и, увидев это, я перевел разговор на другую тему.

В течение следующих нескольких дней, когда до моего сознания дошло, насколько трудно задуманное дело, я постепенно пришел к мысли, что без посторонней помощи у меня нет никаких шансов добиться успеха, и потому я решил довериться мистеру и миссис Дигвид в большей мере и попросить о содействии. Я подчеркну, что, только вернув завещание, я огражу себя от опасности, но ничего не скажу о том несомненном факте, что оно принесет мне огромное состояние.

И вот, несколько дней кряду я вел с ними споры насчет нравственности и безнравственности замысленного предприятия, по-прежнему держа наши разговоры в тайне от Джоуи. Мое дело правое, говорил я, ибо похищенное завещание, как мне стало известно от мистера Эскрита, представляет окончательную волю моего прапрадеда в части распоряжения имуществом, а посему должно быть введено в силу.

Наконец мои старания вознаградились, и однажды миссис Дигвид сказала:

— Ладно, мастер Джонни, мы поможем вам. Раз вы считаете, что в покраже документа нет ничего дурного, значит, и мы не против. Ведь мы еще должны искупить зло, причиненное вам и вашей матушке Барни и Джоуи.

— Не говорите об искуплении,— запротестовал я.— Я просто хочу получить возможность отблагодарить вас.

— Нам ничего не надо,— оборвал меня мистер Дигвид.— Нам достаточно увидеть, что справедливость восстановлена.

Я слегка смутился, но я добился своего и был доволен.

Хотя мы трое старались держать наши намерения в тайне от Джоуи, в крохотном домишке было трудно скрыть что-либо, и однажды он случайно услышал разговор, по неосторожности заведенный мной, когда он находился наверху, и таким образом раскрыл наш замысел.

Разумеется, он стал настаивать на своем участии в деле, и, хотя я не возражал — полагая, что в таком случае он не разболтает о наших планах Барни,— его родители решительно воспротивились, и произошел ожесточенный спор.

— Вы ничего не смыслите в кражах со взломом,— заявил Джоуи.— А я многому научился у Барни.

— Тем больше причин не впутывать тебя в эту историю,— отрезала его мать.

Джоуи насупился.

— По крайней мере, ты можешь дать нам полезный совет,— сказал я.

— Ага,— сказал он.— Поскольку, помимо ночного сторожа в доме, надо остерегаться караульных и полицейских патрулей. Какой это приход?

— Святого Георгия, Ганновер-Сквер,— ответил я.

— Да там патрули через каждые три шага! Без «крота» у вас ничего не получится.

КВИНКАНКС

Увидев наше недоумение, он пояснил:

— Сообщник из домочадцев, который впустит вас внутрь или, по крайней мере, сообщит, что и где искать и когда лучше идти на дело.

— Но про это я кое-что знаю,— воскликнул я.

Я уже слегка упоминал Дигвидам про мисс Квиллиам и теперь пересказал часть ее истории, касающуюся проникновения в дом поздней ночью после побега из притона на Пэнтон-стрит.

— Если я правильно помню,— продолжал я,— она не могла добудиться ночного сторожа, поскольку он крепко спал, и потому ей пришлось войти в дом со стороны конюшен. Так что сторож не особо серьезная помеха.

— Когда это было? — спросил Джоуи.

— Почти пять лет назад,— признал я.

Он фыркнул.

— Вашим сведениям грош цена. Вам нужно разузнать побольше, прежде чем лезть в дом. Может, они сейчас держат собак.

Мистер Дигвид содрогнулся, но его жена храбро сказала:

— Я попробую подружиться с кем-нибудь из прислуги и разведаю, что сумею. Где находится дом, мастер Джонни?

— Брук-стрит, сорок восемь.

Внезапно Джоуи заявил:

— Коли вы возьмете меня в соучастники, я помогу вам потолковее.

— Джоуи, дело-то нешуточное,— сказала миссис Дигвид.— Любого человека, забравшегося ночью в чужой дом, могут обвинить в краже со взломом и отправить на виселицу — как отправляют многих бедолаг каждый год.

— Мне и не придется забираться в дом,— сказал Джоуи. Он повернулся к отцу.— Вам понадобится стремщик.

— Кто? — изумленно переспросил мистер Дигвид.

— Вот видите, какие вы лопухи. Стремщик — это парень, который остается снаружи и следит, все ли вокруг спокойно, чтобы в случае опасности сообщники успели дать деру. Позвольте мне стоять на стреме!

— Только через мой труп,— отрезала миссис Дигвид.

Увидев, что мать непреклонна, Джоуи вскочил на ноги и выбежал прочь.

Несмотря на все мои уговоры, миссис Дигвид по-прежнему решительно возражала против участия сына в деле, хотя я доказывал, что он может дать нам много дельных советов. И вот, в течение последующих недель, пока миссис Дигвид околачивалась в разных тавернах близ Брук-стрит, мы с ее мужем проводили все вечера в притонах нашего собственного квартала, втираясь в доверие к подозрительным незнакомцам, которых нам рекомендовали как бывалых воров-взломщиков.

Как следствие такого нашего познавательного общения, мы с мистером Дигвидом проводили много времени, учась обращаться с так называемым «бычьим глазом» — потайным фонарем с регулируемым лучом света — и «крестовиком» — инструментом для отмыкания замков.

Когда в редкие минуты досуга я обращал внимание на Джоуи, он казался очень спокойным и держался со мной еще отчужденней против прежнего, словно я был виноват в том, что его отстранили от дела. Он ходил с горьким и гордым видом и почти все время молчал: только отвечал на непосредственно обращенные к нему вопросы, причем очень коротко и сухо.

Однажды вечером, несколько недель спустя, Джоуи, мистер Дигвид и я по окончании работы возвращались на поверхность по туннелю под Сохо.

Внезапно Джоуи, несший один из двух наших фонарей, сказал:

— Я пойду другим путем. Встретимся дома.

Это было нарушением самого главного неписаного правила: никогда не ходить здесь поодиночке,— и мы с мисте-

КВИНКАНКС

ром Дигвидом настолько опешили, что обрели способность действовать только, когда он уже почти скрылся за поворотом.

Мы бросились за ним следом, но Джоуи хорошо выбрал место, поскольку, завернув за угол, мы уже не увидели во мраке ни самого слабого проблеска фонаря. Он скрылся в одном из многочисленных туннелей, отходящих здесь от главного, и за невозможностью угадать, в каком именно, мы волей-неволей отказались от поисков и отправились домой.

Мистер Дигвид был по обыкновению молчалив, но на сей раз его молчание носило особый характер. Мы поднялись на поверхность и шагали по Стрэнду, когда он вдруг попросил меня подождать немного и завернул в лавку, откуда вскоре вышел с длинной тростью.

Когда мы добрались до дома, помылись и переоделись, потянулись томительные минуты тревожного ожидания. Через пару часов мы услышали торопливые шаги за дверью, но это оказалась миссис Дигвид.

Она ворвалась в дом в великом возбуждении.

— Я познакомилась с одной из прачек! — выкрикнула она, но осеклась при виде наших вытянутых физиономий. — Так, что случилось?

Мы объяснили, и она тяжело опустилась на обшарпанную деревянную скамью.

— И чего следует опасаться? — спросила она.

— Уже начинается прилив, — сказал мистер Дигвид. — Если он потеряет фонарь или оступится и повредит ногу...

Мучаясь тревожным ожиданием, мы и думать забыли о принесенных миссис Дигвид новостях. Я задавался вопросом, не вернулся ли Джоуи к Барни, и строил предположения относительно возможных последствий такого поворота событий. Если бы только родители не возражали против его участия в деле!

Однако к великому нашему облегчению, он довольно скоро появился с вызывающим, но одновременно торжествующим выражением лица. Миссис Дигвид бросилась к нему и сжала в объятиях, хотя он все еще был в грязной рабочей одежде. Через плечо матери Джоуи настороженно смотрел на отца.

Мистер Дигвид потряс тростью.

— Я не собираюсь спрашивать тебя, о чем ты думал, поскольку тебе в любом случае нет оправдания. Расскажешь потом, коли надумаешь.

— Очень даже есть, — с вызовом ответил Джоуи. — Только я ничего тебе не расскажу. Пока не сочту нужным.

— Сколько раз в жизни я поднимал на тебя руку, Джоуи? — спросил мистер Дигвид.

— Два раза, когда я возвращался от Барни, — угрюмо пробурчал он.

— Поди переоденься и умойся, — велел отец.

Джоуи поколебался, но потом все же отправился выполнять приказ. Когда он вернулся, миссис Дигвид пошла наверх, тоже переменить платье. Поскольку мне теперь идти было некуда, разве только прочь из дома, я остался.

Джоуи, в рубашке, встал спиной к отцу. Мистер Дигвид размахнулся и опустил трость на плечи и спину сына. Удар был крепким, ибо мистер Дигвид шумно и часто задышал, а у Джоуи покраснело лицо и задрожала нижняя губа. Четыре раза трость взлетала вверх и с ужасным треском падала на спину парня.

Никто не произнес ни слова. Джоуи отошел и сел в углу. Через пару минут миссис Дигвид спустилась вниз и бросила сочувственный взгляд сначала на сына, потом на мужа.

— Теперь расскажи нам, что ты разузнала, голубушка, — сказал мистер Дигвид, все еще слегка задыхаясь.

— Я познакомилась с молодой служанкой, которая работает там в прачечной, — начала она. — Зовут Нелли. Она ночует за прачечной, на конюшенном дворе. Говорит, что когда приступает к работе по утрам, всякий раз должна колотить в заднюю дверь со всей мочи, чтобы разбудить ночного сторожа. Он спит в судомойне, где теплее всего, и Нелли говорит, к вечеру он всегда напивается и быстро засыпает.

Мы с мистером Дигвидом радостно переглянулись.

Миссис Дигвид продолжала:

— Дворецкий, заперев дом на ночь, отдает ключи сторожу, чтобы он мог впустить припозднившихся. Но когда сторож решает, что все дома, говорит Нелли, он прячет ключи в надежное место, отправляется в судомойню и заваливается спать. Таким образом, коли кто возвращается позже, он не может войти, покуда не поднимет кучера и конюхов, чтобы пройти через конюшню, а дверь в кухню сторож всегда оставляет незапертой, чтобы можно было войти в дом со двора.

— Да,— сказал я.— Мисс Квиллиам так и сделала! Значит, все осталось по-прежнему, и со сторожем проблем не будет. Опасаться придется других слуг. И конечно, полицейских патрулей на улице.

— Но как вы проберетесь в дом? — спросила миссис Дигвид.

— Пока не знаю,— ответил я.

Тут Джоуи издал странный горловой звук.

Не обращая внимания, я сказал:

— Нам придется лезть через окно — либо со стороны двора, либо со стороны улицы. Но хотелось бы найти путь получше.

Из горла Джоуи снова вырвался странный звук, и он выпалил:

— Ха! Хотите знать одну вещь?

— Да, хотим,— сказал я.

— Я ничего вам не скажу, покуда вы не возьмете меня в дело.

— Этому не бывать,— отчеканила его мать.

— У тебя есть какая-то идея? — спросил я.

— Да не просто идея. Я точно знаю, как залезть в дом и выбраться оттуда, чтобы тебя вообще не видели с улицы. Но я ничего не скажу.

Я несколько раз пытался исподволь выведать у Джоуи что-нибудь — но безуспешно — в течение последующих нескольких недель, когда начал все отчетливее осознавать трудность задуманного предприятия. Ибо, наведавшись на Брук-стрит парой дней позже, мы с миссис Дигвид обнаружили, что все окна подвала и цокольного этажа там забраны прочными железными решетками, ограда вокруг участка усажена по верху жуткими остриями, а вдоль самой стены дома тянется палисадник из острых кольев, исключающий всякую возможность добраться до окон, расположенных над цокольным этажом. Мы прошли кругом к конюшням, осторожно ступая между кучами конского навоза, и обнаружили, что подступ со стороны хозяйственного двора, как мы и опасались, преграждает здание конюшен и каретного сарая, а поскольку на втором этаже там явно находились комнаты кучера и конюхов, проникнуть в особняк отсюда тоже не представлялось возможным. Однако через открытую дверь конюшни мы увидели, что стена заднего двора соседнего дома, номер сорок девять, сильно разрушена. Означенный дом, много меньших размеров и расположенный на углу Брук-стрит и Эвери-роу, похоже, пустовал, но, к несчастью, он оказался защищенным от вторжения не хуже номера сорок восемь.

Когда мистер Дигвид передал нам слова одного знающего человека, с которым познакомился в пивной, мы пали духом еще сильнее: «Забраться в дом через окно будет чертовски трудно. Чтобы выломать один прут решетки, вам придется минут двадцать орудовать сверлом и зубилом. И это в лучшем случае».

— Чтобы мне пролезть, нужно будет выломать два прута, — сказал я. — Неужто нельзя управиться быстрее?

— Работать придется медленно, чтобы не поднимать шума.

— Сорок минут! — воскликнул я. — Даже в безлунную ночь это очень рискованно. А что дальше?

— Потом останется вынуть стекла и перепилить решетку оконного переплета. Дело нехитрое, и я с ним справлюсь за пять минут.

— Значит, можно уложиться в час без малого?

— Нет, поскольку мне придется прерываться при приближении караула и полицейских патрулей. Нам нужен еще один человек, чтобы вы с ним могли наблюдать за улицей в оба конца и предупреждать меня об опасности.

— Но нам никому больше нельзя доверять.— Тут я немного поколебался, ибо уже давно собирался внести одно предложение, и наконец спросил: — Может, вы все-таки подумаете о том, чтобы поручить Джоуи наблюдение за улицей?

Хотя поначалу они решительно воспротивились, в конечном счете мне удалось убедить их, что в таком случае сам Джоуи рискует мало, а безопасность его отца значительно возрастает.

Мы сообщили Джоуи о нашей уступке, когда он позже вернулся домой.

— О, здорово! — воскликнул он, хлопая в ладоши.— А теперь расскажите, как вы решили действовать.

Мы изложили наш план, и, выслушав нас, он расхохотался и сказал:

— В жизни не слыхал такого детского лепета. Да вы не успеете приставить зубило к пруту решетки, как вас сцапают. Я знаю способ гораздо лучше.

— Так расскажи нам! — вскричал я.

— Ну, на мысль меня навело название улицы.

— Брук-стрит? — спросил я.

Он кивнул.

— Я спросил себя, не означает ли оно, что улица проложена над рекой*.

Озадаченный такими словами, я взглянул на мистера Дигвида, но он подался вперед с приоткрытым ртом и напря-

---

* Brook *(англ.)* — ручей.

женно смотрел на сына, всем своим видом выражая готовность просветиться.

— В городе есть несколько улиц, которые пролегают над речками, замощенными кирпичом много-много лет назад. Флит, например, и Уоллбрук.

— И Брук-стрит одна из них? — спросил я.

Но я увидел, что мистер Дигвид отрицательно трясет головой.

— Нет,— сказал он.

— Верно, нет,— подтвердил Джоуи. Он выдержал паузу с видом хитрым и торжествующим.— Но я выяснил, что она пересекается с такой улицей,— думаю, отсюда она получила свое название.

Я начал понимать, к чему он клонит, и заметил, что мистер Дигвид внимает объяснениям сына со все возрастающим возбуждением.

— Видите ли,— продолжал Джоуи,— много-много лет назад там протекала речка Тайберн-брук, не та, что возле парка, а другая, что близ старого пруда Кингз-Сколарз, и в месте пересечения с Брук-стрит был мост.

— Эвери-роу! — воскликнул мистер Дигвид.

— Правильно,— сказал Джоуи.

— Значит, один из старых туннелей пересекает улицу, а...

— А соседний дом — номер сорок девять — стоит на углу! — воскликнул я.

— Верно,— сказал Джоуи.

— А какое, собственно, это имеет значение? — осведомилась миссис Дигвид.

Джоуи немного смутился.

— Ну, помните тот день, когда я ушел один...

Его отец мрачно кивнул.

— В общем, я отправился туда. Вы знаете, что в некоторых старых домах, построенных вдоль подземных туннелей, сточные трубы отводились прямо в них?

Мистер Дигвид снова кивнул.

КВИНКАНКС

— Так вот, дом сорок девять — один из них!
— Что ты хочешь сказать? — спросил я.
— Ты уверен? — спросил мистер Дигвид.
— Я дважды пересчитал там все улицы.
— Значит, там мы и проникнем в дом! — воскликнул мистер Дигвид.

Джоуи кивнул и возбужденно продолжал:
— Там одна только ржавая решетка, которую можно отжать ломиком. Потом надо забраться в тот угловой домишко.
— И где мы окажемся?
— На заднем дворе.
— А через стену, отделяющую его от соседнего двора, легко перелезть, а заднюю дверь дома не запирают! — вскричал я.

Мы заговорили все разом, переглядываясь в радостном возбуждении. Немного успокоившись, мы обсудили детали: чтобы проникнуть в особняк и благополучно уйти оттуда через канализационную систему, следует выбрать ночь, когда отлив придется часа на три утра, ибо в таком случае у нас будет полтора часа на все дела в доме и еще останется время, чтобы вернуться обратно прежним путем. Поскольку Эвери-роу находится далеко от Темзы, риск оказаться застигнутыми приливом невелик, но на случай, если нам придется уходить по верху, ночь должна быть еще и безлунной.

Глава 93

Из календаря мы узнали, что отвечающей всем условиям даты осталось ждать недолго. Ночь 23 июня — всего через десять дней! — будет безлунной, и отлив начнется в нужный час. Мы загодя произвели необходимые приготовления, и когда наступил вечер 23-го — погожий летний вечер,— все было готово. Поскольку самым разумным из всех нам показался совет по возможности меньшее время держать при себе орудия преступления, мы решили, что миссис Дигвид отнесет их, спрятав в корзине под бельем, к входу в сточные коллекторы на Чансери-лейн, где мы с мистером Дигвидом ее встретим. Мы с ним доберемся по канализационным туннелям до Эвери-роу и проникнем в дом путем, обнаруженным Джоуи. Тем временем Джоуи дойдет по верху до Брук-стрит и займет позицию напротив особняка Момпессонов, откуда станет ухать по-совиному, коли нам будет грозить опасность со стороны обитателей дома, и криком козодоя предупреждать об опасности с улицы. (Эту хитрость он постиг за время общения с дядей.)

— Если нам не удастся достать завещание,— сказал я,— никто не должен догадаться, что нам известен секрет тайника, ибо тогда они перепрячут документ и другого случая у нас уже не будет. Поэтому нужно попытаться представить дело обычной кражей со взломом.

Мистер Дигвид помотал головой:

— Я не стану ничего красть, чтобы пустить Мампси по ложному следу.

Я промолчал. Внезапно меня охватило возбуждение при мысли, что завещание и все, с ним сопряженное, уже через несколько часов может оказаться в моих руках.

Наконец час настал. Мы спрятали в корзину миссис Дигвид ломик, отмычку, веревку с кошкой (на случай, если нам придется скрываться через окно), сверло и зубило (на случай, если задняя дверь окажется запертой), и она вышла из дома. Через несколько минут мы с мистером Дигвидом отправились к месту встречи другим путем, взяв с собой наше обычное снаряжение — фонарь (хоть и системы «бычий глаз»), маленькую лопатку и грабли,— предоставив Джоуи неторопливо добираться до Мэйфер по верху.

Все шло гладко, и около трех часов ночи мы находились возле сточной трубы дома номер сорок девять. Мой товарищ вывернул ломиком несколько кирпичей, державших решетку, вынул ее из стены, а затем подсадил меня, и я забрался в трубу, оставив грабли внизу. Потом я помог мистеру Дигвиду подняться следом, и минуту спустя мы очутились в маленьком дворике за домом. Мы перелезли через полуразрушенную стену в соседний двор и прокрались к задней двери, которая, к великому нашему облегчению, действительно оказалась незапертой. Когда мы вошли в дом, я затворил фонарь, и теперь только запах масла и раскаленного железа выдавал его присутствие.

Обступивший нас мрак поначалу показался кромешным, и мы немного подождали, пока наши глаза привыкнут к темноте, едва рассеиваемой слабым светом звезд, проникавшим через единственное грязное оконце. Слух у меня (как всегда бывает в темноте), казалось, обострился до степени сверхъестественной, и, крадясь на цыпочках по каменному полу мимо двери судомойни, мы слышали храп, указывавший на местонахождение ночного сторожа. Как только мы достигли холла, я приоткрыл заслонку фонаря, выпустив тоненький лучик света, и мы двинулись вверх по лестнице и вскоре очутились перед высокой двустворчатой дверью в большую гостиную.

Мистер Дигвид осторожно попробовал дверь: она была заперта. Он без промедления принялся орудовать «крестовиком», в то время как я держал фонарь, и через несколько минут отомкнул замок. Мы вошли и, как нам советовали, предусмотрительно заперли дверь за собой и подсунули под нее клинышек, чтобы воспрепятствовать любой попытке проникнуть в гостиную.

Я открыл глазок фонаря пошире, стараясь ненароком не направить луч в сторону окна, ибо, несмотря на плотные портьеры, кто-нибудь снаружи мог заметить свет, коли ставни не затворены. Джоуи уже наверняка стоял на своем посту.

Я повернул фонарь, и лучик света заскользил по комнате, наугад выхватывая из темноты мебель и прочие предметы обстановки. Густые тени походили на фигуры, сидящие на диванах, креслах или стоящие возле буфета у стены, как, наверное, оно и было несколькими часами ранее. Волна возбуждения охватила меня, когда луч света упал на огромный мраморный камин в глубине гостиной напротив двери, выше человеческого роста и тускло блестящий.

Мне не терпелось поскорее взяться за него, но сначала надлежало заняться другим делом. Знающие люди советовали по проникновении в дом в первую очередь обеспечить путь к отступлению. (Я живо помнил, как Барни, забравшись в дом моей матери, оказался в ловушке.) Посему мы подошли к окну, как условились заранее, осторожно отодвинули портьеру и увидели, что ставни закрыты и засовы заложены. Мы очень тихо отомкнули засовы и оконные задвижки, напряженно высматривая пружинную сигнализацию — обычную на окнах первого этажа, но изредка встречающуюся и на втором тоже,— о которой нас предупреждали, но, к нашему облегчению, таковой здесь не имелось.

Мы достали веревку, и я под руководством товарища прикрепил крюк кошки к массивному дивану, стоявшему спинкой к окну, и оставил свернутую кольцами веревку на полу рядом. Принятые меры означали, что теперь мы можем в считанные секунды открыть окно и спуститься вниз по стене (хотя мистер Дигвид с известным трудом), но с улицы при этом ничего подозрительного не наблюдалось. Однако окно выходило на передний двор, выбраться откуда — с учетом утыканной по верху остриями ограды и частокола у самой стены дома — представлялось делом весьма непростым, и я страстно надеялся, что нам не придется уходить этим путем.

Наконец мы смогли перенести внимание на цель всех наших усилий. Мы пересекли комнату, и я направил луч света на фриз под каминной полкой, за которым находился тайник. Я увидел на нем рельефную геральдическую фигуру, к великому моему изумлению, уже мне знакомую — во всяком случае отчасти.

Мой товарищ удивился не меньше меня, хотя и по другому поводу.

— Этого раньше здесь не было,— прошептал он.— Наверное, тайник здесь.

Упомянутое изображение являлось усложненной разновидностью геральдической фигуры, знакомой мне с детства по тарелкам из матушкиного сервиза и по надгробным плитам на могилах Момпессонов и Хаффамов в мелторпской церкви. Она представляла собой так называемый квинканкс: пять элементов — в данном случае четырехлепестковых роз,— из которых четыре располагались по углам воображаемого квадрата и один в центре. Здесь, однако, квинканкс повторялся пять раз, в свою очередь складываясь в квинканкс. Одним словом, это был квинканкс, помноженный на себя самое, квинканкс из квинканксов, вырезанный, казалось, на огромной цельной плите белого мрамора.

Каминная полка находилась так высоко, что нам пришлось принести от окна две скамеечки для ног и встать на них, чтобы хорошенько все рассмотреть. Теперь мистер Дигвид тщательно обследовал фриз, водя рукой по холодной гладкой поверхности. Через минуту он указал мне на то, что мраморная доска, принятая мной за цельную, на самом деле набрана из плотно пригнанных друг к другу плиток.

— Более того,— прошептал он, указывая пальцем на часть фриза непосредственно над геральдической фигурой,— бьюсь об заклад, вот эта вот плитка выдвигается, поскольку здесь щелка в месте стыка пошире прочих.

Я присмотрелся и увидел на мраморной поверхности волосяную щель, которую сам наверняка не заметил бы своим менее искушенным глазом.

— Но какой механизм приводит ее в движение? — спросил я.— Каким образом она выдвигается и задвигается?

Мистер Дигвид нахмурился и вновь погрузился в свои исследования, продолжавшиеся, казалось, целую вечность. Сначала он медленно провел пальцами по мрамору, уделив особое внимание стыкам плиток и рельефным розам, а потом, к моему удивлению, прикоснулся к одному из цветков губами, словно суеверный богопочитатель к раке.

Внезапно он повернулся ко мне и охрипшим от возбуждения голосом прошептал:

— Сердцевинки цветков не каменные. Они не такие холодные. Попробуйте сами.

Я подался вперед и дотронулся губами сначала до мрамора, а потом до срединного элемента одной из четырехлепестковых роз. Действительно, они оба были холодные, но мрамор через пару секунд нагрелся, а сердцевинка цветка — нет.

Я удивленно взглянул на мистера Дигвида.

— И что это означает?

— Пупочки посередке цветков не мраморные. Они железные.— Он выжидательно смотрел на меня, словно проверяя, понял ли я смысл сказанного.

Я недоуменно таращился на него.

— Послушайте,— он приставил палец к срединному элементу одной из роз,— бьюсь об заклад, это головка железного болта.

Он осторожно подцепил ножом сердцевинку одного цветка и столь же осторожно отжал. Мой товарищ оказался прав в своем предположении, ибо она тотчас начала выдвигаться — и оказалась на поверку длинным железным болтом, с выкрашенной белой краской, под цвет мрамора, головкой. Болт вышел из плитки дюйма на четыре, а потом остановился, словно наткнувшись на непреодолимое препятствие. Теперь я понял, что мистер Дигвид имел в виду: в рельефном геральдическом изображении скрывался ряд болтов, которые, подобно внутренним деталям замка, образовывали механизм, прочно державший на месте мраморную плитку, за которой и находился тайник.

— По-вашему,— прошептал я,— нам нужно лишь вытащить все болты, и тогда плитка опустится?

Он казался озадаченным.

— Думаю, да. Только больно это просто.

— Попробуйте вытянуть еще один,— предложил я.

КВИНКАНКС

Мистер Дигвид так и сделал, ровно с тем же результатом, и перешел к следующему. Через минуту мы вытащили все пять болтов в цветках верхнего ряда. Когда я, очень медленно и осторожно, вытягивал последний, мистер Дигвид прижал ладонь к плитке, чтобы придержать, коли она начнет падать, — ибо мы ожидали, что она опустится на несколько дюймов, открывая доступ в тайник. Однако она не сдвинулась с места.

— Должно быть, их все нужно вытащить, — предположил мистер Дигвид, явно озадаченный не меньше моего.

Через несколько минут мы вытянули из мрамора все оставшиеся двадцать болтов, за исключением одного в нижнем ряду цветков. Но когда мы с великой осторожностью вытащили последний болт, снова придерживая плитку на всякий случай, не произошло ровным счетом ничего.

Я в отчаянии посмотрел на своего товарища. Он уставился на рельефный узор и надолго задумался, подперев кулаком подбородок.

— Кажется, я понял, — наконец промолвил он. — Это своего рода замок, и у нас нет ключа к нему.

— Ключа? — повторил я. — Но где же тут замочная скважина?

— Тш-ш-ш, — вдруг прошипел он.

Мы застыли на месте.

— Мне померещился шум за дверью, — продолжал мистер Дигвид. — Нет, речь идет не о настоящем ключе. Ключ у вас в голове, ибо он представляет собой так называемую «комбинацию». То есть вы не можете просто вытащить все болты и ожидать, что плитка опустится, поскольку болты сделаны на манер деталей замкового механизма, а значит, вам нужно знать, какие именно болты вытаскивать — в точности, как ключ должен подходить к замку.

— Ясно, — сказал я. — Значит, нам надо попробовать разные комбинации?

— Нет, это бесполезно. Так мы не откроем тайник, даже если проторчим здесь всю ночь и еще много дней и недель кряду. Таких комбинаций тысячи. Методом тыка правильную не подобрать, надо знать принцип.

Я понял, что он прав, и для меня это был тяжелый удар. Представлялось очевидным, что у нас нет возможности взломать тайник, ибо тяжелая плита прочно сидела на месте и нам пришлось бы производить слишком много шума и работать слишком долго, чтобы надеяться остаться незамеченными.

Я резко подался вперед, едва не свалившись со скамеечки, и в ярости двинул кулаком по мрамору. Удар пришелся по одному из чертовых цветков, и я разбил в кровь костяшки пальцев. Я вспомнил, как колотил кулаками в дверь старого дома на Чаринг-Кросс в первый раз, когда мистер Эскрит отказался открыть мне. Тогда чеырехлепестковая роза на дверном молотке, казалось, издевательски ухмылялась мне, и я вспомнил такое же насмешливое безразличие холодных мраморных цветков на надгробных памятниках, мемориальных досках и старых расписанных окнах в мелторпской церкви, завораживавших меня в детстве. Жгучие слезы подступили к моим глазам при мысли, что, хотя мне удалось проникнуть в *sanctum sanctorium** дома Момпессонов, я столкнулся все с тем же жестоким равнодушием, каким дышало некогда увиденное мной изображение герба на дверце экипажа сэра Персевала, столь сильно встревожившее мою мать много лет назад.

Это воспоминание, однако, заставило меня осознать одну разницу: в геральдических фигурах, знакомых мне с малых лет, четырехлепестковые розы были разного цвета — у Момпессонов одного, у Хаффамов другого. В памяти моей всплыли поблекшие от времени красные цветки, изображенные на древнем восточном окне мелторпской церкви, и черно-белые на дверце желтого фаэтона. Однако здесь вся композиция из двадцати пяти четырехлепестковых роз была белой.

---

* Святая святых *(лат.)*.

Я уже собирался сообщить об этом своему товарищу и спросить, как он полагает, имеет ли данное обстоятельство значение, но в этот самый момент с улицы донесся крик совы: опасность в доме!

Мистер Дигвид мгновенно рванулся к двери.

— Болты! — прошипел я.— Нужно поставить их на место!

С искаженным от ужаса лицом он вернулся помочь мне, и мы торопливо затолкали болты обратно. Потом мы оба бросились к двери — хотя по-прежнему ступая по возможности тихо,— но едва лишь приблизились к ней, как дверная ручка медленно повернулась. Охваченные паникой, мы переглянулись.

— Окно,— прошептал я.

Мы подбежали к окну, уже не особо стараясь соблюдать осторожность, и мистер Дигвид отдернул портьеры, распахнул ставни и рывком поднял оконную раму. Рассвет только занимался, и тьма на улице еще не рассеялась. Я подхватил с пола веревку и отдал товарищу, а он высунулся из окна и спустил ее вниз. В любой момент парадная дверь под нами могла открыться изнутри — и тогда путь к бегству отрезан.

В этот момент мы услышали частый топот на лестнице, и кто-то снова резко покрутил дверную ручку. Раздались громкие мужские крики, потом тяжелые удары плечом в дверь. Мистер Дигвид уже выбрался из окна и, встав ногами на карниз над окном цокольного этажа и одной рукой крепко держась за веревку, другой рукой пытался дотянуться до водосточной трубы. Тут сверху до меня донесся шум поднимаемой оконной рамы. Я посмотрел наверх и на фоне темно-серого неба увидел некий длинный цилиндрический предмет, высунувшийся из окна прямо надо мной. Я с ужасом понял, что это ружейный ствол. Я глянул вниз: мистер Дигвид, всецело сосредоточенный на своих усилиях, явно ничего не заметил. Когда я снова перевел взгляд наверх, ружье внезапно исчезло, словно выхваченное кем-то у целившегося.

С замирающим сердцем я перелез через подоконник, в свою очередь схватившись за веревку. В этот момент мистер Дигвид оттолкнулся ногами от карниза с намерением уцепиться за водосточную трубу. Я поднял глаза и увидел, что ружейный ствол снова высунулся наружу. Внезапно он дернулся вверх и в сторону и в тот же миг грохнул выстрел. Мистер Дигвид пошатнулся, словно пораженный пулей — хотя я точно видел, что ружье было направлено не на него, когда выстрелило,— и потому промахнулся мимо трубы. Веревка выскользнула у него из руки, он потерял равновесие и сорвался с карниза.

Словно в кошмарном сне, я смотрел, как он медленно падает, отчаянно и тщетно царапая пальцами кирпичную стену, прямо на острые колья палисадника, ждущие внизу. Я зажмурился и мгновение спустя открыл глаза, чтобы увидеть, как он тяжело рушится на ужасные пики. Я заметил фигуру, бегущую к нему через улицу.

Теперь мне нужно было подумать о своем собственном положении, и я понял, что мне ничего не остается, как последовать за мистером Дигвидом в надежде успеть скрыться, покуда ружье перезаряжают. Я сжал веревку изо всей силы и всем телом качнулся к водосточной трубе.

Я промахнулся, но умудрился вернуться в исходную позицию, поскольку продолжал держаться за веревку. Я повторил попытку и на сей раз сумел ухватиться за трубу и мгновенно отпустить веревку. Цепляясь за трубу, я спустился по рустованной стене цокольного этажа. Преследуемый навязчивой мыслью, что ружье направлено на меня, я противно всякому здравому смыслу посмотрел наверх и увидел голову, высунувшуюся из окна, откуда стреляли. В полумраке я разглядел лицо человека достаточно хорошо, чтобы признать в нем мужчину лет тридцати пяти с чертами, выражавшими крайнюю степень возбуждения. Казалось, он спорил с кем-то, мне невидимым, но когда я посмотрел наверх, он уставился мне прямо в лицо. Я моментально сообразил, что, если я так хорошо вижу его, он равно хорошо видит меня.

Я спрыгнул на землю и бросился к Джоуи, который пытался помочь отцу. Мистер Дигвид упал между палисадником и стеной дома, напоровшись боком на один из острых кольев, и застрял между ними.

— Помогите мне поднять его! — крикнул Джоуи.

— Может, лучше не стоит? Он может умереть, если пошевелить его,— прокричал я, от ужаса забыв о всякой осторожности.

— Если мы бросим его, тогда он точно покойник. Его вздернут в Ньюгейте, коли выходят!

Я признал такой довод убедительным и понял, что решение здесь остается за Джоуи. Мы начали со всей возможной осторожностью снимать мистера Дигвида с кола, проткнувшего бок.

Он по-прежнему находился в сознании и жутко кривился от боли, но не издал ни звука, только один раз выдохнул: «Молодцы».

Мы стояли на переднем крыльце, и даже тогда странность ситуации поразила меня. Я ожидал, что парадная дверь перед нами вот-вот распахнется, и нас схватят. Когда мы подняли мистера Дигвида, стало ясно, что жуткая пика вошла в тело не очень глубоко, однако он был серьезно ранен, ибо кровь хлестала ручьем. Я решил, что пуля все-таки попала в него, несмотря на мою уверенность в обратном.

Мы сняли мистера Дигвида с палисадника, и все же из дома никто так и не появился. Мне пришло в голову, что слуги не могут открыть дверь, поскольку у них нет ключа. Коли так, всего через несколько минут они разыщут человека, у которого ключ, или же выбегут через заднюю дверь в проулок за конюшнями и появятся из-за угла улицы. Я боялся также, что шум разбудит караульных или даже жители соседних домов вмешаются в дело и посодействуют нашей поимке. Единственное наше преимущество заключалось в относительной темноте, но и его мы теряли с каждой минутой.

Мы снесли мистера Дигвида вниз по ступенькам — Джоуи шел впереди, подхватив раненого под мышки, а я держал за ноги, — и, достигнув улицы, перешли на подобие бега. Оглянувшись посмотреть, не гонятся ли за нами, я увидел, что мы оставляем за собой предательский кровавый след.

Когда мы уже заворачивали за угол, я снова бросил взгляд назад и увидел нескольких человек, выбегающих на улицу со стороны конюшен. Поскольку они несли факелы, а мы, разумеется, ничем не освещали свой путь, они могли не видеть нас во мраке, ослепленные собственными огнями. Похоже, именно так дело и обстояло, ибо, свернув на ближайшую улицу, а потом на следующую и еще на одну в надежде ускользнуть от преследования, мы поняли, что действительно ушли от погони.

К этому времени, однако, уже стало довольно светло, и я испугался, что, если мы продолжим бегство от преследователей, мы можем случайно натолкнуться на караульных или полицейский патруль и, являя собой зрелище весьма подозрительное, оказаться арестованными просто по подозрению в совершении преступления.

Очевидно, Джоуи опасался того же самого, ибо внезапно он хрипло прошептал:

— Маунт-стрит!

Я не сразу понял, что он имеет в виду, но мгновение спустя до меня дошло. Мы дотащили раненого до кулверта на Маунт-стрит (прямо напротив работного дома), через который в прошлом часто выходили на поверхность. Поблизости никого не наблюдалось, и мы спустили мистера Дигвида туда, а потом немного затащили под арку, чтобы нас не было видно с улицы. Здесь мы попытались остановить кровотечение и обнаружили, что при падении на изгородь бедняга не только проткнул бок, но и глубоко, почти до кости, пропорол бедро. Именно из этой раны и хлестала кровь, а значит, пуля действительно прошла мимо, как я и думал.

КВИНКАНКС

Джоуи помчался домой, а я остался с мистером Дигвидом, стараясь облегчить его страдания по мере сил. Даже просто найти для него сравнительно сухое место в сырой трубе оказалось сложно. Время тянулось мучительно долго. Он испытывал жестокие муки, и мне стоило больших трудов заглушать его стоны. К великому моему облегчению, через пару часов вернулся Джоуи, в сопровождении матери. Когда мы, со всей возможной осторожностью, помогли миссис Дигвид спуститься в кулверт, она спокойно и без лишних слов сделала для мужа все, что могла.

— Его надо отвезти в бесплатную лечебницу, — сказал я.

— Нет! — решительно возразил Джоуи.

Миссис Дигвид потрясла головой.

— Нам нельзя рисковать, коли тот человек хорошо разглядел его...

Она была права. Ее мужа слишком легко опознать.

— Они станут искать среди тошеров, — сказал я. — Мы оставили грабли под сточной трубой. — Несколько минут мы все молчали. — Но если... если ему нужно в больницу... — начал я.

Миссис Дигвид снова потрясла головой.

— У нас в любом случае нет билета на обслуживание. И мне не у кого попросить.

— Надо отвезти его домой, — воскликнул Джоуи.

И вот, после непродолжительной дискуссии, он вновь поспешил в Бетнал-Грин.

Остаток утра периоды невыносимых страданий у мистера Дигвида чередовались с периодами благословенного — хотя и тревожного — забытья. К полудню Джоуи вернулся с лошадью и телегой Избистера, и мы рискнули перенести раненого из укрытия в повозку при белом свете дня. Наша смелость вознаградилась, ибо хотя несколько прохожих заметили нас, никто не попытался схватить нас или послать за полицейскими — и таким образом мы благополучно доставили раненого домой. Там миссис Дигвид промыла рану, а потом приготовила успокоительное из бренди и настойки опия, пока мы с Джоуи относили несчастного наверх. Выпив лекарство, мистер Дигвид погрузился в глубокий сон.

К вечеру у него начался жар и бред, и мы с Джоуи — теперь ночевавшие внизу — не спали почти всю ночь из-за криков и стонов раненого. К утру он притих и большую часть дня проспал, с болезненной гримасой на посеревшем лице, при виде которого холод леденил мне сердце.

Назавтра мистеру Дигвиду полегчало, но на следующий день снова стало хуже. Так все и продолжалось: день он лежал в жару и в беспамятстве, день находился в сознании, хотя и чувствовал страшную слабость. Рана не загноилась, но и не заживала.

Все пошло наперекосяк, и по моей вине — хотя мне досталось меньше всех. Миссис Дигвид не упрекала меня, но Джоуи, мне казалось, смотрел в мою сторону враждебнее, чем когда-либо прежде.

Тревога за мистера Дигвида не помешала нам сознавать необходимость добывать хлеб насущный, ибо неудачная попытка ограбления истощила все наши скудные средства, и сейчас ситуация осложнялась тем, что миссис Дигвид часто не выходила на работу, вынужденная присматривать за мужем. И потому через два дня мы с Джоуи решились спуститься под землю одни.

Только теперь я в полной мере оценил опыт и знания мистера Дигвида, ибо без его руководства наши с Джоуи заработки резко сократились — все потому, что мы ходили на меньшие расстояния и хуже судили о том, какие туннели стоит исследовать при существующих условиях.

Что самое неприятное, в силу своей неопытности мы допускали серьезные ошибки. Однажды туннель, проложенный над другим, более древним, начал обваливаться, когда мы по нему шли, и нам лишь чудом удалось спастись. А несколько раз мы чуть не отравились газом. Мы не рассказывали об этих происшествиях миссис Дигвид, но с каждым днем становилось все очевиднее — для меня во всяком случае, — что нам нужно найти более безопасный и одновременно более выгодный способ зарабатывать на жизнь.

Спустя месяц с небольшим состояние мистера Дигвида вроде бы приобрело устойчивый характер. По нескольку дней кряду у него держался жар, а потом наступал период легкого улучшения. Он по-прежнему был слишком слаб, чтобы вставать с постели, но по крайней мере, пока мы с Джоуи находились дома, миссис Дигвид могла отлучаться в поисках работы. И мы страшно нуждались в деньгах, поскольку нам с Джоуи удавалось добывать всего около двенадцати шиллингов в неделю.

Так продолжалось следующие три месяца. С приближением осени мне стало ясно (уверен, и остальным тоже, хотя мы не заговаривали об этом), что мистер Дигвид неуклонно теряет силы. Теперь он почти все время спал, и каждое слово давалось ему с великим трудом.

Однажды в конце октября, когда мы с Джоуи находились в незнакомом туннеле близ реки, с нами произошло самое опасное из всех наших злоключений. Все началось, когда Джоуи осторожно ступил на участок глубокой грязи, нащупывая путь граблями, в то время как я светил фонарем. Внезапно он начал стремительно погружаться в месте, где уплотненный поверхностный слой первые несколько секунд выдерживал его вес, а потом вдруг предательски поддался под ногами, и он разом провалился по пояс. Поставив фонарь на землю, я вошел в вязкое месиво по колено и протянул руку Джоуи, который ушел в густую жижу уже по плечи. После минуты напряженных усилий я вытащил товарища, но, выбравшись на безопасное место, он случайно опрокинул ногой фонарь, и свет погас.

Мы оказались в кромешной тьме. К счастью, трут у меня в кармане остался сухим, но поджечь его при такой влажности воздуха представлялось делом весьма трудным. Мы старались изо всех сил, со все возрастающим отчаянием, хорошо понимая, что без света наши шансы выбраться отсюда ничтожны. Наконец нам удалось раздуть из искры пламя, и мы бегом бросились к выходу на поверхность.

Когда мы достигли туннеля пошире, к которому вел наш, мы обнаружили, что он на несколько футов залит водой.

— Прилив! — крикнул Джоуи.

Мы потеряли больше времени, чем думали.

— Но вода не должна была подняться так высоко, — воскликнул я. — Вероятно, прошел ливень.

Именно такого сочетания природных явлений больше всего боялись подземные старатели. Мы оказались в весьма незавидном положении, поскольку туннель, которым мы пришли, уже был затоплен, а все остальные вели в сторону Темзы.

— Я знаю путь наверх, надо только вспомнить, — сказал Джоуи. — Мой старик однажды проводил меня по нему. Нужно найти Флит и следовать по ней.

— Но это же в сторону прилива! Чем дальше, тем выше будет подниматься вода!

— Знаю, но это единственный путь отсюда, когда прилив такой высокий, поскольку там есть лестницы под сводами.

Я не понял, что Джоуи имеет в виду, но мне ничего не оставалось, как последовать за ним. И вот мы двинулись по залитому водой туннелю по направлению к Флит — самой старой и пользующейся самой дурной славой из скрытых лондонских рек — ныне подземному сточному рву, пролегающему рядом с древней тюрьмой, где в свое время томились моя мать и мистер Пентекост.

На нашей стороне вдоль рва тянулась дорожка, и мы шагали по ней под уклон, хотя вода уже вышла из русла и бурлила вокруг наших щиколоток. По мере нашего спуска уровень воды неуклонно поднимался. Внезапно мы подошли к уводящим вниз каменным ступеням и, остановившись на верхней, увидели в нескольких футах под собой воду. Я поднял фонарь, и мы обнаружили, что река и берега здесь стали шире, а потолок туннеля в двадцати—тридцати футах над нами представляет собой череду высоких сводов, уходящую во мрак. Мы достигли Флит-Маркет, где река превращалась в искусственный канал, более ста лет назад построенный сэром Кристофером Реном, и впереди, под водой, находились разрушенные пристани, тянувшиеся вдоль длинного ряда подземных складов со сводчатыми перекрытиями. Ими никогда не пользовались, так как во время прилива они оказывались затопленными, поскольку шлюзы — к первому из которых мы подошли — с самого начала не сдерживали напора воды. Об этом говорило то обстоятельство, что вся каменная кладка здесь, куда ни кинь взгляд, была покрыта коркой селитряных отложений, и, зачарованно глядя перед собой, я подумал о состояниях, потерянных здесь спекулянтами много лет назад.

— Слишком поздно! — крикнул Джоуи.— Здесь под каждым сводом есть лестница, ведущая к люку. Но теперь нам до нее не добраться, вода поднялась слишком высоко.

Сводчатые перекрытия складов еще оставались над водой, но входы в них уже затопило.

— Нет,— сказал я, вспомнив летние вечера, когда Джоб упорно учил меня (и Гарри в конечном счете научил) преодолевать страх воды и проплывать под затвором шлюза в мельничном пруде в Твайкотте.— Мы можем нырнуть и проплыть под аркой.

— Я не умею плавать! — выкрикнул он.

Мы в ужасе уставились друг на друга.

— Мы можем попробовать,— сказал я.— Должны. Сейчас я попробую.

Под взглядом Джоуи я снял сапоги и накидку. В темноте будет трудно угадать, где вынырнуть на поверхность и искать лестницу. А если крышка люка окажется на запоре? Однако выбора нет. И при свете фонаря я, по крайней мере, увижу, где надо нырять. Я прыгнул в воду, и меня обожгло ледяным холодом. Даже просто находиться в такой воде дольше нескольких минут опасно. Она не имела ничего общего с живыми струями реки в Твайкотте, но казалась неким мертвым существом, притязающим, однако, на близкое знакомство со мной. Я подплыл к первой арке, нырнул и ощупью спускался по стене, покуда не нашел проем. Проплыв через него, я вынырнул на поверхность. Я надеялся увидеть тоненькие полоски света, пробивающегося в щели по периметру люка высоко надо мной, но оказался в кромешной тьме. Я пошарил руками над головой и, к великому своему облегчению, наткнулся на холодное железо лестницы. Решив проверить, открыт ли люк (ибо в противном случае мне пришлось бы попытать счастья в следующем отсеке), я начал карабкаться вверх и вскоре ударился головой обо что-то — хорошо, не очень сильно. Я уперся обеими руками, поднапрягся, и тяжелая деревянная крышка приподнялась на несколько дюймов. Внезапно мне пришло в голову, что я мог бы сбежать сейчас, не пытаясь спасти Джоуи с риском для собственной жизни, но эта мысль просто промелькнула в сознании, не вызвав никакого эмоционального отклика. Я не представлял, как я смогу смотреть в лицо миссис Дигвид или жить в ладу с самим собой, если, по крайней мере, не попытаюсь вызволить товарища. Хотя, удастся попытка или нет, зависело от того, насколько он доверится мне.

Я спустился по лестнице, снова нырнул и без труда вернулся к Джоуи. Я видел, как он обрадовался — и удивился? — при виде меня. Наверное, ему показалось, что я отсутствовал целую вечность. Он принялся снимать сапоги и накидку.

Выкарабкавшись на скользкие ступеньки, я сообщил Джоуи о результатах разведки, и он выдавил мрачную улыбку. Потом, приплясывая и притопывая, чтобы разогреться, я объяснил (в точности, как объяснял мне Джоб Гринслейд), как он должен вести себя, когда я увлеку его под воду.

— Что бы ни случилось,— подчеркнул я,— не паникуй и не цепляйся за меня, иначе утопишь нас обоих. Просто расслабься, а я буду тебя держать.

Бледный от страха, он кивнул и спустился в холодную воду. Я подхватил Джоуи сзади под мышки и, энергично работая ногами, начал медленно продвигаться к арке. Теперь предстояло самое трудное.

— Закрой глаза и полностью доверься мне,— настойчиво велел я.

Джоуи повернул голову и кивнул.

Я видел, как блестят его глаза при свете далекого фонаря. Потом он зажмурился. Я нырнул, толкнув товарища вниз таким образом, что наши головы ушли под воду одновременно, и, хотя я знал, что инстинкт самосохранения властно побуждает его подняться обратно на поверхность, он не дергался. Мы спускались все ниже, одной рукой я крепко держал его, а другой ощупывал стену, покуда не нашел проем. Я затащил Джоуи под арку, сделал несколько сильных толчков ногами, и потом мы вынырнули. Джоуи шумно отфыркивался и судорожно всхлипывал от страха и облегчения. Я подсадил его на лестницу и забрался следом. Поднять крышку люка оказалось труднее, чем я предполагал, но наконец мы распростерлись в темноте на полу подвала, с наслаждением вдыхая смешанный запах прелой соломы и гниющей древесины.

Я ждал, когда Джоуи заговорит.

После непродолжительного молчания он сказал:

— Я не думал, что вы вернетесь за мной.

Больше он никак не выразил благодарность. И этот случай не послужил к улучшению наших с ним отношений. На самом деле, мне порой казалось, что он дал Джоуи еще один повод для обиды.

Несколько минут мы лежали, не в силах пошевелиться от изнеможения,— хотя оба тряслись от холода в наших мокрых одеждах.

— Надо выбираться отсюда. Некоторые подвалы тоже затапливает, — предупредил Джоуи.

Даже просто найти дверь в темноте оказалось делом нелегким, не говоря уже о том, чтобы открыть. Но наконец мы выбрались в коридор, ведущий к маленькой двери, которая была просто заложена на засов изнутри, — и уже мгновение спустя очутились на улице. И мы увидели перед собой деревянные прилавки, шумные толпы народа и надрывающих глотки зазывал Флит-Маркет!

К счастью, по возвращении домой мы обнаружили, что миссис Дигвид ушла на работу, не дожидаясь нас, и нам не пришлось объяснять, почему мы такие грязные и мокрые. Мы переоделись, а потом сели у постели мистера Дигвида, спавшего беспокойным сном.

Довольно долго никто из нас не произносил ни слова. Потом наконец Джоуи промолвил:

— Ну что ж, с подземным старательством покончено.

Помимо всего прочего, мы потеряли все: грабли, фонари, сапоги и пальто.

— Да, — согласился я. — Но чем еще мы можем заняться?

— Да много чем, — бросил он.

Я подозрительно взглянул на него.

Однако, прежде чем я успел спросить, что он имеет в виду, в комнату вошла миссис Дигвид, явно чем-то взволнованная. Сняв капор, она подошла к постели, взяла руку мужа и несколько секунд всматривалась в бледное лицо спящего.

Потом она повернулась к нам.

— Вы в жизни не угадаете, где я была.

— Так говори скорее, ма, — отрывисто велел Джоуи.

— Как вам, если я скажу, что на Брук-стрит?

Джоуи молча уставился на нее. По негласной договоренности мы никогда не упоминали о событиях злосчастной ночи.

— Я решила, что опасность уже миновала, и потому неделю-другую назад, когда начала брать работу в той части города, я несколько раз заглядывала в ближайшую к дому таверну, надеясь встретить там девушку, с которой познакомилась раньше, Нелли. Так вот, сегодня она наконец заявилась туда, потому-то я и припозднилась.

— Ты спрашивала ее про ограбление? — осведомился Джоуи.

— Конечно нет. Я ж не такая тупица. Как и прежде, я старалась вообще не задавать никаких вопросов, а только слушала себе да помалкивала.

Я с трудом сдержал улыбку при мысли о миссис Дигвид, которая слушает себе да помалкивает.

— И ясное дело, вскорости Нелли сама выложила все, что мне хотелось знать. Она сказала, что, когда в доме подняли тревогу, слуги никак не могли добудиться ночного сторожа, поскольку он здорово наклюкался. И не могли найти, где он спрятал ключ от парадной двери. Поэтому им пришлось выбегать на улицу через заднюю дверь, со стороны конюшен.

— Это нас и спасло! — воскликнул я.

— Она сказала, что с ружья стрелял гувернер, мистер Вамплу.

Я вспомнил зловещее лицо землистого цвета.

— Он хорошо рассмотрел мужчину и мальчика, так она сказала. И еще сказала, что грабителям не удалось ничего взять.

— Ну и что нового мы узнали? — насмешливо спросил Джоуи.— Тебе не следовало ходить туда, ма.

— Я не согласен,— вмешался я.— Все-таки мы могли узнать что-нибудь важное.

— О, так я и узнала.— Миссис Дигвид приняла таинственный вид.— Я хотела выведать что-нибудь полезное — и выведала.

— Полезное? — озадаченно переспросил я.

— Для того, чтобы вернуть завещание, разумеется! — воскликнула она.

Я опешил, и при виде моего удивления она сказала:

— Вы ж не думали, что я отступилась, правда? Наоборот, я еще тверже решила выполнить нашу затею.

Я вдруг понял, что никогда не оставлял мысли выкрасть документ, хотя и не отдавал себе в этом отчета. Но чтобы *она* продолжала думать об этом!

— Так что же вы узнали? — спросил я.

— Да много всего. Девушка — трещотка, каких мало. Она рассказала мне про одного из лакеев, Боба. Похоже, он ейный ухажер. Так вот, у него есть мальчишка-подручный, Дик, но она говорит, Дик возвращается к своему папаше в Лайм, чтобы учиться ремеслу конопатчика, и Боб ищет другого помощника.

— «Крот»! — воскликнул я. — Но вы уверены, что сумеете устроить его на это место!

На лице миссис Дигвид отразилось недоумение.

— Разве вы имели в виду не Джоуи? — спросил я.

Она поняла и после минутного колебания призналась:

— Правду сказать, мастер Джонни, я подумала о вас.

Я опешил, и тысячи мыслей зароились в моей голове. Стать ничтожнейшим из челядинцев! Променять независимость подземного старателя на рабство слуги! Да еще в доме Момпессонов! Я поймал любопытный взгляд Джоуи и задался вопросом, догадывается ли он, о чем я думаю. Потом мысль о возможности проникнуть в надменный дом в столь жалком обличье и привести его к падению показалась мне заманчивой.

Однако я видел одно препятствие.

— Но как же гувернер, мистер Вамплу? Он может узнать меня.

— Нелли сказала, он уехал за границу вместе со своим молодым господином, и они не вернутся до Рождества.

— Хорошо, — сказал я, — я готов поступить на место. Но возьмет ли меня Боб?

— Надежда есть, и немалая, — сказала миссис Дигвид. — Я сказала девушке, что у моего мужа есть племяш — вы уж извиняйте, и да простит меня Бог за эту ложь. И что вы на днях приехали из деревни — в последнюю нашу с ней встречу я упомянула, что отец моего Джорджа родом с севера, и очень кстати, оказывается,— поскольку Нелли сказала, что Боб хочет взять деревенского паренька, как они поздоровее и не такие пройдошливые супротив городских юнцов. И вот она отвела меня прямиком в пивную к Бобу. «Присылайте вашего мальца,— сказал мне Боб.— Присылайте мальца, я взгляну на него и решу, годится ли он». Так что вам надо завтра с утра пораньше отправиться туда. И коли вы глянетесь Бобу, завтра же и приступите к работе.

— А сколько он будет платить?

Миссис Дигвид состроила гримасу.

— Состояния уж всяко не сколотите. Получите стол, смену одежды, два фартука на год да умывальные принадлежности. Что до жалованья, то мне не пришло на ум спросить. Шиллингов десять в квартал, думаю. Только из них вам придется платить за чай с сахаром и мыло.

— Не густо.

— Не многим меньше, чем выходило у нас,— заметил Джоуи с угрюмой усмешкой.— А что до меня, так я подыщу какую-нибудь работенку.

— Какую? — подозрительно спросил я.

— Ну, мастер Джонни,— сказала миссис Дигвид,— теперь нужно заняться делом. Вы должны хорошенько выучить историю своей семьи и собственной жизни, поскольку вам придется тщательно следить за каждым своим словом.

За место моего рождения мы выбрали местечко близ шотландской границы, и миссис Дигвид получила немалое удовольствие, измышляя сложное хитросплетение обстоятельств, объясняющее, каким образом тетушка ее мужа из северного округа познакомилась и сочеталась браком со скотоводом, проживавшим еще севернее.

— Да простит меня Бог,— один раз прервалась она.— Надеюсь, мы не делаем ничего дурного?

— Уж наверное,— сказал я,— мы поступаем не хуже, чем писатель, придумывающий сюжет для романа.

Она нахмурилась, явно сочтя мои слова неубедительными.

— Как мое имя? — осведомился я.

— Я сказала, что вас звать Джонни. Вряд ли он спросит фамилию.

— Но если вдруг спросит, я скажу, что моя фамилия Уинтерфлад,— со смехом сказал я.

Миссис Дигвид на мгновение удивилась, но потом вспомнила, откуда взялась такая фамилия, и рассмеялась вместе со мной.

Позже ночью я лежал без сна рядом с Джоуи, задаваясь вопросом, что же ждет меня впереди. Проникнуть в дом врагов таким образом поистине означало схватить розу, рискуя уколоться шипами. Но сильнее всех опасений меня тревожило чувство стыда, и я испытывал сладостно-горькое возбуждение при мысли, что окажусь так близко от Генриетты, и в такой постыдной роли. Близко? Да скорее всего, мне не удастся даже мельком увидеть девочку! Но так или иначе, главное сейчас — заполучить завещание.

Глава 94

В соответствии с указаниями миссис Дигвид я явился в конюшенный проулок за Брук-стрит к половине восьмого следующего утра. Поскольку дом номер сорок восемь был вторым от угла, мне не составило особого труда найти нужную группу строений в длинном ряду конюшен. Главные ворота каретного сарая были открыты, и двое мужчин мыли карету, в которой я узнал экипаж, много лет назад привозивший мистера Степлайта к дому миссис Фортисквинс.

— Ты кто такой? — осведомился старший из мужчин, когда я приблизился к воротам.

— Я пришел справиться насчет места мальчика-прислужника,— ответил я.

— Хорошо, тогда пошевеливайся.— И он мотнул головой, давая понять, чтобы я проследовал через каретный сарай.

Я так и сделал и оказался в заднем дворе, где увидел трех прачек, несущих корзины белья из прачечной к большому желобу для полоскания. Одна из них дружелюбно взглянула на меня, и я направился к ней.

— Ты Джонни? — с улыбкой спросила она.

Когда я ответил утвердительно, девушка сказала:

— А я Нелли. Я отведу тебя к нему.— Она повернулась к дородной женщине, стоявшей поблизости.— Можно я отведу мальчика в дом, миссис Бабистер? Он пришел к мистеру Бобу, насчет места.

— Ладно, только давай побыстрее,— нелюбезно ответила толстуха.— И без этих своих глупостей, пожалуйста!

Девушка провела меня в дом через дверь, которую я помнил по злосчастной ночи. Потом мы спустились по ступенькам, прошагали по темному коридору и вошли в маленькую комнатушку без окон, освещенную лишь единственной маканой свечой, где обнаружили высокого мужчину тридцати с небольшим лет, в рубашке, штанах и длинном, почти до пола, зеленом суконном фартуке.

Когда мы вошли, он чистил пару башмаков, но при виде нас бросил свое занятие, снял фартук и игриво попытался схватить девушку, которая отскочила в сторону, но не так быстро и не так далеко, чтобы он не успел приобнять ее и чмокнуть в губы.

Нелли вырвалась из объятий и воскликнула:

— Ах, мистер Боб! Да что вы себе позволяете! Я просто привела мальчика, о котором вам вчера говорила его тетушка.

— Поди сюда, прелестница,— сказал Боб, снова делая попытку схватить девушку.

Однако она с хихиканьем убежала прочь, и мужчина повернулся ко мне, невнятно пробормотав несколько слов. Он был выше среднего роста и довольно привлекателен внешне, хотя лицо его имело несколько желчное и раздраженное выражение и в целом он производил впечатление человека, по жизни жестоко разочарованного и потому затаившего злобу на весь мир. Сейчас он пристально смотрел на меня холодными голубыми глазами, но взглядом таким странным, что казалось, будто он смотрит в точку пространства, находящуюся в ярде передо мной.

— Чем ты занимался раньше? — спросил он, скептически оглядывая меня с головы до ног.

— Я привычен к тяжелой работе, мистер Боб, — ответил я. — С пяти лет я гонял ворон, а потом стал помогать отцу ухаживать за скотом, заготавливать корма, прореживать турнепс и брюкву, веять зерно, расчищать участок от камней и все такое прочее. Я уже выполнял почти всю мужскую работу по хозяйству к тому времени, когда он помер и моя мать отказалась от аренды.

Выданный мной набор деревенских словечек, ясное дело, ничего не сказал Бобу, но главное он уловил.

— Фермерский труд, да? В таком случае ты должен быть сильным и выносливым, хотя с виду силачом не кажешься, даром что крупнее предыдущего мальчишки. Он был ливрейным слугой, но ты слишком длинный, ливрея на тебя не налезет. Значит, ливреи ты не получишь, так что и не клянчи. Я буду выдавать тебе новую одежду два раза в год. Ну, не новую, понятно, но вполне добротную. А не станешь беречь ее, как положено, — узнаешь, какая тяжелая у меня рука.

Со смешанным чувством я мысленно отметил, что угрозы Боба облечены скорее в форму будущего времени, нежели условного наклонения.

— Теперь ты работаешь на меня, ясно? Если Гарри или Роджер, или любой другой лакей велит тебе сделать что-то, ты отвечаешь, что не ихнее это дело тебе приказывать. Все понятно?

Я кивнул.

КВИНКАНКС

— Но если мистер Такаберри или мистер Ассиндер отдает тебе какое-то распоряжение, ты выполняешь его беспрекословно, как если бы оно поступило от меня.

Я снова кивнул, а потом спросил:

— А какое мне положено жалованье?

Боб удивленно взглянул на меня, а потом недобро рассмеялся.

— Да ты малый не промах. За битье баклуш денег не платят. Коли впряжешься в работу и будешь стараться, я буду подбрасывать тебе что-нибудь от случая к случаю. Может, со временем начну отдавать тебе долю из своего жалованья. В общем, посмотрим. Вот и все.

Внезапно он кинул мне тряпку, черную и липкую.

— Для начала займись вот этим — посмотрим, как ты справишься.

Он указал на кучу обуви и горшок с ваксой — и я стал у буфета и принялся со всем усердием чистить башмаки и туфли.

Боб повесил фартук на гвоздь с внутренней стороны двери, надел куртку, уселся на низкий стул подле меня и удобно положил ноги на выдвижную доску рядом с моим локтем.

— Теперь слушай внимательно, — начал он. — Когда ты в первый раз делаешь что-нибудь неправильно или вовсе не делаешь, что я велел, ты получаешь по уху. В следующий раз ты получаешь хорошую взбучку. А на третий раз вылетаешь с места, и я ручаюсь, ты уберешься отсюда, размазывая сопли по щекам, поскольку будешь весь в синяках, которые тебе наставит на добрую память дядюшка Боб.

Из поместительного кармана куртки он вытащил кисет и короткую трубку и принялся задумчиво набивать последнюю табаком.

— Запомни: я «мистер Боб». Не «Боб». И когда ты разговариваешь с другими слугами, я по-прежнему «мистер Боб».

Внезапно одна его нога резко дернулась в сторону и двинула меня под ребра.

— Все ясно?

— Да, мистер Боб,— задыхаясь, проговорил я.

— Надо, чтоб ты с самого начала понял свое положение. Ты никогда раньше не работал в услужении, но это неважно, поскольку тебе не придется делать ничего, кроме того, что я скажу. Твое место здесь, под лестницей, и ты никогда не поднимаешься наверх без моего разрешения. Ты поднимаешься только вместе со мной, когда я прибираюсь в комнатах по утрам и гашу светильники и свечи на ночь. Коли тебя застукают наверху, когда у тебя нет там никаких дел — а я сильно сомневаюсь, что ты когда-нибудь получишь право находиться там без меня,— отправишься прямиком в каталажку. Вот и все.

— Каковы остальные правила?

Он подался вперед, словно собираясь встать.

— Что ты сказал?

— Каковы остальные правила, мистер Боб? — торопливо повторил я.

Он снова откинулся на спинку.

— Так-то лучше. Со временем узнаешь. Покамест тебе нужно запомнить только одно правило. И оно гласит: «Делай, что мистер Боб приказы...»

Тут он осекся на полуслове, ибо в комнатушку вошел тучный мужчина средних лет, с хмурым лицом и красными сеточками прожилок на щеках, изобличавшими в нем любителя бренди. Он был в зеленом сюртуке, белых панталонах, клетчатом желто-черном жилете и тонком белом шарфе.

Боб вскочил на ноги и поспешно засунул в карман трубку, которую все еще держал в сложенной чашечкой ладони.

— Ты чистишь обувь, Эдвард? — осведомился мужчина.

— Да, мистер Такаберри. То есть новый мальчишка чистит.

— Не отвлекайся от дела,— рявкнул мне мистер Такаберри, когда я обернулся взглянуть на него, продолжая усердно орудовать тряпкой.— Вчера вечером в стеклянном голубом графине оставалось полпинты хереса — и мне хотелось бы знать, куда он делся.

— О нет, мистер Такаберри, при всем уважении к вам там оставалось на два пальца, не больше.

— Я не намерен спорить с тобой, Эдвард. Я просто хочу предупредить тебя в последний раз...

— Прошу прощения, мистер Такаберри,— почтительно прервал его Боб.— Позвольте мне отослать мальчишку.

Мужчина кивнул, и Боб повернулся ко мне.

— Дик, ступай в судомойню, помоги Бесси чистить кастрюли.

Застигнутый врасплох, я не сразу двинулся с места.

— Он что, слабоумный?

— Простите меня, мистер Такаберри,— извиняющимся тоном сказал Боб, а потом отвесил мне крепкую затрещину и гаркнул: — Оглох, что ли?

Я, пошатываясь, вышел в коридор и, пройдя по нему немного дальше, оказался в темном смрадном подвале, который, очевидно, и являлся судомойней. Кроме запаха сырости и вони сальных свечей, в нос мне ударил еще какой-то едкий запах. Теперь я разглядел в углу маленькое сгорбленное существо, которое стояло у раковины и драило огромный медный котел.

— Вы Бесси? — спросил я.— Я новый подручный мистера Боба.

Не глядя на меня, она кивком указала на груду громадных кастрюль, высившуюся рядом с раковиной. Теперь я увидел, что она примерно моего возраста, но тело у нее скособоченное, а лицо такое худое, что она походит на древнюю старуху. Высоким пронзительным голосом она сказала:

— Второй стол. Живо.

— Я Джонни,— представился я, беря кастрюлю.— Это мое настоящее имя, хотя здесь меня кличут Диком.

Девушка не произнесла ни слова, даже головы не повернула. Я смотрел, как она натирает смесью тонкого песка и каустической соды (которая и являлась источником едкого запаха) внутренние стенки каждой кастрюли, а потом дра-

ЧАРЛЬЗ ПАЛЛИСЕР

ит жесткой щеткой. Я увидел, что руки у нее красные, с потрескавшейся — местами до крови — кожей и покрыты волдырями.

Взявшись за дело, я обнаружил, что сода больно обжигает руки. Я был далеко не так проворен и ловок, как девушка, но хотя она трудилась усердно и без передышек, нам потребовалось почти три часа непрерывной работы, чтобы отчистить котлы и кастрюли, отскоблить со сковород остатки подгорелой пищи, а потом до зеркального блеска натереть все песком и лимоном, используя соду для самых грязных.

Время от времени в судомойню неторопливо заходил Боб и по нескольку минут стоял, наблюдая за мной, а два или три раза с другой стороны подвала появлялась свирепого вида краснолицая женщина — насколько я понял, кухарка — и подгоняла нас, осыпая бранью и сопровождая свои слова тычками и подзатыльниками.

К одиннадцати часам я еле стоял на ногах, и мои руки горели от боли, но мы наконец покончили с кастрюлями. Я заметил, что рубашка и штаны у меня перепачканы грязью. Тут снова вошел Боб и бросил мне что-то.

— Надень-ка. Смотри, как ты извозюкался. Надо было попросить у меня фартук.

Это оказался длинный белый фартук. Я заметил, что свой темно-зеленый Боб уже снял.

— Погоди,— сказал он, когда я принялся надевать фартук, а потом, к великому моему удивлению, запустил руку в карман моих штанов и вытащил оттуда содержимое: шестипенсовик, три пенни и несколько полупенсовиков и фартингов. Таким же манером он обшарил все остальные мои карманы, хотя больше ничего не нашел.

Боб пересчитал деньги.

— Один шиллинг, четыре пенса и три фартинга,— сказал он и положил монеты к себе в карман.— Деньжата отправляются в твой ящичек. А ключ от него у меня. Так что если я когда-нибудь увижу у тебя деньги или еще что-нибудь, чего тебе не давал, я буду знать, откуда они у тебя. Ясно?

Я кивнул. Потом он вывернул все мои карманы и поочередно вырвал подкладку из каждого.

— Теперь надевай,— велел он, и я завязал фартук на поясе.— Зеленый для грязной работы, а белый для работы наверху, в столовой для прислуги и в комнатах экономки — смотри, не перепутай, поскольку если белый запачкается, я тебя по головке не поглажу.— Он указал на карман фартука.— Вот твой карман. И если я обнаружу, что ты починил свои карманы или прячешь что-нибудь за пазухой — да поможет тебе Господь Всемогущий.

Боб повернулся и пошел прочь. У самой двери он оглянулся и раздраженно осведомился:

— Чего ты ждешь, черт побери? Уже половина двенадцатого.

Истолковав эти слова как приказ следовать за ним, я бегом нагнал Боба. Другие слуги шагали по темному коридору в том же направлении. Несколькими ярдами дальше мы вошли в просторное помещение с низким потолком и посыпанным песком полом, где люди рассаживались за длинный сосновый стол, стоящий посередине. Те, кто занимал места в концах стола, сидели на дубовых стульях с высокими спинками, а остальные довольствовались грубо сколоченными скамьями. Комната была без окон и освещалась сальными свечами, ужасно вонявшими. Я увидел, что мужчины садятся в одном конце стола, а женщины в другом, но не сразу понял, что они занимают места в строгом порядке, по рангу: с одной стороны во главе стола сидел старший кучер, рядом с ним младший кучер, потом первый, второй, третий и четвертый ливрейные лакеи, а далее грумы, в том же порядке очередности. На женской половине почетное место отводилось старшей судомойке, рядом с ней сидела старшая прачка, потом уборщицы, судомойки и наконец прачки — так что мужчины и женщины из самой низшей прислуги встречались в середине стола, хотя им запрещалось разговаривать друг с другом.

Бесси и мне пришлось подавать на стол огромные блюда — на женской и мужской половине соответственно, — покуда все сами накладывали себе пищу в тарелки, на старый манер. Это была очень тяжелая работа, и Боб непрерывно кричал на меня и обращал внимание остальных присутствующих на мою неловкость, желая повеселить народ.

У меня самого голова кружилась от голода, и я все спрашивал себя, когда же мне наконец позволят поесть. Я шепотом задал этот вопрос Бесси, когда мы собирали со стола огромные блюда, и она коротко ответила:

— После.

Ближе к концу трапезы мы начали относить обратно в судомойню пустые тарелки. Один раз, зайдя туда, я увидел, как Бесси быстро хватает кусочек хлеба и протирает им дно только что принесенной кастрюли. Я последовал примеру девушки, но наши товарищи-слуги почти ничего нам не оставили. Я сунул хлебную корку в карман фартука, чтобы съесть позже.

Заметив это, Бесси помотала головой: оказывается, нам разрешалось подчищать за остальными на месте, но оставлять у себя объедки, чтобы съесть потом в более спокойной обстановке, запрещалось и считалось серьезным правонарушением.

Отнеся в судомойню последние тарелки, я поспешил обратно в столовую. Боб уже встал со своего места и смотрел на меня повелительным взглядом.

— Пойдем. Второй стол.

Проговорив эти загадочные слова, он взглянул на мой белый фартук и увидел на нем несколько жирных пятнышек, оставшихся от тяжелых кастрюль, которые я таскал, прижимая к груди.

Он влепил мне затрещину.

— Фартуки меняют всего раз в неделю. Содержи свой в чистоте, иначе тебе несдобровать.

Он направился обратно в судомойню, и на сей раз мы прошли через нее в кухню — просторное помещение с высоким сводчатым потолком и громадным очагом, где теснились жарочные решетки и вертела. Здесь мы снова взяли блюда — правда, уже более изящные — и опять понесли по темному коридору, но на сей раз миновали столовую для прислуги и вошли в большую комнату с одним забранным решеткой окном, сквозь которое проникало немного света. В комнате никого не было, но посередине стоял красивый старинный стол, накрытый на восемь персон.

Когда мы поставили блюда на выдвижную доску буфета, Боб сказал:

— Не забудь поклониться, когда дамы и господа войдут.

Потом он вышел, притворив за собой дверь, но почти сразу распахнул ее настежь и, придерживая рукой, замер в почтительном поклоне.

В комнату прошествовали несколько человек, появившихся из двери напротив. Впереди выступал дворецкий, мистер Такаберри, под руку с высокой, похожей на ворону женщиной в пенсне, которую, к великому своему ужасу, я узнал. Это была экономка миссис Пепперкорн, с которой я мельком встречался в Хафеме много лет назад, в тот день, когда впервые увидел Генриетту. Я быстро поклонился, чтобы спрятать лицо, но тут же сообразил, что если миссис Пепперкорн нисколько не изменилась за прошедшие годы, то обо мне такого не скажешь.

Вошедшие расселись; мистер Такаберри занял место во главе стола, а миссис Пепперкорн напротив него. Слева от мистера Такаберри села старшая кухарка, а справа господин с блестящей лысиной и крупным красным носом. Еще там были три молодые леди, которых я принял за горничных, а в конце стола, по одну и другую руку от миссис Пепперкорн, расположились молодой джентльмен и старшая горничная.

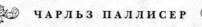

— Делай, что я делаю, — прошипел мне Боб и принялся сам раскладывать еду по тарелкам, на новый манер.

Кушанья были изысканными, и к каждому блюду подавался новый сорт вина.

— Как вы думаете, мистер Такаберри, — спросил господин, сидящий рядом с дворецким, — почему семейство не уезжает в деревню на праздники?

Указав на говорившего, Боб протянул мне блюдо и прошептал:

— Подай это камердинеру сэра Персевала.

Мистер Такаберри посмотрел вслед Бобу и подождал, пока он отойдет к буфету. Потом, забыв о моем присутствии или не принимая меня в расчет, он сначала промокнул губы салфеткой, а затем открыл рот, но еще не успел сказать ни слова, как вмешалась миссис Пепперкорн:

— Разумеется, из соображений экономии.

— Есть и другая причина, — значительно молвил мистер Такаберри. — Процесс в канцлерском суде находится в сложной стадии, насколько я понимаю.

— Вздор! — отрезала миссис Пепперкорн. А потом добавила тоном, не допускающим возражений: — Этот процесс всегда находился в «сложной стадии».

— А не странно ли, — примирительно начала кухарка, в присутствии старших по званию превратившаяся из злобной мегеры в кроткую овечку, — что сэр Персевал так хочет, чтобы мистер Дейвид женился на мисс Хенни, а не на юной леди, к которой лежит его сердце. По слухам, она страшно богата.

— Но ведь она пустое место, не так ли? — смело вмешалась в разговор одна из молодых дам, с очаровательнейшими кудряшками и в прелестнейшем платье. — Говорят ее отец начинал простым аптекарем и разбогател неведомо как.

Мистер Такаберри сурово взглянул на нее.

— Сэр Персевал никогда не даст согласия на такой брак.

— Но сэр Персевал ничего не знает, — воскликнула она. — Это сэр Томас пытается устроить дело.

С большим достоинством мистер Такаберри произнес:

— Если бы сэр Персевал знал, я уверен, он возражал бы против такого брака. Чувство фамильной гордости, безусловно, не позволит ему поставить соображения материальной выгоды превыше заботы о репутации семейства в свете.

— Дело в том, мистер Такаберри,— сказала миссис Пепперкорн таким тоном, словно разговаривала со слабоумным,— что сэр Персевал не понимает, что мистер Дейвид наделал таких долгов, что только выгодная женитьба спасет его от полного разорения.

Дворецкий вспыхнул.

— Говорят, сэр Персевал ужасно зол на сэра Дейвида за проигрыш в кости,— заметил лысый господин, который, как я теперь знал, занимал должность камердинера.

— А ведь он не знает и о половине всех проигрышей,— воскликнула та же самая молодая дама.— Страшно подумать, что произойдет, когда все обнаружится!

Мистер Такаберри свирепо посмотрел на нее, но без всякого толку.

— Нед сказал мне, что у мистера Дейвида с матушкой вышла ужасная ссора на прошлой неделе! — радостно сообщила она.

— Джозеф не имел права ничего рассказывать вам,— сурово проговорила миссис Пепперкорн.— Мистер Такаберри, надеюсь, вы предупредите находящихся в вашем подчинении слуг, чтобы они не распускали сплетни.

— А вы, мэм, равным образом предупредите находящихся в вашем подчинении служанок, чтобы они не слушали сплетен,— отпарировал дворецкий.

— Мне не верится, что мистер Дейвид женится на Генриетте,— живо сказала кухарка.— Ведь у нее нет никаких видов на наследство.

— Совершенно верно, мэм,— подтвердил дворецкий.— Она была бы нищей сиротой, когда бы сэр Персевал и леди Момпессон по доброте сердечной не воспитали ее как свою собственную дочь. И приходится ли удивляться тому, что теперь они хотят окончательно принять девушку в лоно семьи, выдав замуж за мистера Дейвида?

— Вы глубоко заблуждаетесь! — вскричала мисс Пикаванс.— Мистер Дейвид должен жениться на богатой наследнице. На мисс Хенни женится не он.

Мистер Такаберри снова вспыхнул, а миссис Пепперкорн, улыбнувшись при виде его замешательства, сказала:

— По крайней мере, вы совершенно правы, когда восхваляете их щедрость и великодушие по отношению к подопечной. Забрав мисс Генриетту из пансиона в Брюсселе, они наняли ей гувернантку.

— Гувернантку! — с великим сарказмом воскликнула мисс Пикаванс.

Миссис Пепперкорн бросила на нее взгляд.

— Вы правы. На самом деле в гувернантках у нас ходит старшая горничная, которой позволено не носить чепец.

— И только потому, что господа изредка приглашают ее к обеду, когда у них нет гостей,— заметила мисс Пикаванс,— мисс Филлери воображает, будто она на равной ноге с ними!

— По опыту знаю, мисс Пикаванс,— величественно проговорила миссис Пепперкорн,— все гувернантки такие. Вспомните нашу последнюю.

— Интриганка! — выпалила молодая дама.— Вы только вспомните, как она пыталась уловить в свои гнусные сети мистера Дейвида! Однажды даже уговорила его свозить ее в Воксхолл!

Но теперь она определенно зашла слишком далеко. Стрельнув глазами в сторону буфета, у которого стояли мы с Бобом, управляющий суровым взглядом заставил ее замолчать.

Когда мы убрали со стола после первого блюда, Боб прошептал:

— Помоги мне отнести грязную посуду в судомойню и не вздумай стянуть хоть кусочек, не то шкуру с тебя спущу.

Мы отнесли посуду в судомойню, и там он живо умял пару жареных перепелок и несколько кусков говядины, оставшихся на тарелках.

Когда мы вернулись, мисс Пикаванс говорила:

— Конечно, личный слуга непременно должен пользоваться у своих господ бо́льшим доверием, чем тот, который, сколь бы высокое положение ни занимал, просто следит за порядком в доме и ведет хозяйственные дела. Вы согласны, мистер Сампшен?

Лысый камердинер вытаращился на нее со смешанным выражением удивления и ужаса в глазах, но, по счастью, приступ кашля избавил его от необходимости отвечать.

Мы подавали кофе минутой позже, когда мисс Пикаванс вдруг взглянула на меня и взвизгнула:

— О чем только думает этот мальчишка? — Все разом уставились на меня, и она продолжала: — Чтобы появиться здесь в таком виде! В таком чудовищно грязном фартуке!

Я очень старался не посадить больше ни одного пятна на фартук, но Боб снова влепил мне затрещину.

— Он только сейчас замарался, мэм,— извиняющимся тоном сказал он.— И получит от меня нагоняй. Он сегодня первый день работает.

— Не подходи ко мне, ужасное создание! — воскликнула мисс Пикаванс.

— Стой у буфета и передавай мне чашки оттуда,— свирепым шепотом приказал Боб.

— Одно оскорбление за другим! — объявила мисс Пикаванс.— Я не привыкла к тому, чтобы меня обслуживали слуги в повседневной одежде. В доме лорда Деси подобные вещи просто немыслимы.

— Да неужели? — сухо спросила миссис Пепперкорн.— У меня сложилось такое впечатление, что в доме лорда Деси горничные обедают вместе с младшей прислугой.

Мисс Пикаванс вспыхнула, а все остальные захихикали.

Когда мы подали кофе, дворецкий сказал:

— Ты свободен, Эдвард.

Когда мы поклонились и вышли, Боб заломил мне руку за спину и прорычал, для пущей убедительности:

— Если я еще раз получу выговор по твоей вине, ты вылетишь вон отсюда, причем я позабочусь, чтобы ты запомнил меня на всю жизнь. Ясно?

Я вскрикнул от боли, и он отпустил меня.

— Теперь, когда они позвонят, вернешься и уберешь со стола. Понял?

— Да, мистер Боб,— выдохнул я.

— А пока поди пособи девчонке.

Он направился по коридору к столовой для прислуги, а я вернулся в судомойню, где Бесси уже мыла посуду, недавно нами принесенную, и чистила кастрюли. Весь следующий час я работал с ней, как и прежде.

Вскоре я заметил шествующие мимо двери величественные фигуры, облаченные в красно-коричневые ливреи с золотыми позументами и бантом на плече, с выпущенными из-под обшлагов кружевными манжетами, в плисовых коротких штанах, белых чулках с накладными икрами и до блеска начищенных черных туфлях со сверкающими пряжками. Все они были высокими, но казались еще выше из-за ливрей с подбитыми плечами и напудренных париков. Я с трудом узнал в них простых смертных, которым недавно прислуживал за обедом. Теперь они дышали новым достоинством и сознанием собственной значимости — и потому брезгливость, с какой они сторонились всего, обо что могли запачкать одежду, отдавала неким нравственным превосходством, возвышавшим их над неливрейными слугами. Под конец появился Боб, еще даже более великолепный, чем остальные, и слишком величественный, чтобы снизойти до меня хотя бы взглядом, проходя через судомойню в кухню.

Наверху зазвонил колокольчик, мгновенно поднялась страшная суета, и в считанные секунды из кухни выступила процессия лакеев, несущих дымящиеся блюда. Господам подавали ланч, и суматоха, сопровождавшая оный, продолжалась часа полтора.

Посреди ланча один из колокольчиков над нашими головами зазвонил, и Бесси подняла на меня глаза:

— Буфетная!

Не поняв, что она имеет в виду, я никак не отреагировал, но она снова взвизгнула:

— Буфетная!

Я вернулся в комнату, где мы подавали обед. Там никого не было. Я попробовал постучать в дверь напротив и нашел там мистера Такаберри и мистера Сампшена, камердинера сэра Персевала, развалившихся в креслах перед камином.

— Убери это,— буркнул мистер Такаберри, указывая на заставленный стол.

Я выполнил приказ, а потом до самого вечера помогал Бесси. Изредка в судомойню заглядывал Боб, чтобы убедиться, что я не бездельничаю, но большую часть дня он играл в карты и пил в лакейской.

Я работал не разгибая спины и к вечеру уже валился с ног от усталости. Теперь на кухне готовили чай для низшей прислуги, под руководством младшей кухарки, и обед для старшей прислуги и господ, под взыскательным взором главной кухарки.

В шесть часов ливрейные лакеи снова собрались в столовой, и мы с Бесси подали на стол хлеб, сыр и маленькие кружки пива для мужчин. Женщины пили чай, и тут нам пришлось здорово потрудиться, поскольку каждая имела собственную, замкнутую на замочек, чайницу и сахарницу, а потому заваривать чай приходилось каждой отдельно. На сей раз, убирая со стола, я ухитрился стянуть несколько ломтиков хлеба и кусочек сыра, обгрызанный почти до корки.

К тому времени, когда мы с Бесси перемыли всю посуду после чаепития, уже начиналась суета в связи с приготовлениями к вечернему приему пищи.

— Обед в гостиную на пять персон,— услышал я слова младшей кухарки, обращенные к первому лакею.— И три подноса.

Около семи часов в судомойню шаткой поступью вошел Боб, в крайне дурном расположении духа; он искал меня, чтобы вместе со мной подать обед старшей прислуге, как раньше. На сей раз миссис Пепперкорн принимала гостей, и нам пришлось дополнительно обслуживать еще двух персон. Как и во время ланча, Боб позаботился о том, чтобы мне не перепало ни кусочка из недоеденного.

В конце обеда леди удалились в личную гостиную экономки. Боб велел мне подать туда чай, пока он обслужит джентльменов.

Выполнив приказ, я попытался присесть на скамью в судомойне и передохнуть несколько минут, но тут же появился Боб, и в тот момент, когда он поднимал меня на ноги оплеухой, из комнаты старшей прислуги раздался звонок.

— Ты слышал,— сказал Боб.— Поди убери там со стола.

Я вернулся и застал мистера Такаберри и камердинера дремлющими в креслах у камина, как и прежде. Я убрался там и в гостиной, а потом помог Бесси помыть посуду.

К этому времени сели обедать господа, и сверху, после каждой смены блюд, начали прибывать грязные тарелки и кастрюли, требующие нашего внимания. Однако теперь нам нужно было лишь залить кастрюли водой с примесью каустической соды и оставить отмокать на ночь, чтобы завтра утром отмыть и начистить до блеска.

Около половины десятого Бесси объявила, что на данный момент мы сделали все, что требовалось. Я упал на скамью, задаваясь вопросом, куда же меня уложат спать теперь, когда этот мучительно долгий день, похоже, закончился. Почти сразу я задремал, но в своем последнем предположении я ошибался, поскольку через несколько минут Бесси разбудила меня и сообщила, что пора подавать ужин в столовую для младшей прислуги.

Мы так и сделали, а потом нам предстояло убрать со стола и опять заняться грязной посудой. Направляясь в столовую за очередной порцией тарелок и кастрюль, я увидел шагающего по коридору хмурого мужчину лет шестидесяти, в длинном засаленном габардиновом рединготе, с потрепанной шляпой в руке. Когда мы поравнялись, он пристально посмотрел на меня и повернул голову, провожая меня взглядом водянистых глаз навыкате. Я заметил, что он вошел в буфетную мистера Такаберри без стука.

К этому времени я был настолько обессилен, что уже и думать забыл о еде. Чуть позже мы с Бобом подали чай в гостиную экономки, а потом убрали со стола. В половине одиннадцатого человек, встреченный мной в коридоре, вышел из буфетной вместе с мистером Такаберри, раскрасневшимся и слегка пошатывавшимся. Они направились к лестнице.

— Пойдем,— сказал Боб, хватая меня за плечо и толкая в сторону лестницы вслед за ними.

По пути он завернул в свою каморку и взял там два деревянных ящика, один маленький, другой большой. Последний он сунул мне в руки, и я стал подниматься по лестнице следом за ним и двумя мужчинами. Я понял, что мы сопровождаем их, и, несмотря на крайнюю усталость, почувствовал возбуждение при мысли, что это приблизит меня к цели моего пребывания здесь.

Сначала мистер Такаберри выбрал ключ из внушительной связки, висящей на цепочке у него на поясе, и запер заднюю дверь — дверь в хозяйственный двор, которая раньше никогда не запиралась! Для меня это был удар. Потом мы поднялись по лестнице в холл, где Боб увернул газовые рожки, установленные только на этом этаже.

Мы приблизились к двери Голубой гостиной, и, когда ночной сторож (ибо теперь я догадался о должности хмурого мужчины) и дворецкий вошли, я попытался последовать за ними, но мистер Такаберри обернулся и раздраженно рявкнул:

— Куда ты лезешь, черт возьми? Тебе запрещается заходить в комнаты наверху, кроме как по утрам, чтобы прибраться. Ты меня хорошо понял?

Он разговаривал со мной, как со слабоумным, и, похоже, такое мнение обо мне получило распространение. (Каковое обстоятельство, как оказалось впоследствии, сыграло мне на руку.)

Я кивнул.

— Да, мистер Такаберри.

— Мистер Джейкман, если мальчишка будет причинять вам беспокойство, обращайтесь с ним, как сочтете нужным.

Сторож кивнул, испытующе глядя на меня.

И вот я стоял у каждой двери с зажженной свечой, которую отдавал мне Боб, прежде чем войти. Мужчины заходили внутрь и под надзором мистера Такаберри закрывали и закладывали засовами ставни. Боб обходил помещение, гасил все свечи и собирал огарки в маленький ящик. Когда они покидали комнату, дворецкий запирал дверь на замок.

Когда мы обошли таким образом весь нижний этаж, дворецкий и сторож заложили засовами и заперли на замок парадную дверь.

— Кто еще должен прийти? — спросил Джейкман.

— Все семейство дома, — ответил Нед, один из лакеев, дежуривший в холле, — кроме мистера Дейвида.

— Чтоб ему пусто было, — прорычал Джейкман. — Похоже, он опять явится под утро и не даст мне выспаться толком.

Я заметил, что Нед и Боб переглянулись и прыснули.

— Доброй ночи, Джозеф, — сказал мистер Такаберри, и лакей, в свою очередь пожелав доброй ночи дворецкому, отправился вниз, свободный от дежурства теперь, когда парадную дверь заперли.

Теперь мы все поднялись на следующий этаж и таким же манером обошли там все комнаты, включая, разумеется, Большую гостиную, столь сильно меня интересовавшую. Когда мы закончили, мистер Такаберри отдал ключи Джейкману и, к моему удивлению, забрал у Боба ящичек с огарками. (Позже я узнал, что одной из привилегий дворецкого являлось право продавать оные свечных дел мастеру.) Затем они с ночным сторожем пошли вниз, а мы с Бобом поднялись на следующий этаж.

Здесь мы — вернее, я — собрали башмаки и туфли, стоявшие у каждой двери и уложили всю обувь в большой ящик. Так я узнал, что покои сэра Персевала и леди Момпессон находятся на этом этаже, равно как апартаменты «мистера Дейвида», «мистера Тома» и любых гостей, остающихся ночевать в доме.

Потом мы взошли на следующий этаж, где обитали менее важные члены семьи и старшая прислуга — управляющий, гувернантка и гувернер мистера Тома. Дальше мы подниматься не стали, поскольку выше находился чердачный этаж, где ночевали горничные и судомойки. Позже я узнал, что почти все лакеи, а также экономка и кухарка спят в подвале. Остальные слуги ночевали не в доме: кучера и грумы над конюшней, а прачки над прачечной.

Я еле тащил наполненный до верха ящик, когда мы спускались вниз, чтобы оставить последний в каморке Боба до завтрашнего утра.

— Займешься обувкой с утречка,— сказал лакей, потом повернулся и двинулся прочь по коридору.

— Прошу прощения, мистер Боб, а где мне лечь? — спросил я.

Он обернулся, пожал плечами и зевнул, но ответил с несвойственным для него добродушием:

— Последний мальчишка спал на скамье в судомойне, кажется.

— А одеяла у вас есть?

— Одеяла? — воскликнул он, мгновенно приходя в мрачное раздражение.— Нет. Я тебе что, горничная, что ли?

Боб широким шагом удалился, а я — в своем измученном состоянии готовый спать на любом ложе, даже на упомянутой узкой и жесткой скамье,— поплелся в судомойню, где обнаружил, что огонь в очаге чуть теплится. Я придвинул скамью по возможности ближе к этому слабому источнику тепла и растянулся на ней. Даже здесь теперь было холодно, и я испугался, что без одеяла мне не заснуть. Но я ошибался, ибо меня, еле живого от усталости, почти сразу сморил крепкий сон.

Казалось, прошло всего несколько минут, когда я почувствовал, как некая сила грубо вырывает меня из объятий сна. Я осознал, что меня трясут за плечо, и, открыв глаза, сразу прищурился, ослепленный ярким светом фонаря.

Потом фонарь притушили, и я увидел прямо перед собой лицо сторожа, смотревшего на меня волком.

— Убирайся отсюда. Здесь не твое место.

— Пожалуйста, мистер Джейкман, позвольте мне лечь вон там,— попросил я, указывая в дальний угол, ибо мне не хотелось покидать сравнительно теплое помещение.

— Нет,— отрезал Джейкман.

— Но в любом другом месте я замерзну,— слабо запротестовал я.— Куда мне пойти?

— К дьяволу, коли тебя интересует мое мнение. Там ты живо согреешься, полагаю. А теперь убирайся вон.

Он схватил меня за плечи и толкнул к двери. И вот, даже без свечки, я ощупью пробрался по коридору к столовой для прислуги. Там я почуял слабый, но едкий запах и при лунном свете, проникающем в крохотное оконце над самой землей, заметил какое-то движение под ногами. Когда мои глаза привыкли к темноте, я увидел, что весь пол сплошь покрыт черными тараканами, словно блестящим живым ковром. Я содрогнулся от омерзения, но выбирать особо не приходилось, и я растянулся на одной из узких скамей. Мне пришло в голову, что еще несколько часов назад я задавался вопросом, есть ли в доме форма жизни ниже и презренней меня, и теперь узнал ответ.

Здесь было так холодно, что я не мог заснуть, даже несмотря на крайнее изнеможение. Недавний короткий сон притупил остроту усталости, и беспрестанный шорох отвратительных существ подо мной вгонял в дрожь.

Заветный документ сейчас находился всего в нескольких ярдах от меня — если предположить, что он хранится в тайнике,— но на пути к нему стояли препятствия в виде ночного сторожа, запертой двери Большой гостиной и, самое главное, секретного замка. Мне также следовало подумать о возможных путях бегства. Не имело смысла выкрадывать завещание для того лишь, чтобы обнаружить, что из дома не выбраться, как произошло со слугами, преследовавшими нас с мистером Дигвидом. И теперь, когда выяснилось, что задняя дверь запирается на ночь, стало очевидно, что она-то и окажется главным препятствием, ибо хотя я с уверенностью рассчитывал справиться с маленьким замком двери Большой гостиной, я хорошо понимал, что сложные замки парадной и задней дверей не взломать неопытному человеку вроде меня. Если не бежать сразу после кражи завещания, остается спрятать документ где-нибудь в доме и надеяться улизнуть с ним прежде, чем пропажа обнаружится. Но как это рискованно! При одной этой мысли я совсем лишился сна. Должно быть, в конце концов я все же забылся беспокойным сном со сновидениями, ибо следующее, что я помню, это тихий стук, осторожный и настойчивый, постепенно разбудивший меня. Открыв глаза, я обнаружил, что по-прежнему лежу в кромешной тьме. Стук повторился.

Я ощупью выбрался в коридор. Похоже, звук доносился из судомойни, и потому я тихонько открыл дверь и вошел. К моему удивлению, там никого не оказалось. Слабый огонь в очаге погас. Где же сторож? За окном мерцал бледный желтый огонек, и, подойдя поближе, я увидел за грязным стеклом лицо. Это была прачка, Нелли, которая держала свечу и стучала костяшками пальцев по стеклу. Я приблизил лицо вплотную к окну, и она улыбнулась и закивала мне, давая понять, что хочет войти в дом. Я пожал плечами: мол, ничего не могу поделать, поскольку дверь заперта, а ключ у сторожа.

Нелли нахмурилась и указала пальцем вправо от меня, а потом прижалась лицом к железным прутьям оконной решетки и крикнула:

— Разбуди его, пожалуйста.

Я осторожно прошел в кухню и нашел там Джейкмана, крепко спящего на скамье перед очагом, где все еще тлели угли; на полу рядом валялась откупоренная пустая бутылка из-под джина. Здесь было гораздо теплее, но почему же он выгнал меня из судомойни, если не собирался спать там? Я подошел и тихонько окликнул его. Он не шелохнулся. Я позвал погромче, потом дотронулся до руки, а потом схватил за плечи и сильно тряхнул. Джейкман раздраженно заворчал, и мне в нос шибануло запахом джина, но он по-прежнему не открывал глаз. Я принялся искать ключи с мыслью, что в случае удачи получу ответ на вопрос, как выбраться из дома. Однако я не обнаружил ключей ни у него на поясе, ни в одном из карманов, которые сумел обшарить. Я продолжал трясти сторожа и хлопать по щекам, покуда наконец не преуспел в своих стараниях.

Он открыл глаза и уставился на меня с глубоким, хотя и пьяным подозрением.

— Где ключи? — спросил я. — Нелли хочет войти.

— Не твое собачье дело, — с трудом проговорил он. — Я сам впущу чертову девку.

Он потряс головой, бормоча что-то нечленораздельное, и обеими пятернями взъерошил волосы. Я ждал, но он злобно взглянул на меня.

— Ну, чего стоишь столбом?

— Если вы дадите мне ключи, я впущу ее.

— Я сам. А ты убирайся! — прорычал он.

Я двинулся прочь из кухни, а Джейкман проследовал за мной в судомойню и плотно затворил дверь, когда я вышел в коридор. Ну конечно! Он спрятал ключи где-то там, чтобы напиться и завалиться спать, не опасаясь, что кто-то стянет их у него. Вот почему слуги не могли отпереть парадную дверь той ночью! Вот что спасло нас с мистером Дигвидом! Но удастся ли мне узнать, где он прячет ключи?

Несколько минут я стоял в темном коридоре. Потом Нелли открыла дверь и заговорщицки улыбнулась мне. Джейкмана рядом не было.

КВИНКАНКС

— С тех пор как ушел Дик, я каждый день прям из сил выбивалась, чтобы добудиться старого пьянчугу,— сказала Нелли.— Приходилось стоять там на холоде и ждать, когда Бесси закончит прибираться в комнатах экономки, придет и впустит меня.

— Разве нельзя оставлять для вас заднюю дверь незапертой? — спросил я.

— Раньше так и делали, но несколько месяцев назад в дом забрались грабители, и с тех пор мистер Такаберри следит за тем, чтобы дверь запирали. Впрочем, неважно. А чего ты, собственно, стоишь тут? Живо берись за работу, не то Боб задаст тебе жару.

— Который сейчас час?

— Не знаю. Между пятью и шестью.

И вот, невыспавшийся и голодный, я принялся таскать корзины с углем из подвала, затем помог Нелли растопить очаги в судомойне и в столовой для низшей прислуги и вскипятить воду в медных котлах, а потом, выполнив все дела в доме, вышел на мороз, в одной рубашке. Едкий запах горящего угля, висящий над Лондоном зимой и спускающийся на город подобием толстого покрывала туманными утрами, щекотал мне ноздри и порождал в душе ощущение земли, как некой таинственной древней силы, враждебной человеку. Теперь мне предстояло накачать воды в огромный бак (в середине зимы часто приходилось размораживать насос, поливая горячей водой), а потом натаскать в ведрах наверх, чтобы залить в паровые котлы.

Примерно через час поднялись другие слуги и тоже приступили к работе. Первой появилась Бесси — оказывается, она встала еще раньше меня и успела приготовить все необходимое для утреннего туалета женщин из старшей прислуги и завтрак для них.

К семи часам в судомойню вошел Боб, зевая и потягиваясь.

— Сегодня у тебя полный рабочий день,— задумчиво сказал он мне.— А не сокращенный, как вчера.

В начале восьмого мы с Бесси подали завтрак в столовую для младшей прислуги, а потом убрали со стола и вымыли посуду. Потом я отнес поднос с завтраком в буфетную, мужчинам из старшей прислуги, а Боб подал такие же блюда в гостиную экономки, для женщин. Я убрал со стола и вымыл посуду за всеми ними. Далее, под руководством Боба, я поднялся наверх, собрал ночные горшки горничных, выставленные за двери, и вылил содержимое оных в уборную. (Я без удивления увидел, что отверстие сточной трубы там недавно обложено кирпичом и закрыто металлической решеткой с запором.) Я вымыл и почистил горшки, а когда Боб принял у меня работу, отнес все обратно наверх и расставил у дверей, чтобы горничные забрали. Затем, как и накануне, я занялся чисткой обуви, а покончив с этим делом, приступил к мытью кастрюль и сковородок, оставшихся после вчерашнего обеда. Остаток дня прошел в точности, как накануне.

К концу первой недели я узнал, что такой распорядок дня, практически без изменений, соблюдается в доме всегда, за исключением воскресений и праздников, и начал привыкать к нему. Но самое главное, я понял, каким образом распределяются сферы обязанностей между представителями старшей прислуги. Дворецкий держал в своем подчинении ливрейных лакеев и отвечал за подачу блюд в столовую залу, а также за все, имеющее отношение к вину (и прочим напиткам) и винному погребу. Он также следил за порядком на первом и втором этажах. Экономка отвечала за всех служанок (помимо находившихся в подчинении старшей кухарки) и за порядок на верхних этажах. Старшая кухарка — стоявшая в иерархии всего ступенькой ниже, что, однако, уже составляло существенную разницу в положении, — отвечала за все, имеющее отношение к кухне, судомойне, буфетной, кладовым и тому подобному, и держала в своем подчинении четырех кухонных работниц, двух кладовщиц и судомойку, Бесси. Таковы были три обширные сферы обязанностей в доме, и, подобно великим соседствующим империям, завидующим мощи друг друга, они вели между собой яростную борьбу за права и привилегии, заключая союзы, которые менялись и распадались так же быстро и бесстыдно, как союзы европейских держав. Ниже трех перечисленных членов персонала (но только в том смысле, что у них не было подчиненных, ибо во всех прочих отношениях они являлись или, по крайней мере, считались равными по положению трем названным лицам) стояли камеристки и камердинер. Еще ступенькой ниже стояли слуги, ответственные за хозяйственную деятельность вне дома: старший кучер и старшая прачка (а в пору пребывания семейства в Хафеме, насколько я понял, еще и старший садовник), которые, будучи ливрейными слугами, но имея в своем подчинении низших по званию, занимали место в непосредственной и неприятной близости от упомянутых выше особ. Данное обстоятельство служило причиной серьезных трений между ними (хотя могу сказать, что старший кучер, мистер Фамфред, никогда не выступал зачинщиком), и камеристка леди Момпессон и старшая прачка просто ненавидели друг друга.

Ступенькой выше старшей прислуги — на головокружительной высоте, практически недоступной моему взору, — стоял управляющий, мистер Ассиндер, перед которым дворецкий, экономка и кухарка отвечали за ровное и бережливое ведение хозяйства. Он ел либо в собственных апартаментах (тот самый «стол для управляющего», о котором я не раз слышал), либо вместе с господами. Однако по определенным праздничным дням мистер Ассиндер становился гостем старшей прислуги, каковые визиты требовали тонкого расчета от хозяев, вынужденных держаться золотой середины между экономной скудостью и расточительной пышностью стола. Равное положение с мистером Ассиндером, но одновременно совершенно бесправное в части управления хозяйством занимали гувернантки и гувернеры, которые существовали в некоем ужасном лимбе и (что свидетельствовало об их незначительности) обычно ели с подносов в своих комнатах.

Помимо сэра Персевала, леди Момпессон, мистера Дейвида и мисс Генриетты единственным членом семьи, проживающим в доме, была старая дама, которую младшие слуги обычно называли между собой (без всякой злобы) «старой кошкой», а более формально — мисс Лидди. Первые трое занимали покои на третьем этаже, как и мистер Том, который, как я знал, в настоящее время находился в отъезде; а две последние обретались этажом выше, где также располагались комнаты управляющего, гувернера мистера Тома и гувернантки мисс Генриетты.

С течением мучительно долгих дней я все яснее сознавал, что, хотя заветная цель близка, вполне вероятно, она так и останется недостижимой, ибо слишком глубокая пропасть по-прежнему отделяет меня от нее. Например, в наши с Бобом обязанности входило дважды в неделю убираться с утра в различных комнатах первого и второго этажей, в определенной последовательности. По вторникам мы убирались в Большой гостиной, и поскольку мне разрешалось входить туда только в такие разы, я надеялся с толком воспользоваться этой возможностью. Когда Боб ставил меня наводить блеск на все предметы, открытые взору — начищать медные детали мебели лимонным соком, мыть камин и чистить каминную решетку, натирая прутья толченым кирпичом и графитом, а потом смахивая порошок щеткой, — он принимался за работу, требующую большего мастерства и состоящую в заметании грязи и пыли под ковры. Я узнал несколько полезных вещей, ибо когда мы открыли ставни, я увидел, что теперь на них установлены тревожные колокольчики на пружинках, а значит, незаметно выбраться из дома через окно стало чрезвычайно сложно. Но по крайней мере я получил возможность прочно запечатлеть в своей памяти вид мраморной доски с насмешливо-равнодушным рельефным изображением, ибо наводить на нее чистоту приходилось мне. Сначала я натирал мрамор смесью яри-медянки, толченой пемзы, свежей гашеной извести и мыльной слизи, а потом смывал все водой с мылом.

Хорошо понимая, что для успешного осуществления моего замысла мне совершенно необходимо знать режим работы всех домашних слуг, я постарался поскорее усвоить принципы деления дня на части — во всяком случае буднего, ибо по воскресеньям и праздникам соблюдался иной распорядок. Первая часть дня — утро — длилась от рассвета до звонка колокольчика, приглашающего господ переодеться к ланчу и служащего для лакеев сигналом облачиться в ливреи и приготовиться подавать на стол. В течение утра они оставались в обычных костюмах, и я мог находиться наверху под присмотром Боба. Тогда же выполнялась вся работа по дому наверху: прибирались комнаты, менялось постельное белье, заправлялись постели, растапливались камины и так далее. Господа завтракали либо в своих покоях, где и оставались до ланча, либо в столовой зале, подальше от занятых уборкой слуг, либо в маленькой столовой, либо в библиотеке. Никакие посетители в первой половине дня не допускались, помимо приходивших с деловыми визитами к сэру Персевалу, который принимал их в библиотеке, где зачастую уединялся по утрам с мистером Ассиндером.

Со звонком, приглашающим переодеться к ланчу, в час без малого наступал «день». Это означало, что неливрейные слуги — кухонные работницы, прачки и так далее, — а также ливрейные слуги в обычных костюмах не вправе появляться наверху. Вечер начинался, когда в половине восьмого звонил колокольчик, приглашающий переодеться к обеду. Правила, ограничивающие доступ наверх, теперь становились еще строже, ибо ливрейным лакеям надлежало облачиться в парадные ливреи. Неукоснительное соблюдение перечисленных правил приводило к тому, что Боб и другие лакеи тратили уйму времени на одевание и раздевание.

Чай подавался господам в половине десятого. Вечер заканчивался — если только хозяева не приказывали собрать поздний обед или ужин — в половине одиннадцатого, когда дом запирали, в согласии с описанным выше ритуалом. Во время этого короткого промежуточного периода нам, слугам низшего звания, снова разрешалось подниматься наверх, чтобы разнести по спальням фонари, свечи, металлические грелки с углями и раскаленные кирпичи. В принципе, среди всего прочего ночному сторожу вменялось в обязанность следить за тем, чтобы после одиннадцати слуги не ходили по дому. На самом деле эту свою обязанность он выполнять не мог, поскольку быстро забывался пьяным сном, и я вскоре узнал, что по ночам на задней лестнице постоянно происходит движение вверх-вниз между спальнями слуг.

С учетом всех перечисленных обстоятельств я плохо представлял, как можно незаметно пробраться к тайнику и оставаться там достаточно долго, чтобы разгадать секрет замка, — и по-прежнему не имел ни малейшего понятия, как осуществить задуманное. Единственная возможность, ясное дело, представлялась ночью. Не сомневаясь в своей способности справиться с замком двери Большой гостиной, я намеревался попросить Джоуи принести мне отцовскую отмычку — хотя как и где спрятать инструмент, я не знал. (Мы с ним условились встретиться в воскресенье вечером в проулке за конюшнями, поскольку Нелли сказала миссис Дигвид, что только в это время большинство младших слуг имеет возможность ненадолго освободиться от работы.) Однако я по-прежнему не решил вопрос, как благополучно выбраться из дома после кражи документа.

В течение первой недели я в полной мере познал всю тяжесть своей работы. Боб часто спал допоздна — и иногда даже приказывал мне подать ему завтрак в постель, — и потому бремя его обязанностей часто ложилось на мои плечи. Если я отлынивал, выполнять мою работу приходилось Бесси, а если она не успевала вовремя, миссис Гастард, кухарка, задавала бедной девушке взбучку почище тех, что Боб задавал мне, и потому я старался не допускать такого. Однако, по крайней мере, я навострился при удобном случае таскать объедки, когда убирал со стола после обеда и ужина в столовой для прислуги. Правда, иногда никаких объедков вообще не оставалось или же я не решался взять, поскольку Боб или мистер Такаберри, или даже экономка, сталкиваясь со мной в судомойне или в коридоре, нередко останавливали меня и почти рассеянно запускали руку в карман моего фартука. Однажды Боб нашел кусочек сыра, который я, по всей видимости, положил в карман бессознательно, и со всей силы двинул меня кулаком по уху.

И вот, изнуренный непосильным трудом, вечно голодный, с крепнущей уверенностью в неосуществимости своего замысла, я постепенно начал впадать в уныние. Как глупо с моей стороны было полагать, что мне представится случай выкрасть завещание! Среди слуг я занимал самое низшее положение, вместе с младшими служанками, помощниками конюхов и точильщиком ножей, и жизнь семейства Момпессонов — с приемами посетителей, зваными обедами, поездками мистера Дейвида в Хафем на охоту и так далее — протекала бесконечно далеко от меня. Я ощущал себя неким жалким полипом, прилипшим к скале в морских глубинах, не возмущаемых при прохождении кораблей по поверхности высоко надо мной. О приездах и отъездах членов семейства и гостей я мог судить лишь по большему или меньшему количеству обуви, которую чистил, ведер угля для растопки каминов, которые таскал из подвала, и ножей, которые точил. Моя отдаленность от хозяев, хотя порой и расстраивавшая меня, в других отношениях играла мне на руку, ибо я опасался (вероятно, безосновательно, если учесть, сколько лет миновало), что меня могут узнать. Однажды, собирая обувь рано утром, я увидел даму, вышедшую из апартаментов, в которых обретались, насколько я успел понять, господин с госпожой, и признал в ней леди Момпессон. Как-то поздно вечером, совершая традиционный обход дома под предводительством мистера Такаберри, мы застали в библиотеке сэра Персевала и почтительно попятились, едва приоткрыв дверь. Он вышел, добродушно заметив дворецкому, что совсем потерял счет времени, и удалился, даже не взглянув на меня.

И казалось, работы с каждым днем становилось все больше, ибо моя первоначальная усталость не проходила по мере привыкания к тяжелому труду, но возрастала по мере того, как он изнурял меня все сильнее. Я и начинал-то службу не в лучшем состоянии здоровья, и теперь меня неотступно преследовал страх, что я заболею и слягу.

В первое воскресенье, когда мы с Джоуи должны были встретиться вечером, я обнаружил, что распорядок выходного дня имеет незначительные, но существенные для меня отличия от заведенного по будням. Хотя мне пришлось встать в обычный ранний час, большинство слуг поднялось позже, и почти все в доме происходило с отставанием на час-другой. Так, например, Нелли не разбудила меня около пяти, поскольку по воскресным утрам она отдыхала. Мы с Бесси выполнили всю нашу обычную утреннюю работу, тогда как Боб провалялся в постели допоздна, уверенный, что мистер Такаберри раньше полудня не появится. Остальные старшие слуги позавтракали в восемь вместо семи с небольшим, а господам — тем из них, кто вообще завтракал по воскресеньям, ибо мистер Дейвид редко к ним присоединялся, — отнесли в личные апартаменты подносы с завтраком в половине десятого. В одиннадцать подали экипаж, чтобы отвезти семейство на богослужение в церковь Святого Георгия, находившуюся неподалеку, а большинство старших слуг и несколько младших последовали за ними пешком.

Но если одни по воскресеньям отдыхали, то другим приходилось работать не покладая рук — по крайней мере утром. Вместо скромного ланча в полдень и обеда вечером для господ и старшей прислуги по воскресеньям подавали один праздничный обед как наверху, так и внизу. Семейство обедало в два, а слуги — и старшие и ливрейные — обедали вместе в общей столовой в половине четвертого. Это означало, что, пока большинство челядинцев находится в церкви, кухонные работницы должны трудиться с особым усердием, чтобы успеть приготовить не только обед для господ, зачастую приглашавших гостей, но также обед для слуг, а равно холодный ужин, который потребуют подать вечером.

В час дня семейство возвращалось, и карету ставили в каретный сарай, а лошадей отводили в конюшню отдыхать до завтра. Обычно во второй половине дня господа не выезжали ни на прогулку в Парк, ни к знакомым с визитами, а в исключительных случаях брали наемный экипаж на ближайшей стоянке.

К половине четвертого, когда господа уже отобедали и наверх подали чай, внизу начиналось самое значительное событие недели: воскресный обед. По одним только воскресеньям — да отдельным праздничным дням — все слуги (кроме нас с Бесси и еще нескольких наших собратьев из разряда полипов) обедали вместе, и все они принаряжались по такому поводу. Наши признанные щеголи, лакеи, являлись во всем великолепии своих парадных ливрей; мистер Такаберри и камердинер сэра Персевала выглядели ничуть не хуже в своих выходных сюртуках и жилетах, и даже мистер Фамфред и грумы представали в начищенных до блеска сапогах с отворотами и свежевыстиранных шейных платках. Женщины из старшей прислуги старались превзойти друг друга изяществом своих нарядов, и даже младшие служанки в скромных муслиновых платьях соперничали друг с другом по части бантиков и ленточек.

Церемония имела тщательно разработанный ритуал. Сначала в столовой зале собирались слуги низшего звания и вставали каждый у своего места. Затем Боб отправлялся приглашать к столу старшую прислугу и, воротившись через минуту, с надменным и отчужденным выражением лица распахивал настежь дверь и впускал новоприбывших. Мистер Такаберри читал молитву, после чего старшие слуги рассаживались по местам (служившим постоянным предметом мелких ссор и перебранок), в строгом соответствии со своим званием и положением. Дворецкий восседал во главе стола, по правую руку от него располагалась экономка. Остальные слуги сидели в порядке убывания значимости по мере удаления от высокой особы дворецкого: сначала старшие слуги обоих полов, вперемежку; затем ливрейные слуги — сначала женщины, потом мужчины — в порядке старшинства. И наконец старший кучер, мистер Фамфред, по воскресеньям уступавший свое обычное почетное место мистеру Такаберри, утверждался на противоположном конце длинного стола, с грумом по одну и другую руку, поистине великолепный в своих плисовых штанах по колено и обшитом золотым галуном жилете.

В данном случае Боб занял место за столом, и обслуживать всех пришлось нам с Бесси. Во время первого блюда старшие слуги вели беседу между собой, а низшие по положению хранили почтительное молчание, покуда к ним не обращались.

Когда мы принесли второе блюдо, Боб подал вино старшим слугам, а Нед обнес портером ливрейных. Когда Боб налил первый бокал вина мистеру Такаберри, сей джентльмен добродушно сказал:

— Ну же, наливай до краев, Эдвард. — Он с улыбкой обратился к мистеру Сампшену: — Ограничивать себя в вине значит оскорблять нашего хозяина намеком на скупость, вы не находите?

Камердинер согласился. Теперь мистер Такаберри завязал с экономкой оживленную беседу о возмутительно высоких ценах на апельсины. (В присутствии низших по званию они держались друг с другом с самой сердечной учтивостью.) Когда все в верхнем конце стола получили возможность высказать свое мнение по данному вопросу и старшие слуги в полной мере продемонстрировали свое право игнорировать остальных присутствующих, дворецкий с великим снисхождением прокричал в другой конец стола:

— Прекрасная погода стоит нынче, не правда ли, мистер Фамфред?

— В самом деле, сэр, вы совершенно верно заметили, — ответил мистер Фамфред, явно смущенный необходимостью играть публичную роль. — Мне показалось, в церкви миледи выглядела просто превосходно, мистер Такаберри.

— Истинно так, истинно так, — откликнулся дворецкий, поворачиваясь к миссис Пепперкорн за подтверждением.

— Она действительно выглядела замечательно, благослови ее Господь, — вздохнула дама. — Особенно если учесть, как нелегко бедняжке приходится в последнее время.

Сидящие в верхнем конце стола сочувственно повздыхали. Общее любопытство нижнего конца стола выразилось в осторожном вопросе мистера Фамфреда:

— Говорят, мистер Дейвид причиняет госпоже много беспокойств?

Мистер Такаберри и миссис Пепперкорн с улыбкой переглянулись и потрясли головой.

— Не поэтому ли господа не уезжают в Хафем на Рождество? — не унимался мистер Фамфред.

Мистер Такаберри приложил палец к носу сбоку.

— Э-э... умный понимает с полуслова, знаете ли, мистер Фамфред. На некоторые вопросы я предпочел бы не... в общем, на моих устах печать.

— Есть ли какие-нибудь новости о процессе в канцлерском суде, мистер Такаберри? — спросил старший кучер, выдержав подобающую паузу. — Говорят, он складывается неблагоприятно для нас.

— Все гораздо сложнее, мистер Фамфред, — живо ответил мистер Такаберри. — Как вам известно, наследник Хаффам исчез, и, по слухам, судья собирается объявить о его смерти.

— А как это скажется на нашем положении? — спросил мистер Фамфред.

— Плохо. — Дворецкий потряс головой и потянулся за своим бокалом. — Очень плохо.

— Но почему, мистер Такаберри? — простодушно поинтересовалась мисс Пикаванс.

— Ну, потому что... в общем... это сложный юридический вопрос, юная леди, который вы вряд ли поймете, даже если я объясню.

— Вы ведь встречались однажды с наследником Хаффамом, миссис Пепперкорн? — льстиво спросила старшая горничная.

Экономка одарила ее лучезарной улыбкой.

— Действительно, встречалась. Более десяти лет назад, когда управляла домом в Хафеме. На самом деле могу с полным правом сказать, именно я-то и нашла наследника Хаффама. Тогда он был совсем ребенком, разумеется, и жил под вымышленным именем. Но вы знаете, я сразу увидела в нем что-то такое, что выдавало его принадлежность к древнему и благородному роду. Полагаю, у людей, проживших всю жизнь среди знати, на такие вещи глаз наметанный. Я имею в виду, среди настоящей знати. — (Тут она с превосходством взглянула на мисс Пикаванс.) — И я оказалась права, ибо он — по материнской линии — являлся последним представителем рода Хаффамов, из которого происходит и сам сэр Персевал. Как вы, вероятно, знаете, дед сэра Персевала, сэр Хьюго, женился на дочери мистера Джеффри Хаффама. Но что касается до того маленького мальчика, то он произвел на меня столь сильное впечатление, что я рассказала о нем сэру Персевалу, и он догадался о правде, и таким образом их с матерью разыскали. Сэр Персевал был премного мне благодарен. Премного благодарен. — Она сделала паузу, давая слушателям возможность вникнуть в смысл последних слов, а затем продолжала: — Хотя впоследствии наследник потерялся из виду, уверена, я сразу узнала бы его по благородству повадок. Но — увы! — наверное, он умер, бедное дитя.

— И тем хуже для семейства, коли так, — промолвил мистер Такаберри, печально качая головой.

После третьего блюда мистер Такаберри, перекинувшись взглядом с экономкой, поднялся на ноги, слегка пошатываясь, что послужило для Боба сигналом вскочить с места и броситься открывать дверь, а для всех остальных — почтительно встать. Обмениваясь поклонами и реверансами с низшими по званию, старшие слуги вереницей покинули столовую. Обстановка мгновенно стала менее напряженной. Мистер Фамфред пересел на место во главе стола, все расположились посвободнее, и беседа сразу же потекла живо и непринужденно.

— А ну, пошевеливайся,— сказал мне Боб, через пару минут заметив, что я все еще в столовой.— Десерт в буфетную. Поди подай.

Я выполнил приказ и несколькими минутами позже оставил старших слуг потягивать вино, есть орехи с засахаренными фруктами, да сплетничать и перебраниваться в полное свое удовольствие, освободившись от необходимости выступать единым фронтом перед низшей прислугой. Когда час спустя я вернулся, дамы уже удалились в гостиную экономки пить чай, но джентльмены все еще сидели в буфетной и усердно выполняли свои обязанности — отдавали должное щедрости хозяев.

Младшие слуги в столовой зале равно ревностно заботились о репутации господ, и ближе к вечеру стало ясно, что работать сегодня никто особо не собирается, разве только Бобу пришлось отнести наверх пару подносов. Однако нам с Бесси все равно пришлось убрать со стола и выполнить наши обычные обязанности. При сложившихся обстоятельствах, по крайней мере, мне было легче стянуть немного еды, а Боб, с несвойственным для него добродушием, даже заставил меня съесть несколько кусочков вареной говядины и остатки сливового пирога.

Тем временем господа управились с холодным ужином, накрытым для них в гостиной сразу после ланча, и потому не требовали дальнейшего к себе внимания. С течением времени я узнал, что по воскресным вечерам они либо легко перекусывали, либо обедали в гостях, ибо ни семейного, ни тем паче «званого» обеда в эти дни не устраивалось. Как следствие, по воскресеньям почти все слуги вскоре после полудня освобождались от всяких дел и использовали свой досуг описанным выше образом. Когда я убрал со стола и мы с Бесси перемыли всю посуду, было около семи часов, и впервые за весь день я почувствовал себя относительно свободным и безнадзорным. И вот, около половины восьмого я сумел, улучив момент, выскользнуть в проулок за конюшнями.

Там я нашел Джоуи, который ждал меня, ежась от холода.

— Чего так долго? — раздраженно спросил он.

— От меня ничего не зависит, — огрызнулся я. — Я не мог освободиться раньше.

Я сообщил Джоуи, что, хотя пока мне нечем похвастаться, у меня есть основания оптимистично оценивать свои шансы завладеть завещанием, и попросил принести мне отмычку. Напоследок мы договорились, что я попытаюсь встретиться с ним примерно в это же время, в воскресенье через две недели.

— Отец все в том же состоянии, — сказал он мне в спину, ибо в спешке я забыл справиться о здоровье мистера Дигвида.

Я повернулся к нему, но он уже торопливо шагал прочь.

В течение последующей недели я ни на шаг не продвинулся к цели — только получше уяснил распорядок дня в доме. В следующее воскресенье Боб усерднее обычного заботился о репутации господ. Когда я вошел в общую столовую напомнить ему (по распоряжению Бесси), что пора отнести подносы с холодной закуской мисс Лидди, мисс Генриетте и гувернантке, мисс Филлери, он встал и, сильно пошатываясь, сделал несколько шагов. Присутствовавшие там лакеи и служанки рассмеялись.

— Черт побери, дайте мне пару минут, и я буду как стеклышко, — заплетающимся языком проговорил Боб, но тут же резко качнулся назад и шлепнулся обратно на скамью. — Одному из вас придется подменить меня, — сказал он, глядя на своих собратьев.

КВИНКАНКС

— Только не я,— решительно заявил Уилл.

Остальные высказались примерно в том же духе.

— Посылай своего подручного, раз ты сам на ногах не стоишь,— посоветовал Нед.

— Слышал? — обратился ко мне Боб.— Надень-ка белый фартук и отнеси подносы наверх. Только не попадайся никому на глаза.

— Тебе достанется, коли она наябедает Ассиндеру,— предостерег Боба Уилл.

— Кто? — спросил Боб.

— Да эта стерва,— ответил Уилл несколько загадочно, и все поддакнули нестройным хором.

— Ассиндер! — воскликнул Боб.— Да я не боюсь Ассиндера. Это он должен меня бояться.

Все рассмеялись, но не очень любезно, поскольку Боба, мне кажется, недолюбливали.

Однако дело кончилось тем, что через несколько минут я, нагруженный тремя подносами, несколькими довольно бессвязными указаниями Боба и многочисленными советами лакеев — по большей части каверзными, призванными сбить меня с толку и оконфузить потехи ради,— я поднялся по задней лестнице и через обитую сукном дверь вышел на площадку второго этажа. Я дрожал от радостного возбуждения, впервые оказавшись наверху один.

Но, шагая по коридору, я вдруг со страхом увидел идущую мне навстречу экономку. Она остановилась и изумленно уставилась на меня.

— А ты что здесь делаешь, скажи на милость? — осведомилась она.

— Прошу прощения, миссис Пепперкорн...— пролепетал я.— Мистер Боб... я имею в виду, Эдвард... ему нездоровится, и потому я вместо него несу ужин.

— Хорошо,— сказала экономка.— Но я поговорю с мистером Такаберри, можешь не сомневаться. И не забудь передать мои слова Эдварду.

Она прошествовала мимо, и мгновением позже я постучал в дверь гувернантки.

— Войдите,— раздался повелительный женский голос.

Я вошел и увидел перед собой даму средних лет, которая сидела в кресле у камина, в довольно бедно обставленной гостиной. Напротив нее, спиной ко мне сидела молодая леди, на которую я не смел даже взглянуть.

— Кто ты такой? — резко спросила мисс Филлери.

— Прошу прощения, мисс,— сказал я.— Я новый прислужник, Дик.

Боковым зрением я заметил, что молодая леди повернула голову и посмотрела на меня, заслышав мой голос, но не сводил глаз с сурового лица дамы.

— А почему ты здесь?

— Бобу нездоровится, мисс.

— Бобу? О ком это ты? — спросила она, раздраженно передернув плечами.

— Эдварду, мисс.

— Как ты смеешь являться сюда без ливреи!

— Прошу прощения, мисс, но я не ливрейный слуга.

— Неужели? Тогда передай мистеру Такаберри, чтобы ко мне никогда впредь не присылали неливрейных слуг.

Сие распоряжение свидетельствовало о столь превратном представлении о характере моих отношений с дворецким, что я счел необходимым указать даме на ее заблуждение.

— Извините, мисс, думаю, вам лучше самой сказать ему это.

Ее лицо побелело, а глаза превратились в крохотные черные точечки.

— Да как ты смеешь дерзить!

— Я не хотел дерзить, мисс. Я просто имел в виду, что мистер Такаберри не станет меня слу...

— Меня не интересует, что ты имел в виду,— перебила она.— И я не намерена препираться с тобой. Заканчивай свою работу и убирайся вон. Я доложу обо всем самому мистеру Ассиндеру.

Теперь я понял, о ком отзывались лакеи в столь нелестных выражениях! Я поставил два подноса на выдвижную доску буфета и взял с верхнего накрытые крышками блюда и столовые приборы. Когда я принялся сервировать стол в соответствии с указаниями Боба, молодая леди поднялась с кресла и подошла, словно собираясь сесть на свое место.

Мы перекинулись быстрыми взглядами, и я узнал свою маленькую неулыбчивую подругу, которую трижды встречал в Хафеме и несколько раз видел входящей в двери и выходящей на улицу, когда наблюдал за домом. Она была почти моего роста и очень тоненькая. Лицо ее — бледность которого подчеркивали черные волосы — стало длиннее и у́же, хотя носило все то же грустное выражение, и имело слишком заостренные черты, чтобы считаться красивым в общепринятом смысле слова. Казалось, скользнувший по мне взгляд не выражал ничего, помимо праздного любопытства, и я почувствовал жгучее разочарование; но, усевшись на стул, Генриетта положила левую ладонь на стол, а потом посмотрела на меня в упор и почти сразу опустила глаза на свою руку. Я с изумлением увидел, что она слегка приподняла один палец и обращает мое внимание на кольцо, которое я подарил ей в хафемском парке много лет назад. Я посмотрел на нее, стараясь сохранять невозмутимый вид, и она ответила мне взглядом, глубоко меня поразившим. Он был пытливым и напряженным, словно я предлагал ей какую-то долгожданную возможность. Мне очень хотелось подтвердить такое ее предположение, но под пристальным взором гувернантки я не осмелился. Я стрельнул глазами в сторону мисс Филлери: хотя Генриетта сидела спиной к ней, она, похоже, заметила, что мы с ее подопечной обменялись взглядами.

— Мисс Генриетта,— сказала она,— предоставьте прислужнику заниматься своим делом.

В полуобморочном состоянии я закончил накрывать на стол, взял с буфета оставшийся поднос и — не забыв отвесить у двери низкий поклон, важность которого настойчиво подчеркивал Боб, — покинул комнату.

В коридоре я ненадолго остановился, стараясь овладеть собой, ибо встреча с Генриеттой в таких обстоятельствах воскресила в памяти прошлое, и в частности последнее лето в деревне.

Однако, боясь оказаться уличенным в безделье, я через несколько секунд двинулся дальше по коридору и вскоре достиг покоев мисс Лидии. Постучав и открыв дверь, я обнаружил перед собой крохотную старую даму, с изборожденным глубокими морщинами лицом, но с самыми ясными голубыми глазами из всех, какие мне доводилось видеть в жизни. Комнатка была маленькая, но уютная, и обитательница оной сидела в старом кресле с подлокотниками у камина, в старомодном муслиновом платье, очках в роговой оправе и черных митенках. Хотя и глубоко погруженный в свои мысли, я все же заметил, что блестящие живые глаза внимательнейшим образом меня рассматривают.

— А где Боб? — внезапно спросила дама и тут же добавила, увидев мое удивление: — О, я знаю настоящее имя Эдварда.

— Ему нездоровится, мэм, — ответил я.

Мисс Лидия улыбнулась.

— По воскресеньям Бобу всегда нездоровится, но он все равно приходит.

— Сегодня ему нездоровится сильнее обычного, мэм, — пояснил я, опуская поднос на маленький столик, на который она указала, и принимаясь переставлять блюда.

Она по-прежнему улыбалась, но не сводила с меня проницательного взгляда.

— Меня удивляет твой выговор. Откуда ты родом, юноша?

Хотя прежде я уже не единожды рассказывал товарищам-слугам о своем происхождении, на сей раз, непонятно почему, я почувствовал нежелание повторять ложь.

Я с запинкой проговорил:

— Издалека, мэм. Из пограничного района.

— Понятно,— задумчиво промолвила она. А потом внезапно спросила: — Как тебя зовут?

— Дик, мэм.

— Так называют всех подручных Боба. Как твое настоящее имя?

— Джон, мэм.

— Джон,— тихо повторила мисс Лидия, и мне послышалось, будто она пробормотала себе под нос: — Ну да, конечно.— Потом она спросила нормальным голосом: — Но у тебя есть фамилия, полагаю?

— Да, мэм,— ответил я.

— Позволь узнать, какая?

Я на мгновение замялся.

— Джон Уинтерфлад, мэм.

Она казалась разочарованной — но потому ли, что ожидала услышать другое имя, или потому, что разгадала мою ложь, я не знал. У меня запылали щеки.

— Очень хорошо, Джон Уинтерфлад,— серьезно сказала мисс Лидия.— Надеюсь, мне явится случай увидеться с тобой еще раз.

Я поклонился и вышел из комнаты. Множество мыслей теснилось в моей голове, когда я спускался вниз. Что почувствовала Генриетта, увидев меня в таком обличье? Она не выказала ни волнения, ни даже удивления. Представится ли мне возможность поговорить с ней? И если да, то сколь многое следует мне открыть девушке? И почему мисс Лидия проявила такой интерес к моей особе? Другие слуги, я не раз слышал, называли старую леди «странной», и вполне вероятно, одна из ее странностей как раз и заключалась в манере общаться со слугами.

Всю последующую неделю, едва только мне выдавалась свободная минутка, я обращался мыслями к короткой сцене, имевшей место в гостиной гувернантки. Я с нетерпением ждал воскресенья, несущего с собой надежду на очередную встречу с Генриеттой. И все же я не представлял, как такое возможно, если мисс Филлери столь решительно запретила мне ее обслуживать.

Когда наконец наступило воскресенье, я весь день с тревогой наблюдал за Бобом, и он не обманул моих ожиданий. Мы с Бесси чистили медные кастрюли в судомойне, когда около четырех часов зазвонил колокольчик гувернантки.

Я пошел доложить Бобу, и он яростно воскликнул:

— Какого черта ей надо! Пускай звонит, мне наплевать! Возвращайся к своей работе.

Я так и сделал, но через несколько минут колокольчик вновь зазвонил — и на сей раз тренькал так долго и так неистово, что мне не пришлось ни о чем докладывать Бобу, ибо звон все еще доносился из судомойни, когда я вступил в столовую. Другие лакеи и служанки рассмеялись, но Боб с трудом поднялся на ноги, грязно выругавшись, и вышел.

Через пару минут он вернулся.

— Молодой леди явилась охота отправиться на прогулку в Парк,— возмущенно объявил он.— Но мисс Филлери не желает и потому требует, чтобы мисс Хенни сопровождал лакей.

Я затаил дыхание. Безусловно, Генриетта пытается устроить встречу со мной!

— И что ты сказал? — спросил Уилл.

— Что я стою на дверях и никак не могу освободиться. Все рассмеялись.

— Я не собираюсь портить себе выходной из-за какой-то паршивой гувернантки,— заявил Боб.

— Нельзя ли мне пойти вместо вас? — спросил я.

Все разом удивленно уставились на меня.

— Что? — сказал Боб.— Чтобы неливрейный слуга сопровождал члена семьи — пусть это всего лишь мисс Хенни?

— Просто неслыханно! — воскликнул Нед.

— Значит, нельзя? — спросил я.

— Конечно нельзя, это уронит честь дома,— сказал Боб.

В этот момент опять настойчиво зазвонил колокольчик.

КВИНКАНКС

— Снова эта стерва,— сказал Уилл.— Ей плевать на желания мисс Хенни, но теперь она решила, что ты ее в грош не ставишь, и так просто не угомонится.

— Да пошла она к черту,— прорычал Боб.

— Тебе влетит от Такаберри,— предостерег Нед.

— Лучше иди,— сказал Уилл.

Изрыгнув ужасное проклятие, Боб с трудом поднялся на ноги и начал застегивать свою толстую куртку и приглаживать напудренные волосы. Остальные попытались немного привести его в чувство, и он вышел прочь шаткой походкой, все еще бормоча бранные слова.

— Ступай, займись своей работой,— внезапно сказал Уилл, и я осознал, что последние несколько минут он внимательно наблюдал за мной.

Надеясь, что он не заметил, как я рвался подменить Боба, я торопливо вернулся в судомойню, где Бесси по-прежнему усердно чистила кастрюли.

Глава 95

Последующие несколько недель Генриетта настаивала — к великому негодованию слуг — на прогулках по воскресеньям, и хотя я разгадал ее замысел, мне никак не представлялось возможности сыграть требуемую роль.

Уже приближалось Рождество, и, поскольку мои сотоварищи говорили о нем как о своего рода апофеозе воскресенья, когда повседневный ход событий нарушается еще сильнее, я с нетерпением ждал праздника, надеясь изыскать способ воспользоваться общим смягчением правил.

Семейство устраивало торжество в Сочельник и потому в первый день Рождества предъявляло слугам лишь самые скромные требования по части работы. Таким образом, двадцать пятого числа ливрейные слуги поднялись поздно и, облачившись в выходные ливреи, начали отмечать праздник в столовой, украшенной ветками остролиста, где на буфете горела рождественская свеча, живописно обложенная еловыми лапами. Над столом висела связка омеловых веточек, под которой мужчины и женщины любезничали друг с другом и обменивались поцелуями, срывая после каждого одну из белых ягод, покуда не оборвали все до последней, что должно было положить конец поцелуям (каковым правилом, впрочем, быстро пренебрегли).

Рождественский обед подразумевал собой продолжительную трапезу из многих блюд, со множеством тостов. Он начался в два часа, когда старшие слуги, с еще большей помпой против обычного, прошествовали в столовую и расселись по местам; и поначалу беседа носила несколько натянутый характер, поскольку они пытались сохранять величественное достоинство в непринужденной атмосфере праздника. Я заметил, что мистер Такаберри оставил свободным стул по правую руку от себя, каковое обстоятельство получило объяснение, когда после первой смены блюд дверь открылась и незнакомый мне господин вошел и занял почетное место рядом с дворецким.

Вновь прибывший был невысоким мужчиной сорока с небольшим лет, с красивым румяным лицом, имевшим несколько брюзгливое выражение. Это, насколько я понял, был мистер Ассиндер, милостиво соизволивший откушать одно блюдо, и его появление послужило для миссис Гастард сигналом войти в столовую залу в сопровождении двух своих подчиненных, несущих на огромном плоском блюде кабанью голову, украшенную розмарином, начиненную фаршем, с лимоном в пасти; впереди же выступали остальные кухонные работницы, с подносами, нагруженными изысканнейшими яствами.

Все разговоры пока еще велись только в кругу старшей прислуги, хотя в нижнем конце стола тихонько пересмеивались и перешептывались, но вскоре настал момент, когда мистер Такаберри, по обыкновению, обратился к старшему кучеру:

— Полагаю, мистер Фамфред, в это Рождество у вас меньше работы, чем обычно, поскольку господа остались в городе?

— Совершенно верно, сэр. Хотя очень жаль, что мы не поехали в Хафем. Но полагаю, сэру Персевалу теперь приходится экономить.

— Да как вы смеете говорить о вашем хозяине в подобной манере! — воскликнул мистер Ассиндер, внезапно заливаясь краской. — Не вашего ума дело, Фамфред, обсуждать финансовые обстоятельства сэра Персевала.

Всех чрезвычайно удивило такое нарушение приличий, вдобавок оскорблявшее гостеприимство собрания. Послышались сдавленные смешки, а многие испытывали двойственное чувство: раздражение на управляющего и одновременно удовольствие при виде публичного унижения старшего по должности. Мистер Фамфред оторопел, а мистер Такаберри поспешно налил гостю бокал вина. Когда мистер Ассиндер вскоре удалился, настроение присутствующих мгновенно поднялось, и разговор вскоре сделался общим и потек все непринужденнее с каждой минутой. Когда, в свою очередь, удалились старшие слуги, лакеи — Боб, Дэн, Нед и Джем — и Нелли с несколькими другими служанками остались за столом за главных. Круговая чаша, наполненная пивом с пряностями, быстро переходила от одного к другому. Первым предметом разговора стала вспышка гнева, имевшая место во время обеда.

— Почему он так злобно набросился на старого Фамфреда? — спросила Нелли, талию которой обнимала рука Боба.

— Как, разве ты не знаешь? — воскликнул он. — Все началось несколько лет назад. Однажды он сдал внаем экипаж. А Фамфред поднял шум — видать, Ассиндер не подмаслил его. И старый плут пошел к самому сэру Персевалу.

Так вот где мистер Степлайт (на самом деле мистер Сансью) раздобыл экипаж в тот день, когда явился к моей матери в дом миссис Фортисквинс! Значит, Момпессоны не знали об обмане, жертвой которого она стала.

— И что схлопотал Ассиндер?

— Всего лишь хороший нагоняй, поскольку сэр Персевал относится к нему очень снисходительно из-за евонного дяди, прежнего управляющего. Но он живо переменил бы свое отношение, когда бы знал, что Ассиндер не просто обстряпывает свои делишки за чужой счет. Я много чего мог бы рассказать о нем, — сказал Боб, многозначительно подмигивая.

— Ну, коли на то пошло, — нахмурившись, заметил Уилл, — ты тоже помогал одурачить прежнюю гувернантку.

Боб лишь расхохотался в ответ.

— Ну да, мы здорово провели ее, я и мистер Дейвид. Я прикинулся посыльным с письмом от сэра Персевала и миледи, но то была ловушка для дураков, поскольку мистер Дейвид подбил одного своего друга настрочить писульку.

— Так именно той ночью она вошла в дом через конюшню? — хихикая, спросила одна из служанок.

— Ну да, поскольку из-за письма она отправилась в город вместе с мистером Дейвидом, вот почему ее и выгнали вон.

Все дружно рассмеялись.

В этот момент зазвонил колокольчик, призывающий меня в буфетную к старшей прислуге. Когда я вошел туда, мистер Такаберри говорил камердинеру сэра Персевала:

— Фамфред задел его за живое. Дело в том, что наши хозяева находятся в затруднительном положении, весьма затруднительном. Мистер Ассиндер сообщил мне печальные новости. Доход от сдачи в аренду хафемских земель неуклонно сокращался на протяжении многих лет и в последнее время резко упал из-за плохой погоды. Мистеру Ассиндеру приказывают выжимать из земли все больше и больше, и миледи, он говорит, не принимает во внимание глупость и нечестность сельских жителей. Он пытался сносить дома и выселять людей, чтобы снизить местные налоги в пользу бедных, но у него масса неприятностей с приходским советом и арендаторами. Он старается распоряжаться имением наилучшим образом, но это бедная местность. Дом находится в слишком плохом состоянии, чтобы господа могли жить там зимой.

Я вернулся в столовую ровно в тот момент, когда туда вошла одна из горничных.

— Боб,— сказала она,— я от гувернантки. Она велела передать, что мисс Хенни желает прогуляться по Парку.

— В первый день Рождества! — воскликнул Боб.— Она обойдется без прогулки, вот и все.

— Тогда будут неприятности, поскольку мисс Филлери сегодня ужасно не в духе,— предупредила горничная.

— Да мне-то какое дело? — пьяным голосом вскричал Боб, и остальные лакеи хором поддержали его — вероятно, не из самых благородных побуждений.

Несколькими минутами позже в столовую торопливо вошел Нед, несший дежурство у парадной двери.

— Боб, мисс Хенни ждет в холле, поскольку гувернантка велела ей спуститься. Так что собирайся и выходи к ней.

— И не подумаю,— заявил Боб.

— В таком случае,— раздраженно сказал Нед,— нам всем здорово достанется, коли никто к ней не выйдет.

— Я лично не пойду — и точка.

— Не зарывайся, Боб,— предостерег Нед.— Гувернантка задалась целью испортить тебе жизнь. Разве она не пожаловалась на тебя Ассиндеру на прошлой неделе?

— К черту Ассиндера! Он не посмеет меня тронуть!

— Что ты имеешь в виду? — спросил Уилл, когда Нед пошел прочь скорым шагом.

Боб ухмыльнулся с пьяным торжеством и, приложив палец к носу сбоку, многозначительно потряс головой.

— Позвольте мне пойти, мистер Боб,— сказал я.

Все остальные лакеи шумно выразили неодобрение, но Боб уставился на меня мутным взглядом и сказал:

— А что? Самое то. Посмотрим, как это понравится ее заносчивой светлости.

— Брось, Боб,— запротестовал Дэн.— Он же не может сопровождать мисс в таком наряде.

— Очень даже может,— упорствовал Боб.— В этом-то вся прелесть. Если кто подымет шум, так я здесь ни при чем, верно? Я же послал мальчишку. Разве этого недостаточно гувернантке в день Рождества?

— Ладно,— сказал Дэн,— пускай гнев обрушится на твою глупую голову.— Затем он повернулся ко мне.— Только не попадайся на глаза никому из господ или старшей прислуги.

— Малому нужен сюртук,— сказал Джем. Я ощутил прилив признательности, поскольку день стоял холодный, а теплого сюртука у меня, разумеется, не было. Но Джем добавил: — Тогда никто не заметит, что он без ливреи.

И вот, с шумными изъявлениями пьяной веселости, они отыскали для меня старый кучерский сюртук, хранившийся в чулане лакейской на всякий случай. Будучи на несколько размеров больше, чем мне нужно, он скрывал возмутительное зрелище, которое представлял мой костюм, но придавал мне довольно нелепый вид. Они нашли для меня бутоньерку, но ни один не доверил мне свой золотой жезл. Таким образом наряженный, я поднялся наверх и вышел в главный холл, где, к великой своей радости, нашел Генриетту, терпеливо поджидавшую сопровождающего. Мы разыграли наши роли безупречно, под внимательным взором Неда, сидевшего в караульной будке подле двери.

— Прошу прощения, мисс Генриетта,— сказал я,— Эдвард прислал меня сопровождать вас в Парк.

Я услышал, как Нед коротко ахнул при таких моих словах.

— Почему он сам не пришел? — осведомилась Генриетта столь холодно, что на мгновение я решил, что ошибался, полагая, что она меня узнала.

— Боюсь, он нездоров,— ответил я.

— Хорошо,— промолвила она и, даже не взглянув на меня, направилась к выходу, бросив повелительный взор на Неда, который проворно вскочил с места и бросился открывать дверь.

КВИНКАНКС

Я вышел следом, взяв зонтик, который Нед сунул мне в руку, когда я проходил мимо, и мы спустились по ступенькам крыльца. Я довольно часто видел на улице лакеев, сопровождающих своих господ, и потому знал, что мне следует держаться на три шага позади Генриетты.

Мы прошли несколько ярдов по тротуару, а потом, не поворачивая головы, она сказала:

— Нам нельзя разговаривать, покуда мы не дойдем до Парка.

Значит, мне не показалось: она действительно узнала меня! Это была мука мученическая — идти рядом с ней и молчать, когда мне хотелось сказать столь многое.

Когда мы вошли в ворота Парка, Генриетта свернула в пустынную аллею. К счастью, поскольку был первый день Рождества и погода стояла холодная, да к тому же собирался дождь, в Парке было безлюдно, и на Роттен-роу не происходило блистательного парада модных экипажей, обычного в этот час. Легкий, но ледяной ветер шуршал голыми ветвями, лениво раскачивавшимися на фоне серого неба. Генриетта немного сбавила шаг, а я чуть ускорил и подошел к ней ближе. Теперь она быстро обернулась, давая мне возможность мельком увидеть свое бледное лицо с темными глазами, и устремила на меня печальный и напряженный взгляд, прежде чем повернула голову обратно.

— Вы стали очень привлекательным молодым человеком,— сообщила она.

— Как вы меня узнали? — спросил я.

— Я знала, что рано или поздно вы появитесь. В конце концов, мы же поклялись друг другу в верности, разве нет?

Несколько ярдов мы прошли в молчании, поскольку я не знал, как начать разговор.

— Я всегда помнила вас,— сказала Генриетта.— Вы были единственным посторонним человеком, кроме мисс Квиллиам, который отнесся ко мне хорошо.— Она снова обернулась.— Разве я не красива? Вы должны сказать, что красива.

— 381 —

— Вы просто прекрасны,— пришлось сказать мне.— Хотя не думаю, что я вправе говорить такое юной леди — я, ничтожнейшее и презреннейшее существо из обитающих под лестницей.

— Вы смело можете говорить такое мне — ничтожнейшему и презреннейшему существу из обитающих наверху.

Мы уже достигли середины Парка, и поблизости никого не было видно — поэтому я поравнялся с Генриеттой.

— Сначала расскажите, что происходило с вами,— настойчиво попросил я.

— О, мой рассказ не займет много времени. Меня отправили в Брюссель, где я была положительно несчастна. После моего возвращения ко мне приставили мисс Филлери в качестве гувернантки. Я ее ненавижу. И все же она не хуже и не лучше всех прочих. Единственной гувернанткой, которую я любила, была мисс Квиллиам. Порой я задаюсь вопросом, почему же ее уволили, ибо я так и не узнала причины.

Потом Генриетта потребовала, чтобы я рассказал о себе, и добавила:

— Наверное, вы удивитесь, если я скажу, что уже знаю часть вашей истории, поскольку сэр Персевал и леди Момпессон часто вас поминали. Вам известно, что они отчаянно вас разыскивали?

Я кивнул и начал свое повествование. Я решил ничего не говорить про попытку ограбления и про свое намерение вернуть завещание, поскольку после истории с Эммой я не мог быть вполне уверен, что она не предаст меня. Но самое главное, я опасался, что она не найдет оправдания моим действиям, коли я не объясню все исчерпывающим образом. И даже тогда у нее могут возникнуть возражения.

И вот, пока мы шли рядом по пустынной, усыпанной гравием вязовой аллее, я поведал о событиях, случившихся за пять-шесть лет, минувших со времени нашей последней встречи. Я рассказал, как нас с матерью обманом обобрали мистер Барбеллион с мистером Сансью и предала Биссетт;

как мы бежали в Лондон, отдали последнее бейлифам, напущенным на нас мистером Барбеллионом, и впали в крайнюю нищету. Я не упомянул ни про Избистеров, ни про мисс Квиллиам и сгладил многие эпизоды своей истории. Я объяснил, что моя мать владела документом, который жаждали заполучить наши враги. Каким-то образом подручные этих людей выследили нас и попытались силой отнять у нас документ. Хотя в тот раз нам с матерью удалось спастись, ряд недоразумений и предательств вынудил нас в конце концов отдать бумагу в руки наших врагов. Я очень коротко рассказал, как меня отослали на ферму Квигга, и что мне пришлось пережить там, а потом поведал о своем побеге и возвращении в Лондон.

— Я нашел свою мать в еще более бедственном положении, чем опасался,— продолжал я.— Вдобавок она была изнурена чахоткой и... Одним словом, она умерла через несколько часов после нашей встречи.

Генриетта казалась глубоко взволнованной последними моими словами и отвернула лицо, словно не желая показывать мне свои слезы

Мы подошли к берегу Серпентин-ривер, которая тогда представляла собой зловонный отстойник. Это было унылое место, особенно сейчас, когда сгущавшийся туман заволакивал деревья по берегам и серое мутное небо низко нависало над нами подобием тяжелого полога.

— Мне здесь нравится,— сказала Генриетта.— Мисс Филлери не терпит ходить сюда.

— Знаете, это не река в обычном смысле слова. Это сточный канал, который пролегает по руслу старой Уэстборн-ривер.

— Откуда вам столько известно?

Я покраснел.

— Потом расскажу, а сейчас нам пора возвращаться.

В сгущающейся темноте, видные сквозь голые кроны далеких деревьев, начинали зажигаться огни, напомнившие мне, что нам надо поспешить домой, иначе мы рискуем привлечь к себе внимание. Генриетта согласилась, и на обратном пути я коротко рассказал заключительную часть своей истории: о случайной встрече с Барни Дигвидом и его шайкой в недостроенном доме, о прочитанном мной жизнеописании матери, открывшем мне глаза на природу преступления, с малых лет омрачавшего мою жизнь, о коварстве своих родственников Клоудиров, взявших меня под стражу и притащивших в канцлерский суд, и о последующем заключении в сумасшедший дом. Я рассказал, кого я там встретил и как узнал новые подробности той ночи, когда был убит мой дед. Потом я поведал о том, как Дигвиды спасли меня, и объяснил, что с тех пор я жил с ними и зарабатывал на жизнь под землей.

— Вы явились в дом моих опекунов, чтобы спасти меня? — спросила Генриетта.

Я пытался сообразить, как ответить, когда вдруг заметил, что она закусила губу и с тревогой смотрит вперед. Я проследил направление ее взгляда и, к немалому своему смятению, увидел в нескольких ярдах от нас джентльмена, идущего навстречу. Туман позволил ему подойти столь близко незамеченным. Он уже приподнимал шляпу в знак приветствия и смотрел на нас обоих с живым любопытством. Я мгновенно отстал от Генриетты на несколько шагов, но мне казалось, он никак не мог не заметить, что она вела оживленную беседу со своим прислужником.

— Ба, мисс Генриетта! — воскликнул джентльмен. — Вот уж не ожидал встретить вас на прогулке в первый день Рождества — одну, да еще в такую погоду!

Он стоял, насмешливо улыбаясь: привлекательный мужчина сорока с небольшим лет, в великолепном сером рединготе из мериносовой шерсти и гессенских сапогах. Он скользнул взглядом по моему лицу, когда я почтительно дотронулся пальцами до лба.

— Добрый день, сэр Томас, — зардевшись, ответила Генриетта. — Мне захотелось подышать свежим воздухом.

— В такой вечер? Моросит дождь и туман сгущается!

— Действительно, потому я и собралась уже обратно.

— Надеюсь, ибо ваша гувернантка наверняка уже беспокоится, хотя она не столь заботлива — да и не столь очаровательна,— как восхитительная мисс Квиллиам. Позвольте мне проводить вас до Брук-стрит. Ваш слуга может пойти вперед.

Генриетта согласилась, и я отдал мужчине зонтик и, быстро поклонившись пару раз, поспешил к дому.

Множество вопросов теснилось в моем уме, и потому, достигнув Парк-лейн, я решил пойти помедленнее, чтобы получить время хорошенько обо всем поразмыслить. Могу ли я доверять Генриетте? Отважусь ли рассказать ей, что замышляю поступок, который разорит и лишит положения в обществе ее опекунов? Мне впервые пришло в голову, что мой замысел может показаться низким и постыдным человеку, не знающему того, что известно мне. Одновременно я задавался вопросом, кто такой этот джентльмен, повстречавшийся нам, и слышал ли он наш разговор.

Я прошел в дом через конюшню и задний двор и вернулся в судомойню. При моем появлении Бесси, чистившая очередную кастрюлю, обернулась и дернула головой:

— Мистер Уилл.

Решив, что он требует обратно сюртук, я проследовал в столовую для прислуги. Там я увидел, что Боб крепко спит на одной из скамей, и заметил также, что остальные смотрят на меня с интересом.

Уилл смерил меня пытливым взглядом и сказал:

— Ну, Дик, не знаю, что ты там натворил, но старая кошка вызывает тебя. Ты должен пойти к ней сейчас же.

В первый момент я подумал, что сэр Томас доложил ей, что видел Генриетту разговаривающей со мной, но потом решил, что в таком случае, безусловно, в дело встряла бы гувернантка, а не мисс Лидия. Я поднялся по задней лестнице на второй этаж, прошагал по коридору и постучал в дверь.

Когда я вошел, старая леди сидела в своем кресле и пристально смотрела на меня со странным выражением: своего рода сдержанным волнением, смешанным со страхом.

Мы смотрели друг на друга довольно долго — я успел бы сосчитать до десяти,— а потом она промолвила:

— Джон Хаффам.

Застигнутый врасплох, я выпалил роковые слова:

— Откуда вы знаете? — И тут же прикусил язык, едва не откусив.— Я же назвал вам свое имя.

Теперь удивилась она.

— Так значит, ты другой Джон Хаффам?

Я не понял смысла вопроса, но понял, что теперь, когда невольно выдал себя, должен довериться ей.

— Меня зовут не Джон Хаффам,— сказал я.— Хотя это имя мне знакомо.

— И все же ты отреагировал на него, как на свое собственное,— резко заметила мисс Лидия.— Хотя я произнесла имя наудачу, чтобы проверить, известно ли оно тебе.

— С чего вы решили, что оно может быть известно мне?

— Я с первого взгляда узнала твое лицо. Поначалу ты напомнил мне Мартина Фортисквинса, и я предположила, что ты его сын.

Я в изумлении ждал, что последует дальше. О моем внешнем сходстве с предками неоднократно упоминалось и прежде, и я вспомнил, как миссис Фортисквинс высказывалась по этому поводу.

— Но потом я вспомнила,— продолжала старая леди,— как они с твоим отцом были похожи в детстве.

Я так удивился, что выпалил:

— С моим отцом? Вы имеете в виду моего деда?

— Ну конечно,— улыбнулась она.— Как мог Джон быть твоим отцом? До чего ж я глупая старуха. Он ведь на поколение старше. И кроме того, я знаю, что у него не было сына. И все же, подумать только: в последний раз я видела его, когда он был примерно твоего возраста. А я в ту пору была уже не первой молодости. Видишь, какая я старая? Наверное, ты считаешь, что я выжила из ума. Возможно, так оно и есть.

Глядя в эти блестящие голубые глаза, я подумал, что никогда еще не видел лица, более ясно свидетельствовавшего о здравости рассудка.

— Я видела твоего деда всего один раз,— продолжала мисс Лидия.— Когда он, по своем приезде в Лондон, нанес первый и последний визит своим родственникам Момпессонам. Сходство между вами поистине разительное.

— Я уже так и понял,— сказал я, вспомнив прием, оказанный мне мистером Эскритом.

— Он приходил прояснить кое-какие обстоятельства, о которых узнал от старого слуги своего деда. Он расспрашивал его о своих родителях и Джеффри Хаффаме.

Значит, я задал мистеру Эскриту точно такой же вопрос, с каким обратился к нему мой дед сорок с лишним лет назад! Неудивительно, что в голове у старика все смешалось.

— Так что, видишь,— продолжала старая леди,— я догадалась, кто ты такой: ты наследник Хаффам, из-за которого все места себе не находят.

Я кивнул, ибо не видел смысла пытаться скрыть правду от столь проницательного взора.

Внезапно она вскричала:

— Выходит, твоя мать и была той самой бедной девочкой, которую я пыталась спасти!

Я уже открыл рот, чтобы попросить мисс Лидию объяснить последнее замечание, но она продолжала:

— Но я узнала тебя еще прежде, чем ты явился в мою комнату. Я узнала тебя еще той ночью, когда в дом проникли воры.

По-видимому, на моем лице отразился испуг, ибо мисс Лидия улыбнулась и, похлопав по стоявшему рядом стулу, сказала:

— Присядь, пожалуйста. Я не желаю тебе зла.

Я подчинился.

— Теперь скажи мне, что ты хотел украсть? — Увидев мое замешательство, она сказала: — Впрочем, думаю, я и без тебя знаю.

Я уже утратил всякую способность удивляться.

Мы пристально смотрели друг на друга, не мигая и едва дыша.

— Лист старого пергамента,— промолвил я.

— Юридический документ,— подсказала она.

Я кивнул:

— Завещание.

— Одного человека,— подхватила мисс Лидия,— который умер много лет назад, оставив завещание, составленное ранее, которым подменили настоящее?

— В то время как последнее многие годы прятали в этом доме,— сказал я.

— Завещание Джеффри Хаффама,— пробормотала она.

— Датированное девятнадцатым числом июня месяца тысяча семьсот семидесятого года,— добавил я.

Я увидел слезы в глазах старой леди.

— Возможно, Справедливость все же есть на свете,— задумчиво проговорила она.— И тем не менее сколь странным образом складываются события, препятствующие восстановлению Справедливости. Много лет я мечтала увидеть, как завещание возвращается наследнику Джеффри Хаффама,— и однако именно я подняла тревогу той ночью.

— Вы? — недоуменно переспросил я, тогда как многие другие вопросы, вызванные словами мисс Лидии, теснились в моей голове.

— Да,— ответила она.— И когда я думаю, что по моей вине тебя могли застрелить или повесить, или в лучшем случае сослать на каторгу...— Она осеклась, содрогнувшись.— Но, слава богу, беда тебя миновала.

— Да, мне повезло,— сказал я.

— Я должна рассказать тебе, что произошло. Сейчас я сплю очень мало. В моем возрасте потребность во сне сокращается, вдобавок жить остается так мало. Вижу, ты улыбаешься, но я действительно очень старая. Нет, даже не старая — древняя. Я реликт ушедшей эпохи. Так или иначе, той ночью я сидела и читала здесь, когда вдруг услышала шум. О, не на нижнем этаже. Вы пробрались в дом очень тихо, и я не услышала ни звука. Шум, привлекший мое внимание, раздался здесь, наверху. Все семейство тогда было в Хафеме, за исключением Тома. Он спит внизу — то есть если вообще ночует дома. Я сразу поняла, что это за таинственный шум такой, поскольку уже дважды слышала его в предшествовавшие недели и оба раза тихонько приоткрывала дверь и видела спускающегося по лестнице мистера Вамплу, комнаты которого также находятся на этом этаже. Заинтригованная происходящим, я решила в следующий раз проследить за ним, коли получится. В ту самую ночь я еще не успела раздеться, и случай казался удобным. Я на цыпочках вышла в коридор без свечи и увидела фигуру, спускающуюся по лестнице. Это и в самом деле был мистер Вамплу. Но ты, наверное, не знаешь, кто он такой?

— Знаю. Гувернер Тома.

— Ну, все его так называют, хотя здесь уместнее употреблять другое слово. Тому скоро стукнет двадцать, и он едва ли нуждается в гувернере, хотя действительно нуждается в надсмотре. И мистер Вамплу — его надсмотрщик, скажем так. Он человек хитрый и пронырливый, и я заподозрила, что он затевает недоброе, вот почему и решила проследить за ним, хотя не исключала вероятности, что дело всего-навсего в какой-нибудь грязной интрижке со служанкой. Не заметив меня, мистер Вамплу спустился по лестнице и, оказавшись на первом этаже, стал вести себя очень странно: заглядывал под ковры, рылся в буфетах, шарил под пристенными столами в холле — одним словом, явно искал что-то. Я наблюдала за ним минут десять—двадцать, а потом он оставил поиски и стал подниматься по лестнице, явно намереваясь вернуться в свои комнаты. Осмотрительно выждав минуту-другую, я последовала за ним и именно тогда, достигнув первой лестничной площадки, услышала неясные звуки, доносившиеся из Большой гостиной. Я подкралась к двери, прислушалась и различила тихий шепот.

— Точно! — воскликнул я. — Незадолго до того, как забили тревогу, нам показалось, что за дверью кто-то стоит!

— Я попробовала дверь и обнаружила, что она заперта. Если бы только я знала, кто за ней находится, — вздохнула мисс Лидия. — Естественно, я подумала, что в дом забрались обыкновенные грабители. Я тихонько спустилась вниз, чтобы разыскать сторожа, этого отвратительного, отупевшего от пьянства болвана, Джейкмана. Он, разумеется, крепко спал и был так пьян, что я не смогла его добудиться. Я поискала у него в карманах ключи, но не нашла. Тогда я решила позвать мистера Вамплу, поскольку знала, что он не спит и одет. Я взошла наверх, постучалась к нему и сказала, что, по-моему, в Большой гостиной грабители. Он сказал, что поднимет слуг, и велел мне вернуться к сторожу и взять его ружье. Про ружье он повторил несколько раз, чрезвычайно настойчиво. Потом мистер Вамплу спустился вниз разбудить слуг, и, прежде чем он успел сообщить о происходящем, кто-то из них зажег одну из этих новомодных шведских спичек.

— И наш сообщник увидел огонек с улицы и предупредил нас об опасности!

— Благодарение Господу! — сказала мисс Лидия. — Тем временем я вернулась обратно к Джейкману, но ключей так и не нашла. Я не хотела брать ружье. Но тут я услышала, как мужчины бегут из подвала наверх и пытаются взломать дверь. Я поднялась обратно и сообщила мистеру Вамплу, что не сумела найти ключи, а потом указала на то, что, если грабители скроются через окно, наши слуги, за неимением ключей, не смогут выйти через парадную дверь, чтобы броситься за ними в погоню. Он выругался последними словами и сказал: «Этот чертов шельмец, сторож, спрятал их куда-то». Странное замечание, правда?

— Да, — согласился я. — Вероятно, именно ключи он и искал, когда вы наблюдали за ним.

— Я так и подумала. Потом он потребовал ружье, а когда я сказала, что не принесла его, страшно рассердился, что я без толку потратила время, как он выразился, на поиски ключей. Я высказала мнение, что мы не имеем права лишать жизни своих ближних, покуда они не покушаются на нашу жизнь. Он грубо предложил мне представить, как сэр Персевал отнесся бы к подобному заявлению. К этому времени стало ясно, что быстро сломать дверь у мужчин не получится. Посему мистер Вамплу приказал двум из них оставаться на месте, а остальным велел выйти через заднюю дверь во двор, разбудить кучера, пройти через каретный сарай и обежать дом кругом, чтобы отрезать путь грабителям. Он бросился вниз вместе со слугами, а я спустилась следом, но через минуту столкнулась в холле с ним, возвращавшимся обратно с ружьем. В этот момент в холл поднялся мистер Такаберри, в ночной рубашке и колпаке, перепуганный до смерти. — Старая леди рассмеялась. — Я умоляла мистера Вамплу не стрелять, но дворецкий настойчиво призывал к действию, заверяя, что сэр Персевал щедро вознаградит его. Окна первого этажа, как тебе известно, забраны решеткой — из них он не мог стрелять и потому поднялся наверх. Наверное, мы представляли собой смехотворное зрелище: я повисла на руке мистера Вамплу, а мистер Такаберри пытался оттащить меня. Мистер Вамплу открыл окно и высунул ружье наружу. Один раз мне удалось вырвать у него ружье, но потом он снова прицелился, несмотря на все мои старания, поскольку дворецкий крепко держал меня. Однако, когда он уже спускал курок, мне таки удалось толкнуть его под локоть. Он промахнулся и выбранился самыми непотребными словами.

— Благодарение небу за ваш поступок! Ибо уверен, вы спасли моего товарища от неминуемой гибели. С такого расстояния мистер Вамплу не мог промахнуться. Но хотя пуля прошла мимо, бедняга сорвался с карниза и упал на острия изгороди.

— Печально слышать! Он сильно поранился?

Я поведал мисс Лидии о случившемся, и она сказала:

— Позже у ограды нашли пятна крови, но тогда мы ничего не видели, ибо между нами тремя происходила в высшей степени комичная борьба, когда я пыталась помешать мистеру Вамплу перезарядить ружье. Однако, прежде чем выстрелить, он выглянул из окна и, боюсь, хорошо разглядел тебя. Он очень точно описал твою внешность дозорному констеблю.

— Этого я и опасался.

— Тебе нельзя попадаться ему на глаза. Сейчас он в отъезде вместе с мистером Томом, но они вернутся через несколько недель. Сэр Персевал дал мистеру Вамплу десять гиней за ночную работу. — Она озорно улыбнулась. — Он страшно разозлился на меня.

— Но сэр Персевал не заподозрил, что это было не простое ограбление? — с беспокойством спросил я.

— Насколько мне известно, нет.

— Но почему же Джейкмана не уволили? — спросил я.

— Потому что мистер Такаберри заступился за него и, подозреваю, подкупом склонил мистера Вамплу сделать то же самое, дабы управляющий не узнал о недостойном поведении сторожа. Видишь ли, он отдает дворецкому часть своего жалованья. Многие слуги так делают, поскольку обязаны ему своими местами. Я протестовала против такого положения дел, но на меня здесь никто не обращает внимания. Единственная принятая мера предосторожности заключалась в том, что в уборной закрыли решетками сточные трубы и заднюю дверь стали запирать на ночь — хотя в хозяйственный двор можно проникнуть только через каретный сарай и конюшню.

— Мне нельзя задерживаться здесь дольше, — сказал я, вставая с кресла. Но я не мог уйти, не прояснив, по крайней мере, один вопрос. — Скажите, пожалуйста, почему вы хотите, чтобы завещание вернулось к наследнику Джеффри Хаффама, ведь в таком случае ваше семейство разорится?

Мисс Лидия опустила глаза, и я забеспокоился, уж не допустил ли я бестактность. Потом она подняла взгляд и сказала:

— Ты говоришь о «моем семействе» так, словно не знаешь, что мы с тобой близкие родственники. Хаффамы и Момпессоны породнились через брак старшей дочери Джеффри Хаффама, Элис. Ибо она вышла замуж за сэра Хьюго Момпессона, и они были моими родителями. Так что я наполовину Хаффам.

Я встрепенулся:

— Мы с вами состоим в таком близком родстве?

Мисс Лидия кивнула.

— Я прихожусь тебе двоюродной бабкой, коли такое родство можно назвать близким.

Потом я вспомнил, что мистер Эскрит упоминал о дочери сэра Хьюго и отзывался о ней как о «странной» молодой женщине. Он обмолвился о какой-то скандальной истории, с ней связанной, но я не мог вспомнить, о чем именно шла речь.

— Позвольте поинтересоваться, кем вы приходитесь сэру Персевалу?

— Я его тетка. Он сын моего младшего брата, Огастеса.— Мисс Лидия немного помолчала.— У меня имелись причины особенно любить твоего деда, Джона. А несколькими годами ранее мне представился случай оказать ему одну услугу. И этот поступок доставил мне особенное удовольствие, поскольку исправлял зло, причиненное твоему деду моим семейством. А также спасал некую молодую женщину от ужасного принудительного брака, обещавшего денежную выгоду ее семье.

В первый момент слова мисс Лидии озадачили меня, но потом я понял, что «несколькими годами ранее» относится ко времени до моего рождения.

— Никто в этой семье никогда не доверял мне настолько, чтобы посвящать меня в свои дела. Но я на протяжении многих лет держала ухо востро и в конце концов узнала, как действовали мой брат, а затем племянник, чтобы защитить свои интересы, не останавливаясь даже перед сокрытием правовых документов и прочими преступными деяниями. Так вот, в то время, о котором я говорю, мистер Мартин Фортисквинс однажды явился к нам в дом с визитом, дабы засвидетельствовать свое почтение моему семейству. И случилось так, что он в моем присутствии затронул предмет, премного меня взволновавший.

Мисс Лидия умолкла, и я заметил, что она нервно сплетает и расплетает пальцы рук, лежащих на коленях.

— Я хорошо представляю, каким образом молодых женщин принуждают к браку. Так вот, мистер Фортисквинс между прочим рассказал, как твоя мать поссорилась со своим отцом, поскольку он вознамерился выдать ее замуж за человека, ей отвратительного. Я сильно взволновалась. И удивилась тоже, ибо твой дед производил впечатление очень милого мальчика в ту пору, когда я с ним виделась. Но затем мистер Фортисквинс упомянул, что предполагаемым женихом был старший сын мистера Сайласа Клоудира. Последний являлся сыном Абрахама Клоудира — или Николаса, как он впоследствии стал называть себя,— который был ростовщиком, нажившимся за счет моего деда и принудившим его жениться на одной из своих дочерей. Мой племянник с женой встревожились не на шутку, поскольку мысль о браке между представителями двух враждебных семейств привела их в смятение, хотя они ни словом не обмолвились об этом при мне или мистере Фортисквинсе. Я отвела мистера Фортисквинса в сторонку, когда он уходил, и расспросила подробнее, и он подтвердил мои предположения: все дело заключалось в той проклятой тяжбе. Насколько я поняла, твой дед и мистер Сайлас Клоудир замышляли образовать некий союз, который предполагали скрепить, принеся в жертву твою мать. Что ж, я знала верный способ расстроить любой подобный союз между прямым наследником Хаффамом и обладателем последующего имущественного права, Клоудиром. Знала с тех пор, как выяснила, в каком ящике письменного стола мой племянник хранит документы, подтверждающие право собственности, и прочие важные бумаги. И вот я написала твоему деду.

Я ошеломленно уставился на нее.

— Вы хотите сказать, что?..

Мисс Лидди улыбнулась.

— Да. Я в тот же миг решила, что изыму у племянника документ, о котором мы недавно говорили.

Наконец-то я узнал личность таинственного доброжелателя в доме Момпессонов, чье письмо столь сильно взволновало моего деда, и таким образом открыл обстоятельство, навсегда оставшееся неизвестным даже моей матери и Мартину Фортисквинсу.

Старая леди продолжала:

— Я знала, что Персевал с женой уедут из дома в следующий понедельник, и потому решила пробраться к нему в кабинет и взломать ящик стола.

— И вы,— перебил я,— попросили мистера Фортисквинса прийти в тот день за подарком для моего деда!

— Да! — Она радостно улыбнулась.— Но откуда ты знаешь?

Я поведал, как мистер Ноллот передал мне рассказ Питера Клоудира о событиях рокового дня.

— Мне пришлось наплести с три короба,— сказала она,— ибо милый Мартин был бы ужасно потрясен, когда бы знал, что я замыслила вовлечь его в дело, которое он, при своей чрезвычайной щепетильности, наверняка посчитал бы преступным.

— И что случилось потом? — возбужденно спросил я.

— Я добыла завещание в точном соответствии со своим планом,— ответила старая леди.

— Но неужели ваш племянник не заподозрил, что именно вы?..— начал я и осекся в смущении.

— Взяла завещание? — живо закончила она фразу.— Разумеется, заподозрил — и обвинил меня, устроив самый ужасный скандал. Но я все отрицала, а у него не было доказательств. И только представь, в каком сложном положении он оказался. Он не мог открыть характер утраченного документа, поскольку не имел ни морального, ни юридического права владеть им. Но они с Изабеллой самолично обыскали мои комнаты и меня саму.

— И не нашли? — спросил я.

Мисс Лидди недоуменно уставилась на меня.

— Но ты должен знать, что не нашли. Ибо все произошло точно так, как мы с твоим дедом условились. Прямо здесь, в доме моего племянника, я передала документ Мартину.

— И что же потом сорвалось? — спросил я.

— Сорвалось? — удивленно переспросила она. — Да ничего не сорвалось.

— Тогда почему мистер Фортисквинс не отдал завещание моему деду?

Старая леди задумчиво посмотрела на меня.

— Теперь я понимаю, в каком заблуждении ты пребываешь. Почему ты считаешь, что он не отдал?

Я удивленно взглянул на нее:

— Потому что из рассказа Питера Клоудира о событиях той ночи следует, что мистер Фортисквинс не передал завещание моему деду, ибо в полученном от него пакете документа не оказалось, когда Клоудир вскрыл его в хартфордской гостинице позже ночью.

— Но ты подумай о том, — сказала она, — чьи показания заставили твоего отца поверить, что Мартин не передал завещание твоему деду. Только показания мистера Эскрита. А я точно знаю, что твой дед получил документ в свои руки, ибо я подробно расспросила Мартина обо всем, не выдавая причины своего интереса. Он даже не подозревал, в каком деле замешан. Он не знал, что у мистера Персевала пропало завещание, — в действительности он вообще не верил в существование документа нигде, кроме как в воображении Джона Хаффама.

Внезапно я осознал одну вещь.

— Так значит, у сэра Персевала завещания нет! — вскричал я.— Значит, все было напрасно: ранение мистера Дигвида, моя работа здесь. Все напрасно!

Горький гнев вскипел в моей душе. Завещание пропало, и у меня не осталось ни шанса когда-нибудь восстановиться в своих правах!

Мисс Лидди, казалось, собиралась заговорить, но тут в дверь постучали.

— Вероятно, это моя внучатая племянница,— сказала она.

Я в панике вскочил с места, ибо понятия не имел, о ком она говорит, и предположил, что речь идет о леди Момпессон.

Старая леди прижала палец к губам, а потом громко произнесла:

— Входи, дорогая.

Дверь медленно отворилась, и, к великому своему облегчению и радости, я увидел на пороге не кого иного, как Генриетту.

— Вы здесь! — воскликнула она.

Мы все трое были одинаково поражены.

— Откуда вы знаете друг друга? — спросила старая леди.

— Дорогая бабушка,— с улыбкой промолвила Генриетта,— я как раз собиралась сообщить тебе удивительнейшую вещь. Помнишь, я говорила тебе про маленького мальчика, с которым познакомилась в Хафеме и о котором никогда не забывала?

Старая леди кивнула и посмотрела на меня горящими от возбуждения глазами.

— Который назвался Хаффамом!

— Ты помнишь! — воскликнула Генриетта.

Я покраснел, ибо сам я слишком хорошо помнил, что именно мое заявление о своей принадлежности к роду Хаффамов, сделанное в присутствии миссис Пепперкорн, помогло Момпессонам обнаружить тайное убежище моей матери, со всеми вытекающими отсюда несчастливыми последствиями.

— Так вот, несколько недель назад я вроде бы узнала того маленького мальчика — теперь, разумеется, повзрослевшего — в прислужнике, принесшем подносы с закуской нам с мисс Филлери. Я решила ничего не говорить тебе, покуда не удостоверюсь окончательно. А сейчас пришла сообщить, что нам с ним удалось поговорить сегодня днем, и я убедилась, что это действительно он. И он поведал мне в высшей степени удивительную историю. Но как так вышло, что вы уже успели подружиться?

— Ну и ну! — воскликнула мисс Лидди. А затем она рассказала, как узнала меня по моему сходству с дедом (скорее, чем с отцом), ни словом не упомянув, разумеется, о том, что видела меня в ночь ограбления.

— Джон,— спросила Генриетта,— вас не хватятся внизу?

— В ближайшее время — нет,— ответил я.— По воскресеньям и праздникам слуги не столь пунктуальны в части работы, как в обычные дни.

Старая леди сухо улыбнулась.

— Тогда располагайся поудобнее, а я продолжу с твоего позволения.

Я присел в кресло у двери, и наша хозяйка налила нам по бокалу мадеры.

— В первую очередь, моя дорогая,— сказала старая леди, бросив на меня заговорщицкий взгляд,— нам следует поставить молодого джентльмена на равную ногу с нами, объяснив, какие отношения нас с тобой связывают.

— Ну, это проще простого,— отозвалась Генриетта.— Это моя двоюродная бабушка и единственный друг на свете.

Она подошла к сидящей на диване старой леди и нежно поцеловала поблекшую щеку.

— Много, много раз, будучи испуганным одиноким ребенком, я тихонько пробиралась в эту комнату и находила здесь утешение.

КВИНКАНКС

— И засахаренные фрукты, милочка,— со смехом добавила мисс Лидди.

Генриетта присела рядом с ней.

— Дорогая бабушка, думаю, только благодаря тебе я не превратилась в угрюмое, ожесточенное существо.

— Ах, если бы только я могла сделать для тебя больше,— вздохнула мисс Лидди.— И если бы только могла сделать что-нибудь, чтобы предотвратить судьбу, которая ждет тебя, Генриетта, и тебя, Джон, поскольку вы оба принадлежите к этому роду.

Генриетта пришла в такое же недоумение, как я.

Потом меня вдруг осенила одна мысль.

— Мисс Лидди, мы Генриеттой состоим в родстве?

— Да, но очень далеком. У вас общий прапрапрадед, Генри, который являлся отцом Джеффри Хаффама, а следовательно, вы пятиюродные брат и сестра. И вы оба приходитесь родней мне, хотя ни в одном из вас нет ни капли крови Момпессонов. Я же наполовину Хаффам, наполовину Момпессон. Я состою в гораздо более близком родстве с тобой, Джон, чем с Генриеттой, ибо она приходится мне всего лишь троюродной внучатой племянницей. Так что, полагаю, если она не возражает, ты тоже можешь называть меня бабушкой.

— Но не при посторонних,— улыбнулся я.

Старая леди не расслышала

— Двое молодых людей,— проговорила она, глядя на нас пристально, но отстраненно. Генриетта повернулась ко мне, и я смущенно отвел глаза.— Когда-то я была такой же молодой. Я помню твоих дедушку и бабушку, Джон. Какой красивой четой новобрачных были они, Элайза и Джеймс! — (Конечно, она имела в виду моих прадеда и прабабку. Но разве мистер Эскрит не говорил что-то об этом бракосочетании?) — Элайза была сестрой человека... сестрой человека, за которого я собиралась выйти замуж.— Она повернулась ко мне, и я увидел блеснувшие в ее глазах слезы.— Тоже по имени Джон, ибо твоего отца назвали в его честь. Наше бракосочетание должно было состояться в один день с ними.

Она умолкла, и после паузы Генриетта спросила:

— Но что случилось, бабушка?

— Он умер,— тихо проговорила она.— И сколько молодых жизней отравило то злое дело! И еще отравит. Теперь я вижу законного наследника хаффамского состояния в должности мальчика на побегушках.

— Но почему именно здесь? — осведомилась у меня Генриетта.

Мисс Лидия предостерегающе взглянула на меня, словно не советуя отвечать. Меня охватило безотчетное чувство вины при мысли о цели моего появления в этом доме, а потом еще и раздражение, когда я подумал о том, что (если я правильно понял мисс Лидию) завещание давно пропало и, следовательно, в тайнике его нет в любом случае. Я почти обиделся на Генриетту за то, что она заставила меня испытывать столь неприятные чувства.

— Милая Генриетта,— сказала мисс Лидия,— Джозеф с минуты на минуту принесет нам ужин. Он не должен застать здесь Джона.

— Да, конечно,— согласилась она.

И вот, к великому своему облегчению избавленный от необходимости отвечать, я проворно встал с кресла, собираясь удалиться.

— Постарайся прийти в следующее воскресенье, в это же время,— сказала мисс Лидия.

— Постараюсь изо всех сил,— пообещал я.— Но возможно, мне не удастся вырваться. Если нам вдруг понадобится срочно снестись, мы можем обмениваться записками. Спрячьте свою в одной из туфель, которые выставляете за дверь, а я пришлю вам ответ таким же манером, ибо чистка обуви входит в мои обязанности.

Они рассмеялись, а я добавил:

— Только пишите невразумительно — на случай, если записку перехватят.

Затем я осторожно открыл дверь, выскользнул в коридор и быстро спустился по задней лестнице. Мое длительное отсутствие осталось незамеченным за всеобщим бурным весельем, по-прежнему продолжавшимся в общей столовой. Но, увидев, который теперь час, я понял, что с минуты на минуту явится ночной сторож и запрет заднюю дверь. Таким образом, идти на встречу с Джоуи было уже поздно, и я испытал легкие угрызения совести при мысли о долгом дежурстве, которое бедняге пришлось нести за конюшнями в холодный рождественский день.

Той ночью я улегся на свою узкую скамью со смешанными чувствами. Неужели завещание все-таки уничтожено? В таком случае все мое предприятие не имеет смысла. Зачем мне дальше оставаться в этом унизительном положении? С другой стороны, я нежданно-негаданно нашел двух друзей в стане врага. Но могу ли я доверять им? Безусловно, да. Но вероятно, даже они, подобно многим другим встречавшимся на моем жизненном пути людям, руководствуются совсем не такими мотивами, как кажется на первый взгляд. Горький опыт научил меня не доверять никому. Я решил сохранять беспристрастность.

КНИГА V
МАТРИМОНИАЛЬНЫЕ ПЛАНЫ

Глава 96

Мы изо всех сил постарались точно воссоздать события, произошедшие без вашего участия, и сделать это (в моем случае вынужденно), не занимаясь домыслами. Теперь, однако, я прошу позволения заметить, что у меня есть самые серьезные подозрения насчет мотивов мистера Момпессона и его матери. Поскольку, что ни говори о сэре Персевале (который, спору нет, воплощал собой все нравственные изъяны Застарелого Разложения), все же он являлся истинным английским джентльменом старой закалки. Его сын, однако, являлся порождением более алчной и менее благородной эпохи.

Вообразите следующую сцену, происходящую в Большой гостиной. Баронет сидит на оттоманке, положив правую ногу на скамеечку. Его супруга сидит в кресле напротив, а старший сын стоит перед ним с дерзким — но одновременно несколько сконфуженным — выражением лица.

— Так ты не имеешь возражений против девушки? — осведомляется сэр Персевал.

Никаких, — отвечает мистер Момпессон. — Она довольно милая крошка и, мне кажется, любит меня. Страшно любит. Хотя, на мой вкус, у нее слишком вытянутое ли-

КВИНКАНКС

цо. Пускай Том женится на ней. По крайней мере, он не даст ей скучать.

— Ни в коем случае,— сердито говорит баронет.— И помимо всех прочих соображений, такой брак все равно не спасет поместья. Не спасет теперь, когда кодицилл официально утвержден и судебный управляющий назначен.

Его жена и сын переглядываются и едва заметно трясут головой.

— Но таким способом все же можно достичь цели, сэр Персевал,— говорит леди Момпессон.

Он устремляет на нее яростный взгляд

— Я прекрасно понимаю, к чему вы клоните, но я никогда не допущу ничего постыдного.

— Постыдного! — презрительно повторяет она.— А разве не постыдно публично обанкротиться и увидеть, как твой дом и имущество идут с молотка к удовольствию всех друзей и знакомых?

— И речи быть не может. Я решительно утверждаю, что честь и безопасность семьи требуют, чтобы Дейвид выполнил мою волю.

— А я утверждаю, что такой необходимости нет.

— Да как вы смеете перечить мне, мадам!

— Прошу вас, успокойтесь, сэр Персевал.

— Я совершенно спокоен! — выкрикивает он.

— Мне кажется, вы не понимаете серьезности ситуации,— холодно замечает его жена.

Она бросает быстрый взгляд на сына и чуть заметно кивает.

— Мне нужны деньги, отец,— говорит мистер Момпессон.— Срочно. И много. Вот почему я должен жениться на мисс Шугармен. Она имеет чистых десять тысяч ежегодного дохода.

— Я запрещаю тебе! — выкрикивает баронет, багровея лицом.— Наше семейство... одно из старейших... благороднейших... английское!

— 403 —

Он осекается, задыхаясь от ярости.

Остальные двое молча смотрят на него, покуда он не восстанавливает дыхание.

Потом сын холодно говорит:

— Вы не понимаете. Я по уши в долгах, папа.

— Твоим кредиторам придется подождать,— злобно говорит баронет.— Потерпеть до моей смерти. Ждать осталось недолго. Эта история подкосила мое здоровье. *Тебе* тоже придется потерпеть.

— Мне это не особо поможет,— говорит мистер Момпессон. Они с матерью перекидываются быстрыми взглядами, и он продолжает: — По правде сказать, я брал кредиты под свои виды.

Отец долго смотрит на него, а потом спрашивает:

— Ты имеешь в виду обязательства уплатить долг по получении наследства?

— Да. Все заложено.

— Все? — резко переспрашивает сэр Персевал.— Ты говорил только о двух тысячах фунтов.

— Я сказал не всю правду. Откровенно говоря, отец, речь идет о двадцати тысячах.

— Так много! — задыхаясь, восклицает баронет. Он выдерживает паузу, а потом продолжает медленно и невнятно: — Ты отписал свое наследство жидам, когда я всячески старался сохранить и приумножить состояние!

— Мне нужны были деньги, отец. Как, по-вашему, человеку жить без них?

— У кого твои долговые расписки? — хриплым голосом спрашивает отец.

Прежде чем ответить, мистер Момпессон бросает взгляд на мать. Мгновение спустя она кивает. (И если мне будет позволено в первый и последний раз сделать подобное замечание, по-моему, тот кивок был практически равносилен убийству.)

— Их скупал старый Клоудир. Черт бы его побрал!

— Что? — Лицо баронета становится багрово-фиолетовым, и он начинает ловить ртом воздух. Потом валится на бок, судорожно скрючив пальцы левой руки.

Его жена и сын обмениваются взглядом. Затем она поднимается и направляется к мужу, а молодой Момпессон медленно идет к камину и дергает за сонетку.

Глава 97

В последующие несколько дней я постоянно думал о своих новых друзьях и с нетерпением ждал возможности снова встретиться с ними. Случай представился в ближайшее воскресенье, когда мне удалось прийти в комнату мисс Лидии, как в прошлый раз. Я застал старую леди одну и с порога выпалил вопрос, мучивший меня все последнее время.

— Так, значит, завещания больше не существует?
— С чего ты взял?
— Вы сказали, что Мартин Фортисквинс передал документ моему деду, поэтому я пришел к заключению, что оно утрачено.

Мисс Лидия пристально посмотрела на меня и промолвила:

— Ты заблуждаешься. Оно вовсе не утрачено, но, напротив, возвратилось к моему племяннику всего через несколько дней. Он соорудил в Большой гостиной тайник, специально для хранения завещания. Оно сейчас там.

У меня камень с души свалился. Значит, мы с Дигвидами не ошиблись в своем предположении насчет камина. Это обнадеживало.

Я рассказал мисс Лидии, как мы догадались о существовании тайника и как нам с мистером Дигвидом не удалось открыть замок.

Потом мне в голову пришел вопрос:

— Но каким образом завещание вернулось к сэру Персевалу?

— Для меня это всегда оставалось тайной,— ответила мисс Лидия.— У тебя есть какие-нибудь соображения на сей счет?

— Нет,— сказал я,— поскольку вновь обнаружившийся факт опровергает наиболее вероятную гипотезу о событиях той ночи.

Я рассказал старой леди гипотезу, которую мы с мистером Ноллотом сочли самой правдоподобной: что моего деда убил, а на мистера Эскрита напал некий неизвестный человек, вошедший через парадную дверь, которую Питер Клоудир оставил открытой, когда выходил из дома.

Я продолжал:

— Мы с мистером Ноллотом предположили, что убийца был либо случайным грабителем, либо пособником Клоудиров, который наблюдал за домом. Но ни одна из наших догадок не объясняет, каким образом завещание вернулось к сэру Персевалу: случайный грабитель не стал бы брать документ или не знал бы, что с ним делать, если бы взял; а пособник Клоудиров отдал бы его своим нанимателям, и оно пропало бы с концами.

Несколько минут мы размышляли в молчании.

— Вы не думаете, что это мог быть мистер Фортисквинс? — спросил я, ибо уже давно имел некоторые подозрения на его счет. Мне пришло в голову, что, если он окажется виновным и здесь тоже, многое встанет на свои места.— Что в действительности,— продолжал я,— он знал, что вы передаете через него завещание? И что он вытащил документ из пакета и впоследствии вернул вашему племяннику?

— Убив твоего деда по ходу дела? — насмешливо фыркнула мисс Лидия.

— Но кто-то же убил,— сказал я.

Вполне вероятно, иронические слова старой леди соответствовали действительности: мистер Фортисквинс отдал пакет моему деду, не зная, что в нем находится. Когда же пакет при нем вскрыли и он осознал всю важность содержимого, он убил деда и вернул завещание Момпессонам. Будет здорово, если мистер Фортисквинс окажется человеком, несущим ответственность за все тайны, не дававшие мне покоя.

— Милый мой мальчик,— сказала мисс Лидия,— ты никогда не предположил бы ничего подобного, если бы знал Мартина. Он являлся образцом порядочности и честности и был неспособен даже на самый невинный обман, не говоря уже о чем другом. Вот почему он так подходил для моего дела.

— Надо признать,— сказал я,— впоследствии мистер Фортисквинс был очень добр к моей матери, хотя...

Я осекся, ибо старая леди вперила в меня суровый взгляд, а затем промолвила:

— Не продолжай, иначе мы поссоримся. Но кто бы ни вернул завещание моему племяннику, вернуть его тебе помогу я. Но послушай, Джон. С минуты на минуту придет Генриетта, а мне надо сказать тебе одну вещь. Ничего не говори ей про завещание, ибо она может расстроиться, узнав о наших намерениях. Она странная девочка и, боюсь, не одобрит наш замысел против ее опекунов.

— Несомненно, она не питает к ним никакой любви.

— Это верно. Она очень несчастна и познала многие печали в жизни. Бедняжка осталась сиротой в раннем детстве и терпела жестокое обращение от первых своих опекунов. Хотя мой племянник с женой обходились с ней достойно, они никогда не выказывали ей доброты.— Старая леди умолкла с несколько растерянным видом. Потом неуверенно продолжила: — Не знаю, поймешь ли ты меня, но мне кажется, что она почти находит наслаждение в собственном несчастье. Мне знакомо это чувство. Я сама была такой в далеком прошлом.

— Я не понимаю вас.

— Ну, например, в детстве она часто наносила себе разные телесные повреждения. Довольно серьезные.

Тут я вспомнил красные рубцы, которые видел на руках Генриетты во время нашей встречи в большом доме в Хафеме и которые она списала на своего кузена, Тома.

— Единственным человеком помимо меня, заслужившим любовь девочки, была молодая гувернантка, некая мисс Квиллиам.

— Я знал ее,— сказал я.

— Она здесь долго не задержалась. Боюсь, она подвела Генриетту, пытаясь извлечь выгоду из своего положения в доме.

Я вопросительно поднял брови, и мисс Лидия пустилась в объяснения:

— Это некрасивая история. Она пыталась обольстить сначала Дейвида, а потом этого полудурка, Тома, и потому была уволена. Думаю, еще до ссоры она стала любовницей Дейвида.

Я собирался заговорить, но тут раздался стук в дверь, и вошла Генриетта.

Когда мы расселись по креслам заново, она прямо спросила меня:

— Прошу вас сказать мне, Джон, что вы делаете в этом доме?

Я бросил быстрый взгляд на мисс Лидию.

— Скрываюсь.

— Скрываетесь? От кого?

— От врагов, поскольку моей жизни угрожает опасность.

— Опасность! — воскликнула она.— Ну прямо как в романе! Но почему?

— Из-за документа, о котором я упоминал вам в Парке.

— Пожалуйста, объясните мне, что это был за документ,— попросила Генриетта.

— Боюсь, не был, а *есть,*— поправила мисс Лидия.

Я взглянул на нее. Возможно, она знала, что случилось с кодициллом после того, как моя мать рассталась с ним.

— Это кодицилл,— объяснил я.— Речь в нем идет о хафемском поместье, которое мой прадед, Джеймс Хаффам, унаследовал по завещанию от своего отца, Джеффри, почти шестьдесят лет назад. Ходили слухи о существовании кодицилла, отменявшего завещание, но после смерти Джеффри его не нашли.

— А в скором времени, — продолжила мисс Лидия, — мой отец, сэр Хьюго Момпессон, купил поместье у Джеймса в твердой уверенности, что последний имеет абсолютное право собственности на него.

— Но на самом деле, — сказал я, — поверенный Джеффри, некто по имени Патерностер, похитил кодицилл.

— Так это был он! — воскликнула мисс Лидия.

— Он признался мистеру Эскриту в содеянном на смертном одре, — пояснил я. — Джеймс подкупом склонил Патерностера выкрасть кодицилл, чтобы воспрепятствовать закреплению имущества за собой в качестве неотчуждаемого, ибо это шло вразрез с его намерением продать поместье вашему отцу, мисс Лидия. Клоудиры заподозрили это и попытались воспрепятствовать официальному утверждению завещания. Но Патерностер вместе с одним лжесвидетелем показали, что Джеффри отменил кодицилл.

— Но какое значение имеет кодицилл сейчас? — осведомилась Генриетта.

— Если представить документ суду и ввести в силу, — сказал я, — он задним числом, даже по прошествии столь многих лет, закрепит поместье за Джеймсом, заменив ограниченным правом собственности абсолютное право собственности, которое отец мисс Лидии полагал, что приобретает. Ограниченное право собственности перестанет действовать, когда прервется линия наследственного правопреемства, идущая от Джеймса: иными словами, если я умру, не оставив наследника, ибо я являюсь единственным оставшимся в живых наследником Джеймса. В таком случае сэр Персевал и его наследники потеряют всякое имущественное право на имение. Проще говоря, они будут лишены владения без компенсации.

— И кто тогда вступит во владение поместьем? — спросила Генриетта.

— Вот в чем все дело: оно перейдет к следующему обладателю права на заповедное имущество, каковым является Сайлас Клоудир, — ответил я. — Он должен быть жив в момент вступления во владение, ибо в случае его смерти поместье не может перейти к его наследнику.

— А что стало с кодициллом после того, как мистер Патерностер его украл? — поинтересовалась Генриетта.

— Он исчез много лет назад, и я полагаю, что Патерностер продал документ кому-то из семейства Малифантов, ибо именно они должны были получить поместье в случае смерти Сайласа Клоудира при условии, что линия наследственного правопреемства Хаффамов пресеклась. Но возможно, род Малифантов кончился. Вы знаете, мисс Лидия?

— Нет, не имею ни малейшего понятия.

— Довольно странно, — сказал я, — но в школе, куда меня отослали, был один мальчик по имени Стивен Малифант. Хотя возможно, это просто совпадение. Но что бы там ни происходило с кодициллом в продолжение многих лет, за несколько месяцев до смерти моего деда кто-то предложил ему, вернее, мистеру Эскриту, купить документ. Он купил, что представлялось вполне естественным поступком ввиду предполагаемого союза с Сайласом Клоудиром, который собирались скрепить, принудительно выдав мою мать замуж за старшего сына последнего. Однако потом положение вещей изменилось, — сказал я, бросив взгляд на мисс Лидию, которая печально вздохнула при упоминании о моей матери. Я продолжал, стараясь ни словом не обмолвиться о роли, которую она сыграла в означенной ситуации. — Во-первых, мой дед осознал, что, если представить кодицилл суду, ему и моей матери будет угрожать опасность со стороны Клоудиров.

— А вашу мать принудили-таки к тому браку? — спросила Генриетта.

— Нет. На самом деле она вышла замуж за младшего брата.

Она посмотрела на меня округлившимися глазами.

— Так, значит, этот ужасный старик, Сайлас Клоудир, ваш дед?

— Позвольте мне продолжить мою историю, — ответил я после минутного колебания. — Мой дед — я имею в виду, Джон Хаффам — в скором времени умер, и кодицилл перешел во владение моей матери. Несколькими годами позже она письменно уведомила сэра Персевала, что документ находится у нее, и приложила к письму копию. А сэр Персевал, понимая, что по кодициллу он лишается права собственности на поместье, попытался его выкупить. Однако моя мать отказалась расстаться с ним, поскольку обещала своему отцу передать его своему наследнику. Но в конце концов документ все-таки оказался в руках Клоудиров, как я говорил в Парке. Чего я не знаю, так это что с ним случилось в дальнейшем.

— Могу тебе сказать, — промолвила мисс Лидия. — Сайлас Клоудир предъявил кодицилл в канцлерском суде.

— Я так и думал!

— Можешь представить, — продолжала старая леди, — в какой ужас это привело моего племянника с женой. С тех пор они каждую неделю проводят многочасовые совещания с мистером Барбеллионом при закрытых дверях.

— И какое постановление вынес суд? — спросил я.

— Он признал юридическую силу кодицилла и задним числом закрепил поместье за Джеймсом Хаффамом, постановив, что законным претендентом на поместье является наследник Джеймса Хаффама.

Мне потребовалось сделать глубокий вдох, ибо я испытал сильнейшее потрясение. Право собственности на обширные и плодородные поместные земли, которыми на протяжении многих веков владели мои предки, теперь перешло ко мне. Хотя я понимал, что в действительности это ничего не значит, я пришел в неописуемый восторг и получил представление о том, какие чувства испытывает настоящий собственник.

— Это подтверждает мои предположения,— сказал я и поведал о том, как Дэниел Портьюс и Эмма заманили меня в западню, а потом притащили в суд.

— Полагаю,— пояснил я,— они хотели установить мою личность, чтобы при признании факта моей смерти не возникло никаких сомнений.

Они обе содрогнулись, а мисс Лидия сказала:

— Ты совершенно прав. Представив тебя суду, Клоудиры подготовили почву для официального признания твоей смерти. По твоему виду было ясно, что ты очень слаб, и их адвокат подчеркнул это и дал понять, что ты унаследовал от своего отца психическое расстройство. Вот почему мистер Барбеллион пытался помешать Клоудирам установить над тобой опеку, но поскольку они твои ближайшие родственники, он сумел добиться лишь отсрочки. Тогда они поместили тебя в сумасшедший дом доктора Алабастера, с намерением похоронить там. Однако твой побег расстроил их планы, и им пришлось явиться в суд и заявить о твоем исчезновении. Они предложили признать тебя мертвым и представили свидетелей — мирового судью и самого доктора Алабастера,— призванных показать, что ты имеешь слабое здоровье и страдаешь душевным недугом. Суть показаний сводилась к тому, что, сбежав из больницы, где тебя пользовали опытные врачи, ты долго не протянешь.

Я улыбнулся.

— Но положение угрожающее, Джон,— сказала старая леди.— Адвокат Персевала, естественно, выступил против предложения Клоудиров, поскольку в таком случае Персевал мгновенно лишался права владения, и председатель Апелляционного суда пошел на компромисс, постановив, что тебя признают мертвым, коли не найдут в точение определенного времени. По истечении установленного срока имущество сразу же перейдет к Сайласу. Суд назначил сборщика арендной платы и проводит опись поместья.

КВИНКАНКС

Когда я задумался над услышанным, мне в голову пришло много соображений.

— А какой срок определили? — спросила Генриетта.

— Четыре года, считая от той даты.

— Чуть больше двух лет, считая от настоящего момента,— сказал я.— Что ж, если Клоудиры со своими подручными найдут меня, я за свою жизнь гроша ломаного не дам, поскольку Сайлас Клоудир уже очень старый человек.

Мисс Лидия улыбнулась и заметила:

— На десять с лишним лет младше меня.

Я покраснел и смешался.

— Ты хотел сказать,— продолжала она,— что он не может рассчитывать прожить очень уж долго. А поскольку по кодициллу он должен быть жив в момент твоей смерти, Клоудиры постараются убить тебя до истечения установленного судом срока.

Я кивнул.

— Им необязательно убивать тебя,— сказала мисс Лидия,— если они сумеют доказать, что ты незаконнорожденный.

Я в ужасе уставился на нее, не понимая, что она имеет в виду и что ей известно.

— Видишь ли, Джон, Клоудиры всегда пытались лишить твоего деда статуса наследника на том основании, что он не может доказать свою принадлежность к роду Хаффамов за отсутствием доказательств того, что его родители, Джеймс и Элайза, состояли в законном браке.

Теперь я понял, к чему она клонит.

— Да,— сказал я.— Я помню, мистер Эскрит упоминал об этом.

— Никаких официальных записей никогда не было представлено, а равно никаких свидетелей. Клоудиры же сумели предъявить доказательства того, что Джеймс и Элайза сожительствовали какое-то время до якобы состоявшегося бракосочетания, и это льет воду на их мельницу.

— 413 —

— Теперь понятно, что искал Барбеллион, когда я впервые с ним встретился! — воскликнул я.

Я повторил рассказ мистера Эдваусона об интересе мистера Барбеллиона к церковным записям, касающимся семейства Хаффамов.

— Но бракосочетание состоялось,— сказала старая леди.— Я это точно знаю, хотя и не могу доказать.

Я изумленно уставился на нее. Я еще и рта не успел раскрыть, когда меня перебили.

— Неужто ваши родственники действительно пытаются убить вас? — спросила Генриетта.

— Ну да! — воскликнул я и поведал о том, как Эмма пыталась отравить меня и как со мной обращались в сумасшедшем доме. Мисс Лидию мой рассказ чрезвычайно расстроил, но на лице Генриетты отразилось легкое сомнение.

— Если ваши собственные родственники пытаются убить вас, я не понимаю, почему вы ищете безопасности в этом доме,— сказала она.

Я не знал, стоит ли говорить ей, что, только завладев завещанием, я смогу обезопасить себя от Клоудиров.

Я взглянул на мисс Лидию, и она кивнула и промолвила:

— Мы кое-что утаили от тебя. Джон, расскажи ей.

И вот я рассказал, как Джеффри Хаффам на смертном одре составил новое завещание, когда узнал о рождении моего деда и понял, что теперь имеет возможность лишить наследства своего распутного сына, закрепив имущество за младенцем.

— Однако,— продолжал я,— после смерти Джеффри Хаффама Патерностер подменил последнее завещание предыдущим, сначала изъяв кодицилл, как я уже говорил. И он руководствовался теми же соображениями, поскольку, если бы ограничение прав на собственность вступило в силу, Джеймсу пришлось бы жить на содержании у своего сына.

— И возможно, именно Патерностер и был тем негодяем,— вставила мисс Лидия,— который продал завещание моему отцу.

КВИНКАНКС

— Так и есть,— подтвердил я.
— Так твой отец купил завещание? — воскликнула Генриетта.
— Да, причем за очень большие деньги. Ибо он понял, что поскольку Джеймс не имел права продавать поместье, значит, и сам он лишится такого права, коли об этом когда-нибудь станет известно. Я узнала обо всем лишь спустя долгое время после смерти отца и сочла сей поступок постыдным.
— Да! — вскричала Генриетта.— Низкий, несправедливый поступок! Но какое отношение это имеет к нам? Все произошло много лет назад. Какое отношение имеют дела давно минувших дней к вашему нахождению в этом доме, Джон?

Однако, прежде чем я успел ответить, мисс Лидия, вперив в нее взгляд блестящих глаз, промолвила:
— Ты же понимаешь, что я считала нужным восстановить справедливость?
— Да, понимаю, но что ты могла сделать? — спросила Генриетта.— Твой отец наверняка уничтожил завещание.
— На самом деле нет, и оно перешло во владение твоего опекуна.

Генриетта вздрогнула.
— О да,— продолжала старая леди.— Персевал в свою очередь стал извлекать выгоду из бесчестного поступка моего отца. И хотя тебе кажется, что это очень давняя история, в действительности все произошло, когда я уже была почти десятью годами старше, чем ты сейчас. Как известно Джону, случившееся отравило и даже сократило жизнь его деду и родителям. Но как ты узнаешь, история эта продолжала оказывать вредоносное влияние на ход событий и имеет самые неприятные последствия для вас обоих.

Она говорила так серьезно, что я спросил:
— Что вы хотите сказать?
— Ты ведь не понимаешь, почему мой отец, а потом его брат и теперь мой племянник не уничтожили завещание?

— Да,— согласился я.— Этот вопрос уже давно не дает мне покоя. Оно же лишает Момпессонов права владения поместьем?

— Позволь мне попробовать объяснить,— сказала старая леди.— Я говорила тебе, что утверждение подлинного завещания безуспешно оспаривалось, каковую попытку предприняли Клоудиры — мистер Николас Клоудир и его сын, Сайлас. Потерпев неудачу в данном деле, они возбудили в канцлерском суде тяжбу, которая длится по сей день. Теперь они оспаривали законность приобретения моим отцом хафемского поместья у Джеймса, и он боялся — а после него боялись сначала Огастес, потом Персевал,— что однажды они добьются успеха. А в таком случае единственным способом сохранить право Момпессонов на имущество будет представить суду завещание.

— Но почему ваш отец и мой опекун опасались, что проиграют процесс? — спросила Генриетта.

— И каким образом предъявление завещания может спасти Момпессонов? — добавил я.

— О господи,— вздохнула мисс Лидия,— я плохо объясняю. Дело в том, что, когда мистер Патерностер продавал завещание моему отцу, у них вышла крупная ссора из-за цены, и в отместку мистер Патерностер впоследствии предупредил отца, что кодицилл также по-прежнему существует.

Я понимающе кивнул, поскольку уже давно знал про чертов кодицилл, но Генриетта опять казалась озадаченной.

— Однако мои родственники никогда не были уверены, что он действительно существует и что это не просто жестокая шутка Патерностера. На самом деле, думаю, они окончательно убедились в существовании кодицилла, только когда твоя бедная матушка, Джон, прислала копию документа моему племяннику, в подтверждение своего права на ежегодный доход.

— Но я по-прежнему не понимаю, каким образом завещание может спасти их! — воскликнул я.

можете основывать моральное право на вывертах и случайностях юридического закона? Поступая так, вы делаете то же самое, что, по вашим словам, сделали Момпессоны и Клоудиры, хотя я признаю, что вы имеете больше юридического и морального права, чем они.

— Нас нельзя сравнивать! Джеффри Хаффам хотел закрепить имущество за своим внуком, и его намерение было расстроено противозаконным и аморальным образом!

Теперь я поведал Генриетте многое из того, что узнал от мистера Эскрита, но результат оказался не таким, какого я ожидал.

— Насколько я понимаю,— упрямо сказала она,— составляя последнее завещание, Джеффри Хаффам нарушал свои обязательства перед отцом Сайласа Клоудира, лишая наследства собственного сына и отмщая родственникам, с которыми поссорился. Неужто вы и вправду полагаете, что последнее завещание такого человека имеет моральную силу?

Я промолчал, и она продолжала:

— И, в конце концов, сэр Хьюго купил поместье с чистой совестью — так есть ли у вас моральное право лишать его наследников собственности, даже если у вас есть право юридическое?

— Но когда он узнал о похищенном завещании, он ничего не сделал. И сэр Персевал продолжал утаивать документ, таким образом обманывая мою семью.

— Но чего еще можно было ожидать? Признать правду значило бы разориться: потерять имущество и покупные деньги.

— Конечно, вы защищаете сэра Персевала и леди Момпессон! — воскликнул я.

А что, если Генриетта руководствуется личными интересами? Что, если она не может забыть, что благосостояние опекунов ей выгодно? Может даже, у нее есть виды на Дейвида?

Она покраснела.

— Чтобы объяснить это,— продолжала старая леди,— мне нужно рассказать тебе многое о делах давно минувших дней.

Однако этому не суждено было случиться, ибо Генриетта бросила взгляд на часы на каминной полке и вскричала:

— Боже милостивый! Посмотрите на время! Джон, вы должны уйти сию же минуту!

С этим было не поспорить, и потому, условившись встретиться с ними обеими в этот же час в следующее воскресенье, коли получится, я покинул комнату и вернулся к себе.

Глава 98

В течение последующих дней я думал о Генриетте снова и снова. Почему меня так волнует, что она не одобрит предпринятую мной попытку ограбления и дело, задуманное сейчас? Меня мучило сознание, что я не открыл девушке всю правду, и я положил признаться ей во всем, в чем только мне хватит духа признаться. Почему мне так важно мнение Генриетты? Почему я так обиделся и рассердился, когда она как будто не поверила мне, что Клоудиры со своими пособниками пытались убить меня? Наверное, я влюблен в нее. Неужели это и есть любовь?

Явившись в комнату мисс Лидии в следующее воскресенье, я застал там одну только Генриетту. Мы оба смутились, оказавшись наедине друг с другом.

— Бабушка скоро придет,— сказала она.— Тетя Изабелла изъявила желание увидеться с ней.

Я сел. Мне представился случай объясниться, и я хотел признаться в участии в попытке ограбления.

— Генриетта, вы хотели знать, почему я нахожусь в этом доме. Теперь вам известно, что завещание было незаконно изъято и мой дед стал жертвой обмана. Я его наследник. Вы не находите, что я имею право на поместье?

— Разве вы не путаете законность со справедливостью? — спросила она.— Разве не впадаете в ошибку, полагая, что

КВИНКАНКС

— Мне нет до них дела. Они никогда не были добры ко мне. Я никогда не понимала, почему они взяли надо мной опеку.

— Разве вы не испытываете к ним хотя бы благодарности?

— Благодарность? За милосердие, проявленное единственно из чувства долга и заботы о внешних приличиях?

— Но тогда почему вы их защищаете?

— У них есть свои права.

Она заняла непреклонную позицию.

— Но как же я? — запротестовал я. — Вот он я перед вами, без денег, без сколько-либо приличного образования, без друзей. Есть ли у меня надежда вести существование не просто достойное джентльмена, но хотя бы сносное? Вдобавок теперь, когда кодицилл введен в силу, моей жизни будет угрожать опасность, покуда Сайлас Клоудир жив. Только вернув завещание и отменив кодицилл, я смогу чувствовать себя спокойно. Неужели вы действительно отказываете мне в праве сделать это?

— Теперь понятно! — воскликнула Генриетта. — Так вот зачем вы здесь! Вы хотите выкрасть завещание!

Итак, секрет раскрылся. Отрицать не имело смысла.

— *Вернуть* завещание! — вскричал я. — Представить его суду, как и надлежит сделать.

— Так прибегните к помощи закона!

— На это потребуются деньги, — возразил я. — И в любом случае сэр Персевал скорее уничтожит документ, чем откажется от него, поскольку, как мы с вашей бабушкой объяснили вам, если о нем станет известно, ваш опекун лишится поместья.

— Вы уверены? Ибо в таком случае я не понимаю, почему он сохранил завещание.

— Я тоже не понимаю. Ваша бабушка собиралась объяснить это в последнюю нашу встречу.

Наступила пауза, Генриетта пытливо всматривалась в мое лицо.

— 419 —

— Почему вы так рветесь заполучить завещание? — внезапно осведомилась она.

— Я же вам объяснил!

— Нет, я имею в виду, каковы ваши истинные мотивы? Вы говорите о правах, но мне кажется, вы жаждете мести.

— Мести? — изумленно повторил я.— Нет. Я просто хочу Справедливости. Я хочу найти логику и смысл в произволе и несправедливости, которые видел всю свою жизнь. Если Момпессоны могут лгать и мошенничать, чтобы приобрести и сохранить богатство, почему надо осуждать любого другого преступника? Все несчастья, выпавшие на долю моей семьи — убийство, сумасшедший дом, страшная судьба моей матери,— все они окажутся напрасными, если я не верну завещание.

— Это язык мести,— горячо сказала Генриетта.— Я понимаю вас, ибо у меня тоже есть причины ненавидеть своих опекунов. О, не такие веские, как у вас, далеко не такие.

— О чем вы говорите? — резко спросил я.

— О, сейчас это уже не имеет значения. И все же вы сами видели, как Том мучил меня в Хафеме тем летом. Хотя в некоторых отношениях он наименее жестокий из них. Но желать мести значит отплачивать за несправедливость той же монетой.

— Но в моем случае меня побуждают к действию обиды, причиненные не мне, но людям, которых я любил.

— Тогда, коли это не месть,— печально промолвила Генриетта,— значит, возмездие, а оно гораздо коварнее. Ибо позволяет вам с такой легкостью выдавать свои истинные мотивы за желание восстановить справедливость.

— Неправда! — воскликнул я, а потом, не раздумывая, выпалил: — Ваша бабушка не горела жаждой мести.

— Что вы имеете в виду?

Мне ничего не оставалось, как сказать правду.

— Помните, на прошлой неделе я говорил, что, купив кодицилл, мой дед сначала собирался представить его суду, но потом внезапно переменил планы? Причина заключалась в том, что кто-то из момпессоновских домочадцев письменно сообщил деду о завещании и пообещал добыть его. Это была мисс Лидди, и она сдержала слово, хотя документ каким-то образом вернулся к вашему опекуну.

Явно ошеломленная, Генриетта потрясла головой.

— Бабушка Лидди могла пойти на такое?

В следующий момент в комнату вошла мисс Лидди.

— Я рада, что ты еще здесь, Джон, — весело сказала она, улыбаясь нам обоим. — Моя племянница передала мне, что хочет меня видеть — случай в высшей степени необычный, — и потому я отправилась в ее апартаменты, но она так и не явилась. Загадочная история. Вероятно, она беседует с врачом Персевала. Я знаю, племяннику сегодня хуже. После удара, случившегося с ним на прошлой неделе, его состояние неуклонно ухудшается.

Она осеклась, заметив странный взгляд Генриетты, и вопросительно посмотрела на меня, словно ожидая объяснений.

— Мисс Лидди, — признался я, — боюсь, я рассказал ей о том, как вы помогли моему деду.

— И ты, разумеется, потрясена, — сказала она Генриетте. — Дорогая моя, я пошла на такой шаг, поскольку считала поступок, совершенный моим отцом, бесчестным. Я долго размышляла о нем, но перешла наконец к действию только лишь потому, что таким образом могла спасти одну молодую женщину от ужасной участи.

Генриетта взглянула на нее с изумлением.

— Разве ты не объяснил ей, Джон? — спросила старая леди. — Ты помнишь, Генриетта, что дед Джона пытался принудить свою дочь к браку с отвратительным старшим сыном Сайласа Клоудира? Этого я никак не могла допустить. Предлагая ему завещание, я делала замысленный брак совершенно невыгодным для него.

— Если воровство вообще можно оправдать когда-нибудь, — медленно проговорила Генриетта, — полагаю, это именно такой случай.

— Воровство! Не употребляй это слово! — вскричала мисс Лидия.

— Нет, здесь следует говорить о возвращении законному владельцу,— сказал я.— Такой поступок был правильным тогда и остается правильным сейчас. Ибо, представив завещание суду, я стану законным владельцем поместья, и только тогда мне не будет грозить опасность со стороны Клоудиров.— Пристально глядя на Генриетту, я проговорил: — Поэтому я непременно попытаюсь вернуть завещание.

— Да! — воскликнула мисс Лидия.— Конечно, именно это ты и должен сделать!

— Но почему бы вам,— спросила Генриетта,— не явиться в суд в качестве наследника Хаффама до истечения установленного срока и не отдаться под защиту властей?

— Как я однажды уже сделал перед тем, как меня передали в руки Дэниела Портьюса, а затем доктора Алабастера? — возразил я.— Похоже, вы не верите мне, когда я говорю, что нахожусь в смертельной опасности, покуда Сайлас Клоудир жив.

— Если вас превыше всего заботит безопасность,— сказала Генриетта,— почему бы вам просто не позволить, чтобы суд признал вас мертвым?

Я опешил.

— Но тогда ваши опекуны лишатся поместья,— указал я,— ибо оно немедленно перейдет к Сайласу Клоудиру.

Генриетта кивнула. Значит, она руководствуется не просто корыстными соображениями, как я опасался, ибо, если Момпессоны разорятся, она останется без всяких средств. И приняв такое предложение, я докажу ей, что и мной тоже движут отнюдь не корыстолюбивые побуждения. Мисс Лидия внимательно и серьезно смотрела на меня своими пронзительными голубыми глазами.

— Полагаю, так и следует поступить,— сказал я.— Я оставлю эту унизительную работу и попытаюсь найти место, более достойное меня, хотя без денег и сколько-либо приличного образования на многое надеяться не приходится.

Генриетта улыбнулась и, подавшись вперед, сжала мою руку.

— Уверена, это благородное решение.

— Милые мои дети,— сказала мисс Лидия,— мне нужно сообщить вам нечто важное, что наверняка заставит вас переменить свои намерения.

— О чем ты говоришь, бабушка? — спросила Генриетта.

— О вопросе, связанном с похищенным завещанием, который я собиралась разъяснить вам на прошлой неделе, когда нам пришлось резко прервать беседу. Если оно лишает Момпессонов права владения поместьем, тогда почему мой племянник — как и его отец до него — сохранил документ, вместо того чтобы уничтожить?

— Именно над этим вопросом я и ломаю голову с тех самых пор, как узнал о существовании завещания,— сказал я. — Ведь хранить документ, который можно использовать для отъема у них имущества, весьма рискованно. Какую такую выгоду можно извлечь из завещания, чтобы ради нее стоило так рисковать?

— Все настолько запутано, что не знаю, сумею ли я объяснить,— начала старая леди со странной улыбкой.— Моя бедная голова просто раскалывается, когда я думаю об этом. Мне кажется, я все понимаю, покуда не начинаю вникать в дело глубже, а тогда все объяснения разлетаются в разные стороны, облекаясь в потоки слов: кодициллы, судебные решения, судебные акты и постановления и все прочие уродливые термины, связанные с законом и канцлерским судом, которые вот уже более полувека тяготеют над нашим родом подобно проклятию. Но сначала я должна рассказать многое из истории семейства, чтобы вы поняли, почему мой племянник представит суду похищенное завещание сразу, как только официально объявят о пресечении рода Хаффамов.

— И завещание отменит кодицилл! — воскликнул я. А потом, осознав другие последствия, выкрикнул: — И тогда Сайлас Клоудир утратит право наследования!

— Именно так,— подтвердила старая леди.— Но как по-твоему, что станет с поместьем?

— Не знаю,— ответил я,— поскольку мне неизвестно, какие еще пункты содержатся в завещании помимо пункта о закреплении поместья за моим дедом. Но принадлежать вашему племяннику оно уж всяко не будет?

— Ты прав,— с улыбкой согласилась мисс Лидия, явно получающая удовольствие от игры.— Это лучше, чем «спекуляция». И у меня на руках козырной туз.

— Но дорогая бабушка,— запротестовала Генриетта,— коли так, почему они сохранили завещание?

— Из-за личности следующего наследника с ограниченными правами собственности, к которому переходит поместье, как только род Хаффамов официально признается пресекшимся.

Мы с Генриеттой тупо переглянулись, а потом уставились на старую леди.

— Кто он такой? — спросил я.— Не наследник ли Малифант, названный в кодицилле?

— Нет,— сказала мисс Лидия.— Условия учреждения заповедного имущества в завещании не имеют ничего общего с условиями, оговоренными в кодицилле.— Она сделала паузу.— Видишь ли, к тому времени Джеффри Хаффам поссорился со своим племянником, Джорджем Малифантом, и потому завещание создавало совершенно новую ситуацию, при которой имущество, закрепленное за его внуком, Джоном Хаффамом, и его потомками, в случае пресечения линии Хаффамов переходит к другой ветви нашего рода. Оставшийся в живых наследник, принадлежащий к этой ветви, становится полноправным владельцем поместья по завещанию.

— А кто это? — хором спросили мы с Генриеттой.

— Подождите.— Старая леди на мгновение опустила глаза.— Сейчас я все расскажу вам. Все началось много, много лет назад, когда мне было примерно столько же лет, сколько вам сейчас, дети. То есть почти семьдесят лет назад.—

Увидев мое удивление, она сказала: — Да, я такая старая. Собственно, я такая же старая, как этот дом, построенный моим отцом. Я никогда не рассказывала тебе эту историю, Генриетта, ибо она слишком неприятная. Но тебе следует знать. Ты уже достаточно взрослая.— Она ненадолго умолкла, поникнув головой, но потом вскинула ее и продолжала: — Когда мой дед, Джеффри Хаффам, в тысяча семьсот шестьдесят восьмом году добавил кодицилл к своему раннему завещанию, он находился в плохих отношениях почти со всеми своими родственниками. Тогда он не поддерживал никаких отношений ни с моими родителями, ни со своей племянницей Амелией, моей тетей. Джордж Малифант оставался единственным членом семьи, с которым он еще разговаривал. Но потом он поссорился и с ним из-за этой истории, о которой мне никогда не хватало духа рассказать тебе, Генриетта.— Она на мгновение замялась.— Боюсь, я невольно стала причиной ссоры между моим дедом и моими родителями, ибо ранее он согласился назвать их наследника своим собственным, поскольку у него тогда еще не было сына. Но поскольку я, будучи девочкой, не могла унаследовать отцовский титул, впоследствии он отказался от своего обещания.

На память мне пришел рассказ мистера Эскрита о тех же событиях.

— В скором времени у него самого родился сын, Джеймс,— продолжала мисс Лидия.— Примирение так и не состоялось, и он так и не полюбил меня, когда я выросла. Меня считали «странной». И это напоминало моему деду о... Видите ли, в нашей семье были случаи душевного расстройства. Его сердила моя дружба с моей тетей.

— Ты имеешь в виду свою двоюродную бабушку Луизу? — спросила Генриетта.

— Нет,— с отвращением сказала старая леди.— *Ее* я никогда не любила. Но в возрасте лет пятнадцати я нежно привязалась к моей тете Анне, младшей сестре отца. Она слыла чудаковатой. Она прожила очень несчастливую жизнь и в то время обреталась в Хафеме, где я обычно проводила лето. Фортисквинсы жили в другой части Старого Холла.

— Я помню,— сказал я.— Мартин Фортисквинс и мой дед выросли там.

— Милое мое дитя, это было задолго до их рождения. Я говорю о родителях Мартина, о его безнравственной матери и бедном отце.

Казалось, она смотрит вдаль и видит там нечто, чего мы с Генриеттой не могли видеть. Потом она быстро заговорила приглушенным голосом.

— Я хотела выйти замуж за одного человека по имени Джон Амфревилл. Он имел духовный сан. Его сестра, Элайза, была твоей прабабкой, Джон, а твоего деда назвали в честь дяди. Вот почему я питала особое расположение к бедному мальчику. Так что ты тоже на самом деле наречен в честь Джона Амфревилла. Амфревиллы принадлежали к древнему роду земельных собственников и владели землями в Йоркшире почти так же долго, как Хаффамы, и, конечно же, гораздо дольше, чем Момпессоны, ибо мы просто выскочки по сравнению с тобой, Джон. Но они потеряли большую часть своих земель и все деньги, поскольку отец Джона и Элайзы был пьяницей и мотом, который, прежде срока сведя в могилу их мать, сам умер, когда они еще были детьми. Я познакомилась с Джоном в городе — собственно говоря, в этом самом доме. Но мой дед, Джеффри Хаффам, а следовательно, и мои родители решительно воспротивились нашему браку. Они подняли страшный шум, и сюда же еще примешалась история с бракосочетанием твоих прадеда и прабабки, Джон. Короче говоря, мои родители и дед не одобрили ни Джона, ни Элайзу. Но Джон настойчиво выступал за брак своей сестры с Джеймсом, а поскольку Джеффри был против, он еще сильнее обозлился на Джона.

— Об этом мне известно,— сказал я.— Мистер Эскрит объяснил мне, что Джеффри Хаффам считал Элайзу недостаточно богатой и недостаточно родовитой для того, чтобы принять ее в свою семью.

Слегка поколебавшись, мисс Лидия сказала:

— Да, это часть правды. Но имелись и другие препятствия. — Ее руки, лежащие на коленях, беспокойно двигались. — Хотя Джон был единственным сыном и происходил из старинного и уважаемого семейства, он почти ничего не имел за душой. И были еще... другие трудности.

Тут она бросила на меня неуверенный взгляд.

— Его сестра... то есть мой отец... Одним словом...

Она осеклась, а потом несколько раз пыталась заговорить, но безуспешно.

— Одним словом, мои родители не допустили нашего брака.

Мисс Лидия умолкла, а я — помня, что ранее она упоминала о смерти человека, за которого хотела выйти замуж, — не решился задать никаких вопросов.

— С другой стороны, — наконец продолжила она, — бракосочетание Джеймса и Элайзы состоялось.

— Вы уверены? — спросил я. — Ибо Клоудиры оспаривают факт бракосочетания.

— Я совершенно уверена. Однажды ты узнаешь всю историю целиком, но, коротко говоря, моя двоюродная бабка Луиза ополчилась против меня, чтобы расположить Джеффри в пользу своей дочери, Амелии. Единственным человеком, поддерживавшим нас с Джоном, был мой дядя Джордж, который относился с особой теплотой ко мне, а равно к Джону, своему протеже. Это стоило ему места в последнем завещании Джеффри, ибо если по кодициллу заповедное имущество переходило к нему и его наследникам, то по новому завещанию оно переходило к Амелии и ее потомкам.

Она умолкла, словно считая свои объяснения исчерпывающими, но мы с Генриеттой недоуменно переглянулись.

Старая леди вновь заговорила:

— Я вижу, ты не знаешь собственной родословной, Генриетта. Разве тебе неизвестно, что твою прабабку звали Амелией? Она приходилась Джеффри племянницей и вышла замуж за некоего джентльмена по имени мистер Роджер Палфрамонд.

Генриетта побледнела.

— Да,— сказала мисс Лидия.— Ты, дорогая моя, наследница Палфрамонд и вступишь во владение хафемским поместьем, когда род Хаффамов пресечется.— Она мягко продолжала: — Боюсь, именно по этой и ни по какой другой причине мой племянник с женой удочерили тебя и стали твоими законными опекунами.

— Я не понимаю,— пролепетала Генриетта.

— А я понимаю! — вскричал я.— Они хотели иметь возможность представить похищенное завещание, а также наследника, в нем названного!

— Совершенно верно,— подтвердила старая леди, а потом продолжала, обращаясь к Генриетте: — Разве ты никогда не задумывалась о том, почему они оставили тебя в бедности, без должного присмотра и ухода, с вдовой твоего дяди на первые несколько лет после смерти твоих родителей?

— Задумывалась, и очень часто.

— Видишь ли, они разыскали тебя и взяли в свою семью только после того, как мать Джона подтвердила факт существования кодицилла, прислав копию оного.

Как странно, что поступок моей матери имел такие серьезные последствия для ребенка, о существовании которого она даже не догадывалась!

— Но почему? — спросила Генриетта.— Какая им выгода в этом?

Старая леди серьезно покачала головой.

— В случае необходимости они выдадут тебя замуж за одного из своих сыновей.

— За моего кузена! — вскричала Генриетта.

Я впился глазами в лицо девушки. Она покраснела. Испугала ли ее такая перспектива?

Старая леди подалась вперед и ласково взяла Генриетту за руку.

КВИНКАНКС

— Но он хочет жениться на той уродливой богачке! — выдохнула Генриетта.— Ему нет дела до меня.

— Но дорогая моя,— сказала мисс Лидия, по-прежнему держа ее руку,— ты пришла к ошибочному заключению. В женихи тебе предназначили вовсе не Дейвида, но его брата.

Генриетта отшатнулась, вскрикнув от ужаса, и закрыла лицо ладонями.

Вот теперь она пребывала в неподдельном ужасе!

— Именно поэтому, полагаю,— продолжала мисс Лидия,— несколько дней назад Тома срочно вызвали домой. Поэтому — и в связи с недавним ударом, приключившимся с его отцом.

— Но, конечно же,— сказал я, переводя взгляд с одной на другую,— если Генриетта унаследует поместье, будучи незамужем, она станет богатой и независимой. Как же они смогут принудить ее к браку?

Генриетта выжидательно посмотрела на мисс Лидию, которая печально улыбнулась, по-прежнему не спуская глаз со своей внучатой племянницы.

— Они не предъявят завещание, покуда не выдадут тебя замуж. А поскольку канцлерский суд в прошлом назначил Момпессонов твоими опекунами, ты останешься полностью в их власти, покуда не достигнешь совершеннолетия. И не забывай, что в случае с наследованием недвижимого имущества возраст совершеннолетия для женщин исчисляется двадцатью пятью годами. Вот увидишь, они будут очень настойчивы и убедительны. И они объяснят, что речь идет о браке лишь по названию. Это столько же в их интересах, сколько в твоих, Генриетта.

Генриетта покраснела и опустила голову.

— У них возникли разногласия по поводу дальнейших действий,— продолжала мисс Лидия.— Леди Момпессон и мистер Барбеллион, вместе с Дейвидом, стремятся поскорее осуществить этот замысел, но сэр Персевал всегда возражал. О, потому только, что он полагает, что твой брак с Дейвидом надежнее охранит интересы семейства, и настроен против молодой женщины, которую Дейвид избрал в свои невесты. Он говорит, что не потерпит еще одного такого брака в семействе после того, как его двоюродная бабка София вышла замуж за Николаса Клоудира! Он не знал, что Дейвид по уши в долгах и отчаянно нуждается в деньгах, ибо Дейвид с матерью скрывали это от него. Но именно поэтому они решили, что он женится на богатой наследнице, а теперь мой племянник так болен, что, я думаю, они и вправду поступят по-своему.

— Но какую выгоду принесет им такой чудовищный брак? — спросил я, и Генриетта отняла руки от лица, чтобы выслушать ответ.

— Да просто поместье останется в их владении,— ответила мисс Лидия.— Ибо, как ты знаешь, когда женщина выходит замуж, ее собственность переходит к супругу.

— Но тогда,— возразил я,— право на имущество получит Том.

— Сразу после свадьбы Тома признают *non compos mentis* и его имущество перейдет в качестве доверительной собственности родителям и брату. Мистер Барбеллион непревзойденный мастер в устройстве таких дел, единственная цель которых лишить одного из членов семьи имущества в пользу других под предлогом помешательства собственника. Это процветающая сфера деятельности канцлерского суда. Фактически они по-прежнему будут владеть и пользоваться поместьем, как раньше. Тома либо отправят за границу, либо, что более вероятно, поместят в сумасшедший дом — и никаких наследников у него не будет. Таким образом, ограничение прав на распоряжение имуществом перестанет действовать после твоей смерти, Генриетта, и оно перейдет, в качестве доверительной собственности, к Дейвиду или его наследнику.

— Теперь понятно,— вскричал я,— почему сэр Персевал отказал моей матери в просьбе о помощи: зная к тому времени, что кодицилл представлен канцлерскому суду, он уже решил осуществить этот гнусный замысел, а потому только выигрывал от смерти моей матери.

— Нет,— возразила мисс Лидия.— Здесь ты ошибаешься. Он не отказывал ей. Мое семейство всегда было заинтересовано в том, чтобы твоя мать и ты сам оставались в живых, дабы препятствовать введению в силу кодицилла.

Помня рассказ матушки, я понимал, что она заблуждается, но не стал углубляться в тему. Я подумал, что если они решили предъявить завещание, значит, действительно выигрывали от нашей с матерью смерти, поскольку по условиям завещания мы имели преимущественное право на собственность против Генриетты.

— Я никогда не соглашусь на подобный брак! — воскликнула Генриетта.

— И для осуществления этого плана необходимо официальное признание факта моей смерти! — вскричал я.— Но если я сейчас объявлюсь и заявлю в суде о своих правах, тогда не придется опасаться того, что поместье перейдет к Сайласу Клоудиру.

Мисс Лидия промолчала, но Генриетта потрясла головой и промолвила:

— Нет, ибо вы уже сказали, что в таком случае над вашей жизнью нависнет смертельная угроза. Я не стану покупать свою безопасность такой дорогой ценой.

Значит, она все-таки поверила, что мои враги пытались убить меня! Или она просто насмехается надо мной? Я оказался в затруднительном положении, ибо начни я сейчас преуменьшать опасность, она подумала бы, что я излишне драматизировал ситуацию прежде.

Пока я пытался найти ответ, мисс Лидия сказала:

— Ты никогда не будешь в безопасности, Генриетта. Теперь, когда кодицилл введен в силу, Изабелла и Дейвид не будут ставить все на то, что Джон останется в живых, ибо знают о твердой решимости Клоудиров убить наследника Хаффама. Они будут упорно добиваться своей цели, состоящей в твоем браке с Томом, чтобы в случае необходимости представить суду завещание. — Она повернулась ко мне. — Таким образом, если ты сейчас объявишься, ты просто подвергнешь смертельной опасности себя и ничем не поможешь Генриетте.

— У вас остается единственный способ обезопасить себя, — сказала мне Генриетта. — Вы должны умереть.

Я вздрогнул, а она залилась краской и пояснила:

— Я имею в виду, разумеется, что вы должны позволить, чтобы вас официально признали умершим.

— Но тогда вас принудят к ужасному браку! — воскликнул я. Она потрясла головой, и я сердито выкрикнул: — В таком случае Клоудиры унаследуют поместье! Я не могу допустить такого! — Потом мне пришла в голову другая мысль. — Ваши опекуны разорятся, и вы останетесь без гроша.

— Ужели бедность так ужасна? — спросила Генриетта.

— Да, — ответил я. — И вы, по крайней мере, молоды. Но вправе ли вы требовать, чтобы вашу бабушку выселили из дома, где она прожила всю свою жизнь?

— У меня есть небольшой ежегодный доход, оставленный мне отцом, и он в полном твоем распоряжении, моя дорогая, — сказала старая леди. — К сожалению, он составляет всего лишь пятьдесят фунтов и прекращается с моей смертью. Но, вероятно, я могу продать его.

— Я решительно против! — воскликнула Генриетта.

— Вот видите, насколько мы беспомощны без денег! — вскричал я и сам удивился ярости своей вспышки. — Всю мою жизнь недостаток средств лишал меня свободы. Подумайте только, что мы могли бы сделать, будь только у нас деньги.

Обе они внимательно смотрели на меня: мисс Лидия энергично кивала головой, а Генриетта словно глубоко задумалась.

Что касалось до меня, то я принял твердое решение.

— В таком случае, если я не могу ни объявиться, ни допустить, чтобы меня признали умершим, — сказал я, — мне остается только вернуть себе завещание.

Генриетта вспыхнула, но старая леди восторженно воскликнула:

— Да! Благодарение Богу! Вот он, дух Хаффамов! Я надеялась услышать от тебя именно такие слова!

— Если я вступлю в права наследования, Генриетта, все имущество ваших опекунов перейдет ко мне, и у них не останется выгоды принуждать вас к браку. Вы будете вольны выйти замуж, за кого пожелаете.

Несколько долгих мгновений мы пристально смотрели друг на друга.

— Так значит, все возвращается к тому же, не так ли? — медленно проговорила она. — Интересно знать, каковы ваши истинные мотивы и понимаете ли их вы сами. Если вы преследуете цель помочь мне, тогда я тем более возражаю против кражи завещания. В этом нет никакой необходимости, поскольку я сама в силах воспротивиться принудительному браку.

— Это ты сейчас так говоришь! — вскричала мисс Лидия. — Но, милое моя дитя, я слышала подобные слова и раньше. Я слишком хорошо знаю, что с тобой могут сделать.

Она говорила с такой страстью, что мы оба с любопытством посмотрели на нее.

— А что они могут сделать со мной? — спросила Генриетта. — Не станут же они избивать меня или морить голодом. А коли станут, я убегу из дома.

— Дитя мое, — вскричала мисс Лидия, — я знаю, на что они способны. Они способны на ужасные вещи. Не думай, что можешь противостоять им. Однажды я тоже так думала, а я тогда была старше, чем ты сейчас.

— Дорогая бабушка, прошу тебя, не волнуйся.

— Ты должна позволить Джону завладеть завещанием. Только в таком случае ты будешь в безопасности.

— Да, ибо я стану богатым, — сказал я. — И потому все мы будем в безопасности.

Генриетта печально взглянула на меня.

— Когда вы говорите так, мне становится не по себе,— промолвила она.— Сама я могу смириться с бедностью, но, советуя вам оставить мысль о краже завещания и допустить официальное признание факта вашей смерти, я предлагаю вам отказаться от шанса получить огромное богатство. Я требую от вас слишком многого?

Я не мог ответить, ибо находился в трудном положении. Если я скажу, что наследство меня не интересует, я снищу расположение Генриетты, но оставлю ее на произвол судьбы, а если я скажу, что хочу получить поместье ради него самого, она проникнется ко мне презрением, но позволит украсть завещание и тем самым спасти ее. В этом состоянии мучительной нерешительности я задался вопросом: какие же на самом деле чувства вызывает у меня мое право собственности? Неужели мной движет всего-навсего алчность? Безусловно, нет. У меня такие планы на поместье! И все же теперь я начал сомневаться, как поступить.

В этот момент мисс Лидия, вдруг словно разом постаревшая на много лет, поднялась с дивана, подошла к креслу Генриетты и опустилась подле нее на колени. Серьезно глядя ей в лицо, она настойчиво проговорила:

— Ты должна покинуть этот дом. Немедленно. Сегодня же ночью.

— Милая бабушка, ты меня пугаешь. В этом нет никакой необходимости.

— Тебе понадобятся деньги,— вскричала она.— Все всегда упирается в деньги, верно? Как и говорит мальчик.

Генриетта укоризненно взглянула на меня.

Мисс Лидия взяла обе руки девушки в свои и принялась перебирать ее пальцы.

— Мне бы хотелось помочь тебе, но ты знаешь, у меня никогда не было денег.

— Дорогая бабушка, я не намерена бежать. Пожалуйста, встань.

— Единственное, что я имела когда-либо, это ежегодный доход с поместья, но у меня есть несколько ценных вещей, которые я могу продать или — как правильно сказать? — заложить. Подарки от разных близких людей. — Она принялась беспокойно озираться по сторонам. — Посмотри, вон ту фарфоровую вещицу оставила мне моя бедная тетушка Анна. Наверное, она потянет на несколько гиней. И еще каминные часы. И у меня есть кое-какие драгоценности. О, боюсь, всего лишь стразы. Я была такой невзрачной и чудаковатой девушкой, что меня никто не баловал подарками. Только мой дорогой Джон.

— Успокойся же, бабушка, — взмолилась Генриетта, пытаясь встать и поднять старую леди на ноги.

— Все упирается в деньги! — вскричала мисс Лидия, вцепляясь в платье Генриетты и с отчаянием на нее глядя. — Вот почему мне не позволили выйти замуж за Джона. Милая моя девочка, мне тяжело видеть, как ломают и твою жизнь тоже.

Тут вдруг раздался стук в дверь. В следующую секунду она распахнулась, и я увидел на пороге незнакомого мужчину. Я проворно вскочил с места, но вновь прибывший наверняка успел заметить, что я сидел на диване. Однако взгляд его был прикован к еще более странному зрелищу, которое представляла собой мисс Лидия, по-прежнему стоявшая на коленях перед креслом Генриетты.

— Прошу прощения, — мягко промолвил он.

Старая леди вздрогнула и с помощью Генриетты начала медленно подниматься на ноги. Тем временем я понял, что вновь прибывший не совсем незнаком мне.

Он отвел глаза от двух женщин и, пока мисс Лидия расправляла смявшиеся складки своего платья и усаживалась обратно на диван, пристально смотрел на меня с едва уловимой улыбкой, не предвещавшей ничего хорошего.

Наконец мисс Лидия заговорила, слегка задыхаясь, но с замечательным достоинством:

— Весьма бесцеремонное вторжение, мистер Вамплу. Мне кажется, вам следовало подождать, когда я разрешу вам войти. Я даже не знала, что вы в городе.

Мужчина наконец отвел взгляд от меня и устремил на старую леди.

— Прошу прощения за неожиданное появление, мисс Момпессон. Мистер Том вернулся в связи с болезнью своего отца.

— Ах ладно, ничего страшного,— заикаясь, проговорила она.— Мы просто приказали мальчику передвинуть стол, чтобы сыграть партию в вист.

Мистер Вамплу хитро улыбнулся.

— Я вошел столь стремительно потому, что мои мысли были всецело заняты печальной новостью. По всей видимости, вас еще не поставили в известность.— Он выдержал паузу, словно для пущего эффекта.— К великому своему прискорбию, должен сообщить вам, что около часа назад сэр Персевал отправился к праотцам.

Генриетта схватила свою бабушку за руку и невольно посмотрела на меня.

Мистер Вамплу с интересом проследил за взглядом девушки.

— Да, новость действительно печальная,— сказала мисс Лидия, ободряюще похлопывая Генриетту по руке.— Я опасалась такого исхода.

— Апоплексический удар унес его в могилу,— добавил мистер Вамплу.

Словно внезапно вспомнив о моем присутствии, мисс Лидия сухо промолвила:

— Ты свободен, Джон. Я хотела сказать, Дик. Можешь идти.

Я легко поклонился и направился к двери. Мистер Вамплу посторонился, внимательно на меня глядя.

Уже выходя из комнаты, я услышал, как мисс Лидия сказала:

— Я бы попросила вас, мистер Вамплу, оказать мне честь испить со мной чаю, но при данных прискорбных обстоятельствах...

КВИНКАНКС

— О, несомненно, мисс Момпессон, — елейным голосом отозвался мистер Вамплу. — Я прекрасно вас понимаю, и мне чрезвычайно приятно слышать о вашем намерении пригласить меня к чаепитию.

Я уже находился в коридоре и не сумел удержаться, чтобы не бросить взгляд назад. Мистер Вамплу закрывал за собой дверь, но в последний момент повернул голову и посмотрел мне прямо в лицо. Мне не стоило оборачиваться, но, вероятно, худшее уже произошло, ибо я почти не сомневался, что при виде мальчика-прислужника, сидящего на диване подобно гостю, он узнал во мне грабителя, проникшего в дом ночью. Спускаясь по задней лестнице, я мучительно ломал голову над вопросом, так это или нет. Я почти не сомневался, что он узнал меня, и потому чуть ли не с нетерпением стал ожидать последствий. Я предполагал, что он доложит мистеру Такаберри и они оба появятся в судомойне, вооруженные и в сопровождении двух-трех лакеев. В таком случае не лучше ли мне бежать из дома, покуда есть такая возможность?

Был как раз обычный час нашей с Джоуи встречи, и потому я вышел в темный проулок за конюшнями. Пока я ждал, расхаживая взад-вперед, чтобы не замерзнуть, из дома доносился стук молотков: в связи с кончиной сэра Персевала там вывешивались мемориальные таблички.

Стоит ли мне возвращаться назад, рискуя оказаться под арестом и под судом? Если я сейчас сбегу, то чего ради мне жить? Через полчаса Джоуи так и не появился, и мне пришлось сделать выбор. Я решил рискнуть остаться и вернулся в дом. Приступив к выполнению своих обязанностей в столовой и судомойне, я обнаружил, что все слуги потрясены и подавлены известием о смерти хозяина. Они занимались своей работой в мрачном молчании, строя предположения относительно своего будущего.

Шли минуты, потом часы, но со мной так ничего и не происходило, и я уже начал думать, что ошибся и мистер

Вамплу все-таки не узнал меня. Теперь я получил время поразмыслить о последствиях смерти сэра Персевала. Прежде всего что она значит для Генриетты? Что ее принудят к чудовищному браку? И как случившееся отразится на моих шансах заполучить завещание? Собственно, как повлияет на мое положение в доме? И останется ли завещание по-прежнему лежать в тайнике в Большой гостиной — если предположить, что оно действительно там? Ибо приход к власти Дейвида — сэра Дейвида, как теперь его следовало называть,— вполне мог повлечь за собой коренную перемену порядков в доме, которая поставит под угрозу все мои планы. Представлялось очевидным, что, если я собираюсь осуществить задуманное, мне надобно поторопиться с покушением на тайник. Однако я по-прежнему не имел понятия, как справиться с секретным замком под каминной полкой, не поддавшимся нам с мистером Дигвидом при первой попытке. И, разумеется, мне надлежало сначала подумать о возражениях Генриетты против моей затеи.

Вечер проходил, как обычно: явился ночной сторож для традиционной беседы с мистером Такаберри — которая длилась дольше обычного, словно щедрость господ требовала особо добросовестного подтверждения при сих прискорбных обстоятельствах,— а затем начался ритуальный обход дома с запиранием окон и дверей.

Пока я сопровождал маленькую группу в обходе этажей, все еще ожидая разоблачения с минуты на минуту, мне пришло в голову, что, возможно, мистер Вамплу отложил это дело по каким-то причинам, связанным с царящим в доме смятением. Хотя мне оно казалось чрезвычайно важным, может статься, он посчитал его несущественным, всецело поглощенный поистине значительными событиями. Впрочем, такое объяснение не вполне увязывалось с пронзительным взглядом, каким он смотрел на меня.

Однако я узнал одну важную вещь: когда мы, заперев парадную дверь, уже собирались подняться на второй этаж,

КВИНКАНКС

кто-то яростно в нее забарабанил. Джейкман с недовольным ворчанием взял связку ключей у мистера Такаберри, вернулся к двери и вставил один из них в замочную скважину. Последовала пауза, а потом он проорал указания через дверь, и через пару секунд она открылась, и сэр (в недавнем прошлом мистер) Дейвид вошел шаткой поступью, осыпая сторожа проклятиями. (Очевидно, он отмечал кончину своего отца.) Значит, там стоит двойной замок, который отпирается лишь двумя соответствующими ключами, одновременно вставленными изнутри и снаружи! Следовательно, даже если мне удастся раздобыть ключи, я все равно не смогу выйти из дома через парадную дверь.

Той ночью, улегшись на свое ложе в столовой для прислуги, я так замерз, что отважился перейти в судомойню (ибо Джейкман уже устроился на кухне) и уселся перед угасающим очагом. Пока я задумчиво смотрел на язычки пламени, лениво пляшущие вокруг тлеющих углей, перед моим мысленным взором неожиданно стали возникать разные образы, как часто случалось в детстве в Мелторпе. Я увидел осуждающе нахмуренное лицо Генриетты и подумал о неодобрительном отношении девушки к моему намерению вернуть завещание. Ужели у нее нет чувства Справедливости? У мисс Лидии есть, и она благородно стремилась восстановить справедливость, пытаясь вернуть завещание моему деду. Но права ли она, защищая мистера Фортисквинса от моих подозрений? Или же это действительно он обманул моего деда с завещанием? Возможно даже, убил? Вероятно, мисс Лидия защищает мистера Фортисквинса, поскольку считает убийцей Питера Клоудира, и все же я твердо решил до последнего не верить в его виновность. Может статься, однако, я никогда не узнаю правды о событиях, произошедших в ночь убийства моего деда.

В какое трудное положение поставила меня Генриетта! Я не мог спасти девушку иначе, как заслужив ее презрение. Как смеет она обвинять меня в том, что мною движет единственно месть! И намекать на мое страстное желание заполучить поместье! Я жаждал не мести, но Справедливости, а поскольку она подразумевала такое положение дел, при котором каждый получит по заслугам, значит, страдания одних ради блага других являлись необходимым побочным следствием.

Что же касается до моего желания заполучить поместье, то я никогда не думал ни о чем, помимо тяжких обязанностей, которые наложит на меня владение столь обширными землями,— и возможностей делать добро. Я вспомнил, что рассказывали мне Сьюки и мистер Эдваусон об управлении — плохом управлении — хафемским имением и о злоупотреблениях и расточительности, с ним сопряженных: о сносе домов и выселении людей, о смертоносных пружинных ружьях в охотничьих заповедниках, об осыпающихся стенах и затопленных, плохо осушаемых лугах. И однако все могло бы быть совсем иначе: я подумал о прекрасном парке с огромным домом, о деревнях Хафем, Момпессон-Сент-Люси, Стоук-Момпессон и главным образом Мелторп, о тысячах акров плодородных земель, о лесах, реках и общинных пастбищах, окружающих поместье. Момпессоны не заботились ни о земле, ни о проживающих на ней людях — лишь норовили выжать из них побольше, нимало не думая о будущем. Я бы управлял поместьем совсем по-другому! Я бы уволил Ассиндера, алчного и недобросовестного управляющего, вместе с жестокими егерями, и взял бы ведение хозяйства в собственные руки.

Сидя в темном холодном подвале и слыша шорох тараканов на полу да громкий храп пьяного сторожа в кухне, я составлял планы перестройки деревенских домов, осушения земли, возведения стен, честного обращения с арендаторами, строительства школ для бедноты, выдачи пособий старикам и так далее. Потом огонь наконец угас, и я вернулся к своей жесткой скамье в столовой для прислуги.

Прежде чем погрузиться в сон, я подумал о том, что не я один вправе решать, как поступить. Если Генриетта все же предпочтет вступить в чудовищный брак противно своей воле, нежели воспользоваться возможностью обрести независимость и выйти замуж по собственному выбору, значит, мне придется учитывать это обстоятельство.

Глава 99

Всю ту неделю волнение в доме не улеглось, и каждый день походил на воскресный. Слуги пили чуть не с утра до вечера, словно, боясь увольнения, хотели насладиться в полное свое удовольствие, покуда есть такая возможность. Однако, поскольку дом осаждали торговцы с неоплаченными счетами, продукты поступали в очень ограниченном количестве, а запасы провизии в кладовых и подвалах быстро таяли. Похороны сэра Персеваля состоялись в четверг (хотя я, разумеется, ничего не видел) и послужили очередным поводом для вакханалии.

Я с нетерпением ждал случая склонить Генриетту на свою сторону, ибо все время — таская уголь, чистя обувь в темной душной каморке и возясь с кастрюлями в судомойне, — я задавался вопросом, зачем я все это делаю, если не для того, чтобы отнять у Момпессонов имущество и хотя бы отчасти оправдать страшную дань, заплаченную моим дедом, матерью и Питером Клоудиром. Однако из-за перемен в обычном распорядке дня я не нашел возможности встретиться с Генриеттой и мисс Лидией в следующее воскресенье. В тот же вечер меня постигло еще одно разочарование, ибо хотя я прождал Джоуи за конюшнями целых два часа, он снова не появился. Таким образом, я не виделся с ним уже несколько недель и теперь начинал потихоньку возмущаться его пренебрежением. Или даже он вообще бросил меня?

Только на третью неделю после описанного выше события — в первое воскресенье февраля — мне удалось снова прийти в комнату мисс Лидии. (Джоуи так и не появился ни в одно из минувших воскресений.) Я застал старую леди одну, и она объяснила, что Генриетта недавно отправилась к своей тете, изъявившей желание побеседовать с ней, и присоединится к нам позже.

— Но я рада, что нам представилась возможность поговорить наедине,— сказала она.— Ну? Так что ты решил насчет завещания?

— Я хочу довести дело до конца, но боюсь, не смогу пойти наперекор воле Генриетты.

— Ты должен! — воскликнула она с горячностью, приведшей меня в замешательство.— Я знаю, что они сотворят с ней! Она недостаточно сильна, чтобы сопротивляться.

Я внимательно всмотрелся в лицо мисс Лидии и, мне показалось, понял, что она имеет в виду.

— Хорошо,— сказал я.— Если только Генриетта не запретит мне категорически.

Старая леди явно была разочарована, услышав о таком условии.

— Но ты ее не знаешь! — вскричала она.— Она *непременно* запретит! Частью своей души она почти жаждет страданий и боли. Помнишь, я говорила, что в детстве она часто пыталась себя поранить? Ты должен выполнить задуманное, что бы Генриетта ни говорила и какое бы обещание ни взяла с тебя.

Я кивнул и уже собрался ответить, когда вдруг дверь открылась и в комнату вошла Генриетта. Мы с мисс Лидией виновато вздрогнули.

— Я запру дверь на замок,— сказала старая леди,— чтобы никто из слуг — или этот мерзкий гувернер — не помешал нам.

— Ты была права, бабушка,— начала Генриетта, усевшись.— Тетя Изабелла и Дейвид вызвали меня, чтобы сообщить о своем желании выдать меня замуж за Тома.

— А бедный Персевал еще не остыл в своей могиле! — вскричала мисс Лидия.

— И что вы ответили? — спросил я.

— А как вы думаете? — отозвалась она. — Они сказали, что речь идет не о настоящем браке, но я все равно отказалась даже думать на эту тему.

— В таком случае, — спросил я, — вы снимаете свои возражения против моего намерения вернуть завещание?

— Конечно нет, — ответила Генриетта. — Я в силах противостоять любым их замыслам.

Я взглянул на мисс Лидию и сказал:

— Тогда я не могу продолжать дело.

— О, но ты должен! — страдальческим голосом вскричала старая леди. — Это я во всем виновата. Я не все рассказала тебе, Генриетта. Я поступила эгоистично. И поэтому ты не понимаешь, что произойдет. И что произошло в прошлом.

Мы с Генриеттой изумленно уставились на нее.

Она продолжала:

— Я говорила вам, что мой дед, Джеффри Хаффам, поссорился почти со всеми своими родственниками, но не объяснила почему. — Она немного помолчала, словно собираясь с силами. — Все началось, когда мой отец попросил у Джеффри Хаффама руки его старшей дочери, Элис, и получил отказ на том основании, что она еще слишком молода. Это произошло много, много лет назад. Век без малого. Мой отец посчитал, что ему отказали, поскольку он недостаточно знатного происхождения, — точно так же, как в свое время отказали его отцу, когда он сделал предложение сестре Джеффри. И он был глубоко оскорблен вторым отказом, полученным его семейством, которое теперь обладало состоянием и титулом и, как он полагал, по меньшей мере не уступало по положению Хаффамам, которые, несмотря на древность своего рода и обширность земельных владений, не имели титула и погрязли в долгах.

— Я знаю эту историю, — сказал я. — Мистер Эскрит мне рассказывал. Я еще тогда удивился, почему Джеффри Хаффам внезапно передумал. Мне казалось, он не такой человек, чтобы сначала отказать жениху, а потом, почти сразу, дать благословение на брак и пообещать сделать ребенка, в нем родившегося, своим наследником.

— Ты прав! — вскричала мисс Лидия.— У него имелась причина, хотя, боюсь, эта история покрывает позором некоторых ближайших моих родственников. Мистер Эскрит не мог рассказать тебе всю историю целиком, поскольку сам не знает всего. В общем, у моего отца была младшая сестра, Анна, красивая молодая женщина, но сумасбродная и непредсказуемая. Он знал, что Джеффри Хаффам весьма неравнодушен к женскому полу, хотя и остепенился со времени бурной молодости. Твоему деду тогда едва перевалило за сорок, и все знали, что они с женой не питают особой любви друг к другу, поскольку это был брак по расчету. И вот, мой отец познакомил его с Анной. Ну, мне нет необходимости входить в подробности. Бедная тетя Анна не раз говорила мне, что понятия не имела о замыслах брата. Поначалу она ненавидела Джеффри, но он умел пленять женские сердца, и, боюсь, в скором времени она стала его любовницей. Именно на это и рассчитывал мой отец, и теперь он воспользовался ситуацией.

— Вы хотите сказать, что он шантажировал Джеффри? — спросил я, бросая взгляд на Генриетту, которая в явном смущении отвела глаза.

Старая леди на мгновение опустила взор, а потом вскинула голову и посмотрела мне прямо в лицо.

— Боюсь, да. Вот почему Джеффри дал согласие на брак и согласился на столь щедрые условия брачного договора. Но довольно скоро Анна надоела Джеффри, и он ее бросил. Бедняжка совершенно обезумела от горя и отчаяния, особенно когда возникла опасность, что все откроется и свет узнает о ее бесчестье.— Она взглянула на Генриетту, которая залилась краской и потупила глаза, а потом продолжила: — Ибо в следующем году она тайно родила ребенка. Мой отец и Джеффри Хаффам забрали у нее младенца, противно ее воле. Представьте себе страдания несчастной. Ее боль и горе. А позже... позже они сказали Анне, что ребенок умер.

КВИНКАНКС

Старая леди умолкла и с минуту молчала, не в силах произнести ни слова. Глядя на нее, я подумал о том, что все это произошло еще даже до ее рождения. Горе почти вековой давности снова жило в ней, а от нее передалось и нам с Генриеттой.

Наконец она овладела собой и возобновила повествование:

— Потом мой отец попытался принудить Анну к браку с одним своим богатым знакомым, но она решительно воспротивилась. Ах, Генриетта, они творили с ней ужасные вещи! И в конечном счете несчастную довели до полного умопомешательства. Все случившееся имело самые серьезные последствия. Во-первых, вот почему мой дед рассорился с моим отцом. И вот почему он не сделал меня своей наследницей под тем предлогом, что я не мальчик. Но были и другие последствия, повлиявшие на события много лет спустя, когда Джеффри Хаффам воспротивился браку своего сына Джеймса с Элайзой Амфревилл. Об этом я тоже рассказала не всю правду.

Мисс Лидия повернулась ко мне.

— Боюсь, Джон, твой прадед Джеймс был пьяницей, распутником и мотом, хотя при всем при том человеком обаятельным до чрезвычайности. На самом деле мой дед возражал против его брака с Элайзой Амфревилл потому, что она уже несколько лет открыто жила у него на содержании. Он соблазнил Элайзу еще почти ребенком, но она была молодой особой весьма нестрогих правил и мало заботилась о приличиях. Впоследствии тот факт, что она открыто сожительствовала с ним, использовался в качестве доказательства, что они так никогда и поженились.

— Мистер Эскрит не объяснил мне этого,— сказал я.— Но если учесть, что он принял меня за сына Джеймса и Элайзы, удивляться здесь не приходится.

— Конечно. Так или иначе, Джон Амфревилл поссорился с Джеймсом из-за его обращения с Элайзой и заставил его жениться на ней. Джеффри же пытался воспрепятствовать браку, вот почему он возненавидел Джона: он возлагал на него вину за случившееся. Потом произошло нечто, заставившее Джеффри еще сильнее ожесточиться против него: примерно в то время мы с Джоном познакомились благодаря истории с Джеймсом и Элайзой и полюбили друг друга. Именно из-за позора своей сестры — а также из-за своей бедности — Джон Амфревилл решительно не устраивал мою семью в качестве претендента на мою руку.— Она немного помолчала, а потом продолжила: — Мы с Джоном решили тайно бежать и обвенчаться. А поскольку Джон вынудил у Джеймса согласие жениться на Элайзе, мы собирались бежать и венчаться вместе. Джон договорился с одним своим знакомым священником, что он присоединится к нам и проведет церемонию.

Она умолкла и, увидев страдальческое выражение ее лица, Генриетта сказала:

— Бабушка, прошу тебя, не продолжай, коли тебе тяжело.

Старая леди улыбнулась и сжала руку девушки.

— Нет, моя дорогая. Я должна рассказать свою историю, иначе унесу ее с собой в могилу.

— И вы уверены, что они обвенчались? — спросил я.

— Совершенно уверена.

— Тогда где состоялось бракосочетание? Никаких записей так и не было обнаружено.

— Куда еще мы могли бежать, если не в Хафем?

— Но там же нет церкви,— возразил я.— Мелторпская церковь обслуживает весь приход, куда входит и Хафем.

Мисс Лидия улыбнулась.

— Это верно лишь отчасти. Уверяю тебя, Джеймс и Элайза действительно обвенчались. Позволь мне досказать мою историю. Мы получили две брачные лицензии и тронулись в путь. Мы боялись погони, ибо еще до отъезда из города узнали, что Джеффри раскрыл наши планы, и опасались, что он послал за нами какого-нибудь своего подручного с наказом сорвать оба бракосочетания. Однако поздно ночью мы благополучно достигли часовни. Мы вошли в нее очень тихо, чтобы не потревожить Фортисквинсов, которые в ту пору жили в другом крыле Старого Холла. Джеймс предложил Джону бросить монету, чтобы решить, какая пара будет венчаться первой. Джон не одобрил такое легкомыслие, но согласился на предложение. Нам с ним не повезло. Та монетка решила мою судьбу. — Она на мгновение умолкла, а потом улыбнулась мне. — Так что видишь, я точно знаю, что Джеймс женился на Элайзе, ибо присутствовала при обряде бракосочетания. На самом деле я была свидетельницей.

Тут меня осенило: запись может находиться в древнем сундуке, который показывал мне мистер Эдваусон и который, как он сказал, был перевезен из часовни! Представится ли мне когда-нибудь возможность заглянуть в него?

Мисс Лидия промокнула глаза платочком, а потом продолжала дрожащим голосом:

— Когда церемония подходила к концу, мы услышали приближающийся топот копыт. Джон... Джон вышел посмотреть, кто там. Вероятно, то был человек, посланный Джеффри.

— Они дрались на саблях? — спросил я, вспомнив рассказ миссис Белфлауэр, неожиданно получивший подтверждение.

— Сейчас все расскажу. Я выглянула в окно часовни и увидела, как Джон выбегает из двери, а потом останавливается посреди группы деревьев, находившейся между Старым Холлом и возвышенностью.

— Знаю! — вскричал я. — Там четыре вяза, посаженные по углам воображаемого квадрата.

— Нет, пять, — поправила меня мисс Лидия. — Много лет назад Джеффри посадил деревья таким манером, чтобы они образовывали квинканкс. Перед каждым из них стоит статуя. И это дубы.

— Мы наверняка говорим об одном и том же месте, — настойчиво сказал я. — Прямо под Пантеоном!

— Пантеоном? Ты имеешь в виду здание в греческом стиле, расположенное на холме напротив Старого Холла?

— Где мы с вами встретились в тот день, Джон,— сказала Генриетта.

— Я знаю, о чем ты говоришь,— сказала старая леди, но следующие ее слова снова заставили меня усомниться в том, что мы ведем речь об одном и том же месте.— Только это мавзолей. Его построил Джеффри с целью украсить вид из окон Старого Холла, прежде чем решил вообще покинуть старый дом и построить новый. Он похоронен там.

— Так вот почему на мелторпском кладбище нет его могилы! — воскликнул я.

— Рассказывай дальше, бабушка,— настойчиво попросила Генриетта.

— Я не сразу поняла, что Джон делает. Казалось, он смотрел на статую, стоявшую перед центральным деревом. Следует заметить, что статуи были превосходные, ибо хотя изваял их местный рабочий — очень одаренный каменотес по имени Фиверфью,— они, по единодушному мнению, не уступали лучшим образцам итальянской скульптуры. Потом я различила за статуей еще одну фигуру. Складывалось впечатление, будто статуй не пять, а шесть, что нарушало общую композицию. Потом, к великому моему изумлению, фигура пошевелилась, и я поняла, что это человек. Я отчетливо разглядела лицо мужчины в лунном свете, но оно оказалось незнакомым. Я уверена, что узнала бы его, если бы хоть раз видела прежде. Такие необычные черты: крупный нос картошкой и глубоко посаженные глаза. Но главным образом меня поразило выражение. Я навсегда его запомнила: столь ужасная маска страдания на столь молодом лице.

Она умолкла, а я заметил:

— Думаю, эта самая статуя теперь лежит в саду за домом моей матери в Мелторпе, ибо она говорила мне, что мать Мартина Фортисквинса привезла ее с собой, когда переехала туда после того, как овдовела.

— Она не овдовела,— сказала мисс Лидия.— Они с мужем разошлись через несколько месяцев после событий, о которых я веду речь, и именно тогда она перебралась в Мелторп. Подозревали, что она знала этого незнакомца. Ну, в общем... И она считала, что статуя спасла ему жизнь. Впрочем, неважно. Она умерла родами несколько месяцев спустя, и новорожденный младенец, Мартин, вернулся к своему отцу — добрейшему, благороднейшему человеку,— который вырастил его в Старом Холле.

Наступила пауза. Как все запутано! Услышанное навело меня на новые предположения, и я задался вопросом, узнаю ли я когда-нибудь правду. Каждый раз, когда я подступал к ней совсем близко, она опять ускользала от меня.

— Но я прервал ваш рассказ,— сказал я.— Что случилось, когда незнакомец выступил вперед?

— Он извлек из ножен свою саблю,— дрожащим голосом продолжила старая леди.— Джон сделал то же самое, и они начали биться. Внезапно из другой двери Старого Холла выбежала женщина. В длинном белом платье. Я до сих пор помню, как оно сияло в лунном свете. Потом я поняла, что это моя тетя, бедная безумная Анна. Я уже много лет не виделась с ней, и мне не говорили, что она живет здесь, на попечении мистера и миссис Фортисквинс. Она подбежала сзади к другому мужчине, и они оба обернулись к ней, поскольку она прокричала несколько слов. Чрезвычайно странных. А потом крикнула: «Осторожнее, сзади!» По-видимому, Джон решил, что она предупреждает его о другом нападающем, ибо он повернулся спиной к своему противнику. И я увидела, как мужчина... он шагнул вперед и... пронзил Джона саблей.

Мисс Лидия осеклась, борясь с подступившими слезами. Какие же такие слова прокричала сумасшедшая? Я чувствовал: здесь кроется что-то важное. Что-то такое, что мне необходимо знать и что от меня скрывали.

— Что она прокричала? — спросил я, но Генриетта положила ладонь мне на руку и легко покачала головой.

Однако старая леди подняла глаза и промолвила с невыразимой печалью:

— Она прокричала: «Сын мой! Сын мой!» Должно быть, приняла Джона за своего потерянного сына.

— Конечно,— подхватил я,— в своем умопомрачении она забыла о смерти ребенка.

При этих моих словах мисс Лидия, казалось, разом превратилась в дряхлую, до смерти перепуганную старуху.

— Что случилось потом? — быстро спросила Генриетта, бросая на меня укоризненный взгляд.

Старая леди вытерла глаза платочком и тихо проговорила:

— Мои родители пытались принудить меня к браку с человеком, мне отвратительным. В конце концов, мне удалось отказаться.

Мы с Генриеттой уставились друг на друга. Какая ужасная история! Больше всего меня поразила жестокость Джеффри Хаффама. Он соблазнил и бросил молодую женщину, возможно, приказал убить возлюбленного своей внучки, а потом пытался принудить ее к браку с человеком, ей ненавистным. Вот каким был человек, последнее завещание которого я считал своим долгом утвердить! Он составил первое завещание, кодицилл и последнее завещание с целью запугать, вознаградить и подкупить своих наследников. Если я больше не считал своим долгом сделать это, имел я ли я по-прежнему моральное право украсть завещание, составленное таким человеком и из таких низменных побуждений?

Но тут Генриетта сказала:

— Успокойся, дорогая бабушка. Я больше не стану отговаривать Джона от намерения вернуть завещание.

Мисс Лидия стиснула руки и вскричала сквозь слезы:

— Слава богу! Ах, Генриетта, я так боялась за тебя!

Теперь мне придется сделать это ради Генриетты! Я испытал великое облегчение, ибо теперь ответственность за принятие решения была снята с меня.

КВИНКАНКС

— Но прежде чем я предприму попытку, — указал я, — нам нужно вычислить, как открывается тайник.

— Ты поможешь нам, Генриетта? — спросила мисс Лидия. — Ибо две головы хорошо, а три лучше — и от твоей молодой будет больше пользы, чем от моей старой.

— Не проси меня, бабушка. Я сняла свой запрет, но не сказала, что одобряю затею.

— Хорошо, тогда нам с тобой, Джон, придется обойтись своими силами. Прежде всего, пожалуйста, расскажи в точности, что произошло, когда вы с другом пытались открыть тайник.

Генриетта пристально посмотрела на меня, и я покраснел. Мисс Лидия поняла, что проговорилась, и смущенно взглянула на внучку. Нам ничего не оставалось, как рассказать девушке всю правду. Когда мы закончили, она не промолвила ни слова, но казалась задумчивой.

И вот я начал описывать изображение «квинканкса из квинканксов» на мраморной плите под каминной полкой, которое, как мы с мистером Дигвидом выяснили, являлось секретным замком. Тем временем Генриетта сидела с книгой на коленях, изредка бросая взгляды в нашу сторону. Пока я рассказывал о наших действиях той ночью, мисс Лидия нашла большой лист бумаги и перо, и, присев за маленький круглый столик, я нарисовал композицию из двадцати пяти четырехлистников.

— Там имеется двадцать пять болтов, — пояснил я, — каждый из которых представляет собой сердцевинку четырехлепестковой розы. Мы обнаружили, что все болты можно вытащить из плиты на несколько дюймов, ибо мы так и сделали. Однако ничего не произошло — похоже, вытащить надо лишь несколько определенных болтов. Полагаю, все остальные болты, хотя они тоже выдвигаются, на самом деле служат лишь для более надежного крепления мраморной плиты.

— Или для чего-то худшего! — заметила мисс Лидия, и я кивнул, не поняв, что она имеет в виду, но не желая останавливаться.

— Таким образом, мне кажется,— продолжал я,— разгадка кроется в ответе на вопрос о точной комбинации болтов, которые нужно вытащить.

— Квинканкс из роз,— сказала мисс Лидия,— является эмблемой как Хаффамов, так и Момпессонов, но если мне не изменяет память, прежде я не видела ничего похожего на квинканкс из квинканксов, как ты метко выразился. Хотя изображение кажется знакомым.

— Мне оно тоже знакомо,— подала голос Генриетта, поднимая глаза от книги.— По некоторым безделушкам из фарфорового сервиза, доставшимся мне от родителей. Все более или менее ценные вещи были проданы без моего ведома. Таким образом, полагаю, квинканкс изображался и на гербе Палфрамондов тоже.

— По-видимому,— сказала мисс Лидия,— все семейства, произошедшие от сэра Джеффри Хаффама — Палфрамонды и даже Малифанты,— приняли разные варианты квинканкса. Я даже слышала, Джон, что Клоудиры взяли его за свою эмблему, когда Абрахам поменял имя на Николас, и поместили на герб.

— В таком случае данное изображение,— сказал я, указывая на рисунок,— представляется мне своего рода чудовищным утверждением превосходства Момпессонов над всеми остальными ветвями рода.

Мисс Лидия, казалось, собиралась ответить, но тут Генриетта сказала, опустив книгу на колени:

— И все же разница есть. Хотя квинканксы на гербах семейств одинаковые, цвета у них разные, так ведь?

— Цвета? — воскликнула мисс Лидия.— Правильно говорить «тинктуры».

Признав важность замечания Генриетты, я сказал:

— На хаффамском варианте геральдической фигуры (которая, безусловно, подлинна и которую я видел на фамильном склепе на мелторпском кладбище) четыре угловых розы имеют белые лепестки и черную сердцевинку, тогда как центральная роза наоборот: черные лепестки и белую сердцевинку.

Взяв перо, я зачернил соответствующие элементы первой четырехлепестковой розы на моем рисунке.

— И у Момпессонов все точно так же, — сказала мисс Лидия, — только у центрального цветка лепестки красные — «червленые» на языке геральдики. Для обозначения черного цвета используется слово «траур», а для белого — «серебро».

Она по моему примеру зачернила сердцевинки четырех угловых роз, а лепестки центральной покрыла штрихами, долженствовавшими представлять красный цвет.

— Помнится, отец говорил мне, — продолжала она, — что изначально эмблемой Момпессонов являлся червленый краб. Он создал новую эмблему, сочетав момпессоновский герб с хаффамским. Поэтому на нашем щите изображен краб и квинканкс из четырехлепестковых роз, как у Хаффамов, только центральная роза здесь червленая, что составляет отличие нашего герба от хаффамского. Но знаешь, Джон, квинканкс из квинканксов символизирует не превосходство Момпессонов над остальными ветвями рода, но союз двух его старейших семейств.

Прежде чем я успел раскрыть рот, Генриетта сказала:

— Тинктуры у Палфрамондов такие же, как у Момпессонов.

— А геральдические фигуры на гербах Малифантов и Хаффамов одинаковые, — сказала мисс Лидия.

Генриета подошла к столу и заглянула мне через плечо.

— В таком случае, думаю, мы приближаемся к разгадке.

— Почему вы так думаете? — спросил я.

— По-моему, ответ на вопрос, какие болты следует вытаскивать, надо искать в разнице тинктур.

— Да! — воскликнул я. — Наверное, вы правы.

— Я всего лишь глупая старуха, — с улыбкой сказала мисс Лидия, — и потому ничего не пойму, покуда не получу исчерпывающих объяснений.

— Ну,— начала Генриетта,— похоже, лепестки каждой розы могут быть черными, белыми или красными. Но обрати внимание: в обоих квинканксах сердцевинка цветка всегда либо черная, либо белая, но только не красная. Я предполагаю, что положение каждого болта следует определять, исходя из его цвета: черный вытаскиваешь, белый оставляешь на месте.

— Или, разумеется, наоборот,— сказал я.

— Да, боюсь, вы правы,— согласилась Генриетта.— Выбор здесь совершенно произволен.

— Я начинаю понимать,— сказала мисс Лидия.— Точно такого рода головоломки любил мой отец, ибо он увлекался загадками, шарадами и геральдикой и, думаю, именно он и изобрел квинканкс из квинканксов, призванный символизировать союз двух семейств. На самом деле, уверена, однажды я видела похожий памятный знак, посвященный бракосочетанию. То есть, если я правильно поняла вас, определять тинктуру каждого элемента данной усложненной композиции следует, исходя из того, каким образом сочетаются в ней три тинктуры, использованные в квинканксах Хаффамов и Момпессонов?

— Именно так,— сказал я.— Но есть ли способ выявить принцип сочетания цветов — или же оно совершенно случайно и произвольно?

— Насколько я помню, отец говорил мне, что основное правило геральдики гласит о недопустимости любых случайных элементов,— сказала мисс Лидия.— Во-первых, композиция должна быть... Как это называется? Ну, словно отражение в зеркале?

— Симметричной! — воскликнула Генриетта.

— Да! — вскричал я.— Это очень полезное замечание! Ибо два квинканкса здесь в точности совпадают с двумя другими. Сейчас я раскрашу фигуры на рисунке должным образом и посмотрим, что получится.

Я принялся за дело, но мисс Лидия вскричала:

КВИНКАНКС

— Не надо, чтобы они прямо отражали друг друга. Пусть отражают по диагонали. Это гораздо больше соответствует геральдическим принципам.

Признав справедливость замечания, я подчинился, и в результате на рисунке получилось две пары симметричных квинканксов: первый с пятым и второй с третьим.

— Проблема заключается в том,— указала Генриетта,— что мы совершенно произвольно предположили, что первый квинканкс является эмблемой Хаффамов, а второй — ее момпессоновской версией. Вполне возможно, дело обстоит ровно наоборот.

— Конечно же нет,— возразил я.— Поскольку эмблема Хаффамов послужила исходным мотивом и это семейство более древнее, ее можно смело принять за отправную точку.

— С другой стороны, поскольку именно Момпессоны изобрели усложненную композицию,— довольно едко заметила мисс Лидия,— можно предположить, что их квинканкс размещается не на первом месте, а в центре.

— Или квинканкс Хаффамов! — отпарировал я.

— Я не хотела вызвать новую вспышку наследственной вражды,— с улыбкой промолвила Генриетта, и мы с мисс Лидией смущенно рассмеялись.— Но если мы правы в том, что четыре угловых квинканкса отражают друг друга, значит, чтобы логика композиции сохранилась, центральный должен отличаться от них. А тогда не имеет значения, Хаффамы или Момпессоны стоят на первом месте, ибо сердцевинки роз здесь в любом случае белые и только лепестки разного цвета.

— Да! — возбужденно воскликнул я.— А отсюда следует, что вытащить надо четыре центральных болта.

— Или что именно их не надо вытаскивать,— насмешливо подхватила Генриетта.

Мне пришлось признать, что она права.

— В таком случае,— сказал я,— я могу сначала вытащить все «белые» болты, за исключением центрального, а потом вытащить и его тоже. А если ничего не получится, попробовать проделать то же самое с «черными».

— Нет! — вскричала старая леди в великой тревоге. — Ибо ходят слухи, будто в замок встроено устройство вроде тех, какие французы называют *machine-infernale**. Ловушка для воров. Ее установили после вашей попытки ограбления.

— Вы имеете в виду, она сработает при попытке открыть тайник?

— Да, — ответила она. — Если вытащат не те болты, какие нужно.

— Понимаю, — сказал я. — И что тогда произойдет?

— Я слышала, что внутри находится пружинное ружье, переделанное из егерской ловушки для человека.

Я вспомнил рассказ Гарри о гибели их со Сьюки отца и содрогнулся.

— Но мне также говорили, — продолжала мисс Лидия, — что срабатывает просто тревожный звонок.

— Тогда нам нужно решить, черного цвета центральный болт или же белого, как остальные, чтобы я знал, должен он находиться в таком же положении, как они, или не должен.

— Думаю, он черный, — сказала Генриетта. — Ибо будь он белым, центральный квинканкс не отличался бы от квинканксов Хаффамов и Момпессонов, что, безусловно, противоречило бы логике композиции. Центральный квинканкс будет отличаться от остальных только в том случае, если болт черный.

— Да, — согласился я. — Но чтобы быть уверенными, нам необходимо знать, каким образом два изначальных квинканкса соединились в центральном.

— Пожалуй, поисками ответа на сей вопрос надлежит заняться мне, — со смехом промолвила мисс Лидия, — ибо я единственный оставшийся в живых плод союза между Хаффамами и Момпессонами. У моего отца было много книг и документов на предмет генеалогии и геральдики, которые

---

* Адская машина *(фр.)*.

наверняка до сих пор хранятся в библиотеке. Я пороюсь в них и попытаюсь найти ключ к разгадке.

— Но если даже мы получим ответ,— сказала Генриетта, очевидно напрочь забыв о своем первоначальном отказе участвовать в нашем предприятии,— как вам удастся проникнуть в Большую гостиную?

— В случае необходимости я смогу вскрыть дверной замок, при условии, что мой друг, Джоуи, принесет мне нужный инструмент, но на это может уйти много времени, поэтому лучше раздобыть ключи. А выкрасть их у ночного сторожа сложно...

— Поскольку он их прячет! — вскричала мисс Лидия.

— Совершенно верно,— подтвердил я.— Однако, думаю, я все-таки сумею достать ключи, поскольку у меня есть кое-какие догадки на сей счет. Но главная трудность состоит в том, как выбраться из дома после. Я не смогу взломать замок ни задней, ни парадной двери, а окна первого этажа теперь забраны решеткой.

— Но при наличии ключей вы сможете покинуть дом через любую дверь! — воскликнула Генриетта.

— Нет — на парадной двери есть второй замок, ключ от которого имеется только у членов семьи, но не у ночного сторожа.

— Его тоже поставили после попытки ограбления,— заметила мисс Лидия.

— А отперев заднюю дверь, я всего-навсего окажусь в хозяйственном дворе,— продолжал я.— Чтобы выбраться оттуда в проулок, надо пройти через каретный сарай и конюшню, которые тоже надежно запираются на ночь, и вдобавок там спят кучер и грумы.

— Так значит, выбраться из дома невозможно? — спросила Генриетта.

— Ночью — да. Поэтому, если мне удастся отыскать ключи, я благополучно проникну в Большую гостиную, потом возвращу их на место и подожду, когда ночной сторож отомкнет заднюю дверь, чтобы впустить прачку. Двумя часами позже кучер отопрет каретный сарай, и тогда я смогу дать деру.

Генриетта содрогнулась.

— Вы хотите сказать, что останетесь ждать в доме, имея при себе завещание и зная, что в любой момент пропажа может обнаружиться?

— Да, приятного мало. Но едва ли такое случится в столь ранний час.

— Почему ты считаешь, что сумеешь найти ключи? — спросила мисс Лидия.

— Ну, когда я пытался лечь спать в судомойне в первую ночь своего пребывания в доме, Джейкман прогнал меня оттуда, хотя сам спит в другом месте. Поэтому мне кажется, что он прячет ключи именно там.

— А что ты станешь делать потом? — осведомилась мисс Лидия.

— Я вернусь к своим друзьям, Дигвидам, а затем предприму шаги к тому, чтобы представить завещание суду.

— Будь осторожен, ибо у поверенного моего племянника, мистера Барбеллиона, есть осведомитель в суде. Я слышала, как они говорили о нем.

— Не бойтесь, — сказал я. — Я глаз не спущу с завещания, покуда не вручу его в руки самого председателя суда.

Они рассмеялись, и мисс Лидия заметила:

— Да, это должен быть чиновник примерно такого ранга. Только ты, в своей затрапезной одежонке, не пройдешь дальше привратника.

— Я предполагаю обратиться к другу, который окажет мне содействие.

— Но ты должен принять от меня денежную помощь, — настойчиво сказала она.

— Нет, я не могу, — ответил я, удивленный тем обстоятельством, что у нее вообще есть деньги, и подозревая, что речь идет о ничтожной сумме.

— Нет, можешь. Ради Генриетты, если не ради себя самого. И ради меня и Джона Амфревилла.

КВИНКАНКС

Старая леди открыла маленький замшевый кошелек, лежавший на столе, и вытрясла из него все содержимое: блестящие соверены посыпались звонким дождем на изрисованные листы бумаги, где мы пытались решить загадку квинканкса.

— Бабушка! — воскликнула Генриетта. — Откуда у тебя это?

Мисс Лидия улыбнулась.

— Здесь пятьдесят один фунт, — со сдержанной гордостью сообщила она, складывая монеты обратно.

— Но что же такое ты продала? — спросила Генриетта, и мы оба огляделись по сторонам. Все знакомые вещи оставались на своих местах, но я в любом случае знал, что ни одна из них, а равно все они вместе взятые не стоили и четверти таких денег.

— Пусть это останется моей тайной, — сказала мисс Лидия.

Генриетта устремила пронзительный взгляд на старую леди, которая, к моему изумлению, медленно залилась краской.

— Кажется, я понимаю, — проговорила Генриетта. — Ты не навлечешь на себя серьезные неприятности? И на какие средства ты станешь жить дальше?

— Милое мое дитя, я очень, очень стара. С меня уже нельзя спрашивать за мои поступки. А что касается до дальнейшей жизни, то люди моего возраста часто берут дурную привычку слишком долго задерживаться на этом свете, и я намерена избавиться от нее, прежде чем она станет неискоренимой.

Начав понимать, в чем дело, я уже собрался заговорить, когда в дверь громко постучали. Охваченные смятением, мы переглянулись. Мы настолько увлеклись разговором, что не услышали шагов в коридоре.

— Нельзя, чтобы вас снова застали здесь, Джон, — прошептала Генриетта.

Тут дверная ручка повернулась несколько раз.

— Скорее,— проговорила мисс Лидия, хватая меня за руку и толкая к двери в спальню.— Туда. И возьми деньги.

Я крепко сжал кошелек, всунутый мне в руку, и бросился в маленькую темную опочивальню, дверь которой плотно затворилась за мной.

Мгновение спустя я услышал голос, который не слышал уже много лет и который не стал приятнее за минувшее время.

— Почему дверь заперта? Полагаю, вы не подстрекаете несносную девчонку упорствовать в своем решении. Думаю, настало время положить конец вашему общению.

Послышалось невнятное бормотанье, а потом вновь раздался властный голос:

— Оставь нас, дитя. Нам с твоей бабушкой нужно поговорить наедине.

— Хорошо, тетя Изабелла.

Я услышал, как открылась и закрылась дверь в коридор, а когда леди Момпессон снова заговорила, голос ее звенел от еле сдерживаемой ярости.

— Что ж, мисс Момпессон, последний ваш возмутительный поступок превосходит все предыдущие. Ужели вы настолько глупы, чтобы рассчитывать, что я ничего не узнаю? В такой критический момент, когда распространяются самые дикие слухи о платежеспособности поместья моего мужа и долгах моего сына, худшего шага со стороны члена нашего семейства невозможно представить. Но с другой стороны, полагаю, именно поэтому вы и пошли на такое. Всю свою жизнь вы всячески старались повредить интересам ваших ближайших родственников. Вы, урожденная Момпессон, ни разу не упустили случая причинить неприятности своей семье, тогда как я, всего лишь вышедшая замуж за Момпессона, посвятила всю свою жизнь защите семейных интересов. Полагаю, вы так и не простили своих родителей за скандал, явившийся следствием единственно вашего постыдного поведения и навлекший на них позор и унижение. И теперь вы одержимы жаждой мести. Я не знаю, какое злодеяние вы приписываете своим родителям, но дело в том, что он умер. Вам так сказали, и это правда.

Она умолкла, и до моего слуха донеслось невнятное бормотание.

— Но чтобы удовольствоваться такой ничтожной суммой! — продолжала леди Момпессон.— Ужели вы не понимали, как это повредит нашему финансовому положению? Все векселя, опрометчиво подписанные моим сыном за последние несколько лет, моментально представили нам к оплате. Собственные долги моего мужа и долговые обязательства Дейвида потребуют новых заемов под закладную, а нам уже грозит опасность лишиться права выкупа ранее заложенного имущества. Что вы можете сказать в свое оправдание?

В ответ послышался лишь неразборчивый лепет.

— Я не понимаю, что вы там бормочете,— продолжал резкий голос.— С каждым днем вы изъясняетесь все бессвязнее. Мне остается лишь предположить, что вы поступили так по причине старческого слабоумия. Зачем вам вдруг понадобились такие деньги? У вас есть все, что нужно старой женщине, не правда ли? Ладно, что посеяли, то и пожнете. Отныне можете не рассчитывать на доброе к себе отношение со стороны обитателей этого дома.

Наступила еще одна пауза, а затем леди Момпессон снова заговорила:

— Либо вы что-то замышляете, либо действительно выжили из ума. Но в любом случае вы показали, что не в состоянии самостоятельно вести свои дела, и понесете ответственность за последствия.

Я услышал частые шаги, потом хлопнула дверь.

Я немного помедлил, размышляя о странных словах, произнесенных леди Момпессон. В голову мне пришла одна мысль. Не здесь ли кроется ответ на вопрос, почему старая леди так сильно разволновалась, рассказывая историю Анны, и так уклончиво и туманно говорила о связи своей тети с собственной историей? У меня возникло такое ощущение, будто теперь в руках у меня оказался последний фрагмент головоломки, но за отсутствием представления о целом я не знаю, где ему место. И я не решался требовать у нее объяснений.

Я осторожно отворил дверь в гостиную, не зная, что я там увижу.

Однако, к моему облегчению, старая леди, раскрасневшаяся от возбуждения, устремила на меня сияющие глаза.

— Здорово она разозлилась, правда? Уже одно это того стоило!

— Мисс Лидия, что вы наделали?

— Довела семейство до нищеты, надо полагать, — в восторге вскричала она. — Какая несусветная чушь!

— Я не могу принять эти деньги, — решительно сказал я, протягивая кошелек мисс Лидии.

— Глупости! — воскликнула она. — Я прекрасно обойдусь. И мое заветное желание — увидеть торжество Справедливости. — Она понизила голос и, подступив ко мне, схватила меня за руку. — И убедиться, что Генриетте ничего не грозит. Ты позаботишься о безопасности моей внучки?

— Да, я сделаю все возможное.

Старая леди пытливо посмотрела на меня.

— Мне кажется, она тебе небезразлична.

Что она имеет в виду? Если то, о чем я подумал, права ли она? Я покраснел под ее проницательным взглядом.

— Я так и думала, — радостно сказала мисс Лидия. — И я знаю, что ты ей тоже небезразличен. Я уже давно подозревала, что она влюблена, а теперь знаю, в кого. Как только завещание будет представлено суду, думаю, все пойдет на лад. Теперь бери деньги и уходи, покуда еще кто-нибудь не заявился.

— Не могу. У меня нет карманов, а кошелек слишком большой, чтобы спрятать. Давайте я пока возьму лишь несколько монет.

— Нет, — горячо возразила она. — Ты должен взять все. Я не знаю, сколько еще времени у меня осталось.

КВИНКАНКС

Прежде чем я успел спросить, что она имеет в виду, мисс Лидия схватила полу моей куртки и вывернула изнанкой наружу.

— Смотри, можно спрятать за подкладку,— сказала она, разрывая ткань.

Она ссыпала монеты в прореху.

— Можешь прямо сейчас схоронить деньги в укромном месте?

— Да,— ответил я, думая об угольном подвале.

Я осторожно приоткрыл дверь и убедился, что коридор пуст. Я попрощался со старой леди, а она — к великому моему удивлению и совершенно для меня неожиданно — привстала на цыпочки и поцеловала меня в щеку.

— Да поможет тебе Бог,— промолвила она, глядя на меня сияющими глазами.

Я вышел, тихонько затворив за собой дверь. Шагая по коридору к задней лестнице, я заметил приоткрытую дверь. Когда я уже прошел мимо, она внезапно распахнулась, и кто-то крепко обхватил меня сзади.

Я попытался вырваться, но мой противник был слишком силен.

Голос мистера Вамплу прошипел у меня над ухом:

— Что ты делал у старой кошки?

— Передвигал мебель.

— Два часа кряду? Я видел, как ты входил к ней. И девушка там была, и ее светлость. Какие у тебя дела с ними?

— Никаких.

— Выкладывай, чего вы там затеваете, не то хуже будет.

Принуждая меня к ответу, он сжал меня сильнее и одновременно крепко тряхнул. К великому моему ужасу, два соверена вывалились у меня из-за подкладки и упали на пол. Мистер Вамплу опустил взгляд и, не отпуская меня, наклонился и поднял монеты.

— Ты стянул их или как? — удивленно спросил он.

Молниеносно перебрав в уме возможные варианты ответа, я выбрал наилучший:

— Она сама мне дала.

Мистер Вамплу положил монеты себе в карман и сказал:

— Я знаю, кто ты такой. Я тебя хорошо запомнил. Ты что, сговорился со старой каргой ограбить дом? Поэтому она не давала мне выстрелить?

Я промолчал, а он прошипел:

— Бери меня в долю, или я донесу. Как, по-твоему, почему я не сделал этого раньше?

Поскольку я продолжал хранить молчание, он снова крепко тряханул меня, и тогда я сказал:

— Да, мистер Вамплу.

— У тебя есть еще? — прошептал он.

К моему смятению, он принялся свободной рукой ощупывать подкладку. Но в следующий миг мы оба услышали шаги. Мистер Вамплу толчком распахнул дверь своей комнаты и попытался затащить меня туда, но я стал отчаянно вырываться, и он, поняв, что третий человек вот-вот появится, прошипел:

— Я с тебя глаз не спущу. Не пытайся меня надуть.

Он отпустил меня, и я бросился прочь. Торопливо выходя на площадку задней лестницы, я обернулся и увидел Уилла, который направлялся с подносом для писем к покоям мисс Лидии, удивленно глядя мне вслед.

Я вернулся обратно в преисподнюю и нашел Боба все еще погруженным в пьяный сон в столовой для прислуги. Он еще какое-то время меня не хватится. Я взял огарок свечи из грязной каморки лакея, зажег его в судомойне, а потом, прихватив ведро для угля, спустился в подвал. Здесь, в единственном во всем доме месте, где я мог чувствовать себя спокойно, я вынул из-за подкладки монеты и пересчитал: не хватало всего двух соверенов. Я оторвал кусок подкладки, завернул в него деньги, а потом приподнял самый большой из крупных кусков угля, дробить которые входило в мои обязанности, и положил сверток в углубление под ним.

Я взялся за работу, задаваясь вопросом, решится ли мистер Вамплу изобличить меня сейчас, и в конце концов пришел к выводу, что все-таки нет, поскольку он рассчитывал извлечь выгоду из своего секрета. Похоже, я был прав, ибо в последующие несколько часов никто за мной не явился. Однако интерес мистера Вамплу ко мне затруднит мои визиты к мисс Лидии и осуществление моего грандиозного предприятия.

Когда мы с Бесси покончили с кастрюлями и сковородками, я вернулся в темную каморку и следующие двадцать минут возился с куском старой замши, использовавшимся для полировки обуви. Я на скорую руку сшил из него продолговатый мешочек, который затем стянул длинной веревкой. Он предназначался для соверенов, и я собирался спрятать в него завещание, как только оно окажется у меня на руках, и носить на шее.

В девять часов мне представился случай выскользнуть в проулок за конюшней. Я забрал деньги из подвала и положил в мешочек, спрятанный за пазухой. Меня забил озноб, едва лишь я вышел из дома в своей легкой одежде. К моему облегчению, Джоуи ждал меня у угла конюшни, притопывая ногами и обхватив себя руками, ибо стоял жуткий холод. Он сунул мне в руку отмычку, которую я уже давно просил принести.

— Я пропустил несколько последних воскресений,— сказал я,— поскольку не мог выбраться из дома. Но на прошлой и позапрошлой неделе выходил, а ты так и не появился!

— Был занят,— угрюмо пробурчал он.— А на прошлой неделе видел Барни возле нашего дома, потому и не пришел.

Новость меня встревожила, хотя тогда у меня не было времени задуматься над ней. Я коротко поведал Джоуи о произошедших событиях, а затем, предварительно убедившись, что поблизости никого нет, пересыпал монеты из мешочка к нему в карман.

— Вы доверяете мне все это? — спросил он с хитрой улыбкой.

— Не трать время на пустую болтовню,— сердито сказал я.— Перво-наперво, возьми сколько нужно тебе самому и твоим отцу с матерью.

— Папе ничего не нужно,— грубовато бросил он.

— Не вставай в позу сейчас, когда я наконец-то в состоянии хоть чем-то помочь вам,— сказал я.— Потом сними для меня на месяц приличные комнаты в хорошем районе. Объясни, что снимаешь жилье по поручению молодого джентльмена, который на днях вернется в Лондон из-за границы.

— Какое имя мне назвать?

Я на мгновение задумался и, вспомнив из далекого прошлого жест, истолкованный мной как дружеский, сказал:

— Парминтер. И предупреди, что я прибуду туда рано утром в следующий понедельник. Если мне удастся разгадать, как открывается тайник, я предприму попытку ровно через неделю. Да, и еще одно: обязательно купи мне приличную одежду. Мы с тобой примерно одного телосложения, так что покупай на себя. Ты сможешь встретить меня здесь в понедельник до рассвета?

Джоуи кивнул.

— Мне пора. Как твой отец? — спросил я напоследок, уже двигаясь прочь.

— Умер через два дня после Рождества,— без всякого выражения сказал он.— В первое воскресенье, когда вы так и не вышли.

Я резко повернулся, но он уже скрылся за углом. Возвращаясь в дом, я задавался вопросом, сколько же времени Джоуи проторчал здесь на холоде в тот день, покуда его мать горевала в одиночестве. Да уж, Дигвиды вернули мне долг сторицей. Ладно, как только я вступлю в свои права, я отблагодарю Джоуи и его мать, но сейчас не время думать о них.

Однако для успеха моего предприятия мне предстояло сделать еще одно важное дело. И потому, улегшись на свою скамью, я постарался не заснуть. Ожидание тянулось мучительно долго, поскольку Джейкман не ложился спать, чтобы впустить в дом сэра Дейвида. Наконец молодой джентльмен забарабанил в дверь, и я тихонько последовал за старым сторожем, который, с раздраженным ворчанием отставив кружку, направился в холл. Они оба были настолько пьяны, что довольно долго возились со своими двумя ключами, стоя по разные стороны двери и проклиная друг друга, причем молодой джентльмен выступал на повышенных тонах и с использованием более обширного словаря: «Черт бы побрал твое наха... наха... твою наглость!» — орал он, слыша приглушенные проклятья сторожа, доносившиеся из-за двери.

Когда сэр Дейвид поднялся наверх, Джейкман отправился в судомойню. Как я и предполагал, там он остановился подле скамьи, на которой я пытался заснуть в первую свою ночь в доме, наклонился, вытащил кирпич из кладки очага и засунул за него ключи. А затем шаткой поступью удалился в свои спальные покои.

Теперь я был готов действовать — оставалось только разгадать секрет квинканкса.

Глава 100

Весь день квинканкс занимал мои мысли, а теперь всю ночь снился мне. Словно издеваясь надо мной, он выступал из темноты то в виде цветка, в раскрытом бутоне которого сверкали геометрические узоры, слишком ослепительные, чтобы рассмотреть все толком, то в виде сердца, в самой середине которого пылал столь яркий огонь, что оно казалось черным, и я ничего не мог разглядеть, сколь мучительно ни напрягал зрение.

На следующее утро — еще более холодное, чем предыдущее,— я случайно услышал, как Боб говорит Уиллу, что мистер Такаберри распорядился отныне не отвечать на звонки мисс Лидии. Немногим позже стало известно, что в полдень дворецкий выступит с важным сообщением перед всеми слугами в столовой. Мы с Бесси, разумеется, не входили в число приглашенных и потому продолжали заниматься своей работой, пока все остальные собирались в общем помещении.

Когда собрание распустили, мне не сразу удалось узнать, что произошло, ибо слуги только и делали, что роптали на свою судьбу или выражали облегчение по поводу того, что избавлены от необходимости попусту тратить время, отвечая на мои расспросы. Однако мало-помалу я сумел по скупым объяснениям и подслушанным обрывкам фраз составить представление о случившемся. В самом ближайшем времени дом заколачивают, и семейство переезжает в Хафем — по крайней мере, до начала сезона. Часть слуг сопровождает хозяев, другие остаются в Лондоне, на одних только столовых и квартирных, если только не предпочтут уволиться; однако иных предупредили, что они получат расчет в конце недели. Мистер Такаберри зачитал три списка, и имя Боба значилось в списке подлежащих увольнению. Я решился заглянуть в столовую и нашел Боба там: он пил джин с горячей водой, ругаясь грязными словами и громко жалуясь Уиллу, Нелли и нескольким другим слушателям, что слуг низшего ранга оставили в должности.

— Не возьму в толк, почему Ассиндер допустил, чтобы меня выгнали, — все продолжал повторять он. — Наверное, ошибка вышла. Я ведь могу устроить ему серьезные неприятности, и он это знает.

— Ох, да дело-то всем известное, — сказал Уилл. — Ты имеешь в виду старую историю с экипажем, сданным Ассиндером внаем?

— Нет, — раздраженно ответил Боб. — У меня против него есть кое-что получше.

— Разве ты не знаешь? — спросил Нед, только вошедший в столовую. — Ассиндера тоже уволили. Выдворяют из дома завтра первым делом.

— Что? — вскричал Боб.

— Похоже, ее светлость и мистер Дейвид со своим советником давно подозревали, что он нечист на руку, — продолжал Нед. — Но старый сэр Персевал доверял Ассиндеру и не позволял его трогать.

— Видать, ты не зря старался, Боб, — с издевкой заметил Уилл.

Совершенно смешавшись, Боб побледнел от ярости.

— О чем речь, Боб? — с любопытством спросила Нелли.

— Пожалуй, стоит рассказать вам, чтобы хоть как-то насолить Ассиндеру,— сказал он.— Это случилось три или четыре года назад, летом. Эта женщина — на вид из благородных, хотя и в затрапезном платьишке,— подошла к парадной двери, когда я дежурил в холле. Что интересно, ее сопровождал шериф, поскольку она находилась под арестом по распоряжению суда. Само собой, я велел дамочке пройти к задней двери, но она назвалась родственницей или чем-то вроде. Я плохо разобрал, поскольку, по-моему, она была пьяная, если вообще не помешанная. Ну, я пошел и доложил Ассиндеру, так как никого из господ дома не было. Он, значит, принял женщину в библиотеке, пока шериф ждал в холле. Через несколько минут она спустилась вниз и ушла восвояси, вся в слезах. Потом Ассиндер велел мне держать язык за зубами и дал пять соверенов.

— Пять! — хором воскликнули слушатели.— Да, видать, дело было важное.

Я знал, что это было за дело. Я поспешно вышел из столовой в темный коридор, ибо хотел остаться один, чтобы хорошенько обдумать услышанное. Итак, похоже, Ассиндер по собственному почину выгнал мою мать из дома, всю в слезах, ничего не сказав своим хозяевам. Но почему? Такой поступок имел смысл только в том случае, если он работал на Клоудиров! Следовательно, он и являлся тем самым тайным агентом Клоудиров, пользовавшимся доверием Момпессонов! Какое значение это имеет для меня? И если Момпессоны действительно не прогоняли мою мать, имею ли я право действовать против них, как задумал?

В следующий миг из столовой вышел Уилл, и я спросил у него (ибо он входил в число слуг, остававшихся на урезанном жалованье), что будет со мной.

— С тобой? — насмешливо переспросил он.— Тебя тоже уволили, разумеется, вместе с Бобом. Чтоб ему пусто было, мерзкому ублюдку!

Теперь, когда сообщество слуг распалось, никто не трудился скрывать свои истинные чувства.

— А когда дом закроют? — спросил я.

— Бобу заплачено до субботы, но вас обоих могут выдворить из дома и раньше.

Уилл смотрел на меня с любопытством, и, помня, что недавно он видел странную сцену между мной и Вамплу, я не стал задавать больше никаких вопросов, но повернулся и торопливо направился в судомойню.

Представлялось очевидным, что медлить мне никак нельзя, коли я намерен довести дело до конца! Я боялся, как бы меня не выдворили сегодня же, ибо предполагал, что Боб может закатить скандал дворецкому и подвергнуться немедленному изгнанию из дома. Существовала и другая опасность: а вдруг Момпессоны возьмут завещание с собой в Хафем? Безусловно, загадку квинканкса следовало разгадать безотлагательно.

К часу традиционного вечернего обхода дома Боб буквально клокотал от пьяной ярости и держался с мистером Такаберри столь нагло, что, когда бы дворецкий сам не был слишком пьян, чтобы заметить, он наверняка вышвырнул бы лакея на улицу прямо тут же. Когда мы вдвоем поднялись на этаж, где находились покои мисс Лидии, я увидел возле ее двери пару туфель и наклонился, чтобы взять их.

— Оставь, — сказал Боб. — Она в немилости. Старую кошку тоже выгнали из дома, как и меня.

Поставив туфли на место, я заметил в одной из них клочок бумаги. Поскольку Боб шел впереди, я быстро вытащил записку и сунул в карман фартука.

Оставшись один в столовой, я сразу же прочитал короткое послание при свете угасающего огня: «Решение найдено. Приходи после полуночи».

Я бросил записку в огонь и с замирающим от волнения сердцем несколько секунд смотрел, как бумага чернеет и скручивается. Когда из кухни наконец донесся храп Джейкмана, я тихонько поднялся по задней лестнице и в кромешной тьме ощупью двинулся по коридору к комнатам мисс Лидии, считая двери, чтобы случайно не ошибиться. Поскольку мистер Вамплу занимал покои по соседству, я не решился постучать, а просто осторожно повернул дверную ручку и проскользнул внутрь.

Темноту здесь рассеивало лишь слабое мерцание углей в камине, и в щель под дверью спальни свет тоже не пробивался. В гостиной сильно пахло догоревшей свечой. Помня, что на каминной полке обычно лежат свечи, я взял каминными щипцами тлеющий уголек, при свете которого нашел одну. Я поднес уголек к фитилю и стал ждать, когда он займется, напряженно вслушиваясь в мертвую тишину, царящую вокруг.

Наконец вспыхнул язычок пламени, и, помертвев от страха, я увидел в кресле перед камином какую-то фигуру. В следующий момент я узнал старую леди, хотя при этом сердцебиение у меня не прекратилось. Похоже, она очень крепко спала, раз не пробудилась при моем появлении.

— Мисс Лидия,— тихо позвал я и все же испугался звука собственного голоса. Поскольку ответа не последовало, я повторил чуть громче: — Бабушка Лидия?

Я приблизился и дотронулся до руки старой леди. В тот же миг ее голова бессильно упала на грудь, и я резко отпрянул назад, с ужасом осознав, что в конечном счете нахожусь в комнате один.

Немного овладев собой, я снова подступил к креслу. В общем-то, бояться мне было нечего. Я еще раз дотронулся до руки мисс Лидии и обнаружил, что она ледяная. Старая леди сидела здесь, пока угасал огонь в камине и оплывала свеча, растекаясь лужицей воска,— сидела и ждала меня, чтобы подсказать мне последний шаг, необходимый для осуществления цели, к которой она так давно стремилась, и в конце концов ей не хватило всего лишь нескольких часов. Возможно даже, она умерла от перевозбуждения, вызванного мыслью об успешном завершении дела своей жизни. Я всмотрелся в ее лицо. Оно хранило умиротворенное выражение.

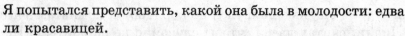

Я попытался представить, какой она была в молодости: едва ли красавицей.

Я обвел взглядом маленькую комнату, в которой мисс Лидия провела многие годы своей несчастливой, уединенной жизни. После восьмидесяти с лишним лет ее существования на белом свете заметит ли кто-нибудь ее отсутствие в суматохе, ныне царящей в доме? Одна только Генриетта опечалится смертью единственного своего друга и союзника, единственного человека, которого она любила. И старая леди тоже любила Генриетту, вне всяких сомнений, — любила, как свое потерянное дитя, хотя любовь к ней была лишь своего рода приложением к долгой-долгой жизни. Конечно, главным для нее всегда оставалась несправедливость, совершенная по отношению к ней самой и к любимым людям — Анне Момпессон и Джону Амфревиллу, — омрачившие и отравившие ее юность. Из жажды ли мести или из любви к Генриетте — к девочке, в которой она видела свое собственное дитя, — она так решительно настаивала на необходимости вернуть завещание? Я не сомневался, что свое право на пожизненное владение поместьем мисс Лидия продала в Докторз-Коммонз. Что ж, поскольку она не успела открыть мне разгадку квинканкса, теперь у меня не оставалось возможности сделать то, на что она так надеялась.

Я уже собирался покинуть комнату, когда заметил у ног мисс Лидии потрепанную шляпную картонку со снятой крышкой. Заглянув в нее, я увидел собрание разных памятных вещей: засушенный букетик цветов, несколько пригласительных билетов на старинные балы, а под ними крестильную рубашечку, отделанную кружевом, ныне пожелтевшим, и сшитую, по всей видимости, для младенца, который не дожил до крещения. Если бы старая леди не умерла, возможно, я попросил бы ее объяснить слова, приписанные ею тете Анне, а возможно, и нет. Ибо теперь я понял, что могу бесконечно выслушивать новые и все более сложные версии событий далекого прошлого, но так никогда и не узнать правды. Очевидно, она перебирала самые дорогие сердцу вещи.

Теперь я заметил на коленях старой леди предмет, который она, по-видимому, держала в руке в момент смерти и который выпал из разжавшихся пальцев. Я взял его и поднес к свече.

Сердце у меня забилось чаще, когда я принялся рассматривать находку: прямоугольный кусок картона, обтянутый выцветшим шелком и украшенный шелковой кисточкой, представлявший собой пригласительный билет на бал, который давал сэр Хьюго Момпессон по случаю своего бракосочетания с Элис Хаффам. На лицевой стороне была вытиснена фраза на латыни: «Quid Quincunce speciosius, qui, in quamcunque partem spectaveris, rectus est?» Я улыбнулся, ибо в словах сих содержалось горделивое утверждение, что комбинация из квинканксов символизирует честность, праведность и справедливость. «Ладно,— подумал я,— я сделаю все, что в моих силах». Я развернул открытку и увидел тот самый рисунок, над которым мы ломали голову несколько дней назад, только цвета здесь — белый, черный и красный — были показаны! Как мы и предполагали, композиция была симметричной: первый и пятый элементы и второй и третий в точности отражали друг друга, и квинканкс Хаффамов действительно стоял на первом месте, как я и думал. Ключевой центральный квинканкс являлся копией второго и четвертого, только сердцевинка средней четырехлепестковой розы оказалась — как и следовало ожидать — не белой. Но какого она цвета? Я поднес свечу ближе и вгляделся, жалея, что у меня нет фонаря. Красный цвет, как и на рисунке мисс Лидии, обозначался здесь штрихами, и я никак не мог разобрать, заштрихован ли центральный элемент или же сплошь закрашен черным — а может даже, он белый, но просто на бумаге тут темное пятнышко? Я с минуту рассматривал его при неверном свете свечи и в конце концов пришел к выводу, что он черный. Должен быть черным, исходя из логики композиции.

Итак, я получил ответ на главный вопрос! Оставалось неясным лишь одно: белые или черные болты следует вытаскивать,— но на проверку обоих вариантов не потребуется много времени, хотя предостережение мисс Лидии тревожило меня. Я был избавлен от необходимости принимать решение: я предприму попытку сегодня же ночью! Вполне вероятно, другого случая мне уже не представится, ибо завтра всякое может произойти. Я жалел лишь, что не имею возможности передать Джоуи, чтобы он встречал меня завтра на рассвете, а не в следующий понедельник.

Засунув пригласительный билет за подкладку куртки, я вышел из комнаты, на цыпочках спустился по задней лестнице и, прислушиваясь к громкому храпу сторожа, прокрался по коридору в чуланчик Боба и взял там огарок свечи и трутницу.

Я тихонько пробрался к очагу в судомойне, вынул из кладки кирпич, который при мне вытаскивал Джейкман, и нашел ключи. Из ящика кухонного стола я взял нож, который спрятал там раньше днем, а потом, нащупывая путь в кромешной тьме, медленно, шаг за шагом, поднялся по лестнице и отпер дверь большой гостиной. (В конечном счете отмычка мне не понадобилась.) Я повернул дверную ручку и легонько толкнул створку высокой двери; она поддалась, и я вошел в комнату.

Я почувствовал острое желание зажечь свечу и безотлагательно приступить к делу, но сдержал порыв. Мне необходимо сохранять хладнокровие и тщательно обдумывать каждый свой шаг — ведь дело все еще может провалиться, поскольку до рассвета из дома никак не выбраться, а поблизости может рыскать мистер Вамплу или еще кто-нибудь. Значит, мне следует снова запереть дверь на случай, если вдруг кто-нибудь толкнется в нее, пока я здесь. Попытавшись всунуть украденный ключ в замочную скважину, я обнаружил, что в ней уже торчит ключ. Ну конечно! Я забыл, что здесь всегда оставляют ключ, чтобы запирать дверь изнутри. Меня осенило: покидая гостиную, я запру за собой дверь этим ключом, а следовательно, прямо сейчас могу вернуть на место ключи Джейкмана.

Я вынул ключ из замочной скважины, запер дверь снаружи и двинулся обратно в судомойню. Проходя мимо задней двери, я вспомнил совет бывалых взломщиков, с которыми консультировались мы с мистером Дигвидом, о необходимости обеспечить путь отхода сразу после проникновения в дом. Меня страшно удручала перспектива просидеть здесь взаперти следующие несколько часов и потому, прежде чем положить ключи на место, я отомкнул заднюю дверь, хотя умом понимал, что это бессмысленно, поскольку со двора все равно не выбраться, покуда не откроют каретный сарай.

Затем я вернулся в большую гостиную, запер за собой дверь и только тогда зажег свой огарок. Теперь я был уверен, что центральный болт черный. Он точно не белый. И вряд ли красный. Значит, черный. Оставалось только выяснить, черные или белые болты следует вытаскивать. Я решил сначала вытащить четыре белых, поскольку на них уйдет меньше времени, чем на двадцать один черный. Лезвием ножа я подцепил и выдвинул два верхних болта, а потом, от волнения затаив дыхание, проделал то же самое с двумя нижними, задаваясь вопросом, действительно ли я нашел аладдинов «сезам, откройся», который позволит мне завладеть предметом моих стремлений.

Сработало! К великому моему восторгу, центральная мраморная плитка плавно опустилась, и за ней обнаружилось полое пространство. Я поднес свечу поближе и заглянул внутрь. Там лежали небольшая пачка банкнот, несколько золотых монет, завернутых в папиросную бумагу, несколько футляров для ювелирных изделий, какие-то письма, документы и две оловянные шкатулки для бумаг с выдавленным на них гербом Момпессонов. По глупости своей я не предполагал, что мне придется перебрать столько вещей, и я задумался, с чего начать.

Потом я заметил под банкнотами маленький пакет из мягкой кожи. Я вынул его, развернул и при тусклом свете свечи, стоявшей на краю каминной полки, прочитал: «Я, Джеффри Хаффам, находясь в здравом уме...» Сейчас, оглядываясь назад, я удивляюсь, что почти ничего не почувствовал в тот момент. Но вероятно, я просто сознавал, сколько еще мне предстоит сделать, чтобы сохранить свое приобретение.

Я просто запихнул пакет за подкладку куртки, откуда он высовывался, с намерением спрятать получше сразу, как только я закрою тайник, чтобы никто не заподозрил, что в него залезали.

Я поднял и установил в прежнем положении плитку, чтобы поставить на место два нижних болта, но едва успел вдавить второй, как услышал шум за дверью гостиной.

По спине у меня поползли ледяные мурашки. В замочную скважину вставляли ключ! Наверное, невесть почему, Джейкман проснулся и что-то заподозрил — возможно, обнаружил отпертую заднюю дверь. Ну зачем я, дурак, отпер ее! Мне еще оставалось поставить на место два верхних болта, но первым моим побуждением было попытаться схорониться самому и спрятать завещание в надежде, что болты не заметят. Поэтому я махнул на них рукой, задул свечу и на цыпочках отбежал от камина. Я торопливо засунул завещание в висевший у меня на шее мешочек, приготовленный для него. Секунду спустя в слабом лунном свете, пробивавшемся сквозь задернутые шторы, я увидел подле двери неясную фигуру. В следующий момент темноту прорезал яркий луч света: вновь прибывший отодвинул заслонку потайного фонаря. К великому моему смятению, луч сразу же отыскал каминную полку и уперся в предательски выдвинутые болты. Потом он медленно проскользнул по комнате, на мгновение ослепив меня, сидевшего на корточках за диваном с высокой спинкой.

Похоже, это мистер Вамплу! По-видимому, он наконец нашел, где сторож прячет ключи! Если бы только я не вернул их на место! Я понимал: покуда он стоит у двери, мне отсюда не сбежать, и остается лишь надеяться заключить с ним сделку.

Внезапно раздался приглушенный голос:

— Я знаю, что ты здесь, Дик, или Джон, или как там твое настоящее имя.

Это был не мистер Вамплу, но мистер Ассиндер!

— Чего вам надо? — спросил я, и луч света мгновенно скользнул ко мне.

— Сам знаешь. То же самое, что и тебе.

У меня все оборвалось внутри. Откуда он узнал?

— Я вас не понимаю,— сказал я.

— Брось изворачиваться, иначе я забью тревогу и подниму на ноги весь дом. Меня хорошо вознаградят за усердие. Так что советую не ерепениться. Видишь ли, Вамплу мне все про тебя доложил. Про вас со старухой.

Выходит, Вамплу действовал не по собственному почину, но работал на Ассиндера! Вот почему он так усердно искал, где Джейкман прячет ключи!

Ассиндер снова направил луч фонаря на каминную полку.

— Вижу, у тебя хватило ума разгадать секрет этого проклятого замка.

— Нет,— солгал я,— я еще не открывал тайник.

— Но он наполовину открыт,— дрожащим от возбуждения голосом проговорил он.— Значит, ты знаешь секрет. Наверное, старая кошка тебе сказала. Скажи мне. Подойди поближе и говори шепотом, чтобы нас никто не услышал.

Я неохотно двинулся вперед, и, как только я оказался в пределах досягаемости, Ассиндер крепко схватил меня за руку и обшарил мои карманы, а также прощупал подкладку, насчет которой, по всей видимости, его предупредил Вамплу. Он нашел пригласительный билет, но, по счастью, не заметил мешочка, висевшего у меня на шее.

Ассиндер с озадаченным видом рассмотрел находку, а потом воскликнул:

— Так ведь рисунок здесь в точности, как на камине! Значит, я поступил правильно. Когда Вамплу сказал, что узнал тебя, я решил подождать и посмотреть, что будет. Когда он доложил о вашей со старухой крепкой дружбе, я сразу предположил, что вы затеваете нечто подобное.— Он показал мне открытку.— Это она тебе дала?

— Ну... в общем, да.

Он испустил тихий смешок.

— Вот старая стерва! Она готова пустить по ветру свое семейство, верно?

В течение всего нашего разговора я пытался придумать, как заставить Ассиндера отойти от двери, ибо иного пути к бегству у меня не было. Единственное мое преимущество заключалось в том, что завещание уже находилось при мне и задняя дверь была отперта, о чем он не знал. Скорее всего, имея на руках ключи Джейкмана, Ассиндер полагал, что я не могу покинуть дом. Хотя какая разница, окажусь я запертым в доме или на заднем дворе?

— Разгадка кроется здесь, верно? Так как открывается замок?

Я помотал головой.

— Отдай мне половину того, что мы там найдем,— сказал он,— или я удовольствуюсь вознаграждением.

Я неправильно понял его! Он ничего не знал о завещании и интересовался единственно деньгами! В таком случае у меня еще оставался шанс, хотя меня всего передернуло при мысли о соучастии в простом ограблении, пусть даже такого презренного семейства. Похоже, однако, выбора у меня не было, ибо для того, чтобы выбраться из комнаты, мне требовалось отвлечь внимание Ассиндера, а отвлечься он мог только на тайник.

Он подтащил меня к камину, больно заломив мне руку за спину.

— Я только наполовину открыл, когда вы вошли,— сказал я.

— Вижу.— Он немного ослабил хватку.— Так в чем заключается секрет замка?

— В середине каждого цветка находится болт, но вытаскивать нужно только определенные болты,— объяснил я.— Эта мраморная плитка установлена на блоках таким образом, что, когда вы вытаскиваете правильную комбинацию болтов, она опускается, а за ней поднимается другая, с тайником.

— А какие болты нужно вытаскивать?

— Которые на рисунке белые,— ответил я.

— Чертовски хитро. Ну, давай открывай.

Он улыбнулся странной улыбкой, при виде которой в душе у меня зашевелились подозрения. Может, он знает про ловушку для воров?

Я оказался в затруднительном положении: я не имел возможности отказаться открывать тайник, но если я открою, ничто не помешает Ассиндеру расправиться со мной, когда он получит желаемое.

— Мне не разобрать, какие болты какого цвета,— сказал я, отчаянно цепляясь за последнюю надежду.

Ассиндер вынул из кармана открытку и внимательно рассмотрел при свете фонаря.

— Два верхних точно белые,— воскликнул он.— И два нижних тоже.— Потом он, прищурившись, вгляделся в рисунок и сказал: — Но вот какого цвета центральный, непонятно. Может, белый, может, заштрихованный, как другие элементы, а может, и вовсе черный!

Если Ассиндер думает, что центральный болт белый и попытается его вытащить, он может привести в действие спусковой механизм. Но если я предупрежу его, я точно пропал. И зачем мне рисковать жизнью, предупреждая Ассиндера? Человека, который мошеннически воспользовался именем своего хозяина, чтобы выставить мою мать из дома? Который тайком присваивал деньги упомянутого хозяина? И которому, по-видимому, платили мои враги, чтобы он шпионил для них?

— Белый, верное дело,— пробормотал он себе под нос. Верное дело! Похоже, до него не доходили слухи о ловушке! И все же, совсем недавно он собирался заставить открывать тайник меня. Теперь он, казалось, забыл о моем присутствии, и, воспользовавшись моментом, я тихонько отступил в темноту.

— Ты куда? — спросил он, обернувшись, когда я уже находился у самой двери.— Не хочешь получить свою долю — и черт с тобой.

Ассиндер полагал, что из дома мне не выбраться, и я подозревал, что свою долю я получу сполна, когда он изобьет меня до полусмерти — если не хуже — и бросит валяться в беспамятстве возле ограбленного тайника, а сам благополучно скроется.

В следующий миг я тихонько выскользнул из гостиной, спустился по лестнице настолько быстро, насколько представлялось возможным в кромешной тьме, прошел через холл и минуту спустя уже отодвигал засовы задней двери. Какое все-таки счастье, что мне пришло в голову отпереть замок! Однако, отворив дверь и выскользнув наружу, я по-прежнему не представлял, как мне выбраться с заднего двора.

Ледяной воздух с едким привкусом сажи и жженого угля обжег мне горло и легкие, и я вспомнил свое первое ужасное впечатление от зимнего лондонского рассвета. Стоял лютый мороз, а у меня не было куртки. В считанные секунды я перелез через низкую полуразрушенную стену между двумя задними дворами в надежде найти выход на улицу с заброшенного соседнего участка. Однако там я обнаружил, что он обнесен стеной высотой футов пятнадцать, усаженной по верху длинными остриями. Вдобавок, проведя по ней ладонями, я убедился, что на гладкой кирпичной кладке нет ни единого выступа, чтобы уцепиться рукой или опереться ногой.

В следующий миг я услышал грохот, подобный удару грома. Потом наступила мертвая тишина. Я посмотрел на дом и увидел, как на верхних этажах зажигаются свечи. Значит, в тайнике действительно стояла ловушка! У меня не было времени размышлять о печальной участи мистера Ассиндера, ибо теперь, когда он поднял на ноги весь дом, мне самому грозила опасность разоблачения. В любой момент кто-нибудь мог выбежать во двор, чтобы разбудить мистера Фамфреда и грумов, спавших над конюшней и каретным сараем.

Ну конечно! Внезапно я понял, что мне надо делать.

Я бросился через двор к каретному сараю и заколотил кулаками в обитую железом дубовую дверь. Бросив взгляд через плечо, я увидел, что в доме загораются яркие огни, и услышал крики и звон колокольчиков. Все свидетельствовало о переполохе со всей очевидностью, какой я только мог желать.

Спустя минуту мучительного ожидания дверь открылась, и мистер Фамфред, в ночной рубашке, со свечой в руке, уставился на меня сонным взглядом, каким, вероятно, смотрел на мисс Квиллиам много лет назад.

— В доме тревога! — крикнул я.— Меня послали разбудить вас!

— Тревога? — переспросил он и поднял глаза на окна над нами.

— Всем приказано сейчас же явиться туда! Я разбужу грумов,— крикнул я, порываясь протиснуться мимо дородного кучера.

К моему облегчению, мистер Фамфред посторонился, и я взбежал по ступенькам на верхний этаж каретного сарая. Я обнаружил, что он разделен перегородкой на две части: в одной хранилось сено, а в другой на полу лежали два матраса. Здесь-то и спали крепким сном два грума.

Я принялся трясти парней, громко крича:

— Скорее! Вас требуют в дом, немедленно! Ограбление!

Они просыпались медленно, ворча и чертыхаясь сонными голосами. Я продолжал вопить без передышки: «Воры! Ограбление! Живее!»

Разыгранное мной смятение и явные признаки переполоха в доме убедили грумов. Они натянули одежду поверх ночных рубашек и, спотыкаясь и оступаясь в темноте, спустились вниз и вышли.

Не теряя ни минуты, я открыл окно, выходившее в проулок за конюшнями, перебрался через подоконник, немного спустился вниз по стене и наконец спрыгнул с высоты нескольких футов. Караульные, привлеченные шумом, наверняка уже бежали к дому, но сейчас в проулке не было ни души.

Я осторожно двинулся к улице. Наконец-то я свободен. У меня на руках почти пятьдесят фунтов! Я наконец-то завладел завещанием Джеффри Хаффама! Потом я вдруг сообразил, что до моего дня рождения осталось всего несколько часов.

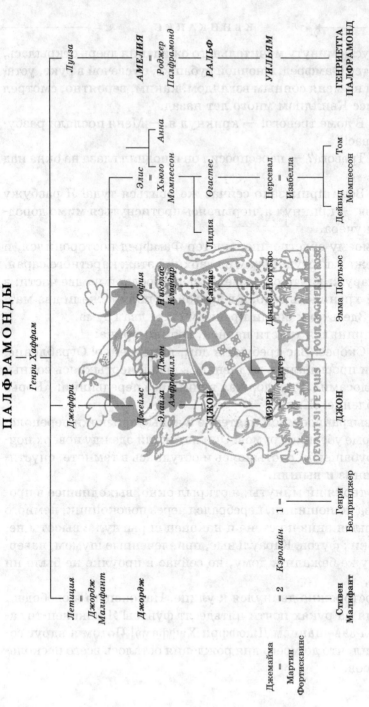

Персонажи, непосредственно не участвующие в событиях романа, обозначены *курсивом*. Те, кто мог бы владеть именем, если бы вступил в силу утаенный кодицилл Джеффри Хаффама, обозначены жирным шрифтом. Те, кто мог бы владеть именем, если бы было представлено в суд завещание, обозначены **КРУПНЫМ ЖИРНЫМ шрифтом**.

ЧАСТЬ ПЯТАЯ
МАЛИФАНТЫ

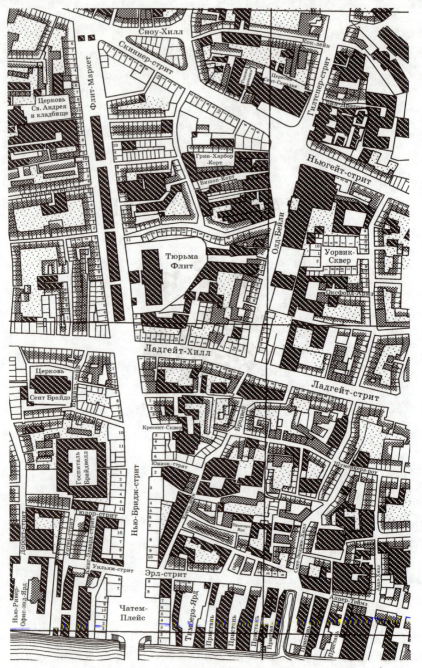

Смитфилд, Ньюгейт и Блэкфрайерз (масштаб 1:3800) N ↑

КНИГА I

НЕ В ТЕХ РУКАХ

Глава 101

С каким удовольствием представляю я замешательство, охватившее Застарелое Разложение! Вот леди Момпессон и сэр Дейвид в ночных одеяниях спешат к большой гостиной в окружении переполошенных слуг. Когда они входят, лакей Джозеф зажигает газовый светильник, а потом его и других слуг низшего ранга хозяева выгоняют из комнаты с наказом бежать за врачом и караульными. В глубине залы мистер Такаберри склоняется над распростертым на полу телом. В тусклом свете единственного газового фонаря видно, что на прекрасном турецком ковре медленно расползается тёмное пятно.

— Посмотри, всё ли на месте, — говорит леди Момпессон.

Сэр Дейвид переступает через тело, заглядывает в тайник, а потом торопливо возвращается к матери и шепчет:

— Оно пропало! — И с ужасом добавляет: — Похоже, больше ничего не похищено.

— Что пропало? — спрашивает леди Момпессон, но, прочитав на лице сына смятение, переводит взгляд на тело. — Обыщи его! — властно приказывает она.

Сэр Дейвид опускается на колени рядом с мистером Такаберри, который расстегивает на раненом куртку и говорит:

— О, позвольте мне разобраться с ним, сэр! Не пачкайте ваше дорогое бельё. Гнусный предатель! Сначала хафемские ренты, а теперь это. Он недостоин вашей заботы.

— Не загораживайте мне свет, старый болван! — восклицает сэр Дейвид.

Со всем достоинством, какое только возможно сохранять в ночной рубашке и ночном колпаке, дворецкий подымается на ноги и отходит в сторону, предоставляя своему господину обшаривать карманы раненого.

— Оно должно быть здесь! — секунду спустя выкрикивает сэр Дейвид и начинает обыскивать карманы по второму разу. И снова ничего не находит. Тогда он низко склоняется над раненым и спрашивает: — Что вы с ним сделали?

Мистер Такаберри смотрит на хозяина, а потом бросает взгляд на леди Момпессон.

— Прошу прощения, ваша светлость... сэр... но мне кажется, мистер Ассиндер...

— Оно должно быть здесь! — выкрикивает сэр Дейвид. — Он получил пулю в грудь, как только открыл тайник!

— Значит, у него был сообщник, — говорит леди Момпессон.

Сэр Дейвид встает и приказывает дворецкому:

— Созовите всех слуг, немедленно. Всех надлежит тщательно обыскать. Их самих и их вещи.

— Слушаюсь, сэр. Но если украдена какая-то вещь, боюсь, теперь уже слишком поздно. Некоторые слуги покинули дом, отправившись за подмогой.

— Тем не менее выполняйте приказ. Похищен важный документ.

Когда старый слуга торопливо удаляется, леди Момпессон говорит:

— Помни, нам ни в коем случае нельзя раскрывать характер документа, ибо никто не должен знать, что он вообще существовал!

— Если он окажется не в тех руках... — начинает сэр Дейвид и осекается, содрогнувшись всем телом.

— Не окажется. Скорее всего, его взял по ошибке один из слуг, состоявших в сговоре с Ассиндером. Я подозреваю Вамплу, поскольку видела, как они двое шушукались по углам. Он уничтожит документ, когда с ним ознакомится. Откуда Вамплу знать, насколько он важен?

— Но, мама, взяли-то, похоже, только одно завещание. Словно именно его и искали!

— Подобное предположение внушает тревогу,— соглашается леди Момпессон.— И наводит на мысль, что я не ошибалась, подозревая в Ассиндере наемника наших врагов. Хоть бы молодой Хаффам был еще жив! Ибо как только объявят о его смерти, в права наследства вступит Сайлас Клоудир.

— Он стар. Что случится, если он умрет прежде, чем это произойдет?

— Коли мы не сумеем найти завещание, согласно кодициллу в права наследства вступит наследник Малифант.

Через несколько минут все слуги собраны в одной комнате, вроде бы в полном составе (ибо никто не вспоминает о мальчике-прислужнике). Мистера Вамплу, исполненного праведного негодования, поднимают с постели и заставляют присоединиться к слугам. Потом все они и их вещи тщательно обыскиваются мистером Такаберри и констеблями. (Один из лакеев — думаю, Эдвард — страшно пьян и гневно возражает против обыска, покуда констебли не применяют силу.) Хотя, к великому смущению многих, в процессе досмотра обнаруживаются многочисленные мелкие пропажи — бутылки вина, предметы столового серебра и одежды,— документ так и не найден.

Только через несколько часов после рассвета одна из судомоек вдруг спрашивает: «А где же мальчишка-прислужник, Дик?»

Глава 102

Выходя из тихого конюшенного проулка, я думал единственно об опасности погони. Отойдя немного, я вдруг осознал, что все вокруг заволокла темно-желтая пелена студеного тумана. Я понятия не имел, который час, поскольку невидимое глазу солнце давало знать о своем присутствии лишь слабым свечением тумана, чьи холодные влажные щупальца проникали под мои тонкие одежды и скользили по телу. Оказавшись за чертой квартала, я повернул на восток, совершенно бездумно. Потом вдруг волна восторга захлестнула мою душу, и я исполнился ликования при мысли о своем удачном побеге и одержанной победе. Но как только мне представилась возможность хорошенько подумать над своим положением, я понял, насколько оно неблагоприятно. Хотя я наконец заполучил в свои руки завещание (а я прижимал пакет к груди, изнывая от желания прочитать документ, но еще не решаясь), теперь мне угрожала серьезная опасность со стороны обоих Момпессонов и, самое главное, со стороны Сайласа Клоудира. Последний пойдет на все, чтобы только уничтожить завещание — и меня заодно.

Самым естественным в данных обстоятельствах представлялось пойти к Дигвидам, но меня останавливало предостережение Джоуи о возможном наблюдении за домом, установленном Барни. Будь у меня время проследить за тем, чтобы Джоуи выполнил мои распоряжения, я бы теперь прямиком отправился в новые наемные комнаты, уверенный в своей безопасности. Так или иначе, сейчас я был в буквальном смысле слова бездомным и нищим. До полного наступления дня, похоже, оставалась еще пара часов, и в своих тонких одеждах, без теплого сюртука я дрожал от холода.

Чтобы не замерзнуть окончательно, я шел резвым шагом и вскоре достиг Риджент-стрит. В столь ранний час на улице было мало транспорта и мало прохожих. Я дошел до Квадранта, где на углу стоял прилавок торговца жареным картофелем, и остановился в нескольких ярдах от него, стараясь согреться в слабых волнах тепла, исходящих от жаровни.

Возле прилавка стояли две женщины в потрепанных грязных нарядах. Одна зябко передернула плечами, а другая машинально рассмеялась и сказала:

— А вот я не мерзну, Сэл. Моя добродетель согревает меня.

В поисках тепла я болтался настолько близко от жаровни, насколько осмеливался подойти. Количество фургонов и телег, громыхающих по направлению к Ковент-Гардену, постепенно увеличивалось; стада овец и коров медленно проходили мимо, направляясь к Смитфилду. Немного погодя я увидел конный патруль, возвращающийся с дежурства из городских предместий. Теперь по тротуарам шагал рабочий люд, хотя для служащих из Сити (насколько я помнил из своего опыта уличной торговли) было еще слишком рано.

Только представив завещание канцлерскому суду, я мог обеспечить себе относительную безопасность — поскольку тогда будет меньше смысла убивать меня, а риска не в пример больше. Ибо в настоящее время, скрывающийся от всех и даже считающийся умершим, я оставался очень уязвимым. Однако, если учесть мой нынешний внешний вид, я не имел ни малейшего шанса (как справедливо заметила мисс Лидия) пройти мимо привратников в здание канцлерского суда, а я твердо положил не отдавать документ никому, кроме как высокопоставленному должностному лицу, причем в присутствии свидетелей, ибо хорошо помнил предостережение мисс Лидии, что у Момпессонов есть осведомитель в канцлерском отделении Высокого суда.

Как бы то ни было, я рассчитывал прибегнуть к содействию Генри Беллринджера, сводного брата Стивена Малифанта. Я видел Генри в канцлерском суде и знал, что он неким образом с ним связан. Он отнесся ко мне доброжелательно (насколько позволяли обстоятельства) и являлся тем самым другом, о котором я упомянул в разговоре с мисс Лидией. В общем, я решил обратиться к нему.

Сейчас было еще слишком рано, чтобы думать о предстоящей встрече, и потому, в попытках согреться, я ходил по улицам скорым шагом, осторожно ступая по скользким заиндевевшим булыжникам мостовой и наблюдая за медленным пробуждением огромного города на рассвете сырого и туманного зимнего дня.

Мальчишки-посыльные очнулись от своего зябкого беспокойного сна под прилавками магазинов и зажигали газовые лампы, слабые лучи которых едва рассеивали сгущающийся туман. Потом они начали открывать ставни витрин, то и дело дыша на окоченевшие пальцы, наверняка болезненно ноющие от соприкосновения с ледяным металлом и деревом. Фонарщики принялись гасить фонари, окруженные бледными ореолами света в плотной туманной пелене. Люди торопливо шли на работу, движимые не трудовым энтузиазмом, а желанием согреться и поскорее очутиться в теплом помещении. В районе Лестер-Сквер навстречу мне несколько раз попадались группы элегантно одетых молодых джентльменов, с шумом и криками возвращавшихся домой после разгульной ночи.

Глава 103

Я дошел до Барнардз-Инн и, памятуя о предыдущем визите, не стал называть привратнику свое имя, а подождал, когда он отвлечется на джентльмена, отдававшего какие-то распоряжения, и быстро проскользнул мимо.

Я прошел через два внутренних двора и поднялся по лестнице на мансарду, где обнаружил наружную дверь открытой и постучал во внутреннюю. Спустя несколько мгновений Генри отворил дверь и с удивлением воззрился на меня. Он выглядел точно так же, как в прошлую нашу встречу, только на сей раз был в цветастом халате из набивного ситца, бархатном ночном колпаке с золотой кисточкой и турецких туфлях.

— Вы меня помните? — спросил я, сообразив, что со времени нашей встречи минуло около двух лет.

К великому моему облегчению, он просиял и воскликнул:

— Конечно помню, Джон! Вы принесли мне известие про бедного Стивена! Мой дорогой друг, я очень рад видеть вас снова.

Он пригласил меня войти и закрыл за мной дверь. Комната выглядела гораздо уютнее против прежнего, ибо теперь здесь появился новый диван, второй столик, яркий турецкий ковер и несколько картин на стенах. Я застал Генри за приготовлением завтрака: на жарочной полке в камине стояла сковорода с тремя ломтиками бекона и парой почек. При виде и (главным образом) при запахе пищи у меня болезненно скрутило внутренности.

Вероятно, Генри заметил это, поскольку буквально силой усадил меня за небольшой стол, с которого торопливо убрал беспорядочно наваленные книги, бумаги, писчие перья, подставки для оных и прочие принадлежности, а потом, невзирая на мои протесты, подал мне свой собственный завтрак.

Несколько минут я жадно ел в гробовой тишине, забыв обо всех приличиях, а Генри наблюдал за мной, удивленно приподняв брови.

— Клянусь честью,— сказал он,— у вас такой вид, будто вы голодали целую неделю.

Увидев плохо скрытое сожаление, невольно проступившее на моем лице после того, как я покончил с беконом и почками, Генри отрезал для меня еще два куска хлеба, слегка прожарил, намазал маслом, а затем сварил кофе для нас обоих.

— Я отрываю вас от дел? — спросил я, принимаясь за бутерброды.— Еще слишком рано, да?

— Сейчас тридцать пять минут восьмого,— сказал он, вынув из кармана халата довольно дорогой серебряный хронометр.

— Я думал, еще нет и семи. Я боялся разбудить вас, явившись слишком рано.

— Слишком рано? Боже мой, вы что, не спали всю ночь?!

Я кивнул, продолжая энергично жевать.

— В самом деле? Надеюсь, я узнаю почему.

— Я расскажу вам,— сказал я.

Увидев, что я поглотил весь завтрак и все еще не насытился, Генри дал мне к кофе большой кусок кекса.

— Вы узнали меня тогда? — спросил я. — Когда я встретился с вами в канцлерском суде, в Вестминстере?

— Когда это было?

— Два года назад. Вскоре после моего прибытия в город.

— А что вы там делали?

— Это долгая история. Но я хочу рассказать вам. Мне нужен человек, которому можно довериться.

— Вы же знаете, что можете доверять мне, старина. В память о бедном Стивене. Я лишь надеюсь, что сейчас сумею помочь вам больше, чем в прошлый раз. Я часто вспоминал, как позволил вам уйти, так ничего и не сделав для вас. Но тогда я просто был на мели.

— Думаю, вы в силах помочь мне. У вас есть связи в канцлерском суде?

— Разумеется. Я там стажируюсь.

Это было лучше, чем я надеялся!

— Я шестидесятый чиновник, — продолжал он. — Работаю под началом одного из шестых. Разумеется, числа выбраны произвольно и соответствуют понятиям «младший» и «старший». И надеюсь однажды дослужиться до шестого. Впрочем, вряд ли вас это интересует. Но в чем, собственно, дело, старина? Вы меня страшно интригуете.

— Мне нужно отоспаться, — сказал я.

Хотя я валился с ног от усталости, мой мозг работал на удивление живо, являя почти болезненную ясность мысли.

— В таком случае вам надо сначала выспаться, а потом расскажете мне свою историю.

— Нет, сначала расскажу.

И вот в течение утра я поведал Генри значительную часть своей истории, суть которой сводилась к тому, что я являюсь наследником Хаффама и в настоящее время имею на руках давно утраченное завещание, призванное разрешить спорный вопрос о праве наследования. Генри выразил крайнее удивление сей новостью и признался, что много наслышан об означенном судебном процессе, поскольку, пояснил он, о нем идет самая дурная слава. Когда я рассказал, каким образом заполучил завещание, он с восхищением назвал мои действия смелыми и мужественными. Под конец я объяснил, насколько опасно мое нынешнее положение.

— Посему,— в заключение сказал я,— мне нужна помощь, чтобы предъявить завещание суду. Я могу заплатить вам, поскольку упомянутая мной старая леди дала мне денег, которые я оставил на хранение у своих друзей.

— К черту деньги! — воскликнул Генри.— Я почту за честь представлять ваши интересы бесплатно. Хотя из этого вы наверняка заключите, что адвокат из меня никудышный! Но если я правильно понял, в данную минуту документ находится при вас?

Я раздвинул лацканы куртки и показал пакет, висящий у меня на шее.

— Так значит, вы еще не ознакомились с ним! В таком случае сейчас первым делом нужно прочитать его.

Когда он расчистил место на столе, я извлек документ из пакета и развернул. Присев рядом со мной, Генри быстро пробежал глазами бумагу, а потом воскликнул:

— Клянусь небом, документ подлинный. Подумать только! Это положит конец одному из длиннейших процессов в долгой истории канцлерского суда, полной лжи и крючкотворства. Да адвокаты просто лишатся дара речи, когда это завещание ляжет на стол старшему чиновнику!

Он рассмеялся, а потом — поскольку я плохо разбирал крупный почерк судейского переписчика,— прочитал вслух часть, касающуюся непосредственно наследуемой собственности: все имущество отходит к «несовершеннолетнему Джону Хаффаму и наследникам оного по нисходящей линии, мужского и женского пола».

Генри еще раз бегло просмотрел завещание и заметил:

— И оно засвидетельствовано по должной форме.

Он положил бумагу на стол и сказал серьезным тоном:

— Что ж, здесь все яснее ясного. Даже тупоумный канцлерский суд не сможет особо запутать и усложнить ваше дело, старина.

Едва он произнес последние слова, страшная усталость навалилась на меня. Казалось, в этот миг я достиг цели всех своих стремлений, и силы, столь долго придававшие мне способность действовать, меня покинули.

— Я должен поспать,— сказал я.

— Значит, так и сделаете,— улыбнулся Генри.— А пока вы спите, я внимательно изучу документ и выберу наилучшую линию поведения.

Он смотрел на меня таким ясным, честным взором, что я устыдился внезапно возникшего в душе сильного нежелания выпускать документ из рук.

Я уже собирался, хотя и противно своей воле, потребовать завещание обратно, но он заметил мои сомнения, поскольку продолжил:

— Да, вы совершенно правы, старина. Не расставайтесь с ним ни на минуту. Мы с вами просмотрим его вместе, когда вы проснетесь.

Он протянул мне завещание, которое я взял с чувством глубокого стыда. Неужели я стал настолько подозрительным, что уже никому не доверяю?

— У меня идея,— с улыбкой сказал Генри.— В моей спальне чертовски холодно. Почему бы вам не поспать здесь, на диване? Вы мне не помешаете.

Я с благодарностью принял предложение, и он принялся передвигать мебель.

— Здесь, у камина слишком жарко. Я немного отодвину диван.

Он так и сделал, и я запротестовал:

— Но теперь дверь не открывается.

— Ничего страшного,— весело ответил он.— Я все равно не собираюсь выходить из дома.

Я все еще мучился стыдом от сознания, что обнаружил свое недоверие к нему, и тут мне пришло в голову хотя бы отчасти загладить свою невольную грубость, раз я могу спокойно спать здесь в полной уверенности, что никто не выйдет из комнаты, не разбудив меня.

— Не желаете ли просмотреть завещание, покуда я сплю?

— Да, отличная мысль,— откликнулся он.

Итак, я отдал Генри документ и улегся на диван. Дело уже близилось к полудню, хотя сквозь плотную пелену тумана лишь слабый желтоватый свет пробивался в маленькие закопченные окна. Последнее, что я запомнил, уже проваливаясь в сон, это Генри Беллринджера, который сидел за столом и сосредоточенно писал.

Глава 104

Я спал крепким сном без сновидений. Один раз я на миг очнулся и увидел Генри, сидящего за столом спиной ко мне, все в той же позе. Я снова погрузился в забытье, а по пробуждении еще пытался сообразить, где нахожусь, когда почувствовал легкое прикосновение какого-то предмета к щеке. Пошарив рукой по подушке, я нащупал пакет. И сразу все вспомнил. Украдкой посмотрев на Генри и удостоверившись, что он сидит на прежнем месте спиной ко мне, я быстро заглянул в пакет. Ни один скряга никогда не испытывал при виде своего золота такого восторга, какой охватил меня при виде завещания. Я приподнял голову и, встретившись глазами с улыбающимся Генри, залился краской при мысли, что он видел и понял мои действия.

— Ну, и каково же ваше мнение? — спросил я, вставая с дивана.

— Ваше дело беспроигрышное, поскольку завещание составлено в самых недвусмысленных выражениях,— сказал он, и я увидел проступившие у него на щеках красноватые пятна.— Если документ подлинный, в чем я не сомневаюсь, он вступит в силу взамен другого завещания. Суд справедливости не признает никакого срока давности в подобных делах.

— Похоже, вы взволнованы не меньше меня,— заметил я.

— От перспективы положить конец этой давней тяжбе у меня просто дух захватывает,— сказал Генри. Он и в самом деле дышал прерывисто.— Мой дорогой Джон, вам нужно лишь официально заявить о своих правах на землю — и в скором времени вы станете владельцем хафемского поместья.

Он подался вперед и пожал мне руку столь тепло и крепко, что я растрогался чуть ли не до слез.

— Но есть, по меньшей мере, одно препятствие,— сказал я.

Я объяснил, что существуют сомнения насчет законности брака родителей моего деда, а следовательно, в законнорожденности последнего, и Генри признал, что это действительно сильно осложняет дело. Однако я сказал, что, похоже, теперь у меня есть возможность разрешить означенные сомнения, хотя и не потрудился сообщить, что основываюсь здесь на рассказе мисс Лидии о венчании в Старом Холле.

Мой отдых длился долго: на город вновь спустилась зимняя тьма, казавшаяся еще темнее из-за тумана, который продолжал сгущаться. Передвинув диван от двери на прежнее место и усевшись перед камином, мы приготовили ужин из жареного картофеля и двух маленьких бифштексов, купленных Генри накануне. Потом, извинившись за убогость своих знаков гостеприимства, он достал из буфета бутылку кларета и, невзирая на мои протесты, откупорил оную в честь дорогого гостя, хотя каждый из нас выпил не более бокала.

Когда мы покончили с ужином, Генри сказал:

— Я предлагаю следующее: прямо сейчас я отправлюсь с частным визитом к одному весьма высокопоставленному чиновнику канцлерского суда. Предварительно подчеркнув сугубо конфиденциальный характер нашего разговора, я просто сообщу означенному лицу, что обнаружился чрезвычайно важный документ и что нынешний владелец документа желает отдать оный ему лично в руки, в присутствии свидетеля, то есть меня. Я настойчиво укажу на необходимость держать дело в строжайшей тайне. И скажу, что мы придем к нему домой завтра утром с целью отдать упомянутый документ. Как вы на это смотрите?

Я кивнул и, на мгновение лишившись дара речи от нахлынувших чувств, просто благодарно пожал Генри руку.

— Слава богу, — наконец сумел проговорить я. — Я не буду чувствовать себя в безопасности, покуда завещание не окажется в надежных руках. Попросите у вашего знакомого позволения прийти к нему со мной сегодня же вечером. Мне хочется поскорее сбросить этот тяжкий груз с плеч.

— Мой дорогой друг, для чиновника канцлерского суда и целый год не долгий срок. Но обещаю вам сделать все возможное. Здесь вы в безопасности, и едва ли мне нужно говорить вам, чтобы вы никому не открывали дверь в мое отсутствие.

Я содрогнулся при одной этой мысли, а Генри надел пальто и шляпу и сказал напоследок:

— Тем временем можете ознакомиться с судебными прецедентами, найденными мной. Я заложил бумажками книги в нужных местах.

Он ушел, и, только лишь заперев на замок наружную дверь и закрыв на засов внутреннюю, я почувствовал себя достаточно спокойно, чтобы сесть перед камином и внимательно прочитать завещание. Один пункт в нем гласил, что «мистеру Джеффри Эскриту» оставляется лишь пятьдесят фунтов, хотя я точно помнил, как моя мать говорила, что по завещанию он унаследовал дом на Чаринг-Кросс. Имело ли это значение? Перечитав документ еще несколько раз, я принялся изучать книги, оставленные для меня Генри. Насколько я понял, судебные решения по делам подобного рода весьма обнадеживали.

Глава 105

К двери никто не подходил. Время от времени я слышал шаги на лестнице, но все они замирали этажом ниже, и никто не пытался подняться по последнему узкому лестничному маршу, ведущему к единственной двери мансарды, занимаемой Генри.

Похоже, все самое страшное действительно осталось позади, и теперь мне оставалось лишь ждать, когда для меня настанет время вступить в права наследования!

Однако по прошествии двух часов я начал беспокоиться. Конечно же, деловой визит не мог занять у Генри столько времени! Правильно ли я поступил, доверившись ему? Если нет, не следует ли мне бежать отсюда? А вдруг он вернется с Барни? Однако возможно ли такое? Он не знаком ни с ним, ни с любым другим участником моей истории, верно ведь?

Наконец, уже поздно вечером, я встрепенулся, заслышав наконец шаги на лестнице. Человек — кто бы он ни был — имел ключи и отпер наружную дубовую дверь. Потом, к великому своему облегчению, я услышал знакомый голос, велевший мне отодвинуть засовы на внутренней.

Когда Генри стремительно вошел, я увидел, что настроение у него приподнятое. Он держал в руках несколько свертков, которые бросил на диван, прежде чем снять сюртук.

— Все в порядке! — воскликнул он.— Мы встретимся с моим патроном сегодня позже вечером, у него дома.

— Замечательные новости! — живо отозвался я. Хотя невольно задался вопросом, почему же он задержался так долго.

— Это еще не все,— выдохнул Генри.— Дайте только отдышаться. Наглотался тумана, а он настолько густой, что приходится идти на ощупь, словно слепцу, а таким манером резво не побегаешь, уверяю вас.

Он повесил сюртук и шляпу на вешалку и повернулся ко мне с веселой улыбкой.

— И я зашел на Оксфордский рынок, чтобы купить две бутылки вина, пару горячих пирогов с мясом и сливовый пудинг.

Он занялся вышеперечисленными покупками: положил мясные пироги на жарочную полку в камине и принялся откупоривать бутылки.

— Я страшно заинтриговал патрона своей историей и получил колоссальное удовольствие, поддразнивая его. Наверняка не так уж часто один из младших подчиненных знает настолько больше своего начальника. У него просто глаза на лоб полезли, когда я сказал, что дело касается права собственности на огромное поместье и состояние одного из самых уважаемых семейств в стране. — Генри налил вино в бокалы. — Он живет на Харли-стрит и ждет нас там с одиннадцати до полуночи.

— Так поздно!

— Мой дорогой Джон, как по-вашему, сколько сейчас времени? Уже начало девятого. Мы должны выйти через час, самое позднее. А задержался я потому, что на обратном пути заскочил к одному своему другу на Грейт-Титчфилд-стрит.

— Так значит, у вас были дела, — с облегчением заметил я, успокоенный объяснением.

— Он уже направляется сюда. Сейчас мы с вами поужинаем, чтобы выйти из дома сразу, как только он появится.

— Вы имеете в виду, он будет сопровождать нас? — спросил я.

— Вот именно. Ибо мне пришло в голову, что весьма желательно, чтобы при нашем разговоре присутствовал еще один человек.

Я выразил сомнение на сей счет.

— Дорогой Джон, попробуйте на минутку взглянуть на дело глазами моего патрона. Он видит перед собой одного из своих младших подчиненных, молодого шалопая, про которого не знает ничего хорошего, хотя и плохого тоже, который является к нему на ночь глядя и приводит с собой, как он утверждает, наследника огромного состояния, имеющего на руках давно пропавшее завещание, подтверждающее его право собственности. И кем же оказывается сей счастливец? Вы только не обижайтесь, но он оказывается совсем юным джентльменом, едва ли способным внушить своей наружностью доверие высокопоставленному чиновнику, всю жизнь протрудившемуся на пыльном поприще правосудия.

Генри сказал это с таким милым видом, что я невольно улыбнулся, ничуть не обидевшись.

— А теперь вообразите, как он отнесется к делу, коли эти двое явятся к нему в обществе почтенного джентльмена с безупречной репутацией — рукоположенного священника! Тогда дело представится ему в совершенно ином свете, разве нет?

— Священник?

— Преподобный мистер Чарльз Памплин. Отличный малый, возглавляющий славный приход в северном округе.

Казалось бы, подобное дополнение к нашей компании не могло давать повода для тревоги, но я все равно почувствовал легкое беспокойство.

— А для вас,— продолжал Генри,— он станет надежным свидетелем, присутствующим при передаче завещания,— хотя вам нет особой нужды тревожиться на сей счет.

Мы принялись за закуски, принесенные хозяином, и отужинали за приятной живой беседой. Мы уже «воздали должное» мясным пирогам, как выразился Генри, и собирались «оценить» пудинг, когда в дубовую дверь постучали. Генри вскочил с места, чтобы впустить новоприбывшего, и последний вошел в комнату, осматриваясь по сторонам с еле заметной насмешливо-снисходительной улыбкой. Я встал, и он протянул мне бледную надушенную руку с усеянными перстнями пальцами. Хотя мистеру Памплину еще не перевалило за тридцать, он уже успел обзавестись двойным подбородком. У него были черные блестящие глаза, и он имел неприятную привычку надолго задерживать на вас ленивый взгляд, с таким видом, словно находит зрелище крайне скучным, но не желает тратить силы на поиски предмета поинтереснее. Мистер Памплин был в обычной для священников шляпе с загнутыми с боков полями и в великолепном рединготе, который он снял (вручив вместе со шляпой и лайковыми перчатками Генри, точно лакею), чтобы предстать перед нами в прекрасном фраке, тонкой шелковой рубашке, узорчатом жилете и белых панталонах.

— Так вы и есть, — начал он, держа мою руку в своей бледной и довольно влажной руке, — тот самый молодой человек, который... — Тут он осекся и повернулся к Генри, отпустив мою руку. — Впрочем, я не настолько посвящен в курс дела, чтобы толком продолжить фразу; я понял лишь, что дело чрезвычайно важное. Все это очень таинственно, Беллринджер. Сочтете ли вы нужным оставить меня в неведении?

— Сочту, Памплин. Но, на мой взгляд, у вас нет оснований для недовольства. Вы священник, а значит, привыкли иметь дело с тайнами. Вам придется поверить мне на слово, что я не вправе рассказать вам ничего больше. Но вы наверняка прежде принимали на веру гораздо невероятнейшие вещи, иначе не стали бы духовным лицом.

— Вы отъявленный безбожник, Беллринджер, и попадете в ад, можете не сомневаться, — любезно ответствовал священник.

— Придержите язык, Памплин, иначе вы не сумеете сыграть свою роль в сегодняшнем мероприятии, в коем вам надлежит выступить гарантом нашей благонадежности. Хотя правду сказать, с таким же успехом один нищий может ручаться за другого.

— Ваша благонадежность! Если вы ожидаете от меня лжесвидетельства, вам придется выставить выдержанное вино девятого года, которое вы мне обещали.

Мы сели за стол, и Генри налил всем портвейна.

— Нам скоро выходить, — предупредил он.

— В такую мерзкую погоду на улицу совсем не тянет, и вы не заставите меня спуститься по вашей дурацкой узкой лестнице, покуда я не подкреплюсь немного.

На мой вкус портвейн был слишком густым и сладким, но два джентльмена (особенно мистер Памплин) выпили довольно много, хотя вино не оказало на них заметного действия.

— Да, пока не забыл,— сказал священник.— Сэр Томас оправился от болезни. Я встретился с ним у Крокфордов вчера вечером, и он передал сообщение для вас.

— Только не сейчас.— Генри нахмурился и посмотрел на меня.

— Боже милостивый! Я не хотел задеть ничьи чувства.

— Упоминать имя сего джентльмена уже значит оскорблять чувства присутствующих.

— Послушайте, Беллринджер,— любезно сказал Памплин,— вы же не ожидаете, что я позволю вам бесчестить имя моего покровителя.

Разговор перешел на другие темы, и в ходе беседы мистер Памплин время от времени переводил на меня свои глаза с тяжелыми полуопущенными веками и подолгу смотрел задумчивым немигающим взглядом.

КНИГА II
В ЗАПАДНЕ

Глава 106

Сейчас вам надобно еще раз вернуться назад, в старое конторское здание возле полуразрушенной пристани. Мистер Клоудир находится в своем личном кабинете, вместе со своим старшим клерком, и явно пребывает в приподнятом расположении духа. Он потирает руки, а потом внезапно хихикает и делает несколько танцевальных па. Мистер Валльями с любопытством наблюдает за ним, словно задаваясь вопросом, чем же так доволен старый джентльмен.

— Что за человек приходил сюда, пока я ужинал, мистер Клоудир? Я с ним столкнулся в дверях, когда возвращался.

— Не ваша забота! — весело восклицает старый джентльмен.

— Я подумал, он приходил по делу, — иначе не стал бы спрашивать.

— По личному делу, — отвечает хозяин, уже не столь любезно. — Ничего важного.

— Неужели? Однако в такой скверный туманный вечер никому не захочется без нужды выходить из дома.

— Вы вдруг стали чертовски любопытны! — выкрикивает старый джентльмен, а потом внезапно меняет тон: — Садитесь, пожалуйста. Мне нужно сообщить вам одну вещь.

Мой старый друг.— Он на мгновение умолкает, а затем продолжает: — Сколько уже лет вы на меня работаете?

— С юности, мистер Клоудир, более тридцати лет.

— И вы когда-нибудь сомневались в том, что желаю вам только добра?

Мистер Валльями внимательно смотрит на него и отвечает:

— Последние несколько лет — нет. Нисколько не сомневался, сэр.

— Хорошо,— говорит старый джентльмен, глядя на клерка с долей нерешительности.— Вы помните «Пимлико-энд-Вестминстер-Лэнд-Компани»?

Мистер Валльями кивает.

— Номинальным владельцем которой я вас сделал. Видите, насколько я всегда доверял вам. В общем, дело в том... понимаете ли... неудачные спекуляции компании... то есть...

— Вы хотите сказать, мистер Клоудир, что меня могут арестовать за долги и привлечь к ответу за потери, понесенные вами на денежном рынке?

— Ну, зачем представлять все в таком уж мрачном свете? — с негодованием восклицает старый джентльмен.— Дело в том, что в самом худшем случае... подчеркиваю, в самом худшем... ну... вам придется месяцок-другой посидеть во Флите.

— А если я откажусь нести наказание за вас?

— Откажетесь? — выкрикивает старый джентльмен, моментально забыв о всякой любезности.— В таком случае, у меня на руках ваши долговые расписки, и я могу засадить вас в тюрьму на гораздо дольший срок! — Потом он овладевает собой и говорит сладким голосом: — Но я знаю, что вы не откажетесь. Ибо если вы согласитесь сделать это для меня, я в высшей степени щедро позабочусь о вашей семье, покуда вы содержитесь под стражей.

— Уверен, я могу рассчитывать на вашу щедрость,— говорит старший клерк таким многозначительным тоном, что старый джентльмен весь передергивается.

В следующий миг в парадную дверь громко стучат.

Через несколько секунд бледный от страха мальчик-посыльный без стука заглядывает в кабинет и докладывает:

— Констебли шерифа, мистер Клоудир, сэр.

Оставив своего хозяина сидеть с открытым ртом, мистер Валльями проворно встает, выходит в приемную и говорит:

— Добрый вечер, джентльмены. Полагаю, вам нужен я.

— Вы весьма любезны, сэр,— говорит шериф.— Жаль, что не все наши клиенты равно учтивы.

Пока мистер Клоудир стоит в дверях своего кабинета, мистер Валльями безропотно сдается блюстителям закона, а затем уходит в сопровождении оных с таким спокойным видом и напоследок смотрит на своего благодетеля таким странным взглядом, что старый джентльмен бледнеет от удивления и тревоги.

Глава 107

Незадолго до десяти Генри встал и сказал:

— Пора двигаться, иначе мы опоздаем.

Он подошел к окну, поднял штору и объявил.

— Не видать ни зги. Все затянуто туманом.

— А нельзя ли отложить дело до утра? — спросил мистер Памплин.

— Ни в коем случае,— твердо ответил Генри.

— Но в наемном экипаже придется ехать не один час, даже если нам удастся найти возницу, который отважится раскатывать по городу в таком тумане.

— Совершенно верно,— сказал Генри.— Поэтому мы доберемся быстрее и с большей степенью вероятности, коли пойдем пешком.

— Что? — воскликнул мистер Памплин.— Да вы с ума сошли! Мне совершенно не хочется топать на своих двоих в такую даль в такую ночь.

— Тем не менее придется. Я знаю дорогу и нашел бы нужную улицу даже с завязанными глазами.

— Ох, ладно! — недовольно проворчал священник и подлил еще вина в свой бокал, который осушил залпом, поднимаясь на ноги.

Генри зажег фонарь. Потом он протянул мне пальто, и, поплотнее закутавшись от непогоды, мы двинулись в путь.

По выходе во внутренний двор я в первый момент задохнулся, глотнув холодного влажного воздуха с горьким привкусом. Густо насыщенный запахом горящего угля, он напоминал угарный воздух в комнате с камином с испорченной вытяжкой. Пределы видимости ограничивались несколькими шагами, и когда мы немного отошли от гостиницы, шум редких повозок стал едва слышным. Свет фонаря еле рассеивал густой туман.

— Я пойду впереди,— сказал Генри, когда мы вышли на улицу.— Будем идти, как римские легионеры, *haere pede pes*, то есть гуськом, нога в ногу. Вы держитесь за мной, Джон, ибо, как говорит Овидий, «medio tutissimus ibis» — средний путь самый безопасный.

— Послушайте, Беллринджер, сейчас слишком холодно для латыни.

— А что касается до вас, Чарльз, то вам лучше замыкать шествие.

Мистер Памплин сердито фыркнул, и мы тронулись в путь. Хотя я в считанные минуты потерял всякую ориентацию, Генри явно хорошо знал дорогу и продолжал целеустремленно шагать вперед.

Некоторое время мы шли по почти безлюдным улицам, а потом, когда свернули в узкий, уводящий вниз переулок, мне почудились осторожные шаги позади.

Я попросил Генри остановиться, и мы замерли на месте, напряженно прислушиваясь.

— Черт возьми, Беллринджер,— проворчал мистер Памплин,— нас всех могут здесь зарезать. Топать пешком — чертовски глупая идея.

— Придержите язык,— велел его друг.

С минуту мы изо всех сил напрягали слух, но так ничего и не услышали.

— Вам померещилось, Джон,— наконец сказал Генри, и мы двинулись дальше.

Однако, когда мы приблизились к выходу из переулка, несколько темных фигур внезапно выступили из тумана перед нами, а в следующее мгновение сильная ладонь зажала мне рот, и я оказался не в силах пошевелить руками, стиснутыми железным захватом. В темноте и тумане я не мог толком разглядеть, что происходит, но услышал звуки борьбы, свидетельствовавшие о сопротивлении Генри налетчикам, и увидел, как падает на землю фонарь. Потом мне показалось, что моего друга сбили с ног. Мистер Памплин исчез в тумане, как только на нас с Генри напали. Я попытался вырваться из цепкой хватки, но получил мощный удар под ребра и задохнулся.

Голос, показавшийся мне знакомым, приказал:

— Обыщи его. Живо.

Чья-то рука обшарила мои карманы и ничего не нашла. Я же между тем возрадовался тому, что предусмотрительно спрятал бесценный документ на груди, повесив на шнурке на шею.

Обыскавший меня мужчина крикнул голосом, до боли знакомым:

— Я ничего не нашел!

Потом меня грубо поволокли к выходу из переулка, и тут я внезапно понял, что мы попали в засаду, устроенную именно для нас. Затем меня рывком подняли с земли, и я мельком увидел дверцу кареты, прежде чем рухнуть на устланный соломой пол последней. Я распростерся у ног человека, уже сидевшего внутри, который проговорил из темноты:

— Отличная работа!

Мой противник встал коленями мне на спину, все еще не отнимая ладони от моего рта, а третий мужчина забрался в карету и, захлопнув дверцу, крикнул кучеру трогаться. Я исполнился отчаяния, ибо теперь узнал обоих налетчиков и человека, ждавшего в карете: доктор Алабастер и его помощники, Хинксман и Рукьярд.

Глава 108

Я лежал на полу трясущейся по булыжной мостовой кареты, по-прежнему придавленный весом Хинксмана, и заливался горькими слезами — не столько от страха за свою жизнь, сколько от сознания, что после всех препятствий, преодоленных мной с единственной целью заполучить завещание, у меня отнимут бесценный документ, и я лишусь всякой возможности восстановить свои права и добиться справедливости в противостоянии людям, обманувшим мою мать. Но как такое случилось, что я снова попался в руки врагов? Откуда они знали, где искать меня?

Если же говорить о моей дальнейшей участи, то я полагал, что сейчас меня отвезут обратно в сумасшедший дом, где будут держать до конца моей жизни, сколь бы долгой или короткой она ни оказалась,— ибо мне никак не приходилось рассчитывать на еще одну возможность побега. Драться и взывать о помощи не имело смысла. И потому, пока карета еле ползла по туманным улицам, я изливал в слезах свое отчаяние и горе.

Но, похоже, я ошибался в предположениях относительно нашего места назначения, ибо через десять—двадцать минут карета сильно замедлила ход, чтобы сделать резкий поворот, а затем очень медленно стала спускаться круто вниз. По всей видимости, мы приближались к реке — и я действительно почуял затхлый солоноватый запах Темзы, растворенный в тумане. Наконец карета остановилась. Меня вытащили наружу, по-прежнему зажимая мне рот и скручивая руки (тем самым лишая возможности закричать или оказать сопротивление), и швырнули на землю. Яркие газовые фонари на мгновение ослепили меня.

Потом я сосредоточил взгляд и уставился в лицо стоявшего надо мной щуплого старика, который с улыбкой смотрел на меня в высшей степени странным напряженным взглядом. Я видел его раньше. Но где? И когда? Бледный и костлявый, в узких панталонах, подчеркивавших худобу ног и полноту вываливающегося брюшка. Весь его наряд — заси-

КВИНКАНКС

женный мухами напудренный парик, похожий на черный кочан капусты, нахлобученный на плешивую голову; грязный потрепанный сюртук; шейный платок из желтоватого батиста; черные перчатки; зеленые очки в роговой оправе и крапчатые панталоны — казался старомодным.

— Молодцы, — сказал он Алабастеру с улыбкой (если последнее слово здесь уместно, ибо он лишь слегка раздвинул уголки рта и провел языком по верхней губе). — Вам хорошо заплатят. Свяжите его и отнесите вниз.

Хинксман крепко перетянул мне запястья веревкой, а потом они с Рукьярдом стащили меня по двум лестничным маршам в сырой подвал, вдоль стен которого стояли огромные древние бочки и пустые бочонки. Пахло здесь не только сыростью; здесь ощущался острый запах реки.

Они бросили меня на пол подле открытого люка, похожего на устье глубокого колодца, и оставили лежать в кромешной тьме. Через несколько минут вниз спустился старик с фонарем в руке и приблизился ко мне, по-крабьи осторожно ступая бочком. Словно я был неким неодушевленным предметом, он бесцеремонно распахнул на мне куртку и нащупал шнурок на моей шее. Когда он ухватился за него, я задался вопросом, откуда он узнал, где искать. Старик сорвал пакет с моей груди и торопливо развернул бумагу. Он поднес документ к самому носу и стал жадно читать при тусклом свете фонаря; на влажной каменной стене позади него дрожала огромная черная тень. Потом он открыл заслонку фонаря, свернул бумагу в трубочку, сунул в огонь и держал там, покуда она горела.

После всего, что я вынес! После всего, что претерпела моя двоюродная бабушка Лидия и ради чего умерла! Потерять всякую надежду на возвращение собственности своей семьи, всякую надежду добиться Справедливости в возмещение страданий своих родственников!

Старик повернул скрученную в трубочку бумагу другой стороной к пламени и, когда она сгорела окончательно, развеял пепел над люком.

Теперь, когда он повернулся ко мне и задумчиво посмотрел на меня сверху вниз, когда от света фонаря на его лицо легли контрастные тени, я нашел решение загадки, давно терзавшей мой ум.

— Я видел вас, когда лежал больной в доме Дэниела Портьюса! — вскричал я.

Этого старика я видел в лихорадочном бреду, а по выздоровлении так и не понял, являлся ли он реальным человеком или же плодом воспаленного воображения.

Он приподнял брови, словно удивляясь, что я еще в состоянии разговаривать.

— Вы отец Дэниела Портьюса! — воскликнул я. А потом вдруг понял, что это значит.— Вы отец Питера Клоудира! А следовательно, мой...— И тут я осекся.

Лицо старика потемнело. Так значит, передо мной стоял Враг моей матери и мой Враг, главный виновник всех моих бед и несчастий моих родственников.

Он смотрел на меня пронзительным взглядом.

— Для тебя я никто,— сказал он.— Я отец несчастного мужа твоей матери.— Он сказал про нее еще что-то, а потом вынул из кармана какой-то маленький предмет и показал мне, осветив фонарем.— Вот она.

Он держал в руке медальон, которым так дорожила моя мать и пропажа которого повергла ее в глубокую печаль. В нем по-прежнему находился венчик, сплетенный из двух перевитых прядей волос.

— Именно благодаря медальону я отыскал твою драгоценную мать,— сказал старик.— Ибо один из моих закладчиков узнал моего сына.

Несколько мгновений он держал медальон над люком, а потом разжал пальцы. Через пару секунд мне послышался слабый всплеск. Неужели под нами река? Я вспомнил, как мы с Джоуи спаслись от прилива, бежав через подземные склады, и задался вопросом, не нахожусь ли я снова поблизости от Флит-Маркет.

— Почему вы затравили мою мать до смерти? — спросил я.— Почему вы ненавидите ее?

— Сколько вопросов сразу! — сказал старик со зловещей улыбкой, похожей скорее на гримасу.

— Ответьте мне! Скажите правду!

— Хорошо, я отвечу на все интересующие тебя вопросы,— сказал он, продолжая улыбаться.— Теперь от этого не будет никакого вреда, и у нас еще есть немного времени, поскольку прилив только начинается.

Что он имел в виду? Собирался ли вывезти меня на корабле из страны? При виде медальона мучительные воспоминания нахлынули на меня и заставили забыть о собственной безопасности. Я должен был восполнить пробелы, какая бы участь ни ждала меня.

— Это вы убили моего деда? — спросил я.

— Нет,— ответил старик.

— Нет, *вы*,— настойчиво возразил я.— Вы заплатили человеку по имени Барни Дигвид.

— Впервые о таком слышу,— сказал он.

Неужели это правда? Неужели мои предположения об участии Барни во всей истории ошибочны? Действительно, в своих подозрениях я основывался лишь на собственных логических умозаключениях.

Потом, словно вдруг разозлившись, старик крикнул:

— Я скажу тебе правду, но она тебе не понравится. Твоя мать вынудила Питера пойти на такое. Дело в том, что он полагал себя слишком благородным джентльменом, чтобы состоять в близком родстве с честным ростовщиком. Он без всякого зазрения совести брал у меня деньги, хотя и открыто заявлял, что приходит в ужас при мысли, какого рода презренным ремеслом оплачиваются его изысканные манеры и книжные знания. Я возлагал на Питера большие надежды. Но он недостаточно любил меня, чтобы оправдать мои расходы на него.

Продолжая говорить, старик привязал толстую веревку к железному кольцу в стене.

— Потом он встретился с твоей матерью, и она вместе со своим отцом настроила Питера против меня. Они требовали от него столь многого, что не приходится удивляться, что у бедняги мозги съехали набекрень. Заметь, он имел все основания убить Хаффама, поскольку извлекал прямую выгоду из его смерти. Как и твоя мать.

— Неправда! Она была не такая!

— Она уловила Питера в свои сети обычными женскими хитростями и исподволь вынудила совершить убийство — словно сама все спланировала. Чертовски длинная верёвка! Впрочем, неважно. От смерти Хаффама я ничего не выиграл. А только потерял, поскольку Дэниел ополчился против меня. Против своего старого отца, который трудился всю жизнь, чтобы сделать из него того, кем он является ныне, и оставить состоятельным человеком после своей смерти! Вскоре он женился на богатой вдове и изменил имя, заявив, что боится сплетен в связи с убийством и судебным процессом. О, он сказал мне, что в таком случае мы с ним можем заниматься бизнесом на пару, и никто не узнает о нашем родстве. Надо признать, Дэниелу удалось заставить свой банкирский дом, Квинтард и Мимприсс, финансировать несколько моих предприятий. Но я знаю, что дело было не только в этом. Если поначалу мы лишь притворялись чужими людьми, то теперь действительно стали таковыми.

Квинтард и Мимприсс! Ну конечно! Этот банк принимал участие в спекуляции, в которую Сансью втянул мою мать. Название Квинтард и Мимприсс упоминалось в одном из писем последнего к ней. А позже (вспомнил я) упоминалось в суде как название банка, где служил Портьюс.

— Да, теперь Дэниел стыдится меня, как в свое время стыдился Питер, — продолжал старик. — Это несправедливо! Ведь после моей смерти он получит всё. Всю мою недвижимость в городе, а теперь еще и хафемское поместье в придачу. Но он не может скрыть от меня своего презрения. А эта его девица — разве она питает приязнь к своему старому деду? Да она морщит свой изящный носик всякий раз, когда я вхожу в комнату. Но она не откажется от своей доли моих денег, зуб даю.

Теперь старик крепко обвязывал другой конец веревки вокруг моей талии.

— Я никогда не жаждал отомстить твоей матери. Я единственно хотел восстановить свои права. У меня их отняли, когда мне еще не стукнуло и двадцати. Эти заносчивые Хаффамы и Момпессоны презирали моего отца и меня, но нуждались в нас. О да, они прибегали к нам всякий раз, когда им требовались деньги на роскошную жизнь, дома и экипажи. Разве я когда-нибудь пользовался такими благами? Хотя мог себе позволить стократ большее.

— Так значит, вы убили мою мать единственно с целью восстановиться в своих правах! — вскричал я. — Вы наняли Ассиндера, чтобы он не подпускал ее к дому сэра Персевала!

— Ах, так тебе известно об этом! — воскликнул он. — Ну, теперь-то никакого вреда не будет, коли я признаюсь. Да, я действительно плачу Ассиндеру, чтобы он заботился о моих интересах. Во-первых, он следит за тем, чтобы проклятые Момпессоны не попытались обратить вверенное имущество в свою пользу, прежде чем поместье перейдет в мою собственность. Хотя я знаю, что он удерживает часть рентных доходов и скоро будет пойман за руку.

— Вы довели мою мать до смерти! — выкрикнул я.

— Она завладела кодициллом, по справедливости принадлежавшим мне, и пыталась воспрепятствовать моему восстановлению в правах наследования! — проорал старик и принялся тянуть и толкать меня по полу к открытому люку.

— Но дело не только в этом! Чтобы получить наследство, вам было нужно, чтобы моя мать умерла. Так же, как сейчас вам нужно, чтобы я...

Ну конечно! Он намеревался сбросить меня в люк и утопить в приливной воде. Но зачем веревка? Очевидно, по какой-то причине он хотел вытащить мое тело обратно. Потом меня осенило: ему нужно мое тело, чтобы подтвердить факт моей смерти!

— А Генри Беллринджер? — в отчаянии выкрикнул я. — Он тоже ваш сообщник, как Сансью и Ассиндер?

— Довольно вопросов,— пропыхтел он, продолжая толкать меня к люку.

Я начал сопротивляться (насколько мог, будучи крепко связанным), но хотя мне удалось несколько раз крепко лягнуть старика, в конце концов он все же подволок меня к самому краю люка и спихнул в него. Я упал в воду, стоявшую всего пятью-шестью футами ниже уровня пола,— к счастью, ногами вниз. Меня обожгло холодом. Старик поднял фонарь повыше и посмотрел на меня неожиданно сочувственным взглядом. А потом опустил крышку люка, и я оказался в кромешной тьме.

Я несколько раз сильно брыкнул ногами, чтобы принять вертикальное положение, а потом попытался освободиться от крепко стягивавшей запястья веревки, но безуспешно. Меньше чем через час приливная вода прижмет меня к крышке люка. Старик наверняка закрыл крышку на засов или стоит на ней, придавливая своим весом. Судя по застойному смрадному запаху, вода здесь поднималась выше потолка. Я утону. И утону быстрее, коли окоченею настолько, что не смогу держать голову над водой. Так значит, смерть. И никто, кроме старика, не узнает правды. Что станут думать обо мне Джоуи и его мать? Каким словом будут поминать меня? Недобрым, как виновника смерти любимого отца и мужа? А на что еще я мог рассчитывать? Я действительно убил его — и то обстоятельство, что впоследствии я спас Джоуи от верной смерти, нисколько не снимало с меня ответственности. Пусть даже я рисковал жизнью, придя к нему на помощь.

Потом меня осенило. Однажды я спас Джоуи от смерти! Вытащил из затопленного подземного склада. И мы поднялись оттуда в точно такой же подвал! Следовательно, вполне вероятно, сейчас я нахожусь в одном из подобных складов, ибо я помнил, что каменные опоры между ними целиком погружались в воду во время прилива. Мне пришло в голову, что если я нахожусь именно в таком месте, то, возможно, сумею выбраться в смежный отсек и расположенный выше подвал, проплыв под аркой и вынырнув, как в прошлый раз. Я со страхом осознал, насколько трудно проделать подобные действия, будучи на привязи и со стянутыми веревкой руками, но у меня не было выбора. И если я не потороплюсь, то скоро окоченею настолько, что лишусь всякой возможности двигаться. Иными словами, лучше броситься навстречу смертельной опасности, нежели покорно ждать смерти.

Веревка длинная — вероятно, достаточно длинная, чтобы позволить мне преодолеть расстояние до смежного отсека. А что, если нет? Стараясь не думать об этом, я нырнул в воду и попытался найти арочный проем в стене. Но тщетно. Неужели этот подземный склад отличается от того, из которого спаслись мы с Джоуи? Я поднялся на поверхность, набрал побольше воздуха в грудь и снова нырнул. На сей раз я таки нашел проем, проскользнул в него и проплыл несколько ярдов, энергично работая ногами. Потом я вынырнул и оказался в кромешной тьме. Но, похоже, надо мной находилось обширное пустое пространство. Я крикнул и, приняв во внимание характер эха, утвердился в своем предположении. Вне всяких сомнений, теперь я находился в смежном отсеке. С ужасом думая о том, что веревка в любой момент может натянуться и я утону здесь с таким же успехом, с каким утонул бы в соседнем отсеке, я нащупал железные ступеньки и принялся карабкаться по ним. В считанные секунды я достиг самого верха лестницы! Следующим препятствием была крышка люка. Я толкнул обеими руками, и она приподнялась на пару дюймов. Я поднапрягся и в конце концов сумел откинуть ее. Я выкарабкался в темный подвал и, встав на ноги, почувствовал наконец натяжение веревки! Спасся ли я теперь от прилива? Что ж, скоро узнаю. И вот, я стоял там, покуда приливная вода медленно поднималась — сначала до краев люка, потом до моих щиколоток, коленей и наконец до пояса. Неужто в конечном счете мне предстоит погибнуть здесь, точно крысе в ловушке? Я ждал, с горящим лбом и ледяными конечностями, напряженно уставившись во тьму широко раскрытыми глазами и вспоминая все, что мне доводилось читать о приговоренных к казни несчастных, которые ждали прилива в Доке Смертников.

Медленно текли часы, похожие на дни и недели. Вся моя жизнь прошла перед моим мысленным взором. Детство, проведенное в Мелторпе. Моя мать, Сьюки, Биссетт и миссис Белфлауэр. Я так и не отдал Сьюки деньги, взятые взаймы! Генриетта и Момпессоны. А что Генриетта? Любил ли я ее? Любила ли она меня?

Внезапно я устыдился многих поступков, совершенных мной и (самое ужасное) несовершенных. Я с такой легкостью осуждал всех. Я тысячу раз осуждал свою мать. Я отказался простить бедного калеку Ричарда, выдавшего Большого Тома в школе Квигга. Я и теперь не мог простить. Не имел права. Если бы только я больше думал о Джоуи и его матери и меньше — о восстановлении своих прав. Права. Справедливость. Что означают эти слова в действительности? Я все время обманывал себя. Я руководствовался куда более низменными мотивами, нежели хотел думать. Коли я выживу, впредь я стану вести себя совсем иначе. Что хорошего я сделал в жизни людям? Я вспомнил, сколько раз доводил свою мать до слез, и расплакался сам, а при мысли о своих подозрениях на ее счет зарыдал еще горше. Мать, отец. Дед. Какое все это имело значение? Внезапно я увидел в этом ужасном, жалком старике поистине родственную душу. Поведанная им история была мне знакома: поиски справедливости, глубокая уязвленность дурным обращением, попытки измерить любовь в деньгах. Все это казалось до боли знакомым. И теперь я принял тысячу решений и дал себе тысячу обещаний, сильно сомневаясь, что мне представится возможность нарушить оные.

Я не смел поверить своим ощущениям, но, похоже, вода перестала подниматься. Она шла на убыль! Она *действительно* шла на убыль! Но о спасении еще говорить не приходилось. Мне предстояло вернуться назад, ибо другого способа освободиться от веревки не было. Вернуться назад! (Казалось, мне постоянно приходилось возвращаться назад! Неужто мне никогда не стать по-настоящему свободным?) Сколько еще времени мне следует ждать? Мне оставалось лишь надеяться, что Клоудир не запер люк. Коли я промешкаю слишком долго, он вернется и примется вытаскивать меня из подземного склада. Я подожду, покуда приливная вода не опустится на фут ниже пола подвала. В образовавшемся воздушном пространстве я получу возможность дышать, когда попытаюсь поднять крышку люка.

Я опустился на колени и каждые несколько минут вытягивал руку вниз, проверяя уровень воды. Наконец момент настал! Я погрузился под воду и поплыл назад, перебирая веревку. Вынырнув на поверхность и нашарив связанными руками крышку люка, я обнаружил, что она не заперта. Ну конечно! Толстая веревка не позволила Клоудиру плотно закрыть опускную дверь и задвинуть засов! Поскольку ни единый слабый лучик не пробивался в щели по периметру люка, я заключил, что старика в подвале нет, иначе я бы заметил свет фонаря. Крепко упершись ногами в ступеньку, я попытался приподнять крышку, но внезапно лестница поползла вниз. Насквозь проржавевшая, она сорвалась с креплений под тяжестью моего веса. Я пришел в ужас, но почти сразу понял, что бояться нечего, поскольку меня поддерживала вода; подтянувшись на веревке, я сумел откинуть крышку люка и выкарабкаться в темный погреб. Я снова закрыл опускную дверь, но меня беспокоило, что по возвращении Клоудир непременно заметит, что теперь от нее тянутся две веревки вместо одной. Мне надо наброситься на него прежде, чем он подойдет достаточно близко, чтобы заметить это. Я спрятался у подножия ведущей к выходу каменной лестницы.

Насквозь промокший и окоченевший, я ждал довольно долго, но наконец услышал скрип дверных петель наверху и увидел свет фонаря. Старик постоял у двери, видимо прислушиваясь к плеску воды под крышкой люка и выжидая, когда она спадет еще ниже. Потом он спустился на несколько ступенек, и я разглядел его поотчетливей. В руке он держал нож, которым намеревался перерезать веревку! Новая опасность — но одновременно (если мне повезет) неожиданный счастливый случай. Испугавшись, что Клоудир вот-вот заметит две веревки на полу, я решил перехватить инициативу и наброситься на него, не дожидаясь, когда он пройдет мимо. Я попытаюсь вырвать у него нож и перерезать веревку, ибо пользоваться руками я мог, несмотря на связанные запястья. Потом под угрозой ножа я заставлю старика вывести меня из здания.

Я уже приготовился к прыжку, когда сверху донесся шум. Похоже, Клоудир тоже услышал звуки, ибо он положил нож на ступеньку, отворил дверь и вышел. Едва лишь дверь за ним закрылась, я поднялся по лестнице, нашарил в темноте нож и перепилил толстую веревку, обвязанную вокруг пояса. Даже на это у меня ушло несколько минут, а освободить руки будет еще труднее. Ощупью спустившись вниз, я бросил конец веревки в люк, и теперь от последнего тянулась к стене лишь одна веревка. Я осторожно вышел за дверь, поднялся по лестнице и заглянул в главное помещение конторы. Я крепко сжимал в руке нож, который намеревался применить в случае необходимости.

Старик прокричал, обращаясь к человеку, находившемуся вне поля моего зрения.

— Что вы тут делаете? Да еще в столь поздний час!

— Что я делаю? — переспросил человек. — Отвечу вам с превеликим удовольствием. С таким удовольствием, какого никогда не испытывал, подчиняясь вам, сэр... то есть Клоудир.

Я немного переместился в сторону и увидел говорившего. Это был мужчина лет пятидесяти, полный и круглощекий, почти полностью лысый и с багровым лицом — хотя тогда я не понял, является ли сия нездоровая краснота особенностью конституции или же вызвана сильным волнением чувств. Он был в потрепанном коричневатом сюртуке с тусклыми пуговицами, канареечного цвета жилете и бледно-голубых панталонах.

— Что за безумие такое? — вскричал Клоудир.

— Безумие? Нет, безумием было на протяжении долгих лет делать для вас вещи, которые я делал. Вымогать у бедняков все до последнего пенса, вцепляться в молодых наследников и обчищать их как липку, выселять людей в убогие лачуги, где приличный человек не станет держать и свиней. И самое главное, преследовать это бедное юное создание — вашу невестку, сэр... то есть Клоудир. Обманом лишить несчастную ее небольшого состояния с помощью гнусного кровопийцы Сансью, а потом предать бесчестью и довести до безвременной смерти.

Я с трудом подавил желание выступить вперед и обнять славного толстяка.

— Переходите к делу, Валльями, — прорычал Клоудир. — Как вы выбрались из Флита?

— Да я там и не был, — ответил он. — А теперь я скажу вам одну вещь. Некоторое время назад я снял слепок с ключа от парадной двери. С той поры я по ночам приходил в контору и переписывал документы. Вот почему я частенько клевал носом днем, сэр... то есть Клоудир. Когда меня арестовали, я прихватил с собой в полицейское управление копии бумаг и показал одному адвокату — весьма сметливому малому, следует заметить. Он заплатил мне за сопряженные с арестом неудобства, выдал поддельное поручительство и велел возвратиться в контору и раздобыть побольше улик.

— Какие такие документы? — с легкой дрожью в голосе спросил старик.

— Да почти все. Главным образом имеющие отношение к «Консолидейтид-Метрополитан-Билдинг-Компани» и к заключенным последней сделкам, касающимся известных вам земельных владений. В частности, с банкирским домом Миммприсс и Квинтард. Но равно и многие другие документы.

— Неужто вы полагаете, что я выпущу вас отсюда живым?

— Думаю, вам лучше поступить именно так, сэр... то есть Клоудир. Ибо копии бумаг остались у адвоката, который получил распоряжения, как поступить с ними в случае моего исчезновения.

Наступило короткое молчание.

— Послушайте,— заговорил Клоудир весьма рассудительным тоном.— Изложите ваши условия. На сей раз вы меня крепко прижали, но бизнес есть бизнес, и я уверен, мы с вами сумеем прийти к соглашению.

— Знаете, моя совесть не смирится с тем, чтобы вы продолжали творить свои темные дела.

— Ни за какие деньги?

После непродолжительной паузы толстяк ответил:

— Ни за какие, если речь идет о сумме, меньшей пятидесяти тысяч фунтов.

Так значит, он ничем не лучше! Хотя нет, наверное, все же лучше, ибо, по крайней мере, он достаточно высоко оценил свою совесть!

— Да вы с ума сошли! — возопил Клоудир. Потом сказал более спокойным тоном: — Вы же знаете, что у меня нет таких денег.

— Теперь есть.

— Что вы имеете в виду?

— Я слышал, что происходило в подвале час назад. Теперь, когда мальчишка мертв и завещание уничтожено, вы являетесь владельцем земельной собственности Хаффама, а она стоит немалых денег.

Опять наступило короткое молчание, а потом старик сказал елейным голосом:

— Что ж, вы действительно хорошо разбираетесь в ситуации! Но если мне предстоит заявить о своих правах на поместье, вам предстоит помочь мне в подвале.

— Хорошо. Только давайте без этих ваших штучек.

Они направились к двери, за которой я стоял, и мне ничего не оставалось, как быстро спуститься обратно в подвал и спрятаться за первой попавшейся бочкой.

— Давайте взглянем на него,— сказал Клоудир и схватился за веревку.— Что за чертовщина такая?! — мгновением позже вскричал он, обнаружив, что она ни к чему не привязана.— Как бы то ни было, он наверняка утонул. Ибо я стоял на крышке люка, покуда приливная вода не поднялась мне до щиколоток. По-видимому, веревка перетерлась об острый край ступеньки. Мне нужно предъявить тело, чтобы доказать суду, что последний представитель рода Хаффамов умер. Но я не хочу, чтобы труп нашли со связанными руками. Да еще в подземных складах поблизости от конторы, ибо это слишком подозрительно — нет, его должны найти в реке. Вы на четверть века моложе меня, Валльями. Спуститесь вниз и попробуйте найти тело.

— Ни за что на свете.

— Ну же, не будьте трусом. Нам нужно достать труп. Спускайтесь, а я посвечу вам.

— Я знаю уловку, которая стоит двух таких,— сказал Валльями.

— Я не пытаюсь убить вас, глупец,— прорычал Клоудир.— Я сам полезу туда, коли вы отказываетесь, но не забывайте, что вы получите деньги только в том случае, если я останусь в живых, чтобы заявить о своих правах на наследство! Держите фонарь.

Старик начал спускаться вниз. Я знал, что лестница может обрушиться в любую минуту и что у него нет спасительной веревки, за которую цеплялся я. Однако попытайся я предупредить его, меня тотчас убили бы. Я вспомнил, какой выбор мне пришлось сделать, когда Ассиндер открывал тайник. Сейчас я испытывал еще меньше угрызений совести.

Внезапно раздался крик:
— Лестница рушится! Помогите мне!

Я услышал отчаянное царапание ногтей по каменной стенке, а потом протяжный пронзительный вопль и глухой удар упавшего тела. Затем наступила тишина. Поскольку вода уже окончательно спала, вероятно, Клоудир рухнул на каменную площадку двадцатью футами ниже. Я осторожно выглянул из-за бочки и увидел Валльями, склонившегося над люком с фонарем в руке. Мгновение спустя он бросился к ведущей из подвала лестнице, взбежал по ступенькам и скрылся за дверью.

Дав Валльями время покинуть контору, я ощупью пробрался к выходу из здания. Уже достигнув конца переулка, я услышал позади шаги и спрятался в густой тени. Несколькими секундами позже мимо прошел Валльями в сопровождении патрульных констеблей. Я пробежал по одной улице, потом по другой — и не останавливался до тех пор, покуда не почувствовал себя в безопасности. Потом, все еще стуча зубами от холода и еле шевеля окоченевшими пальцами, я ухитрился перепилить ножом веревку, стягивавшую мои запястья.

Глава 109

Я торопливо зашагал прочь от реки, на ходу размышляя о том, что вот уже второй раз за последние двадцать четыре часа я ума не приложу, куда мне податься. В первый раз я направился к Генри, полагая, что могу доверять ему. Предал ли он меня? Кто-то да предал, ибо откуда мои недруги знали, в каком темном переулке меня поджидать? И откуда Клоудир знал, что завещание спрятано у меня на груди? Я не мог не подозревать Генри в предательстве. Но как случилось, что он вступил в сговор с моим врагом? И он яростно сопротивлялся налетчикам. Неужели меня выследил Барни? Это казалось гораздо более вероятным. И потому я по-прежнему не осмеливался идти к Джоуи и его матери. Я решил вернуться обратно к Генри, хотя теперь он не внушал мне никакого доверия. Я пересек Флит-стрит и скорым шагом двинулся по Феттер-лейн.

Когда я достиг Барнардз-Инн, еще не рассвело, но ворота были открыты, ибо привратник, судя по тускло светящемуся окну его комнаты, уже встал. Я осторожно заглянул в окно и увидел, что он занят приготовлением завтрака; а поскольку густой туман так еще и не рассеялся, мне не составило труда незаметно проскользнуть мимо.

Я поднялся по лестнице и на подходе к верхней площадке заметил, что наружная дубовая дверь в комнаты Генри приоткрыта. Из-за нее доносились голоса. После всего пережитого мной, надеюсь, легко понять (если не простить) следующий мой поступок: я на цыпочках подкрался к внутренней двери и прижался к ней ухом.

Я услышал голос Генри.

— Я очень боюсь, Памплин, что мы больше не увидим нашего друга.

— Как вас понимать, черт возьми?

— Ну, из рассказа Джона я понял, что у него есть враги, желающие его смерти.

— Смерти! Да во что вы втянули меня, Беллринджер? Вы имеете в виду, что негодяи, напавшие на меня, собираются убить мальчика?

— Боюсь, именно так.

Я услышал тихий протяжный свист, в высшей степени не приличествующий лицу духовного звания, а потом мистер Памплин проговорил дрожащим от страха голосом:

— И что же нам теперь делать, черт побери?

— Мы пойдем в полицейское управление и все расскажем судье.

— Но вы только подумайте, как пострадают наши репутации, коли наше участие в сей истории станет достоянием гласности.

— Но у нас нет выбора, Памплин. Это единственный шанс спасти мальчика.

— Вы знаете, кто были те люди и куда они отвезли его?

— Нет, понятия не имею.

— Тогда какой смысл обращаться к властям? Подобный шаг лишь навлечет на меня страшные неприятности. Моему епископу все это не понравится. Вы же знаете, у меня с ним и без того отношения скверные.

— Мне очень жаль, Памплин. Но боюсь, вам придется ответить за последствия.

— Право же, Беллринджер! Я оказался втянутым в эту историю по вашей вине. Я согласился сделать вам одолжение, поскольку вы выручали меня в прошлом. Вы можете не упоминать моего имени, коли все же пойдете к судье?

— Едва ли. Мне нужен свидетель, который подтвердит мою непричастность к произошедшему.

— Вашу непричастность! А я? Мы с вами оба невиновны, но как будет звучать наша история, коли попадет в газеты? В полицейских судах вечно околачиваются чертовы репортеры в ожидании подобных сенсаций. И вообще, почему судья должен нам поверить? Мне самому все это кажется неправдоподобным: пропавший наследник, таинственный документ... И какой-то юнец в центре всех событий! Похоже, вы забываете о моих обстоятельствах. Это может положить конец всем моим надеждам на повышение.

— Да с какой стати вам волноваться на сей счет? Вы ведь и так не бедствуете, верно? Однако рассвет еще только занимается, а я чертовски голоден. Давайте-ка позавтракаем, прежде чем предпринимать какие-либо шаги.

— Отличная мысль. «Дерево какао» уже наверняка открылся.

— Тогда ступайте вперед, а я спущусь следом, когда умоюсь и переменю платье.

Я услышал приближающиеся шаги и проворно отскочил от двери.

Услышанного оказалось достаточно, чтобы рассеять все мои подозрения.

Дверь отворилась, и мистер Памплин застыл на пороге, изумленно уставившись на меня. Казалось, он на мгновение решил, что я восстал из мертвых, и перед лицом такого чуда поколебался во всех самых глубочайших своих убеждениях. Он молча отступил назад в комнату, с отвисшей челюстью, а я вошел за ним следом.

КВИНКАНКС

Генри повернулся и явил моему взору почти такое же ужасное зрелище, какое представлял собой я: лицо у него было в синяках, а на сильно порванной рубашке темнели пятна крови.

Несколько секунд он смотрел на меня с самым странным выражением, а затем вскричал:

— Мой дорогой Джон! Это вы! Слава богу, вы живы!

Он шагнул вперед и крепко обнял меня, невзирая на мою грязную мокрую одежду. В своем ослабленном состоянии я растрогался в буквальном смысле до слез, когда Генри выказал столь искреннюю радость при моем появлении.

— Я ужасно рад видеть вас целым и невредимым, старина,— сказал мистер Памплин, наконец овладев собой.— Это избавляет меня от значительных неудобств, можете мне поверить.

Генри заботливо провел меня к креслу у камина.

— Что с вами стряслось? — спросил он. А потом с предостерегающим видом взглянул на своего друга, который внимательно смотрел на нас, и добавил приглушенным голосом: — Расскажете все, когда он уйдет.

Я сознавал опасность и, хотя хотел многое рассказать и задать много вопросов, промолчал.

— Впрочем, представляется совершенно очевидным, что вам удалось спастись,— продолжал Генри более натуральным тоном.— И не утруждайте себя рассказом о том, каким именно образом.

— А что случилось с вами? — спросил я.

Генри рассмеялся.

— Ваши друзья повалили меня на землю и хорошенько попинали ногами. Когда они ушли, мы с Чарльзом с полчаса самым комичным образом блуждали в тумане, пытаясь найти друг друга.

— Комичным! — с возмущением воскликнул священник.

— Сейчас мне очень смешно вспоминать, хотя тогда было не до смеха. Видите ли, Джон, я все время невольно пугал Чарльза до смерти, и он убегал всякий раз при моем при-

— 525 —

ближении, принимая меня за одного из налетчиков. Но в конце концов мы таки нашли друг друга. Потом мы отправились на поиски патрульных, но, разумеется, нигде не нашли. В такие туманные ночи бравые блюстители порядка предпочитают сидеть в тепле и безопасности в караульном помещении. Мы решили вернуться ко мне и привести себя в порядок, прежде чем отправиться к судье. — Потом, взглянув на меня с предостерегающей улыбкой, Генри повернулся к другу и сказал: — Будьте другом, Памплин, сходите закажите нам завтрак, хорошо?

— Хорошо, — довольно раздраженно ответил священник и вышел.

Едва лишь дверь за ним закрылась, Генри заговорщицки улыбнулся и сказал:

— Быстренько расскажите мне все, пока он не вернулся. И переоденьтесь в сухое.

Он дал мне халат, и за разговором я снял с себя насквозь промокшие одежды и развесил перед камином.

— На нас напали приспешники Сайласа Клоудира, который в согласии с кодициллом является претендентом на наследство. Он попытался убить меня, но я спасся, а вот он погиб.

— Погиб? — повторил Генри.

— Да. Но прежде успел уничтожить документ.

— Вы уверены, что он умер? — спросил Генри.

— Абсолютно уверен, — ответил я, несколько удивившись, что судьба старика интересует моего друга больше, чем судьба завещания. Я вкратце рассказал о случившемся, а под конец спросил: — Как по-вашему, что мне теперь делать? Может, пойти к полицейскому судье?

— А какой смысл? — довольно рассеянно спросил Генри.

— Пожалуй, никакого, — согласился я. — Ведь мне больше не грозит опасность со стороны семейства Клоудиров — вернее, Портьюсов, — поскольку они не имеют права претендовать на поместье теперь, когда я пережил старика.

— Да, — пробормотал Генри. — Они не имеют права.

После непродолжительной паузы он сказал:

— Если вы сейчас объявитесь, возникнут серьезные осложнения.

Я удивленно уставился на него.

— В судебном процессе! — пояснил он, увидев мое недоумение.

Несколько мгновений мы оба молчали.

— Сейчас вы сохраняете поместье во владении Момпессонов! — воскликнул Генри.

— Да, верно,— сказал я.— Но также подвергаюсь опасности.

— Какой опасности? — живо спросил он.

— С уничтожением завещания кодицилл остается в силе, и если я не объявлюсь до истечения срока действия последнего, поместье перейдет к наследнику Джорджа Малифанта. Таким образом, все равно остаются люди, которым выгодна моя смерть.

— Здесь вы делаете необоснованное предположение,— сказал Генри.

— Прошу прощения? — сказал я.

— Вы уверены, что такой наследник существует? Я лично никогда не слышал о претенденте на имущество со стороны семейства Малифантов.

Я немного растерялся: похоже, он хорошо знал обстоятельства процесса и родословную участвующих в нем сторон.

— Вы правы,— сказал я.— Линия рода могла пресечься, и в таком случае мне ничего не грозит. Но что тогда будет с поместьем? Оно останется во владении Момпессонов?

— Ни в коем случае. Они имеют право на владение поместьем, только пока вы живы. Если вас объявят мертвым и со стороны Джорджа Малифанта не найдется наследника, поместье отойдет к британской короне как выморочное имущество.

Таким образом, от моего решения, скрываться ли мне по-прежнему или все-таки объявиться, зависела судьба Момпессонов. Эта мысль доставила мне глубокое удовлетворение, и я с минуту смаковал ее в молчании. Генри, похоже, тоже погрузился в раздумья, и мы сидели, не произнося ни слова. Мне требовалось время, чтобы все хорошенько обдумать и сообразить, каким образом мое решение отразится на Генриетте. Теперь, когда завещание уничтожено, опекунам нет никакой выгоды принуждать ее к браку. На самом деле они потеряют к ней всякий интерес. И, безусловно, она сможет выйти замуж, за кого пожелает.

Мы по-прежнему сидели в молчании, когда вернулся мистер Памплин, по пятам за которым следовал слуга с подносом, уставленным серебряными судками.

Когда слуга опустил свою ношу на стол и удалился, Генри весело сказал:

— Ты не поверишь, Чарльз, но мы пришли к выводу, что идти в полицейское управление не имеет смысла.

Мистер Памплин заметно просветлел, одобрил наше решение и с аппетитом позавтракал бараньими отбивными, щедро приправленными пряностями и пончиками с кофе. Вскоре после завтрака он покинул нас, сославшись на крайнюю усталость, вызванную ночными переживаниями. Мы с Генри тоже едва держались на ногах и потому решили поспать, хотя за окнами уже стояло туманное морозное утро. Мой друг настоял на том, чтобы я лег на кровать, а сам устроился на диване. Я не особо терзался на сей счет, поскольку заснул мертвым сном, едва моя голова коснулась подушки.

Глава 110

Я проснулся незадолго до полудня и довольно долго лежал в постели, размышляя о событиях последних двух дней. Я видел, как человек рискует жизнью — и возможно, погибает — из-за жажды наживы. И я попытался отговорить его от рискованного шага, опасность которого понимал лучше него. Однако я не чувствовал ответственности за случившееся с Ассиндером. И я видел гибель еще одного человека, которому позволил пойти навстречу смерти, поскольку спасти его значило бы пожертвовать собой. Я был, по меньшей мере, замешан во всем произошедшем, пусть и едва ли виноват. Я не мог сказать себе, что не имею к этому безумию никакого отношения. Теперь не мог. И какими мотивами руководствовался старый Клоудир, пытаясь убить меня с риском для собственной жизни? Опять-таки любовью к деньгам? Или мотивом менее явного характера — жаждой справедливости? Если в первой, как мне казалось, я не мог себя уличить, то во второй волей-неволей признавал виновным. И список людей, погибших в результате моих поисков справедливости, не ограничивался Ассиндером и старым Клоудиром. На моей совести лежала смерть Джорджа Дигвида, пусть он и действовал добровольно. И даже мисс Лидия была бы до сих пор жива, не появись я в ее жизни. Вероятно, Генриетта имела все основания намекать, что ее двоюродная бабушка путала желание справедливости с жаждой мести; и, возможно, я поступал так же.

Я оделся и вышел в гостиную, где нашел Генри сидящим за столом, все в той же одежде. У меня возникло впечатление (не знаю почему), что он не ложился спать.

Он тепло приветствовал меня, но казался глубоко поглощенным своими мыслями.

— Вы не пойдете на службу сегодня? — спросил я.

— Пойду, в свое время,— рассеянно ответил он.

— Наверное, джентльмен, с которым вы вчера условились о встрече, задается вопросом, почему мы не явились?

— О, я увижусь с ним и все объясню.

— А что вы скажете? Разумеется, не правду?

— Боже, конечно нет! — воскликнул он с безрадостным смехом. А потом доверительно добавил: — Наплету что-нибудь. Уж предоставьте это мне.

На столе перед ним лежала раскрытая вечерняя газета, «Глоуб». Я заглянул Генри через плечо и пробежался по ней глазами. Внизу второй страницы размещалась заметка под заголовком «Несчастный случай с городским торговцем и его внуком: героическая смерть мистера Сайласа Клоудира, владельца конторы на Эдингтонской пристани, Блэкфрайерз, Белл-лейн, Спитлфилдз». В заметке говорилось, что мистер Валльями сообщил властям, будто старый джентльмен погиб, пытаясь спасти своего внука, который упал в открытый люк подвала в реку и, по всей видимости, утонул, хотя тело до сих пор не найдено.

Теперь мне стало ясно, почему моя мать пришла в такой ужас, когда миссис Сакбатт упомянула однажды в разговоре Белл-лейн: она поняла, насколько близко от дома своего врага находится.

— Он оставил довольно крупное состояние,— задумчиво проговорил Генри.— Дэниел Портьюс все унаследует и будет рад смерти своего старого папаши, поскольку дела Квинтарда и Мимприсса сильно пошатнулись и как следствие он оказался в бедственном положении. Но полагаю, вы станете претендовать на половину состояния Клоудира.

— Никогда! — воскликнул я.

Я принялся объяснять, почему я решительно не желаю заниматься этим делом, но Генри слушал меня с возрастающим раздражением и наконец перебил, не дав мне закончить.

— А как насчет притязаний на хафемское поместье? Только не говорите, что вы не заинтересованы и в этом деле тоже. Срок, по прошествии которого вас официально признают умершим, истечет через два года, но теперь, когда поступило сообщение о вашей гибели — хотя тела не найдут, разумеется,— это может произойти и раньше. Когда вы намерены заявить о себе?

— Я еще не решил, стоит ли,— беспечно сказал я.

— Но разве вы не понимаете, сколь многое зависит от этого? — резко воскликнул он.

Я удивленно взглянул на него, не понимая, с какой стати он так печется об интересах Момпессонов.

— Значит, по-вашему, мне следует объявиться?

КВИНКАНКС

— Нет, конечно! — выкрикнул он. А потом неловко улыбнулся и сказал: — Неужели вам не понятно, старина, что вы имеете огромное преимущество над Момпессонами, но только в том случае, если не объявитесь в официальном порядке?

Я недоуменно уставился на Генри, не в силах постичь ход его рассуждений.

— Как только вы объявитесь, они перестанут нуждаться в вас, поскольку остаются владельцами поместья в случае, если вы живы. Посему оставайтесь в тени и попытайтесь договориться с ними через третье лицо.

Так вот оно что. Своего рода шантаж. Теперь я все понял и без труда догадался, кто должен стать означенным третьим лицом.

Я поднялся с места.

— Мне пора идти. Благодарю за помощь.

Генри вспыхнул.

— Не будьте глупцом. В конце концов, вы украли у них завещание. То, что я предлагаю вам, ничуть не хуже этого.

Все было не так. Я вернул завещание в свое владение, чтобы восстановить справедливость. Он же предлагал всего лишь воспользоваться ситуацией в своих корыстных интересах.

Я быстро направился к двери, и он спросил:

— Куда вы пойдете?

— К друзьям.

— Как их зовут? Где они живут?

— Я помню дом, но не знаю названия улицы,— сухо ответил я, не боясь его обидеть.

— Сообщите свой адрес, хорошо? — крикнул он, когда я отворил дверь.

Стоя на пороге, я обернулся и посмотрел на него.

— Прощайте, Генри.

Я надеялся никогда впредь не видеть его, ибо своим предложением он пробудил в моем уме самые темные подозрения. Беллринджер раздраженно вспыхнул, но попытался улыбнуться своей прежней улыбкой, которая напомнила мне о Стивене, но теперь уже не обманула. Я хлопнул дверью и сбежал вниз по лестнице.

Выходя из гостиницы, я несколько раз обернулся, проверяя, не следует ли он за мной, а потом торопливо зашагал в восточном направлении. Однако в скором времени я начал сожалеть о своем обращении с Генри и задаваться вопросом, что же за подозрительным, неблагородным существом я стал, коли подозреваю всех в коварных замыслах. Есть ли у меня доказательства, что в своем интересе ко мне Генри руководился не единственно благими намерениями? Он хотел, чтобы я с выгодой использовал свое положение, и изъявил готовность помочь мне. Так почему бы не вознаградить его за это? И все же я предпринял известные меры предосторожности, чтобы удостовериться, что никто не следует за мной: несколько раз внезапно пересек оживленную улицу прямо перед грохочущими экипажами (провожаемый проклятьями возниц и ударами кнутов), а потом стремглав бросился в переулок.

Достигнув знакомой улочки в Уоппинге, я приблизился к дому Дигвидов с такой же осмотрительностью. Насколько я мог судить, никакие подозрительные личности поблизости не ошивались.

Я застал Джоуи и миссис Дигвид сидящими у камина. Они приветствовали меня с немалым удивлением, поскольку Джоуи собирался встретиться со мной в конюшенном проулке за Брук-стрит на рассвете через неделю без малого. Конечно, они не читали сообщения о моей смерти в газетах. Внимательно вглядываясь в них, я не заметил ничего, помимо радости, на лице миссис Дигвид и примерно такое же чувство, но слегка омраченное обидой, на лице ее сына. Я пожалел, что не в силах преодолеть пагубную подозрительность, поселившуюся в моей душе.

В первую очередь я выразил соболезнования по случаю смерти мистера Дигвида. Потом я обстоятельно ответил на все вопросы, и, узнав о приключившихся со мной событиях, они возрадовались моему спасению, но глубоко опечалились безвозвратной утратой завещания, ради которого мы — они и я — претерпели столь многое.

Джоуи сообщил, что выполнил мою просьбу и нанял комнаты, заплатив за месяц вперед, а затем вернул мне оставшиеся деньги мисс Лидии и, невзирая на мои возражения, представил мне полный отчет о расходах на мою одежду и белье, каковые составили сумму в четыре фунта. Они с матерью не взяли себе ни шиллинга.

В тот же день мы с Джоуи отправились в комнаты, нанятые последним на Чандос-стрит, с намерением забрать деньги обратно, поскольку с окончательной утратой завещания мои планы переменились. Однако домовладелица, миссис Квейнтанс, категорически отказалась возвратить сумму, превосходящую ничтожную арендную плату (два фунта, ибо последняя составляла десять шиллингов в неделю), или позволить мне сдать комнаты по заниженной цене. Мне пришло в голову, что проживание здесь имеет свои преимущества, и посему в конечном счете я решил вселиться в комнаты.

Оставшись один, я присел на край кровати и с облегчением подумал о том, что наконец-то меня ничего больше не связывает с Клоудирами. Я больше не интересовал их, а они — меня. Однако моя связь с Момпессонами представлялась очевидной.

В последующие дни я пытался решить, что делать дальше. Мысль, подброшенная мне Генри — о шантаже Момпессонов,— вызывала у меня отвращение. Либо я объявлюсь и спасу Момпессонов без всякой выгоды для себя, либо позволю, чтобы их лишили права владения. Но как это отразится на Генриетте? И как насчет моего собственного положения? Из денег, полученных мною от мисс Лидии, у меня оставалось сорок семь фунтов — весьма значительная сумма; но я сильно сомневался, что имею моральное право распоряжаться ими, поскольку они были выданы мне на расходы, связанные с предоставлением завещания в суде во спасение Генриетты. (Вот почему я не вернул долг Сьюки из этой суммы.) Но с другой стороны, кому они принадлежат, если не мне? В известном смысле я распоряжаюсь деньгами на правах опекуна Генриетты и успешнее соблюду ее интересы, коли потрачу оные на свое обустройство, чтобы в дальнейшем иметь возможность помочь девушке. Что же до того, объявляться мне или нет, то я положил пока не принимать никакого решения, поскольку имел в запасе еще почти два года до истечения установленного законом срока.

Спустя некоторое время я осознал, что в действительности уничтожение завещания мне только во благо, и вздохнул с облегчением, словно тяжкий груз свалился с моих плеч. Отныне я мог распоряжаться своей жизнью, не обращая внимания на обстоятельства, никак от меня не зависящие, ибо теперь мне пришло в голову, что до сей поры над моей жизнью довлело прошлое — воспоминания матери о раннем детстве, убийство деда и даже деяния прадеда и прапрадеда. Теперь будущее (каким бы оно ни оказалось), по крайней мере, принадлежало мне.

Как я буду жить? Чем стану заниматься до конца своих дней? В лучшем случае я (не имеющий ни приличного образования, ни влиятельных друзей) могу надеяться на скромную должность клерка с годовым окладом в двадцать фунтов. И мне сильно повезет, если я найду хотя бы такое место, ибо я не умел писать красивым почерком, хорошо считать или вести приходо-расходные книги. О моей давней мечте освоить какую-нибудь интересную профессию и говорить не приходится, ибо в таком случае мне понадобится не только плата за обучение, но и средства к существованию на период ученичества — самое малое, двести фунтов. Посему я решил, что благоразумнее всего будет искать место клерка, а тем временем продолжать образование в надежде улучшить свои виды на будущее.

КНИГА III
СТАРЫЕ ДРУЗЬЯ В НОВОМ СВЕТЕ

Глава 111

В течение последующих трех месяцев меня преследовали тяжелые разочарования. Я усердно изучал газеты и письменно откликался на каждое объявление о приеме на должность, к которой считал себя пригодным. Но ни в одном случае меня даже не пригласили на собеседование. Между тем я корпел над книгами и усердно занимался чистописанием, стараясь восполнить пробелы в своем образовании.

Как только месяц, за который я заплатил за постой, истек, я перебрался из приличных комнат в маленькую каморку под самой крышей за четыре шиллинга в неделю, испуганный скоростью, с какой таяли деньги. Еще через пару месяцев я понял, что смотрел на вещи чересчур оптимистично, когда рассчитывал найти место по объявлению в газете, и потому начал каждый день посвящать несколько часов хождениям из одной конторы в другую в поисках вакансий. Моим существенным минусом (помимо отсутствия опыта работы) являлось то обстоятельство, что я не мог ни представить письменной рекомендации, ни сослаться на уважаемого человека, способного дать обо мне положительный отзыв, ни даже толково и подробно описать свою жизнь с рождения вплоть до настоящего момента. Поэтому мне повсюду отказывали — порой бесцеремонно, порой холодно, а иногда довольно добродушно.

В тех случаях, когда вакансия имелась, всегда оказывалось, что она оставлена для племянника жены управляющего или для какого-нибудь знакомого старшего кассира. Постепенно я пришел к мысли, что коммерческая жизнь Англии представляет собой огромный мир, населенный дядюшками, племянниками, друзьями и соседями, в котором мне нет места.

Даже когда один раз мне предложили должность посыльного, с перспективой (но отдаленной и не вполне определенной) дослужиться до младшего клерка, я был вынужден отказаться. Еженедельного жалованья в пять шиллингов, рассчитанного на мальчика младше меня, да к тому же живущего в семье, еле хватало бы на плату за жилье. Меня могло устроить жалованье не менее чем в двенадцать шиллингов.

Однако, когда со дня моего спасения от утопления в реке прошло полгода, я понял, что мне следовало поступить на предложенную должность и присовокупить мизерное жалованье к своему скудному капиталу в надежде получить повышение, прежде чем деньги кончатся. Ибо передо мной замаячила перспектива вновь оказаться без пенни в кармане. Деньги таяли быстрее, чем я ожидал, — главным образом из-за расходов, связанных с поисками работы. Мне потребовались приличные башмаки, и время от времени приходилось тратиться на горячую пищу из харчевни. За вычетом квартирной платы я жил примерно на девять шиллингов в неделю.

Поскольку теперь я жил довольно далеко от Дигвидов, я виделся с ними редко, хотя с матерью, во всяком случае, регулярно — ибо она снова работала прачкой и настояла на том, чтобы стирать мое белье. Белья у меня было мало, но каждые три недели она его забирала, а Джоуи обычно доставлял обратно через несколько дней. Он нашел временную работу уличного торговца на Ковент-Гарден, и миссис Дигвид беспокоилась, как бы сын не соблазнился вновь пойти по плохой дорожке, как в раннем отрочестве, особенно когда видела его бывших друзей, которые вели прежний образ жизни и имели много денег и много времени, чтобы тратить оные в свое удовольствие. Я убедился, что Дигвиды не встречались ни с Барни, ни с Салли со дня, когда Джоуи встретил своего дядю незадолго до того, как мне удалось завладеть завещанием. Я полагал, что мне не грозит никакая опасность, поскольку теперь, после гибели Сайласа Клоудира, никто не был заинтересован в моей смерти. Однако я не мог окончательно отделаться от мысли о пункте кодицилла, согласно которому в случае пресечения рода Хаффамов поместье немедленно переходит к наследнику Джорджа Малифанта.

По некотором размышлении я решил позволить Генриетте вместе со всеми остальными считать меня погибшим, ибо не видел пользы (для нас обоих) рисковать с единственной целью вывести ее из заблуждения — и даже находил известное удовольствие в мысли, что она оплакивает мою смерть. Однако изредка я околачивался поблизости от особняка на Брук-стрит (закутавшись в шарф по самые глаза) и несколько раз был вознагражден мимолетным видением Генриетты, выходящей на улицу или входящей в двери.

В середине октября того же года произошла случайная встреча, имевшая для меня важные последствия. Однажды днем, торопливо шагая по Флит-стрит, я мельком увидел в толпе прохожих лицо, показавшееся мне знакомым. За мгновение до того, как я развернулся и быстро пошел в другую сторону в инстинктивном стремлении спрятаться от любых людей из прошлого (ибо хотел, чтобы меня считали мертвым), я успел разглядеть молоденькую девушку с худеньким личиком, в дешевом хлопчатобумажном платье.

Я замешкался, и она поспешила за мной с возгласом: «Сэр! Подождите, пожалуйста!»

Я обернулся и узнал служанку миссис Первиенс, Нэнси. Она не представляла для меня опасности, и я остановился поговорить. Она сообщила, что мисс Квиллиам вернулась в Лондон около года назад и рассорилась с миссис Первиенс, а потом добавила, что совсем недавно видела ее выходящей из ночного театра на Кинг-стрит, близ Сент-Джеймс-Сквер. Я поблагодарил девушку и дал ей пенни.

Я полагал, что мисс Квиллиам является одним из тех людей из прошлого, от которых я могу не скрываться. Однако я помнил, как в одном случае она оказала вредное влияние на мою мать, хотя и действовала из лучших побуждений; и помнил также, что о ней говорила мисс Лидия и болтали слуги на Брук-стрит. Я не знал, чему верить, но понимал, что мисс Квиллиам содействовала нам с матерью без всякого своекорыстного интереса. Нет, я не стану скрываться от нее, коли мы вдруг встретимся. Впрочем, шансов встретиться у нас ничтожно мало, поскольку я редко выхожу из дома по вечерам.

Однако так случилось, что теперь время от времени я оказывался в пресловутом районе города поздно вечером, поскольку практически единственным моим утешением в жизни в тот период стал театр, которым я страстно увлекся. Я приобрел обыкновение приходить на спектакль с опозданием, таким образом получая возможность купить место на галерке за полцены и на пару часов забывать обо всем в темноте, рассеиваемой яркими огнями рампы, в единственные минуты счастья, тогда мне доступные.

Однажды вечером, шагая по Хеймаркет, я вдруг заметил молодую женщину, смотревшую на меня с выражением крайнего ужаса. На несколько мгновений мой взгляд невольно приковался к бледному лицу с широко раскрытыми глазами. Это была Салли! Она явно узнала меня и приняла за мертвеца, восставшего из гроба. Я резко повернулся и бросился в ближайший переулок, проклиная свое невезение, ибо из всех людей, которых я хотел убедить в своей смерти, Барни был первым.

Однажды вечером несколько недель спустя я пошел в театр на Ковент-Гарден и по окончании дивертисмента, в очень

КВИНКАНКС

поздний час, направлялся домой по Мейден-лейн, когда меня обогнала женщина, показавшаяся мне знакомой. Я последовал за ней. Она шла по улице, привлекая внимание редких прохожих, и наконец достигла квартала Корт-Энд. Казалось, она заметила меня, поскольку несколько раз оглянулась и как будто замедлила шаг, а через минуту свернула с тротуара и вошла в дом на Кинг-стрит. Я последовал за ней, оттолкнув привратника, преградившего мне путь в полутемном холле, и вступил в просторную гостиную, поблекшая изысканность которой бросалась в глаза при ярком свете люстр.

Мужчины и женщины, одетые на благородный манер, стояли и сидели группами в зале, а слуги в несколько потрепанном платье разносили закуски и напитки. Если не принимать во внимание известную шаткость поступи и поношенность нарядов присутствующих, происходящее походило на прием в любом из богатых домов, расположенных через несколько улиц отсюда к северу.

Мисс Квиллиам уже сидела в глубоком кресле и повернулась ко мне, когда я вошел. Приблизившись, я увидел, что лицо у нее (несмотря на подрумяненные щеки) сильно постарело. Хотя она улыбалась, взгляд ее оставался пустым и безучастным, а поскольку она говорила невнятно, первые слова я разобрал с трудом, но смысл сказанного понял.

— Вы ошиблись,— возразил я.— Я ваш старый друг. Мне не сразу удалось растолковать, кто я такой. Вспомнив же меня наконец, мисс Квиллиам пришла в заметное волнение. Она собралась с мыслями и первым делом спросила меня о матери. Услышав ответ, она опустила глаза и закусила губу.

— Я часто вспоминала ее,— промолвила она.— И вас тоже. Время, когда мы жили на Орчард-стрит, было последним.... я не могу сказать «последним счастливым периодом моей жизни», но по крайней мере...

Она осеклась, и я положил ладонь ей на руку и сказал, что понимаю, что она имеет в виду.

После непродолжительной паузы мисс Квиллиам велела слуге принести кофе для нас обоих. Отвечая на ее расспросы, я коротко описал некоторые обстоятельства смерти моей матери и события, приключившиеся со мной позже: преследования, которым я подвергся со стороны врагов, в свое время преследовавших мою мать; побег из сумасшедшего дома, куда меня посадили; и, наконец, период моей службы у Момпессонов, о цели которой я не стал распространяться, а она не спросила.

— Скажите, вам известно что-нибудь о Генриетте? — живо осведомилась мисс Квиллиам. — Меня всегда беспокоила судьба этой странной девочки.

Я ответил, что несколько раз разговаривал с Генриеттой и что, когда виделся с ней в последний раз, около полугода назад, она находилась в добром здравии. Затем я сказал, что у меня есть особые причины интересоваться Момпессонами, и попросил мисс Квиллиам рассказать все, что она помнит о времени своей службы в их доме.

— Однажды я рассказывала вам свою историю, но многое из нее утаила, — промолвила она. — Если бы я тогда поведала вам всю правду, возможно, таким образом я спасла бы Генриетту, но я стыдилась. И хотела пощадить ее невинность.

Она невесело рассмеялась.

Я не стал говорить, что однажды невольно услышал ее откровенные признания, и мисс Квиллиам снова рассказала мне все, в тех же самых выражениях — разве только на сей раз подробнее остановилась на обстоятельствах, в силу которых оказалась в Лондоне.

— Когда мне шел пятнадцатый год, моя бабушка умерла, и меня отправили в работный дом. После того как дедушка оставил без ответа мою просьбу о помощи, я обратилась за содействием к сэру Томасу.

— Это друг Дейвида Момпессона?

— Да, сэр Томас Деламейтер. Именно он отдал сэру Чарльзу Памплину приход, который его дядя обещал моему отцу.

— Памплину! — воскликнул я.

Я описал ей друга Генри Беллринджера, и она подтвердила, что, по-видимому, он и есть тот самый джентльмен.

— Он сыграл не последнюю роль в моей истории,— сказала она со слабой улыбкой,— ибо по наущению сэра Томаса написал мне письмо, в котором представил упомянутого джентльмена человеком, заслуживающим моего безусловного доверия. В своем послании мистер Памплин выражал искреннее сожаление о том, что невольно, совершенно невольно явился виновником бед, постигших мою семью. Мы с ним вступили в переписку, и несколькими годами позже, когда мое обучение в школе сиделок подошло к концу, он предложил мне приехать в Лондон и пообещал при содействии сэра Томаса найти мне место гувернантки. В наивности своей я приняла приглашение. Нужно ли говорить, что последовало дальше? Он снял для меня комнаты в доме миссис Малатратт, производившей впечатление самой респектабельной дамы. «Вполне естественно,— думала я,— что мой благодетель, сэр Томас, навещает меня».— Она тяжело вздохнула.— Мне едва стукнуло семнадцать, я совсем не знала жизни и не имела ни пенни в кармане. Однако год спустя я все же настояла на своем праве жить самостоятельно, и именно тогда он устроил меня гувернанткой к Момпессонам, своим старым знакомым. Он полагал, что таким образом сохранит власть надо мной. Когда я отправилась в хафемское поместье, мне пришлось оставить все свои сундуки с подарками сэра Томаса в доме миссис Малатратт — как оказалось, к счастью, ибо в противном случае я не встретилась бы снова с вами и вашей матерью. Однако со вновь обретенной независимостью мои беды не кончились, поскольку сэр Томас сообщил мистеру — теперь следует говорить, сэру Дейвиду — Момпессону о нашей с ним связи, и именно поэтому последний стал настойчиво домогаться меня. Тем не менее я была счастлива в хафемском поместье, когда несколько месяцев кряду общалась с Генриеттой,— по-настоящему счастлива в первый и последний раз в жизни.

Значит, именно от сэра Томаса она получила в подарок хранившиеся в сундуках шелковые платья, о которых мне рассказала служанка миссис Первиенс. Теперь я поверил, что она говорит правду.

Мисс Квиллиам продолжала рассказывать историю, однажды поведанную моей матери. Пока она описывала события той роковой ночи, когда Дейвид Момпессон отвез ее в Воксхолл-Гарден, пока говорила о миссис Первиенс и Гарри и всем прочем, какая-то смутная мысль брезжила в глубине моего сознания, но я никак не мог извлечь ее на поверхность.

— Когда я покинула дом на Брук-стрит и вернулась к мисс Малатратт, — продолжала мисс Квиллиам, — она не позволила мне вывезти сундуки, содержимое которых являлось единственным моим достоянием. Оказывается, сэр Томас задолжал ей плату за проживание в комнатах другого несчастного юного создания, которое поселил здесь до меня. Наконец мисс Малатратт заплатил мистер Памплин, когда привез к ней в дом очередную жертву, ибо он, скажу прямо, поставляет сэру Томасу девушек. Тогда она отдала мне мои вещи, незадолго до нашей с вами встречи на Орчард-стрит.

Я спросил, рассказывала ли ей или давала ли читать моя мать историю своей жизни, которую писала в то время, и знает ли она все обстоятельства смерти моего деда и моего появления на свет.

— Я не помню, — сказала она.

— Вы не помните, знали ли вы историю, — или вы знали историю, но забыли?

Мисс Квиллиам помотала головой, и я понял, что не получу ответа, — но я в любом случае знал его.

Она вкратце поведала мне о событиях, приключившихся с ней со времени последней нашей встречи, после которой миссис Первиенс отправила ее в Париж. По возвращении она порвала отношения со своей покровительницей и, как след-

КВИНКАНКС

ствие, провела несколько месяцев во Флите. Именно тогда она рассказала мне о встрече с нашими друзьями с Орчард-стрит, которые к счастью (или к несчастью!), примирились и воссоединились. Более говорить нам было не о чем, и я с печальным сердцем откланялся и поспешил домой.

Что же касается до дальнейшей судьбы мисс Квиллиам, друзья мои (если на минуту обратиться к вам прямо), то, коли она занимает вас, вам будет интересно узнать, что через пару лет до меня дошли слухи о ней — хотя с тех пор я уже ничего не слышал. Похоже, через год после вышеописанной встречи ее положение значительно улучшилось, когда она воссоединилась с женщиной помоложе, подругой прежних, более счастливых дней, которая сама оказалась в неблагоприятных обстоятельствах и наделала долгов. Они поселились вместе в комнатах в Холборне и, насколько я понял, зарабатывали на жизнь шитьем. Затем маленькое семейство понесло тяжелую утрату (в лице самого младшего своего члена) и не выдержало такого удара. Хелен потерялась из виду, как и ее компаньонка, — хотя мне сообщили, что последняя уехала во Францию и ныне проживает в Кале.

Так обстояли мои дела холодным дождливым вечером в конце ноября, на следующий день после событий, описанных в предыдущей главе. Я провел утро за книгами, а вторую половину дня за поисками работами и теперь ожидал Джоуи, который по заведенному обыкновению должен был принести мне постиранное белье.

Шел затяжной дождь, и на западе собирались темные облака. В ожидании Джоуи я сидел за маленьким столом у окна и мрачно подводил счет своим деньгам — отчасти, чтобы просто поупражняться в мастерстве счета, отчасти, чтобы оценить свое финансовое положение. После девяти месяцев у меня оставалось двадцать с небольшим фунтов, и я рассчитал, что при нынешнем образе жизни сумею протянуть еще полгода, после чего останусь без всяких средств.

Когда я пришел к этому безрадостному выводу, в парадную дверь громко и повелительно постучали. Поскольку теперь я оставался единственным постояльцем, а к моей хозяйке гости ходили редко, я предположил, что пришел Джоуи. Однако он не имел обыкновения стучать так нетерпеливо и настойчиво; стук напомнил мне о чем-то — о каком-то случае, имевшем место в прошлом, но сейчас напрочь вылетевшем из памяти.

Поскольку окна моей комнатушки под крышей выходили во двор, я не мог выглянуть на улицу, но минуту спустя услышал на лестнице шаги: похоже, поднимался не один человек. В мою дверь деликатно постучали, а потом на пороге появилась сияющая миссис Квейнтанс.

— К вам джентльмен,— сообщила она, явно радуясь возможности впервые сделать такой доклад своему мансардному жильцу.

Она удалилась, и означенный джентльмен вошел в комнату. Это был Генри. И сейчас он действительно производил впечатление истинного джентльмена: в белой касторовой шляпе, великолепном рединготе и бутылочного цвета фраке отличного покроя, украшенном серебряными пуговицами.

— Мой дорогой друг! — воскликнул он.— Какое счастье видеть вас снова!

Хотя Генри говорил с обычной своей живостью, мне почудилась в нем известная принужденность.

— Как вы нашли меня? — спросил я.

Он шутливо погрозил мне пальцем, а затем снял белые лайковые перчатки и сказал:

— Вы не сообщили мне свой адрес. Я нашел вас единственно благодаря самой удивительной счастливой случайности. Как-то раз, проезжая мимо, я увидел, как вы заходите в дом. Тогда я слишком спешил, чтобы останавливаться, но я запомнил номер дома — и вот он я перед вами.

Да уж, стечение обстоятельств поистине казалось удивительным, а я научился не верить в подобного рода совпадения.

— По какому вопросу вы явились? — сухо осведомился я.

Он уселся с весьма самоуверенным видом и ответил:

— В связи с процессом Момпессонов.

— В таком случае не стану вас задерживать, ибо он меня больше не интересует.

Казалось, Генри покраснел.

— Конечно же, вы в нем заинтересованы! — воскликнул он.— По крайней мере, в юридическом смысле.

— Едва ли. Теперь, когда завещание уничтожено, я не могу рассчитывать ни на какую выгоду, независимо от исхода процесса.

Он отвернул от меня лицо и закусил губу.

— Неужто вы так легко отступите?

— Хотя поначалу я очень расстроился, когда Клоудир уничтожил завещание,— сказал я,— теперь я доволен, что больше не имею отношения к этому делу. Никакие незнакомые люди не жаждут моей смерти, а от такой чести, уверяю вас, я бесконечно рад отказаться.

Генри посмотрел на меня со странным выражением торжества в глазах.

— Так вы полагаете, вам ничего больше не грозит?

Я удивленно кивнул.

— Значит, вы не знаете, что произошло? Видите ли, вам следует проявить интерес к процессу. Претендент со стороны Малифантов заявил о своих правах на наследство.

— Да неужели?! — воскликнул я.— И кто же он?

— Его личность пока не раскрывается. Поверенный, действующий от его имени, в официальном порядке заявил суду, что такой человек существует, а поскольку кодицилл сейчас имеет силу, смерть мистера Сайласа Клоудира означает, что теперь поместье переходит к наследнику Малифанту, и он предъявит права на него, когда суд признает вас мертвым.

У меня мороз побежал по коже, и возникло такое ощущение, будто меня снова затягивает в водоворот, из которого, как мне казалось, я раз и навсегда выплыл.

— Тогда я не стану мешать,— сказал я.— Пускай суд объявляет меня мертвым, и поместье переходит к этому человеку, а не к британской короне. Какое мне дело?

— Видите ли, все не так просто. Вы живы, и посему факт вашего существования представляет — вернее, должен представлять — значительный интерес как для Момпессонов, так и для претендента Малифанта.

— Вас определенно очень интересует процесс. Вы говорите, что имя претендента пока не названо — но смею предположить, вам оно известно?

Генри улыбнулся столь холодно, что я невольно задался вопросом, как я вообще мог считать его добрым и благожелательным человеком. Странная мысль внезапно пришла мне в голову.

— Извините, что не отвечаю на ваш вопрос,— сказал он.— Но вы ведь понимаете, не правда ли, что не обеспечите своей безопасности, просто позволив суду объявить вас мертвым. Слишком многое поставлено на карту.

— Вы хотите сказать, что означенное лицо без малейших раздумий уберет меня с дороги?

Он лишь смахнул с начищенных ботинок пыль носовым платком.

— Но вы забываете, что для всех я уже умер,— сказал я.

Он улыбнулся и мягко заметил:

— Но видите ли, я-то знаю правду.

Я смотрел на Генри и проникал в самую его душу. Как я мог предполагать, что им движет что-либо, помимо алчности и своекорыстия? Кровь прихлынула к моим щекам, когда я со стыдом вспомнил, насколько был доверчив. Я пришел к нему со своей ужасной историей о смерти Стивена, а он не стал меня слушать. Смерть Стивена! Я вспомнил, как Стивен говорил мне, что именно Генри убедил его довериться тетке. Разумеется, он причастен к смерти Стивена! Каким же глупцом я был! Как я смел винить свою мать в пагубной доверчивости!

— В таком случае я полагаю,— сказал я, стараясь говорить по возможности твердым голосом,— что вы явились ко мне со своим прежним постыдным предложением шантажировать сэра Дейвида и леди Момпессон?

Продолжая говорить, я двинулся к двери, давая гостю понять, что его присутствие здесь нежелательно. Однако он продолжал сидеть в кресле, лениво покачивая ногой. Его самоуверенность возрастала по мере того, как я терял спокойствие духа.

— Вы глубоко заблуждаетесь,— ответил он.

Я настолько удивился, что сел обратно в кресло.

— Представьте,— начал он, устремив задумчивый взгляд в потолок,— насколько иной была бы ситуация, если бы завещание, возвращение которого стоило вам и вашим друзьях таких усилий, по-прежнему существовало?

— Но его не существует,— сказал я.— Документ уничтожили у меня на глазах.

— Да, но если предположить, что оно не уничтожено? — настаивал Генри.

— Тогда, будь оно представлено суду, мне больше не грозила бы опасность.

Он резко, раздраженно рассмеялся.

— И это все, что приходит вам в голову? Неужто вас не волнует, что в таком случае вы стали бы владельцем огромного поместья?

— И это тоже,— согласился я.

— И это тоже,— эхом повторил Генри, подаваясь вперед и крепко сжимая ручки кресла.

Я пожал плечами.

— Неужели вам действительно безразлично? — пробормотал он. Несколько мгновений он пристально смотрел на меня, а потом вдруг спросил: — А что, если бы я сказал вам, что завещание по-прежнему существует?

Я вздрогнул.

— Тогда я бы ответил, что собственными глазами видел, как оно сгорело дотла.

Генри немного поколебался, а потом сказал:

— Документ, уничтоженный при вас Клоудиром, являлся точной копией завещания, написанной на такой же пергаментной бумаге, аккуратным почерком юриста.

— Чепуха,— сказал я.— Документ, взятый мной из тайника, был подлинным. Вы сами говорили.

Он кивнул.

— Говорил. И он действительно был подлинным.

— И я не расставался с ним ни на минуту, покуда его не забрали у меня и не уничтожили.

— Если не считать одного-единственного раза,— с улыбкой мягко заметил Генри.— Когда вы несколько часов спали на моем диване тем утром, когда пришли ко мне.

Я тихо ахнул и сразу понял, что он скажет дальше.

— И пока вы почивали,— продолжал он,— я сделал настолько точную копию, насколько мог. А если учесть мой опыт судейского переписчика и наличие у меня под рукой всех необходимых материалов — включая чистый лист старого пергамента,— мне удалось сделать поистине хорошую копию. Безусловно, достаточно хорошую, чтобы обмануть вас и старого Клоудира.

Я не сомневался, что он говорит правду.

— Зачем вы сделали это?

— Из предосторожности, на случай, если с завещанием произойдет что-нибудь.

— И где же оно сейчас?

— В надежном месте, где и должно находиться.

Я ничего не понимал.

— Видите, насколько предусмотрительным я оказался,— продолжал Генри,— и насколько благодарны вы должны быть мне?

Я попытался собраться с мыслями. Все это не имело смысла.

— Но чего же вы опасались? — вскричал я.— Мы же собирались отнести документ к вашему патрону. Он распознал бы подделку.

Я осекся, еще не договорив, ибо мне все стало ясно.

— Вы не уславливались ни о какой встрече, верно? Вы тогда ходили к Сайласу Клоудиру, а вовсе не к вашему патрону. Именно вы устроили так, чтобы заманить меня в западню.

— Вздор! — воскликнул он. — Вы сами видели, как сильно я пострадал в драке.

— Ложь! Ложь! Не так уж сильно вы пострадали. А если даже и сильно, значит, были готовы заплатить такую цену. Это все было фарсом!

— Глупости. Вы же не думаете, что человек с положением Памплина согласится участвовать в...

— Не знаю. Думаю, я могу подозревать Памплина в чем угодно, хоть он и священник. Мне известно о нем больше, чем вы полагаете. И все же я думаю, вы одурачили своего приятеля так же, как меня. Да, теперь мне все ясно: он вам понадобился именно потому, что стал бы безупречным свидетелем моего похищения и вашего сопротивления налетчикам в случае, если я объявлюсь когда-нибудь.

Генри отвернул от меня лицо, словно на сей раз не находя ответа.

— Кажется, теперь я все понял. Вы продали меня и завещание Сайласу Клоудиру, хотя я ума не приложу, откуда вы знали, где его искать. Но вы рассчитывали обмануть и старика так же, как предали меня, и потому изготовили поддельный документ. А после моей смерти, когда Клоудир собрался бы предъявить права на поместье в согласии с кодициллом, полагаю, вы намеревались пойти к Момпессонам и сообщить, что завещание находится у вас. Или, скорее, что вы являетесь доверенным лицом человека, у которого оно находится. В такой ситуации они заплатили бы практически любую цену, чтобы только вернуть завещание.

— Вы очень умны, — промолвил он, каковое замечание я истолковал как саркастическое.

— Нет, на самом деле вы хотите сказать, что я был полным дураком. Но мне кажется, теперь я раскусил вас. И это еще не все. Вы предаете любого, кто доверяется вам, коли предполагаете извлечь из этого выгоду. Бедный Стивен доверился вам, и даю голову на отсечение, вы предали его, хотя я не понимаю, как и зачем. Но когда вы убедили Стивена отдаться во власть тетки, которая отослала беднягу в ужасную школу, чтобы покончить с ним, бьюсь об заклад, вы сделали это за вознаграждение. И своим поступком вы поспособствовали убийству несчастного. Ну да, вот почему вы были так бедны в пору первого моего визита к вам и стали намного состоятельнее к следующей нашей встрече!

Генри смотрел на меня без улыбки, но не предпринял попытки ответить на мои обвинения.

— Но когда той ночью вместо меня погиб Сайлас Клоудир, вы были застигнуты врасплох, — продолжал я. — Как вы опешили при виде меня! Ваши планы рухнули, ибо, поскольку я по-прежнему оставался в живых, Момпессонам не грозила сколько-либо серьезная опасность, вопреки вашим упованиям. Вот почему вы убеждали меня продолжать скрываться, чтобы с моей помощью шантажировать Момпессонов.

— Ну, зачем же так грубо? — мягко возразил он. — Давайте скажем «прийти к соглашению, выгодному для обеих сторон». Но я дал маху, когда предложил вам такое. Я не сознавал, сколь благородных принципов вы держитесь. Но поскольку они все же позволили вам обманом проникнуть в чужой дом и похитить чужую собственность, вероятно, мое заблуждение на сей счет простительно.

Я вспыхнул:

— По-моему, это совсем другое дело. Я считал, что имею моральное право претендовать на наследство, даже если мне придется украсть документ. Впрочем, я не вижу необходимости оправдываться перед вами.

— Просто не спешите обвинять меня. А теперь давайте поговорим откровенно. Вы согласны меня выслушать?

— По крайней мере, я выслушаю. Только побыстрее, пожалуйста.

— Момпессоны меня больше не интересуют. У меня есть предложение гораздо лучше. Вы меня очень порадовали, когда сказали минуту назад, что имеете моральное право на завещание, ибо я предлагаю его вам.

— Мне? У меня нет денег, чтобы заплатить за него, а я не думаю, что вы предлагаете мне документ даром.

— Да уж, делец из вас никудышный. Вы просто пораскиньте мозгами. Кто еще извлекает выгоду из завещания? Только не Момпессоны, поскольку, покуда вы живы, они не могут его использовать. Если они представят документ суду, вы можете объявиться и предъявить права на поместье. Завещание будет иметь для них ценность только в том случае, если они узнают о вашей смерти, а потом выдадут эту сумасшедшую девушку за своего полудурка.

Я содрогнулся, ибо не подумал о последствиях, которые может иметь для Генриетты обнаружение документа. Вероятно, угроза принудительного брака не миновала, как я полагал. Но откуда Беллринджеру столько известно о Момпессонах?

— Вы выигрываете больше всех,— продолжал он.— Ибо из нищего превратитесь в богача.

— Так чего же вы хотите от меня? — спросил я.

— Я хочу, чтобы вы согласились передать мне третью часть имущества.

— Третью часть! — воскликнул я. А потом добавил: — По-моему, вы забыли одну вещь. Я еще не достиг совершеннолетия и, следовательно, не имею права отчуждать никакое недвижимое имущество, находящееся в моем владении, или брать на себя обязательство сделать это в будущем.

— Мой дорогой друг, похоже, вы забыли, что я адвокат канцлерского суда. Разумеется, я подумал об этом. В настоящее время мне требуется лишь ваше согласие. Я подам от вашего имени заявление — действуя через третье лицо, конечно, дабы скрыть свою роль в данном деле,— призванное уведомить суд, что право наследования, заявленное претендентом со стороны Малифантов, оспаривается. Нам не составит труда затянуть процесс до вашего совершеннолетия, а затем вы напишете долговое обязательство о передаче в мою собственность части имущества.

— Я спросил единственно из любопытства,— сказал я.— Относительно предложенной вами сделки я могу дать вам ответ сейчас же. Из сказанного мной минуту назад вы заключили, что я считаю себя законным владельцем завещания, а следовательно, и поместья. Но если бы вы прислушивались к моим словам внимательнее, то услышали бы, что на самом деле я так считал в прошлом. Но теперь не считаю и, уверяю вас, никогда не соглашусь на ваше предложение.

Генри определенно удивился и, если судить по потемневшему лицу, разозлился.

— Вы безумец,— воскликнул он.— Вы унаследуете огромное состояние, коли согласитесь. Но если вы откажетесь...

— Что я и сделаю, можете не сомневаться,— вставил я.

— Тогда вы оставляете мне только два пути. Я либо продам завещание обратно сэру Дейвиду...

Тогда Генриетту снова станут принуждать выйти замуж за Тома!

— Либо же,— продолжал он,— я предложу документ наследнику Малифанту, который, конечно же, уничтожит его, а вместе с ним и ваш шанс когда-либо унаследовать поместье.

— Повторяю, мне все равно.

— Правда? Но вы забываете, что в обоих случаях противной стороне нужна ваша смерть: Момпессонам — чтобы наследницей стала девушка; а претенденту Малифанту — чтобы вступить в права наследства согласно кодициллу.

По выражению его лица я понял, что он угрожает.

Слова Генри странным образом напомнили мне о выборе, предложенном мне моей матерью много лет назад, но сейчас условия противопоставлялись резче, ибо речь шла не о богатстве и опасности против бедности и безопасности, а о выборе, напрямую связанном с моими личными интересами. И, хотя Генри не знал этого, выбор был тем труднее, что от него зависела судьба Генриетты. Отказываясь от богатства и безопасности, я обрекал ее на брак с Томом. И все же я не колебался.

— Я уже дал вам ответ,— сказал я.— И уверяю вас, я никогда не передумаю. Однажды я решил пойти почти на все, лишь бы только получить наследство, ибо полагал, что Справедливость на моей стороне. Но я поступал неправильно и в результате причинил много вреда и горя себе и, что гораздо хуже, другим.

Мне кажется, покуда я не произнес последние слова, Генри считал мой отказ уловкой, выдающей единственно желание поторговаться, но сейчас он понял, что я говорил совершенно серьезно.

— По-вашему, одно то обстоятельство, что ваши действия причинили вред другим людям, свидетельствует о том, что Справедливость не на вашей стороне? — насмешливо спросил он.— Какой наивный взгляд на вещи! Ужели вы думаете, что Справедливость вознаграждается, а неверные поступки караются?

— Вы опять поняли меня неправильно. Я по-прежнему считаю, что Справедливость на моей стороне, но в конце концов убедился в одном: я не имею права на Справедливость. Само общество несправедливо.

— Вы с такой легкостью рассуждаете о Справедливости и Несправедливости! — вдруг вскричал он с необычайной злобой.— Да что вы в них понимаете?! Какое право имеете вы, потомок Хаффамов и Клоудиров, говорить о Справедливости, когда два ваших семейства — и проклятые Момпессоны — обошлись столь несправедливо с моей семьей?

— О чем вы говорите? — спросил я в крайнем изумлении.

— Я имею такое же право на долю имущества, как и вы. Если бы мой прадед получил то, что ему причиталось по справедливости...

Он осекся на полуслове, осознав, что сказал лишнее, и с минуту сидел молча, стараясь овладеть собой.

Право на долю имущества? Так, значит, он состоит в какой-то родственной связи с моей семьей?

Генри поднялся с кресла и сказал:

— Если вы передумаете, вы знаете, где меня найти. Времени у нас осталось немного, поскольку установленный законом срок истечет довольно скоро.

— Я дал вам свой ответ,— сказал я.

— В таком случае приготовьтесь к возможным неприятным последствиям,— бросил он и вышел из комнаты.

Я уселся в кресло, чтобы поразмыслить над значением всего услышанного. В первую очередь я попытался понять, кто же именно притязает на наследство со стороны Малифантов и откуда Генри известна личность претендента. Сам я был связан с ним через Стивена Малифанта. Неужели Стивена отослали в школу Квигга (тем самым обрекая на смерть) именно потому, что он обладал правами наследования? В таком случае не является ли претендентом тетка Стивена или кто-либо из ее близких родственников? Если это предположение верно, значит, сам Генри состоит в родственной связи с претендентом. Может даже, он сам и есть претендент со стороны Малифантов? Однако сделанное им предложение плохо сообразуется с данной гипотезой, поскольку в таком случае он, безусловно, уничтожил бы завещание. (Если только не вел свою игру еще хитрее, чем я думал.) Однако его упоминание о правах своей семьи наводило на мысль, что он состоит в каком-то родстве со мной. Имеет ли он отношение к одному из пяти семейств, пошедших от Генри Хаффама: Хаффамы, Момпессоны, Клоудиры, Палфрамонды и Малифанты? И если да, к какой ветви родословного древа относится?

Погруженный в размышления, я не заметил, как наступил вечер, и в конце концов обнаружил, что сижу в полной темноте. Я отыскал шведские спички, зажег свечу и только тогда осознал, что Джоуи не пришел, как было условлено,—

и в моем нынешнем душевном состоянии данное обстоятельство стало еще одним поводом для беспокойства. Визит Генри настолько взволновал меня, что я не мог сидеть дома без дела, а потому надел теплый сюртук, шляпу и вышел на улицу с намерением прогуляться до коттеджа миссис Дигвид и узнать, куда запропастился Джоуи.

Я направился к Стрэнду, но прошел лишь половину Черч-лейн, когда услышал позади частые шаги. Прежде чем я успел испугаться, кто-то швырнул меня к стене, головой вперед, и крепко придавил сзади. Я ударился лбом так сильно, что у меня помутилось в глазах и тошнота подкатила к горлу. Потом ко мне вплотную придвинулось лицо, и из темноты раздался голос:

— Ба, какой приятный сюрприз! А я-то думал, ты помер. Ну не радостно ли мне было услышать, что ты жив-здоров? Я решил прийти и убедиться самолично. И я поистине рад. Только такие дела сильно подрывают доверие человека к газетам, верно? — Барни вытащил что-то из-за пояса.— Полагаю, мне следует поправить положение и доказать, что в конце концов они писали чистую правду. И вся прелесть в том, что меня за это не посадят, поскольку для всех ты уже мертв.

Я понимал, что отбиваться или взывать о помощи на пустынной улице не имеет смысла. Единственный шанс на спасение мне давала попытка сыграть на личном интересе. Но на каком основании? Кто послал Барни убить меня? Безусловно, не Дэниел Портьюс, ибо теперь, когда старый Клоудир умер, его наследники не извлекали никакой выгоды из моей смерти. Может, Барни сам хочет отомстить мне? В таком случае я пропал. Но существовала еще одна вероятность.

— Вас послал Сансью, так ведь? — выкрикнул я.

Произнося эти слова, я понятия не имел, какими мотивами может руководствоваться адвокат. Но в любом случае он исходил из неверного предположения. Посему я разыграл свою единственную карту.

— Но он не знает, что завещание по-прежнему существует! Документ не уничтожили — так же, как меня не убили! Скажите это Сансью!

Барни развернул меня лицом к себе и задумчиво уставился мне в глаза, тяжело дыша и поглаживая лезвие ножа большим пальцем.

— Брехня,— бросил он наконец.

— Если вы сейчас убьете меня, Сансью ничего не выиграет. Только Момпессоны. Вы хотите этого?

Последние слова я произнес по наитию, ибо вдруг вспомнил, как брат Барни говорил мне, что последний имеет зуб против Момпессонов, не заплативших ему за какую-то работу.

Он пристально смотрел на меня несколько мгновений, самых долгих в моей жизни, а потом внезапно оттолкнул и быстро ушел прочь.

Я поспешил к Стрэнду и почувствовал себя в безопасности, только когда оказался на оживленной, залитой светом фонарей улице.

Зачем Сансью желать моей смерти? На кого он работает? Это оставалось загадкой, но я вдруг понял, откуда Барни узнал, где меня искать, и почему Джоуи не пришел сегодня! Он продал меня своему дяде. На глаза навернулись слезы, и я понял, что вот-вот расплачусь. После долгого периода подозрений и сомнений я наконец-то стал доверять Джоуи, и именно сейчас, когда я, в сущности, вверил ему свою жизнь, он предал меня. Что-то текло у меня по лицу. Я понял, что не слезы, а кровь — ибо теперь, немного опомнившись, я обнаружил на лбу сильно кровоточащую рану. В голове шумело, и я чувствовал слабость и дурноту. Куда мне податься теперь? Да некуда. Разве только вернуться в свою унылую каморку, но и там теперь небезопасно. Однако выбора не оставалось. С тяжелым сердцем я поспешил домой, тихонько поднялся по лестнице, благополучно избежав встречи с хозяйкой, и запер за собой дверь. Я промыл рану, остановил кровотечение, а потом повалился на кровать, и комната поплыла у меня перед глазами.

Глава 112

Как великолепно, должно быть, выглядел дом тем вечером! Я мог бы проходить мимо него тогда, поскольку частенько прогуливался по Вест-Энду в поздний час, любуясь хвастливо выставленной напоказ роскошью Застарелого Разложения (и сожалея о ней, разумеется). Я живо представляю, как из-за прибывающих экипажей на улице образуется затор, препятствующий движению: очередное свидетельство презрения к ближним.

Я могу провести вас в особняк, каким он был тем вечером. Мы проходим мимо ливрейного лакея, стоящего у парадной двери, и наемный камердинер объявляет наши имена, которые затем передаются громкими голосами с одной лестничной площадки на другую по мере того, как мы поднимаемся. Роскошные диваны и изящные буфеты стоят вдоль стен, и оркестр Коллине уже играет вальсы и галопы, хотя еще только десять часов и по нынешней моде слишком рано для прибытия гостей (но мы-то с вами не из высшего света).

Леди Момпессон и сэр Дейвид готовятся принимать гостей у дверей большого салона на верхней площадке главной лестницы. Они держатся настолько непринужденно, что, безусловно, гости усомнятся в слухах о грозящем им разорении. При виде такой расточительности любой откажется верить в подобные россказни. Разумеется, это просто обычные злостные сплетни, до каких охоче светское общество, праздное и недоброжелательное.

Сейчас сэр Дейвид с улыбкой выступает вперед и кланяется двум гостям: даме лет пятидесяти и даме помоложе. Последняя не очень хороша собой, но, похоже, рада видеть баронета, которого одаривает улыбкой, явно рассчитанной на то, чтобы пробудить самые страстные чувства в мужском сердце.

А теперь появляется сэр Томас в обществе графини X*** и ее сына, достопочтенного Перси Деси. Уж не подмигивает ли сэр Томас сэру Дейвиду, когда видит, как он обращается к мисс Шугармен?

А вот дородный молодой джентльмен в военной форме. Ба, да это же Том Момпессон! Но ведь его выгнали из полка! Так или иначе, он смотрится весьма неплохо в своем ярко-красном мундире с золотыми аксельбантами и до блеска начищенных ботфортах. А кто сей модно одетый джентльмен, что пришел с ним? Бутылочного цвета фрак, хоть и очень красивый, явно сшит не на него. Ба, да это же мистер Вамплу! Что скромный гувернер делает на светском балу? Или внезапный приступ любви к простому народу побудил хозяев пригласить его? Может, и дворецкий тоже здесь скорее гость, нежели распорядитель бала? Нет, ибо мистер Вамплу, похоже, не наслаждается приятным времяпрепровождением, а внимательно следит за молодым джентльменом — в частности, за количеством бокалов шампанского, им выпитых. Ибо один раз он легко мотает головой, когда к ним приближается лакей по имени Джозеф, и последний мгновенно отходит прочь.

Глава 113

Примерно за час до полуночи, когда бал в самом разгаре, к парадной двери подходит некий молодой джентльмен. Привратник преграждает ему путь и после короткого обмена вопросами и ответами зовет мистера Такаберри, который вскоре является, великолепно одетый и перетянутый чуть не до потери сознания. После непродолжительного разговора молодого человека впускают. Он поднимается по лестнице и обменивается рукопожатием с сэром Дейвидом в дверях гостиной.

— Что ты здесь делаешь, черт возьми? — вполголоса восклицает хозяин.

Гость вспыхивает и отвечает настойчивым шепотом:

— Я должен немедленно поговорить с тобой и твоей матерью.

— Только не сейчас, бога ради! У тебя вид чертова судебного пристава!

Молодой джентльмен кривит губы в улыбке и тихо произносит:

— Наследник Хаффам жив!

Несколько мгновений сэр Дейвид пристально смотрит на него, а потом указывает на дверь в конце лестничной площадки.

— Пройди в Китайскую гостиную. Я схожу за матерью.

Через пару минут сэр Дейвид и леди Момпессон входят в темную комнату. Сэр Дейвид держит в руке канделябр, являющийся здесь единственным источником света. Ставя канделябр на стол, он говорит:

— Матушка, вы не раз слышали от меня о моем друге, Гарри.

— Откуда вы знаете, что юный Хаффам жив? — бесцеремонно осведомляется леди Момпессон.

Гарри весь передергивается, а потом отвечает:

— Тому есть самые надежные свидетели, леди Момпессон: мои глаза и уши. Я виделся и разговаривал с ним сегодня — точнее, уже вчера.

— Но почему вы убеждены, что это именно он? — возражает леди Момпессон. — Еще никто не опознал мальчишку с уверенностью после того, как он сбежал из сумасшедшего дома, куда его отправил дядя. А это было почти четыре года назад.

— Всё благодаря случайному стечению обстоятельств, — отвечает Гарри. — Я видел его всего за несколько месяцев до того, как он бежал и исчез. Но тогда я не знал, кто он такой. Я видел в нем лишь школьного товарища моего сводного брата. И только совсем недавно понял, что он и есть наследник Хаффам.

— Действительно, в высшей степени поразительное стечение обстоятельств, — холодно произносит леди Момпессон.

Полагаю, она дает понять, что не верит ни единому слову.

Похоже, Гарри именно так и истолковывает замечание леди Момпессон, ибо затем обращается к ее сыну:

— Он пришел ко мне сразу после того, как сбежал от своего деда, и именно тогда открыл мне, кто он такой.

— Но это произошло в феврале! — восклицает сэр Дейвид.— Почему же ты не сообщил мне раньше, Гарри? Ведь тебе прекрасно известно, что мы живем в постоянном страхе лишиться права собственности, как только суд объявит мальчишку мертвым.

— Он взял с меня клятву хранить тайну, поскольку знал, что его жизнь в опасности,— лжет Гарри.— А потом он исчез, и я понятия не имел, где он. Но теперь я наконец-то разыскал его. Но вернемся к главному: тот факт, что он все-таки жив, должен премного обрадовать вас.

— Безусловно,— соглашается сэр Дейвид.— После смерти старого Клоудира, когда в газетах появилось сообщение о гибели молодого Хаффама, а потом объявился претендент со стороны Малифантов, наше положение представлялось чертовски скверным.

— Насколько я понимаю, если убедить мальчишку объявиться в официальном порядке, ситуация останется прежней,— говорит леди Момпессон.— Мы будем в безопасности, покуда он жив.

— Все не так просто, леди Момпессон,— говорит Гарри.— Есть осложнения с завещанием.

С выражением ужаса на лице она поворачивается к сыну, который бормочет:

— Видите ли, мама, я спросил у Гарри совета насчет опеки над имуществом, которую мы рассчитывали получить, когда собирались выдать Генриетту за Тома. В конце концов, он все-таки правовед.

Леди Момпессон пристально смотрит на Гарри, который не отводит твердого уверенного взгляда.

— Может быть, вашему сыну не стоило посвящать меня в ситуацию, но я связан обязательством держать все сведения по делу в секрете, уверяю вас, леди Момпессон.

— Раз вы знаете так много, — говорит леди Момпессон, — наверное, вам известно также, что мы предполагаем, что завещание уничтожено, ибо, по нашему мнению, сообщником Ассиндера — сколь бы невероятным это ни казалось — являлся мальчишка-прислужник, работавший у нас. По всеобщему мнению, он почти слабоумный. Однако он мог вынести документ из дома после несчастного случая с Ассиндером, хотя и понятия не имел о ценности оного. Мы предполагаем, что впоследствии он потерял или уничтожил завещание.

— Вы не ошибаетесь в своем предположении, что с документом скрылся мальчишка-прислужник. Но он отнюдь не слабоумный и, уверяю вас, отлично понимал ценность бумаги. Он поступил к вам на службу с единственной целью выкрасть завещание. Одним словом, он и есть наследник Хаффам.

— Чушь несусветная! — выкрикивает сэр Дейвид, но мать кладет ладонь ему на руку.

— Продолжайте, — велит она.

— Он сказал мне, что ухитрился устроиться слугой в ваш дом и провел здесь несколько месяцев, прежде чем сумел удрать с завещанием. Ассиндер не состоял с ним в сговоре, а действовал в своих собственных интересах. Почти сразу мальчишка был схвачен приспешниками своего деда, но, вопреки газетным сообщениям, сумел спастись.

— А что случилось с завещанием? — нетерпеливо спрашивает леди Момпессон.

— Оно перешло в руки человека, имя которого я не могу вам назвать. Одним словом, оно по-прежнему существует.

— У кого находится завещание? — выкрикивает сэр Дейвид.

— Я сказал, что не могу назвать вам имя, и это чистая правда. Означенный человек связался со мной и поручил мне от своего лица договориться с вами о продаже завещания.

Сэр Дейвид и леди Момпессон переглядываются.

Гарри внимательно наблюдает за ними.

— Вы ничего не теряете и все получаете, приобретая завещание. Как только оно вернется в ваши руки, вам не придется беспокоиться за жизнь молодого Хаффама. Выдайте мисс Палфрамонд за Тома, а если мальчишка умрет, не оставив наследника, вы предъявите завещание и обеспечите свою безопасность.

— Откуда нам знать, правдива ли ваша удивительная история? — спрашивает леди Момпессон.

— Вы можете удостовериться в подлинности документа, прежде чем купить его, — холодно отвечает Гарри. — Если он окажется подделкой, вы ничего не потеряете.

Леди Момпессон шепотом совещается с сыном, а потом объявляет:

— Мы можем предложить вам тысячу фунтов, и ни пенни больше.

— Боюсь, этого недостаточно, — печально говорит Гарри. — Далеко не достаточно.

— Но мы на грани разорения, — протестует молодой баронет. — Судебный исполнитель забирает наши рентные доходы. Мой кредит почти исчерпан, а мне еще нужно подписать брачный контракт, прежде чем станет известно о моем бедственном положении, — иначе родственники мисс Шугармен разорвут договор.

— Я попрошу своего доверителя подождать несколько дней, — говорит Гарри. — Но боюсь, если вы откажетесь выкупить завещание, он продаст его наследнику Малифанту.

— Тогда мальчику придется отдаться под защиту суда, — говорит леди Момпессон.

— Он слишком напуган, — отвечает Гарри. — И боюсь, у него есть все основания для опасений.

— Что вы имеете в виду? — спрашивает леди Момпессон.

Гарри пожимает плечами.

— Он является помехой для претендента Малифанта. Вот и все, что я имею в виду.

Мать и сын тревожно переглядываются. Потом сэр Дейвид тянется к шнурку колокольчика и нетерпеливо дергает.

Глава 114

Теперь гости собираются в группы и принимаются обсуждать странное поведение хозяев дома: они перешептываются насчет «судебных приставов» и благовоспитанно хихикают, прикрывая рот ладонью. Мисс Шугармен сидит рядом со своей матерью в столовой зале. Сэр Томас Деламейтер приближается к ней и пытается завязать беседу. Однако она продолжает хмуриться, и в конце концов он отходит.

Тем временем из наемного экипажа, остановившегося перед парадной дверью, торопливо выскакивает высокий человек в черном, заходит в дом и быстро поднимается по лестнице следом за лакеем, который провожает его в Китайскую комнату.

Проходит еще час. Теперь гости пребывают в замешательстве. Экипажи велено подать к дому не ранее четырех утра. Том приближается к мисс Шугармен довольно нетвердой поступью; по пятам за ним следует мистер Вамплу, который, похоже, увещевает молодого человека. Том отталкивает наставника и что-то говорит невесте своего брата. Мгновение спустя к нему торопливо подходит сэр Томас и оттаскивает прочь. Мистер Вамплу подхватывает молодого джентльмена под руку и выводит из залы. Однако мисс Шугармен сердито бросает несколько слов своей матери, которая сразу же подает знак одному из лакеев. Сэр Томас обращается к ней с просительным видом. Я не знаю, о чем у них идет речь, но полагаю, он уговаривает молодую леди остаться, а она указывает на то, что сэр Дейвид три часа кряду игнорирует ее.

Мисс Шугармен со своей спутницей удаляются. Немного погодя мистер Вамплу с помощью лакея отводит своего подопечного в Китайскую комнату, где его ожидают мать и брат вместе с мистером Барбеллионом. Гувернер и слуга ждут за дверью и через десять минут получают приказ проводить молодого джентльмена в спальню.

Теперь, когда исход начался, остальные гости принимаются посылать за своими экипажами, и к трем часам почти все покидают дом. К четырем часам все мороженое растаяло, свечи догорели, и наемные слуги убирают со столов оставшиеся закуски и напитки.

В пять утра одного из лакеев посылают в каретный сарай с приказом разбудить мистера Фамфреда и велеть последнему заложить лошадей для поездки на значительное расстояние.

К шести часам в доме становится темно и тихо.

Теперь, приближаясь к концу своего рассказа, я даю волю Воображению, и оно дерзновенно взмывает на головокружительную высоту и парит в поисках добычи.

В роскошных парадных залах, всего несколько часов назад полных избалованных представителей высшего света, огромные зеркала в простенках между высокими окнами, совсем недавно отражавшие кричащую пустоту фешенебельного общества, теперь отражают лишь друг друга. На расписанных под мрамор выдвижных досках буфетов лежат россыпи конфет и изысканных лакомств, отвергнутых привередливым вкусом и обошедшихся хозяевам в такие деньги, на которые можно было бы накормить досыта не одну бедную лондонскую улицу — даже не одну деревню в Ирландии, горестной земле, связанной с нами родственными узами. В тесных чердачных комнатушках и сырых подвалах усталые слуги спят на убогих постелях, обессиленные честным Трудом. А на мягких перинах почивают вновь вступившие в права наследства Богатство и алчная Надменность. Пусть же первых радуют добрые сны, а последних мучают кошмары!

Глава 115

О счастье! Наконец-то я разделался со зловредными паразитами Застарелого Разложения, для которых непременно настанет Судный день. И теперь, когда мой рассказ близится к концу, позвольте мне отбросить все условности, сковывавшие меня, и смело заявить о нашем долге судить — и не просто судить, а сурово *осудить!* — общество, в котором Добродетель попирается, Талант игнорируется, а Высокомерие и Кичливость нагло пользуются всеми благами. Пускай Циник спросит, по какому праву мы осуждаем общество, и я отвечу: по закону Суда Совести, который зиждется в сердце каждого из нас! И является образцом Справедливости, на котором основано наше (зачастую подверженное ошибкам) Правосудие.

Только из умения судить рождаются верные критерии оценки, а следовательно, Понимание. Я горжусь тем, что сыграл свою роль в процессе, позволившем вам обозреть всю вашу жизнь, а следовательно, понять великое значение Разума и Справедливости.

И никто не вправе уклоняться от необходимости судить, а любая строгая и беспристрастная оценка есть акт исповедальный. Ваше участие в предпринятом нами деле и явилось подобного рода исповедью, ибо вы не скрывали своих мотивов, даже если они заслуживали порицания. Я глубоко уважаю вас за это. Я знаю также, какое облегчение приносит признание своей вины: в моем случае — другу, который, возможно, посчитал, что я предал его из соображений собственной выгоды. Ибо (как я не раз повторял вам) мы должны понять мотивы поступков — иначе осудим слишком поспешно. Даже поступок, на первый взгляд постыдный и низкий, по вдумчивом рассмотрении может оказаться вполне верным и обоснованным. Например, адвоката можно заподозрить в предательстве интересов клиента; женщину — в вероломном поругании чести мужа; политического радикала — в измене товарищам по заговору. Но в каждом случае обвиненный нами и смешанный с грязью человек, возможно, действовал из соображений Высшего Долга, коими все мы должны руководиться во имя Справедливости.

Посему судите и осуждайте, друзья мои, но только сперва узнавайте мотивы поступков. И оценивайте свои собственные побуждения так трезво, как только вы одни можете. И тогда, если вы уверены в чистоте своих помыслов, смело вверяйтесь Богатству и Власти. Подумайте, сколько пользы вы можете принести! Сколько несправедливостей исправить! Сколько талантов и добродетелей поощрить! Как вам известно, я презираю Богатство и Власть, и все же, когда я призываю вас стремиться к ним, вы правильно понимаете мои мотивы.

Посему в заключение я настойчиво призываю вас к исполнению Высшего Долга, который состоит в поиске Справедливости, а следовательно, в обретении возможностей на деле доказывать свою любовь к людям.

КНИГА IV

СВАДЬБЫ И ВДОВЫ

Глава 116

Филантропия? Вздор!

Однако мне следует сдержаться, поскольку мой вклад в наше общее дело еще не завершен.

Думаю, дальше все происходило примерно так.

Ветер крепчает, и некий человек идет крупным шагом по Айлесбери-стрит в Клеркенуэлле. Он останавливается у маленького домика и звонит в дверной колокольчик. Служанка, отперевшая дверь, изумленно смотрит на него, выслушивает, а потом замыкает дверь на цепочку и оставляет полуоткрытой, скрываясь в глубине дома.

Минутой позже мистер Сансью, бледный и дрожащий, распахивает дверь и шипит свистящим шепотом:

— Я же запретил тебе приходить сюда!

— Дело срочное.

— Тебе лучше войти,— говорит адвокат, окидывая улицу встревоженным взглядом.

Человек заходит в дом и в сопровождении хозяина проходит в гостиную, где видит некую даму.

— Добрый вечер, мадам,— говорит он, а потом ухмыляется адвокату.

Мистер Сансью игнорирует ухмылку и требовательно спрашивает:

— Ну, что ты имеешь сообщить мне?

— Салли не ошибалась. Он вовсе не погиб, как писали в газетах. Она видела парня, все верно.

Остальные двое обмениваются тревожными взглядами, а потом адвокат шепчет:

— Продолжай. Ты нашел мальчишку?

— Да. Как я и рассчитывал, Джоуи вывел меня прямо на него.

— Ну и?.. — спрашивает мистер Сансью.

— Я уже собирался сделать, что обещал, но в последний момент он сказал мне одну вещь, заставившую меня остановиться. Я решил, что вам надобно это знать. Потому не стал ничего делать и отправился прямиком к вам.

— Ты хочешь сказать, что отпустил его? — осведомляется дама.

Не глядя на нее, мистер Сансью знаком велит ей замолчать.

— Что он сказал тебе?

— Что завещание по-прежнему существует.

Известие повергает слушателей в ужас.

— По-прежнему существует? Как такое возможно? — восклицает адвокат, поворачиваясь к женщине. — Старик уничтожил документ. Валльями видел собственными глазами.

— Мальчишка солгал, чтобы спасти свою жизнь, — вновь подает голос дама. — Очень на него похоже.

— Нет, думаю, он говорил правду, — говорит мистер Сансью. Он резко поворачивается к Барни и выкрикивает: — Так завещание было при нем?

— Нет. Я обыскал его.

— Тогда где оно? — восклицает мистер Сансью. — У кого?

— Ты правильно сделал, что не... То есть правильно сделал, что отпустил его, — говорит дама Барни. — Однако разыщи мальчишку снова. Он приведет нас к завещанию. А потом ты выполнишь работу, за которую тебе заплачено.

Мистер Сансью открывает дверь, давая гостю понять, что он может идти. Барни с легким поклоном покидает комнату, а адвокат провожает его до выхода и выпускает на улицу.

Когда минутой позже он возвращается обратно, они с дамой обмениваются долгими взглядами. Затем мистер Сансью вопрошает:

— А что, если мальчишка не приведет Барни к завещанию?

— Успокойтесь,— холодно отвечает леди.— У меня есть идея на сей счет.

Глава 117

Я плохо спал той ночью, поскольку рана на лбу сильно болела, а весь следующий день оставался в своей комнате, размышляя о событиях предыдущего дня. Меня предали двое из немногих людей, которым я доверял. Конечно, вероломство Генри глубоко ранило меня, но предательство Джоуи причинило много сильнейшие душевные муки, ибо воскресило во мне чувство вины перед ним и его матерью, вызванное мыслью о печальной участи мистера Дигвида. Я полагал, что Джоуи не держит на меня зла, и здесь явно ошибался. Неужели миссис Дигвид тоже таила в сердце жажду мести? Меня с души воротило от одного такого предположения.

К пяти часам пополудни я сидел, погруженный в мрачные раздумья, когда раздался стук в парадную дверь. Я услышал голос миссис Квейнтанс, шаги на лестнице, а потом в дверь моей комнаты тихо постучали.

— Кто там? — спросил я.

К великому моему изумлению, голос Джоуи ответил:

— Это я.

— Он один, миссис Квейнтанс? — крикнул я.

— Да, сэр,— удивленно отозвалась она.

Я отпер дверь и, впустив Джоуи, быстро запер снова. Он широко улыбался, но смотрел на меня недоуменно, словно озадаченный моим странным поведением. Однако, едва увидев при тусклом свете свечи мою перевязанную голову, он вскричал:

— Господи, что с вами случилось?

Удивление и тревога Джоуи были настолько искренними, что (не стыжусь признаться) я крепко обнял его и расплакался. Почему я расплакался, я не понимал тогда и едва ли понимаю сейчас, но мне кажется, дело здесь было не только в огромном облегчении, испытанном мной от сознания, что он по-прежнему остается моим верным другом, но также в угрызениях совести от мысли, что я усомнился в нем. (И не забывайте, что я все еще находился в ослабленном состоянии после полученных ранений.) Джоуи неловко потрепал меня по плечу и пробормотал несколько слов, столь же неразборчивых, как мои.

— Прости меня, Джоуи,— сказал я.— Я усомнился в тебе. Когда ты не пришел в условленное время, я решил, что ты бросил меня и выдал Барни.

Он тоже разволновался чуть ли не до слез. Я никогда еще видел Джоуи в таком состоянии — и все мои подозрения мигом улетучились.

Он взял меня под руку и усадил на диван.

— А почему бы вам не усомниться, коли я уже дважды делал такое? — спросил Джоуи.

— Нет, нет, я не имел права сомневаться. Ты пошел на огромный риск из-за меня и столько потерял! — Я умолк на мгновение, а потом с трудом выговорил: — Твой отец, Джоуи... Я хочу сказать тебе, как я... как я...

— Не надо,— мягко промолвил он.— Я понимаю, что вы хотите сказать, мастер Джон.

Когда мы оба немного овладели собой, я рассказал Джоуи о нападении на меня, совершенном его дядей. По-видимому, последний узнал (как я теперь понял и объяснил Джоуи), что я жив, от Салли, увидевшей меня однажды вечером в Вест-Энде несколько недель назад.

Потом Джоуи сказал:

— Я объясню, где был вчера вечером и почему не пришел. По пути к вам я заметил, что кто-то следит за мной. Ну, я принялся петлять по улицам и наконец решил, что избавился от хвоста, но теперь думаю, что за мной по пятам шел Барни и что он так и не отстал от меня. Вот как он нашел вас, стыдно сказать.

Я заверил Джоуи, что не виню его, и он продолжал:

— Около шести часов я уже подошел к самому вашему дому, но тут увидел одного человека, выходящего из дверей. Знаете, кто это был?

— Да, ко мне вчера заглядывал знакомый, и он ушел около шести. Ты должен знать. Это был Генри Беллринджер, о котором я тебе рассказывал. Ты что, видел его раньше?

— Я так не думал, но я сразу узнал парня, когда увидел вчера вечером.

— Как тебя понимать?

— Помните, я однажды стоял возле дома вашего деда на Чаринг-Кросс? Вы находились внутри, а мой старик ждал снаружи?

Я кивнул. Тогда стук в дверь прервал рассказ старого мистера Эскрита, и я покинул дом через черный ход и нашел Джоуи с отцом, поджидающими меня во дворе.

— Ну так вот,— продолжал Джоуи,— именно этот парень и вошел тогда в дверь.

— Боже мой! — воскликнул я.— Ну конечно! Вот что напомнил мне стук Беллринджера!

Новость поразила меня, ибо я не имел ни малейшего представления, какие дела могли у него быть с мистером Эскритом. Вот еще одна удивительная связь, совершенно мне непонятная.

Теперь я без утайки поведал Джоуи, с каким известием Беллринджер являлся ко мне: завещание — документ, ставший причиной смерти мистера Дигвида, — в конечном счете не уничтожено.

— Но я хотел сказать другое, — продолжал Джоуи, когда мы коротко обсудили значение данного обстоятельства. — Я вспомнил, что тогда вы хотели узнать, кто был тот парень, и потому решил проследить за ним. И знаете, куда он направился? В дом Мампси на Брук-стрит!

Дело казалось все более и более странным!

— Во всех окнах там горел свет, поскольку они устраивали большой прием. И он прошел прямо внутрь, мимо привратника, словно его там хорошо знали.

— Как?! — воскликнул я. — Просто поразительно! Значит, Генри связан не только с мистером Эскритом, но и с Момпессонами тоже!

Я рассказал Джоуи о подслушанном мной разговоре Генри и мистера Памплина, в котором они упоминали «сэра Томаса», и о своей беседе с мисс Квиллиам (знакомой с последним через мистера Памплина), сообщившей мне, что сэр Томас Деламейтер является другом Дейвида Момпессона. Прежде я принимал связи между всеми ними за случайные совпадения, но теперь они стали проясняться для меня. В силу своей дружбы с сэром Томасом Момпессон был связан с мистером Памплином (получившим приход по протекции сэра Томаса) и с мисс Квиллиам (чей отец должен был получить означенный приход). Сэр Томас устроил мисс Квиллиам на место гувернантки к Момпессонам — в общем, здесь все представлялось ясным. Но как Генри познакомился с Дейвидом? Через мистера Памплина? Внезапно меня осенило, что дело обстояло ровно наоборот: Генри был другом Дейвида Момпессона и через него познакомился со священником и сэром Томасом — ибо Генри являлся не кем иным, как тем самым «Гарри», о котором упоминала мисс Квиллиам в рассказе о событиях вечера, ставшего причиной ее увольнения! Я уже давно смутно догадывался об этом, но сейчас все встало на свои места. Сделанное мисс Квиллиам описание — возраст, наружность, манера речи — в точности соответствовало человеку, которого я знал. Но как Генри познакомился с Дейвидом и каким образом связан с Момпессонами? На этот вопрос я не находил ответа, но тут меня осенила другая мысль: он-то и есть тот самый осведомитель Момпессонов в канцлерском суде, о котором меня предупреждала Лидия. Значит, я отнес завещание прямиком к самому худшему человеку на свете!

Потом мне пришло в голову, что выдал-то он меня вовсе не Момпессонам, а Сайласу Клоудиру! А *эта* связь откуда появилась? И, что самое непонятное, каким образом Генри связан с мистером Эскритом? Потом я вспомнил, что сам познакомился с ним через Стивена Малифанта, чье имя наводило на мысль об еще одной загадочной связи с моей собственной семьей. Однако дальше я не мог продвинуться ни на шаг.

Зайдя в своих рассуждениях в тупик, я попросил Джоуи рассказывать дальше.

— Мампси закатывали грандиозный бал, и сперва я решил, что он из числа приглашенных гостей,— продолжал Джоуи.— Только он был не так расфуфырен, как остальные важные персоны, выходившие из экипажей. Ну, я прождал на улице полночи, и наконец господа стали рассаживаться по своим каретам и разъезжаться, а огни в бальном зале погасли. Но мой парень все не выходил. Наконец, очень поздно — в два или три часа — к дому в наемном экипаже подкатил джентльмен, похожий не на гостя, а скорее на священника или адвоката, ибо он страшно торопился и был одет не нарядно, а во все черное. Я уж испугался, что мой парень вышел через конюшенный проулок, но наконец, примерно в семь утра, он спустился по ступенькам.

— Так поздно! — воскликнул я.— Что же за дело такое могло задержать его там на всю ночь, да еще во время бала?

Джоуи пожал плечами и продолжал:

— Потом я проследовал за ним до дома на Грейт-Титчфилд-стрит.

— Мистер Памплин! — воскликнул я, вспомнив адрес, однажды упомянутый Генри.

— Он вышел оттуда с парнем в слюнявчике.

— Священник! Да, это он!

— Он пробыл там пару часов — скорее всего, завтракал, — с легкой завистью сказал Джоуи.

Поняв намек, я выложил перед ним все съестные припасы, какие сумел найти.

— Потом они отправились на извозчичий двор Фоцарта на Пиккадилли, и я подкрался достаточно близко, чтобы услышать, как они заказывают карету.

— А он сказал, куда собирается ехать?

— Нет, но с того двора дилижансы ходят только в северном направлении. Потом они взяли наемный экипаж, и мне пришлось бежать за ними что есть мочи. К счастью, они ехали медленно, из-за сильного движения на улицах. Они подъехали к зданию возле собора Святого Павла, похожему на церковь, с такими арками и остроконечными башенками. Я спросил у привратника, что за дом такой, и он ответил что-то вроде «доктор с комом».

— Докторз-Коммонз! — вскричал я.

— Ага, точно. Ну, я дал привратнику шиллинг и попросил разузнать, по какому делу прибыли два джентльмена. Через минуту он вернулся и сказал, что они громко вопили насчет упреждения особого разрешения на венчание.

— Утверждения, Джоуи.

— Утверждения, — повторил он.

— А для кого разрешение?

— Да для него самого, для Генри Беллринджера. Но вот имени леди я не разобрал.

Я пришел в недоумение и объяснил Джоуи почему.

— На ком оп женится? И почему именно сейчас? Ведь сейчас, когда завещание находится у него в руках, он заинтересован в том, чтобы продать его либо сэру Дейвиду, либо претенденту со стороны Малифантов.

ма — неважно, являетесь ли вы оным или нет — в скором времени будут признаны канцлерским судом незаконными.

— На каком основании? — осведомился я.

— Право наследования Джона Хаффама оспаривается, поскольку не обнаружено никаких доказательств того, что его родители состояли в законном браке,— ответила она.— Да и вообще нет никаких свидетельств рождения законного наследника у дочери Хаффама, Мэри Клоудир.

Я вспыхнул при упоминании о браке моей матери и о моем происхождении (хотя здесь не совсем понимал, что именно леди Момпессон имела в виду). Жестокая, надменная женщина! Но, по крайней мере, теперь мне стало ясно, почему они не проявляют ко мне интереса. Если наследника Хаффама больше не существует, у них остается единственный способ помешать претенденту Малифанту вступить в права наследства, а именно: представить суду завещание.

— Нам нечего сказать вам,— продолжала леди Момпессон.— Это вы просили о встрече. Будьте любезны изложить ваше дело.

— Я пришел, чтобы выступить в защиту мисс Генриетты Палфрамонд.

— Какая наглость! — воскликнул сэр Дейвид.

— Сделайте милость, объяснитесь,— попросила его мать.

— Я говорю о намеченном браке,— сказал я. Они быстро переглянулись, и я сразу утвердился в своем предположении, что брачная лицензия предназначалась для Генриетты.— Я не могу поверить, что вы дали согласие.

— Ваша дерзость просто поразительна,— высокомерно промолвила леди Момпессон.

— Вы не можете одобрять,— продолжал я, распаляясь негодованием,— скоропалительное, полутайное бракосочетание по особому разрешению, проведенное священником с порочными наклонностями. Вас удивляет, что мне известно столь многое? Мой преданный слуга — вернее сказать, друг — сегодня видел Генри Беллринджера в Докторз-Коммонз. Я достаточно хорошо знаю жениха, чтобы полагать, что вы обречете мисс Генриетту на несчастливую жизнь.

— Вы переходите все границы приличия,— с холодной яростью проговорила леди Момпессон.— Мы вас более не задерживаем.

Ее сын потянулся к шнурку колокольчика.

— Подождите,— сказал я.— Если я не в силах воззвать к вашей чести и великодушию, я обращаюсь к вашим личным интересам.

Сэр Дейвид задержал руку в дюйме от сонетки и повернулся ко мне.

— Я не понимаю, какие мотивы движут вами,— продолжал я.— Какую выгоду вы извлекаете из этого брака? — Он взялся за шнурок колокольчика, и я выкрикнул: — Завещание находится у Беллринджера! Неужели вы не понимаете, что это значит?

Они изумленно уставились друг на друга, а потом перевели глаза на меня.

— О чем вы говорите? — воскликнула леди Момпессон.— В данном деле Беллринджер является лишь посредником.

— Так вот что он сказал вам? — вскричал я.— Что он просто действует от лица человека, владеющего завещанием? Теперь мне все понятно.— Убедившись в правильности своей догадки, я продолжал: — Но я точно знаю, что документ находится у Беллринджера, ибо он выкрал его у меня. Да, именно я взял завещание из тайника.

Я стремительно подошел к камину, перочинным ножом подцепил нужные болты, и тайник открылся. Я повернулся и посмотрел на Момпессонов, не в силах сдержать торжествующей улыбки.

— Я служил в вашем доме мальчиком на побегушках и однажды ночью прокрался сюда и взял завещание. Разве Ассиндер не сообщил вам?

— Он умер, не приходя в сознание,— сказала леди Момпессон.

При сем известии я содрогнулся, ибо до сих пор не знал об участи Ассиндера.

— Однако мистер Беллринджер рассказал нам о вашем бесчестном и преступном поступке,— продолжала она.

— Но он умолчал о том, что произошло впоследствии,— торжествующе сказал я.

Я коротко рассказал, как Беллринджер сделал копию завещания и подменил документ, покуда я спал, а потом выдал меня Сайласу Клоудиру.

Когда я закончил, они уставились друг на друга с нескрываемой тревогой. Это был один из сладчайших моментов моей жизни.

Затем сэр Дейвид повернулся ко мне.

— С нас довольно,— сказал он.— Теперь покиньте этот дом.

— Один последний вопрос,— перебила его леди Момпессон, поднимая руку.— Что вы там говорили насчет бракосочетания мисс Палфрамонд? Не уверена, что я вполне поняла вас.

— Беллринджер женится на ней, поскольку заполучил документ в свои руки. Как муж Генриетты, он станет фактическим владельцем состояния, которое она наследует по завещанию.

— Беллринджер женится на ней! — воскликнул сэр Дейвид.

— Да,— удивленно ответил я.— А о ком еще, если о нем, мы говорили?

— Вы уверены, что брачная лицензия выдана на имя Беллринджера? — спросила леди Момпессон.

Я внимательно всмотрелся в их лица.

— А на чье еще, по-вашему?

Леди Момпессон внезапно побледнела.

— Немедленно уходите,— велела она.— Дейвид, позвони.

— Успокойтесь, мама,— сказал он, дергая за сонетку.— Фамфред выполнит все распоряжения.

— Да,— раздраженно отозвалась она.— Но чьи распоряжения?

— Будь он проклят! — вдруг взорвался сэр Дейвид, багровея лицом.— Полагаю, он мстит нам за своего прадеда!

— Кажется, я понял! — вскричал я, глядя в потемневшее от гнева лицо сэра Дейвида.— Он должен был устроить венчание, но только в качестве дружки, а не жениха!

Сэр Дейвид двинулся ко мне с таким угрожающим видом, что я поспешно покинул комнату и сбежал вниз по лестнице. Выйдя из дома, я торопливо прошел в конюшенный проулок, где встретился с Джоуи. Я присел на низкую каменную ограду, ибо от быстрой ходьбы у меня закружилась раненая голова.

Джоуи разузнал, что около пяти-шести часов вечера общество в составе мисс Генриетты, горничной леди Момпессон (мисс Пикаванс) и мистера Памплина выехало со двора в большой фамильной карете, которой правил Фамфред, в сопровождении мистера Тома и мистера Беллринджера в наемном экипаже. В карету помещалось только четыре человека, вот почему им потребовался еще один экипаж. Но самое главное, Джоуи разведал, что они направились в Хафем!

По дороге на ближайший извозчичий двор я рассказал Джоуи о разговоре, состоявшемся у меня с Момпессонами. Там нам сообщили, что у нас нет ни малейшей надежды нанять экипаж на сегодня, ибо дорогу размыло дождями. Это походило на правду, поскольку мы долго бегали из одной конюшни в другую без всякой пользы. Однако наконец, в очень поздний час, наши поиски увенчались успехом (ибо одна карета неожиданно вернулась), и мы тронулись в путь незадолго до полуночи. Платя по пятьдесят шиллингов за перегон да еще дорожные пошлины, к концу поездки я рисковал остаться без пенни в кармане. Они выехали шестью-семью часами раньше, но путешествовали на более тихоходной карете и, вероятно, собирались остановиться на ночь в каком-нибудь трактире. Если они действительно направлялись в Хафем, мы имели много шансов настичь их.

КВИНКАНКС

Всего на второй станции по Большой Северной дороге мы обогнали фаэтон (хотя и несшийся на полной скорости), который я узнал по гербу на дверце. Я не сомневался, что в нем сидит сэр Дейвид.

Оттепель только-только началась, и дороги сильно развезло. По мере нашего продвижения на север ветер неуклонно крепчал и, пролетая над открытыми равнинами в глубину острова, бил в боковую стенку нашего экипажа, угрожающе раскачивая последний. Нам приходилось задерживаться возле каждого постоялого двора, чтобы спросить у конюхов, не остановились ли здесь на ночлег преследуемые нами люди. Опознать их по описанию не составляло труда, и вскоре мы убедились, что находимся на верном пути. По прошествии нескольких часов мы поняли, что нагоняем их. Однако ближе к рассвету стало казаться, что они не останавливались на ночлег; хотя даже в таком случае мы по-прежнему рассчитывали догнать громоздкую фамильную карету через час-другой после времени завтрака.

Но когда около шести утра мы остановились возле трактира в Хартфорде, один из конюхов сообщил нам, что описанные нами люди прибыли несколько часов назад. И действительно, карета стояла в каретном сарае, хотя наемного экипажа, к великому нашему беспокойству, мы нигде не увидели.

Мы с Джоуи вошли в трактир, и я послал переполошенную служанку за хозяином, который вышел к нам в ночной рубашке и ночном колпаке, с тревожным лицом. Поначалу он отказывался говорить, но когда я припугнул его угрозой привлечь к суду за пособничество похитителям несовершеннолетней девушки, он согласился ответить на наши вопросы. Интересующие нас люди прибыли поздней ночью, в час или два пополуночи, и сняли комнаты, словно намереваясь остаться. Однако всего через несколько часов все они, кроме двоих, поднялись и, оставив тех здесь, продолжили путешествие в более легком и быстром экипаже. Поводьями правил их собственный кучер, и повозку сопровождали два форейтора: один скакал впереди галопом, чтобы платить дорожные пошлины на заставах и заказывать свежих лошадей. Они отбыли всего час назад!

Остались же здесь молодой джентльмен и молодая леди. Последней, судя по описанию, являлась мисс Пикаванс, которая все еще спала и которую хозяин не позволил нам разбудить. Молодой же джентльмен, по словам хозяина, по-прежнему находился примерно в том состоянии, в каком его вытащили из кареты и под руки препроводили в дом. Я выразил желание увидеть означенного джентльмена, и мужчина крайне неохотно повел нас вверх по лестнице.

Проходя по лестничной площадке, я выглянул в окно, выходящее на конюшенный двор, и увидел арочные ворота на улицу. Уже начало светлеть, и я различил часть вывески над входом в лавку на противоположной стороне улиц: «...амфи».

— Хозяин, как называется ваш трактир? — спросил я.

— «Синий дракон», — ответил он, тяжело отдуваясь.

Я остановился и глянул в один и другой конец длинного коридора.

— Кто-нибудь из них занимал эту комнату? — Я указал рукой на дверь справа, украшенную изображением опрокинутого полумесяца с поднятыми вверх рогами, похожими на бычьи.

— Лунную-то? Ну, здесь спала юная леди, — ответил хозяин.

Я отворил дверь и увидел просторную гостиную с окнами, выходящими на конюшенный двор и на улицу за арочными воротами. Мебель здесь была обшарпанной, со стен свисали клочья обоев. Я заглянул в смежную маленькую спальню, вся обстановка которой состояла из кресла и старой подвесной постели. Комната была сырой и унылой. Я замер на пороге и несколько минут смотрел неподвижным взглядом, полный тяжких воспоминаний и дурных предчувствий. Я оставался там так долго, что наконец Джоуи вошел за мной следом и дернул меня за рукав, с любопытством заглядывая мне в лицо. Тогда я прикрыл дверь спальни и вернулся на лестничную площадку.

Мы поднялись на следующий этаж и прошли по коридору в отдельную гостиную. Там мы нашли (как я и предполагал) Тома Момпессона, распростертого на диване, источающего сильный запах бренди и пребывающего в совершенном беспамятстве.

Прихватив с собой легкую закуску, мы спешно продолжили путь. Представлялось очевидным, что теперь — поскольку преследуемые нами люди сейчас путешествовали на повозке, по крайней мере не уступающей в скорости нашей, — мы потеряли надежду нагнать их, но могли по-прежнему сохранить отставание всего на два-три часа, не более.

Время от времени я засыпал, но моя раненая голова раскалывалась от боли — тем более что билась о спинку сиденья все время, пока карета прыгала по размытой дороге, кренясь и раскачиваясь в сильных порывах ветра.

Глава 119

По открытым равнинам, продуваемым яростными ветрами, мы путешествовали весь день и всю следующую ночь, рассчитывая прибыть в Хафем к полудню. Там мы намеревались направиться прямиком в Момпессон-Парк, ибо предполагали, что именно туда держат путь преследуемые. Вероятно, они устроят венчание без промедления — через час-другой после прибытия, в каковом случае мы приедем слишком поздно. Скорее всего, церемония состоится в церкви Торп-Вулстона, которая является ближайшей, или же в церкви Мелторпа, находящейся не многим дальше. К несчастью, Джоуи не сумел узнать, какая из них упомянута в брачной лицензии. Если мы все же поспеем вовремя, как станем действовать, чтобы спасти Генриетту? Мы решили, что Джоуи (поскольку никто там его не знает в лицо) смело войдет в дом, прикинувшись посыльным, доставившим Генриетте срочное письмо, которое велено отдать лично в руки.

Он сообщит девушке, что я жив, и передаст мою записку. Когда мы остановились на следующей станции, чтобы поменять лошадей, я написал несколько строчек, в которых торжественно клялся спасти ее от Беллринджера и просил доверять подателю сего.

Я пытался представить, как подействует на Генриетту известие, что я жив. Согласилась ли она на этот брак только потому, что считала меня погибшим? Вероятно, Беллринджер сказал ей, что брак с ним является для нее единственной возможностью избежать брака с Томом. И он мог внушить девушке ложную мысль, будто питает к ней совершенно бескорыстные чувства, ибо она явно не имела понятия, что завещание находится у него. Когда Генриетта прочитает мою записку, объясняющую положение дел, Джоуи незаметно выведет ее из дома, а я буду ждать поблизости в карете, чтобы увезти в безопасное место.

Ветер немного стих, но на небе собирались тучи, когда к полудню мы добрались до деревни Хафем. Несколькими минутами позже мы достигли Момпессон-Парк и, проехав в высокие ворота, где я впервые увидел Генриетту, подкатили к парадной двери дома и остановились у подножия каменного крыльца.

Я остался ждать в карете, а Джоуи взбежал по ступенькам и громко постучал в дверь.

Я услышал, как дверь открылась и Джоуи сказал:

— Мне нужно немедленно видеть мисс Генриетту. Я прибыл из города со срочным письмом от леди Мампси.

— Как это у тебя хватило ума ломиться в переднюю дверь, приятель? — ответил лакей (по голосу я узнал Дэна).— В любом случае мисс Генриетты здесь нет. Вся семья находится в городе, да будет тебе известно.

Женский голос — по-видимому, принадлежавший здешней экономке — спросил:

— Что там такое, Роберт?

Я вышел из кареты, поднялся по ступенькам и сказал как можно внушительнее:

— Бросьте, я знаю, что мисс Палфрамонд здесь.

Лакей и экономка удивленно воззрились на меня. Узнал ли меня Дэн?

— Я посвящен в секрет,— сказал я женщине.— Леди Момпессон поручила мне доставить письмо к мисс Палфрамонд и отдать лично в руки.

Она уставилась на меня как на сумасшедшего.

— Я не имею ни малейшего понятия, о чем вы говорите, молодой человек.

Ее недоумение казалось столь неподдельным, что я растерялся.

— Значит, мы обогнали их, и они еще не приехали,— сказал я. А потом повернулся к Джоуи: — Мы поедем назад и встретимся с ними по пути.— Затем я снова обратился к экономке: — Но если мы все-таки разминемся с ними, непременно сообщите мисс Палфрамонд, что у мистера Джона Амфревилла к ней важное дело и что она не должна совершать никаких шагов, покуда не увидится с ним.

Я назвал это имя, вдруг пришедшее мне в голову, с расчетом указать Генриетте на чрезвычайную важность дела (и возможно даже, дать знать о своем существовании, хоть она и считала меня погибшим) таким образом, чтобы окружающие ничего не поняли. Экономка пообещала передать мои слова, и я спустился к карете и приказал кучеру остановиться за первым же поворотом аллеи, а Джоуи тем временем побежал на конюшенный двор.

Он присоединился ко мне через несколько минут.

— Помощник конюха сказал, что никто не приезжал, и похоже, он говорит правду. Я не видел ни лошадей в стойлах, ни следов от колес на подъездной дороге.

— Мы *могли* обогнать их?

Всем своим видом Джоуи показал, что исключает такую возможность, и я согласился с ним.

— Значит, Беллринджер передумал ехать в Хафем! — в отчаянии воскликнул я.

— Но ты сам говорил, что сэр Дейвид сказал, что старый кучер получил распоряжения от леди Мампси. А от конюхов я узнал, что он получил приказ ехать в Хафем.

— Именно! Тогда они должны были приехать сюда. Но возможно, они направились прямо к церкви! — Я в ужасе уставился на Джоуи.— Но к какой? В Мелторп или в Торп-Вулстон?

— Надо проверить обе. Какая из них ближе?

— Торп-вулстонская.

— Тогда я побегу туда, а ты езжай в Мелторп.— Он с тревогой посмотрел на меня.— Вы в порядке?

— Но ты же не знаешь пути! — возразил я.

— Высадите меня у ворот, а я у кого-нибудь спрошу дорогу.

Предложение Джоуи представлялось разумным, посему мы вернулись в карете к воротам, а там расстались: он двинулся в направлении, указанном мной, а я велел кучеру гнать по главной дороге в Мелторп.

Уже начинало смеркаться, когда мы выехали на Хай-стрит, где, казалось, ничего не изменилось за прошедшие годы. Однако как изменились обстоятельства с того времени, когда я в последний раз посещал знакомые места! Когда мы подъехали к церкви, я не увидел ни огонька внутри. Я вышел из кареты, пересек улицу и забарабанил в дверь мистера Эдваусона.

Через несколько мучительно долгих минут он приоткрыл дверь на несколько дюймов и выглянул наружу.

— Вам известно что-нибудь о предстоящем венчании в вашей церкви? — крикнул я.

— О венчании, сэр? — переспросил он, явно не узнавая меня.— Никакого венчания в ближайшее время не предвидится, поскольку не поступало никакого уведомления о предстоящем браке.

Значит (если только Джоуи не повезет больше), я потерял всякую надежду предотвратить бракосочетание.

— Венчание по особому разрешению, без церковного оглашения.

Мистер Эдваусон помотал головой.

— Все равно, сэр, мне ничего такого не известно.

Я уже собирался повернуться и уйти, когда старый приходский письмоводитель спросил:

— Вы мастер Мелламфи? Полагаю, следует сказать «мистер».

Я кивнул.

— Я очень рад видеть вас, сэр. Не соблаговолите ли пройти со мной в ризницу, ибо я хочу показать вам одну вещь.

Несколько удивленный, я согласился, поскольку теперь мне было некуда спешить. Мистер Эдваусон принес и зажег фонарь, а затем мы перешли через улицу и двинулись по дорожке между могилами. Старик безостановочно болтал о переменах, произошедших в деревне, но я слушал невнимательно. Он отпер массивную дверь и провел через темную пустую церковь в ризницу.

А там наконец объяснил:

— Три или четыре года назад — вскоре после того, как вы сами наведывались сюда в последний раз, мистер Мелламфи,— ко мне в дом явился незнакомый человек и попросил позволения посмотреть церковные книги за последние двадцать лет. Казалось, он хотел выписать несколько записей, и потому я оставил его здесь одного на час-полтора. По истечении означенного срока он поблагодарил меня и ушел, но, убирая книги на место, я вспомнил об истории с записью о вашем крещении и заметил, что последней он смотрел как раз книгу, в которой она содержалась. Не знаю почему, я решил снова взглянуть на нее.— Старик повернулся ко мне и выразительно произнес: — Представьте, страница с записью о вашем крещении оказалась вырванной!

Так вот, значит, что имела в виду леди Момпессон, когда сказала, что даже факт моего существования не подтвержден! Вероятно, она и ее советчики узнали об изъятии записи из церковной книги, поскольку были заинтересованы в подтверждении моего права наследства. По-видимому, запись уничтожил Клоудир перед тем, как представить суду кодицилл. Я надеялся, что копия, сделанная мистером Эдваусоном, когда я проезжал через деревню по пути с фермы Квигга, до сих пор хранилась в доме Сьюки, под соломенной крышей.

Теперь мистер Эдваусон ощупывал в темноте сложенные в стопку огромные церковные книги.

— Но вот что самое странное, — продолжал он, с кряхтением поднимая одну из них и кладя на стол. — Человек, сделавший это... я его знаю. Тогда я не вспомнил, но потом до меня дошло. Я не мог ошибиться, поскольку он самый высокий человек из всех, когда-либо мной виденных. — Мороз пробежал у меня по коже, когда старик повернулся ко мне и сказал: — Он приезжал сюда несколько лет назад с той молодой леди, сэр.

— Хинксман, — пробормотал я.

Человек, помогавший Эмме, когда она пыталась похитить меня! Приспешник Алабастера! Все увязывалось, ибо я не сомневался, что Сайлас Клоудир нанял Хинксмана уничтожить свидетельство, подтверждавшее законность моих притязаний на наследство Хаффама, чтобы в силу могли вступить положения кодицилла. А потом я вспомнил, что однажды случайно услышал, как Хинксман говорил другому надзирателю о своей предстоящей поездке на север, когда я находился в плену у Алабастера.

— Это та самая метрическая книга? — спросил я, глядя на извлеченный стариком том.

— О нет, сэр. Это нечто, не имеющее к ней никакого отношения, хотя, мне кажется, имеющее прямое отношение к вам. Надеюсь, вы не сочтете мое поведение нескромным, но после вашего отъезда я вдруг задумался о том, как мистер Барбеллион проверял записи о бракосочетаниях за последние пятьдесят лет, но не нашел, чего искал. А потом я вспомнил, как вы расспрашивали меня о семействе Хаффамов, словно они представляли для вас значительный интерес. А потом я вспомнил про четырехлепестковую розу, замеченную Пимлоттом на одном из сундуков. Кстати, после разговора с вами я дал Пимлотту от ворот поворот, сэр. Помните, мистер Мелламфи, он говорил, что видел точно такое же изображение на одной из вещей вашей матери? Так вот, впоследствии я сложил одно с другим и проверил содержимое сундука. И нашел вот это. — Старик указал на ветхий том. — Записи здесь относятся ко времени, когда семейство проводило крещения и прочие обряды в часовне в Старом Холле. По слухам, она была лишена церковного статуса после убийства, совершенного там, но это все бабьи сплетни. И я задался вопросом, не эту ли самую книгу искал мистер Барбеллион.

— Конечно эту! — вскричал я, вспомнив рассказ мисс Лидии о тайном побеге моих прадедушки и прабабушки и о венчании в часовне.

Я пролистал книгу и отыскал нужный год: 1769-й. И там наконец я обнаружил свидетельство, которое искали столь многие на протяжении столь многих лет: запись о бракосочетании Джеймса Хаффама и Элайзы Амфревилл. И действительно, мисс Лидия расписалась там в качестве свидетельницы, прямо под подписью Джона Амфревилла.

Мистер Эдваусон подтвердил, что запись составлена по всей форме и заверена должным образом. Поблагодарив старика за старания, я попросил его хранить книгу в надежном месте, а затем вышел из церкви и сел в карету.

— Куда ехать, сэр? — спросил форейтор.

— Обратно в Хафем, — сказал я. Потом мне в голову пришла другая мысль. — Нет, езжай по Хай-стрит и перед самыми Лугами круто сверни направо.

Вспомнив о копии, снятой с записи о моем крещении и оставленной на хранение у моей старой няни, и подумав о решающем значении оной, я положил навестить Сьюки. Форейтор издал возглас отвращения при виде Силвер-стрит, ибо после оттепели и затяжных дождей она походила на реку жидкой грязи.

Однако к великому своему изумлению, я не увидел здесь ни хижин, ни даже развалин посреди высокой травы. В первый момент я подумал, что копия навсегда пропала, а следовательно, мои притязания на имущество теперь беспочвенны. Но потом задался вопросом, куда могла перебраться моя давняя знакомая со своей семьей. В надежде получить у кого-нибудь нужные сведения я велел форейтору объехать Луга и вернуться на Хай-стрит. Однако в проливной дождь никто не выходил за порог, и потому я наконец остановился и постучал в первую попавшуюся дверь. Открывшая мне старая женщина направила меня в другую часть деревни, куда я и поспешил.

К тому времени, когда я достиг указанного места, было уже далеко за полдень. Там я увидел небольшое скопление убогих домишек, разбросанных на голой пустоши в таком беспорядке, словно они выпали из проезжающей телеги.

Я наобум подошел к одной из хибар и — за невозможностью постучать в дверь, ибо последнюю там заменял кожаный полог, защищавший от дождя,— крикнул в темную глубину домишка:

— Есть тут кто? Сьюки?

На пороге мгновенно появилась Сьюки — сильно постаревшая, похудевшая и еще более изможденная против прежнего. Она щурилась от слабого света дня и признала меня не сразу, но потом с тихим радостным возгласом шагнула вперед и заключила в объятия.

Затем она отстранилась с покрасневшим лицом.

— Негоже мне допускать такие вольности. Вы теперь совсем взрослый мужчина, мастер Джонни, и стали настоящим джентльменом.

В ответ я крепко обнял ее и вскричал:

— Милая, добрая Сьюки!

— Да уж, сегодня поистине день встреч с людьми из прошлого,— сказала она, немного отступая назад, чтобы получше рассмотреть меня.— Но видеть вас мне приятнее всего.—

Прежде чем я успел спросить, что она имеет в виду, Сьюки вскричала: — Что у вас с головой?

— Да так, пустяки, — сказал я. — Ничего страшного.

Она недоверчиво посмотрела на меня, а потом, заметив карету в нескольких ярдах от лачуги, воскликнула:

— Вы таки унаследовали состояние!

Я помотал головой.

— Боюсь, сейчас я не богаче, чем был в пору последней нашей встречи.

— Но большая карета с кучером?

— Нанята на последние деньги. — Потом я залился краской и пробормотал: — Сьюки, я так и не вернул тебе долг.

Она серьезно кивнула, и я пожалел, что не отослал занятую сумму из денег мисс Лидии сразу, как только сбежал от старого Клоудира и вселился в комнаты миссис Квейнтанс.

— Столько всего случилось, — продолжал я. Голос у меня задрожал. — Моя матушка...

— Войдите и присядьте, — сказала Сьюки. — Вы такой бледный.

Я проследовал за ней и очутился в крохотной хибарке без окон, с низкой крышей из ветвей утесника и земляным полом. Очага там не было, и тесное помещение освещалось одной лишь сальной свечой. Там стояли два обшарпанных шатких стула, и я сел на один из них.

Я в нескольких словах поведал о смерти матушки, каковым рассказом поверг Сьюки в глубокую печаль, и о событиях, приключившихся со мной со времени нашей последней встречи. Но быстро перевел разговор на другую тему.

— Почему вы перебрались сюда? — спросил я.

— Они снесли все хижины на Силвер-стрит и вообще повсюду. Все для того, чтобы понизить налоги в пользу бедных — ведь теперь мы проживаем за пределами прихода и потому ничего не получаем от попечителей.

— Это ужасно! — воскликнул я, и негодование против Момпессонов с новой силой вскипело в моей душе.

— О, сейчас очень и очень многие оказались в таком же положении. Как, например, бедный старый мистер Пимлотт. Да, к слову сказать, мастер Джонни: тому человеку, что ограбил дом вашей матушки, пособлял как раз мистер Пимлотт.

— Я так и думал, но почему ты так уверена?

— Бедняга преставился несколько месяцев назад. И когда он лежал на смертном одре, за ним ухаживала моя тетушка. Благослови Господь ее душу, она сама скончалась неделю без малого спустя. Он сказал ей, что хочет поговорить со мной. Я пошла к нему, и он сказал, что глубоко сожалеет о том своем дурном поступке, причинившем вред мне и Джобу. Он пошел на такое единственно из желания насолить вашей матушке, поскольку она была из благородных. Видите ли, он всю жизнь проработал на Мампси, но потом заболел ревматизмом от тяжкого труда на сырых полях, и управляющий — не старый управляющий, который был порядочным человеком, а новый — выгнал его. Он выселил мистера Пимлотта с женой из хижины, что стояла на поместной земле; и они сумели найти лишь сырую жалкую лачугу поблизости от дома вашей матушки. Он считал, что евонная старуха померла от сырости и холода.

— Да, но что насчет его участия в ограблении? — напомнил я.

— Когда того бродягу прогнали от ваших ворот, мистер Пимлотт все видел, и он позвал его к себе, накормил и предложил пристанище на ночь. Потом они разговорились и в конце концов вместе замыслили покражу, и мистер Пимлотт помог провернуть дело. Он сказал мне, что уже после увидел какой-то рисунок на шкатулке для писем, которую тот мужик прихватил, и понял, что ваша матушка состоит в родстве с Момпессонами, а потому посчитал, что отомстил своим обидчикам. Но когда вы приехали сюда с севера и мистер Пимлотт снова увидел вас, его начала мучить совесть, поскольку вы казались таким больным и несчастным, сказал он. А когда на следующий день мистер Эдваусон вдруг заявил, что больше не нуждается в евонных услугах, он посчитал это наказанием за зло, причиненное вам и вашей матушке. А немного погодя хижину мистера Пимлотта тоже снесли, как я говорила, и он попытался своими силами соорудить хибару вроде нашей, которую для нас построил Гарри, но она рухнула от сильного ветра, и он захворал и много дней пролежал, можно сказать, под открытым небом и все время терзался мыслью о своем дурном поступке.

С минуту я молчал, вспоминая прошлое и размышляя о том, как повернулись события.

Потом я спросил:

— Как поживает Гарри? И остальные ваши дети?

Сьюки опустила глаза.

— Им лучше бы не видеть вас.

Упоминание о Гарри напомнило мне о соглашении, которое он вынудил меня заключить с ним в связи с копией записи о моем крещении.

— Сьюки, сохранила ли ты мою бумагу? — спросил я.

Однако, прежде чем она успела ответить, я вспомнил ее недавние слова о людях из прошлого, и в голову мне пришла ужасная мысль. Мистер Эдваусон сказал, что страницу из церковной книги вырвал Хинксман, и я постарался вспомнить, видела ли его Сьюки в тот далекий день, когда они с Эммой пытались похитить меня. Может, он каким-то образом выследил меня и сейчас находится здесь?

Я быстро спросил:

— Сьюки, что ты имела в виду, когда сказала, что я не первый человек из прошлого, которого ты видишь сегодня?

— Ну, я возвращалась из Незер-Ли и вдруг заметила огни среди деревьев. Там ограда парка разрушена, помните? Ну так вот, я прошла немного по аллее и увидела, что огни горят в Старом Холле. Я подошла поближе — и как вы думаете, кого я...

— Огни в Старом Холле! — воскликнул я. — Но он же лежит в руинах. Он же заброшен!

Внезапно я подумал о старой часовне, где состоялось бракосочетание Джеймса и Элайзы. Безусловно, в любом здании, однажды освященном, можно провести венчание по особому разрешению!

Я вскочил на ноги и вскричал:

— Я должен поспешить туда!

— Куда?

— В Старый Холл.

— Только не по такой скверной погоде! — запротестовала Сьюки, ибо ветер теперь неистовствовал над нашими головами.— И у вас совсем больной вид!

Она предприняла слабую попытку схватить меня за руку, но я увернулся от нее (в точности, как в детстве, когда, расшалившись, не хотел ложиться спать вовремя), выбежал из лачуги, запрыгнул в карету и крикнул кучеру:

— Езжай обратно, а потом свернешь, где я скажу.

Когда карета тронулась, Сьюки еще несколько секунд бежала рядом под проливным дождем, крича что-то, не слышное мне из-за топота копыт и шума ветра, но скоро отстала.

Глава 120

Форейтор пустил лошадей резвой рысью, и пока прыгающая по ухабам карета везла меня исхоженными в детстве дорогами, разразилась гроза. Когда мы поднялись на Висельный холм, стало совсем темно, и дождь хлестал в окна с мстительной яростью. Потом я вспомнил: я же хотел спросить Сьюки о чем-то! Ну конечно! Запись о моем крещении! Я проклял свою забывчивость.

Уже наступил вечер, когда мы проехали между двух каменных столбов, выполнявших роль задних ворот на территорию старого поместья Хаффама, и покатили через запущенный парк по вьющейся заросшей аллее, которая вела к озеру,— именно по ней проходили мы с матерью много лет назад, когда она предприняла безуспешную попытку воззвать к чести и великодушию сэра Персевала и его супруги.

Ветер теперь дул с такой силой, что вязы раскачивались, словно ивы, и огромные черные тучи заволакивали бледную луну. Вглядываясь вперед, я вспоминал рассказ Сьюки о действиях управляющего Момпессонов, Ассиндера. Они не имели права на эту землю: они заполучили ее в свое владение обманом и не выполнили своих обязательств перед ней. Если мне удастся заставить Беллринджера вернуть завещание, поместье станет моим.

Когда мы проезжали по мосту через озеро, я высунулся в окошко и поискал взглядом старый дом слева. Мы еще находились в четверти мили от него, но сразу за мостом дорога поворачивала к новому дому, и между озером и холмом, на вершине которого находился мавзолей Джеффри Хаффама, а у подножья стоял Старый Холл, простирался лишь полузатопленный луг. Выбора не было, и потому я велел недовольному кучеру осторожно ехать прямиком.

Старый дом теперь вырисовывался впереди неясным черным силуэтом в густом сумраке и — что бы там не видела Сьюки — казался погруженным во мрак. Или я ошибаюсь? Что это — слабый огонек, мелькнувший внутри, или просто отблеск бледного неба на оконном стекле? Вспышка молнии осветила дом, и теперь, когда прямо впереди на миг выступило из темноты крыло с провалившейся крышей, он показался совершенной развалиной. Напрягая зрение, я искал взглядом наемный экипаж Беллринджера, но (если только это не он темнел под деревьями поодаль) нигде не видел. По мере приближения к дому мы двигались все медленнее и медленнее, поскольку колеса глубоко увязали в мягкой мокрой траве.

Наконец я крикнул кучеру остановиться и, велев ждать меня здесь, выпрыгнул из кареты и побежал к приземистой громаде старого дома. Утомленный многочасовым путешествием и измученный болями в раненой голове, я вскоре выбился из сил и на минуту остановился передохнуть, тяжело отдуваясь и ощущая звон в ушах. Я двинулся дальше более осторожно и вскоре стал подниматься по уступам террасы, где раньше вдоль балюстрад тянулись гравийные прогулочные дорожки и до сих пор оставались декоративные бассейны для рыб, густо заросшие водорослями. Окна, где еще сохранились стекла, тускло блестели в лунном свете. Я направился к арочному проему в стене и, обнаружив, что большая деревянная дверь не заперта, вошел в дом.

Внутри витал теплый земляной запах непонятного происхождения, и, похоже, пол под моими ногами сплошь усыпала битая черепица. Поначалу я оказался в кромешной тьме и обругал себя за то, что не додумался взять с собой фонарь, но постепенно мои глаза привыкли к сумраку, и по высоте кровли у меня над головой я понял, что нахожусь в главном холле. Я всегда помнил историю миссис Белфлауэр о тайном побеге и дуэли, столь удивительным образом подтвержденную мисс Лидией. Значит, именно здесь она состоялась шестьдесят лет назад!

Пока я смотрел вверх, ярко сверкнула молния, и мои глаза, хоть и ослепленные вспышкой, успели разглядеть толстые балки сводчатого перекрытия с геральдическими фигурами на опорных карнизах, стрельчатые козырьки над высокими окнами и старинные портреты под ними, с приставшими к ним клочьями пожелтевшей кисеи, которой, вероятно, картины некогда обернули для лучшей сохранности. Я заметил также, в какой узор складывались черепицы у меня под ногами: черные и белые ромбы, похожие на бесконечно перетекающие один в другой квинканксы, чьи центры (вдруг пришло мне в голову) постоянно перемещались по мере моего продвижения вперед.

Хотя по всем признакам давным-давно заброшенный дом и сейчас пустовал, сквозь раскаты грома, протяжные завывания ветра и частый стук дождя мне померещились голоса. Однако, вполне возможно, меня просто ввел в заблуждение шум грозы, и на самом деле я находился в заброшенном доме совсем один, что бы там ни свидетельствовало об обратном.

Внезапно передо мной выросла огромная черная тень, и я услышал тяжелое дыхание. Затем раздался низкий трубный звук, и я понял, что это корова. Так вот откуда взялся непонятный запах! Старинный дом моих предков превратился в хлев!

Я собрался с духом и двинулся дальше, памятуя о том, что часовня Старого Холла фигурировала в рассказах как мисс Лидии, так и миссис Белфлауэр, и пытаясь вспомнить, говорила ли хоть одна из женщин, где та находится. Когда я ощупью пробирался в глубину зала, опять полыхнула молния, и я вздрогнул от страха, увидев впереди слева очертания какой-то фигуры. Осознав, что это моя собственная тень, я с облегчением рассмеялся, и мой смех отразился от стен таким зловещим гулким эхом, что я снова испугался. Я прошел сквозь древнюю дверь-ширму, некогда затянутую расписанной кожей, ныне растрескавшейся и висящей лохмотьями, и оказался в помещении меньших размеров, где сильно пахло сыростью. В следующей вспышке молнии я увидел, что стены здесь все еще увешаны шпалерами и гобеленами, колышущимися на сквозняке,— лишь местами они выпали из рам и лежали на полу бесформенными гниющими грудами. Я прошел мимо высокой старинной кровати с балдахином и выцветшими узорчатыми пологами (вероятно, именно здесь и появился на свет Джеффри Хаффам, подумалось мне).

Дверь в углу вела к винтовой лестнице, и я начал ощупью подниматься по каменным ступенькам, сильно истертым, но все еще целым. Когда мне снова послышались голоса, я вдруг вспомнил рассказ мисс Лидии о безумной тетушке Анне, проживавшей здесь, и исполнился глубокой тревогой.

Внезапно из темноты донесся голос, очень внятный и очень близкий. Но я вздрогнул всем телом и похолодел от ужаса в первую очередь потому, что узнал голос еще прежде, чем разобрал слова:

— Господину «Не-хочу» волей-неволей придется уступить старшему, мистеру «Ты-должен».

Наверное, я повредился рассудком! Мне просто померещилось. Это был голос Биссетт. Но как такое возможно? Наверное, я сошел с ума или сплю. Я преодолел последний виток лестницы и оказался в задней части часовни, за древней деревянной перегородкой. Крыша протекала, по стенам и по полу струилась вода, и дождь хлестал в разбитые окна, где остались лишь осколки цветного стекла. Помещение освещалось только двумя тусклыми каретными фонарями и парой керосиновых ламп, висевших на столбах по сторонам алтарной ограды. Спиной ко мне бок о бок стояли Беллринджер и Генриетта, а лицом к ним — мистер Памплин. Мистер Фамфред стоял рядом с Беллринджером, а рядом с Генриеттой стояла... да, действительно Биссетт!

— Я вам не слуга, чтобы мне приказывать, миссис Биссетт,— говорил мистер Фамфред.— Как посажёный отец, я обязан убедиться, что юная леди и вправду желает этого.

— Благодарю вас, мистер Фамфред,— еле слышно проговорила Генриетта.— Я не сомневаюсь в ваших добрых намерениях, но уверяю вас, меня никто никоим образом не принуждал к этому шагу.

— Хорошо,— раздраженно сказал мистер Памплин.— Мы установили, что никаких препятствий к браку не...

Тут я выступил из-за перегородки и громко крикнул:

— Стойте!

Они разом повернулись ко мне, и я увидел выражение ужаса и смятения (хотя и разного рода) на всех лицах. Генриетта пронзительно вскрикнула и попятилась, закрыв лицо ладонями, но глядя на меня сквозь растопыренные пальцы. Беллринджер грязно выругался. Мистер Памплин пришел в совершенное замешательство, а Биссетт и мистер Фамфред побледнели от потрясения.

— Я не призрак,— крикнул я.— Я не утонул в Темзе!

Я двинулся вперед, и все, кроме Беллринджера и священника, опасливо расступились в стороны. Я протянул руку старому кучеру, и он осторожно пожал ее. Генриетта, вттянув голову в плечи, стояла у алтарного стола и смотрела на нас напряженным и испуганным взглядом.

Я подошел к ней, и она попятилась, поскольку все еще считала меня призраком.

— Простите меня,— сказал я приглушенным голосом.— Я думал, будет лучше, если вы станете считать меня погибшим.

Она недоуменно потрясла головой.

— Вам следовало дать мне знать.

— Простите меня,— повторил я.

По ее лицу я видел, что она любила меня и тяжело страдала! Вот почему она поддалась на уговоры Беллринджера.

— Я не хотел пугать вас своим неожиданным появлением, но я должен был предотвратить этот брак.— Генриетта все еще смотрела на меня со страхом. Я понизил голос, чтобы не услышали остальные, и продолжал: — Он обманывает вас. Он всего лишь хочет обогатиться за ваш счет.

Тут к нам подошел Беллринджер и встал подле девушки с тревожным и озабоченным видом, столь хорошо мне знакомым.

— Это неправда,— пролепетала Генриетта, переводя взгляд с меня на Беллринджера.— Он знает, что у меня за душой ни пенни.

— Нет,— сказал я.— Завещание существует. Оно не было уничтожено, как мы полагали. А это значит, что вы унаследуете поместье в случае моей смерти.

— Не слушайте его, Генриетта,— сказал Беллринджер.— Он ненавидит меня. И хочет очернить в ваших глазах.

— Но я знаю, что завещание не уничтожено,— возразила Генриетта.— Вот почему они хотели выдать меня за Тома: чтобы таким образом сохранить право на владение поместьем. Но я не выйду за него. Гарри спас меня от этого.

Ее слова сбили меня с толку. Неужели она вступила в сговор с Беллринджером, чтобы провести своих опекунов? Но когда она произнесла следующую фразу, мне все стало ясно.

— И потому, когда тетя Изабелла узнает о моем поступке, она уничтожит завещание, и у меня не останется никакой надежды получить наследство.

— Он обманул вас,— сказал я.— Завещание находится не у леди Момпессон. Оно у Беллринджера.

— Это неправда! — воскликнула Генриетта, поворачиваясь к нему.

— Дорогая моя, он лжет,— сказал Беллринджер и ласково взял ее за руку.

К великому моему смятению, она не отняла руки.

Я пребывал в совершенном замешательстве. Я никак не ожидал такого поворота дела. Что происходит? Неужели Генриетта не питает ко мне никаких чувств? Неужели она любит Беллринджера? Может даже, она знает, что завещание у него, и именно поэтому так испугалась при виде меня — поскольку факт моего существования лишал ее права наследства? Да нет, быть такого не может!

— Возможно ли поверить в такое? — продолжал Беллринджер.— Ведь хотя я вижу, что он жив, я по-прежнему желаю сочетаться с вами браком. Но вы знаете, что между вами и поместьем стоит наследник Хаффам — поэтому сами посудите, стал бы я сейчас жениться на вас, когда бы меня интересовало только ваше наследство?

— Да! — вскричал я.— Поскольку вы знаете, что моя жизнь висит на волоске. Посмотрите на меня, Генриетта.— Я указал на свою перевязанную голову.— Его сообщники один раз уже пытались убить меня, и он знает, что они повторят попытку.

— Я вам не верю,— сказала Генриетта.— Вам повсюду мерещатся люди, которые покушаются на вашу жизнь.— Она поворотилась к священнику и промолвила твердым голосом: — Мистер Памплин, прошу вас, продолжайте.

— Нет! — воскликнул я, возвысив голос, чтобы меня услышали все остальные, и решив прибегнуть к последнему средству.— Он обманул вас, всех вас! Бракосочетание, провести которое приказал вам сэр Дейвид, должно было состояться между мисс Генриеттой и его братом, Томом.

— Именно от этого Гарри и спас меня! — вспыхнув, вскричала Генриетта. Она повернулась ко мне с таким выражением лица, какого я еще никогда не видел. — Что вы пытаетесь сотворить со мной?

— Это правда? — осведомился мистер Памплин. Увидев растерянность Генриетты, он поверил мне и сказал: — В таком случае вы одурачили меня, Беллринджер.

— Но вы же показывали мне письмо от мистера Барбеллиона, — в смятении пролепетала Биссетт, — в котором говорилось, что сэр Дейвид желает, чтобы я присутствовала при бракосочетании мисс Палфрамонд с вами.

Я знал, что Беллринджер мастак по части подлогов: он написал записку, которая погубила мисс Квиллиам, и он изготовил копию завещания, которую я принял за подлинник. Но убеждать в этом присутствующих не имело никакого смысла.

— Вы совершенно правы, мисс Биссетт, — сказал Беллринджер. — Не верьте ему.

Она недоброжелательно взглянула на меня и кивнула, словно вспомнив, сколько раз я показывал себя человеком, не заслуживающим доверия.

— Делайте свое дело, Памплин, — велел Беллринджер. — Невеста согласна, и разрешение на венчание составлено по всей форме.

Священник кивнул, и все присутствующие снова встали так, как стояли до моего появления. Я разыграл все свои карты, и теперь на руках у меня не осталось ни одной. Церемония продолжилась, и внезапно я понял, что никогда еще не жаждал обладать Генриеттой больше, чем сейчас, когда был вынужден стоять и смотреть, как она венчается с другим. Я ненавидел Беллринджера лютой ненавистью, какой не знал доселе. В своем бессилии перед судьбой я вспомнил вдруг, как сидел, скрючившись, под пристанями Темзы во время прилива и ждал смерти.

— Вы слышите?! — воскликнул мистер Фамфред секундой позже.

Сквозь шум ветра я различил частый топот копыт.

Я посмотрел в одно из окон в западной стене и увидел проглянувшую меж стремительно летящих облаков луну, в чьем бледном свете четко вырисовывался мавзолей на холме рядом. На переднем плане четыре огромных вяза из истории мисс Лидии склонялись под порывами ветра. В свете молнии я увидел всадника, галопом скачущего к дому.

Я громко сообщил о приближении всадника, и Беллринджер торопливо подошел к соседнему окну. В следующий миг всадник спрыгнул с коня и бегом бросился к зданию. В одной и другой руке он держал по увесистому предмету, разглядеть которые я не мог. Я не узнал человека, но Беллринджер побледнел при виде него.

Он подбежал к Генриетте, схватил ее за руку и вскричал:

— Быстрее! Он идет сюда, с черного хода!

Хотя никто из нас — за исключением Беллринджера — понятия не имел, о ком идет речь, все мы мгновенно сплотились, объединенные чувством вины и страха, и двинулись вслед за новобрачными к винтовой лестнице в задней части часовни.

— Оставь фонари на месте, идиот! — рявкнул Беллринджер, когда Фамфред попытался взять один из них.

Достигнув подножья лестницы, мы напряженно прислушались, но ничего не услышали. Беллринджер повел нас к главному холлу, и мы ощупью добрались уже до середины последнего, когда позади раздался громкий голос, звенящий от гнева и потому совершенно неузнаваемый:

— Стойте, где стоите!

Мы все стали точно вкопанные. Из темноты стремительно выступил человек, щуривший глаза в попытке разглядеть нас. В одной и другой руке он держал по дуэльному пистолету, и я услышал сухие щелчки взводимых курков.

— Это ты, Беллринджер, подлый обманщик?

Теперь я узнал голос: Дейвид Момпессон.

КВИНКАНКС

— Это я, Джон Хаффам,— сказал я.

— Тогда держитесь в стороне, вы, любитель совать нос не в свои дела,— сказал он.— Правый суд должен свершиться.

Он подошел ближе и оказался прямо передо мной.

— Не делайте глупостей, Момпессон,— предостерег я.

Он напряженно смотрел мне через плечо, и я обернулся. Тут снова сверкнула молния, и в ярком свете я на мгновение увидел черный силуэт человека, бесшумно крадущегося к выходу. Момпессон, увидевший то же самое, вскинул правую руку. Я шагнул влево и оказался между ним и намеченной жертвой.

— Вы не можете пристрелить его сейчас! — крикнул я.

Лицо Момпессона превратилось в подобие холодной белой маски; я понял, что сейчас он спустит курок, но обнаружил, что не в состоянии сдвинуться с места. Внезапно кто-то оттолкнул меня в сторону. Перед моими глазами полыхнула ослепительная вспышка и в ушах зазвенело, точно от крепкого удара по голове. Мои легкие наполнились едким дымом, и я задохнулся. Потом я осознал, что лежу на полу, судорожно ловя ртом воздух, с сыплющимися из глаз искрами. Кто-то лежал рядом со мной. Мгновение спустя грохнул следующий выстрел, на сей раз на безопасном от меня расстоянии.

Раздался ужасный пронзительный вопль.

Потом голос Джоуи хрипло проговорил:

— Ты цел, Джон?

Он спас мне жизнь. Он вошел в дом через ту же дверь, что и все мы, и в последний момент оттолкнул меня в сторону, спасая от первой выпущенной пули. (Позже Джоуи объяснил свое неожиданное появление там: он увидел мою карету, возвращавшуюся из Торп-Вулстона, и бежал за ней до самого Старого Холла.)

Он помог мне подняться на ноги, и, опираясь на его руку, я нетвердой поступью приблизился к остальным. Мистер Фамфред принес два фонаря из часовни, и в их тусклом свете я увидел, что все стоят над распростертым на полу телом

Беллринджера, если не считать Биссетт: она опустилась на колени и расстегивала сюртук и рубашку, на которых расплывалось пятно, казавшееся черным в бледном свете луны. Генриетта, сжавшись от страха, таращилась на Момпессона.

Когда мы все подступили вплотную, Беллринджер прохрипел:

— Теперь я рассчитался с тобой, Момпессон. Тебя повесят за убийство, и ничто уже не спасет тебя.

Его лицо хранило выражение злобного торжества.

— Он пытался бежать! — возопил Момпессон, обращаясь ко всем присутствующим.— У меня не было выбора!

Посмотрев на раненого, я увидел, что пуля вошла ему под лопатку и вышла прямо под сердцем.

— Я умираю,— внезапно сказал он. А потом, испустив смешок, похожий на судорожный всхлип, добавил: — Таким образом, Амфревилл отомщен.

Крайне изумленный последними словами, я уже собирался спросить, что он имеет в виду и что знает о преступлении, произошедшем в далеком прошлом, но в этот момент в дверях появились две фигуры — дама и господин с фонарем. Когда они приблизились, я опознал в них леди Момпессон и мистера Барбеллиона. (Сэр Дейвид, как стало известно впоследствии, вышел из кареты в нескольких милях от дома, сел верхом на одну из упряжных лошадей и въехал в парк через задние ворота — вот почему он опередил их.)

— Что здесь случилось? — спросил поверенный.

Момпессон открыл было рот, но мистер Барбеллион предостерегающе поднял руку.

— С вашего позволения, сэр Дейвид. Я советую вам ничего не говорить сейчас.

— Он выстрелил ему в спину,— коротко сообщил мистер Памплин.

— Кто-нибудь из вас видел, как это произошло? — спросил мистер Барбеллион, переводя проницательный взгляд с одного лица на другое.

Биссетт смотрела на поверенного безучастно, а мистер Фамфред испуганно, и он время от времени поглядывал на леди Момпессон, которая не сводила с него пронзительного взгляда. Мистер Памплин отвел глаза в сторону.

— Вы собираетесь хитростью спасти его от моей мести? — прохрипел Беллринджер.— Чарльз, черт вас побери, вы же все видели.

— Было слишком темно, чтобы толком увидеть что-нибудь,— пробормотал священник.

— Генриетта?

Она молчала. Потому ли, что лишилась дара речи от потрясения?

— Я все видел,— сказал мистер Фамфред, глядя прямо в глаза леди Момпессон.

— Идиот! — взвизгнула она и отвесила сыну пощечину.

— Тогда я ничем не могу помочь вам, сэр Дейвид,— сказал мистер Барбеллион.— У вас очень мало времени. Советую вам распорядиться им с толком.

К великому моему удивлению, леди Момпессон опустилась на колени рядом с умирающим и принялась торопливо обшаривать его карманы. Сэр Дейвид тоже встал на колени и последовал примеру матери, положив пистолеты на пол.

— Зря стараетесь,— прохрипел Беллринджер.

Они выкладывали все у него из карманов на усыпанный битой черепицей пол. Леди Момпессон нашла записную книжку и торопливо пролистала.

Я шагнул вперед:

— Я протестую. Человек тяжело ранен. Надо послать за врачом.

Эта парочка не обратила на меня никакого внимания. Они напомнили мне двух воров, рывшихся в карманах у мертвеца, которых я видел однажды на пустыре близ Бетнал-Грин.

Затем мне на ум пришло совсем уже зловещее соображение. Завещание будет представлять для них ценность лишь в том случае, если произойдут два события: моя смерть и бракосочетание Генриетты либо с самим Момпессоном, либо с Томом. По всей видимости, они с таким рвением искали завещание потому, что точно знали, что некто исполнен решимости убить меня.

Мистер Барбеллион внимательно смотрел на меня и теперь улыбался слабой приветливой улыбкой. Надо полагать, я представлял собой странное и жалкое зрелище, ибо теперь, вдобавок к повреждениям, нанесенным мне Барни, брови у меня были опалены и лицо покрыто копотью и обожжено от пистолетного выстрела.

— А, наследник Хаффам принимает нас в доме своих предков,— промолвил адвокат.

Я услышал звон и увидел, как Момпессон вытряхивает из кармана Беллринджера на вытертый каменный пол связку ключей. Один из них был огромным.

— Оно не при мне,— с трудом проговорил Беллринджер.— Я не такой дурак.— Он судорожно глотнул ртом воздух и приподнял голову, чтобы видеть леди Момпессон и ее сына, которые прекратили поиски и теперь напряженно смотрели на него.— Оно в надежном месте.— Слова звучали все тише, и паузы между ними становились все длиннее.— Оно вернулось обратно... где и должно находиться...

Его голова бессильно откинулась на битую черепицу.

— Вернулось обратно, где и должно находиться! — повторил я про себя, уставившись на огромный ключ. И во время своего визита ко мне Беллринджер сказал, что оно «в надежном месте, где и должно находиться». Эти слова напомнили о чем-то, слышанном мной от кого-то еще, но я не мог вспомнить, от кого именно.

— Ты глупец,— прошипела леди Момпессон своему сыну.— Ты погубил всех нас.

— Что же мне делать? — пробормотал он.

— Я не могу давать вам советы,— сказал мистер Барбеллион.— Ибо в таком случае я буду признан соучастником после события преступления.

Момпессон сжал кулак и двинулся вперед, но мать схватила его за руку и удержала на месте.

— Я могу лишь описать вам,— продолжал поверенный,— возможные действия человека, совершившего тяжкое преступление. Он может уехать за границу, без промедления. Для этого ему потребуется добраться до ближайшего порта — каковым, по всей видимости, является Бостон — и сесть на пакетбот, следующий в один из датских портов. Боюсь, ему придется жить за границей до конца жизни.

— Постойте,— сказал я.— Этот человек совершил убийство. Наш долг — задержать преступника.

— Идите к черту! — вскричал Момпессон.

— Таким-то образом вы хотите отомстить нам? — возопила леди Момпессон.

— Хорошо сказано,— иронически заметил мистер Барбеллион.— Но, к несчастью, сэр Дейвид человек отчаянный, и он вооружен.— Он выдержал паузу.— Вы ведь вооружены, сэр Дейвид?

Момпессон торопливо поднял с пола пистолеты.

— Что мы можем поделать? — продолжал мистер Барбеллион.— Если все присутствующие здесь мужчины набросятся на него, один наверняка получит смертельное ранение. Закон не обязывает нас рисковать жизнью.

— Вот именно! — выдохнул мистер Памплин.

— Оба пистолета разряжены,— сказал я.

— Вы просто хотите отомстить, верно? Вы, низкий, подлый человек! — вскричала леди Момпессон.

Слова уязвили меня, но я не знал, как ответить, не признав справедливость обвинения.

— Пусть он проваливает,— сказал Джоуи, глядя на тело Беллринджера.— Из-за такого ничтожества не стоит рисковать своими шкурами.

— Этот я перезарядил,— сказал Момпессон, бросая один из пистолетов на пол, а другой наставляя на меня.

— Вы лжете,— сказал я.

Я бросил взгляд на Генриетту, которая наблюдала за происходящим до странности напряженным взглядом.

— Хорошо,— сказал я.— Ступайте прочь.

Я посторонился, и он прошагал мимо с выражением тупого злобного торжества в глазах.

— Пойдем, Фамфред,— сказала леди Момпессон, поворачиваясь к старому кучеру.— Отвези сэра Дейвида в Бостон.

Старый кучер заколебался.

— Вы не обязаны,— сказал я.— Возможно, вы впоследствии пожалеете, коли сейчас сделаете это.

— Где твоя преданность? — воскликнула леди Момпессон, увидев нерешительность слуги.

— А вы разве честно поступили со мной, когда приказали отвезти юную леди в церковь для венчания супротив ее воли? — ответил мистер Фамфред.— Но ладно, мэм. Я сделаю, как вы велите.

Леди Момпессон повернулась к поверенному.

— Вы поедете с нами?

— Нет, леди Момпессон, более я не стану компрометировать себя. Мой долг — найти поблизости судью и дать показания против вашего сына.— У леди Момпессон округлились глаза, но он продолжал: — Однако, если в поисках судьи мне придется идти пешком по такой погоде, да еще не зная дороги, я сильно сомневаюсь, что успею хотя бы добраться до него прежде, чем сэр Дейвид достигнет следующей почтовой станции, расположенной на полпути к побережью отсюда.

Леди Момпессон коротко улыбнулась, а потом повернулась к Генриетте.

— Живо отправляйся в дом и жди меня там.

Генриетта даже не взглянула на нее.

— Дейвид! — вскричала она.— Возьмите меня с собой!

Момпессон в замешательстве пожал плечами. Девушка явно находилась в истерике и в совершенном смятении.

— *Она* не выйдет за вас теперь! — крикнула Генриетта.— *Она* не последует за вами за границу!

Момпессон двинулся к выходу с глупой улыбкой.

— Успокойся, Генриетта! — резко сказала леди Момпессон.

— Письмо в высшей степени убедительно,— с восхищением сказал адвокат.— У молодого человека были большие способности.

Да уж, подумал я. И не только по части подделки документов.

— Но вы не должны винить ни вашу старую няню, ни меня, юноша,— продолжал мистер Барбеллион.— Я не желал зла вашей матери, а просто хотел выкупить у нее кодицилл. И вам лучше знать, скольких несчастий можно было бы избежать, когда я бы преуспел в своей попытке.

Я подумал, что мистер Барбеллион не виноват в том, что моя мать ошибочно приняла его за приспешника Клоудира. И если бы мы не пустились в бегство, когда мисс Квиллиам привела его на Орчард-стрит, все могло бы закончиться благополучно. Так что, вероятно, я несправедлив к нему, и сейчас он может помочь мне.

Когда он двинулся к двери, я сказал:

— Полагаю, я сумею найти завещание.

Он резко остановился, круто развернулся и посмотрел на меня с интересом.

— Продолжайте.

— А если найду, что тогда? Отойдет ли имущество к британской короне или же станет моим?

— Вы немного разбираетесь в законах! — воскликнул мистер Барбеллион.— Да, действительно, имущество беглого преступника отчуждается в пользу государства — посему, если сэра Дейвида осудят, он потеряет все. Однако, если завещание найдется, претендент может заявить, что оно задним числом меняет личность собственника: одним словом, у сэра Дейвида нет никаких прав собственности, чтобы терять оные, а все права переходят к претенденту. Но я должен уведомить вас, что завещание не принесет вам никакой пользы. Из него извлечет выгоду только мисс Палфрамонд, ибо вы не вправе притязать на имущество, поскольку нет никаких доказательств, что являетесь законным наследником Хаффама.

КВИНКАНКС

Я шагнул к Генриетте, чтобы взять за руку, но она отпрянула от меня и отбежала дальше в тень.

Момпессоны уже почти достигли двери, когда мистер Памплин подал голос:

— Леди Момпессон, позвольте мне объяснить свое участие во всем произошедшем, дабы не потерять вашего расположения. Я стал невинной жертвой обмана. Беллринджер сказал, что нуждается в моих услугах священнослужителя, и...

Не снизойдя до ответа, леди Момпессон лишь бросила на него раздраженный взгляд и вышла прочь; сын и Фамфред следовали за ней по пятам. Священник повернулся к нам и закончил фразу:

— ...и, одним словом, я понятия не имел об его истинном замысле.

— Может, оно и так,— холодно сказал мистер Барбеллион. Потом он повернулся к Биссетт: — Что же до вас, женщина, то вы как здесь оказались, черт возьми?

— Я выполняла ваши распоряжения,— заявила она.

— Что вы имеете в виду?

— Ну, мистер Беллринджер явился ко мне в Хантингдон вчера вечером с письмом от вас, в котором вы велели делать все, что он скажет, и обещали щедрое вознаграждение. Но он обманул меня. Я не знала, что мисс Палфрамонд собирались выдать замуж за Тома.

— С письмом от меня? — переспросил адвокат.

Биссетт порылась в кармане и вытащила сложенный вчетверо лист бумаги, который мистер Барбеллион проворно схватил.

— За вознаграждение вы готовы на все, верно? — сказал я.— Именно потому, что мистер Барбеллион подкупил вас много лет назад, нас с матерью постигло столько несчастий.

— Грех вам говорить такое! — резко ответила она.— Я действовала из благих побуждений, ибо мистер Барбеллион желал вашей матушке добра.

— Вы говорите об отсутствии записи о бракосочетании Джеймса и Элайзы Хаффамов? — спросил я, и он утвердительно кивнул.

В этот момент в холл вошла Сьюки, промокшая до нитки.

— Там стоит карета, и форейтор ворчит, что ждет уж добрых два часа,— сказала она мне, озираясь по сторонам в полумраке, а потом вздрогнула: — А, так вы нашли миссис Биссетт! — воскликнула она, враждебно на нее глядя.— Я собиралась сказать вам, что именно ее-то я и увидела нынче, когда подошла к дому заглянуть в освещенные окна.

Биссетт коротко кивнула ей.

Сьюки вытащила из-под шали свернутый лист бумаги.

— Я принесла бумагу, что вы оставили у меня в прошлый раз.

Охваченный радостью, я схватил документ и развернул. Сделанная мистером Эдваусоном копия записи сохранилась в отличном состоянии, но я заметил, что самодельные чернила, которыми я по требованию Гарри написал текст соглашения, выцвели и стали практически невидимыми.

Внезапно Сьюки вскрикнула. Она изумленно смотрела на мистера Барбеллиона.

— Ба, да это же тот самый джентльмен, который тогда напугал нас на кладбище!

— Совершенно верно,— сказал я. Потом снова повернулся к адвокату.— Я знаю, что вы там делали тогда. Вы осматривали склеп Хаффама.

— Да, точно,— удивленно сказал он.— Я надеялся найти какое-нибудь указание на место проведения бракосочетания, о котором идет речь.

— Вы были очень близки к цели,— сказал я.— Когда бы вы откровенно признались приходскому письмоводителю, мистеру Эдваусону, что вас интересуют Хаффамы, он наверняка рассказал бы вам о сундуке из часовни Старого Холла. Именно там состоялось бракосочетание моих прадедушки и прабабушки. Хотя я понимаю: вы держались столь осмотрительно, поскольку не хотели открывать, что́ вы ищете.

— Так, значит, вы нашли свидетельство о браке? — возбужденно спросил он.

Я кивнул:

— Оно хранится у мистера Эдваусона.

— Тогда, если бы вы только сумели подтвердить свое происхождение... — начал он, но осекся. — Впрочем, как вам, наверное, известно, запись о вашем крещении была похищена из церкви.

— Но прежде я успел снять с нее копию, — сказал я и вручил мистеру Барбеллиону пергаментную бумагу.

Тут Сьюки вскрикнула от ужаса, завидев тело на полу. А потом подошла к Генриетте, все еще сидевшей на корточках у стены, и положила руку ей на плечи. Сначала Генриетта скинула руку, но потом все же позволила обнять себя.

— Это меняет все дело! — воскликнул мистер Барбеллион, внимательно прочитав запись. — Ибо если теперь завещание будет представлено суду, вы получите бесспорное право претендовать на имущество. По-вашему, где оно находится?

Он задал вопрос небрежным тоном, но мне послышалась легкая дрожь в голосе.

Я с улыбкой помотал головой. Я умел быть не менее осмотрительным, чем любой адвокат канцлерского суда.

Мистер Барбеллион вынул из кармана визитную карточку и протянул мне.

— Обращайтесь ко мне, коли вам потребуется помощь.

Заметив мои колебания, он вложил карточку мне в руку, вместе с копией записи, и спросил, где я проживаю. Сам не знаю почему, я сообщил ему свой адрес и свое вымышленное имя, и он записал все в записную книжку.

— А теперь, мисс Палфрамонд, — сказал адвокат, — если вы позволите, я провожу вас до дома.

Она не пошевелилась, словно не услышала его.

— Не трогайте пока мисс Генриетту, — сказал я. — Мы отведем ее туда чуть позже.

Мистер Барбеллион пожал плечами и вышел прочь; Биссетт и мистер Фамфред последовали за ним, даже не глянув в мою сторону.

Я объяснил Генриетте, кто такие Джоуи и Сьюки, но она тупо смотрела на меня и ни разу не взглянула на них, хотя Сьюки сидела рядом, по-прежнему обнимая ее за плечи. Что с ней станется? Теперь, когда я могу доказать законность своих претензий на наследство, Момпессонам не имеет смысла выдавать ее за Тома, покуда я жив. Но пока завещание не представлено суду, моей жизни угрожает опасность со стороны претендента от семейства Малифантов, а следовательно, Генриетте грозит другой принудительный брак.

Я подошел к ней, и Сьюки тактично отошла к двери, за которой по-прежнему хлестал дождь и изредка сверкали молнии. И вот мы с Генриеттой сидели одни в огромном темном зале, слыша тяжелое дыхание коров поблизости и видя безмолвную фигуру в дверном проеме всего в двадцати футах от нас.

Я взял руку девушки, и она не отняла ее. Рука была ледяная.

— Постарайтесь оставить прошлое позади,— сказал я.

— Я думала, он любит меня.

— Не надо упрекать себя, Генриетта.

— Он обольстил меня,— просто сказала она.

— Он обольстил и меня тоже,— сказал я, и она удивленно взглянула на меня.— Он умел втираться в доверие.

— По-моему, вы меня не поняли,— сказала она, мотая головой.

— Так объясните мне,— попросил я.

— Не хочу.

— Тогда, коли вам тяжело говорить, я сам расскажу все вам. Ибо полагаю, я верно восстановил ход событий. Просто кивните, если я прав.

Генриетта коротко взглянула на меня, но низко опустила голову, когда я заговорил:

— Той ночью устраивался бал,— сказал я, и она кивнула.— Беллринджер явился сообщить вашим опекунам, что я по-прежнему жив, а завещание продается. Тома заставили подписать согласие на передачу имущества в управление доверительного собственника, лишавшее его всех законных прав. Вскоре после полуночи леди Момпессон сообщила вам, что вы должны отправиться в Хафем под охраной Памплина и в сопровождении ее горничной, Пикаванс. Полагаю, вам не сказали, что Том и Беллринджер будут сопровождать вашу карету в наемном экипаже. Вы обнаружили, что они путешествуют вместе с вами, только когда достигли постоялого двора в Хартфорде. Разумеется, Том был мертвецки пьян, ибо Беллринджер поил его бренди всю дорогу. Комнаты были сняты для всех, хотя вы сами оставались там всего несколько часов. Пока все верно?

Она поглядела на меня расширенными от удивления глазами и кивнула.

— И верно ли мое предположение, что позже той ночью Беллринджер пришел к вам? — спросил я. Генриетта залилась краской и потупила взгляд. — Я знаю, как он умеет убеждать, — продолжал я. — Он сказал вам, что Момпессоны заполучили завещание обратно и потому решили осуществить свое намерение насильно выдать вас за Тома; что, возможно, вас будут держать в Старом Холле, покуда вы не уступите. Он сказал, что сделал вид, будто заодно с ними, но на самом деле хочет спасти вас. А единственный надежный способ спасти вас — это самому на вас жениться. Верно ли мое предположение, что он поклялся, будто полюбил вас с первого взгляда? — Она кивнула, все так же глядя в пол. — Конечно, не зная, что завещание находится у него, вы не понимали, какую выгоду он собирается извлечь из женитьбы. Вероятно, вы сказали Беллринджеру, что у вас нет за душой ни пенни, и он заверил вас, что для него это не имеет никакого значения.

— Он сказал, что помолвка Дейвида показывает, насколько для него это неважно! — воскликнула Генриетта, по-прежнему не поднимая взгляда.

— Вы имеете в виду, он говорил о деньгах? — спросил я после секундного замешательства. — То есть он сказал, что Дейвид женится на деньгах, а он по любви? Я понимаю вас,

Генриетта; никто не вправе винить вас в том, что вы не устояли. И, конечно же, вы считали меня погибшим. Простите меня, дорогая моя. Я поступил неверно, но я хотел как лучше. Итак, думаю, далее Беллринджер сказал вам, что может расстроить планы вашей тетушки, оставив Тома в трактире, вместе с Пикаванс — ибо она получила отдельные распоряжения от леди Момпессон. Вероятно, он заверил вас, что в Хантингдоне даст вам в сопровождающие почтенную женщину. А для этого должен убедить означенную особу, что ее нанимает мистер Барбеллион, дабы она оказала ему услугу, как уже делала однажды в прошлом. Он знал, что Биссетт согласится, поскольку я рассказывал Беллринджеру, как она выдала нас с матерью мистеру Барбеллиону много лет назад. Вы видите, меня он тоже обманул, так что вам нечего стыдиться. Я все правильно угадал, да?

Генриетта не промолвила ни слова и не подняла головы, но по ее лицу я увидел, что мои слова пробудили в ней мучительные воспоминания, и потому не стал настаивать на ответе.

— Итак, выехав затемно, вы оставили в трактире мертвецки пьяного Тома и крепко спящую Пикаванс, а позже в Хантингдоне подобрали Биссетт, призванную занять место последней.

Генриетта кивнула и на сей раз подняла на меня взгляд.

Тут к нам приблизилась Сьюки, до сих пор стоявшая у двери вместе с Джоуи.

— Не следует ли нам отвести миссис Беллринджер домой? — мягко спросила она.

Я не сразу понял, о ком она говорит. Потом до меня наконец дошло, и я признал ее правоту. Оставив старую женщину с Генриеттой, я подошел к бездыханному телу и поднял фонарь, чтобы рассмотреть получше.

Я собрал рассыпанные на полу монеты и положил обратно в карман к Беллринджеру. При этом я вспомнил, что у меня самого почти все деньги вышли: после того, как я расплачусь с форейтором, у меня останется лишь на поездку обратно в город, да несколько шиллингов для Джоуи, чтобы он добрался до дома на своих двоих. Я поднял с пола огромный ключ и положил в карман, ничуть не усомнившись в своем праве поступить так. Именно наличие означенного предмета и побудило меня сказать мистеру Барбеллиону, что, наверное, я сумею найти завещание. Ибо я узнал ключ, в ходе обыска извлеченный Момпессонами из кармана Беллринджера. Вспомнив, что таинственным посетителем мистера Эскрита, по словам Джоуи, являлся Беллринджер, я вдруг понял, что это ключ от старого дома на Чаринг-Кросс. Возможно (подумалось мне), именно этот ключ и нашел Питер Клоудир на полу перед дверью вестибюля. Но что связывало Беллринджера с мистером Эскритом? Его упоминание об убийстве Джона Амфревилла подтверждало мое предположение о некой загадочной связи Беллринджера с моей семьей, но что он имел в виду, когда сказал, что своей смертью заплатил за убийство? И приблизился ли я хоть немного к разгадке тайны убийства моего деда? И наконец, что насчет завещания? Покуда оно не окажется в моих руках, моя жизнь по-прежнему остается в опасности, а Генриетте по-прежнему грозит принудительный брак — если не с Томом, то с каким-нибудь другим бессовестным проходимцем. Я не оставлял надежды вернуть завещание, поскольку вспомнил, какую мысль пробудили во мне слова Беллринджера: «оно там, где и должно находиться».

Я вернулся к Генриетте и Сьюки и подозвал Джоуи.

— Генриетта,— сказал я,— сейчас мы отвезем вас в дом. Я должен сегодня же вернуться в Лондон — так что мы с тобой, Джоуи, доедем до Саттон-Валанси в нашем экипаже, а там я сяду в ночной дилижанс до города. У меня осталось денег ровно на билет на империал. Но боюсь, тебе придется добираться оттуда до дома на своих двоих.

Джоуи и Сьюки стали говорить, что я слишком слаб для столь долгого путешествия, и Джоуи предупредил, что мне по-прежнему грозит серьезная опасность со стороны Барни и мне не след ходить по городским улицам одному.

— Я должен вернуться, — сказал я. — Случайно брошенная Беллринджером фраза навела меня на одну мысль.

— Насчет этого проклятого завещания? — внезапно спросила Генриетта.

— Насчет загадочного убийства моего деда, — с возмущением ответил я.

— Нет, на самом деле вы просто хотите заполучить завещание, — упорствовала она. — Вот почему вы пытались расстроить мой брак. Вам нужна была не я, а завещание! Вот почему вы возвращаетесь в Лондон сейчас!

— Позаботься о ней, Сьюки, — попросил я. — Она не в себе.

Сьюки ласково взяла Генриетту под руку, и все мы вышли из дома и двинулись к карете, осторожно пробираясь через старую террасу и топкие парковые лужайки в кромешной тьме наступившей ночи, и наконец нашли ее вместе с кучером, выражавшим негодование как от своего собственного имени, так и от лица лошадей.

Поскольку в карете помещались только двое, я попрощался со Сьюки; затем возница направил лошадей к большому дому, а Джоуи побежал за нами следом. Мы с Генриеттой не произнесли ни слова, пока экипаж трясся в темноте по парковым аллеям. Когда же он остановился, девушка вышла и замерла у подножья крыльца спиной ко мне, но повернув голову в сторону Старого Холла. Джоуи забрался в карету, и, когда мы покатили прочь, я обернулся назад и увидел Генриетту, неподвижно стоявшую на прежнем месте.

КНИГА V

КЛЮЧ

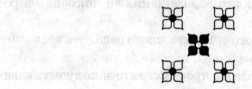

Глава 121

Хотя поистине верно, что мы не в силах понять ничего, покуда не узнаем всех затейливо переплетенных между собой обстоятельств, я должен предостеречь вас против такого образа действий, какой наш заблуждающийся друг (с которым ныне я снова проживаю совместно, как и прежде) всячески отстаивает, ибо сопряженные с оным опасности скорее искажают ваше видение общей картины, нежели проясняют последнюю. (Я очень надеюсь, что своим жалким пониманием я не ввел вас в аналогичное заблуждение в попытке помочь вам осознать все события прошлого!) Теперь, прощаясь с вами, я настоятельно прошу вас не строить свое будущее по образцу прошлого.

Позвольте мне проиллюстрировать мою мысль на примере Барни Дигвида, неотступно следовавшего за вами все время. Ибо Дигвид, будучи преступником, является типичным представителем нашего общества в том смысле, что он с готовностью хватается за любую возможность поживиться и не ослеплен никакими предубеждениями относительно должного и недолжного, допустимого и недопустимого. Живя единственно настоящим моментом, он всегда легко приноравливается к ситуации, как бы она ни менялась.

Он следовал по пятам за вами вчера, но вы (сами того не ведая) ускользнули от него, отправившись в Хафем. Узнав у слуг на Брук-стрит, куда вы поехали, он поручил своим приятелям ждать вашего возвращения, и весь тот день и следующий они бегали с одного извозчичьего двора на другой и заглядывали во все трактиры, имеющие отношение к Большой Северной дороге. Столь чуткая реакция на события была вознаграждена, ибо в конечном счете вы, ничего не подозревая, попались в его сети — но с какими последствиями, вам лучше знать, а посему я предоставлю слово вам.

Позвольте мне в заключение посоветовать вам извлечь из истории с Дигвидом хотя бы один следующий урок: связь событий всегда много сложнее и необъяснимее, чем нам хочется думать. Мы должны помнить, что узор нашей жизни — прошлой или будущей — всегда произволен или неполон в том смысле, что в любой момент может измениться или развиться в другую сторону. В конце концов нам приходится гадать или ставить на карту всё, как сделали вы, когда выбрали именно ту комбинацию болтов в главе 100.

А посему, с глубокой нежностью прощаясь с вами, я прошу вас, мой дорогой юный друг, не особо полагаться на Справедливость и Правосудие в ваших планах на будущее.

Глава 122

Мы достигли трактира в Саттон-Валанси через пару часов. Узнав, что ночной дилижанс прибывает через час, я купил билет и отдал Джоуи все оставшиеся деньги, кроме последнего шиллинга, на который я взял нам немного еды и питья в комнате ожидания. Дилижанс подошел минута в минуту, и мы с Джоуи попрощались.

На всем протяжении долгого путешествия на юг я сидел на империале, и моя верхняя одежда не защищала меня от проливного дождя. Измученный, я заснул, привалившись к плечу соседа, и проснулся на сером холодном рассвете — таком тихом, словно усталый ветер собирался с силами для следующего налета. Весь тот томительно длинный день и весь следующий я напряженно размышлял об окружавших меня тайнах и пытался решить, что мне следует делать по прибытии к месту назначения. Я вспомнил, как путешествовал по этой дороге в южном направлении в последний раз, преодолевая пешком казавшиеся бесконечными мили или трясясь в повозке какого-нибудь доброжелательного возницы. И вспомнил свое предыдущее путешествие в Лондон, когда я благополучно сидел в карете вместе с матушкой. Воспоминания нахлынули на меня с особой силой, когда вечером мы достигли Хартфорда и я вспомнил все, что узнал с тех пор о событиях, приключившихся там с моей матерью. В течение дня я неуклонно слабел и, когда вышел из кареты во время перемены лошадей в «Синем драконе», лишился чувств прямо во дворе. Один из конюхов поднял меня и отнес в дом, где хозяйка, невзирая на мои протесты, велела уложить меня в постель. Даже мои настойчивые указания на отсутствие у меня денег не возымели на нее никакого действия: она лишь вынесла обвинительное заключение о моем сильном истощении, после чего принесла мне чашку мясного бульона. Таким образом, я остался в трактире на ночь, сожалея о непредвиденной задержке, вследствие которой, вероятно, известия о смерти Беллринджера и побеге Момпессона дойдут до города прежде моего появления там.

Ночью разразилась буря, и ветер яростно ревел у меня над головой. Хозяйка не позволила мне тронуться в путь на следующее утро, да и я еще недостаточно окреп. Почти весь день я проспал, но вечером проснулся бодрый и снова полный сил. На сей раз я все-таки настоял на продолжении поездки и поздно вечером сел в тот же самый дилижанс, которым ехал накануне. Буря все еще бушевала, но часам к двум ночи, когда карета с грохотом вкатилась в ворота трактира «Голден-Кросс», почти стихла. Глубоко поглощенный своими мыслями, я не додумался посмотреть, не поджидает ли кто меня там, да и в любом случае не сумел бы ускользнуть незамеченным — хотя, возможно, предвидь я подобное, я попросил бы высадить меня на окраине города и оттуда пошел бы пешком.

Итак, к половине третьего ночи я добрался до старого дома на Чаринг-Кросс, который я считал — справедливо или ошибочно — собственностью своего деда. Ни одно окно в доме не светилось, и — с мыслью, что по закону и по справедливости он принадлежал отцу моей матери, а следовательно, теперь принадлежит мне, как законному наследнику наследницы Хаффама, — я вынул из кармана огромный ключ и осторожно вставил в замок парадной двери. Ключ со щелчком повернулся, и я вошел внутрь. Дверь вестибюля была незаперта, и, предварительно замкнув за собой входную дверь, я прошел в передний холл.

Внезапно, к великому своему ужасу, я услышал громкий стук. В первый момент я решил, что то колотится мое сердце, но потом осознал: кто-то барабанит в парадную дверь. Я застыл на месте. Неужели за мной следили? Стук повторился, а затем раздался шум на втором этаже. Я быстро отступил в коридор сбоку от лестницы, чтобы укрыться там. В льющемся в окна бледном лунном свете я с трепетом увидел, что сабля и алебарда по-прежнему висят на стене — *на своем месте, где и должны находиться*, как сказал мистер Эскрит моей матери. Отступив глубоко в тень, я увидел сходящего вниз мистера Эскрита в накинутом поверх ночной рубашки халате, со свечой в руке. Его лицо хранило выражение ужасной, мучительной скорби, и крупные черты показались мне похожими на выветрившиеся черты старинной мраморной статуи. Пока он спускался, я отступал к двери сервизной залы, чтобы оставаться вне поля его зрения.

Я услышал, как мистер Эскрит разговаривает с кем-то через дверное окошко, а потом дверь открылась. Послышались голоса, один из которых определенно принадлежал женщине, а затем шаги нескольких человек. Они прошли через

ЧАРЛЬЗ ПАЛЛИСЕР

вестибюль и остановились в холле у подножья лестницы, сразу за пределами видимости.

— Бросьте, мы знаем, что оно у вас.

К своему изумлению, я узнал голос Сансью — адвоката, обманувшего мою мать, которого впоследствии мы с ней встретили у миссис Фортисквинс в обличье Степлайта, а позже я видел в бреду, когда лежал больной в доме Дэниела Портьюса.

— Как вы можете говорить такое? — удивленно спросил мистер Эскрит. — Вы же знаете, что оно было уничтожено, когда мальчик утонул.

— Поначалу мы думали, что оно уничтожено, как думали, что проклятый мальчишка погиб, — насмешливо сказал Сансью.

Значит, как я и предполагал, Салли рассказала Барни о встрече со мной той ночью, когда я заметил ее на Хеймаркет, а Барни пошел к Сансью и получил приказ убить меня. Вероятно, они явились сюда, поскольку Барни рассказал, как я заявил, что завещание не уничтожено, когда он напал на меня на улице несколько дней назад. Но почему Сансью пришел сюда за завещанием? И почему он так старался убить меня теперь, когда Сайлас Клоудир умер, а значит, его наследники не извлекали никакой выгоды из моей смерти?

Старик глубоко вздохнул:

— Если бы только он погиб!

Значит, мистер Эскрит знал, что я не утонул! Но откуда он мог узнать? Вероятно, от Беллринджера! Чем больше я узнавал, тем в сильнейшее недоумение приходил.

— Предоставьте это нам! — грубо сказал Сансью, и я отступил еще дальше в тень. — Но сейчас нам нужно завещание.

— С чего вы взяли, что оно у меня?

— Мы знаем, что Беллринджер обманом завладел документом. А один из наших людей не так давно следовал за ним по пятам до этого дома. Мы полагаем, он отдал вам документ на хранение.

Я впал в совершенное замешательство, не в силах переварить услышанное. Откуда они так много знали? И с какой стати следили за Беллринджером?

— Мне? — воскликнул старик.— С какой стати Беллринджеру отдавать мне завещание?

— Не шутите с нами,— сказал женский голос.

Я с трудом подавил изумленный возглас. Я действительно сошел с ума. Я повредился рассудком.

Потом женщина снова заговорила:

— Нам все известно. Завещание с самого начала находилось у вас. Вы участвовали в краже.

Да, это она! Миссис Фортисквинс! Но что она здесь делает? Каким образом она связана с Сансью? Какой интерес может представлять для нее завещание? И что она имела в виду, когда обвинила старика в краже? Он сказал мне, что документ украл Патерностер. Неужели он солгал?

— Да что вы можете знать? — вскричал старик.— Вас еще на свете не было, когда это случилось!

— Миссис Сансью знает очень и очень много об этом деле,— сказал адвокат.

Миссис Сансью! Я был ошеломлен. Зачем высокомерной богатой вдове соединяться браком с жалким адвокатом-крючкотвором?

Миссис Фортисквинс — или миссис Сансью, как мне теперь приходилось называть ее, — снова заговорила:

— Именно так. Прежде всего я знаю о ребенке, которого тайно родила Анна Момпессон более девяноста лет назад.

Старик тихо ахнул.

— Родила в результате постыдной и незаконной связи,— продолжала миссис Фортисквинс.— Я знаю, что отец ребенка, Джеффри Хаффам, забрал у нее младенца и отдал своему адвокату, Патерностеру, с наказом найти для него приемных родителей. Мне известно, что Патерностер задумал шантажировать Хаффама, с каковой целью отдал ребенка на усыновление одному из своих клерков. И велел при крещении наречь мальчика именем настоящего отца: Джеффри.

Миссис Сансью умолкла, и внезапно я вспомнил имя, которое видел в похищенном завещании, когда читал последнее в комнатах Беллринджера: Джеффри Эскрит!

О любовной связи Джеффри Хаффама и Анны Момпессон рассказывала мисс Лидия. Но даже она ничего не знала о судьбе младенца — или, возможно, спутала ее с судьбой другого такого же неудобного внебрачного ребенка.

Затем, подтверждая мое предположение, миссис Сансью медленно, с расстановкой проговорила:

— И я знаю, что звали упомянутого клерка «Эскрит».

Ну конечно! От Эскрита пошла незаконная линия родства, объединяющая семейства Хаффамов и Момпессонов!

— Да! — с ожесточением вскричал старик.— Эскрит! Не «Хаффам» и не «Момпессон», хотя я наполовину Хаффам и наполовину Момпессон — и старая Лидия Момпессон, которая одна на всем белом свете могла подтвердить это, умерла. Я проклинаю оба семейства! И проклинаю Патерностера за то, что он сделал! Лучше бы мне оставаться в неведении, но он использовал меня, как фигуру в шахматной партии. Он устроил все так, чтобы Джеффри Хаффам взял меня на службу в качестве своего доверенного лица, причем ни один из нас не догадывался о существующем между нами родстве. Потом он уговорил меня жениться на своей дочери — косоглазой уродине, которую никто не взял бы за ничтожное приданое, им назначенное,— взамен пообещав открыть мне в высшей степени важный для меня секрет. И что же он мне открыл? Да тайну моего рождения! Горькую тайну. В то время я часто наведывался в Хафем по делам Джеффри, и теперь, когда я знал о своем происхождении и видел, как мой единокровный брат Джеймс безудержно тратит деньги на лошадей, женщин и азартные игры, как строится огромный новый дом, как они доводят до помешательства ту несчастную женщину... Знаете, меня мучило сознание несправедливости всего этого.

— Значит, вот почему вы шантажировали Джеффри,— сказала миссис Сансью.

КВИНКАНКС

— Нет, все было не так. Когда я открылся ему, он очень обрадовался. К тому времени он разочаровался в своем законнорожденном сыне и был счастлив обрести сына, которому мог доверять.

— Неправда,— возразила миссис Сансью.— Вы пригрозили скандалом, а Джеффри тогда начали принимать при дворе, и он надеялся получить титул.

— Вы лжете! — взвизгнул старик.— Да как только я ему открылся, он составил новое завещание, по которому оставлял мне этот дом и тысячу фунтов.

— Вы вынудили его,— настаивала она.— Джеффри обратился за советом к Патерностеру, не догадываясь, что именно он-то и извлечет выгоду из нового завещания, поскольку его дочь тайно обвенчана с вами. А через пару лет Джеффри попытался аннулировать завещательный отказ недвижимости, без вашего ведома добавив к завещанию дополнительное распоряжение.

— И снова ложь! — вскричал Эскрит.— Он сделал это, поскольку опасался, что после его смерти Джеймс продаст недвижимость Сайласу Клоудиру. Вот почему он добавил кодицилл, закрепляющий поместье за Джеймсом без права отчуждения.

— Неужели вы обманывали себя все эти годы? — насмешливо спросила миссис Сансью.— Почему же еще он скрыл от вас свои действия, если не потому, что хотел лишить вас наследства? Но Патерностер рассказал вам про кодицилл и пообещал уладить дело. И он пообещал то же самое — не правда ли? — когда ваш настоящий отец весной семидесятого года, перед самой своей смертью, составил другое завещание, в котором вообще не упоминал вас?

— Он поступил так, чтобы лишить Джеймса наследства в пользу своего новорожденного внука!

— Да, и это тоже,— признала она, но продолжала далее: — Однако он отменил завещательный отказ этого дома в вашу пользу, не так ли? Поэтому, когда он умер, вы с Патерностером изъяли кодицилл из первого завещания и спрятали второе, за что получили вознаграждение от Джеймса, поскольку таким образом он унаследовал поместье без ограничения в правах распоряжения собственностью и смог продать последнее Момпессонам. А вам, разумеется, достался этот дом и тысяча фунтов.

Я вспомнил, что в похищенном завещании не говорилось об отказе дома Эскриту. Значит, оно было похищено еще и по этой причине!

— Нет, это сделал Патерностер! — возразил старик. — Я ничего не знал.

— Да всё вы знали, — насмешливо сказала миссис Сансью. — Ибо вам с Патерностером пришлось подкупить клерка Джеффри, чтобы он молчал о ваших махинациях и засвидетельствовал факт отмены кодицилла завещателем. А дабы надежно заручиться молчанием означенного лица, вы выдали свою младшую дочь за его сына. Звали же этого клерка Беллринджер, и Генри является внуком вашей дочери, а следовательно, вашим правнуком.

— Да, — сказал Эскрит. — Генри действительно мой правнук, но во всем остальном вы ошибаетесь.

— Вот почему, — сказал Сансью, — он не меньше вас был исполнен решимости отомстить обоим семействам и получить долю поместья.

— Долю! — вскричал старик. — Да к настоящему времени он практически завладел всем поместьем!

— О чем вы говорите? — совершенно спокойно осведомилась миссис Сансью. — Как такое возможно?

— Он женился на наследнице со стороны Палфрамондов! — выкрикнул старик.

— Действительно? — невозмутимо спросила она.

— Так неужели вы думаете, что я отдам вам завещание сейчас, когда вот-вот осуществится мечта всей моей жизни: мое семейство — мои потомки! — вступит во владение землями Хаффама? Да будьте вы прокляты! И в любом случае, зачем вам завещание?

— Да ни за чем,— сказала миссис Сансью.— Просто его надо уничтожить.

— Уничтожить? — выдохнул старик.— Единственной стороной, заинтересованной в уничтожении завещания, является...— Он осекся.

— Да,— сказала она.— Я наследница со стороны Малифантов.

Так вот в чем дело! Вот почему она явилась к Эскриту! Вот почему Сансью нанял Барни убить меня! После смерти Сайласа Клоудира поместье переходило к претенденту Малифанту — в случае, если последний представитель рода Хаффамов умирал! И вот почему, понятное дело, они с Сансью сочетались браком: она обладала правами на наследство, а он располагал возможностями для осуществления оных.

— Генри предупреждал меня насчет вас! — выкрикнул Эскрит.— Он рассказывал, как помог вам разделаться с вашим племянником, который стоял первым в очередности наследования.

Значит, я не ошибался в своем предположении, что тетка отправила Стивена на ферму Квигга умирать! Но я не догадывался, кто она такая, и не знал, что именно из-за нее меня отправили в ту же школу!

— Вы несете вздор, старик,— холодно сказала она.

— Отдайте завещание,— приказал Сансью.

— Нет!

— Отдайте,— повторил Сансью.— Оно вам не нужно, поскольку ваш правнук потерпел неудачу.

— Вы лжете!

Послышался шорох бумаги, и адвокат сказал:

— На рассвете это будет во всех газетах.

До меня донесся еле слышный, дрожащий голос старика:

— «Баронет бежит после убийства родственника на дуэли. Саттон-Валанси, вторник, второе декабря. По всей вероятности, сэр Дейвид Момпессон, баронет, бежал из страны после смерти Генри Беллринджера...»

Он запнулся и умолк. Через несколько секунд снова послышалось шуршание, а затем мистер Сансью продолжил:

— «...после смерти мистера Генри Беллринджера, предположительно состоявшего с ним в дальнем родстве, которая наступила в результате дуэли между упомянутыми джентльменами. Сообщается, что мистер Беллринджер тайно бежал с мисс Генриеттой Палфрамонд, и сэр Дейвид, решительно возражавший против этого союза в силу своей собственной нежной привязанности к юной леди, пустился в погоню за влюбленными и прервал обряд бракосочетания. Согласно утверждению нашего корреспондента, затем между двумя джентльменами состоялась дуэль, в ходе которой мистер Беллринджер получил смертельное ранение».

— Убит,— проговорил старик.— Убит Момпессоном!

— И теперь поместье перейдет к наследнику Хаффаму, коли он заполучит завещание,— сказал Сансью.— Вы меня понимаете? Теперь оно вам не нужно. Отдайте нам завещание, и мы сразу свяжемся с человеком, который только ждет нашего приказа, чтобы заставить мальчишку замолчать навеки.

— Значит, Амфревилл отомщен,— проговорил Эскрит бесцветным голосом.

То же самое сказал Беллринджер перед смертью! Что он имел в виду? И что имеет в виду старик?

— О чем вы говорите? — раздраженно спросил Сансью.

— Он послал меня за ними,— начал старик безжизненным тоном.— За двумя влюбленными парами. Он твердо решил воспрепятствовать бракосочетанию. Он обещал... обещал увеличить мою долю наследства. Я скакал весь день и всю ночь.

— Он заговаривается,— бросила миссис Сансью.

Однако я жадно ловил каждое слово, пытаясь сообразовать рассказ Эскрита с историей, поведанной мне мисс Лидией.

— Когда я добрался до Холла,— продолжал старик,— там не светилось ни одно окно. Потом навстречу вышел Амфревилл и бросил мне вызов. Я обнажил саблю и стал драться с ним. Он фехтовал лучше меня, но потом она выбежала из Холла позади меня. Она увидела, что мне грозит опасность, и закричала: «Сын мой! Сын мой! Осторожнее, сзади!» Амфревилл решил, что она обращается к нему, и обернулся. Тут я и вонзил в него саблю.

Наступило короткое молчание.

Значит, вот что за «странные» слова (по выражению мисс Лидии) выкрикнула безумная женщина! Она узнала своего сына и увидела, что он в опасности. Она пыталась защитить вовсе не Джона Амфревилла, а Эскрита!

Затем старик продолжал:

— Я сделал это для него. Для семьи Хаффамов. Для моей семьи. Амфревиллы были недостаточно хороши, чтобы породниться с нами. Так он сказал мне. Но позже он разгневался на меня за то, что я не сумел предотвратить бракосочетание Джеймса с этой шлюхой. И за то, что я убил Амфревилла. А потом Патерностер рассказал мне, как он пытался обмануть меня, отменить завещательный отказ дома и денег в мою пользу. Я не верил Патерностеру, покуда он не показал мне кодицилл и завещание, составленное им перед смертью. И тогда мне стало ясно, что, пока я ездил по его делам, он пытался хитростью лишить меня моих законных прав!

Беллринджер упоминал про своего прадеда, лишенного законных прав! Так вот, значит, как истолковывались слова, озадачившие меня тогда!

— После того как я рисковал жизнью! Я имел полное право считаться членом семьи. Вот почему я согласился помочь Патерностеру, когда он изложил мне свой замысел. Но мы не *крали* кодицилл и завещание. Документы содержали ложь, и я имел право изъять их. И с каким наслаждением я вымогал у Джеймса деньги за кодицилл, а позже продал завещание обратно Момпессонам! Раз они отказались признать меня своим родственником, я исполнился решимости уничтожить оба семейства, натравив их друг на друга. Продавая завещание, я предупредил Момпессонов о существовании кодицилла, дабы они никогда не знали покоя. А много лет спустя я продал кодицилл Джону Хаффаму, заставив его поверить, будто он покупает документ у третьего лица.

Так значит, все время, пока мой дед, Джон Хаффам, откладывал деньги из своего ежегодного дохода, а потом залез в долги к старому Клоудиру, чтобы купить кодицилл, последний находился у Эскрита! Покупка документа у третьего лица, описанная моей матерью, являлась очередной мистификацией, устроенной Эскритом!

— Значит, много лет назад вы убили человека, да? — сказала миссис Сансью. — Но Амфревилл не единственный, так ведь?

Во рту у меня пересохло от волнения. Что она имела в виду?

— Нет, единственный, — возразил старик. — Или вам одного недостаточно? Видит Бог, мне так вполне достаточно!

— Отдайте завещание, — прошипел Сансью. — Вы же не хотите, чтобы поместье унаследовал молодой Хаффам, верно?

— Не хочу, но не отдам ни за что!

— Ни за что? — повторила миссис Сансью. — Даже если я пообещаю предать огласке всю правду о событиях, имевших место во время нашей последней встречи?

Последней встречи! Внезапно мне пришло в голову, что из людей, находившихся в доме в ночь убийства моего деда (моя мать, Питер Клоудир, Мартин Фортисквинс, мистер Эскрит и миссис Сансью), в живых осталось только двое присутствующих здесь. Кроме самого убийцы, разумеется. Возможно, сейчас я узнаю что-то о событиях той ночи. При этой мысли сердце у меня сильно забилось.

— Я не понимаю, о чем вы говорите, — сказал старик.

— Тогда я объясню вам, — сказала она. — У меня с самого начала были подозрения насчет того вечера. С чего вдруг Хаффам пригласил нас с мужем после столь глубокого разлада? А когда я узнала, что он выдал свою мягкотелую дочь за безмозглого молодого Клоудира, мой интерес к происходящему возрос. Особенно, когда мой муж сказал Хаффаму, что привез кое-что для него, и Хаффам мгновенно перевел разговор на другую тему, словно не желая получать подарок при свидетелях. «Что же такое находится в пакете?» — спрашивала я себя. А когда между Хаффамом и его зятем вспыхнула ссора, я сразу поняла, что они разыгрывают спектакль, хотя мой легковерный супруг и принял все за чистую монету. Я решила наблюдать очень внимательно. Когда Клоудир со своей молодой женой покинул дом, я пришла в недоумение, поскольку до сих пор не замечала ничего подозрительного. Затем мне пришлось удалиться наверх, оставив джентльменов сидеть за бутылкой вина. Именно тогда мой муж отдал Хаффаму пакет, как он сообщил мне впоследствии. Потом вы с ним оставили моего мужа и прошли в сервизную, ибо Хаффам сказал, что хочет убрать пакет в сейф. Теперь все мы знаем, что на самом деле он хотел вынуть из сейфа кодицилл и отдать вам для последующей передачи зятю. Так ведь?

— Да,— сказал старик.

— Но дальше произошло нечто такое, о чем известно только нам с вами. Когда Хаффам вознамерился открыть сейф, вам пришлось выйти из комнаты, поскольку даже вам не позволялось знать, где хранится ключ. И вы вышли в холл.

— Нет!

— Да, вышли. Отрицать бесполезно. Где, по-вашему, находилась я в тот момент? Сидела в гостиной наверху, никому не мешая? Как бы не так. Я тихо спустилась на лестничную площадку.

— Вы лжете! Оттуда ничего нельзя увидеть!

— Очень даже можно. Вы мне не верите? Тогда я докажу вам. Стойте здесь, а я поднимусь на лестничную площадку.

Я услышал шаги и осознал, что мистер Эскрит и Сансью направляются в мою сторону. С бешено бьющимся сердцем, я отступил назад, охваченный ужасом при мысли, что сейчас меня поймают здесь как вора. Спрятаться я мог только в сервизной, дверь которой находилась у меня за спиной. Заперта ли она? К великому моему облегчению, дверь отворилась; я проскользнул в нее и оказался в почти полной темноте, ибо ставни здесь были затворены. Я оставил дверь чуть приоткрытой и, хотя ничего не видел, слышал все отчетливо.

Затем с лестничной площадки донесся голос миссис Сансью:

— Я вижу вас. Теперь делайте то, что делали тогда.

Наступило молчание, а потом она снова заговорила:

— Ну же, не стесняйтесь. Снимите ее со стены. — После непродолжительной паузы она велела: — Дайте ее мистеру Эскриту, мистер Сансью. — Последовала еще одна пауза, а затем она сказала: — Теперь она у вас в руке. В данный момент вы опускаете руку. Теперь вы мне верите? Впрочем, неважно. Потом вы вернулись в сервизную, а через минуту — нет, и минуты не прошло — вышли оттуда без сабли. Я видела, как вы вернулись в передний холл, ступая почти бесшумно. Как легко себе представить, я была заинтригована. Но еще сильнее меня озадачили ваши последующие действия. Вы отперли дверь вестибюля своим собственным ключом и вынули большой ключ из замка парадной двери. Затем вы снова заперли дверь вестибюля, а большой ключ положили на высокие напольные часы. Да, они видны отсюда. Затем несколько минут вы стояли на месте, время от времени вынимая из кармана хронометр и нетерпеливо поглядывая на него, словно в ожидании кого-то. Но вам ни разу не пришло в голову поднять взгляд и всмотреться в тень на лестничной площадке, где притаилась я, верно? Вскоре я услышала, как кто-то входит в дом через заднюю дверь и тихо направляется к библиотеке. Это был Клоудир. Теперь я догадалась, что недавний спектакль разыгрывался единственно для того, чтобы Клоудир тайком забрал пакет, но ваше поведение по-прежнему казалось загадочным. Не желаете объяснить мне все сейчас?

Эскрит молчал.

Тогда миссис Сансью продолжила:

— Вы подождали, когда он войдет в библиотеку, а затем крадучись двинулись в глубину дома. Сейчас-то я знаю: вы пошли запереть заднюю дверь и таким образом поймать Клоудира в западню,— но тогда мне это не пришло в голову. Вы перекинулись несколькими словами с моим мужем и оставили дверь гостиной открытой, чтобы он увидел Клоудира, когда тот попытается покинуть дом через черный ход. Потом вы вернулись в холл и прошли в посудную комнату. Как мне стало известно позже, оттуда вы прошли в библиотеку, дверь которой оставили запертой, чтобы преградить Клоудиру доступ в сервизную. И вы имели серьезные причины не желать, чтобы он совался туда, верно? Тем временем я спустилась вниз.

Голос миссис Сансью зазвучал ближе.

— Я достала ключ с часов и положила на пол перед дверью вестибюля. Зачем я сделала это? Да единственно из желания насолить вам, расстроить любой замысел, который вы пытались осуществить. Через несколько минут я увидела Клоудира, направлявшегося к выходу. Он обнаружил, что задняя дверь заперта, а следовательно, покинуть дом невозможно. Но теперь он нашел ключ на полу, а потому разбил стекло в двери вестибюля — порезавшись при этом — и вышел прочь. Потом я поднялась наверх в гостиную и стала ждать. И через несколько минут вы забили тревогу. Какое же удивление и гнев овладели вами, когда, назвав убийцей Клоудира, вы обнаружили, что он скрылся, хотя вы подстроили все таким образом, чтобы его захватили врасплох с деньгами Хаффама, рядом с телом последнего! Тогда вы изменили свою историю и заговорили о злоумышленнике, проникшем в дом, не так ли? Но никакого злоумышленника не было.

Я понял, что она хочет сказать. И безусловно, она не ошибалась! Питер Клоудир не был виновен, но стал жертвой коварного замысла, который миссис Сансью расстроила своим вмешательством. Все, что она говорила, вполне удовлетворительным образом объясняло до сих пор загадочные обстоятельства преступления. Но так ли все происходило на самом деле — или же она просто хотела припугнуть старика? Внезапно я осознал, что голос миссис Сансью звучит гораздо ближе против прежнего. Я отступил за лестницу, но женщина продолжала идти в мою сторону.

— Никакого злоумышленника,— повторила она.— И Хаффам был уже мертв, когда молодой Клоудир вошел в дом.

Шаги приближались. Я торопливо вернулся в сервизную. И тут у меня чуть не остановилось сердце. Все они направлялись туда! Я бросился к противоположной стене и дернул дверь библиотеки, но она была заперта. Я оказался в ловушке! Внезапно я понял, что мне делать. Я проворно залез в стенной шкаф, по счастью оказавшийся открытым, и притворил дверь, оставив лишь узкую щелку для наблюдения.

Я успел спрятаться как раз вовремя, ибо мгновение спустя они вошли в комнату. Их самих я не видел, но огонь свечей осветил часть помещения, доступную моему взгляду.

— Нет, кто-то *проник* в дом, *проник*,— упрямо сказал Эскрит.

Похоже, за многие годы он убедил себя в том, что это правда.

— Нет,— мягко промолвила миссис Сансью.— Ибо еще прежде, чем Клоудир вернулся в дом, вы вошли сюда с саблей, верно ведь? Хаффам открыл сейф, не так ли? — Ласковым шепотом она попросила: — Покажите мне как.

Старик появился в моем поле зрения, двигаясь на манер сомнамбулы; в одной руке он держал саблю, а в другой свечу. Он положил первую и поставил вторую на большой сундук под окном, а потом опустился на колени, поднял часть половицы и что-то вытащил из тайника. Ключ! Не вставая с коленей, старик отпер сундук. Потом перевел затуманенный смятенный взгляд в другую часть комнаты.

— Он вынул что-то,— подсказал мягкий голос.

— Да,— пробормотал старик и запустил руку в сундук.

— Спустя тридцать лет вы вновь увидели завещание,— вкрадчиво продолжал голос.— Вы понимали, что, если вам не удастся вернуть его Момпессонам, поместьем в конечном счете вновь завладеет представитель рода Хаффамов. Тогда ваша месть Хаффамам сошла бы на нет. Более того, вы потеряли бы этот дом, поскольку завещание лишало вас права наследования. С той самой минуты, как он сказал вам, что кто-то — на самом деле речь шла о той полоумной старухе, Лидии Момпессон,— предпринял шаги к тому, чтобы имущество было возвращено законному владельцу, вы начали составлять план. Вы знали, что сэр Персевал готов заплатить практически любую цену, чтобы заполучить документ обратно. Вы подстроили все таким образом, чтобы в убийстве обвинили Клоудира: сына вашего старого врага. Какая сладкая месть! Когда вы вошли, Хаффам как раз держал в руках пакет, полученный от моего мужа, не так ли? Вероятно, он открыл пакет и, увидев в нем то, что надеялся увидеть, произнес какие-то слова, приведшие вас в ярость,— что-нибудь вроде: «Последний ход решает все в мою пользу. Поместье принадлежит мне».

Старик повернулся к миссис Сансью и пробормотал:
— Нет... нет, все было совсем не так.

— Вам потребовалось всего лишь несколько секунд, чтобы сделать то, что надлежало сделать. Теперь, чтобы осуществить свою месть и навсегда лишить Хаффамов возможности завладеть поместьем, вам нужно было лишь вынуть завещание из пакета и надежно спрятать здесь же, в комнате. Затем испачкать в крови кодицилл, письмо, которое Хаффам написал тем вечером, несколько банкнот из сундука и положить всё в пакет. Затем запереть дверь в библиотеку, чтобы молодой Клоудир не вошел сюда по своем возвращении. Затем выйти в холл и принять меры к тому, чтобы он не мог скрыться из дома. Он так никогда и не узнал, что, когда вы передавали ему пакет в библиотеке, Хаффам уже лежал мертвый всего в нескольких футах от него, в соседней комнате. А когда Клоудир вышел из библиотеки, вам оставалось лишь вернуться сюда, измазать лоб кровью убитого и поднять тревогу.

Старик с трудом встал на ноги и застыл на месте с ошеломленным видом.

— Нет,— пролепетал он.— Вы все выдумываете.

Теперь в поле моего зрения появился Сансью. Он склонился над сундуком и принялся рыться в нем. Наблюдая за ним, я размышлял над услышанным. Так значит, Питер Клоудир и вправду не убивал моего деда? Могу ли я быть уверен, если старик все отрицает? Неужели даже сейчас сомнения не оставят меня?

Тут Сансью вскинул над головой руку с зажатым в ней пакетом и воскликнул:

— Вот оно! Поместье мое!

Я мгновенно понял, что сейчас произойдет. Я выступил из своего укрытия и крикнул:

— Осторожно! Сзади!

К несчастью, Сансью настолько удивился моему неожиданному появлению, что повернулся ко мне, а не к источнику опасности позади него,— и в этот момент Эскрит всадил ему в спину саблю, которой, по всей видимости, убил Джона Амфревилла почти шестьдесят лет назад. На лице адвоката отразилось недоумение — но вызванное ли ударом или моим внезапным появлением, я так никогда и не узнал. Казалось, он пытался что-то сказать мне, но не сумел произнести ни слова: лицо его жутко исказилось, глаза вышли из орбит, и он повалился на колени, уронив голову на сундук, а потом рухнул на пол и больше не шевелился.

Мы с миссис Сансью ошеломленно уставились друг на друга. Старик, словно не замечая нашего присутствия, пересек комнату и запер дверь в библиотеку. Потом он вынул завещание из руки своей жертвы, вытащил из сундука пачку банкнот, подошел к бюро у окна и положил все в выдвижной ящик.

Я не сводил взгляда с миссис Сансью. Теперь она с ужасом смотрела на бездыханное тело своего мужа. Вот женщина, которая знала о невиновности Питера Клоудира, но допустила, чтобы он понес наказание за чужое преступление; которая своим предательством довела мою мать до погибели; которая отправила своего юного племянника на верную смерть и пыталась убить и меня тоже. Теперь я окончательно убедился, что Питер Клоудир невиновен, и все мои сомнения насчет правдивости рассказа миссис Сансью рассеялись, ибо, безусловно, Эскрит сознался в убийстве моего деда, на наших глазах свершив кровавое дело, от которого труднее отказаться, чем от любых слов.

Старик вышел из комнаты — очевидно, чтобы подождать в холле появления Питера Клоудира с черного хода.

Когда я двинулся вперед, миссис Сансью со страхом посмотрела на меня.

— Я не хотела этого,— заикаясь, пролепетала она.— Я думала лишь припугнуть старика, чтобы он отдал завещание.

О чем она говорила? Просто о том, что не хотела, чтобы все так вышло? Или же о том, что с начала до конца выдумала свою историю? Или о том, что домыслила все, чего не видела? Сейчас у меня не было времени искать ответы на подобные вопросы.

— Он может быть опасен,— тихо проговорил я и, поскольку она словно остолбенела, схватил ее за кисть с намерением увести отсюда прежде, чем мы окажемся в ловушке в запертом доме.

— Завещание,— пробормотала миссис Сансью, вырывая свою руку из моей. Она прошла к бюро, по пути обогнув мертвое тело, и достала документ из выдвижного ящика.

Ее самообладание казалось поразительным.

Тихонько, стараясь не попадаться старику на глаза, я провел миссис Сансью в холл, а оттуда в вестибюль и на улицу. В считанные секунды мы оказались в маленьком дворике, в кромешной тьме — ибо черные низкие тучи по-прежнему заволакивали небо, хотя гроза уже утихла.

— Мы должны обратиться к представителям власти, — сказал я. — Старика нужно взять под арест, прежде чем он причинит вред еще кому-нибудь.

Потом я чуть было не добавил: «Вы должны рассказать обо всем. О том, как вы умолчали об обстоятельствах, снимавших всякое подозрение с Питера Клоудира. О том, что вы с Беллринджером сотворили со Стивеном». Но увидел, как она дрожит всем телом, и не нашел в себе сил произнести такие слова.

— Пойдемте, — сказал я, и мы двинулись через темный двор.

Когда мы достигли угла следующего здания, я краем глаза заметил черную тень, метнувшуюся ко мне, а в следующий момент меня крепко обхватили сзади и зажали мне рот. Поначалу я решил, что старик все-таки нагнал нас, но потом до боли знакомый голос прохрипел над моим ухом:

— Оно у него, мэм?

Барни! Я понял, что настал мой конец. Миссис Сансью теперь владела завещанием, и ей лишь требовалось, чтобы я — единственный человек, знавший обо всех ее гнусных делах, совершенных за многие годы, — умер, после чего она благополучно вступит во владение поместьем. Она с самого начала знала, что Барни находится рядом! Она лишь притворялась, будто сдалась без всякого сопротивления, поскольку знала, что Барни караулит нас возле дома!

— Что ты здесь делаешь? — изумленно воскликнула она.

Значит, хотя бы это мое предположение оказалось ошибочным!

Барни держал меня сзади, поэтому я видел только миссис Сансью.

— Ну, как же, мэм, — вежливо начал он, — я поручил своим товарищам поджидать его прибытия, как просил джентльмен, и Джек увидел, как он высадился возле «Голден-Кросс» часа два назад. Он следовал за ним по пятам досюда, а потом пошел и нашел меня. Документ у него?

— Нет, у меня, — сказала она.

— Тем лучше. А где джентльмен?

— Он остался в доме,— без всякого выражения ответила миссис Сансью.

— Знаете, мэм, теперь вам лучше уйти, и я выполню свою работу. Благородной даме негоже видеть такое. Сейчас поблизости никого нет. И это место ничем не хуже любого другого.

Что я мог сказать или сделать, чтобы спасти свою жизнь? И тут в голову мне пришла одна мысль. На нее меня навело упоминание о Джеке, ибо я полагал, что они с Барни давно разошлись. По-видимому, Салли хранила свой секрет! Я попытался заговорить, но не сумел вымолвить ни слова, поскольку он зажимал мне рот ладонью.

Миссис Сансью стояла на прежнем месте и, казалось, собиралась заговорить, но тут Барни отнял руку от моего рта, чтобы достать что-то из кармана куртки.

В моем распоряжении было несколько секунд, и я успел выкрикнуть:

— Тебя предал Джек!

Барни снова зажал мне рот рукой, в которой теперь держал нож.

— Пой потише,— велел он. А потом немного отпустил руку, давая мне возможность говорить, хоть и с трудом.

— Это Джек вступил в сговор с Палвертафтом, а не Сэм,— выдохнул я.— Я точно знаю, поскольку видел его в Саутуорке той ночью, когда был убит Джем.

В уме у меня мелькнула мысль, что таким образом я обрекаю Джека на смерть, но потом я вспомнил, что он сделал с Сэмом, и не испытал никакого сожаления.

— Ты врешь,— прорычал Барни.

Однако он выслушал меня, когда я принялся растолковывать, каким образом следует пересмотреть и по-новому трактовать известные ему события, коли на место предателя поставить Джека взамен Сэма. Вероятно, Барни увидел, что моя версия убедительнее объясняет произошедшее, ибо впал в замешательство и задал мне несколько вопросов, на которые я ответил без малейших колебаний. Все это время миссис Сансью стояла в нескольких футах, с интересом наблюдая за нами.

— Салли сказала вам, что видела, как Сэм разговаривает с лысым мужчиной с деревянной ногой, так ведь? — спросил я.

Он кивнул.

— Ну, так это Джек заставил ее сказать.

— С какой стати ей было говорить такое? — спросил Барни, задумчиво глядя на меня.— Она питала слабость к Сэму.

— Не вините Салли! — вскричал я.— Она не понимала, что таким образом обрекает его на смерть. Она не знала, что описывает Блускина!

Барни понял, на какой обман он поддался, и с яростным воплем прижал меня к стене. Теперь он поверил мне, но сколь глупо с моей стороны было полагать, что таким образом я спасу свою жизнь! Он кипел гневом и явно намеревался выместить свою злобу на мне.

Он замахнулся ножом, и я зажмурился.

Внезапно миссис Сансью сказала:

— Не надо!

Я открыл глаза и увидел, что она ступила вперед и положила ладонь на руку Барни.

— Что значит «не надо»? — спросил Барни почти возмущенно.— Разве не за это вы с хозяином заплатили мне?

— Он мертв,— тихо проговорила она.

— Да ну? — На лице Барни промелькнула тревога. Потом он сказал: — Но вы все равно должны заплатить, как если бы я сделал работу. Я потратил уйму времени, выслеживая мальчишку. Я и мои приятели.

— Ты получишь свои деньги.— Миссис Сансью открыла ридикюль и бросила горсть соверенов на землю.— А теперь убирайся.

Барни отпустил меня, наклонился и принялся подбирать монеты, настороженно поглядывая на нас, словно подозревая в какой-то хитрости. Ему приходилось шарить руками по булыжной мостовой, поскольку было темно.

Я же тем временем изумленно таращился на миссис Сансью.

— Почему вы так поступили?

В ответ она лишь помотала головой.

Находилась ли она в шоковом состоянии? Может, убийство Сансью потрясло ее настолько, что она совершила поступок, о котором впоследствии станет сожалеть? Мне хотелось думать именно так, поскольку в противном случае мне пришлось бы попытаться проникнуться к ней благодарностью. А потом она обманом лишит меня права наследования, и я возненавижу ее.

Барни уже выпрямился и пересчитывал монеты.

— Было приятно иметь с вами дело, — сказал он. — Буду рад услужить вам снова, коли понадобится. Я предпочитаю поддерживать знакомства, выгодные для обеих сторон.

— Постой! — сказал я. — Я хочу задать тебе один вопрос. Ты говорил мне, что однажды убил джентльмена.

Он изумленно уставился на меня.

— У меня есть веские причины задать такой вопрос. Ты говорил, это случилось незадолго до моего рождения. Скажи мне правду. Где это произошло?

Барни просто улыбнулся, словно забавляясь.

Мне хотелось верить, что миссис Сансью говорит правду. Но существовала и другая вероятность.

— Скажи мне, — настаивал я. — Тебе от этого не будет никакого вреда. Убийство произошло здесь? — Я указал рукой на темный дом позади.

С едва заметной улыбкой, адресованной нам обоим, он скрылся в темноте.

Мы с миссис Сансью медленно пошли через пустой двор. Минуту спустя я не удержался и заговорил:

— Ваш рассказ о событиях, свидетелем которых вы явились в ночь убийства моего деда... — Я на мгновение умолк, а потом продолжил: — Потом вы сказали, что хотели просто припугнуть старика, чтобы он отдал завещание. Что вы имели в виду?

— Неважно,— хмуро ответила миссис Сансью.

— Для меня важно. Вы имели в виду, что все выдумали?

Она пожала плечами:

— Я видела там Клоудира.

— Но если вы все видели, почему не дали показания, когда его обвинили в убийстве?

— Вы слишком многого хотите. С какой стати было мне давать показания? Я ненавидела вашу мать. Испорченная девчонка. Она имела все — любящего отца, дорогие наряды, музыкальный инструмент и все такое прочее,— а я жила в унизительной бедности, хотя была умнее и красивее ее. Я была рада, что она страдает.

Я потряс головой, желая сказать, что жизнь моей матери была не такой безоблачной, как она представляет.

— Тогда я завидовала ей,— продолжала миссис Сансью.— А потом ревновала.

Я внимательно посмотрел на нее:

— У вас были причины?

Внезапно она остановилась и повернулась ко мне:

— Хорошо, скажу прямо: я никогда не верила, что Хаффама убил ваш отец. Хотя, конечно, не располагала неопровержимыми доказательствами, позволявшими с уверенностью утверждать, что случилось или не случилось той ночью.

— Объясните же, что вы имеете в виду! — попросил я, ибо в свете известных мне обстоятельств и моих предположений ее слова допускали не одно толкование.

Однако миссис Сансью не пожелала отвечать, и мы продолжали идти в молчании.

Потом она сказала:

— Я хочу вернуть вам нечто, по праву принадлежащее вам.

Она вынула из ридикюля и вручила мне пакет, который взяла из бюро. К этому времени мы достигли перекрестка

Чаринг-Кросс и Стрэнда; я подошел к уличному фонарю и вынул из пакета лист пергаментной бумаги. Прочитав первые строки, я понял, что это похищенное завещание, которое ненадолго оказалось в моих руках около десяти месяцев назад. Теперь, когда я остался в живых, оно не представляло для нее ценности, но я недоумевал, почему она удержала Барни.

— Я не понимаю,— сказал я.— Вы положили столько сил на погоню за наследством.— Я подавил желание сказать, что она прямо причастна к смерти людей, стоявших у нее на пути.— Почему же сейчас вы отказываетесь от возможности получить желаемое?

— Слишком много смертей,— тихо проговорила она.

— Пойдемте,— сказал я.— Мы должны сообщить о случившемся полицейскому судье.

Миссис Сансью не двинулась с места, и я увидел, что она дрожит всем телом. Я взял ее за руку, и — самым неожиданным и странным образом держа под руку женщину, причинившую столько вреда мне и дорогим моему сердцу людям,— медленно зашагал по пустынным улицам. Небо на западе уже начинало розоветь.

Глава 123

Мы отправились в полицейский участок, где я рассказал представителям власти о случившемся. В дом отправили констебля с патрульными, и мистера Эскрита взяли под арест, а затем, по причине сильного расстройства рассудка, препроводили в сумасшедший дом, где положили держать до самого суда.

Прежде чем распрощаться с миссис Сансью тем утром, я попросил ее прояснить несколько обстоятельств, мне непонятных. Однако она ничего более не сообщила о событиях, свидетельницей которых являлась или не являлась в ночь убийства моего деда. Но меня занимал еще один вопрос: в каком именно родстве она состояла с Генри Беллринджером? Теперь я знал, что она потомок сестры Джеффри Хаффама, Летиции, сочетавшейся браком с Джорджем Малифантом. Чего я не понимал, так это каким образом ее племянник Стивен может приходиться единокровным братом правнуку мистера Эскрита. Она объяснила, что жена ее брата Тимоти, которая носила имя Кэролайн и являлась матерью Стивена, в первом браке овдовела. Ее первым мужем был Майкл Беллринджер, отец Генри и внук мистера Эскрита. (Данный союз образовался не по чистой случайности, ибо и Малифанты и Беллринджеры жили в Кентербери, где некогда находилось поместье Генри Хаффама, которым в качестве доверенного лица владельца управлял Патерностер, прадед Майкла Беллринджера.)

Я вернулся в свои комнаты и, хотя валился с ног от усталости, сразу принялся искать место, куда спрятать завещание. Один из кирпичей пола под очагом вынимался, и я засунул под него документ, предварительно сложив вчетверо. Потом я рухнул на кровать и проспал весь день и всю ночь.

В последующие несколько недель я не испытывал желания увидеться с Генриеттой, ибо она глубоко огорчила и уязвила меня своим поведением в Старом Холле. У меня было чем заняться, поскольку мистер Барбеллион прислал мне письмо, в котором снова предложил свои услуги, как сделал во время нашей последней встречи. Он писал, что в случае, если мне удалось завладеть завещанием, мне надлежит знать следующее: сэр Дейвид Момпессон заочно обвинен и осужден за убийство Генри Беллринджера, а значит, его имущество будет конфисковано — то есть перейдет в собственность британской короны, а не к его наследникам. Это произойдет, несмотря на существование кодицилла, ибо в соответствии с оным претендент со стороны Малифантов (которым оказалась миссис Сансью) утратил права на наследство, поскольку я жив. Посему он настойчиво советовал мне представить завещание суду (коли оно находится у меня), дабы суд признал, что поместье никогда не являлось собственностью сэра Хьюго Момпессона, но принадлежало моему деду. Он полагал, что получить такое судебное решение не составит особого труда, и тогда поместье перейдет ко мне. Если же завещания у меня на руках нет, продолжал мистер Барбеллион, я могу, по крайней мере, предъявить претензию на ежегодный доход с поместья, который Момпессоны на протяжении многих лет отказывались выплачивать; и он заверял меня, что на сей счет суд вынесет решение в мою пользу в самом скором времени. Я написал мистеру Барбеллиону ответ, в котором — ни словом ни обмолвившись о местонахождении завещания — сообщал о своем нежелании притязать ни на ежегодный доход, ни на само поместье.

Почему я так ответил? Вы знаете, что со временем я начал понимать, на какого рода поступки толкало людей желание завладеть поместьем. Вдобавок, я не хотел оставаться игрушкой в руках канцлерского суда. Я хотел сам планировать свою жизнь. Кроме того, я понимал, что на тяжбу о возвращении мне ежегодного дохода с поместья потребуется уйма денег. А мысль о деньгах заботила меня превыше всего остального, ибо через месяц после событий в Хафеме я уже задолжал своей хозяйке, миссис Квейнтанс, за три недели, и в настоящее время не имел ни пенни в кармане. Несколько раз я виделся с Джоуи и его матерью и знал, что в случае крайней нужды могу обратиться за помощью к ним, но одна эта мысль приводила меня в содрогание. Я частенько задавался вопросом, как там поживает леди Момпессон — или, точнее Генриетта,— и несколько раз проходил мимо дома на Брук-стрит. Он казался пустым и заброшенным. Время от времени я покупал газеты и пробегал глазами колонки светской хроники, но ни разу не нашел упоминания ни об одной из них.

Здесь можно упомянуть, что Эскрит, в совершенном умопомрачении, умер в сумасшедшем доме через пару недель после убийства Сансью, даже не успев предстать перед Большим жюри.

Глава 124

Потом однажды ко мне явился незнакомый человек. Он представился мистером Эшбернером, ростовщиком, и сообщил, что хочет сделать мне следующее предложение: он готов ссудить меня деньгами под мои виды на будущее. Когда я выразил удивление его осведомленностью о моих обстоятельствах, он заметил, что подобного рода осведомленность является основой его ремесла, но не пожелал раскрыть мне свои источники. Я отказался по возможности вежливее (но боюсь, недостаточно вежливо!).

Сей случай поверг меня в раздумья, ибо наводил на мысль, что кому-то известно, в чьих именно руках находится завещание. Впрочем, скорее всего, известно было только об ежегодном доходе с поместья, в каковом случае напрашивалось предположение, что у меня есть все шансы вытребовать последний — хотя едва ли сейчас рента составляла значительную сумму. Я подумал о том, сколько добра мог бы я сделать ближним, когда бы имел хоть немного денег. Я помог бы мальчикам из школы Квигга, попытался бы вызволить из сумасшедшего дома старого мистера Ноллота, позаботился бы о мистере Пентекосте, который, наверное, по-прежнему сидит во Флите, и даже о мистере Силверлайте. А если мне удастся вытребовать себе ежегодный доход, который не сумела получить моя мать, я в известном смысле восстановлю справедливость, размышлял я.

И вот я написал мистеру Барбеллиону и, получив от него приглашение, отправился к нему в контору по адресу Керситор-стрит, 35. Мистер Барбеллион объяснил мне, что сейчас, когда поместье находится в процессе отчуждения в пользу государства, всеми делами там заведует управляющий выморочным имуществом, назначенный канцелярским судом; и предупредил меня, что сопряженные с этим злоупотребления и халатность в самые ближайшие годы полностью разорят поместье. Он ясно дал мне понять, что больше не защищает интересы Момпессонов, и даже предупредил меня, что леди Момпессон пытается спасти все, что только может, от конфискации, а следовательно, наши с ней интересы столкнутся, коли я вообще стану настаивать на каких-либо своих требованиях. Его искренность произвела на меня глубокое впечатление.

Мистер Барбеллион выразил готовность защищать мои интересы, если я решу предъявить претензии на ежегодный доход или (коли завещание находится в моих руках) на само поместье; и снова попытался выведать, у меня все-таки оно или нет. Не солгав ни единым словом, я уклонился от прямого ответа и заявил, что меня интересует лишь рента. Я напомнил мистеру Барбеллиону, что в своем письме он выражал уверенность в успешном исходе данного дела, и спросил, как он думает, сколько времени займет процесс и сколько денег на него потребуется. Он ответил, что, вероятно, не более пяти лет, и я начал понимать, что порой такие сроки считаются небольшими. Я сказал, что желал бы нанять его, но у меня нет денег. Он сказал, что с радостью выслушает мои распоряжения, а что касается до денег, то у него есть одно-другое соображение на сей счет. И спросил, подумал ли я, есть ли у меня право претендовать на дедово поместье? Я не сразу понял, о чем он говорит, а когда понял, твердо заявил, что поместье меня совершенно не интересует. Мистер Барбеллион заметно удивился и сказал, что у него есть кое-какие планы относительно упомянутой собственности, которые в данный момент он предпочел бы не раскрывать, и что, с моего позволения, он станет действовать в этом направлении, но не предпримет никаких шагов без моего ведома. Затем, к великому моему изумлению, он предложил ссудить меня деньгами до лучших времен и добавил, что будет премного доволен, если я хотя бы частично восстановлюсь в своих правах.

Тут я совершенно растерялся. Неужели я всегда неверно судил о нем? И на самом деле он был благородным человеком, верящим в справедливость? Я недоуменно уставился на улыбающегося мистера Барбеллиона. С другой стороны, может, он сам рассчитывает получить долю хафемской недвижимости и пытается уловить меня в свои сети?

Очевидно, догадавшись о моих сомнениях, мистер Барбеллион объяснил, что почти всю свою профессиональную жизнь он был связан с хафемским поместьем, ибо еще совсем молодым человеком работал на отца сэра Персевала, сэра Огастеса, который предпринял ряд мер по приведению в порядок земельных владений, заброшенных его сыном. Поэтому ему больно видеть, как поместье приходит в упадок. Он положил много сил на внедрение различных хозяйственных усовершенствований, многие из которых вводил в течение двадцати лет после смерти сэра Огастеса, вопреки желанию сэра Персевала, человека глубоко консервативного и ненавидящего любого рода перемены. Единственным его союзником была леди Момпессон, но и она тоже не всегда заботилась о будущем. Однако сильнее всего он расстроился, когда лет десять-двенадцать назад обнаружил, что Ассиндер постоянно присваивал рентные доходы и подделывал счета. Хотя в конце концов он с великим трудом убедил леди Момпессон, что это правда, сэр Персевал так никогда и не поверил, что племянник старого верного слуги может его обманывать; и он был глубоко уязвлен проявленным недоверием к своему мнению.

Когда я сообщил мистеру Барбеллиону о своей обеспокоенности некоторыми аспектами политики, проводившейся землевладельцами, он счел необходимым указать мне, что единственно алчность Ассиндера повинна в том, что политика огораживания общинных земель и ликвидации поселений столь тяжело отразилась на бедняках. В заключение он сказал, что со времени перехода имения в собственность сэра Дейвида, который не желал вкладывать ни пенни в землю, он, Барбеллион, ни на шаг не продвинулся в деле внедрения хозяйственных усовершенствований; и что он хочет лишь восстановить справедливость и не только вернуть поместье законному владельцу, но и привести последнее в такое состояние, в каком оно находилось к моменту смерти его первого работодателя.

Когда мистер Барбеллион закончил, я с минуту молчал, а потом сказал, что глубоко тронут его предложением, но он должен понять: меня интересует только ежегодная рента. У меня нет желания претендовать на само поместье, ибо в конце концов я пришел к выводу, что большое богатство представляет равно большую опасность для нравственности владельца. Тут мистер Барбеллион посмотрел на меня довольно насмешливо и спросил, во сколько, по моему мнению, оценивалось бы поместье, будь оно сейчас выставлено на продажу. Я сказал, что ничего не смыслю в таких вопросах, но он предложил мне назвать приблизительную стоимость. Я назвал огромную сумму чуть ли не в сотню тысяч фунтов, и он сухо рассмеялся и сказал, что я и близко не угадал. Поместье не стоит ровным счетом ничего. В буквальном смысле слова. И возможно, даже такая оценка слишком высока. Я спросил, как следует понимать сей парадокс, и он объяснил, что поместье обременено такими долгами — обязательствами рассчитаться с кредиторами, выкупить закладные, выплатить ежегодные ренты (не только одному мне, хотя мне в первую очередь), — что за вычетом всех перечисленных платежей оно не стоит ничего или даже меньше, чем ничего. Но теперь, когда оно перешло в ведение канцлерского суда и начался процесс конфискации, представляется сомнительным, что его вообще когда-либо удастся освободить от долгов и продать. Поместье обречено на плохое управление и неминуемо придет в совершенный упадок в ближайшие десятилетия.

Это известие поразило меня и повергло в раздумья. Мистер Барбеллион определенно рассчитывал своим рассказом побудить меня признаться, что завещание находится в моих руках, но я твердо держался решения ничего не говорить о нем. Однако я принял предложенную мне ссуду в сорок фунтов ежегодно под шесть сложных процентов, с обязательством вернуть деньги по получении ренты. В тот же самый день старший клерк адвоката выдал мне первую ежеквартальную часть заема, а мистер Барбеллион возбудил ходатайство об удовлетворении моих претензий.

Мне приятно сообщить, что перво-наперво я отослал мистеру Эдваусону деньги, которые задолжал Сьюки, присовокупив к ним символический процент. Затем я отправился к Джоуи и миссис Дигвид и настоял (невзирая на их протесты) на том, чтобы они приняли от меня пять фунтов в возмещение всех своих расходов на меня и в знак благодарности за все оказанные мне услуги. Именно тогда Джоуи сообщил мне, что через несколько дней после моей последней встречи с Барни у дома на Чаринг-Кросс, на пустыре возле Флауэр-энд-Дин-стрит (в каковой район перебрался Барни со своей шайкой, покинув Пимлико) было обнаружено тело убитого мужчины, предположительно Джека. Здесь следует заметить, что больше я никогда ничего не слышал ни об одном из них.

Теперь у меня осталось в обрез денег, чтобы заплатить за жилье и кое-как перебиться до очередной ежеквартальной выплаты. В последующие недели я много размышлял о том, как же мне поступить. Я частенько вынимал завещание из тайника и часами сидел, изучая документ и пытаясь принять решение. В свете откровений мистера Барбеллиона о плачевном положении дел в поместье мое отношение к нему переменилось, ибо теперь речь шла не о соблазне. И не о возможном моем нравственном растлении богатством. Напротив, обладание поместьем стало бы тягостной и даже изнурительной обязанностью. Я снова и снова вспоминал рассказ Сьюки об ограблении бедняков, совершенном Момпессонами. Что будет с ними, коли поместье останется в управлении канцлерского суда? И теперь я постепенно начал приходить к мысли, что отказаться от поместья значило бы поступить эгоистично и уклониться от своих обязанностей. Вдобавок, я по-прежнему считал, что Справедливость требует, чтобы воля моего прапрадеда была выполнена.

Затем, в начале июня следующего года мистер Барбеллион прислал мне письмо с просьбой встретиться с ним в Хафеме через несколько дней, ибо он должен разъяснить мне многие вопросы, которые лучше разъяснять на месте. К сему прилагалась банкнота в десять фунтов на покрытие дорожных расходов. Хотя я и пришел в некоторое недоумение, в конце концов, я все же решил воспользоваться случаем взглянуть на поместье — не с намерением впоследствии заявить о своих правах на земельную собственность, но с целью оценить трудности, которые встанут передо мной, коли я все же войду во владение оной. Там я смогу составить более верное суждение о положении дел.

Поскольку я подхожу к завершению своей части данного повествования, сейчас я забегу вперед и расскажу о событиях, произошедших со времени моего посещения поместья, во второй раз обратившись прямо к вам, дорогие друзья, дабы поведать о судьбе тех моих старых знакомых, которых мне не удалось разыскать впоследствии. Во исполнение обещания, однажды данного самому себе, я предпринял шаги к освобождению мистера Ноллота и закрытию сумасшедшего дома Алабастера. Однако я узнал, что добрый старик умер через год после моего побега. Адвокат, с которым я советовался по поводу возбуждения дела против главного врача психиатрической клиники, заверил меня, что доказать вину доктора Алабастера практически невозможно. Он же отговорил меня от попытки выдвинуть против миссис Сансью обвинение в смерти Стивена, и, памятуя о том, что она спасла меня от Барни, я решил не упорствовать. В конце концов, ужасная смерть мужа являлась для нее своего рода наказанием.

Поскольку я не забыл о своем решении по мере возможности помочь мальчикам из школы Квигга, я написал адвокату, проживающему в ближайшем от означенного заведения городе, письмо с просьбой наведаться туда в качестве моего доверенного лица под тем предлогом, что я подыскиваю школу для своего племянника. В ответном послании адвокат сообщил, что Квигги оставили воспитательскую деятельность и вновь занялись сельским хозяйством. Он подчеркнул, что не видел на ферме ни одного мальчика.

После бегства из страны сэр Дейвид живет в Кале, на скудное вспомоществование своей матери, которая владеет небольшим земельным участком, свободным от уплаты ренты за пользование оным. Леди Момпессон ныне проживает в крохотном домике и часть своего ежегодного дохода тратит на содержание Тома в частной клинике (к сожалению, не доктора Алабастера!), где он оказался по причине тяжких последствий своей невоздержанности (самого разного рода). Дэниел Портьюс основал торговое предприятие в Лиссабоне, с каковым городом его банк имел связи достаточно тесные, чтобы он получил доступ в деловые круги, но недостаточно тесные, чтобы слухи о его поведении в Англии получили там распространение. Жена и сын уехали с ним, как и Эмма.

Что же касается до Генриетты, то я должен вернуться к рассказу о своем посещении Хафема в июне.

Глава 125

Я доехал до Саттон-Валанси на империале, а на сэкономленные таким образом деньги нанял лошадь и направился в Мелторп, движимый желанием вновь увидеть эту деревушку и старый дом, где некогда жили мы с матушкой.

Деревня, казалось, не изменилась. Красновато-желтые кирпичные стены лучших домов мягко светились в лучах летнего полуденного солнца; деревья и трава по-прежнему переливались всеми оттенками ярко-зеленого цвета, который постепенно пожухнет с приближением осени. Никто не узнал меня, хотя я увидел мистера Эдваусона, пересекающего Хай-стрит в направлении от своего дома к церкви, и решил, что он возвращается в приходскую контору после обеда. С какой стати старику обращать внимание на посто-

КВИНКАНКС

роннего молодого джентльмена, проезжающего верхом через деревню?

Наш старый дом казался давно заколоченным и заброшенным; обратившись с вопросом к случайному прохожему, я узнал, что он пустует уже шесть или семь лет. Миссис Сансью, не имевшая никакой необходимости повышать нам арендную плату, не потрудилась найти новых съемщиков! Она ухватилась за удобный предлог, чтобы скрыть свой злой умысел. Я прошагал по ведущей к дому тропе и, подняв засов знакомой калитки, отважился войти в сад. Теперь он казался очень маленьким, тем более что зарос травой до такой степени, что понять, где кончается лужайка и начинаются заросли, уже не представлялось возможным.

Именно здесь началась моя история! Началась в тот летний день, когда крик Биссетт заставил меня поспешить отсюда к калитке и встретиться с незнакомцем, каковая встреча стала первым звеном в длинной цепи событий. Насколько больше я знал и понимал сейчас, нежели в ту минуту, когда бросил прощальный взгляд на дом и сад перед нашим бегством в Лондон. И все же многое до сих пор оставалось загадкой. С тех пор я слышал или случайно подслушал великое множество историй — рассказы миссис Белфлауэр, мисс Квиллиам, моей матери, мистера Эскрита, мисс Лидии,— и слышал много заведомой лжи, много противоречивых утверждений и показаний, содержащих извращение фактов или умолчания.

Я вспомнил о статуе, по приказу матери Мартина Фортисквинса перевезенной в этот сад из Момпессон-Парка (или вернее, Хафем-Парка, как теперь его можно и должно снова называть). Я пересек лужайку и продирался по зарослям сквозь ежевичные кусты, покуда не увидел ее. Надпись опять заросла мхом, и теперь, соскоблив весь мох, я обнаружил, что она (хотя и прежде прочитанная мной от буквы до буквы) на самом деле гласит: *Et ego in Arcadia**. Загадочная фра-

---

* И я в Аркадии *(лат.).*

за. И что означает выражение мраморного лица, подвергшегося разрушительному воздействию времени? И руки, обхватывающие фигуру сзади? Кого представляют сии сцепившиеся в схватке фигуры? Являют ли они сцену погони — Пана и Сирингу, Терея и Филомелу, Аполлона и Дафну — или же любовную сцену? Этого мне не дано узнать. Но в любом случае разве важно, что именно хотел сказать скульптор (по моему предположению, двоюродный дед человека, причиной чьей смерти я явился!) или его работодатель (мой собственный прапрадед). Глядя в пустые глаза статуи, я понял, что могу прочесть в стертых временем чертах мраморного лица все, что угодно. Когда я пытался выстроить цепи событий, они бесконечно перетекали друг в друга и расходились в разные стороны, словно рисунок плит на полу Старого Холла.

И оставалось тайной, почему изгнанная жена перенесла сюда скульптуру. Однако мне казалось, я понял это, когда подумал о скрытом шестом элементе, всегда нарушающем композиционное единство пяти. Опозоренная женщина забрала с собой скульптуру, поскольку она спасла жизнь ее тайному любовнику и, возможно, и отцу ее ребенка. И возможно, она умерла от горя, ибо он (а теперь я знал наверное, кто он) никогда не навещал ее. И тут снова, как не раз прежде, я подумал о Мартине Фортисквинсе. Столь много вопросов осталось без ответа. Он написал в свидетельстве о моем крещении «крестный отец и отец», и вся запись, и объяснения мистера Эдваусона насчет ее формулировки могли иметь особый смысл.

Столь многое осталось неизвестным. Столь многое моя матушка утаила от меня или истолковала ошибочно. (Например, я точно знаю, что она заблуждалась насчет предательства миссис Квиллиам и насчет мистера Пентекоста.) Я вспомнил слова из рассказа матушки о своей жизни: «Мне непереносима мысль, что отец моего ребенка — убийца моего отца!» Сколько страданий выпало на ее долю! Я вспомнил, как, когда мы искали убежища во дворе церкви Сент-

КВИНКАНКС

Сепалке после бегства от мистера Барбеллиона, она лихорадочно говорила о «полумесяце», о кривой сабле и крови. Безусловно, именно поэтому однажды она назвалась таким именем: Хафмун. Если она не могла забыть правду, преуспела ли она в попытке сделать ее менее жестокой? А потом на ум мне пришли слова, совсем недавно произнесенные миссис Сансью: «Я никогда не верила, что Хаффама убил ваш отец». Что она хотела сказать? Чему мне теперь верить?

Наконец я вышел из сада, сел в седло и направился в Хафем. Проезжая мимо убогой лачуги Сьюки, я подумал, не заглянуть ли к ней, но к тому времени, когда решил все же оказать такой знак дружеского внимания, я уже проехал мимо и посчитал, что у меня нет времени возвращаться обратно. Чтобы не заставить мистера Барбеллиона ждать, я пустил лошадь галопом, хотя в моем распоряжении оставалось еще больше часа. Через несколько минут я обогнал женщину в ярко-красной накидке и с корзинкой в руке и (возможно, потому, что думал о Сьюки) был поражен ее сходством с моей давней знакомой.

Спустя четверть часа я подъехал по аллее к большому дому и передал поводья лошади мальчику, вышедшему из конюшни на стук копыт. Мистер Барбеллион объяснил мне, что назначенный канцлерским судом управляющий оставил ровно столько слуг, сколько необходимо для содержания дома в порядке; и что он, сам являясь судейским чиновником, сумел получить разрешение наведаться сюда.

Я вошел в холл, и навстречу мне вышла женщина, поприветствовавшая меня реверансом. К великому своему удивлению, я узнал миссис Пепперкорн.

— До чего же приятно видеть вас снова, сэр,— сказала она.— Я приняла вас здесь неласково однажды много лет назад, когда вы были совсем ребенком. Уверена, вы напрочь забыли о моем существовании.

— Напротив,— возразил я.— Я прекрасно помню нашу последнюю встречу.

— Вы очень любезны, мистер Хаффам, — с улыбкой сказала она. (Ибо я взял имя деда в соответствии с пожеланием, выраженным в письме, написанном им в вечер своей смерти.) — Мистер Барбеллион ожидает в вас в комнате правосудия.

Хотя я наверняка нашел бы дорогу без посторонней помощи — ибо именно в этой комнате сэр Персевал и леди Момпессон принимали нас с матерью в день первого моего посещения дома, — я позволил миссис Пепперкорн проводить меня туда. Пока мы шли через парадные залы, где окутанные полотнищами коричневого холста картины и предметы обстановки напоминали присевших на корточки монахов, она болтала без умолку. Она поведала о трагических превратностях, недавно постигших семейство Момпессонов, и объяснила, что, будучи одной из самых старых и, с позволения сказать, самых преданных слуг, она получила разрешение канцлерского суда закончить свой срок службы в доме, где начинала работать в счастливые времена сэра Огастеса. Именно тогда я и узнал значительную часть сведений об описанных выше обстоятельствах семейства. Однако о Генриетте миссис Пепперкорн не упомянула ни словом.

Когда я вошел в комнату правосудия, мистер Барбеллион, сидевший у противоположной стены и читавший какие-то бумаги, встал и протянул мне руку для рукопожатия. Мы обменялись шутливыми замечаниями и после ухода миссис Пепперкорн сели на диван (я) и в кресло (он), с которых были сняты холщовые покровы.

— Я попросил вас встретиться со мной сегодня, мистер Хаффам, — начал мистер Барбеллион, — поскольку хочу представить вам в самых живых выражениях судьбу этого огромного имения, — он широко повел рукой, своим жестом охватывая дом, парк, земельные участки арендаторов и домики за ними, — которое ныне плывет без руля по течению в опасных водах бесхозности. Полагаю, в конечном счете его продадут с аукциона, но что от него останется к тому времени, мне даже представить страшно. Посему я прошу вас сказать мне, у вас ли находится некогда похищенное завещание Джеффри Хаффама. Ибо, коли да, поместье еще можно спасти.

Когда он умолк, я заколебался и поглядел через его плечо в одно из окон с раздвинутыми занавесями. Я увидел огромные парковые вязы на фоне бледно-голубого неба, легко покачивавшиеся на ветру, и в краткий миг мной овладело страстное желание назвать поместье своим.

— Оно у меня,— сказал я.

На щеках мистера Барбеллиона выступили красные пятна, он быстро встал и несколько раз прошелся взад-вперед по комнате. А потом сказал:

— Хотя поместье обременено долгами, как я вам говорил, ситуация может коренным образом измениться, коли суд признает завещание действительным, как и сделает, вне всяких сомнений. В таком случае все долговые обязательства прежнего владельца имущества — незаконного владельца — скорее всего, утратят юридическую силу.

Я изумленно уставился на него и сказал:

— Я не понимаю.

— Все очень просто. Как только будет доказано, что Джеймс не имел права продавать поместье, а следовательно, Момпессоны никогда не имели законного права собственности, все долговые обязательства, взятые ими на себя, станут недействительными.

— Это точно?

— В вопросах правосудия ничего нельзя утверждать с уверенностью, но ни у кого нет больше шансов добиться такого результата, чем у меня.

Во время нашей последней встречи мистер Барбеллион сказал, что поместье ничего не стоит, поскольку обременено огромными долгами. Теперь он говорил, что с помощью похищенного завещания долги можно аннулировать. Но имел я моральное право поступить так? Лишить всякой юридической силы разнообразные закладные и прочие долговые обязательства, наложенные на имущество? Конечно же имел, поскольку они брались незаконными владельцами. Кроме того, я поступлю так с целью обеспечить благосостояние поместья, а следовательно, и благополучие людей, живущих за счет доходов с него.

— Это обошлось бы мне очень дорого,— сказал я.

— Вы можете найти выход.— Мистер Барбеллион загадочно улыбнулся.

— Вы имеете в виду, занять? — спросил я.— Несколько месяцев назад ко мне приходил один человек с предложением ссудить меня деньгами до лучших времен.

— Знаю,— сказал он.— Некто Эшбернер.

Я вздрогнул. Откуда он знает?

— Я должен многое рассказать вам, мой юный друг,— продолжал мистер Барбеллион, заметив мое удивление.— Вы говорите, Эшбернер предложил ссудить вас деньгами до лучших времен, но он ни словом не обмолвился о ренте и тем более ни о какой вашей претензии на само хафемское поместье. Его направил к вам человек по имени Валльями.

Мое удивление возрастало.

— Вижу, имя вам знакомо,— сказал мистер Барбеллион.— В таком случае, вероятно, вы знаете, что он был старшим клерком вашего покойного деда.

Я вспомнил не только имя Валльями, но и имя Эшбернера: миссис Сакбатт, которая приветила нас с матерью после нашего бегства из комнат миссис Малатратт, упоминала о нем как о полномочном представителе домовладельца. Означало ли это, что ветхий дом, где она проживала, принадлежал Клоудирам? А потом меня осенило, что домовладелец в Митра-Корт тоже упоминал имя Эшбернера.

Мистер Барбеллион продолжал:

— Я поговорил с Валльями в ходе своего расследования вопроса о ваших правах на поместье вашего деда.

— Я не уполномочивал вас проводить такое расследование! — воскликнул я.

— При всем своем уважении к вам, мистер Хаффам, осмелюсь заметить: именно это вы и сделали во время нашей последней встречи. Разве вы не помните, что я пообещал вам не предпринимать никаких шагов без вашего ведома?

Он был прав, и мне пришлось извиниться, хотя я еще раз решительно заявил, что не желаю иметь никакого отношения к имуществу Клоудира.

— По крайней мере,— продолжал мистер Барбеллион,— выслушайте мой рассказ о событиях, которые произошли со времени смерти вашего деда, имевшей место почти полтора года назад. Как вы, вероятно, знаете, его наследником являлся Дэниел Портьюс, ваш дядя. Судя по всему, Валльями располагал уликами, свидетельствовавшими о различных правонарушениях, совершенных вашим дедом.— Тут он смущенно потупился и перетасовал свои бумаги.— Похоже, находчивый старый джентльмен — несомненно, единственно из страстного желания услужить своим клиентам, несмотря на жалкие гарантии, предоставлявшиеся последними,— ссужал деньги под проценты, превышающие установленные законом двадцать процентов. И некоторые из ломбардов вашего деда — безусловно, без его ведома — скупали краденое.

Пока я не узнал ничего нового, поскольку все это уже слышал из уст Питера Клоудира.

— Там обстряпывались и другие дела,— продолжал адвокат.— Но суть в том, что Валльями располагал свидетельствами причастности Портьюса ко всем этим махинациям. И самое главное, он имел на руках копии документов — одному Богу ведомо, как ваш дед допустил такое! — которые доказывали, что Портьюс в сговоре с вашим дедом совершил крупное мошенничество, воспользовавшись именем своего работодателя, банка Квинтард и Мимприсс, и таким образом принеся последнему значительные убытки. Похоже, дело заключалось в спекуляции недвижимостью, и ваш дед поставил банк под удар, порекомендовав принять в заклад земельный участок от арендатора, по поручительству фригольдера, не пожелавшего назвать свое имя. Означенный земельный участок обесценился, когда должник по закладной не выполнил свои обязательства, и вернулся в собственность землевладельца. Если учесть банковский кризис, имевший место несколько лет назад, семейство Клоудиров находилось на грани банкротства.

И опять-таки я знал об этом, ибо однажды случайно услышал, как Валльями шантажировал Клоудира в ту ночь, когда старик погиб.

— Валльями заключил сделку с вашим дядей, вытребовав долю от состояния вашего деда за свое молчание — каковой поступок не имеет оправдания, разумеется, — но он испугался, когда два головореза однажды ночью попытались его убить.

Я подумал, что с уверенностью могу назвать имя, по крайней мере, одного из упомянутых головорезов, но промолчал.

— Таким образом, дабы не подвергать свою жизнь опасности, Валльями пришлось выложить свои доказательства перед правлением банка Квинтард и Мимприсс. Как следствие, Портьюс бежал за границу со своей семьей, спасаясь от судебного преследования со стороны работодателя, и таким образом его попытка запугать Валльями — ибо полагаю, именно он нес ответственность за совершенное нападение — поспособствовала ровно тому, чего он хотел избежать.

Я понял, к чему он ведет.

— Поскольку ваш дядя бежал и заочно обвинен Большим жюри в тяжком преступлении, вы являетесь единственным наследником состояния вашего деда, — продолжал мистер Барбеллион. — Валльями послал к вам Эшбернера именно потому, что знал о таком обороте дела.

Вот уж поистине полная перемена видов! Вместо того, чтобы войти во владение хафемским поместьем, я вдруг обнаружил, что состояние Клоудира практически принадлежит мне, стоит только попросить. Но какого рода это состояние? И в каком смысле оно принадлежит мне? *Мне непереносима мысль, что отец моего ребенка — убийца моего отца!*

Мистер Барбеллион, внимательно за мной наблюдавший, сказал:

— Насколько я понимаю, помимо значительной денежной суммы, хранящейся в ценных бумагах и государственных казначейских билетах, наследство состоит главным образом из недвижимости в городе — она находится большей частью в бедных кварталах, но, полагаю, приносит весьма хороший доход. Вдобавок, между прочим, по закладу означенного имущества, которое ваш дед покупал на имя подставного лица, взяты значительные ссуды. Как, наверное, вам известно, он страстно желал оставить данное состояние своим потомкам, ибо, насколько я понимаю, его мать была урожденная Хаффам. Таким образом, надеюсь, вы осуществите мечту своего деда. Валльями готов и впредь управлять недвижимостью и прочими делами в Лондоне в качестве вашего доверенного лица. Коли вы примете мое предложение, только сейчас сделанное, вы станете богатым человеком, в каковом случае я смогу возбудить судебный процесс по введению похищенного завещания в законную силу.

Его слова ошеломили меня. От откровений, следующих одно за другим, у меня звенело в ушах и голова шла кругом. Я думал единственно о том, что ни в коем случае не должен принимать никаких скоропалительных решений.

— Мне нужно подумать над всем, что вы сообщили мне, мистер Барбеллион,— сказал я.

Он кивнул, не сводя с меня пристального взгляда.

Задаваясь вопросом, не подломятся ли подо мной ноги, я встал с дивана и вышел из комнаты. Ничего не соображая, я спустился по черной лестнице, а потом в поисках выхода принялся плутать по длинным темным коридорам, лишенным всяких признаков человеческого присутствия, постоянно упираясь в тупики или запертые двери, либо выходя к лестницам, ведущим только наверх. Один из коридоров, шире всех прочих и с канделябрами на стенах, являлся картинной галереей, и, плетясь по нему, я гадал, какой из портретов (занавешенных желтым муслином, точно одетых в траур) представляет Джеффри Хаффама. Оказавшись в упомянутой галерее во второй раз и осознав, что я обошел по кругу центральную часть здания, я понял, что безнадежно заблудился в огромном доме. А он был поистине огромным, хотя и не был достроен в согласии с первоначальным проектом, о котором рассказала мне миссис Белфлауэр много лет назад. Вот дом, размышлял я, строительство которого потребовало таких расходов, что Джеффри Хаффаму пришлось влезть в долги к Николасу Клоудиру и жениться на его дочери, таким образом возбудив в нем и его сыне страстное желание завладеть собственностью, принесшей столько бед потомкам Джеффри.

Теперь мне пришло в голову, что мне представляется возможность восстановить своего рода справедливость. Разве не стоит предъявить притязания на состояние Клоудира (независимо от того, уверен я или нет в своем праве на него, и невзирая на мое отвращение к нему), дабы употребить оное на восстановление хафемского поместья? Но могу ли я убедить себя, что Валльями станет распоряжаться кредитами и недвижимостью в соответствии с принципами справедливости и честности?

Затем, по счастливой случайности, я наткнулся на дверь черного хода и наконец вышел из дома на конюшенный двор.

Внезапно позади меня раздался голос:

— Мастер Джонни?

Я обернулся и увидел Сьюки, в ярко-красной накидке и с корзинкой в руке.

— Ба, просто глазам своим не верю! — воскликнула она.

Я поприветствовал ее, и она возбужденно спросила:

— Вы здесь по поводу мисс Генриетты?

Всецело поглощенный своими мыслями, я просто помотал головой. Я не желал говорить о Генриетте.

— Спасибо вам за деньги, что вы мне передали через мистера Эдваусона, — сказала Сьюки. — Вы вернули больше, чем я давала.

— Сьюки, ты помнишь расписку, которую Гарри заставил меня написать, когда я занял у тебя деньги? — спросил я.

Она кивнула.

Я двинулся с места, и Сьюки пошла рядом. Я не знал, куда направляюсь, и потому покорно следовал за ней.

— Знаешь, когда ты отдала мне ту бумагу в последнюю нашу встречу в Старом Холле, чернила на ней настолько выцвели, что разобрать написанное уже представлялось практически невозможным. И Гарри действительно силком заставил меня заверить расписку, честное слово. Так что она не будет иметь силы в суде.

Сьюки снова кивнула и пытливо взглянула на меня. Мы шли через парк, по направлению к озеру и старому дому за ним.

— В любом случае, поместье ничего не стоит,— заключил я.— Оно обременено огромными долгами.

Она посмотрела на меня ничего не выражающим взглядом.

— Ты понимаешь, о чем я говорю? Все это,— я широко повел рукой, указывая на огромный дом позади и простиравшийся перед нами парк,— не стоит ровным счетом ничего.

— Гарри не стал бы ничего требовать от вас по расписке, сэр,— сказала Сьюки.

— Да неужели? — спросил я, а потом добавил: — Вряд ли у него получилось бы.

— Кроме того, он теперь в Чатеме, сэр,— печально сказала она.

— В плавучей тюрьме?

Она снова кивнула и сказала почти шепотом:

— Посягательство на чужую собственность. Скорее всего, его отправят на каторгу.

— Я позабочусь о тебе, Сьюки,— сказал я.— О тебе и твоих братьях и сестрах.

Она поблагодарила меня, и дальше мы шли в молчании. Мы достигли четырех древних дубов, посаженных по углам воображаемого квадрата у подножия холма, на котором стоял мавзолей, и Сьюки остановилась и осмотрелась по сторонам. Я вспомнил, как мисс Лидия описывала это место и говорила, что там пять деревьев, хотя я точно знал, что их четыре. Однако теперь я увидел в самом центре квадрата гнилой пень, оставшийся от пятого дерева. Так что в известном смысле мы оба были правы.

Тут от полуразрушенного древнего здания, находившегося по правую руку, к нам бесшумно двинулась неясная фигура. И остановилась слишком далеко от нас, чтобы я мог разглядеть, кто же это.

— Она стесняется, сэр,— прошептала Сьюки.

Я повернулся к ней с непонимающим видом, и она удивленно сказала:

— Ужели вы не знали, сэр? Я думала, вы приехали увидеться с ней.

Я отрицательно потряс головой.

— Она жила в Старом Холле с тех самых пор... ну, со времени нашей с вами последней встречи.— Сьюки указала на корзинку.— Я постоянно носила ей еду, как и другие слуги из большого дома — во всяком случае, покуда всех не разогнали. А экономка не желает иметь с ней никаких дел.

— И она прожила всю зиму в полуразрушенном доме, продуваемом насквозь всеми ветрами?

Сьюки кивнула:

— Никакие уговоры не действовали на нее.

Ужели Генриетта настолько предана памяти Беллринджера, что не пожелала покинуть заброшенный дом, где он умер? В таком случае, как она отнесется ко мне? Обвинит ли меня в косвенной причастности к его смерти?

Неясная фигура медленно пошла вперед, а потом вновь остановилась, футах в тридцати от нас. Теперь, разглядев ее более отчетливо, я испытал новое потрясение. Я ошеломленно уставился на Сьюки, которая почти сразу опустила глаза.

— Боже мой! — прошептал я.

— Не знаю, решится ли она подойти ближе, сэр,— сказала Сьюки.— Я пойду к ней. Мне сказать, что вы желаете поговорить с ней?

— Она не может и дальше жить здесь одна! — вскричал я. — Ни в коем случае!

— Вы желаете поговорить с ней? — снова спросила Сьюки.

Не в силах ответить, я растерянно потряс головой.

Сьюки подошла к Генриетте и отдала ей корзинку. Они обменялись несколькими словами, а затем Сьюки вернулась ко мне.

— Она узнала вас. Думаю, она поговорит с вами, коли вы хотите, сэр.

Я выгреб из кармана все деньги и, оставив себе несколько шиллингов на обратную дорогу, вложил Сьюки в руку все остальное — почти двадцать шиллингов — со словами:

— Сделай для нее все, что возможно.

Без возражений приняв деньги, она кивнула и пошла прочь.

Я медленно двинулся вперед. Волосы у нее были распущены и спадали на плечи, голова не покрыта, и платье (то самое, в котором я видел ее в последний раз) залатано в нескольких местах. Ее лицо казалось еще бледнее и худее, чем в прошлую нашу встречу, и мне вдруг подумалось, что сейчас она похожа — по крайней мере внешне — на маленькую девочку, которую я впервые встретил в нескольких сотнях ярдов отсюда десять с лишним лет назад.

Пока я приближался, она пристально смотрела на меня, без тени улыбки. Я остановился и несколько мгновений молчал, не зная, с чего начать. Потом сказал:

— Никаких упреков, Генриетта?

— Вам не за что упрекать меня, — хмуро промолвила она.

— Я имел в виду другое. — Меня огорчило, что она неверно истолковала мои слова. — Вам нельзя оставаться здесь.

— Вы приехали за мной? — спокойно спросила она.

Куда я мог отвезти ее? По-видимому, по моему выражению лица она угадала мои мысли, ибо сказала:

— Кажется, однажды вы хотели жениться на мне.

— Ступайте в большой дом, — сказал я. — Пусть экономка напишет вашей опекунше. — Потом я добавил, мгновенно усомнившись в своих словах: — Уверен, леди Момпессон возьмет вас к себе.

Генриетта опустила глаза.

Как мог я жениться на ней, при своем стесненном положении и столь неопределенных видах на будущее? И мое происхождение. Обстоятельства смерти моей матери. Невыясненный вопрос о моем отце. Ибо (скажу со всей прямотой), если я не являлся сыном человека, совершившего убийство, а потом жившего в аду полубезумия до ужасной смерти, к которой я косвенно был причастен, значит, я приходился, по меньшей мере, внуком подобному человеку. Кроме того, я испытывал к Генриетте только жалость, а не любовь. Хотя она причинила мне много боли, я сделаю для нее все, что в моих силах. Передо мной самим стоит столько трудностей, что я не могу брать на себя ответственность за других. Я стану помогать ей деньгами по мере возможности, но, так или иначе, мне самому надо выбиваться в люди. Что же касается женитьбы... Мне пришло на ум, что (помимо всего прочего) я решительно не желаю — в случае, если поместье Хаффама все же перейдет в мою собственность, — оставлять последнее наследникам, в чьих жилах течет ядовитая кровь Момпессонов.

— Я должна остаться здесь, — сказала она бесстрастным голосом. — Я ожидаю, когда меня призовут. Он пришлет за мной. Он будет искать меня здесь.

От этих слов мороз побежал у меня по коже, ибо они подтверждали опасения, возникшие у меня при первой встрече с Генриеттой. Со времени ее тайного побега с Генри, путешествия на север, ночлега в «Синем драконе» и убийства, произошедшего у нее на глазах, прошло более полугода. Неужели все это время она ждала весточки от мертвого любовника?

— Я дал Сьюки деньги для вас, — сказал я. — И попытаюсь прислать еще немного. Я по-прежнему очень беден, но возможно, однажды разбогатею.

Она смотрела на меня безучастным взглядом и, посчитав неблагоразумным протягивать ей руку, я развернулся и пошел прочь.

Вскоре после описанной выше встречи Генриетта исчезла, и о ее дальнейшей жизни мне известно не больше, чем о судьбе Хелен Квиллиам и ее компаньонки...

Достигнув деревьев, окружавших огромный дом, я обернулся один-единственный раз — как в тот далекий летний день, когда малыми детьми мы с ней обменялись залогами любви. Она по-прежнему неподвижно стояла со скрещенными на груди руками в центре образованного деревьями квадрата, подле гнилого пня — там, где возлюбленный мисс Лидии пал от сабли моего деда.

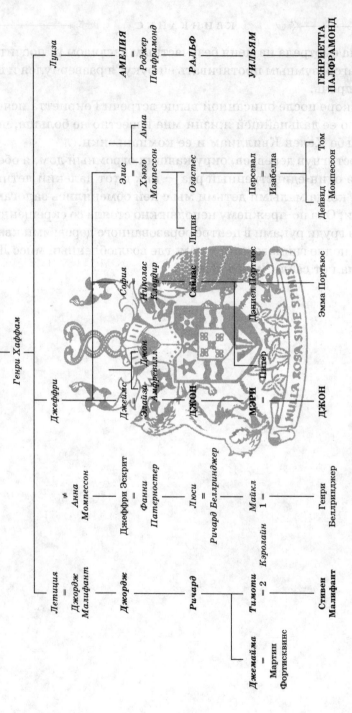

Персонажи, непосредственно не участвующие в событиях романа, обозначены *курсивом*. Те, кто мог бы владеть именем, если бы утаенный кодицилл Джеффри Хафрама, обозначены **жирным** шрифтом. Те, кто мог бы владеть именем, если бы было представлено в суд завещание, обозначены **КРУПНЫМ ЖИРНЫМ** шрифтом.

ХАФФАМЫ

МОМПЕССОНЫ

КЛОУДИРЫ

ПАЛФРАМОНДЫ

МАЛИФАНТЫ

АЛФАВИТНЫЙ УКАЗАТЕЛЬ ИМЕН И НАЗВАНИЙ

Персонажи внесены в список как под именами, так и под фамилиями; все необходимые пояснения приводятся под фамилиями. Сюда включены также некоторые географические названия и названия компаний и контор.

Алабастер — доктор, держащий сумасшедший дом.
Амфревилл, Джон — брат Элайзы.
Амфревилл, Элайза — см. Хаффам.
Анна Момпессон — см. Момпессон.
Ассиндер — управляющий Момпессонов.
Барбеллион — поверенный Момпессонов.
Барнардз-Инн — место проживания Генри.
Барни Дигвид — см. Дигвид.
Беллринджер, Генри — сводный брат Стивена Малифанта.
Белфлауэр, мисс — кухарка в Мелторпе.
Биссетт — няня Джона в Мелторпе.
Блэкфрайерз — контора Сайласа Клоудира находится на Эдингтонской пристани.
Блускин — член шайки Избистера.

Боб — «Эдвард», лакей Момпессонов.

Боб — член шайки Барни.

Брук-стрит — здесь под номером 48 находится дом Момпессонов.

Валльями — старший клерк Сайласа Клоудира.

Вамплу — гувернер Тома Момпессона.

«Вест-Лондон-Билдинг-Компани» — компания, заключающая основные договоры на покупку-продажу земельных участков.

Гарри Поджер — см. Поджер.

Гарри — молодой человек, которого мисс Квиллиам встречает в парке в гл. 39. См. также Генри.

Гаф-Сквер — здесь в доме номер 5 живет миссис Первиенс.

Генри Беллринджер — см. Беллринджер.

Генриетта Палфрамонд — см. Палфрамонд.

Голден-Сквер — здесь в доме номер 27 живет миссис Фортисквинс.

«Голова сарацина» — трактир в Сноу-Хилл, рядом с тюрьмой Ньюгейт.

Гринслейд, Джоб — молодой человек, с которым гуляет Сьюки.

Дейвид Момпессон — см. Момпессон.

Деламейтер, сэр Томас — друг Дейвида Момпессона.

Деламейтер, сэр Уильям — покровитель отца мисс Квиллиам и дядя сэра Томаса.

Джейкман — ночной сторож Момпессонов.

Джек Хинксман — см. Хинксман.

Джек — член шайки Барни и приятель Салли Дигвид.

Джем — член шайки Избистера.

Джемайма Фортисквинс — см. Фортисквинс.

Джерри Избистер — см. Избистер.

Джеффри Хаффам — см. Хаффам.

Джеффри Эскрит — см. Эскрит.

Джоб Гринслейд — см. Гринслейд.

Джон Амфревилл — см. Амфревилл.

Джордж Дигвид — см. Дигвид.

Джоуи Дигвид — см. Дигвид.

Дигвид, Барни — человек, с которым Джон встречается в недостроенном доме в Пимлико.

Дигвид, Джордж — муж миссис Дигвид и отец Джоуи.

Дигвид, Джоуи — сын Джорджа.

Дигвид, миссис — женщина, которая приходит просить подаяния в гл. 18.

Дигвид, Салли — старшая сестра Джоуи.

Дэниел Палвертафт — см. Палвертафт

Изабелла Момпессон — см. Момпессон.

Избистер, Джерри — человек, которого Джон с матерью встречают в Бетнал-Грин; бывший приятель Барни.

Ист-Хардинг-стрит — здесь под номером 12 находится дом миссис Первиенс.

Квейнтанс — домохозяйка, у которой Джон снимает комнаты, найденные для него Джоуи.

Квигг — директор школы, в которую Джона отвозит мистер Степлайт.

Квиллиам, Хелен — гувернантка Генриетты, впоследствии снова встреченная Джоном в Лондоне.

Квинтард и Мимприсс — банковский дом, участвующий в спекуляции недвижимостью, где служит Дэниел Портьюс.

Керситор-стрит — здесь в доме номер 35 находится контора мистера Барбеллиона.

Клоудир, Дэниел — см. Портьюс.

Клоудир, Мэри — мать Джона.

Клоудир, Николас — отец Сайласа.

Клоудир, Питер — муж Мэри.

Клоудир, Сайлас — отец Питера.

КВИНКАНКС

Клоудир, Эмма — см. Портьюс.

Кокс-Сквер — здесь в доме номер 6 проживает миссис Сакбатт.

«Консолидейтид-Метрополитан-Лэнд-Компани» — компания, занимающаяся спекуляцией недвижимостью.

Коулман-стрит — здесь под номером 26 находится дом миссис Малатратт.

Кошачий Корм — см. Палвертафт.

Ладные Домики — недостроенный дом Барни в Пимлико находится за Ладными Домиками.

Лидди, мисс — см. Момпессон, Лидия.

Лидия (тетя Лидди) Момпессон — см. Момпессон.

Лиззи — старая женщина, которая помогает Джону и Мэри в гл. 49.

Лиллистоун, миссис — приходская служащая, обряжающая покойников, с которой Джон впервые встречается в гл. 52.

Лимпенни — приходский письмоводитель, с которым Джон впервые встречается в гл. 52.

Льюк — мальчик, которого Джон встречает на Ковент-Гарден-Маркет.

Малатратт, миссис — бывшая домохозяйка мисс Квиллиам.

Малифант, Стивен — мальчик, с которым Джон встречается в школе Квигга.

Марраблес, миссис — первая домохозяйка Джона и Мэри.

Мартин Фортисквинс — см. Фортисквинс.

Мег — подруга Дигвидов, которая держит меблированные комнаты.

Мег — член шайки Барни.

Мегги Дигвид — см. Дигвид.

Мелламфи — вымышленное имя матери Джона.

Мелторп — деревня, где Джон провел детство.

Минт-стрит — Палвертафт живет «за Минт» в Блю-Болл-Корт, в Саутуорке.

Митра-Корт — трущобы, куда Джон и Мэри отправляются в гл. 49.

Момпессон, Анна — сестра сэра Хьюго Момпессона и тетя Лидии.

Момпессон, Дейвид — старший сын сэра Персевала.

Момпессон, леди (Изабелла) — жена сэра Персевала.

Момпессон, Лидия — дочь сэра Хьюго.

Момпессон, сэр Огастес — отец сэра Персевала.

Момпессон, сэр Персевал — сын сэра Огастеса.

Момпессон, сэр Хьюго — отец Лидии и Огастеса.

Момпессон, Том — младший сын сэра Персевала.

Мэри Клоудир — см. Клоудир

Нед — лакей Момпессонов «Джозеф».

Нед — предводитель мальчиков в школе Квигга.

Нед — член шайки Избистера.

Нелли — прачка Момпессонов.

Николас Клоудир — см. Клоудир.

Ноллот, Фрэнсис — пожилой обитатель сумасшедшего дома Алабастера.

Нэн — член шайки Барни.

Орчард-стрит, Вестминстер — здесь в доме номер 47 живет мисс Квиллиам.

Оффланд — вымышленное имя матери Джона.

Палвертафт, Дэниел — бывший приятель Барни и Избистера. Носит также кличку Кошачий Корм.

Палфрамонд, Генриетта — маленькая девочка, с которой Джон впервые встречается в Хафеме в гл. 5.

Памплин, Чарльз — священнослужитель и друг Генри Беллринджера.

Парминтер, мистер — джентльмен, который дает советы Джону и его матери в гл. 29.

Патерностер — поверенный Джеффри Хаффама.

Пег — см. Блускин.

Пентекост — один из кукольников, с которым Джон встречается, когда живет у мисс Квиллиам.

Пепперкорн, миссис — экономка Момпессонов.

Первиенс, миссис — женщина, о которой рассказывает мисс Квиллиам и которая предлагает Мэри пристанище в гл. 42.

Пикаванс, мисс — горничная леди Момпессон.

«Пимлико-энд-Вестминстер-Лэнд-Компани» — компания, владеющая полной земельной собственностью, являющейся предметом спекуляции.

Пимлотт, мистер — старый садовник и церковный сторож в Мелторпе.

Питер Клоудир — см. Клоудир.

Пичмент — семейство, проживающее на Орчард-стрит, которое помогает мисс Квиллиам.

Поджер, Гарри — брат Сьюки.

Поджер, Сьюки — служанка Мэри в Мелторпе.

Портьюс, Дэниел — старший брат Питера Клоудира.

Портьюс, Эмма — дочь Дэниела.

Ричард — увечный мальчик из школы Квигга.

Рукьярд — надзиратель в сумасшедшем доме Алабастера.

Сайлас Клоудир — см. Клоудир.

Сакбатт, миссис — благожелательная женщина, владелица дома на Кокс-Сквер, где раньше жили Дигвиды.

Салли Дигвид — см. Дигвид.

Сансью — адвокат, нанятый Мэри.

Силверлайт — один из кукольников, с которым Джон встречается, когда живет у мисс Квиллиам.

«Синий дракон» — трактир в Хартфорде.

Сноу-Хилл — там находятся и церковь Сент-Сепалке, и трактир «Голова сарацина».

Степлайт — человек, который является к Мэри и Джону в качестве доверенного лица сэра Персеваля, когда они живут у миссис Фортисквинс.

Стивен Малифант — см. Малифант.

Сьюки Поджер — см. Поджер.

Сэм — член шайки Барни.

Сэмюел — старик, живущий в доме на Кокс-Сквер, который направляет Джона к Избистеру.

Такаберри — дворецкий Момпессонов.

Твелвтриз, миссис — тетя Сьюки Поджер.

Том Момпессон — см. Момпессон.

Томас, (сэр) Деламейтер — см. Деламейтер.

Уилл — лакей Момпессонов «Роджер».

Уилл — член шайки Барни.

Уильям, (сэр) Деламейтер — см. Деламейтер.

Фамфред — главный кучер Момпессонов.

Филлибер, миссис — вторая домохозяйка Джона и Мэри.

Фортисквинс, Джемайма — кузина Мэри, вышедшая замуж за «дядю Мартина».

Фортисквинс, Мартин — старый друг отца Мэри и сын управляющего имением Хаффама.

Фортисквинс, Элизабет — мать Мартина.

Хафмун — вымышленное имя, которым называется Мэри, когда закладывает медальон.

Хаффам, Джеймс — отец Джона Хаффама.

Хаффам, Джеффри — отец Джеймса Хаффама.

Хаффам, Джон — отец Мэри.

Хаффам, Элайза — жена Джеймса Хаффама, урожденная Амфревилл.

Хинксман, Джек — помощник Алабастера, человек очень высокого роста.

Чарльз Памплин — см. Памплин.

Шугармен, мисс — богатая наследница, на которой хочет жениться Дейвид Момпессон.

Эдвард — лакей Момпессонов «Боб».

Эдваусон — приходский клерк в Мелторпе.

Элайза Хаффам, урожденная Амфревилл — см. Хаффам.

Эмерис — констебль в Мелторпе.

Эскрит, Джеффри — старый слуга Хаффамов, живущий в доме на Чаринг-Кросс.

Эспеншейд — человек, которого Джон видит разговаривающим с Биссетт в гл. 22.

Эшбернер — сборщик квартирной платы в доме миссис Сакбатт, с которым Джон встречается в гл. 124.

Яллоп — ночной сторож Алабастера.

ПОСЛЕСЛОВИЕ АВТОРА

После выхода «Квинканкса» в свет я в самом скором времени стал сознавать глубокое расхождение, неизбежно существующее между замыслом автора и толкованием, которое дает произведению читатель. Это заставило меня задаться вопросом, зачем и для кого я писал и чья трактовка романа — моя или читателей — более верна.

Вопрос представлялся особенно актуальным в отношении данного романа, поскольку в нем имеется так называемое «скрытое повествование». Поэтому я принялся настойчиво расспрашивать своих друзей и коллег с целью выяснить, многое ли они заметили. (Сам я при этом старался не проговориться, ибо не для того я потратил столько времени и сил на сокрытие разных вещей, чтобы самому раскрыть все свои секреты.) Меня чрезвычайно интересовало, заметили ли они альтернативные объяснения нескольких загадок, которые Джон разгадывает к своему удовлетворению. Сделали ли они какие-нибудь выводы из математически выверенной структуры романа. И самое главное, к каким умозаключениям пришли относительно тайны, окружающей отца главного героя.

Я столкнулся с реакцией, условно говоря, трех видов. Некоторые прочитали роман так, как если бы он был написан примерно в 1850 году, и не увидели причин искать в нем какие-либо неоднозначные моменты. Другие в большей или меньшей степени заподозрили что-то и заметили ряд элементов, нехарактерных для произведения, созданного почти полтора века назад. Но у многих по ходу чтения возникли серьезные подозрения, и один мой знакомый сказал — к великому моему удовольствию, — что последняя фраза романа заставила его вернуться к первой главе и перечитать книгу еще раз.

Однако один мой коллега по университету, где я тогда преподавал, прочитал роман чрезвычайно внимательно и относительно одного элемента содержащейся в нем тайны пришел к гипотезе, которая заинтересовала и премного взволновала меня. И все же удивляться этому едва ли приходилось, ибо я намеренно нарушил «подразумеваемый договор» между писателем и читателем, на котором строится роман девятнадцатого века и с которым «Квинканкс» — по крайней мере внешне — не вступает в противоречие.

ВИКТОРИАНСКИЙ РОМАН НАОБОРОТ

Означенный договор предполагает, что все повороты сюжетной линии и мотивация героев в конечном счете исчерпывающим образом объясняются рассказчиком или автором, заслуживающим полного доверия, как бы он ни запутывал и ни дразнил читателя по ходу повествования. Современная серьезная литература, конечно же, не считает обязательным раскрывать все мотивы и даже правду о том, «что случилось на самом деле». В викторианском же романе полная определенность в отношении упомянутых вопросов уравновешивается умолчанием о ряде предметов — разумеется, здесь в первую очередь речь идет о сексе, но также о ряде «неприятных» тем, как то: психические болезни, антисанитария и чудовищные условия жизни бедноты. Подобные предметы заведомо обходятся стороной с целью создания утешительной иллюзии, будто их не существует.

Я хотел коренным образом изменить такое положение вещей, написав книгу, по всем внешним признакам похожую на викторианский роман, но где запретные темы, лишь отодвинутые на задний план повествования, незримо присутствуют, грозя внести разрушительный диссонанс в благостную идиллическую картину жизни, которую викторианская идеология (как и любая другая) пытается представить.

Полагая, что в процессе работы над книгой можно прийти к пониманию многих вещей, я надеялся найти ответы на вопросы, касающиеся не только викторианского романа, но и современной эпохи, в которой различные табу и не подлежащие обсуждению темы неизбежно продолжают существовать, но, естественно, поддаются выявлению труднее, чем в прошлом. В наше время, когда многие условности и предрассудки уничтожены, семейные ценности остаются (по крайней мере, в теории) такими же неприкосновенными, как в прошлом веке. Подтверждением этому служит тот факт, что о таком чудовищном преступлении, как сексуальное насилие родителя над ребенком, наше общество начало говорить совсем недавно.

Таким образом, я пренебрег канонами викторианского романа в том смысле, что многие вопросы на уровне сюжета и мотивации остались неясными — не столько из-за недостаточности, сколько от избыточности толкований, призванной навести читателя на мысль, что, помимо лежащих на поверхности совершенно правдоподобных объяснений, существуют другие, равно правдоподобные, но не столь очевидные.

Главной тайной романа являются события, произошедшие в ночь венчания Мэри и Питера, то есть в ночь убийства Джона Хаффама. В связи с этим возникает много вопросов относительно отца главного героя, которыми последний постоянно задается, хотя впрямую не делится своими соображениями с читателем. Гипотеза же моего университетского коллеги, читателя чрезвычайно вдумчивого и недоверчивого, заключалась в ужасном предположении. Оно наносило сокрушительный удар по ценностям викторианской семьи и извращало каноны романа девятнадцатого века гораздо сильнее, чем я замышлял на самом деле. После продолжительных споров мне пришлось признать, что данная гипотеза действительно представлена в романе в качестве одной из возможных, хотя я сам о ней даже не догадывался. Это было одно из самых интересных и неожиданных суждений о романе, ибо я предполагал столкнуться с недопониманием моего замысла, но уж никак не с пониманием, превосходящим мое собственное.

Что касается вопроса, чья интерпретация — моя или моего коллеги — «правильнее», то могу лишь сказать, что любой роман (как и вообще любое произведение литературы) представляется мне структурой, выстроенной из возможных смыслов, которые читатель вправе интерпретировать любым угодным ему образом. А следовательно, иной читатель видит и понимает больше меня.

ВОЛШЕБНАЯ СИЛА ПОВЕСТВОВАНИЯ

Среди всего прочего, я поставил своей целью создать роман, который читался бы с неослабевающим интересом. Меня глубоко занимала механика увлекательного повествования и возможность на практике понять, как она работает, каким образом у читателя вызывается и поддерживается желание узнать, «что же будет дальше».

Отчасти прелесть данного романа заключается в том, что я использовал очень завлекательный сюжетный ход: ребенок, окруженный скрытыми врагами, рассказывает свою историю, обращая ретроспективный взгляд на прошлое из неизвестной точки будущего. И, хотя я не сознавал этого до выхода «Квинканкса» в свет, роман имеет простую, но впечатляющую структуру мифа об изгнании из Рая, нисхождении в Ад и конечном обретении некоего подобия утраченного, которое, однако, теперь оказывается «падшим» Раем.

Если говорить о механике повествования, то мне кажется, я достаточно хорошо понял, каким образом возбуждается и поддерживается интерес читателя. Например, я пришел к мысли о необходимости проводить различие между сюжетом и интригой. Сюжет — это просто последовательность событий, происходящих в «настоящее время», описываемое в романе. Если у вас есть сюжет, способный завладеть вниманием читателя, вы можете рискнуть. Вы можете включить в повествование материал, который в обычном случае у многих не вызвал бы никакого интереса. И можете заставить читателя с нетерпением ждать разгадки некоей тайны. Но хотя вы сумеете в значительной степени заинтересовать читателя, полагаю, в конце концов он все-таки заскучает. Проблема заключается в том, что приключенческий роман или кинобоевик представляют собой всего лишь повествование с линейным развитием сюжета.

В большинстве романов присутствует также интрига. Удельный вес последней варьируется: одни романы носят главным образом повествовательный характер и имеют слабо выраженную интригу, а другие наоборот. Под интригой я подразумеваю такое развитие сюжета, в процессе которого персонажи обычно делают неожиданные открытия, а читатель по ходу повествования неизменно узнает все новые и новые факты. Интрига замкнута на самой себе: она заставляет читателя целиком погружаться в текст, держа в памяти все обстоятельства, описанные ранее, и напряженно размышляя над прочитанным. Таким образом, мы читаем не просто из желания узнать, что случится дальше, а скорее из желания выяснить, что произошло раньше, понять истинный смысл уже описанных событий.

ПИСАТЕЛЬСТВО КАК СПОСОБ УЗНАВАНИЯ НОВОГО

Мысль, что я пишу с целью найти ответы на разные вопросы, вероятно, требует пояснения, ибо традиционно писатель считается человеком, который заведомо располагает неким знанием и хочет поделиться им с другими. Я же (как и многие писатели, подозреваю) вижу в романе своего рода инструмент, позволяющий делать интересные открытия, и одним из моих сильнейших стимулов к творчеству является любопытство.

В первую очередь в процессе работы над произведением я получаю возможность исследовать предметы, мне незнакомые. (Порой мне кажется, что он служит для меня лишь предлогом для того, чтобы читать книги, посещать места и встречаться с людьми, которые меня уже интересуют.) Но во вторую очередь писательство дает мне возможность — или, вернее, заставляет меня — разбираться в вещах, уже мне известных. Оно побуждает меня к напряженному размышлению над трудными вопросами, к попыткам отказаться от самообмана и полуправды, которые могут устраивать меня в моей собственной жизни, но беспощадно разоблачаются и порицаются в романе.

Поскольку к сочинительству толкает подобная любознательность, оно является одним из немногих занятий, где вам никогда не приходится повторяться. Каждый раз перед вами стоит новая задача, и, следовательно, каждый раз вы находите беспрецедентное решение. Причем в отличие от представителей большинства других профессий писатель сам придумывает и ставит перед собой задачу. Здесь наблюдается интересный парадокс, и мне часто приходит на ум Гудини, который давал заковать себя в наручники, запереть в сундук, а затем бросить в реку. Подобно Гудини, вы должны гореть желанием рисковать и создавать себе трудности, ибо в противном случае заниматься писательством не имеет смысла.

Вы действуете единственно по своему внутреннему побуждению, не думая о других. В ходе работы над своим первым романом я совершенно не задавался вопросом, как воспримут книгу читатели. Занятый воплощением своего замысла, я и не помышлял о карьере литератора. И покуда роман не вышел в свет, я имел полное право на подобное эгоистичное равнодушие. Но успех «Квинканкса», неожиданный и ошеломляющий, создал проблему, которая состояла в том, что, подав известные надежды и заставив людей с интересом ждать моих следующих работ, я в результате стал все больше и больше беспокоиться по поводу возможной реакции читателей.

К моменту выхода в свет первого романа я уже заканчивал второй, под названием «Сенсуалист», и решил по завершении работы опубликовать и его тоже — отчасти из желания показать себе и другим, что я не собираюсь до конца жизни писать масштабные исторические произведения. Мне казалось, что между этими двумя романами нет ни малейшего сходства. Во втором едва насчитывается 30 000 слов — то есть меньше, чем в нескольких главах из первого романа! Действие в нем происходит в наши дни, и он написан языком в высшей степени сжатым и метафоричным. Как ни странно, в конце концов я понял, сколь много общего у двух романов, несмотря на все явные различия. Например, я совершенно не обращал внимания — до последнего времени — на сходство двух концовок. Это подтверждает мое мнение, что автор должен писать, не вдаваясь глубоко в свои мотивы.

Несмотря на желание тщательно исследовать свои чувства и мысли по поводу некоего момента, служащего толчком к написанию романа, многие вопросы, касающиеся моих первоначальных намерений и конечных результатов, остаются для меня загадкой. Здесь я могу лишь сказать несколько слов (надеюсь, не выдавая особых секретов) о причинах, побудивших меня взяться за работу над «Квинканксом», о соображениях, которыми я руководствовался, об истории написания романа и реакции читателей на него.

ПРЕДПОСЫЛКИ К НАПИСАНИЮ РОМАНА

Первые романы обычно явно автобиографичны. «Квинканкс» не автобиографичен, но на самом деле он является моим вторым романом — первый так и остался незаконченным. Вероятно, к тому времени, когда я начал писать «Квинканкс», я просто уже отработал весь автобиографичный материал. Однако судьба главного героя волновала меня достаточно сильно, чтобы создать роман, наводящий на мысль, что я вижу в ней отражение своей собственной жизни.

С одной стороны, «Квинканкс» появился в результате моей давней любви к викторианской литературе. Эти романы пробуждают в читателе сложное ностальгическое чувство, которое поддается пониманию тем труднее, если впервые вы познакомились с ними в детстве. Повествование в них течет с беззастенчивой свободой, и — особенно у Уилки Коллинза — хитросплетения тайн дразнят воображение читателя. Они дышат экзотическим очарованием прошлого, имеющего непостижимое сходство с современностью, но все же поразительно на нее непохожего. Они заставляют вас переживать чужие страхи и смятение перед лицом опасности и с замиранием сердца следить за героями, претерпевающими ужасные невзгоды в эпоху, по счастью, отдаленную, и в мире, по счастью, вымышленном. И все же читатель не чувствует себя совершенно спокойно, ибо он не находил бы грозящие персонажам опасности столь ужасными, если бы они в известной мере не грозили ему самому.

Решив написать нечто подобное, я собирался не слепо подражать викторианским романам, но реконструировать их в новом контексте, предложить вниманию читателя своего рода рецензию на них, но облеченную в форму другого романа.

Наверное, идея написать нечто подобное пришла мне в голову, когда я поймал себя на том, что снова и снова хожу вдоль полок книжных магазинов в поисках нового Диккенса, Бронте, Гарди или Коллинза. В то время я читал в университете лекции и писал статьи о викторианских романах, ибо те же самые мотивы, которые в конечном счете побудили меня написать данную книгу, заставили меня стать преподавателем английской литературы: моя любовь к Диккенсу в детстве и желание вновь пережить это страстное увлечение. Я прочитал всего Диккенса в возрасте от десяти до тринадцати лет и с тех пор постоянно перечитываю его. Я описываю странного рода ностальгию, ибо она обращена к ужасному миру, где царят безумие, несправедливость и жестокость. Романы Диккенса загадочны и тревожны: в большинстве из них главный герой является аутсайдером, которого общество одновременно привлекает и отталкивает и который зачастую одержим страхом перед неким злом, тем более пугающим, что оно заключено в нем самом.

Однако, как ни странно, именно Диккенс — наряду с другими авторами — заставил меня еще в подростковом возрасте не столько решить, сколько осознать, что я стану писателем.

НЕОДНОЗНАЧНОСТЬ ИСТОРИЙ

Был еще один поворот судьбы. Когда мне стукнуло одиннадцать, моя семья сняла дом у вышедшего на пенсию дантиста. Среди оставленных последним книг я случайно нашел сочинение Генри Мэйхью «Низы лондонского общества» в четырех томах. Оно заинтересовало меня потому, что являло другой подход к изображению мира, описанного Диккенсом. (Позже я понял, под сколь сильным влиянием романиста находился Мэйхью, когда записывал свои интервью.) Я был заворожен рассказами о тяжелой и горькой жизни бродяг и бездомных, которые ненадолго появлялись на страницах со своими невероятными историями о страданиях и несправедливостях (зачастую изложенными языком поразительно красочным и точным) и исчезали, даже не назвав своего имени. Они казались мне фрагментами ненаписанных романов, еще не принявших законченную форму в воображении романиста. Я продолжал читать Мэйхью одновременно с Диккенсом и постепенно пришел к мысли заставить этих почти бессловесных свидетелей заговорить, поведать свои ненаписанные истории, являющие столь разительный контраст почти всей викторианской литературе.

Меня занимали не только устные рассказы о реальных событиях. Меня заинтересовало то, как семьи рассказывают небылицы о своем прошлом, скрывая и романтизируя свое происхождение, подобно народам, сочиняющим легенды, из которых слагается «история». Молодые люди становятся полноправными членами общества, когда посвящаются в семейную мифологию. И это действительно скорее мифология, нежели история, ибо семейные «устные предания», как и официальная история народа, всегда характеризуются умолчаниями, искажениями фактов и попытками заткнуть рот отдельным членам или группам сообщества. Выдуманные истории призваны утешать, успокаивать и объяснять — и все мы измышляем подобные истории о своей жизни, как делает Джон в романе. Мне пришло в голову, что для того, чтобы ребенок получил верное представление о мире через такие рассказы, он должен приобрести чрезвычайно непростое умение отличать истории, подлинные в буквальном смысле слова, от историй, «подлинных» лишь в метафорическом смысле.

В романе Джон оказывается в сложной ситуации, которую он не в состоянии контролировать и даже не в силах понять, пока не интерпретирует все услышанные рассказы и не расшифрует намеки, в них содержащиеся. Ибо он слышит множество самых разных историй и заверений — рассказы о прошлом своей матери и своем собственном происхождении; противоречивые сведения о борьбе между влиятельными семействами за обладание поместьем и последствиях ее для местных жителей; противоположные мнения об устройстве общества и возможных преобразованиях к лучшему. На протяжении всего романа он стремится обрести свободу, для достижения которой, на его взгляд, необходимо полное знание прошлого, полное понимание всего множества историй.

Таким образом, Джон становится детективом или психоаналитиком, исследующим свое прошлое и прошлое своих родителей с помощью подсказок и противоречий, содержащихся в многочисленных версиях событий. Джон учится интерпретировать истории, случайно подслушанные или услышанные (из уст миссис Белфлауэр, своей матери, Хелен Квиллиам и так далее), с учетом всех недоговорок, несоответствий и ответов на незаданные вопросы. И по ходу дела сам пишет аналогичную историю.

Читатель принимает участие в этом расследовании и в конечном счете, возможно, приходит к выводам, отличным от выводов Джона.

ИДЕИ И ОБРАЗЫ

Помимо описанных выше основных причин, побудивших меня взяться за написание романа, существовал ряд других.

За несколько лет до начала работы над книгой мое внимание привлекли два интересных момента, содержащихся в романах Джордж Элиот. В «Миддлмарч» есть отсылка к прошлому лицемерного святоши, банкира Балстрода, которое грозит всплыть в настоящем и сорвать маску с упомянутого персонажа. Одна из позорных тайн Балстрода состоит в том, что в юности он работал во внешне благопристойном ломбарде, который, как выяснилось в конечном счете, на самом деле занимался скупкой краденого. Он сумел примирить свою религиозную совесть с данным обстоятельством до такой степени, что женился на дочери владельца ломбарда и впоследствии унаследовал дело. Меня заинтересовали тяжелые противоречивые чувства молодого человека из семьи среднего достатка, который постепенно понимает, что его родственники на самом деле являются преступниками, — и это стало основой образа Питера Клоудира, который с ужасом узнает, что финансовая империя его семьи основана на вымогательстве, скупке краденого, шантаже и так далее.

Второй интересный момент содержится в романе «Феликс Холт», где действие разворачивается вокруг сложной юридической ситуации, возникшей в связи с незаконным отказом заповедного имения, вследствие которого дальнейшая судьба означенной собственности зависит от того, останется ли в живых наследник, не имеющий законного права претендовать на имущество. Мне показалось, что Джордж Элиот не удалось полностью раскрыть потенциал придуманной ситуации — хотя во всех остальных отношениях «Феликс Холт» замечательный роман; и усложненный вариант подобной ситуации лег в основу юридической интриги «Квинканкса».

На ранних стадиях работы над книгой я вдруг обнаружил, что меня преследуют образы, настойчиво требующие своего включения в роман. Я чувствовал, что они — еще непонятно, как и почему, — связаны с героями, которых я начал придумывать. Одним из них был образ лица, внезапно появляющегося — вопреки всякому вероятию — за высоким окном. Из него вырос эпизод, где Барни проникает в спальню Джона с помощью приставной лестницы. Лицо Барни еще несколько раз неожиданно и зловеще появляется в романе в моменты, когда Джон осознает присутствие в своей жизни некой чуждой и страшной силы, все еще властной над ним или связанной с ним. В противоположность этому образу мне явился — кажется, во сне — образ маленькой девочки, стоящей по другую сторону кованых железных ворот, за которыми виднеется большой дом. В конце концов я понял, что это Генриетта — марионетка в руках богатой семьи, связанная по рукам и ногам тем обстоятельством, что в силу своего происхождения является возможной наследницей. И еще один образ из кошмарного сна настойчиво требовал для себя места в романе: рябое лицо с немигающим взглядом. Он встречается в описании статуи, обнаруженной Джоном в глубине сада своей матери; нищего слепого старика по имени Джастис; и проституток из парка Сент-Джеймс, которые, поскольку их лица обезображены сифилитическими язвами, могут приставать к мужчинам лишь под покровом ночи.

Помимо нищих и проституток мое воображение занимали и другие представители низов общества. Роман населен двуногими паразитами, которые существуют за счет выброшенного или потерянного другими, либо же, что ужаснее, наживаются за счет бедных, доверчивых или даже мертвых. Изучив и описав это, я начал понимать, как похожа экономика современных стран «третьего мира» на экономику Британии вековой давности. Постепенно стали все отчетливее проявляться и другие параллели с сегодняшним днем. Ибо, исследуя смутные воспоминания, впечатления и образы из снов, одновременно я пытался в ходе работы над романом составить представление об интеллектуальной жизни того периода и о влиянии последней на такие суждения людей об обществе и морали, которые не утратили своего значения и в наше время.

«КВИНКАНКС» КАК ИРОНИЧЕСКАЯ РЕКОНСТРУКЦИЯ

Я заботился не только об исторической достоверности, но и современном звучании «Квинканкса». Ибо он замышлялся не как исторический роман или простая стилизация, а скорее как ироническая реконструкция викторианского романа.

Если автор исторического романа полностью погружается в описываемую историческую эпоху, то в «реконструкции» предпринимается попытка воссоздать и проанализировать нормы поведения и общественное сознание, бытовавшие во время, когда происходит действие романа. Для этого необходимо выполнить ряд условий. В случае с «Квинканксом» это означает, что многие вещи, поражающие воображение современного наблюдателя, ведущим повествование рассказчикам не кажутся странными, ужасными или даже интересными. И многие темы не затрагиваются (по крайней мере, впрямую) в силу принятых тогда «правил приличия». А это означает, что читатель неизбежно относится с известной иронией к точке зрения главного рассказчика, Джона, посколько вынужден делать поправку на предрассудки и воспитание последнего.

Помимо всего прочего, для меня прелесть замысла заключалась и в этом. Меня увлекала идея пытаться писать с позиции викторианского романиста, с виду соблюдая все условности, но потом вдруг «разрывать договор», выводя ситуацию за рамки приличия.

Я хотел соблюдать условности, но одновременно нарушать правила. Например, Джон дает описание Дигвидов с соблюдением всех требований того времени, согласно которым представители рабочего класса изображались либо негодяями, либо персонажами комическими и приниженными. И все же взаимоотношения Джона с ними — особенно с Джоуи — выходят за рамки установленной нормы. Самым крайним примером здесь служит попытка сочувственно изобразить женщину из среднего класса, которая является матерью главного героя, но все же становится проституткой.

Для создания иронической реконструкции требовалось выполнить ряд условий не только в смысле манеры повествования и изображения героев, но и в смысле формы, которая с виду должна была казаться традиционной, но одновременно иметь скрытую структуру, совершенно нехарактерную для викторианского романа. Викторианские романы, если повторить знаменитые слова Генри Джеймса, напоминают «бесформенных рыхлых монстров» в противоположность романам позднего времени, с самоценной формальной структурой, представленной в чистом виде в «Улиссе» Джойса. Я хотел написать роман, который производил бы впечатление такого «монстра» и отражал бы хаотичную, беспорядочную и произвольную природу реальности, но в то же время постепенно обнаруживал свою тщательно продуманную и выстроенную структуру, в конечном счете превращаясь в некоего рода диалектическое единство случайного и преднамеренного, произвольного и целенаправленного, викторианской и модернистской литературы. Эта диалектика играет главную роль в романе и являлась вопросом первостепенной важности для людей ранней викторианской эпохи, когда концепция мира, созданного Богом (неважно, христианским или неким другим Великим Творцом), сменилась ужасающей дарвинистского толка идеей, что мир вовсе не сотворен по божественному замыслу, а возник сам собой в результате длительного взаимодействия произвольных и случайных обстоятельств. (Данная гипотеза, возникшая за несколько десятилетий до того, как Дарвин представил неопровержимые доказательства, встречается в споре Пентекоста и Силверлайта.) В таком мире нет ни цели, ни смысла — кроме тех, которые мы сами находим или создаем. Это значит, что грань между «действительностью» и «вымыслом» стирается, и нам остаются лишь утешительные иллюзии, примерами которых служат христианский миф или идея прогресса.

И главный герой осуществляет подобный процесс в собственной жизни. Он пытается интерпретировать окружающий мир и придумывает свои собственные смыслы, которыми наделяет действительность, ибо альтернатива — полное отсутствие смысла или его переизбыток, равнозначный отсутствию, — слишком страшна. Вот почему Джону так важно знать, являются ли странные стечения обстоятельств в его жизни просто ничего не значащими случайностями или же они части некоего тайного заговора. Даже злонамеренный заговор против него кажется лучше бессмысленной игры случая.

На самом деле все до единого более или менее важные события, происходящие с Джоном, оказываются не случайными, ибо все видимые случайности в конечном счете получают объяснение в терминах причинно-следственных связей, уже возникших в прошлом. Между исконными владельцами хафемского поместья, его захватчиками и претендентами на него на протяжении многих десятилетий существовали разнообразные связи. И Дигвиды, не одно поколение которых жило на поместной земле, тоже оказались вовлеченными в эту паутину взаимоотношений. Есть даже свиде-

КВИНКАНКС

тельства того, что они состоят в кровном родстве с Джоном — хотя этим секретом, в числе нескольких других, он не делится с читателем.

Ибо скептически настроенный читатель вскоре замечает, что Джон либо не в состоянии объяснить факты, с которыми сталкивается, либо делает из них весьма спорные выводы. А вслед за этим читатель начинает обращать внимание и на другие вещи и начинает задаваться вопросом, от чьего лица ведется повествование в разных частях романа, какое значение могут иметь изображения четырехлепестковой розы и квинканкса, и имеет ли значение разделение книги на главы, книги и части, каждая из которых состоит из пяти книг.

Постепенно становится понятно, что в романе содержится скрытая история, которую Джон не рассказывает прямо и которая имеет непосредственное отношение к самой композиции романа.

В основе скрытой истории лежат события, имевшие место в ночь венчания Питера и Мэри, когда произошло убийство деда Джона. Поэтому, когда Джон предпринимает попытку выяснить, что же случилось — или равно роковым образом не случилось — в означенную ночь, на карту поставлен вопрос о виновности или невиновности обоих, Питера и Мэри. Свидетельства, имеющие решающее значение для разгадки этой тайны, содержатся в рассказе матери Джона (или «признании», как она выражается), записанном в ее дневнике. Перед смертью она заставляет Джона сжечь самые важные страницы, и, когда много дальше по ходу повествования он читает дневник матери, пропуск в записях приходится в буквальном смысле слова на самый центр романа: на середину средней главы средней книги средней части. Таким образом, центральным элементом романа является пробел, головокружительная пустота, точное подобие которой Джон постоянно боится обнаружить у себя под ногами.

Идеи, лежащие в основе всего этого, пришли мне в голову не вдруг и не сразу — и задолго до начала работы над романом. Напротив, долгий процесс построения композиции вылился в процесс беспрерывного поиска и нахождения новых, все более и более интересных возможностей.

НАЧАЛО РАБОТЫ НАД «КВИНКАНКСОМ»

В середине 70-х я предпринял попытку написать длинный и сложный роман о молодом человеке, который, как и я в свое время, приезжает в университет в одном северном городе читать лекции по английской литературе. Роман имел чрезвычайно запутанный сюжет и содержал стилизации и пародии на многие романы и литературные стили. Около 78-го года, безумно устав и потеряв веру в свои силы, я решил прерваться на год-другой и тем временем написать что-нибудь покороче и попроще. (Длинный роман, отложенный в сторону, назывался «Заговор», и я к нему больше так и не вернулся.) Итак, я вернулся к идее, записанной буквально в паре абзацев несколькими годами ранее, которую я рассматривал просто как возможность поупражняться в прозе. Идея заключалась всего лишь в следующем: мальчик со своей матерью счастливо живет в идиллической сельской местности в начале прошлого века, но потом мирное течение жизни нарушается, и в конце концов они по необходимости перебираются в Лондон, где впадают в нищету и подвергаются опасности. (В действительности сама идея восходит к роману, который я начал писать лет в восемнадцать с намерением вызвать к жизни кошмар лондонских улиц ранней викторианской эпохи — полагаю, под впечатлением от чтения Диккенса и Мэйхью.)

Примерно за два года я написал то, что стало первой частью «Квинканкса» под названием «Хаффамы». Однако, дойдя до истории с вынужденным переездом матери и ребенка в Лондон, я вдруг сообразил, что понятия не имею, под давлением каких обстоятельств они покинули родные места и какие опасности им грозят. Осознав необходимость выстроить план романа таким образом, чтобы по ходу повествования факты постепенно открывались главным героям и читателю, я принялся разрабатывать сюжет. В результате именно этим я занимался в течение последующих трех лет, к концу какового периода написал синопсис объемом в 80 000 слов. (Я также составил хронологическую таблицу всех происходящих в романе событий, чтобы исключить возможные хронологические несоответствия. Я выстроил генеалогические древа семейств и стал пользоваться картой Лондона соответствующего периода во избежание топографических ошибок. А также обратился к списку необычных фамилий, которые собирал на протяжении нескольких лет.)

Наконец я вернулся непосредственно к работе над романом, и на первый черновой вариант у меня ушло около года, в течение которого я писал в среднем по тысяче с лишним слов в день. На первых порах я писал все от руки, а потом перепечатывал рукопись сам или отдавал машинистке, а затем перерабатывал машинописный текст так основательно, что в конце концов он уже с трудом поддавался прочтению, — ибо я готов править свои тексты до бесконечности и каждое предложение в книге переписывал множество раз. Затем я начал пользоваться «электронным редактором», чудесным образом облегчившим мне тяжелую и нудную работу по переделыванию одного варианта на другой. Меня увлекала мысль написать викторианский роман на компьютере. Однако одним из непредвиденных последствий моего перехода за компьютер стало то, что я не заметил, насколько длинной становится книга.

Различные обстоятельства тормозили работу над романом. Собирая информацию о грабителях могил, я случайно наткнулся на репринтное издание дневника, который вел один из участников шайки «Похитителей трупов» около 1812 года. Это стоило мне дополнительных шести месяцев работы, ибо в высшей степени лаконичные записи казались настолько интересными, что мне просто пришлось расширить соответствующую часть романа. Многое из уже сделанного пришлось выбросить. Например, рассказ, ведущийся в третьем лице, я первоначально замышлял как стилизацию под высокий витиеватый слог Джордж Элиот и Диккенса. Но по мере того, как роман становился все длиннее и длиннее, я решил, что подобное замедление темпа повествования нежелательно, и потому отказался от этой идеи.

Я начал задаваться вопросом, пригоден ли роман для печати, если учесть его вероятную длину и старомодный язык. Летом 1983 года я подготовил черновой вариант первой части, то есть одну пятую всего объема, и отправил в восемь разных издательств (семь из них крупные лондонские издательства) описание книги, которая тогда называлась «Джон Хаффам». Я честно сообщил о вероятном окончательном объеме романа и предложил выслать уже завершенную часть вместе с подробным синопсисом. Три лондонских издательства согласились ознакомиться с материалом, но сочли книгу слишком длинной для печати. Лишь одно из трех не отказало мне категорически, но оно всего лишь попросило меня снова войти в контакт с ними по завершении работы.

Восьмым издательством, в которое я обратился, был эдинбургский издательский дом «Кэнонгейт». Вероятно, самой известной из выпущенных «Кэнонгейтом» книг являлся «Ланарк» Аласдера Грея (1981) — еще один длинный и необычный роман. Именно восхищение «Ланарком» и «Кэнонгейтом», рискнувшим выпустить роман в великолепном дорогом издании, заставило меня обратиться к ним. Они ответили, что хотели бы сотрудничать со мной, но не могут ничего предпринимать, покуда не увидят окончательную версию. Я сообщил, что собираюсь закончить книгу примерно к сентябрю 1986 года.

КВИНКАНКС КАК ОСНОВА КОМПОЗИЦИИ

Воодушевленный, я с удвоенной силой налег на работу. Вскоре после Рождества я осознал необходимость выстроить четкую формальную структуру и композицию романа в противовес хаотичности и растянутости повествования. Во-первых, не найди я способа ограничить роман жесткими рамками, он бы у меня разрастался до бесконечности. Но главным образом я хотел вызвать у читателя ощущение, что некая тщательно продуманная схема постепенно проступает из видимой беспорядочности событий по мере того, как заговор против Джона принимает все более определенные очертания. И я принялся искать решение. Мне пришло в голову, что некая математическая модель ответила бы всем требованиям — некая схема, одновременно произвольная и фиксированная, которая могла бы повторяться на разных уровнях конструкции романа. Загоревшись этой идеей, я пару недель пытался подогнать композицию под некую структуру, выстроенную на основе разных чисел. Но числа, с которыми я экспериментировал — два, четыре и шесть — не работали. Роман (частично уже написанный, частично существующий в виде синопсиса) не делился на кратные этих чисел.

Затем — вероятно, просто действуя методом исключения — я подумал о числе пять. В тот же момент слово «квинканкс» и яркий зрительный образ самого квинканкса всплыли в моей памяти. (Думаю, слово я узнал из «Эпистолы к Берлингтону» Поупа, а изображение квинканкса видел в издании сочинений сэра Томаса Брауна — жившего в начале XVII века антиквара и мистика, который был зачарован этой фигурой.) В следующую секунду я с восторгом понял, что нашел не только композиционную структуру книги, но и идеальное название романа.

Я быстро утвердился в своем предположении, что неким загадочным образом я заранее предвидел свое решение положить в основу романа число пять. В борьбе за хафемское поместье у меня участвовало пять семейств, что давало возможность разделить книгу на пять основных частей. Обнаружив, что первая часть, уже написанная, легко делится на двадцать пять глав, я понял, что промежуточным элементом может стать книга, состоящая из пяти глав. К великому моему облегчению, синопсис допускал деление романа на пять частей — причем первые четыре заканчивались напряженной сценой, а каждое следующее семейство появлялось в начале очередной части в некий критический момент развития действия. То есть основная схема уже в значительной степени присутствовала во всем написанном. Позже у меня зародилась мысль ввести в роман визуальный элемент — дабы каждая из ста двадцати пяти глав входила в книгу таким образом, чтобы трем типам повествования (ведущемуся от лица Джона, от третьего лица и от лица разных персонажей, рассказывающих свои истории по ходу действия) соответствовали белый, черный и красный цвета, присутствующие в изображении квинканкса из квинканксов. Эта задача оказалась чрезвычайно сложной и потребовала много времени. По иронии судьбы, данный аспект романа остался практически незамеченным читателями и критиками, но он исподволь подготавливает к моменту, когда Джон сталкивается с означенной фигурой (в которой, правда, отсутствуют цвета, служащие «ключом») в виде старинного замка с секретом, охраняющего документ, призванный восстановить его в правах. И для того, чтобы найти «ключ», Джону приходится вспомнить все, что он узнал в ходе своих приключений.

Тот факт, что пять число нечетное, означал наличие в структуре некоего математического центра. Именно поэтому довольно скоро мне пришла в голову мысль поместить в самый центр книги пустоту — отсутствующие страницы из дневника Мэри — и сделать из него поворотный пункт романа, как в смысле формы, так и в смысле содержания.

Хотя на этой стадии работы сюжет был уже практически полностью выстроен и значительная часть текста написана, я оставил некоторые ключевые вопросы нерешенными, дабы не терять интереса к конечному результату и знать наверняка, что концовка сама собой, естественным образом вытечет из эмоциональной и моральной логики романа. Поэтому мне пришлось решать, завладеет ли Джон поместьем и женится ли на Генриетте или нет на довольно поздней стадии. Согласно моему первоначальному замыслу, он должен был достичь и первого и второго. Но в ходе многолетней работы над «Квинканксом» общая тональность романа настолько изменилась, что безоблачный хэппи-энд стал казаться мне неприемлемым. После многих сомнений и мучений я пришел к иронической версии «счастливой» развязки «Больших надежд», которой Диккенс, поддавшись на уговоры, заменил первоначальную, более мрачную концовку.

ЗАВЕРШЕНИЕ РАБОТЫ И ПУБЛИКАЦИЯ

В начале 1986 года я вычислил вероятный объем романа и с ужасом обнаружил, что, если использовать весь синопсис, он составит около 750 000 слов. (Это почти вдвое больше конечного объема.) Я потратил много времени на сокращение написанного текста и отказался от ряда задумок, связанных со сложными переплетениями сюжетных линий.

В июле 1987 года я отослал рукопись в «Кэнонгейт» и стал с нетерпением ждать вердикта. Я ясно сознавал, что издание подобной книги требует огромных расходов и сопряжено с большим риском, а потому внутренне приготовился получить отказ. И я понимал, что, вполне возможно, мне не удастся найти издателя, который возьмется за это дело. Однако, поскольку в процессе работы я получал огромное удовольствие и узнавал много интересного, двенадцать лет, отданные роману, не казались мне потраченными впустую только потому, что его не удастся издать. Мучительное ожидание тянулось долго, но в начале 1988 года «Кэнонгейт» мужественно взял на себя обязательство издать книгу.

Следующие шесть месяцев я перепроверял имена, даты, написания слов и так далее во избежание возможных несоответствий. Требовалось также подготовить карты и генеалогические древа. «Кэнонгейт» нашел художника, который, следуя моим указаниям, нарисовал гербы пяти семейств, образующие фронтисписы всех частей книги. И это был не кто иной, как официальный художник Шотландской геральдической палаты, герольдмейстер лорд Лайон.

Ко времени выхода «Квинканкса» в свет я уже понял, что он станет в известном смысле бестселлером, ибо в марте «Баллантайн» купил права на издание романа в Америке, а через несколько месяцев «Пингвин» купил права на издание книги массовым тиражом на территории Соединенного королевства.

Узнав, что роман собираются издавать на других языках, я написал комментарии для переводчиков с целью исключить возможные неточности при переводе принципиально важных слов и мест. Вместе со словарем трудных слов комментарии составили 150 страниц. (Мой шведский переводчик позвонил мне, чтобы поблагодарить меня за проделанную работу и пожаловаться на свою самую большую проблему, которая заключалась в том, что на шведский язык слово «дед» переводится двумя разными словами, в зависимости от того, идет ли речь о родителе матери или о родителе отца.)

ОТЗЫВЫ НА «КВИНКАНКС»

«Квинканкс» вышел в свет в сентябре 1989 года, и большинство критиков отнеслось к нему на удивление благосклонно. Однако авторское тщеславие невозможно удовлетворить полностью, и меня несколько разочаровало то обстоятельство, что самые восторженные рецензенты увидели в «Квинканксе» всего лишь стилизацию под викторианский роман. Они увидели, как я пользуюсь правилами викторианской литературы, и многие объясняли читателю, откуда взялось имя главного героя — Джон Хаффам — и какое значение имеет дата его рождения. Но мало кто заметил, как я нарушаю каноны викторианского романа. К великому моему разочарованию, многие упоминали о «случайных стечениях обстоятельств» в развитии действия, что заставляло предположить, что они прочитали роман слишком быстро (чему не приходится удивляться, если учесть длину книги и необходимость представить рецензию в сжатые сроки), чтобы понять, сколь незначительную роль там играет случай.

Некоторые критики и журналисты, писавшие о «Квинканксе», придали большое значение тому факту, что двенадцать лет работы над романом примерно совпали с периодом правления Маргарет Тэтчер. (На самом деле я начал писать его за несколько лет до прихода к власти этого кабинета министров.) Они указывали на то, что книга (особенно в местах, где идет речь о Пентекосте и Силверлайте) затрагивает ряд этических и политических вопросов, которые снова стали на удивление актуальными в начале 80-х, когда пересматривалась роль государства в плане его ответственности за самых уязвимых и незащищенных членов общества. Действительно, существуют известные параллели между мальтузианством и «тэтчеризмом» поры расцвета и между дебатами о взаимосвязи экономики и морали, порожденными каждой из двух этих модных доктрин. Мальтузианство проповедовало принцип неограниченной свободы предпринимательства и агрессивной конкуренции, при котором все — от поставки товаров и услуг до материальной помощи неимущим — отдавалось на произвол нестабильного рынка. Временное господство подобных взглядов привело к появлению Нового закона о бедных от 1834 года, который пытался отбить у беднейших слоев населения всякую охоту полагаться на общественную благотворительность, проводя по отношению к ним жестокую и унизительную политику. Узнав, что несколько членов тэтчеровского кабинета министров прочитали и похвалили роман, я задался вопросом, какие же выводы из него они сделали.

Вероятно, в данном аспекте роман оказался более актуальным, чем я предвидел. На самом деле мне кажется, что он отражает проблемы современности более точно, чем я замышлял в процессе работы или в силах понять сейчас, и что через двадцать лет он станет восприниматься как произведение скорее 1980-х годов, чем 1850-х — наподобие тех церквей девятнадцатого века, которые, несмотря на все присутствующие в них черты средневековой архитектуры, довольно легко датировать эпохой королевы Виктории.

Я продолжаю узнавать новое о романе всякий раз, когда меня просят написать или рассказать о нем и когда я встречаюсь с читателями. И потому однажды я оказался в странном положении, когда сидел в книжном магазине в одном северном городе, где никогда не бывал раньше, и обсуждал вопрос неоднозначности сюжета с двумя страстными читателями, которые знали свидетельства в пользу и против разных интерпретаций гораздо лучше меня. Они затеяли ожесточенный спор по поводу концовки романа. И не только не сошлись во мнении относительно истинных мотивов и ситуации Генриетты, но и высказали прямо противоположные суждения о смысле последней фразы. Той самой, которая заставила моего университетского коллегу вернуться к началу книги. И при переводе которой на шведский, надо полагать, возникли серьезные трудности.

Чарльз Паллисер
7 августа 1992 г.

СОДЕРЖАНИЕ

Книга III. БРАЧНАЯ НОЧЬ 5
Книга IV. ВУАЛЬ 59
Книга V. ДРУГ БЕДНЯКОВ 123

Часть четвертая. ПАЛФРАМОНДЫ 147
Книга I. ЛУЧШИЕ НАМЕРЕНИЯ 149
Книга II. ИЗБАВЛЕНИЕ 185
Книга III. ДЕДУШКИ 244
Книга IV. ДРУГ В СТАНЕ ВРАГА 284
Книга V. МАТРИМОНИАЛЬНЫЕ ПЛАНЫ 402

Часть пятая. МАЛИФАНТЫ 483
Книга I. НЕ В ТЕХ РУКАХ 485
Книга II. В ЗАПАДНЕ 503
Книга III. СТАРЫЕ ДРУЗЬЯ В НОВОМ СВЕТЕ ... 535
Книга IV. СВАДЬБЫ И ВДОВЫ 567
Книга V. КЛЮЧ 618

Алфавитный указатель имен и названий 670
Послесловие автора 678

Литературно-художественное издание

Чарльз Паллисер

КВИНКАНКС
Том 2

Ответственный редактор *М. Яновская*
Редактор *А. Гузман*
Художественный редактор *А. Сауков*
Технический редактор *О. Шубик*
Компьютерная верстка *А. Скурихина*
Корректоры *В. Дроздова, О. Смушко*

Оригинал-макет подготовлен ООО «Издательский дом «Домино».
191028, Санкт-Петербург, ул. Моховая, 32.
Тел./факс (812) 329-55-33
E-mail: dominospb@hotbox.ru

ООО «Издательство «Эксмо»
127299, Москва, ул. Клары Цеткин, д. 18/5. Тел.: 411-68-86, 956-39-21.
Home page: www.eksmo.ru E-mail: info@eksmo.ru

Оптовая торговля книгами «Эксмо» и товарами «Эксмо-канц»:
ООО «ТД «Эксмо». 142700, Московская обл., Ленинский р-н, г. Видное,
Белокаменное ш., д. 1, многоканальный тел. 411-50-74.
E-mail: reception@eksmo-sale.ru

Полный ассортимент книг издательства «Эксмо» для оптовых покупателей:
В Санкт-Петербурге: ООО СЗКО, пр-т Обуховской Обороны, д. 84Е.
Тел. отдела реализации (812) 265-44-80/81/82.
В Нижнем Новгороде: ООО ТД «Эксмо НН», ул. Маршала Воронова, д. 3.
Тел. (8312) 72-36-70.
В Казани: ООО «НКП Казань», ул. Фрезерная, д. 5. Тел. (8435) 70-40-45/46.
В Самаре: ООО «РДЦ-Самара», пр-т Кирова, д. 75/1, литера «Е». Тел. (846) 269-66-70.
В Екатеринбурге: ООО «РДЦ-Екатеринбург», ул. Прибалтийская, д. 24а.
Тел. (343) 378-49-45.
В Киеве: ООО ДЦ «Эксмо-Украина», ул. Луговая, д. 9. Тел./факс: (044) 537-35-52.
Во Львове: Торговое Представительство ООО ДЦ «Эксмо-Украина», ул. Бузкова, д. 2.
Тел./факс (032) 245-00-19.

Мелкооптовая торговля книгами «Эксмо» и товарами «Эксмо-канц»:
117192, Москва, Мичуринский пр-т, д. 12/1. Тел./факс: (495) 411-50-76.
127254, Москва, ул. Добролюбова, д. 2. Тел.: (495) 745-89-15, 780-58-34.
Информация по канцтоварам: www.eksmo-kanc.ru e-mail: kanc@eksmo-sale.ru

Полный ассортимент продукции издательства «Эксмо»:
В Москве в сети магазинов «Новый книжный»:
Центральный магазин — Москва, Сухаревская пл., 12 . Тел. 937-85-81.
Информация о магазинах «Новый книжный» по тел. 780-58-81.
В Санкт-Петербурге в сети магазинов «Буквоед»:
«Магазин на Невском», д. 13. Тел. (812) 310-22-44.

По вопросам размещения рекламы в книгах издательства «Эксмо»
обращаться в рекламный отдел. Тел. 411-68-74.

Подписано в печать 03.03.2006.
Формат 60х90 $^1/_{16}$. Печать офсетная. Бумага тип. Усл. печ. л. 44,0.
Тираж 10000 экз. Заказ №1670.

Отпечатано в ОАО «ИПК «Ульяновский Дом печати»
432980, г. Ульяновск, ул. Гончарова, 14